As Tramas do Fantástico

Coleção Paralelos

Coordenação de texto: Luiz Henrique Soares e Elen Durando
Preparação: Rita Durando
Revisão de texto: Elen Durando e Luiz Henrique Soares
Capa e projeto gráfico: Sergio Kon
Produção: Ricardo Neves e Sergio Kon

E.T.A. Hoffman

AS TRAMAS DO FANTÁSTICO

CONTOS E NOVELA

TRADUÇÃO, ORGANIZAÇÃO, POSFÁCIO E NOTAS
FERNANDO R. DE MORAES BARROS

▪

E TRADUÇÃO DE LAVÍNIA ABRANCHES VIOTTI,
COM REVISÃO E NOTAS DE ANATOL ROSENFELD

CIP-Brasil. Catalogação na Publicação
Sindicato Nacional dos Editores de Livros, RJ

H647t
    Hoffmann, E. T. A. (Ernst Theodor Amadeus), 1776-1822
    As tramas do fantástico / E. T. A. Hoffman ; tradução, organização, posfácio e notas Fernando R. de Moraes Barros ; tradução Lavínia Abranches Viotti ; revisão e notas Anatol Rosenfeld. - 1. ed. - São Paulo : Perspectiva, 2021.
    384 p. ; 21 cm. (Paralelos ; 39)

    Tradução de: "Vários livros do autor"
    Inclui apêndice e posfácio
    ISBN 978-65-5505-074-5

    1. Contos alemãs. 2. Novela alemã. 3. Literatura alemã. I. Barros, Fernando R. de Moraes. II. Viotti, Lavínia Abranches. III. Rosenfeld, Anatol. IV. Título. V. Série.

21-72973   CDD: 830
                                                                    CDU: 821.112.2

Meri Gleice Rodrigues de Souza - Bibliotecária - CRB-7/6439
27/08/2021   01/09/2021

1ª edição.

Direitos reservados em língua portuguesa à

EDITORA PERSPECTIVA LTDA.

Rua Augusta, 2445, cj. 1
01413-100 São Paulo SP Brasil
Tel.: (55 11) 3885-8388
www.editoraperspectiva.com.br

2021

Sumário

I

9 O "Sanctus"
29 A Fermata
51 O Conselheiro Krespel
75 Kreisleriana [I]
127 Kreisleriana [II]

II

181 O Homem de Areia
221 As Minas de Falun
249 O Diabo em Berlim
255 A Mulher-Vampiro
269 O Espectro
275 Haimatochare

Apêndice
293 O Perturbador
[*Sigmund Freud*]

Posfácio
333 Do Secreto Sânscrito da Natureza
às Noites do Espírito
[*Fernando R. de Moraes Barros*]

O mestre de capela Johannes Kreisler.
Desenho de E.T.A. Hoffmann

O "Sanctus"[1]

Preocupado, o doutor balançou a cabeça. "Como assim?", exclamou impetuosamente o mestre de capela, saltando da cadeira. "Como? Então o catarro de Bettina deveria realmente ser algo grave?" De leve, o doutor bateu três ou quatro vezes sua bengala espanhola de bambu sobre o chão, sacou sua lata de rapé e, de pronto, guardou-a novamente sem nada cheirar; fixando o olhar no alto, como se tencionasse contar as rosetas decorativas no teto, pigarreou ruidosamente sem, porém, dizer qualquer palavra. Isso transtornou o mestre de capela, pois ele bem sabia que tal jogo gestual do doutor significava, em termos vívidos e claros, nada mais nada menos que se tratava de um caso maligno, bem maligno – e eu não sabia como aconselhar e tampouco como ajudar, navegando a esmo em meus esforços, tal como aquele doutor em Gil Blas di Santillana[2]. "Enfim, dizei logo com todas as letras", bradou raivosamente o mestre de capela. "Desabafai, mas sem tornar fatalmente importante uma simples rouquidão

---

1 Ver E.T.A. Hoffmann, *Nachtstücke*, Gerhard R. Kaiser (Hrsg), Stuttgart: Reclam, 2010, p. 137-156.
2 Referência ao romance picaresco *L'Histoire de Gil Blas de Santillane*, escrito por Alain--René Lesage entre 1715 e 1735.

que Bettina contraiu, e isso porque, de modo imprudente, não se enrolou no xale quando saiu da igreja – não há de lhe custar a vida, à pobre pequena. "Em absoluto", falou o doutor, ao sacar do bolso mais uma vez a lata de rapé, cheirando-o, todavia, desta feita. "De modo algum! Mas, muitíssimo provavelmente, ela não irá cantar mais nenhuma nota em toda sua vida!" O mestre de capela enfiou, então, as duas mãos no cabelo e acabou cobrindo-se de pó-de-arroz e, correndo na sala de lá para cá, gritou como um possesso: "Não cantará mais? Não mais cantará? Como assim? Bettina não poderá mais cantar? A morte de todas as majestosas *canzonette*?[3] Dos maravilhosos *boleros* e *seguidillas*[4] que, tal como um perfume de flor, fluíam de seus lábios? Dela não mais ouviremos um piedoso *Agnus*[5], um consolador *Benedictus*?[6] Oh! Oh! Mais nenhum *miserere*[7] a me purificar de toda sujeira terrena trazida por pensamentos miseráveis – que, não raro, fazia brotar em mim um inteiro mundo rico de imaculados temas eclesiásticos? Estás a mentir doutor! Tu mentes! Satanás está te tentando a me ludibriar! Foi o organista da catedral, o qual, com vergonhosa inveja, persegue-me desde que compus, para o assombro do mundo todo, um *Quis tollis* a oitos vozes! Foi *ele* quem te subornou! Tu estás empenhado em me deixar no mais desprezível desespero, fazendo com que lance ao fogo minha nova missa, mas *ele* não terá êxito algum – *tu* tampouco lograrás isso! Eis aqui! Carrego a composição comigo, aqui, junto com o *soli* de Bettina!" (meteu então a mão no bolso direito da casaca, vasculhando-o energicamente); "e, esplêndida como sempre, a pequena deverá cantá-la para mim, com sua sublimíssima voz de sino". O mestre de capela apanhou o

---

3   Canções populares na Itália quinhentista, as *canzonette* fiam-se na estrutura do madrigal, mas dele independem em termos de sua efetividade compositiva. Aprimorada por Claudio Monteverdi, também adquiriu conteúdos próprios para além do solo italiano – com Joseph Haydn, por exemplo.

4   Alegres e dançantes, as *seguidillas* são canções espanholas compostas, em geral, em compasso ternário e fiam-se, tradicionalmente, em temas amorosos.

5   Parte integrante da liturgia eucarística, o *Agnus Dei* é tradicionalmente cantado no início da fração do "pão da vida" (hóstia).

6   Famigerada *Canção de Zacarias*, o *Benedictus* é um dos três cantos contidos no início do Evangelho de Lucas.

7   O *miserere* consiste numa composição musical que versa sobre um trecho escriturístico específico, salmo 51, e é parte integrante da liturgia romana – em latim, começa com as palavras: *Miserere mei, Deus.*

o "sanctus"

chapéu e quis ir embora, mas o doutor o deteve, falando em voz bem suave e baixa: "Eu venero vosso valioso entusiasmo, nobre e amável amigo, mas não exagero em nada e tampouco conheço, nem de longe, o organista da catedral. A coisa se deu simplesmente assim. Desde que Bettina cantou, nas cerimônias da igreja católica, os solos do *Gloria* e do *Credo*, ela passou a sofrer de uma curiosa espécie de rouquidão ou, antes do mais, de uma falta de afinação, a qual, apesar de toda minha perícia, como disse, faz-me acreditar temerosamente que ela jamais voltará a cantar."

"Certo", disse o mestre de capela, tal como um aflito resignado, "então lhe dê ópio – ópio e mais ópio, até que se lhe seja dada uma morte suave, pois, se Bettina não pode mais cantar, não deve mais viver, já que ela só vive se cantar; doutor dos céus, faça-me o favor de envenená-la, e quanto antes melhor. Tenho conexões no Colégio Criminalista; estudei com seu presidente em Halle, sendo que ele era um grande trompetista e costumávamos tocar no final do dia com um coro incidental, acompanhado por cachorros e gatos. Não poderão te fazer nada por causa dessa morte honrada. Mas, envenene-a, envenene-a!" "Ora", o doutor interrompeu o fervilhante mestre de capela, "como pode uma pessoa com idade relativamente avançada, que precisa empoeirar os cabelos há muito tempo e aprecia excelente música falar desse jeito, quase como um covarde? Não se grita assim, não se fala tão ousadamente sobre uma morte pecaminosa e um assassinato! Sente se tranquilamente naquele confortável sofá e escute-me com serenidade." O mestre de capela exclamou então com uma voz assaz chorosa: "O que estou prestes a ouvir!" – e sentou-se conforme lhe fora sugerido. "De fato", começou o doutor, "no caso de Bettina trata-se de algo muito raro e incrível. Ela consegue expressar-se sonoramente, com toda a força do órgão de fala, sendo que não devemos cogitar aqui, nem de longe, alguma das enfermidades habituais da garganta; está inclusive em condições de acertar um tom musical, mas tão logo ela eleva a voz para cantar, algo incompreensível paralisa sua força, uma espécie de mordisco, comichão, cócega ou alguma outra coisa que se apresenta como um afirmativo princípio doentio, de sorte que todo tom que ela tenciona alcançar acaba soando debilitado e pálido, mesmo sem parecer contaminado ou ecoar algum catarro. A própria Bettina compara seu estado, com muito acerto, a um sonho no qual, com total consciência da força para voar, esforçamo-nos inutilmente para subir aos céus. Esse negativo estado doentio desafia jocosamente a minha maestria e torna inócuos todos os meios de que disponho. O inimigo que devo combater assemelha-se a um fantasma incorpóreo, contra o qual defiro, em vão, meus golpes. Quanto a isso, vós tendes razão, mestre de capela, ao dizer que a inteira existência de Bettina na vida está condicionada pelo canto, pois apenas neste último é possível imaginar esse pequeno pássaro do paraíso; por isso, sua alma está tão perturbada com a ideia de que, com o fim de seu canto, finda também ela mesma, e estou quase convencido de que essa crescente agitação em seu espírito promove sua doença e frustra meus esforços. Tal como ela mesma diz, Bettina é por natureza apreensiva e, depois de ter procurado, sem êxito, por inúmeros remédios ao longo de meses, qual um náufrago que se agarra a uma tábua de madeira, creio que toda sua doença é mais psíquica do que física."

"Certo doutor", falou, nesse momento, o entusiasta viajante, que até então se manteve calado, sentado no canto com os braços cruzados; "nisso você acertou em cheio, meu exímio médico! O sentimento doentio de Bettina é uma reação física a uma impressão psíquica e, precisamente por isso, é tanto pior e mais danosa. *Eu*, somente *eu* posso esclarecer tudo a vós, senhores!" "O que estou a ouvir!", disse, pois, o mestre de capela ainda mais choroso do que outrora e o doutor, aproximando sua cadeira do entusiasta viajante, olhou-o no rosto com uma expressão peculiarmente risonha. O entusiasta viajante dirigiu o olhar para o alto e, sem fitar o doutor e o mestre de capela, falou: "Mestre de capela! Certa vez vi uma pequena e colorida borboleta que ficara presa por entre as cordas de vosso clavicórdio. O pequeno ser revoava alegremente para cima e para baixo, sendo que, com seu brilhante bater de asas, tocava ora as cordas superiores ora as cordas inferiores, as quais então sussurravam, muito silenciosamente, notas e acordes perceptíveis apenas ao ouvido mais aguçado e treinado, de sorte que, em suas oscilações, o bichinho por fim parecia nadar em ondas suavemente flutuantes, como se estivesse, por assim dizer, sendo por elas carregado. Mas, não raro, também acontecia de uma

o "sanctus"

corda tocada com mais força golpear, como que por raiva, as asas do alegre nadador, dissipando o pólen colorido que o adornava; sem prestar atenção, porém, a borboleta continuou girando mais e mais, cantando e ressoando alegremente até que as cordas, com intensidade cada vez maior, terminaram por feri-la, de modo que, sem emitir ruído algum, ela afundou na abertura da caixa de ressonância do instrumento." "O que devemos dizer disso?", perguntou o mestre de capela. *"Fiat applicatio*[8], meu caro!", falou o doutor. "Aqui, não se trata de fazer uma aplicação específica", prosseguiu o entusiasta; "já que me foi dado, de fato, ouvir a aludida borboleta tocando no clavicórdio do mestre de capela; queria tão-somente interpretar, em linhas gerais, uma ideia que me ocorreu à época e a qual me conduz, em boa medida, a tudo o que hei de dizer sobre o mal de que Bettina padece. Mas, vós também podeis considerar o todo como uma alegoria e retratá-la no álbum de família de alguma virtuosa viajante. A mim me parecia, pois, naquele tempo, que a natureza havia construído um clavicórdio multissonante ao nosso redor, em cujas cordas dedilharíamos de lá para cá, acreditando que seus acordes e notas seriam por nós intencionalmente produzidos, mas, mortalmente feridos, não repararíamos que os sons tocados em dissonância seriam a causa de nosso ferimento."

"Muito obscuro!", falou o mestre de capela. "Oh", exclamou risonhamente o doutor, "tenha paciência, ele está quase entrando em seu passatempo predileto e, num largo galope, há de cavalgar rumo ao mundo dos pressentimentos, sonhos, influências psíquicas, simpatias e idiossincrasias etc., até se deter na estação do magnetismo e lá tomar um café da manhã." "Tudo a seu tempo, meu sábio doutor", disse o entusiasta viajante. "Não menospreze as coisas que, por mais avessas que vos sejam, deveis reconhecer com humildade, observando-as com atenção. Não fostes vós mesmos justamente a dizer, em primeiro lugar, que a doença de Bettina decorre de um estímulo psíquico ou, melhor ainda, que consiste num mal psíquico?" "Mas", disse o doutor, interrompendo o entusiasta, "o que Bettina tem a ver com a desafortunada borboleta?" "Ora", prosseguiu o entusiasta, "se tratarmos de filtrar e separar tudo nos mais ínfimos detalhes, examinando

8 "Que se aplique!"

e observando cada grãozinho, então a tarefa se tornará um trabalho muito tedioso, convertendo-se no tédio ele mesmo! Deixai a borboleta na caixa do clavicórido do mestre de capela em paz! Aliás, digais vós mesmos, mestre de capela! Não é uma verdadeira infelicidade o fato de que a santíssima música se tornou uma parte integrante de nossa conversação? Os mais esplêndidos talentos são rebaixados ao nível da precária vida ordinária! Em vez de sons e cantos irradiarem sobre nós, como que caindo do fantástico reino celestial, agora temos tudo belamente ao alcance das mãos e sabemos, com precisão, quantas taças de chá a cantora, ou então, quantas taças de vinho o baixista precisa beber para conseguir executar uma *tramontante* apropriada. Bem sei que há associações musicais que, tomadas pelo legítimo espírito da música, trabalham entre si com verdadeira devoção, mas há também aquelas miseráveis, emperiquitadas e pomposas – não quero, porém, irritar-me com isso! No ano passado, quando vim para cá, a pobre Bettina estava justamente na moda; era, como se diz, muito requisitada e mal podia beber um chá sem a adição de uma *romanza* espanhola[9], uma *canzonetta* italiana ou, ainda, de alguma cançãozinha francesa – *Souvent l'amour* etc. – as quais Bettina se via obrigada a cantar. De fato, temia que a boa criança, junto com seu majestoso talento, naufragasse no mar da água de chá que sobre ela despejavam, o que acabou não ocorrendo, mas, mesmo assim, a catástrofe aconteceu." "Mas, qual catástrofe?", questionaram o doutor e o mestre de capela. "Vejam, caros senhores!", continuou o entusiasta, "a pobre Bettina, em verdade, como se costuma dizer, foi enfeitiçada ou encantada e, por mais árduo que seja para mim reconhecê-lo, eu mesmo sou o feiticeiro encantador que levou a cabo o encanto maligno, qual o aprendiz de magia que não consegue mais desfazer o passe de mágica."

"Farsas e mais farsas! E aqui estamos nós, sentados e à escuta, na maior tranquilidade, das mistificações desse patife irônico", bradou então o doutor, ao levantar-se num só pulo. "Mas, que diabos! E a catástrofe? A catástrofe!", gritou o mestre de capela. "Calma, senhores", falou o entusiasta, "há um fato que pode ser por mim atestado,

---

9   Melodia acompanhada, a *romanza* baseia-se em temas líricos e amorosos, sendo que, no caso espanhol, tornou-se particularmente atuante com o uso de voz e viola.

o *"sanctus"* 15

por mais que vós considerais minha bruxaria uma piada e ainda que, por vezes, seja-me difícil acreditar que eu, sem saber e sem querer, fui capaz de me valer de uma desconhecida força psíquica como meio de agir e atuar sobre Bettina. Funcionou como um condutor, por assim dizer, qual numa corrente elétrica, onde um elemento se debate contra o outro sem autonomia e vontade própria." "Upa! Upa!", exclamou o doutor, "parece que o cavalo de batalha está querendo empinar alto!" "Mas, e a história? A história!" bradou o mestre de capela em meio aos dois. "Já mencionastes anteriormente, mestre de capela", prosseguiu o entusiasta, "que, da última vez que perdeu a voz, Bettina cantou na igreja católica. Recordai-vos que isso se passou no primeiro feriado de Páscoa do ano passado? Vestistes vosso solene traje negro e dirigistes a majestosa missa de Haydn em ré menor. Na seção dos sopranos, desenhava-se um buquê[10] repleto de jovens encantadoramente bem vestidas, as quais ora cantavam, ora se silenciavam; dentre elas estava Bettina, que executou o pequeno solo com uma voz maravilhosamente poderosa e cheia. Sabeis que eu havia entrado no grupo dos tenores e, quando o *Sanctus*[11] teve início, senti o arrepio da mais profunda devoção me fazer tremer, quando então ouvi um enervante sussurro atrás de mim; virando-me involuntariamente, avistei, para o meu espanto, Bettina, que se acotovelava na fileira dos músicos e dos cantores, para abandonar o coro. 'Desejais partir?', dirigi-me a ela. 'Está mais que na hora', respondeu-me, 'que agora eu vá à Igreja ***, para lá cantar numa *cantata*, tal como prometi, sendo que também tenho de ensaiar, ainda antes do almoço, alguns duetos a serem por mim apresentados hoje à tarde, no chá musical em *** e, depois, haverá o jantar na casa de ***. Ireis igualmente para lá, não? Serão executados alguns coros do *Messias*, de Händel, bem como o primeiro *finale* d'*As Bodas de Fígaro*.' Durante tal conversa, soaram os acordes completos do *Sanctus* e a fumaça do incenso espalhou-se, em nuvens azuis, pelo alto da abóboda da igreja. 'Não sabeis', disse eu, 'que é pecado e não fica sem punição aquele que abandona a igreja no decorrer do *Sanctus*? De pronto, não

10 *Flor*, no original.
11 Parte da oração eucarística, o *Sanctus* é um hino litúrgico com raízes judaicas e cujo início, baseado em *Isaías* 6, 3 e *Daniel* 7, 10, será mais adiante citado. Os asteriscos são, sempre, aqui e alhures nesta edição, do autor.

cantareis mais na igreja!' Deveria ter sido uma brincadeira, mas, sem saber muito bem como isso se deu, minhas palavras soaram imediatamente cerimoniosas. Bettina empalideceu e, em silêncio, deixou a igreja. Desde aquele momento, perdeu a voz."

Entrementes, o doutor voltara a sentar-se e, com o queixo apoiado no punho da bengala, permaneceu mudo, mas o mestre de capela exclamou: "De fato, muito miraculoso!" "Em verdade, naquela altura", continuou o entusiasta, "quando disse tais palavras, não me ocorrera nada em especial e tampouco associei a perda de voz de Bettina minimamente com o incidente na igreja. Apenas agora, ao voltar para cá e descobrir, por meio de vós, doutor, que Bettina ainda sofre dessa desagradável doença, lembrei-me de que poderia então ter pensado numa história que lera, há muitos anos, num antigo livro e que tenciono compartilhar convosco, já que agora vos me pareceis gentis e calmos." "Contai-nos então", clamou o mestre de capela, "talvez haja, nela, material interessante para uma boa ópera." "Mestre de capela", falou o doutor, "se podeis musicar sonhos, pressentimentos e estados magnéticos hei, pois, de vos ajudar e a história há decerto de girar novamente em torno disso." Sem responder ao doutor, o entusiasta viajante pigarreou e começou a contar com voz admirável: "A perder de vista, o acampamento de Isabelle e Ferdinando de Aragão se estendia diante dos muros de Granada." "Oh, Deus do céu", o doutor interrompeu o narrador, "começais como se não quisésseis terminar em nove dias e nove noites; e eu, aqui sentado, e os pacientes se lamentando. Ao diabo com vossas histórias mouras; já li Gonzalvo de Córdoba e já ouvi as *seguidillas* de Bettina, mas basta com isso! Com todo respeito! Bendito seja Deus!" Rapidamente, o doutor dirigiu-se correndo à porta, porém o mestre de capela permaneceu tranquilamente sentado, dizendo: "Será uma história sobre as guerras dos mouros contra os espanhóis, se bem percebo; há tempos que queria compor algo sobre isso. Batalhas, tumulto, romances, cavalgadas, címbalos, corais, tambores e timbales. Oh, timbales! Já que estamos aqui, juntos uma vez, contai-me, caro entusiasta, e quem sabe que espécie de semente o desejado conto há de lançar em meu ânimo e que lírios gigantes hão ali de brotar." "Mestre de capela!", retrucou o entusiasta, "De imediato, tudo vos se tornará uma ópera e, por isso

o "sanctus" 17

mesmo, as pessoas racionais, que tratam a música como uma forte água-ardente, a ser degustada apenas em pequenas proporções com vistas ao fortalecimento do estômago, também hão de vos tomar por louco. Mas, ainda assim, quero vos contar e, caso desejardes, ficai à vontade para esboçar alguns acordes." (Aquele que aqui escreve estas linhas vê-se obrigado, antes de transcrever o conto do entusiasta, a pedir a ti, generoso leitor, que tenha a caridade de aceitar, em prol da concisão, que os acordes escolhidos pelo mestre de capela sejam entremeadamente indicados. E, em vez de escrever "aqui falou o mestre de capela", dir-se-á apenas "o mestre de capela"[12].)

"A perder de vista, o acampamento de Isabelle e Ferdinando de Aragão se estendia diante dos muros de Granada. Esperando, em vão, por alguma ajuda e achando-se cada vez mais acantoado, o covarde Boabdil desesperava-se e era amargamente caçoado pelo povo, que o chamava de pequeno rei, encontrando consolo momentâneo apenas nas vítimas da sangrenta crueldade. Mas, à medida que o desencorajamento e o desânimo se apoderavam do povo e do exército em Granada, a esperança de vitória e o ímpeto de luta cresciam no acampamento espanhol. Não foi preciso nenhum ataque. Ferdinando se limitou a atirar nas muralhas e afugentar as armadilhas dos sitiados. Essas pequenas contendas assemelhavam-se mais a alegres torneios do que a sérias batalhas e mesmo a morte daqueles que, no combate, caíram lutando podia elevar os ânimos, já que, celebrados com a ostentação do culto eclesiástico, tais baixas pareciam cintilar na glória radiante do martírio pela fé. Logo depois que Isabella adentrou no acampamento, ela mandou erigir, em seu centro, uma elevada construção de madeira com torres de cujos vértices tremulavam as bandeiras da Santa Cruz. Seu interior transformou-se numa igreja e num mosteiro, sendo que freiras beneditinas se mudaram para lá, celebrando missas diariamente. A rainha, acompanhada de seus seguidores, bem como de seus cavaleiros, vinha todas as manhãs assistir à missa, lida pelo seu confessor e encorajada pelo canto das freiras reunidas no coro. Aconteceu, então, numa manhã, de Isabella escutar uma voz que se sobressaia das demais, ressoando maravilhosamente

---

12 Hoffmann de fato há de observar, texto adentro, a segunda orientação, mas não há indicações ulteriores dos aludidos acordes.

como um sino. O canto se deixava ouvir como o clangor vitorioso de um rouxinol que, qual uma princesa do bosque, comanda o povo jubiloso. E, no entanto, a pronúncia das palavras era tão estrangeira e até mesmo o tipo muitíssimo próprio de canto tão peculiar que davam a entender que a cantora ainda não estava familiarizada com o estilo eclesiástico, vendo-se obrigada, quiçá, a cantar pela primeira vez numa missa. Com surpresa, Isabella olhou ao seu redor e notou que seus seguidores foram tomados pelo mesmo espanto; não pôde deixar de pressentir, porém, que aqui estava em jogo alguma espécie de aventura, quando Aguillar, corajoso chefe do exército que se achava em meio aos súditos, fitou-a nos olhos. Ajoelhado no banco dos fiéis, com as mãos entrelaçadas, ele mirou fixamente por sobre a grade do coro e seu olhar sombrio revelou uma nostalgia fervorosa e ardente. Quando a missa havia terminado, Isabella foi aos aposentos de Dona Maria, a prioresa, perguntando-lhe pela cantora estrangeira. 'Lembrai-vos, rainha', falou Dona Maria, 'que, antes da lua minguante, Dom Aguillar pensara em derrubar e conquistar aquele forte, o que, guarnecido de um majestoso terraço, servia aos mouros como local de diversão?' Toda noite ecoavam os cantos exuberantes dos pagãos sobre o nosso acampamento, tal como vozes sedutoras de sereias, sendo que, por isso mesmo, o valente Aguillar tencionava destruir aquele ninho do pecado. Assim que a fortaleza foi tomada, as mulheres capturadas durante a batalha foram levadas à prisão, mas um insuspeito reforço obrigou-o, a despeito de seu bravo exército, a abandonar o local, retirando-se de volta ao acampamento. O inimigo, entretanto, não ousou segui-lo, de sorte que os prisioneiros e o pródigo butim ficaram com ele. Dentre as mulheres aprisionadas, havia uma cujo lamento inconsolável e desespero chamaram a atenção de Dom Aguillar. Com palavras amáveis, aproximou-se então da mulher, que trajava um véu, mas como se sua dor não possuísse outra linguagem senão que o canto, depois de ter tocado alguns acordes insólitos na cítara que trazia no pescoço, pendurada numa correia dourada, ela começou a cantar uma *romanza*, cujos sons suspirantes e desgarrados indicavam o lamento pela separação do amado e de toda alegria de viver. Profundamente comovido pelas notas maravilhosas, Aguillar decidiu deixar a mulher ser levada de volta a Granada; ela então

o "sanctus" 19

se ajoelhou diante dele, retirando seu véu. E, como se estivesse fora de si, Aguillar bradou: 'Não és tu Zulema? A luz do canto de Granada?' Tratava-se realmente de Zulema, quem o comandante havia visto quando de uma visita à corte de Boabdil e cujo canto prodigioso continuava, desde então, a ecoar em seu peito. 'Concedo-lhe a liberdade', exclamou Aguillar; todavia, naquele momento, o venerável padre Agostino Sanchez, que empunhava uma cruz na mão, disse: 'Lembre, senhor, que, ao libertar a prisioneira, fazes-lhe uma grande injustiça, pois, apartada do culto a ídolos, ela talvez pudesse, conosco, ser iluminada pela graça divina e reconduzida ao regaço da igreja.' Aguillar falou: 'Ela pode ficar conosco por um mês e, aí então, caso não seja tocada pelo espírito de Deus, deverá ser levada de volta à Granada.' Assim foi, oh senhora, que Zulema foi por nós acolhida no mosteiro. No início, deixou-se levar totalmente pela dor inconsolável e, de pronto, ouviam-se *romanzas* profundamente lamentosas, entoadas selvática e espantosamente e mediante as quais ela ocupava o mosteiro inteiro, haja vista que sua penetrante e altissonante voz poderia ser ouvida em toda parte. Certa vez, por volta da meia-noite, achávamo-nos reunidos no coro da igreja, cantando a *Liturgia das Horas* à maneira sacrossanta e maravilhosa que nos fora ensinada por Ferrera, o grande mestre do canto. À luz dos candelabros, percebi Zulema parada junto à entrada do portão do coro, com o olhar sério, a mirar com serenidade e devoção; quando deixávamos o coro de dois em dois, ela se prostrou, no corredor, aos pés de uma imagem de Maria. No outro dia, não cantou nenhuma *romanza*, senão que permaneceu quieta e voltada para si mesma. Mas, dentro em pouco, na cítara gravemente afinada, tentou tocar os acordes do coral que havíamos cantado na igreja e, aí então, empenhando-se, começou a entoar silenciosamente as mesmas palavras de nosso canto, as quais ela pronunciou, de modo incrível, com uma língua um tanto misturada. Saltou aos meus olhos que o espírito divino havia com ela se comunicado e que seu peito estaria aberto à sua graça, razão pela qual enviei a irmã Emanuela, mestra do coral, a seu encontro, de sorte a atiçar aquele centelho fulgurante; e assim foi que, no sacro canto da igreja, a fé que nela dormitava terminou por ser inflamada. Zulema ainda não havia sido acolhida no seio da igreja mediante o batismo sagrado, mas se lhe concedeu o direito de tomar parte em nosso coro para que, com sua maravilhosa voz, aumentasse a glorificação da igreja. A rainha sabia muito bem aquilo que havia sucedido no coração de Aguillar, quando este, convencido pelas palavras de Agostino, não reenviou Zulema para Granada, senão que a deixou ser abrigada pelo mosteiro, mostrando-se tanto mais feliz pelo fato de ela ter se convertido à verdadeira crença. Poucos dias depois, Zulema foi batizada e passou a se chamar Julia. A própria rainha, o marquês de Cadix, Heinrich von Gusmann, os comandantes Mendoza e Villena foram testemunhas do ato sagrado. Poder-se-ia acreditar que o canto de Julia teria de proclamar a magnificência da crença com ainda mais veracidade e intimidade, sendo que foi isso mesmo que aconteceu durante um curto período de tempo, mas, no entanto, Emanuela de pronto se deu conta de que Julia, com frequência e de modo assaz estranho, afastava-se do coral, infundindo-lhe notas estranhas. Não raro, como que do nada, ressoava através do coro o som abafado de uma cítara pesadamente afinada. O som parecia o eco de cordas arranhadas por uma tempestade. Julia tornou-se, então, irrequieta e, certa vez, ela inclusive chegou a introduzir, sem querer, uma palavra moura no hino latino. Emanuela alertou à recém-convertida para que resistisse com firmeza ao inimigo, mas, levianamente, ela não observou ao aviso e, para a irritação das irmãs, começou a cantar afetuosas canções mouras de amor ao som da cítara, que ela havia afinado uma vez mais, e isso justamente quando se ouviam os corais austeros e sagrados do antigo Ferrera. Agora, as notas da cítara soavam com estranheza, zumbindo muitas vezes de modo adverso através do coro, quase como o sopro estridente das pequenas flautas mouras."

"*O mestre de capela: flauti piccoli* – flautins. Mas, até agora, meu caro, não há absolutamente nada com vistas à ópera! Nenhuma exposição! E é isso o que, como sempre, mais importa! Todavia, a afinação a um só tempo grave e aguda da cítara muito me instigou. Não credes que o diabo seja um tenor? Ele se equivoca – e, por isso, canta tudo sempre em falsete!"

"*O entusiasta*: Deus do céu! Tornai-vos dia após dia cada vez mais engraçado, mestre de capela! Mas, tendes razão; deixemos o princípio diabólico sobrelevar os sopros e guinchos antinaturais

o "sanctus"

etc. Prossigamos, porém, com o conto, que já me está dando realmente nos nervos, pois, a todo instante, corro o risco de pular algum momento assaz relevante.

Ocorreu, então, que a rainha, acompanhada pelos nobres comandantes do acampamento, foi à igreja das freiras beneditinas para, como de costume, ouvir à missa. Diante da porta, achava-se um mendigo maltrapilho e miserável, sendo que os guardas ao redor quiseram enxotá-lo, mas, ao ser erguido, soltou-se e, aos gritos, lançou-se ao chão, de sorte que terminou comovendo a rainha. Enraivecido, Aguillar irrompeu e quis dar um pontapé no pobre coitado. Este, porém, aos trancos e barrancos, pulou em sua direção e esbravejou: 'Acerta a cobra! Acerta! Ela te picará mortalmente!' e, ao dizê-lo, dedilhou as cordas de uma cítara que trazia, às escondidas, em seus farrapos, arranhando notas tão ruidosas e assoviando sons tão repelentes que todos, tomados por um terror sinistro, afastaram-se. Os guardas expulsaram o repugnante fantasma, o qual, como se dizia, seria um insano prisioneiro mouro que, mediante suas espetaculares diversões e o toque encantador de sua cítara, entretinha os soldados no acampamento. A rainha adentrou e a missa teve início. No coro, as irmãs entoaram o *Sanctus* e, justamente quando Julia, com voz poderosa, como de hábito, deveria cantar 'Pleni sunt coeli gloria tua', ouviu-se um ruidoso som de cítara através do coro; Julia fechou a partitura e quis deixar o coral. 'O que estás prestes a fazer?', exclamou Emanuela. 'Oh!', disse Julia, 'Não escutas, pois, as esplêndidas notas do mestre? Junto a ele, preciso cantar a seu lado!'; e, com isso, apressou-se rumo à porta; mas, com uma voz bastante austera e cerimoniosa, Emanuela disse: 'Pecadora! Tu profanas o serviço de Deus, ao lhe proferir um elogio com a boca e trazer, no coração, pensamentos mundanos. Voe já daqui! A força do canto se despedaçou em ti! Os sons maravilhosos em seu peito, que despertam o espírito divino, estão mudos!' Atingida pelas palavras de Emanuela como que por um raio, Julia saiu cambaleando mais e mais. E, precisamente quando as freiras tencionavam reunir-se à noite para cantar a *Liturgia das Horas*, uma densa fumaça encheu rapidamente a igreja inteira. Logo em seguida, sibilando e aos estalos, as chamas penetraram através das paredes do prédio anexo e tomaram conta do mosteiro. Com esforço, as freiras lograram salvar suas próprias vidas; trompetes e cornetas retumbaram pelo acampamento e os soldados, que ainda se achavam no primeiro sono, saltaram da cama; o comandante Aguillar foi visto com os cabelos chamuscados, fugindo do mosteiro com metade das roupas queimadas; em vão, havia tentado salvar Julia, de quem se sentia falta, mas da qual não havia nenhum vestígio. A luta contra o fogo permaneceu inócua, haja vista que este último, atiçado por uma tempestade que se erguia, escalava-se cada vez mais; em pouco tempo, o portentoso e magnífico acampamento de Isabelle achava-se inteiramente em cinzas. Confiantes de que o revés dos cristãos poderia trazer-lhes a vitória, os mouros ousaram empreender um ataque com um poder significativo, mas em nenhuma outra luta as armas dos espanhóis brilharam tanto como em tal embate; e quando eles, vitoriosos e ao som jubiloso dos trompetes, retornaram às suas trincheiras, Isabelle subiu no trono que se lhe havia sido construído ao ar livre, ordenando ainda que se erigisse uma cidade no lugar do acampamento incendiado! Ela deveria dar mostras, aos mouros de Granada, de que o cerco jamais seria suprimido."

"*O mestre de capela*: quando devemos aventurar-nos somente com coisas espirituais no teatro, não ficamos completamente em falta com o amável público, se trouxermos à baila um pouco de coral aqui e acolá. Tivesse isso ocorrido, Julia não teria sido uma má voz. Pensai no duplo estilo no qual ela poderia brilhar! De saída, algumas *romanzas* e, depois, os cantos litúrgicos. Já tenho algumas doces canções espanholas e mouras preparadas, sendo que a marcha da vitória dos espanhóis também não está nada ruim; estou igualmente tentado a tratar as ordens da rainha melodramaticamente. Como isso tudo, entretanto, há de se juntar num só todo, apenas Deus sabe! Mas, contai-me mais. Voltemos à Julia, que tomara não tenha sido queimada!"

"*O entusiasta*: Acreditai, meu querido mestre de capela, que aquela cidade construída pelos espanhóis em vinte e um dias, cercada por muralhas, é justamente a cidade, ainda existente, de Santa Fé! Mas, agora, ao vos dirigir a voz de modo tão direto, hei de empregar uma tonalidade mais cerimoniosa, única condizente com tão solene material. Queria que vós tocásseis alguns responsórios de Palestrina, que se acham ali entreabertos, sobre a estante de partituras do piano."

o "sanctus"

O mestre de capela assim procedeu e o entusiasta viajante prosseguiu, pois, com a narração:

"Durante a construção da cidade dos espanhóis, os mouros não deixaram de importuná-los das mais variegadas maneiras e o desespero os impeliu às audácias mais arriscadas, de modo que as batalhas foram mais severas do que nunca. Certa vez, Aguillar havia feito recuar, até as muralhas de Granada, um esquadrão mouro que atacara os guardas espanhóis e, dispensando seu séquito, permaneceu junto às primeiras trincheiras, em meio a pequenos bosques de mirta, para poder entregar-se, com todo ânimo, a sérios pensamentos e nostálgicas recordações. Com vivacidade, a imagem de Julia colocava-se diante dos olhos de sua alma. Já durante a batalha ele ouvira sua voz, ora ameaçadora, ora lamentosa, e mesmo agora lhe parecia que um estranho cântico, misto de canção moura com litúrgico canto cristão, murmurava por entre os sombrios mirtos. Então, de repente, surgindo da floresta, rugiu um cavaleiro mouro, com uma armadura prateada e sobre um veloz cavalo árabe, sendo que, de imediato, uma lança atirada passou de raspão sobre a cabeça de Aguillar. Com a espada desembainhada, quis lançar-se sobre o adversário, quando uma segunda lança voou sobre ele, fincando-se, porém, profundamente no coração de seu cavalo, o qual, de dor e por raiva, empinou-se alto, de modo que Aguillar se viu levado a pular rapidamente para o lado, para não sucumbir a um golpe mais grave. O mouro foi para cima dele e, com seu sabre, atacou a cabeça desprotegida de Aguillar. Mas, com habilidade, este último aparou o golpe mortal e reergueu-se tão violentamente que o mouro só pôde salvar-se, porque se reclinou no cavalo. Neste mesmo instante, a montaria do mouro arremeteu-se contra Aguillar, de maneira que não lhe foi dado desferir um segundo golpe; o mouro então sacou seu punhal, mas, em vez de apunhalar, Aguillar imobilizou-o com uma força descomunal, puxou-o do cavalo e, engalfinhando-se, lançou-o ao chão. Ele então se ajoelhou sobre o peito do mouro e, porque havia segurado o braço direito deste último com sua mão esquerda com tamanho ímpeto, a ponto de detê-lo, pôde arrancar-lhe o punhal. Mas, mal havia ele erguido o braço para furar a garganta do mouro, este sussurrou profundamente: 'Zulema!' Paralisado qual uma estátua, Aguillar não conseguiu levar o ato a cabo. 'Desafortunado!', exclamou ele, 'o nome de quem estás a chamar?' 'Golpeia', gemeu o mouro, 'golpeia aquele que te jurou arruinar e matar. Sim! Tu sabias, cristão traidor, que roubastes Zulema de Hichem, o último descendente de Alhamar? Sabias que aquele mendigo maltrapilho, que rondeava vosso acampamento com trejeitos de louco, era Hichem? Sabias que me foi facultado incendiar a escura prisão em que vós, infames, trancafiastes a luz de meus pensamentos e que pude, assim, salvar Zulema?' 'Como? Zulema! Julia vive?', exclamou Aguillar. Hichem deu então uma sonora risada, com um ar pavorosamente escarninho, dizendo: 'Sim, ela vive! Mas vossa sangrenta imagem idolátrica coroada com espinhos terminou por enfeitiçá-la com um encanto amaldiçoado e a cheirosa flor brilhante da vida se cobriu com as mortalhas dessas mulheres insanas, que chamais de noivas de vosso ídolo. Sabias que o som e o canto morreram em seu peito, como que varridos pelo sopro venenoso do Simum?[13] Lá se foi, com as doces canções de Zulema, todo prazer da vida e é por isso que me matas – me matas, porque não posso mais me vingar de ti, haja vista que me arrancastes muito mais do que minha própria vida.' Aguillar tirou as mãos de Hichem e levantou-se, erguendo lentamente sua espada do chão. 'Hichem', disse ele, 'Zulema, que assumiu o nome de Julia no sagrado batismo, tornou-se minha prisioneira numa luta franca e aberta. Iluminada pela misericórdia de Deus, ela renunciou ao desdenhoso culto a Maomé e aquilo que tu, cego mouro, chamas de feitiço maligno não passava da tentação do mal, contra a qual ela não conseguiu resistir. Se denominas Zulema tua amante, então Julia, que se converteu à fé, é a dama de meus pensamentos, sendo que, com *ela* no coração e para a glória da verdadeira crença, quero duelar contra ti numa luta corajosa. Empunha tuas armas e me ataca como tu bem desejares, conforme teu costume.' Com rapidez, Hichem apanhou a espada e o escudo, mas, mesmo correndo em direção a Aguillar, acabou titubeando e atirou-se sobre o cavalo, que permanecia a seu lado, debandando num largo galope. Aguillar não tinha ideia do que aquilo poderia ter significado, porém, naquele mesmo instante, o velho e venerável Agostino Sanchez surgiu

---

13   Também conhecido como Samiel, Simum é um tórrido vento africano, capaz de produzir tempestades avassaladoras pelos desertos em que sopra.

o "sanctus"

por detrás dele e, rindo suavemente, disse: 'Temeria Hichem a mim ou ao Deus que em mim habita e cujo amor ele despreza?' Aguillar narrou tudo o que ele ouviu dizer sobre Julia e ambos se lembraram das proféticas palavras de Emanuela, quando Julia, atraída pelas notas da cítara de Hichem, assassinou toda devoção que trazia na alma, abandonando, pois, o coro durante o *Sanctus*."

"*O mestre de capela*: Já não me ocorre mais nenhuma ópera, mas a batalha entre o mouro Hichem, trajando armadura, e o comandante Aguillar me inspira em termos musicais. Mas que diabos! Quem pode retratar melhor um atacando o outro senão que Mozart, tal como o fizera em *Don Giovanni*! Bem sabeis o que digo – no primeiro ato."

"*O entusiasta viajante*: Silêncio, mestre de capela! Vou dar o último impulso ao meu conto, que já está muito longo. Agora vem o momento mais importante, sendo que é necessário concentrar as ideias, porque tenho Bettina sempre em mente, o que não me deixa menos transtornado. Não gostaria, nem de longe, que ela chegasse alguma vez a vivenciar minha história espanhola, mas a mim me parece que ela está à escuta atrás da porta, o que, naturalmente, só pode ser pura imaginação de minha parte. Sigamos em frente, então.

Sendo derrotados mais e mais em todas as batalhas e pressionados pela crescente fome dia após dia, de hora em hora, os mouros viram-se, por fim, forçados a capitular; e, com grande pompa festiva, ao som dos estardalhaços dos canhões, Ferdinando e Isabella adentraram em Granada. Os padres haviam reinaugurado a grande mesquita sob a forma de uma catedral, dirigindo a procissão em sua direção no intuito de agradecer, com uma missa piedosa e um cerimonioso *Te deum laudamus*[14], ao Deus dos exércitos pela gloriosa vitória sobre os servos de Maomé, o falso profeta. A ira dos mouros, difícil de ser aplacada e sempre prestes a se tornar novamente inimistosa, era bastante conhecida e, por isso, destacamentos da tropa, que caminhavam de prontidão pelas ruas mais distantes, cobriam a procissão que se movia pela rua principal. Assim foi que Aguillar, à frente de um destacamento que se deslocava a pé, tencionou dirigir-se à catedral, onde a missa já havia começado, justamente por um caminho ainda mais

---

14 Tradicional hino cristão, *Te Deum laudamos* (Louvamos a Ti, Deus) é parte integrante da *Liturgia das Horas*.

afastado quando, de repente, sentiu-se ferido no ombro esquerdo por um tiro de flecha. Naquele instante, uma montanha de mouros irrompeu de uma arcada escura e atacou os cristãos com raiva desesperadora. Hichem, que vinha na dianteira, correu contra Aguillar, mas este último, apenas levemente ferido, mal sentia a dor do ferimento e pôde defender-se habilmente do violento ataque, sendo que, no mesmo momento, Hichem caiu aos seus pés com a cabeça rachada ao meio. Os espanhóis lançaram-se colericamente sobre os mouros traidores, os quais, de pronto e aos berros, fugiram e se atiraram numa casa de pedra, cuja porta foi por eles rapidamente trancada. Os espanhóis atacaram-na, mas, de suas janelas, choviam flechas e Aguillar ordenou, então, que se lhe jogassem tochas de fogo. De imediato, as chamas inflamaram-se sobre o teto, quando, em meio aos trovões dos canhões, soou uma maravilhosa voz da edificação em chamas: *Sanctus, sanctus, sanctus / Dominus deus sabaót*. 'Julia!, Julia!', bradou Aguillar numa dor inconsolável; então, abriu-se a porta e Julia, vestindo o hábito de uma freira beneditina, emergiu com uma voz ainda mais forte, cantando: *Sanctus, sanctus, sanctus,/ Dominus deus sabaót*. Por trás dela, os mouros, ajoelhados, cruzavam as mãos sobre o peito, para fazer o sinal da cruz. Assombrados, os espanhóis recuaram e, por entre suas fileiras, Julia caminhou junto com os mouros rumo à catedral e, ao adentrá-la, entoou: *Benedictus qui venit in nomine Domini*. Involuntariamente, como se uma santa tivesse sido enviada do céu para anunciar Deus aos abençoados, o povo todo se ajoelhou. A passos firmes e com o olhar transfigurado voltado ao firmamento, Julia colocou-se diante do altar, entre Ferdinando e Isabelle, cantando a missa e executando as práticas litúrgicas com fervorosa devoção. Ao último som do cântico *Dona nobis pacem*[15], Julia afundou-se, desfalecida, nos braços da rainha. Todos os mouros que a acompanhavam e se converteram à fé receberam, no mesmo dia, o batismo sagrado."

Assim, o entusiasta terminara de contar sua história, quando então, com bastante alarde, o doutor entrou no recinto, batendo sua bengala freneticamente sobre o chão e, irado, disse: "Estais ainda aí, sentados, contando histórias malucas e fantásticas um ao outro, sem qualquer consideração pela vizinhança e tornando as pessoas até mais doentes."

15 "Dai-nos a paz", verso que encerra o hino litúrgico *Agnus Dei*.

o "sanctus"

"O que se passou de novo, caríssimo?", falou o mestre de capela completamente assustado. "Sei muito bem!", respondeu o entusiasta, com muita serenidade. "Nada mais nada menos do que o fato de Bettina ter escutado nossa conversa em alto e bom som e ido para o gabinete, tendo, agora, pleno conhecimento do ocorrido." "Arruinastes tudo", irrompeu o doutor, "com vossas malditas e mentirosas histórias, seu entusiasta insano – que envenenam vosso ânimo excitável, com vossos testemunhos malucos; mas, hei de acabar com vossa festa!" "Magnífico doutor!", disse o entusiasta, interrompendo o irado doutor, "não vos apresseis e ponderai sobre o fato de que a doença psíquica de Bettina requer métodos psíquicos e, talvez, minha história." "Quieto! Quieto!", interveio muito calmamente doutor, "Sei bem o que desejais dizer." "O tema não se presta a uma ópera, mas, ainda assim, deu ensejo a acordes de sonoridade curiosa." Assim murmurou o mestre de capela, ao apanhar seu chapéu e acompanhar seus colegas.

Três meses depois, quando o entusiasta viajante, cheio de alegria e devoto deleite, beijou a mão da então já curada Bettina que, com esplêndida voz de sino, cantara *Stabat mater* de Pergolesi[16] (todavia, não na igreja, senão que numa sala moderadamente grande), ela lhe disse: "Decerto não sois um mestre da feitiçaria, mas, às vezes, tendes uma natureza que atua teimosamente a contrapelo das coisas." "Como todos os entusiastas", acrescentou o mestre de capela.

---

16 Composta em 1736, nas últimas semanas de vida de Giovanni Battista Pergolesi – quando este convalescia de tuberculose num mosteiro em Pozzuoli –, a peça religiosa *Stabat mater* prevê solistas nos registros alto e soprano, bem como violinos, viola, cello e órgão.

A Fermata[1]

O jovial e vivaz quadro de Hummel, *Reunião Numa Locanda Italiana*[2], tornou-se conhecido por meio da exposição de arte em Berlim no outono de 1814, na qual foi apresentado, para o deleite do olhar e ânimo de muitos visitantes. Um exuberante caramanchão, uma mesa cheia de frutas e vinho, junto à qual duas mulheres italianas sentam-se frente à frente; uma delas canta, enquanto a outra toca guitarra, sendo que, por detrás, em pé entre ambas, acha-se um abade, fazendo as vezes de diretor musical. Com a batuta levantada, ele fica atento ao momento em que a *signora* há de terminar a cadência num longo trinado, a qual entoa olhando para o alto; desce então o braço e a guitarrista, com ousadia, ataca o acorde dominante. O abade está cheio de admiração e afortunada satisfação, mas tomado, ao mesmo tempo, por uma angustiante tensão. Por nada no mundo gostaria de perder a marcação rítmica correta. Mal ousa respirar. Desejaria prender as asas e a mandíbula de toda abelhinha e pequeno inseto, de sorte a evitar qualquer zumbido. Igualmente fatal parece-lhe o

---

1 Ver Die Fermate, em E.T.A. Hoffmann, *Die Serapions-Bruder*, p. 71-94.
2 Quadro de Johann Erdmann Hummel (1769-1852), que dá ensejo ao conto inteiro de Hoffmann.

atarefado dono da hospedaria, o qual, justamente agora, no instante mais importante e elevado, traz o vinho que lhe fora pedido. Pode-se entrever um corredor verdejante, através do qual penetram brilhantes raios de luz. Lá, no fundo, encontra-se um cavaleiro, ao qual, ainda montado, é servida uma bebida fresca do estabelecimento.

Os dois amigos, Eduard e Theodor, achavam-se diante de tal quadro. "Quanto mais contemplo", falou Eduard, "essa cantora relativamente envelhecida, mas, em verdade, virtuosamente entusiasmada em suas coloridas roupas; quanto mais me deleito com o perfil austero e legitimamente romano, com a bela constituição física da guitarrista; quanto mais o exímio abade me diverte, tanto mais livre e intensamente a inteira cena parece-me adentrar na vida efetivamente ativa. Trata-se, evidentemente, de uma caricatura num sentido assaz elevado, mas prenhe de jovialidade e encanto! Queria subir agora mesmo sobre o caramanchão e abrir um dos graciosos garrafões que, da mesa, sorriam para mim. Parece-me, verdadeiramente, que já sinto um pouco do doce perfume do nobre vinho. Mas, não! Esse estímulo não deve evaporar no frio e sóbrio ar que aqui nos rodeia. Em honra desse majestoso quadro, da arte, bem como da jovial Itália, onde resplandece o prazer de viver, partamos daqui e tomemos uma garrafa de vinho italiano."

Enquanto Eduard dizia essas coisas por meio de frases entrecortadas, Theodor permanecera calado e voltado profundamente para si mesmo. "Sim, façamos isso!", acrescentou ele, como se acordasse de um sonho; mas mal conseguia sair de perto do quadro, sendo que, quando já se achava na porta, depois de seguir automaticamente o amigo, lançou ainda um olhar nostálgico para as cantoras e o abade. A sugestão de Eduard foi realizada com facilidade. Eles atravessaram a rua e, de imediato, no bistrô da Sala Tarone[3], viram-se diante de uma garrafa de vinho muitíssimo semelhante àquela sob o caramanchão de uvas. "A mim me parece, porém", disse Eduard, depois de ter esvaziado algumas taças – e Theodor, de sua parte, permanecia quieto e concentrado – "que o quadro exerceu um efeito assaz particular

---

3　Célebre empório de vinhos e alimentos finos (*delicatessen*) situado à avenida *Unter den Linden*, em Berlim, a Sala Tarone servia, entre outras coisas, como ponto de encontro e espaço de conveniência, onde se entabulavam diálogos mais "pessoais".

a fermata 31

sobre ti, e não te comoveu de modo tão alegre como a mim." "Posso assegurar", retrucou Theodor, "que também eu desfrutei, em plena medida, de toda jovialidade e graciosidade do vívido quadro, mas, de fato, não deixa de ser insólito o fato de que a imagem expõe fielmente, com toda similitude das pessoas retratadas, uma cena da minha vida. Tu hás, contudo, de reconhecer que lembranças joviais também são capazes de abalar o espírito de uma maneira bastante esquisita, quando surgem assim, de modo completamente inesperado e incomum, como que acordadas por um passe de mágica. E tal é, pois, agora, o meu caso." "Uma cena de tua vida!", elucubrou Eduard, com espanto, "Deveria o quadro expor uma cena de tua vida? Reputei os retratos das cantoras e do abade bem fidedignos, mas por que deveriam ter existido em tua vida? Conta, então, agora mesmo, como isso tudo está relacionado! Ficaremos a sós, haja vista que, a essa hora, ninguém há de vir para cá." "Gostaria muito de fazê-lo", disse Theodor, "mas, para tanto, preciso divagar muito, remontando ao período de minha juventude." "Conta sem receios!", replicou Eduard, "Não conheço muita coisa a respeito de teus anos de mocidade. Se por ventura demorar muito, o pior que pode ocorrer é abrirmos outra garrafa, uma a mais do que havíamos imaginado, e isso não fará mal a ninguém – nem a nós nem ao senhor Tarone."

"Que eu, ao fim e ao cabo, tenha colocado tudo de lado", começou Theodor, "e me dedicado completamente à nobre música, eis algo que não assustou a ninguém, pois, desde garoto, não contava fazer outra coisa e teclava, durante dias e noites, o antigo, ruidoso e estridente piano de meu tio. O lugarejo em que vivia, contudo, era realmente mal servido em matéria de música, de sorte que não havia ninguém que pudesse me ensinar, à exceção de um velho e teimoso organista, o qual era, no entanto, um improdutivo professor de álgebra e muito me torturava com fugas sombrias e cacofônicas tocatas. Sem me deixar assustar com isso, mantive-me firme e forte. Por vezes, irado, o velho me repreendia, mas aí bastava ele repetir algum compasso vigoroso, à sua maneira bravia, e então fazia as pazes com ele e com a arte. Frequentemente, algumas passagens me pareciam assaz maravilhosas, em especial, trechos do velho Sebastian Bach, os quais soavam quase como um terrível conto de fantasma; e era então tomado por aquele calafrio ao qual nos entregamos de bom grado durante o fantástico período de juventude. Todo um Éden se descortinava diante de mim quando, como era de se esperar no inverno, o maestro da cidade e seus companheiros, apoiados por alguns fracos diletantes, davam um concerto, sendo que eu tocava timbale na orquestra, o que me era dado fazer por conta de meu ritmo muito acertado. Quão hilários e engraçados eram esses concertos, eis algo que só pude perceber mais tarde. Em geral, meu professor tocava dois concertos para piano de Wolff ou Emanuel Bach; um colega do maestro sofria horrores para tocar Stamitz[4] e o coletor de impostos, de sua parte, soprava violentamente a flauta, respirando com tanta força que terminava por apagar as duas velas sobre o púlpito, as quais sempre tinham de ser reacendidas. Nem se cogitava tocar algo para o canto, fato de que meu tio muito se queixava, haja vista ser ele um grande admirador e amigo da arte dos sons. Ele ainda pensava com o embevecimento próprio dos velhos tempos, quando os quatro dirigentes de coral das quatro igrejas locais se reuniam para apresentar *Lottchen am Hofe*[5] na sala de concerto. Costumava enaltecer, sobretudo, a tolerância com a qual os cantores se uniam para realizar a obra de arte já que, além das comunidades católicas e evangélicas, a comunidade reformada ainda se dividia em duas frentes, a alemã e a francesa; o dirigente francês não abria mão do papel de Lottchen e, tal como assegurava meu tio, desempenhava-o, sem tirar os óculos, com o mais gracioso falsete que jamais ressoou de uma garganta humana. Mas, uma solteirona de cinquenta e cinco anos, chamada Meibel, dilapidava então sua parca pensão conosco (no lugarejo, quero dizer), a qual recebia da corte, como cantora aposentada, sendo que meu tio acreditava, com acerto, que ela poderia se alegrar com o dinheiro haurido do concerto, embora a quantia fosse verdadeiramente pequena. Ela se manteve orgulhosa e se deixou suplicar, mas, por fim, acabou aceitando, de sorte que ao concerto se seguiram inclusive árias de bravura. Esta senhorita Meibel era mesmo uma pessoa esquisita. Ainda guardo vividamente, na memória, sua figura esguia e pequena. Com sua

---

4   Compositor e experimentado violinista, Carl Philipp Stamitz (1745-1801) também foi um grande divulgador e entusiasta do clarinete.
5   Opereta de Johann Adam Hiller (1728-1804).

a fermata   33

partitura em mãos e em trajes coloridos, costumava aparecer com ares muito solenes e austeros e, inclinando levemente o tronco, saudava o público reunido. Vestia uma touca muitíssimo estranha cuja frente era apetrechada com um buquê de flores italianas de porcelana, o qual, quando ela cantava, tremia e se curvava de modo bizarro. Quando chegava ao fim e o público havia aplaudido mais que o suficiente, entregava sua partitura ao meu professor, ao qual era dado apanhar a pequena lata de louça, decorada com a figura de um buldogue, que ela sacava para retirar, com enorme satisfação, um punhado de tabaco. Tinha uma voz horrível e lamurienta, fazia toda sorte de coloraturas e ornamentos estapafúrdios; e tu bem podes imaginar como isso tudo, somado à impressão hilária de sua aparência exterior, acabou necessariamente por exercer um efeito sobre mim. Meu tio se entusiasmava com os protestos de elogio, mas eu era incapaz de compreender isso e preferia, antes do mais, estar junto ao meu organista, o qual, sendo acima de tudo um desprezador do canto, com seu humor sarcástico e hipocondríaco, sabia parodiar de maneira assaz divertida a doce e velha solteirona.

Quanto mais partilhava, com meu mestre, tal desprezo pelo canto, tanto mais intensivamente ele agia sobre meu gênio musical. Com o maior afinco, ele me ensinou o contraponto e, em pouco tempo, passei a compor as mais engenhosas fugas e tocatas. Certa vez, em meu aniversário (completava, à época, dezenove anos), justamente quando tocava ao meu tio uma peça bem-acabada de minha própria autoria, o garçom de nossa mais distinta hospedaria adentrou no recinto e anunciou a chegada de duas senhoritas estrangeiras, então recém--chegadas. Antes mesmo que meu tio pudesse tirar o coloridíssimo roupão e se vestir, as duas damas anunciadas já haviam entrado. Tu sabes o efeito elétrico que toda rara aparição causa naqueles que foram criados na tacanhez provinciana – sobretudo essa, que penetrou em minha vida de forma tão inesperada, mostrando-se completamente propensa a me atingir qual uma vareta mágica. Imagina duas italianas altas e esbeltas, vestidas de maneira fantástica e com os matizes da última moda, acercando-se de meu tio com irreverência virtuosa, mas também com graça, e se lhe dirigindo com voz imponente, mas bem--soante. E que curiosa língua é essa que falam? Somente às vezes soava quase como alemão! Meu tio não compreendia uma palavra sequer. Sem abrir a boca, moveu-se constrangidamente para trás e apontou para o sofá. Ambas se sentaram e começaram a conversar entre si, sendo que o diálogo repercutia como uma música altissonante. Por fim, elas se fizeram entender junto ao meu tio; eram cantoras viajantes e tencionavam dar um concerto na cidade, procurando-lhe, justamente porque lhe era facultado organizar tais atividades musicais.

Conforme conversavam, pude escutar seus respectivos nomes e, naquele momento, a mim me pareceu que podia compreender melhor e com maior clareza cada uma das duas, já que antes a dupla aparição me havia deixado confuso. Lauretta, que parecia mais velha e olhava ao redor com olhos reluzentes, falava com uma vivacidade fervilhante e com uma gesticulação intensa com meu acanhado tio. Embora não muito grande, ela tinha um corpo exuberante e meu olhar se perdeu em meio a alguns estímulos que ainda me eram estranhos. Mais alta, esbelta e com um rosto fino e sóbrio, Teresina pouco falava, mas parecia, entretanto, mais compreensível. Vez ou outra, ela sorria de forma assaz esquisita, como se quisesse divertir-se às custas de meu tio, o qual, trajando seu roupão de seda, parecia uma carapaça e tentava, em vão, esconder uma comprometedora cinta bege que prendia a camisa do pijama e, por ser terrivelmente longa, dava voltas no peito. Finalmente, todos se levantaram e meu tio prometeu organizar o concerto no terceiro dia, sendo que eu, apresentado como um jovem virtuose, também fui gentilmente convidado pelas irmãs para tomar uma *ciocolata*. De modo bastante solene e a passos firmes, subimos então as escadas; sentíamos algo muito especial, como se tivéssemos de viver uma aventura da qual não estávamos à altura. Depois que meu tio, muitíssimo bem preparado para tanto, disse coisas belíssimas sobre a arte, mas as quais ninguém compreendeu, nem ele nem os demais; e, depois de eu ter queimado a língua por duas vezes com o chocolate escaldantemente quente, mas, ainda assim, com a serenidade estóica de um Cevola[6], ter sorrido em meio à dor irritante, Lauretta disse que queria cantar algo para nós. Teresina

---

6   Notório por sua coragem, Caio Múcio Cévola (Gaius Mucius Scaevola) pertence ao período inicial da história romana, protagonizando a lenda segundo a qual, inutilizando sua própria mão com fogo, ele teria salvado Roma do rei etrusco Lars Porsenna.

a fermata 35

pegou então a guitarra, afinou-a e tocou alguns acordes completos. Jamais ouvira tal instrumento; à medida que as cordas vibravam, maravilhosamente, a sonoridade abafada e misteriosa tomou-me com profundidade na alma. Com muita suavidade, Lauretta deu o tom, o qual ela manteve até o *fortissimo*, mas o qual, depois, foi por ela rapidamente alterado mediante uma ousada e intrincada figura uma oitava e meia acima. Ainda me lembro das palavras iniciais: *Sento l'amica speme*[7]. Meu coração ficou apertado; nunca havia pressentido aquilo. Mas enquanto Lauretta, de modo cada vez mais livre e ousado, intensificava a vibração do canto e os raios sonoros começaram torridamente a faiscar ao meu redor, minha música interior, há tempos morta e enrijecida, incendiou-se e elevou-se em chamas majestosas e poderosas. Ah! Escutara, então, pela primeira vez em minha vida, música! As duas irmãs cantaram, então, aqueles duetos austeros e profundos do abade Steffani.[8] A voz cheia e celestialmente pura do contralto de Teresina penetrou-me a alma. Não pude conter meu estado interno, de sorte que as lágrimas irromperam de meus olhos. Meu tio pigarreou, lançando-me um olhar desagradável, mas de que nada adiantou, já que, de fato, estava completamente fora de mim. Isso parece ter agradado às cantoras, que procuraram saber mais sobre meus estudos musicais, sendo que terminei por me envergonhar de minha atividade musical e, embalado pela audácia que o entusiasmo me havia proporcionado, declarei que apenas naquele dia havia, de fato, escutado música. Il bon fanciullo![9] sussurrou Lauretta, muito doce e amorosamente.

Quando cheguei em casa, fui tomado por uma espécie de ira e apanhei todas as fugas e tocatas que havia burilado, inclusive as cinquenta e cinco variações sobre um tema canônico que o organista havia composto e me presenteado com cópias passadas a limpo, e lancei tudo ao fogo, rindo em tom escarninho enquanto o duplo contraponto evaporava e estalava nas chamas. Sentei-me então ao piano e tentei, de início, imitar os sons da guitarra e, depois, reproduzir as melodias das irmãs e, por fim, cheguei até mesmo a cantar.

7   Do italiano, "Sinto a esperança amiga".
8   Compositor, organista e bispo-titular italiano, Agostino Steffani (1654-1728) foi também mestre de capela em Hanover.
9   Do italiano, "o bom menino".

36   *parte i*

"Pare de coaxar assim tão terrivelmente e sossegue o facho!", exclamou finalmente meu tio, por volta da meia-noite, apagando minhas duas velas e retornando ao seu quarto, do qual havia saído. Fui obrigado a obedecer. O sonho, porém, trouxe-me o segredo do canto – assim acreditava, ao menos – pois, com perfeição, durante ele cantei *Sento l'amica speme*. Na manhã seguinte, meu tio colocou à prova todos aqueles que eram capazes de assoprar algo e tocar algum instrumento de corda. Com orgulho, ele contava dar mostras de quão majestosa era a nossa música, mas, apesar disso, tudo se deu da pior forma possível. Lauretta preparou uma grande cena, porém, logo no recitativo, todos começaram a esbravejar uns com os outros e ninguém tinha a mínima ideia sobre como acompanhá-las. De raiva e impaciência, Lauretta gritou, enraiveceu-se e chorou. O organista sentou-se ao piano e ela, debruçando-se sobre o músico, fez as mais ácidas críticas. Ele então se levantou e, com silenciosa obstinação, dirigiu-se à porta. O maestro municipal, a quem Lauretta havia frontalmente chamado de *asino maledetto*[10], colocou o violino debaixo do braço e, cheio de birra, vestiu o chapéu. Também ele se dirigiu à porta. Os companheiros, com os arcos enfiados nas cordas e as boquilhas desatarraxadas, seguiram o mesmo caminho. Apenas os diletantes, com olhar choroso, permaneceram espiando ao redor; e, com timbre trágico, o coletor de impostos então exclamou: 'Oh, Deus! Como isso tudo me deixa alterado!'

Toda minha timidez me abandonara; topei com o maestro municipal em seu caminho e lhe roguei, supliquei inclusive, prometendo-lhe, em meio à angústia, seis novos minuetos com trio duplo para o baile da cidade. Consegui, assim, acalmá-lo. Ele voltou ao púlpito, os colegas reentraram e logo a orquestra estava novamente formada, faltando apenas o organista. Vagarosamente, este último perambulava pelo mercado, sendo que nenhum gesto ou chamado foi capaz de fazê-lo voltar atrás. Teresina assistia a tudo com um sorriso comedido; Lauretta, que de saída estava tão irada, agora estava bastante alegre. Elogiou muitíssimo meus esforços, perguntou-me se tocava piano e eu, em vez de me recusar a fazê-lo, sentei-me no lugar do organista frente à partitura. Jamais havia acompanhado um canto e tampouco

---

10 Do italiano, "maldito asno".

a fermata 37

dirigido uma orquestra. Teresina colocou-se ao meu lado, junto ao piano, e tratou de marcar o meu tempo; Lauretta concedeu-me um sonoro bravo, um seguido de outro; a orquestra cumpria seu papel e o arranjo melhorava mais e mais. Já no segundo ensaio, tudo se tornou claro e o efeito do canto das irmãs no concerto foi indescritível. Por ocasião do retorno do príncipe, deveria ocorrer uma série de festividades em sua residência, de sorte que as irmãs foram chamadas a cantar no teatro e no concerto; como sua presença se fazia necessária, até aquele momento, elas então decidiram permanecer por mais tempo em nosso vilarejo, de modo que puderam dar mais alguns concertos. A admiração do público transformou-se numa espécie de loucura. Apenas a velha Meibel, ressabiada, continuava a apanhar uma pitada de rapé do seu frasco de porcelana em forma de buldogue e dizia que uma gritaria tão impertinente não era canto, defendendo que se deveria cantar, antes do mais, belas e doces canções. Meu organista nunca mais dera notícias e eu, de meu lado, não dava falta dele. Sentia-me a pessoa mais feliz do planeta!

Passava o dia sentado ao lado das irmãs, acompanhando-as e escrevendo as vozes das partituras que seriam usadas na residência do príncipe. Lauretta era meu ideal; todo mau humor, a impetuosidade terrivelmente explosiva, o suplício virtuosístico ao piano: suportava tudo isso com paciência! Ela, apenas ela me havia descerrado a verdadeira música. Comecei a estudar a língua italiana e a tentar compor *canzonettas.* Pairava no mais elevado céu, quando Lauretta cantava minhas composições e as elogiava! Com frequência, a mim me parecia que eu não as havia concebido nem escrito no papel, senão que elas irradiavam somente do próprio canto de Lauretta. Com Teresina, porém, não podia de fato me acostumar; ela raramente cantava, parecia não dar muita atenção ao meu desempenho e, por vezes, tinha a impressão de que ria de mim pelas costas. Eis que, por fim, chegou o momento da partida. Senti então em que Lauretta se me havia transformado e que seria impossível me separar dela. Frequentemente, quando se revelava bastante *smorfiosa*[11], fazia-me algumas carícias, ainda que de maneira inofensiva; mas, mesmo assim, meu sangue fervia e apenas a incomum frieza que ela sabia me contrapor era capaz de

11 Do italiano, "dengosa".

38 *parte i*

impedir que eu a tomasse em meus braços, num inflamado e transloucado arroubo de paixão. Tinha uma voz de tenor tolerável, que jamais havia praticado, mas a qual, de repente, aprimorou-se velozmente. Não raro, cantava com Lauretta aqueles delicados *duettini* italianos, cuja quantidade é infinita. O dia de sua partida se acercava e cantamos justamente aquele dueto intitulado *Senza di te ben mio, vivere non poss'io*[12]. Quem poderia suportar tal situação! Lancei-me sobre os pés de Lauretta. Estava desesperado! Ela então me levantou: 'Mas, meu amigo! Devemos mesmo nos separar?' Ouvi cheio de espanto. Sugeriu-me que a acompanhasse, junto com Teresina, à residência do príncipe, pois, se quisesse me dedicar completamente à música, teria afinal de deixar, em algum momento, minha cidadezinha. Imagine alguém caindo no mais profundo e sombrio abismo, desesperado da vida, mas que, no instante mesmo no qual acredita sentir o impacto que o estilhaça, vê-se sentado numa clara e majestosa alameda de flores, circundado por centenas de lamparinas coloridas e onde lhe dizem: 'Amado, tu ainda vives!' Eis o que se me passava naquele momento. Também vou à residência! Aquilo ficou gravado na minha alma.

Não tenciono fatigar-te, contando-te de que modo tratei de provar ao meu tio quão necessário era minha ida à residência, a qual, de qualquer forma, não distava muito dali. No fim, ele acabou cedendo, prometendo inclusive me acompanhar. Mas que estraga prazeres! Não podia deixar-lhe claro minha intenção de viajar somente com as cantoras. Mas eis que um intenso catarro, que acometera meu tio, terminou por me salvar. Parti de lá, então, com a diligência dos correios, mas apenas até a próxima estação, onde permaneci à espera da minha deusa. Uma sacola bem cheia me possibilitou deixar tudo muito bem preparado para a apresentação. Qual um verdadeiro romântico, queria acompanhar as damas a cavalo, como um paladino defensor; consegui arrumar-me uma montaria que não era especialmente bela, mas a qual, tal como me assegurara o vendedor, era assaz paciente e, no horário determinado, cavalguei ao encontro das cantoras. Pouco depois, chegou, lentamente, a carruagem de dois lugares. As irmãs ocupavam os assentos de trás e, no tamborete da traseira, sentava sua camareira, a pequena e rechonchuda Gianna, uma napolitana

---

12 Do italiano, "Sem ti, meu bem, não posso viver".

a fermata

morena. Além disso, a diligência estava repleta de toda sorte de baús, caixas e cestas, coisas das quais as senhoritas viajantes jamais se separam. Quando cumprimentei alegremente as duas tão aguardadas irmãs, dois pequenos buldogues, sentados no colo de Gianna, latiram em minha direção. Tudo corria felizmente conforme o esperado, mas, quando já estávamos na última estação, meu cavalo teve a estranha ideia de querer voltar para casa. A consciência de que, nesses casos, a rigidez não resulta em nenhum êxito específico aconselhou-me a tentar empregar todos os possíveis meios mais suaves, porém o teimoso cavalo permaneceu insensível às minhas amistosas palavras de encorajamento. Queria seguir em frente, mas ele retornar; tudo o que, com muito esforço, consegui obter dele foi que, em vez de andar para trás, girasse em círculos. Teresina arqueou-se da carroça e morreu de rir, enquanto Lauretta, com as duas mãos diante do rosto, gritou alto, como se eu corresse um grande risco de vida. Isso me deu uma coragem desesperada, de modo que acabei fincando minhas esporas nas costelas da montaria, a qual, porém, no mesmo instante, atirou-me rudemente ao chão. O cavalo manteve-se então calmamente parado, olhando-me com seu longo pescoço esticado, com ares verdadeiramente zombeteiros. Não consegui levantar-me, sendo que o cocheiro se apressou em me ajudar; Lauretta saltou da carroça e passou a gritar e chorar; Teresina, de sua parte, ria sem parar. Eu torcera o pé e, assim, não podia voltar a montar. Como conseguiria seguir adiante? O cavalo foi então amarrado à diligência, para dentro da qual tive de me arrastar. Imagina duas moçoilas bastante robustas, uma criada obesa, dois buldogues, uma dúzia de baús, caixas e cestas – e eu mesmo – amontoados numa pequena diligência de dois lugares. Imagina as reclamações de Lauretta sobre o assento desconfortável, o uivo dos buldogues, a tagarelice da napolitana, o semblante emburrado de Teresina, minha indizível dor no pé e tu hás de perceber completamente os encantos da situação em que me achava. Como ela mesma dizia, Teresina não podia aguentar mais. Tivemos de parar e, num só movimento, ela saiu da carruagem. Desatou meu cavalo e saltou sobre a sela; trotou e empinou diante de nós. Fui obrigado a aceitar que ela se portou majestosamente. A altivez e graciosidade que possuía pareciam acentuar-se ainda mais sobre o cavalo. Foi-lhe dada a guitarra e, enrolando a rédea em volta do braço, cantou imponentes *romanzas* espanholas, tocando, para tanto, acordes completos. Seu claro vestido de seda revoava, como que brincando em suas cintilantes franjas, sendo que as penas brancas de seu chapéu tremulavam e se inclinavam como os acariciantes espíritos aéreos saídos dos sons. A inteira aparição era altamente romântica e não conseguia tirar os olhos de Teresina, embora Lauretta a tomasse por uma doidivana fantástica, cuja audácia terminaria por lhe fazer mal. Mas o desfecho foi feliz e o cavalo perdera toda teimosia ou, numa palavra, preferiu a cantora ao paladino; Teresina voltou para dentro da diligência apenas diante dos portões da residência do príncipe.

Agora me vejo em meio a concertos e óperas, deleitando-me com todo tipo de música possível, estudando ao piano, qual um aplicado *correpetitore*[13], árias, duetos e sabe-se lá mais o quê. Hás de notar que, como um ser totalmente modificado, um espírito maravilhoso se me atravessou. Toda timidez provinciana foi descartada e, qual um maestro, sentei-me ao piano diante da partitura, dirigindo as cenas de minha *donna*. Meus sentidos inteiros e todos meus pensamentos são, agora, doces melodias. Sem me preocupar com as artes do contraponto, escrevo então toda sorte de *canzonettas* e árias cantadas por Lauretta — ainda que ela o fizesse apenas em recintos privados. E por que ela se recusa a cantar algo de minha autoria no concerto? Não o compreendo! Mas, às vezes, Teresina se me aparece, em imaginação, montada num altivo corcel, portando uma lira, tal como na arte mesma do intrépido romantismo; e, sem querer, escrevo algumas canções altamente sérias! É bem verdade que Lauretta brinca com os sons tal como uma temperamental rainha das fadas. O que deve ela ousar fazer, para que não obtenha êxito em sua empreitada? Teresina não é capaz de cantar melismas; apenas uma simples apojatura ou, no máximo, um mordente, mas seu som longamente sustentado brilha através da sombria vastidão da noite e espíritos fantásticos são assim despertados, mirando com sério olhar para o interior das profundezas do coração. Não sei como pude permanecer fechado para isso durante tanto tempo.

13　O termo – na grafia italiana correta, *corripetitore* – designa aquele que, normalmente ao piano, acompanha e coordena ensaios de peças musicais.

a fermata
41

O concerto beneficente concedido pelas irmãs estava prestes a começar e, comigo, Lauretta cantou uma longa cena de Anfossi[14]. Como de hábito, sentei-me ao piano. Eis então que surgiu a última *fermata*.[15] Lauretta dedicou toda sua arte; sons de rouxinol reverberaram aqui e acolá, notas longamente sustentadas, coloridos e encrespados melismas, enfim, todo um *solfeggio*! De fato, desta feita a coisa se me pareceu longa demais. Senti então um leve sopro; Teresina estava em pé, atrás de mim. Nesse exato momento, Lauretta manteve, num crescendo, o trilo harmônico, pois, com ele, tencionava voltar para o tempo. Satã, porém, terminou por me guiar e, com as duas mãos, ataquei o acorde final; a orquestra me seguiu e lá se foi, pois, o trilo de Lauretta, o momento apoteótico que deveria impressionar espantosamente a todos. Perfurando-me com olhar raivoso, Lauretta rasgou a partitura e a atirou sobre minha cabeça, fazendo com que os pedaços de papel voassem ao meu redor e, às pressas, correu para o recinto adjacente. Logo após o final do *tutti*[16], apressei-me em ir para lá. Ela chorava, esbravejava. 'Sai da minha frente, malfeitor!', gritou-me. 'Diabo, que malignamente me roubou tudo, minha fama, minha honra, oh, meu trilo. Sai já da minha frente, infame filho do inferno!' Ela se lançou sobre mim, mas consegui escapar pela porta. Durante o concerto, o qual fora reconduzido por alguém, Teresina e o mestre de capela conseguiram, por fim, acalmar suficientemente a irada, e ela resolveu apresentar-se uma vez mais; no entanto, não me foi permitido voltar ao piano. No último dueto cantado pelas irmãs, Lauretta ainda executou efetivamente o trilo harmônico num crescendo e foi

14 Compositor e violinista italiano, Pasquale Anfossi (1727-1797) tornou-se atuante mediante peças litúrgicas, mas também foi autor de dezenas de óperas sérias e cômicas – essa "oscilação" estilística, é claro, como se constatará texto adentro, constitui o núcleo temático do conto de Hoffmann.

15 Indicando uma "parada" indeterminada, a *fermata* é o sinal colocado acima ou abaixo de uma nota ou pausa que, suspendendo sua atuação, prolonga sua duração. Ver verbete *fermate* em Heinrich Eggebrecht; Wilibald Gurlitt (Hrsg.) *Riemann Sachlexikon Musik*, Mainz: Schott, 1996, p. 279: "Desde o início do século XV, a *fermata* designa notas cuja rígida mensuração rítmica é suspensa. Coloca-se, em especial, junto à nota final de uma voz cujo valor é, em certas circunstâncias, intensivamente alongado (até que as demais vozes alcancem a sonoridade final) [...] Uma *fermata* particularmente importante é aquela que, nas obras solo – predominantemente no século XVIII –, dá ensejo à introdução de um solo improvisado."

16 Seção orquestral de teor conclusivo, onde os instrumentos ou vozes devem ressoar todos juntos.

muitíssimo aplaudida, recuperando um excelente estado de ânimo. Contudo, não me foi facultado superar o péssimo tratamento dado por Lauretta, que tive aturar na presença de inúmeras pessoas estranhas, e estava firmemente decidido a retornar à minha cidade natal na manhã seguinte. Mas, justamente quando estava empacotando minhas coisas, Teresina adentrou no meu quartinho. Percebendo o que havia começado a fazer, ela exclamou cheia de espanto: 'Desejas abandonar-nos?' Expliquei-lhe então que, depois de tolerar aquela humilhação da parte de Lauretta, não podia mais permanecer em sua companhia. 'Deixas te levar pela cena desvairada de uma louca', disse Teresina, 'a qual já está enormemente arrependida? Podes viver melhor em tua arte do que conosco? Só tu, por meio de tua conduta, és capaz de impedir Lauretta de fazer semelhantes coisas. És demasiado benevolente, doce e suave. Admiras a arte de Lauretta além da conta. Ela não tem a voz ruim e possui uma boa extensão, é bem verdade, mas, e todos esses esquisitos adornos retorcidos, as cadências desmedidas, esses eternos trilos! O que são eles senão que pequenos e ofuscantes números artísticos, tão admirados quanto os saltos mortais do equilibrista? Pode algo assim nos penetrar em profundidade e tocar o coração? Não consigo aturar aquele trilo harmônico, que tu arruinaste, pois me causa angústia e dor. E essa escalada rumo às três linhas suplementares! Não é um excesso forçado da voz natural, a única a permanecer verdadeiramente comovente? A mim me agradam mais as notas médias e graves. Um som que penetra no coração, um legítimo *portamento di voce*[17] me é mais caro do que tudo. Nenhum adereço inútil, uma nota firme e sustentada com intensidade, uma expressão determinada que capta a alma e o ânimo, eis pois o verdadeiro canto; e é assim que canto. Se não podes mais tolerar Lauretta, pensa então em Teresina, que te quer tão bem, porque tu hás de te tornar, segundo tua própria maneira de ser, meu maestro e compositor. Não me entenda mal! Mas todas tuas delicadas *canzonettas* e árias não valem nada diante da única'. Com voz plena e sonora, Teresina então cantou uma canção litúrgica simples, a qual eu havia composto há alguns dias. Nunca tinha suposto que ela pudesse soar daquele modo. Os sons penetraram em mim com uma

---

17 Do italiano, "portamento de voz". Tipo de deslize vocal (*glissando*) de uma nota à outra, geralmente, em movimento ascendente.

a fermata 43

força maravilhosa, sendo que as lágrimas encheram os meus olhos de prazer e arrebatamento; apanhei a mão de Teresina e a pressionei inúmeras vezes em minha boca; jurei que dela jamais me separaria. Lauretta observava meu comportamento junto à Teresina com raiva mordaz e invejosa, pois precisava de mim, haja vista que, apesar de sua arte, não estava apta a estudar algo novo sem a ajuda de alguém; lia mal e tinha dificuldade para marcar o compasso. Teresina lia com fluência e, além disso, seu senso rítmico era inigualável. Nunca Lauretta dava mostras maiores de seu capricho e teimosia que durante o acompanhamento. Este nunca lhe parecia correto e tratava-o como um mal necessário. Quase não se podia ouvir o piano, que soava sempre *pianíssimo*, cedendo mais e mais, alterando cada compasso conforme aquilo que se lhe dava, a cada momento, na veneta. Mas, agora, com firmeza de espírito, eu ia de encontro a ela; lutava contra seus maus hábitos, provando-lhe que, sem energia, nenhum acompanhamento seria concebível e que a sustentação do canto se distingue explicitamente da mera dissolução rítmica. Teresina me apoiava fielmente. Compunha somente temas sacros e escrevia todos os *soli* em voz grave. Também Teresina me emendava, mas eu acatava seus preceitos, pois ela possuía mais conhecimento e (tal como acreditava) mais senso para a seriedade alemã do que Lauretta.

Passamos pelo Sul da Alemanha. E, uma pequena cidade, encontramos um tenor italiano, que queria ir de Milão para Berlim. Minhas damas ficaram deslumbradas com o conterrâneo; este nunca se separava delas e demorava-se, de preferência, junto à Teresina, sendo que, para a minha grande irritação, passei a representar um papel assaz irrelevante. Certa vez, tencionei entrar no quarto com a partitura debaixo do braço, quando, lá de dentro, escutei uma animada conversa entre minhas senhoritas e o tenor. Meu nome foi então mencionado; surpreso, coloquei-me à escuta. A essa altura, já compreendia tão bem a língua italiana que nenhuma palavra me escapou. Lauretta contava justamente sobre o episódio trágico no concerto, a respeito de como excluí seu trilo, equivocando-me na marcação do tempo. *Asino tedesco*[18], exclamou o tenor. Cheguei a desejar a invadir o recinto e jogar o vaporoso herói teatral pela janela. Mas me contive. Lauretta

18 Do italiano, "asno alemão".

44 *parte i*

continuou a falar, explicando que elas pretendiam me dispensar, mas que, entretanto, haviam se dobrado ao meu pedido persistente, aturando-me à distância por mera compaixão, já que queria estudar o canto com elas. Para o meu enorme espanto, Teresina confirmou isso tudo. 'É um bom menino', acrescentou ela, 'agora está por mim apaixonado e compõe tudo para a voz de contralto. Há nele algum talento, mas precisa talhar mais a rigidez e jeito canhestro típico dos alemães. Espero conseguir fazer dele um compositor capaz de me escrever algumas boas peças, haja vista que pouco se escreve para o contralto; falta pouco para que eu o conduza a isso. Mas, por conta de sua languidez e amorosidade, ele me é muito tedioso, sendo que também me tortura em demasia com suas composições enfadonhas, as quais, até agora, continuam completamente miseráveis'. 'Ao menos me livrei dele', lembrou Lauretta, 'sabes bem o quanto o homem me perseguiu com suas árias e duetos, Teresina?' Então Lauretta começou a cantar um dueto que eu havia composto e que ela, aliás, muito elogiara. Teresina fez a segunda voz; passaram, porém, a me parodiar da pior forma possível, nas vozes e na execução. O tenor ria tanto que sua gargalhada ecoava pelo quarto; um calafrio escorreu pelos membros do meu corpo e tomei uma decisão irrevogável. Sem alarde, afastei-me da porta e voltei, deslizando os pés, aos meus aposentos, cuja janela estava voltada para a rua lateral. Do outro lado, achavam-se os correios, de onde estava prestes a partir a diligência de Bamberg, a qual, de mais a mais, precisava ser abastecida. Os passageiros encontravam-se já à porta de entrada, mas eu dispunha ainda de uma hora. Às pressas, juntei os meus pertences, paguei a generosamente toda a conta da pousada e me apressei rumo aos correios. Quando então atravessava a longa rua, vi minhas duas damas, que ainda estavam com o tenor junto à janela e sobre esta se debruçaram, atraídas pelo barulho da corneta dos correios. Enfiei-me no banco traseiro e pensei, com verdadeiro prazer, sobre o efeito funesto do cáustico bilhete que lhes havia deixado na pousada."

Com muita satisfação, Theodor sorveu o luzente vinho eleático que Eduard lhe servira. Este último, abrindo mais uma garrafa e removendo, com habilidade, as gotas de azeite que boiavam na superfície, disse então: "Não teria imaginado que Teresina seria capaz de

a fermata   45

tamanha falsidade e perfídia. A imagem encantadora na qual ela, empinando graciosamente a cavalo, dançava e cantava *romanzas* espanholas não sai da minha mente." "Esse foi seu ponto culminante", lembrou Theodor. "Ainda me recordo da impressão estranha que a cena causou sobre mim. Cheguei a esquecer de minha dor; Teresina se me apareceu como um ser superior. Que tais momentos se prendem profundamente à vida e, sem mais, adquirem uma forma que o próprio tempo não obscurece, eis aí a mais pura verdade. Sempre que me é dado elaborar uma ousada *romanza*, decerto é a imagem clara e colorida de Teresina que surge em meu íntimo, no momento mesmo da criação."

"Mas", disse Eduard, "não nos esqueçamos da engenhosa Lauretta e, deixando de lado todo ressentimento, brindemos agora mesmo à saúde das duas irmãs." Dito e feito. "Ah!", disse Theodor, "como me sopram deste vinho os graciosos perfumes da Itália! Como o frescor da vida resplandece em minhas veias e nervos! Por que tive de deixar, mais uma vez e tão rapidamente, aquele país majestoso?" "Mas", lembrou Eduard, "não encontrei ainda, em tudo o que contastes, nenhuma relação com aquele quadro celestial, de sorte que, creio eu, tu ainda tens algo mais a dizer sobre as irmãs. Percebo que as damas retratadas no quadro não são outras senão que as próprias Lauretta e Teresina." "Tens razão, de fato", retrucou Theodor, "e meus suspiros nostálgicos por aquele majestoso país indicam muito bem aquilo que ainda tenho para contar. Pouco tempo antes, quando há dois anos tencionava deixar Roma, fiz um pequeno passeio a cavalo. Frente a uma hospedaria, encontrava-se uma moça verdadeiramente simpática e então me ocorreu quão agradável deveria ser deixar-me servir, pela encantadora menina, de uma taça de nobre vinho. Fiquei parado diante da porta de entrada, avistando a alameda de plantas iluminada por luzentes raios de luz. Ecoavam-me, ao longe, um canto e sons de guitarra. Coloquei-me atentamente à escuta, pois as duas vozes femininas causaram um efeito assaz peculiar sobre mim, sendo que, estranhamente, ocorreram-me lembranças obscuras que não queriam adquirir formas determinadas. Desci do cavalo e, ouvindo cada nota, aproximei-me vagarosamente do caramanchão de uvas, do qual a música parecia soar. A segunda voz havia silenciado. Apenas a primeira cantava uma *canzonetta*. Quão mais próximo me acercava, tanto mais se perdia a sonoridade que me era conhecida que, de início, tanto me havia interessado. A cantora havia incorrido numa fermata policromática e encrespada. Rodopiava de lá para cá, para cima e para baixo; eis que, por fim, ela manteve uma nota longa, mas então, de repente, uma voz feminina a interrompeu, ocasionando uma peleja insana: maledicências, maldições e xingamentos! Um homem protesta e, enquanto isso, um outro ri. Uma segunda voz feminina intromete-se na briga. Rapidamente, a peleja se torna cada vez mais insana, com toda *rabbia*[19] italiana! Por fim, vejo-me ao lado caramanchão e, de repente, irrompe um abade, o qual, praticamente pulando sobre o amontoado de pessoas, corre em minha direção; ele procura por mim e, então, nele reconheço meu bom *signor* Ludovico, de Roma, que se encarregava de me apresentar as novidades musicais! 'Pelos céus!', exclamo. 'Ah senhor maestro! Senhor maestro!', ele grita, 'salva-me, proteja-me contra esses seres raivosos, esse crocodilo, esse tigre e essa hiena e, sobretudo, contra esse demônio de garota! É verdade, é verdade que contei o compasso na *canzonetta* de Anfossi e errei a marcação do tempo bem no meio da fermata; com isso, interrompi seu trilo. Mas por que fui olhar nos olhos dela? Dessa deusa satânica! Vão para o diabo todas as fermatas, todas as *fermatas*!'

Com particular pressa, o abade e eu adentramos de pronto no caramanchão; reconheci, logo à primeira vista, as irmãs Lauretta e Teresina. Lauretta ainda gritava e esbravejava, Teresina ainda lhe retrucava com aspereza; o gerente, de braços cruzados e com as mangas arregaçadas, observava sorridente, enquanto uma moça colocava mais garrafas sobre a mesa. Assim que as cantoras me enxergaram, atiraram-se sobre mim: 'Ah, *signor* Teodoro' e então me cobriram de afagos. Assim, o conflito foi esquecido por inteiro. 'Vede aqui', disse Lauretta ao abade, 'vede aqui um compositor, gracioso como um italiano e forte como um alemão!' Valendo-se da palavra com contundência, as duas irmãs narraram os dias felizes em que convivemos, contando sobre meus profundos conhecimentos musicais já desde menino, acerca de nossos exercícios e da excelência de minhas composições; jamais teriam desejado cantar outra coisa, senão que as peças

19 Do italiano, "fúria", "ira", "cólera".

a fermata 47

que compus; Teresina informou-me, por fim, que fora contratada por um empresário para desempenhar a função de primeira cantora trágica no próximo carnaval, mas queria deixar claro que só cantaria sob a condição de que me fosse encomendada, ao menos, a composição de uma ópera trágica. O sério, trágico etc. seriam, afinal de contas, minha especialidade. Lauretta, em contrapartida, acreditava que seria uma pena, caso abrisse mão de meu pendor à graciosidade e elegância, em suma, de minha predileção pela *opera buffa*. Ela se dedicava amiúde a esta última na qualidade de primeira cantora e se lhe saltava aos olhos o fato de que apenas eu poderia compor a ópera na qual deveria cantar. Podes imaginar o tipo estranho de sentimento que me acometeu quando fiquei entre as duas. Percebes, aliás, que essa reunião na qual me embrenhei é precisamente a mesma que Hummel representou em seu quadro e, no caso, no momento mesmo em que o abade se viu interrompendo a fermata de Lauretta."

"Mas", disse Eduard, "não se lembraram elas de seu rompimento, do cáustico bilhete?" "Não disseram sequer uma palavra a esse respeito", respondeu Theodor, "e eu tampouco, pois há tempos que todo ressentimento havia sido lavado de minha alma e minha aventura com as irmãs se me havia transformado em algo divertido. A única coisa que me permiti fazer foi contar ao abade sobre um acidente que se me havia ocorrido já há alguns anos, muitíssimo semelhante ao dele e igualmente numa ária de Anfossi. Limitei todo meu convívio com as irmãs apenas àquela cena tragicômica e, dando fortes indiretas, fiz com que ambas sentissem a superioridade que aqueles anos ricos em vivências e experiências artísticas tinham me dado em relação a elas. 'E que eu tenha interrompido a fermata', concluí, 'foi algo bom, pois, do contrário, a coisa teria durado uma eternidade, e creio que, se tivesse concedido mais tempo às cantoras, ainda estaria sentado ao piano'. 'Mas, *signor!*', retrucou o abade, 'que maestro deve arrogar-se o direito de impor regras à *prima donna*? E vosso delito, na sala de concerto, foi bem maior que o meu; aqui, sob o caramanchão, fui maestro propriamente apenas no nível das ideais, sendo que ninguém poderia denegar isso; e, se esse doce e flamejante olhar lançado por olhos celestiais não me tivesse fascinantemente enfeitiçado, jamais teria sido um asno'. Estas últimas palavras foram assaz salutares, pois

Lauretta, cujos olhos voltaram a faiscar centelhas de fúria durante a fala do abade, foi por elas completamente tranquilizada.

Permanecemos juntos noite adentro. Muita coisa havia mudado em catorze anos – o tempo que então decorreu desde que me apartara das irmãs. Lauretta envelhecera consideravelmente, embora ainda provocasse alguma atração. Teresina conservara-se mais e não havia perdido sua bela figura. Ambas se vestiam com cores fortes e sua compostura geral era a mesma de outrora, quer dizer, catorze anos mais nova do que elas mesmas. A meu pedido, Teresina cantou algumas daquelas sérias canções que antigamente me haviam profundamente emocionado, mas que a mim me pareciam, àquela altura, ecoar de uma forma muito diferente em meu íntimo; o mesmo se deu com o canto de Lauretta; embora sua voz não tivesse flagrantemente perdido qualidade em termos de sua intensidade e altura, ela parecia, ainda assim, muito distinta daquela antiga sonoridade que vivia em meu coração. Mas, a mera obrigação de ter que comparar uma ideia interior com uma efetividade externa não muito gratificante terminou fatalmente por alterar ainda mais meu humor, tal como o comportamento das irmãs em relação a mim já o fizera – mediante seu êxtase fingido, sua descortês admiração e apadrinhamento pretensamente misericordioso. O jocoso abade, que tratou de cortejar sedutoramente as duas irmãs por meio de todas doçuras imagináveis, bem como o excelente vinho, do qual desfrutei enormemente, devolveram-me, por fim, meu bom humor, de sorte que a noite transcorreu na maior felicidade e com límpida descontração. Com grande devoção, as irmãs me convidaram a ir visitá-las, para que então estipulássemos o que seria necessário em vista das partes musicais que haveria de compor a elas. Deixei então Roma, mas não voltei a procurá-las."

"E, ainda assim", falou Eduard, "é a elas que tu deves o despertar de seu íntimo canto." "Por certo", replicou Theodor, "bem como uma porção de belas melodias; mas, por isso mesmo, jamais deveria vê-las novamente. Todo compositor pode muito bem se lembrar de uma poderosa impressão, que o tempo não aniquila. Trata-se do espírito que vive nos sons, sendo que essa é a voz mesma da criação, a qual, de imediato, faz despertar o espírito que lhe é aparentado e dormita na alma, a irradiar poderosamente pelo ar e jamais voltando a

a fermata 49

declinar. Certo é que, assim animadas, todas as melodias hauridas de nossa alma parecem-nos pertencer somente à cantora que acendeu, em nós, suas primeiras faíscas. Ouvimos sua voz e vertemos no papel aquilo que ela cantou. No entanto, faz parte de nossa herança, nós, seres fracos ligados umbilicalmente a esta porção de terra, querermos delimitar o sobrenatural a partir dos pobres e estreitos limites da esfera terrena. Assim é, por exemplo, que a cantora se torna nossa amante ou, melhor ainda, nossa esposa! Com isso, o encanto é destruído e a melodia interior, outrora majestosamente exteriorizada, converte-se numa queixa sobre uma vasilha de sopa quebrada ou, então, uma mancha de tinta na roupa recém-lavada. Feliz é o compositor que, em sua vida terrena, nunca mais tem de olhar àquela que, com misteriosa força, soube inflamar sua música interior. Deixai o jovem se comover virulentamente com os martírios do amor e do desespero, conquanto a amável feiticeira dele se afaste e sua forma se torne um som majestosamente celestial; este último há de continuar a viver na eterna plenitude da juventude e da beleza, sendo que, dele, hão de nascer as melodias que são, e continuarão sendo, aquela própria feiticeira. O que é, pois, tal cantora senão que o mais elevado ideal que, emergindo de dentro, reflete-se em estranhas formas exteriores?"

"Insólito, mas bastante plausível", disse Eduard, enquanto os amigos, de braços dados, deixaram a loja Tarone, rumo ao ar livre.

O Conselheiro Krespel [1]

Oconselheiro Krespel foi um dos homens mais esquisitos que encontrei na minha vida. Quando me mudei para H., com a intenção de permanecer ali por algum tempo, a cidade inteira falava nele, porque nessa ocasião estava em plena florescência uma de suas mais loucas extravagâncias. Krespel era conhecido como jurista culto e hábil, e diplomata de grande capacidade. Um príncipe alemão, assaz insignificante, dirigiu-se a ele, para que preparasse um memorial comprovando as suas justas pretensões a um determinado território, memorial esse que o príncipe tinha a intenção de apresentar à Corte Imperial[2]. Esse pedido foi coroado de êxito, e como Krespel certa vez se queixara de não conseguir encontrar uma moradia com as comodidades que desejava, o príncipe, em recompensa pelo memorial, tomou a seu cargo as despesas de construção de uma casa, que Krespel deveria projetar de conformidade com seu gosto. Até mesmo o local da construção o príncipe mandaria adquirir de acordo com a escolha de Krespel; essa

1 Tradução de Lavinia Abranches Viotti; revisão e notas de Anatol Rosenfeld.
2 O enredo do conto se situa numa época em que a Alemanha estava dividida em numerosos ducados e principados de extensão às vezes mínima. O Sacro Império Romano Germânico extinguiu-se em 1806.

última oferta, porém, não foi aceita por Krespel, que persistiu no seu intento de construir a casa diante das portas da cidade, em seu próprio jardim, belissimamente localizado. Comprou então material de toda a espécie e enviou-o para lá; podia-se vê-lo dias inteiros, com um traje esquisito – que ele próprio fizera, de acordo com certas ideias suas – dissolvendo cal, peneirando areia, amontoando as pedras dos muros em pilhas bem-feitas, e assim por diante. Não havia falado com nenhum mestre de obras, não pensara em planta nenhuma. Entretanto, um belo dia, foi procurar um hábil construtor em H. e pediu-lhe que na manhã do dia seguinte, juntamente com todos os seus oficiais e aprendizes, muitos serventes e outros obreiros, ele se encontrasse no jardim para construir sua casa. O mestre de obras perguntou naturalmente pela planta da construção e qual não foi o seu espanto quando Krespel replicou que isso não era necessário e, no fim, tudo daria certo. Quando o mestre, na manhã seguinte, se apresentou com o seu pessoal no sítio determinado, encontrou um fosso aberto em forma de um quadrado desenhado com regularidade, e Krespel falou:

– Aqui vai ser o alicerce da minha casa, e eu peço para erguerem as quatro paredes, até eu dizer que a altura é suficiente.

– Sem janelas e portas, sem paredes transversais? – atalhou o mestre, parecendo assustar-se com a loucura de Krespel.

– É como lhe estou dizendo, bom homem, – replicou Krespel, muito calmo – o resto se há de arranjar.

Somente a promessa de ótimo pagamento pôde fazer o mestre decidir-se a realizar aquela construção absurda; mas nunca houve uma construção mais divertida, porque, sob o riso incessante dos obreiros, que nunca abandonavam o local do trabalho, já que havia comida e bebida à farta, as quatro paredes se elevaram com incrível rapidez, até que um dia Krespel exclamou:

– Parem!

Então se calaram trolhas e martelos, os obreiros desceram dos andaimes, e rodearam Krespel. Em cada um dos rostos risonhos, lia-se a pergunta: "E agora, como se vai continuar?"

– Abram caminho! – exclamou Krespel.

Foi até um dos limites do jardim e tornou a voltar, caminhando em lentas passadas até o seu quadrado e balançando a cabeça,

o conselheiro krespel 53

preocupado, ao chegar próximo à parede. Foi até o outro limite do jardim, caminhou de novo devagar, de volta ao quadrado, e fez exatamente como antes. Repetiu ainda algumas vezes a brincadeira, até que afinal, batendo com o nariz pontudo de encontro à parede, bradou:
– Venha cá, venha cá, pessoal! Abram-me a porta, abram-me aqui uma porta! Deu as medidas exatas da altura e da largura, em pés e polegadas e fizeram o que ele ordenara. Então ele entrou na casa e sorriu gostosamente, quando o mestre fez o reparo de que as paredes tinham a altura exata de uma boa casa de dois andares. Krespel ia andando no interior do quadrado de um lado para outro, com ar circunspecto, seguido pelo mestre, de martelo e picareta, e assim que Krespel bradava:
– Aqui uma janela, de seis pés de altura e quatro de largura – ali uma janelinha, de três pés de altura e dois de largura! – Imediatamente se punham a abrir a parede.

Justamente durante essa operação foi que eu cheguei à H., e era divertidíssimo ver centenas de pessoas postadas em redor do jardim, a soltar exclamações de júbilo, todas as vezes que as pedras voavam e uma nova janela surgia, num sítio em que ninguém havia sequer imaginado. Com o resto da construção da casa, e com todos os trabalhos necessários ao acabamento, Krespel procedeu da mesma maneira, mandando fazer as coisas nos respectivos lugares, tudo de acordo com suas instruções momentâneas. A comicidade desse empreendimento todo, a convicção que se apossara de todos, de que no fim tudo saíra melhor do que se podia esperar, e principalmente a generosidade de Krespel, que aliás nada lhe custava, tudo isso contribuía para o bom humor geral. Desse modo foram vencidas as dificuldades que essa maneira excêntrica de construir trazia consigo, e em pouco tempo ficou pronta uma casa completa; do lado externo a construção tinha uma aparência extremamente extravagante, porque nenhuma janela se assemelhava a outra, e assim por diante, mas seu arranjo interno despertava um raro sentimento de aconchego. Todos os que ali entravam o afirmavam, e eu próprio o senti quando Krespel, após estreitarmos nossas relações, lá me levou. Até então eu não havia falado com aquele homem estranho; a construção ocupava-o de tal maneira, que nem mesmo às terças-feiras ele ia almoçar em casa do prof. M***, como de costume. Quando esse lhe fez um convite especial, mandou dizer-lhe que antes da festa de inauguração de sua casa, não poria os pés fora da porta. Todos os amigos e conhecidos prepararam-se para um grande banquete, mas Krespel não convidou ninguém a não ser os mestres, oficiais, aprendizes e serventes que haviam construído sua casa. Serviu-lhes as mais finas iguarias; aprendizes de pedreiro devoraram sem cerimônia pastéis de perdiz, aprendizes de carpinteiro acepilhavam com êxito faisões assados e serventes esfomeados serviam-se, dessa vez a si próprios, de excelentes pedaços de fricassê de trufas. À noite vieram suas mulheres e filhas e principiou um grande baile. Krespel dançou um pouquinho com as mulheres dos mestres, mas depois sentou-se perto dos músicos da cidade, tomou de um violino e dirigiu a música para a dança, até clarear a manhã. Na terça-feira após essa festa, que mostrou o conselheiro Krespel sob o aspecto de amigo do povo, encontrei-o finalmente, com não pequena alegria, em casa do prof. M***. É difícil de imaginar um comportamento mais extravagante do que o de Krespel. Rígido e com movimentos desajeitados, suscitava o receio de que a cada momento fosse esbarrar em alguma coisa, fazer qualquer estrago; mas isso não acontecia, o que era fácil de prever, porque a dona da casa não empalidecia absolutamente, quando ele, a passos gigantescos, rodopiava em torno da mesa, cheia das mais lindas xícaras, ou manobrava em direção do espelho que chegava até o solo, ou quando se punha até a pegar um vaso de flores de porcelana belissimamente pintada, volteando-o no espaço, como a querer fazê-lo brilhar com reflexos coloridos. Krespel, antes da refeição, costumava observar com a máxima atenção tudo o que havia no aposento do professor e, subindo a uma cadeira estofada, chegava mesmo a tirar algum quadro da parede e pendurá-lo novamente. Ao mesmo tempo falava muito e com veemência; às vezes – à mesa se podia notar isso – pulava de um assunto a outro, às vezes, ao contrário, não podia libertar-se de uma ideia; voltando repetidas vezes a ela, enfiava-se em labirintos esquisitos, e não conseguia se reencontrar, até que alguma outra coisa o ocupasse. Sua voz ora tinha um tom gritante, áspero e veemente, ora se arrastava, abafada e cantante, mas sempre sem combinar com o que Krespel dizia. Quando se falava de música, elogiando algum novo compositor, Krespel sorria, e falava

o conselheiro krespel

com sua voz abafada e cantante: "Eu gostaria que Satanás, emplumado de preto, atirasse esse maluco remexedor de sons, no abismo do inferno, a dez mil braças de profundidade!" – Depois continuava, clamando com veemência e selvageria: "Ela é um anjo do céu, é feita só de puras harmonias e de sons, ao serviço de Deus! – Luz e constelação astral do canto!" E ao dizer isso tinha lágrimas nos olhos. É preciso lembrar que há uma hora se havia falado a respeito de uma célebre cantora. Estava-se a comer um assado de lebre, e eu reparei que Krespel limpava cuidadosamente em seu prato os ossos, tirando-lhes toda a carne. Ao mesmo tempo indagava minuciosamente a respeito das patas da lebre, as quais a filha do professor, com um sorriso gentilíssimo, afinal lhe trouxe. Durante a refeição, as crianças o haviam fitado com grande amizade, e depois se levantaram, aproximando-se dele, porém com tímido respeito, e somente a três passos de distância. Que irá acontecer? – pensei comigo mesmo. A sobremesa foi trazida; então o Conselheiro tirou do bolso uma caixinha que continha um pequenino torno de aço e que imediatamente parafusou na mesa; depois se pôs a tornear com incrível habilidade e presteza os ossos de lebre, transformando-os em toda a espécie de minúsculas caixinhas, estojinhos e bolinhas que as crianças recebiam radiantes de alegria. No momento de se levantarem da mesa, a sobrinha do professor perguntou:

– Que é feito da nossa querida Antonie, caro Conselheiro?

Krespel fez uma careta, como alguém que tivesse mordido uma laranja amarga mas quer dar a impressão de estar sentindo um sabor doce; porém, em breve esse rosto se contorceu numa máscara hedionda, em que se exprimia um escárnio amargo e feroz, diria quase diabólico:

– Nossa? Nossa querida Antonie? – perguntou ele com um tom de voz arrastada e desagradavelmente cantante.

O professor aproximou-se depressa; no olhar de reprovação que lançou à sobrinha eu li que ela havia tocado numa corda, a qual devia ressoar como uma dissonância desagradável no íntimo de Krespel.

– Que há com os violinos? – perguntou o professor com um tom muito alegre, segurando ao mesmo tempo as mãos de Krespel. O rosto de Krespel se animou, e ele respondeu com sua voz enérgica:

– Otimamente, professor, hoje mesmo retalhei o ótimo violino Amati, de que lhe falei há pouco tempo, e que por um feliz acaso me veio parar às mãos. Espero que Antonie tenha desmontado cuidadosamente o que restava.

– Antonie é uma boa menina, – falou o professor.

– É verdade, é boa, mesmo! – exclamou o Conselheiro, virando-se rapidamente, e agarrando o chapéu e a bengala, lançou-se depressa pela porta afora. Vi no espelho, que tinha lágrimas nos olhos.

Assim que o Conselheiro se foi, insisti com o professor para dizer-me logo o que havia com os violinos e especialmente com Antonie.

– Ah! – falou o professor – o Conselheiro, que é mesmo um homem excêntrico, constrói também violinos, de um modo completamente pessoal e maluco.

– Constrói violinos? – perguntei admiradíssimo.

– É, – continuou o professor – Krespel constrói, na opinião dos conhecedores, os mais maravilhosos violinos que se pode encontrar nos tempos atuais; ele costumava deixar com frequência outras pessoas tocarem em algum violino que lhe saía muito perfeito, mas de tempos para cá isso não acontece mais. Quando Krespel constrói algum violino, toca nele uma ou duas horas, com a máxima energia, com uma expressão arrebatadora; depois o pendura junto dos outros e nunca mais põe a mão nele, nem permite que outros o peguem. Se acaso se descobre algum violino de um velho e excelente mestre, o Conselheiro o compra por qualquer preço que lhe peçam. Do mesmo modo que seus violinos, porém, ele os toca uma única vez, depois os desmonta para examinar exatamente sua estrutura interna e, quando não encontra o que imaginava encontrar, zanga-se e atira os pedaços numa grande caixa já repleta de destroços de violinos desmontados.

– Mas o que há com Antonie? – perguntei depressa e com veemência.

– Isso é uma coisa – continuou o professor – isso é uma coisa que poderia fazer-me detestar com todas as minhas forças o Conselheiro, se eu não estivesse convencido de que, considerando o caráter profundamente bondoso do Conselheiro, que chega mesmo à fraqueza, deve haver nisso alguma razão especial e oculta. Quando, há anos atrás, o Conselheiro veio para H., vivia como um anacoreta, com uma velha

o conselheiro krespel

governante, numa casa sombria, na rua ***. Em breve ele despertou a curiosidade dos vizinhos pelas suas excentricidades e, logo que percebeu isso, procurou travar conhecimentos, no que foi correspondido. Assim como em minha casa, todos se acostumaram tanto com ele que se tornou indispensável. Sem se importar com o seu exterior rude, até as crianças lhe tinham amizade sem, no entanto, incomodá-lo, pois, apesar de toda a amizade, conservavam uma espécie de tímido respeito que o protegia de ser importunado. De que modo ele sabe atrair as crianças, com toda a espécie de habilidades, o senhor pôde ver hoje. Nós todos o tínhamos na conta de celibatário, e ele não o negou. Após permanecer aqui por algum tempo, viajou, ninguém soube para onde, voltando depois de alguns meses. Na noite seguinte à sua chegada, as janelas da casa de Krespel se iluminaram de modo inusitado, e isso chamou a atenção dos vizinhos; em breve, porém, ouviu-se uma voz maravilhosa de mulher, acompanhada ao piano. Em seguida despertaram sons de um violino, tocando em desafio com a voz, numa luta animada e ardente. Percebia-se logo que era o conselheiro quem tocava. – Eu próprio misturei-me à multidão de pessoas, que o maravilhoso concerto reunira diante da casa do Conselheiro, e não posso deixar de confessar-lhe que, em face da voz, da interpretação personalíssima, que tocava o mais íntimo do nosso ser, o modo de cantar das mais célebres cantoras que ouvi, me pareceu então pálido e inexpressivo. Jamais imaginei esses sons sustentados, esse turbilhonar de rouxinol, esse elevar-se e tombar, esse "crescendo" até ao fortíssimo de órgão, esse "diminuendo" até o mais leve sopro. Não havia uma só pessoa que não se sentisse presa ao doce encantamento, e apenas se elevavam brandos suspiros por entre o profundo silêncio, quando a cantora se calou. Já devia ser meia-noite, quando se ouviu o Conselheiro, falando em tom violento; uma outra voz masculina parecia estar a censurá-lo, a julgar pelo tom em que falava, e por entre essas vozes uma voz de moça se lamentava, em palavras entrecortadas. O Conselheiro bradava cada vez com maior violência, até que afinal caiu naquele tom arrastado e cantante que o senhor conhece. Um grito agudo da moça o interrompeu, depois fez-se um silêncio mortal, até que de súbito ouviu-se alguém descer a escada com estrépito e um moço saiu precipitadamente, a soluçar;

atirou-se dentro de uma diligência que parara perto e afastou-se dali rapidamente. No dia seguinte o Conselheiro apareceu, muito animado, e ninguém teve a coragem de indagar-lhe o que sucedera na noite anterior. Mas a governante, em resposta às perguntas que lhe fizeram, disse que o Conselheiro tinha trazido uma moça lindíssima e muito jovem, que ele chamava de Antonie; fora ela quem cantara tão bem. Viera também um jovem que tratava Antonie com muito carinho, e devia ser seu noivo. Mas, de acordo com a vontade expressa do Conselheiro, teve de viajar imediatamente. – Quais as relações de Antonie com o Conselheiro, é até agora um segredo, mas uma coisa é certa: ele tiraniza a pobre menina de um modo odioso. Ele a vigia como o Dr. Bartolo vigia a sua pupila no "Barbeiro de Sevilha"; ela mal pode aparecer à janela. Se, após reiterados pedidos, ele a conduz a alguma reunião social, persegue-a então com um olhar de Argus[3], e não suporta em absoluto que se faça ouvir qualquer espécie de música, e menos ainda que Antonie cante. Aliás nem mesmo em sua casa ela pode cantar mais. O canto de Antonie naquela noite transformou-se por essa razão entre o público da cidade, numa lenda, a lenda de um sublime milagre, própria a excitar a fantasia e o sentimento, e mesmo aqueles que não a ouviram, costumam dizer, caso alguma cantora tente cantar aqui no lugar: "Que significa essa miserável cantilena? Só Antonie sabe cantar."

Sabeis que tenho paixão por essas coisas fantásticas, e podeis fazer uma ideia ao empenho que fiz em travar conhecimento com Antonie. Eu já ouvira com frequência a opinião do público sobre o modo de cantar de Antonie, mas não imaginava que a maravilhosa moça estivesse na cidade, presa nas malhas de Krespel, aquele maluco, como a um mágico tirânico. Naturalmente, ouvi, logo na noite seguinte, o canto maravilhoso de Antonie, e como ela num sublime adágio – tive a sensação ridícula de eu próprio o haver composto – me conjurasse de modo comovente a salvá-la, de pronto decidi-me, qual um segundo Astolfo[4], a penetrar na casa de Krespel como no

---

3   Argus (ou Argos Panoptes), gigante de cem olhos, que foi encarregado por Hera de vigiar Io, amante de Zeus.

4   Astolfo, personagem do poema épico de Ariosto, *Orlando Furioso*. Astolfo é levado à ilha de Alcina nas costas de uma baleia, mas quando Alcina se cansa dele, ela o transforma numa árvore. *Alcina* é também uma ópera de Georg Friedrich Händel (1735).

o conselheiro krespel

castelo encantado de Alcina e libertar a rainha do canto dos laços ultrajantes que a retinham prisioneira.

As coisas se passaram de modo muito diverso do que se pensara; mal vira o Conselheiro duas ou três vezes, tendo falado com ele com entusiasmo sobre a estrutura mais perfeita dos violinos, e já ele me convidou pessoalmente a ir visitá-lo em sua casa. Assim fiz, e ele mostrou-me a riqueza que possuía em violinos. Devia haver uns trinta instrumentos pendurados à parede de um compartimento, e entre eles notava-se um com sinais da mais alta antiguidade – cabeça de leão entalhada etc. – e esse instrumento, pendurado acima de todos os outros, e ornamentado com uma coroa de flores, parecia ostentar-se como o seu rei.

– Este violino – falou Krespel, depois que lhe perguntei a seu respeito –, este violino é a obra notável e maravilhosa de um mestre desconhecido, parece que da época de Tartini[5]. Tenho a certeza absoluta de que em sua estrutura interna há qualquer particularidade e acho que, se o desmontasse, me seria revelado um segredo que há muito pressinto, mas – pode rir-se de mim, se quiser – este objeto sem vida, embora seja eu quem lhe transmite vida e som, fala muitas vezes comigo de um modo estranho, e a primeira vez que toquei nele tive a impressão de ser apenas o magnetizador que consegue exitar o sonâmbulo para que este exprima, com suas próprias palavras, a intuição íntima. – Não pense o senhor que eu seja tão estulto a ponto de dar a mínima atenção a essas fantasias, mas, é estranho, nunca tive a coragem de desmontar essa coisa tola e sem vida. Agora eu me alegro de não o ter feito, porque, desde que Antonie está aqui, toco às vezes para ela nesse violino. – Antonie gosta de ouví-lo – gosta muito, mesmo!

Essas palavras foram ditas com visível emoção pelo Conselheiro, e isso deu-me coragem para dizer:

---

5 Giuseppe Tartini (1692-1770), músico e virtuose italiano, escreveu tratados de violino e compôs sonatas, a mais célebre das quais é a sonata em sol menor *O Trilo do Diabo* ou *Sonata do Diabo, piéce de résistance* dos grandes violinistas mundo afora. Segundo conta o astrónomo francês Jérôme Lalande, em *Voyage d'un François en Italie* (Viagem de um Francês na Itália), Tartini lhe dissera que a música havia sido tocada para ele pelo próprio Diabo em um sonho.

– Caríssimo sr. Conselheiro, o senhor não quereria tocar na minha presença?

Mas Krespel fez sua careta agridoce e falou com um tom de voz arrastado e cantante:

– Não, queridíssimo sr. Studiosus!

Assim se encerrou o assunto. Eu ainda tive de ver com ele toda a espécie de raridades, em parte infantis; finalmente ele pegou numa caixinha e tirou dela um papel dobrado, que me pôs na mão, falando de modo extremamente solene:

– O senhor é amigo da arte, aceite este presente como uma recordação de amizade; deve prezá-lo para sempre e acima de tudo.

Ao mesmo tempo empurrou-me pelos ombros, com toda a delicadeza, até à porta, e abraçou-me à soleira. A bem dizer eu fui posto por ele, simbolicamente, pela porta afora. Quando abri o papelucho, encontrei cerca de um oitavo de polegada de uma quinta, e estas palavras: "Da quinta com que o falecido Stamitz encordoou seu violino[6], quando deu seu último concerto." – A maneira grosseira com que me despedira, quando toquei no nome de Antonie, pareceu-me a prova de que eu nunca mais poria os olhos nela; mas isso não aconteceu porque, ao visitar pela segunda vez o Conselheiro, encontrei Antonie no aposento dele, auxiliando-o a armar um violino. A aparência exterior de Antonie, no primeiro momento, não causava uma forte impressão, mas em breve não se conseguia desprender o olhar de seus olhos azuis e dos formosos e rosados lábios daquela linda figura, de uma delicadeza incomum. Ela era muito pálida, mas quando se dizia alguma coisa espirituosa e divertida, então, num doce sorriso, suas faces enrubesciam, adquirindo um tom encarnado ardente, que em seguida empalidecia num brilho rosado. Falei com Antonie de modo muito natural, e não notei nada das miradas de Argus que a imaginação do professor atribuíra a Krespel, antes notei que o Conselheiro se conservava o mesmo de sempre, e até parecia se comprazer em ouvir-me conversar com Antonie. E assim, passei a visitar com frequência o Conselheiro, e acostumamo-nos de parte a parte a esse convívio que proporcionava ao nosso pequeno círculo a três um

---

6 Johann Stamitz (1717-1757), tcheco, compositor e intérprete mais importante da escola de Mannheim.

o conselheiro krespel 61

prazer extraordinário. O Conselheiro, com suas excentricidades pouco comuns, divertia-me enormemente; mas era de fato Antonie que me atraía com um encanto irresistível, fazendo-me suportar muita coisa que me teria afastado dali, dado o caráter impaciente que eu tinha naquela época. Nas excentricidades e esquisitices do Conselheiro, mesclavam-se com demasiada frequência coisas absurdas e cacetes, mas o que mais me aborrecia era que o Conselheiro, quando eu dirigia a conversa para assuntos referentes à música, principalmente ao canto, interrompia-me com sua fisionomia de sorriso diabólico e seu tom de voz desagradavelmente cantante, trazendo à baila assuntos heterogêneos, muitas vezes ordinários. Pela profunda desolação que o olhar de Antonie então exprimia, eu notava que isso acontecia apenas para desviar-me de qualquer desejo de ouvi-la cantar. Não desisti. Com a resistência que o Conselheiro me opunha, crescia a minha coragem para sobrepujá-la; eu precisava ouvir Antonie cantar, para não me perder nos sonhos e pressentimentos desse canto. Certa noite, Krespel estava de excelente humor; havia desmontado um antigo violino cremonês, e descobrira que a alma estava colocada meia linha mais inclinada do que em geral. Experiência importante que enriquecia a prática! – Consegui entusiasmá-lo, falando sobre a verdadeira maneira de se tocar violino. Krespel falava da maneira de tocar dos velhos mestres, calcada no canto dos grandes e verdadeiros cantores e isso provocou a observação de que agora, ao contrário, o canto se deforma pelo modelo dos saltos e corridas afetados dos instrumentalistas.

– Haverá coisa mais absurda? – exclamei, saltando da cadeira e correndo ao piano. Abri-o depressa e continuei: – haverá coisa mais absurda do que esse jeito esquisito que, em vez de ser música, se assemelha ao ruído de ervilhas atiradas ao solo?

Cantei várias fermatas modernas, que sobem e descem numa correria, a zumbir como um pião atirado com força, e toquei ao mesmo tempo um e outro acorde dissonante. Krespel deu uma formidável gargalhada e bradou:

– Ah, ah, ah, parece-me estar a ouvir os nossos italianos alemães, ou os nossos alemães italianos, tentando executar debalde uma ária de Pucitta ou de Portogallo, ou de qualquer "maestro di capella", ou mesmo de um "schiavo d'um primo uomo".

Bem, pensei eu, agora chegou o momento.

– Não é verdade – dirigi-me a Antonie –, não é verdade que Antonie não conhece essa espécie de canto?

Ao mesmo tempo entoei uma canção belíssima e cheia de sentimento, do velho Leonardo Leo[7]. Então as faces de Antonie se abrasaram, um brilho celeste fulgurou-lhe nos olhos, que de novo adquiriram alma, e ela correu ao piano – abriu os lábios, mas no mesmo instante Krespel a arrastou dali, agarrou-me pelos ombros e bradou com guinchos de tenor:

– Filhinho – filhinho – filhinho!

E continuou, num tom abafado e cantante, enquanto se curvava cortesmente e me pegava a mão:

– Com efeito, meu prezadíssimo sr. Studiosus, com efeito, faltaria eu a todas as regras da educação e dos bons costumes se exprimisse em alto e bom tom o desejo de que neste instante o diabo do inferno, com garras ardentes, lhe quebrasse delicadamente a nuca, e o despachasse dessa forma com a maior rapidez; mas pondo isso de lado, o senhor deve concordar, prezado amigo, que está escurecendo bastante, e como hoje não há nenhuma lanterna acesa; mesmo que eu não o atirasse pela escada abaixo, o senhor poderia ainda assim machucar seus caros ossos. Vá com juízo para casa, e recorde-se com amizade de seu verdadeiro amigo, mesmo que nunca mais – está compreendendo? – nunca mais o encontre em casa!

Dizendo isso, abraçou-me e, segurando-me, empurrou-me lentamente pela porta, de modo que não pude mais lançar um único olhar a Antonie. – Deveis concordar que, na situação em que me encontrava, não me era possível bater no Conselheiro embora este certamente o merecesse. O professor riu-se muito de mim e assegurou que eu perdera para sempre as simpatias do Conselheiro. Antonie representava muito para mim, era sagrada demais, se assim me posso exprimir, para que eu fizesse o lânguido papel de Amoroso, a olhar pela janela, assumindo o papel de aventureiro apaixonado. Com a alma despedaçada, saí de H., mas, como costuma suceder, as cores berrantes da fantasia empalideceram, e Antonie – até mesmo o canto de Antonie, que eu nunca ouvira – se iluminava muitas vezes

---

7   Leonardo Leo (1694-1744), compositor da escola napolitana.

nas profundezas de minha alma, como um reflexo rosado, suave e consolante.

Dois anos após eu já estava empregado em B. quando fiz uma viagem ao sul da Alemanha. As torres de H. se erguiam na névoa rubra do crepúsculo; na medida em que me ia aproximando, se apossava de mim um sentimento indescritível de angustiante medo; abateu-se sobre meu peito como um enorme peso, mal podia respirar; tive de sair do carro para o ar livre. Mas o sentimento de opressão cresceu, até se transformar em dor física. Em breve tive a impressão de ouvir os acordes de um solene coral, evolando no espaço – os sons tornaram-se mais claros, distingui vozes masculinas, a entoar um coral religioso.

– O que é isso? O que é isso? – exclamei, com a impressão de que um punhal ardente se cravava em meu peito!

– O senhor não está vendo? – replicou o postilhão, ao meu lado – o senhor não está vendo? Estão enterrando alguém ali, no cemitério!

De fato, encontrávamo-nos nas proximidades do cemitério, e eu enxerguei um círculo de pessoas vestidas de preto, em redor de um título, sobre o qual estavam a espalhar terra. As lágrimas correram-me dos olhos aos borbotões; eu tinha a impressão de que estavam a enterrar ali todo o prazer, toda a alegria da vida. Descendo rapidamente do outeiro, não pude mais ver o que se passava dentro do cemitério; o coral calou-se e notei, não longe do portal, pessoas trajadas de preto, de volta do enterro. O professor, de braço com sua sobrinha, ambos profundamente tristes, passaram bem ao meu lado sem notar minha presença. A sobrinha apertava o lenço nos olhos e soluçava com desespero. Não me foi possível entrar na cidade; mandei meu empregado com o carro à hospedaria do costume, e sai pelo lugar muito meu conhecido, para me libertar de uma impressão que talvez tivesse por origem apenas um motivo físico, o calor durante a viagem ou coisa semelhante. Ao chegar à alameda que leva a um sítio de recreio, desenrolou-se ante mim o mais estranho dos espetáculos. O conselheiro Krespel era conduzido por dois homens de luto, dos quais parecia querer escapar com toda a espécie de extravagantes saltos. Estava vestido, como de costume, com seu casaco esquisito, de cor cinza, cortado por ele próprio; mas do chapeuzinho de três pontas que ele colocara marcialmente sobre uma orelha, pendia um longo e estreito crepe negro, que balouçava ao vento. Em redor da cintura ele afivelara um boldrié, mas em vez da espada metera nele um longo arco de violino. Senti um frio gélido atravessar-me os membros. – Ele está louco, pensei, acompanhando-os lentamente. Os homens levaram o Conselheiro até sua casa, e então ele os abraçou às gargalhadas. Eles deixaram-no só, e seu olhar caiu sobre mim, que me encontrava bem próximo dele. Fitou-me longamente com um olhar fixo, depois exclamou em tom abafado:

– Bem-vindo, sr. Studiosus! O senhor também compreende.

Dizendo isso pegou-me pelo braço e arrastou-me para dentro de casa, subindo comigo a escada e indo até o quarto em que estavam pendurados os violinos. Estavam todos cobertos com crepe negro; faltava o violino do velho mestre, e em seu lugar pendia uma coroa de cipreste. – Eu já sabia o que acontecera.

– Antonie! ah, Antonie! – exclamei, desesperado.

O Conselheiro, de braços cruzados ao peito, parecia paralisado, ao meu lado. Apontei para a coroa de cipreste.

– Quando ela morreu – falou o Conselheiro com voz muito surda e solene –, quando ela morreu, a alma daquele violino rebentou com violento ruído, e a caixa de ressonância se partiu. Esse amigo fiel só podia viver com ela e dentro dela; está junto dela no caixão, foi enterrado com ela.

Profundamente comovido, caí sentado numa cadeira, mas o Conselheiro começou a cantar uma canção alegre, com voz touquenha, e era medonho vê-lo pulando em um só pé, e o crepe – ele conservava o chapéu na cabeça – a esvoaçar pelo quarto, roçando os violinos pendurados à parede; com efeito, não pude deixar de soltar um grito agudíssimo quando o crepe, em uma virada rápida do Conselheiro, passou sobre mim; tive a impressão de que ele me queria envolver, arrastando-me para o negro e terrível abismo de loucura. Então o Conselheiro, de repente, acalmou-se e falou no seu tom de voz cantante:

– Filhinho? Filhinho? Porque estás gritando assim? Viste o anjo da morte? Isso acontece sempre antes da cerimônia!

Então foi para o centro do quarto, arrancou o arco do violino do boldrié, segurou-o com ambas as mãos acima da cabeça e quebrou-o, fazendo com que se partisse em pedaços. Às gargalhadas, Krespel exclamou:

o conselheiro krespel

– Agora a vara se quebrou sobre mim, é o que estás pensando, filhinho, não é verdade? Não é isso, não é isso, é que agora estou livre – livre – livre! Livre, ora viva! Agora não vou construir mais violino nenhum – violino nenhum – ora viva, violino nenhum!

O Conselheiro cantava essas palavras com a melodia de uma canção terrivelmente alegre, voltando a pular pelo quarto em um só pé. Apavorado, quis dirigir-me depressa para a porta, mas o Conselheiro segurou-me, falando com grande serenidade:

– Fique, sr. Studious, não pense que seja loucura este acesso de dor, que me despedaça num martírio mortal; tudo isso está acontecendo, somente porque, há tempos atrás, fiz um roupão de dormir, com o qual eu queria assemelhar-me ao destino ou a Deus!

O Conselheiro se pôs a falar confusamente, a dizer tolices e disparates medonhos, até ficar completamente exausto; ao meu apelo acorreu a governanta, e respirei aliviado ao encontrar-me de novo lá fora.

Não tive dúvida, nem por um instante, de que Krespel estivesse louco, mas o professor assegurava o contrário.

– Há pessoas – falou ele –, às quais a natureza ou a fatalidade tirou a coberta, sob a qual nós outros praticamos com menos evidência, as nossas façanhas insanas. Essas pessoas assemelham-se a insetos de pele muito delicada, cujos músculos, a movimentarem-se de modo visível, têm uma aparência disforme; e, não obstante, logo a seguir tudo se normaliza. O que em nós permanece pensamento, em Krespel se transforma em ação. – O amargo escárnio, de que muitas vozes dispõe o espírito encravado na atividade terrestre, leva Krespel a gestos insanos e a ágeis saltos de lebre. Mas isso é somente o seu para-raios. O que sobe da terra, ele o entrega de novo à terra, mas sabe conservar a parte divina; desse modo, sua consciência íntima continua normal, creio eu, não obstante a aparente loucura, que se exterioriza com violência. A súbita morte de Antonie deve, naturalmente, ser-lhe difícil de suportar, mas aposto que o Conselheiro, amanhã cedo, já estará tocando de novo o seu asno pelas vias usuais.

Sucedeu mais ou menos o que o professor previra. O Conselheiro, no dia seguinte, tinha a aparência do costume, mas declarou que não pretendia mais construir violinos e nunca mais tocaria neles. Conforme soube mais tarde, ele cumpriu a promessa.

66 *parte i*

As alusões do professor aumentaram minha convicção interior de que as relações íntimas de Antonie com o Conselheiro, mantidas em segredo com tanto cuidado, e mesmo sua morte, poderiam significar uma culpa impossível de resgatar, que lhe pesava sobre os ombros. Eu não queria retirar-me de H., sem lançar-lhe em rosto o crime que eu suspeitava; eu o queria abalar no mais íntimo da sua alma, forçando-o assim a confessar abertamente seu ato horrendo. Quanto mais eu refletia sobre isso, mais claramente via que Krespel devia ser um malvado, e tanto mais convincente e chamejante se ia tornando o meu discurso, que se foi constituindo automaticamente em verdadeira obra-prima de retórica. Assim preparado e cheio de ardor, corri à procura do Conselheiro. Encontrei-o a tornear brinquedos, com fisionomia muito calma e sorridente.

– Como é possível – inculpei-o –, como é possível um só momento de paz na sua alma, quando o pensamento daquele ato horrendo o deve estar martirizando com picadas de serpente?

O Conselheiro fitou-me admirado, pondo o cinzel de lado.

– Por que, meu caro? – perguntou ele – Sente-se, por favor, naquela cadeira!

Mas eu continuei com veemência, entusiasmado por minhas próprias palavras, acusando-o diretamente do assassínio de Antonie, e ameaçando-o com a vingança do Poder eterno. De fato, como bacharel há pouco iniciado na profissão, cheio de zelos do ofício, cheguei até a afirmar-lhe que usaria de todos os meios para descobrir a trama, e para entregá-lo desde já, cá na terra, ao juiz secular. – Fiquei efetivamente um tanto atrapalhado, quando, após terminar meu violento e pomposo discurso, o Conselheiro, sem retrucar uma só palavra, me fitou com toda a calma, como a esperar que eu continuasse. Procurei de fato fazê-lo, mas tudo o que eu agora dizia saiu tão equívoco, tão ridículo mesmo, que eu me calei logo. Krespel se deleitava com a minha atrapalhação, e um sorriso sardônico aflorou-lhe a fisionomia. Depois ficou muito sério e falou num tom solene:

– Moço! Podes tomar-me por maluco, por louco, isso eu te perdoo, porque ambos estamos presos no mesmo manicômio, e se me descompões por eu me considerar Deus-Pai, então somente porque te julgas Deus-Filho; mas como te atreves a imiscuir-me numa existência

o conselheiro krespel

humana, e a querer compreender seus mais ocultos caminhos? Numa existência que permaneceu estranha para ti, forçosamente estranha?
– Ela se foi, e o mistério está decifrado!

Krespel silenciou, levantou-se e caminhou pelo aposento várias vezes de um lado para outro. Ousei pedir-lhe uma explicação; ele olhou-me fixamente, pegou-me pela mão e conduziu-me à janela, cujas folhas abriu largamente. Apoiou os braços ao parapeito, inclinou-se para fora e, fitando o jardim, narrou-me a história de sua vida. Quando ele terminou, eu me separei dele comovido e envergonhado.

A respeito de Antonie, o que se passou, sucintamente, foi o seguinte: Há vinte anos, a paixão quase levada ao extremo de procurar os melhores violinos dos velhos mestres, para comprá-los, impeliu o Conselheiro até a Itália. Naquela época ele mesmo ainda não construía violinos, e por essa razão tampouco desmontava esses antigos instrumentos. Em Veneza ouviu cantar a célebre cantora Angela de tal, que brilhava então nos primeiros papéis no Teatro di S. Benedetto. Seu entusiasmo não era dedicado apenas à arte, que a *Signora* Angela exercia aliás de modo maravilhoso, mas também à sua beleza angélica. O Conselheiro procurou travar conhecimento com Angela, e apesar de seus modos rudes conseguiu conquistá-la, devido especialmente à sua maneira desenvolta e ao mesmo tempo expressiva em alto grau, de tocar violino. Essas relações íntimas levaram em poucas semanas ao casamento, que se conservou secreto, porque Angela não queria abandonar o teatro, nem seu conhecido nome de cantora célebre, ou acrescentar-lhe o nome de "Krespel", que soava tão mal. Com insana ironia, Krespel descreveu a maneira especialíssima com que a *Signora* Angela, mal se tornou sua esposa, o martirizava e atormentava. Toda a teimosia, todos os caprichos de todas as grandes cantoras, se haviam reunido como por encanto na pequenina figura de Angela. Se acaso ele queria tomar uma atitude, Angela lhe enviava um exército de *abbates* e *akademikós*[8] que, ignorando suas legítimas relações, o importunavam, chamando-o de amante insuportável, o mais insuportável e descortês dos amantes, que não sabia adaptar-se aos amáveis caprichos da *Signora*. Justamente após uma dessas cenas tempestuosas, Krespel fugira para a casa de campo de

---

8 Ou seja, abades e intelectuais ou professores, em latim e grego, respectivamente.

Angela, e se pôs a fantasiar no seu violino de Cremona, esquecendo-se das tristezas daquele dia. Mas não demorou muito e a *Signora*, que partira apressadamente atrás do Conselheiro, entrou na sala. Nesse momento estava com a disposição de representar o papel de mulher carinhosa; abraçou o Conselheiro com olhares doces e lânguidos e inclinou a cabecinha em seu ombro. Mas o Conselheiro, que se elevara ao mundo dos seus acordes, continuou a tocar de tal forma que as paredes ecoavam, e sucedeu-lhe bater pouco delicadamente com o braço e o arco na *Signora*. Cheia de fúria, ela deu um pulo para trás; "*bestia tedesca!*" bradou, arrancou-lhe o violino da mão e bateu o instrumento de encontro à mesa de mármore, onde ele se espatifou em mil pedaços. O Conselheiro, imóvel como uma estátua, ficou parado diante dela, mas em seguida, como se despertasse de um sonho, agarrou a *Signora* com força de gigante, atirou-a pela janela de sua própria casa de recreio, e sem mais se importar com ela, safou-se para Veneza – e daí para a Alemanha. Só tempos depois ele se deu claramente conta do que havia feito; apesar de saber que a altura da janela ao solo não chegava nem a cinco pés, e de estar certíssimo da necessidade absoluta que tivera, naquelas circunstancias especiais, de atirar pela janela a *Signora*, sentiu-se atormentado por uma penosa inquietação, tanto mais que a *Signora* lhe dera a perceber com suficiente clareza que esperava um bebê. Mal tinha a coragem de pedir notícias, e qual não foi o seu espanto quando, cerca de oito meses após, recebeu uma carta muito carinhosa da amada esposa, na qual ela não aludia, nem com uma sílaba, ao que se passara na casa de campo, e lhe participava que dera à luz uma filhinha encantadora; acrescentava o mais carinhoso pedido de que o "marito amato e padre felicíssimo" fosse imediatamente a Veneza. Krespel não o fez, mas informou-se dos pormenores com um amigo íntimo, e ficou sabendo que a *Signora*, aquela ocasião, tombara na grama macia com a leveza de um pássaro, e a queda ou tombo não tivera nenhuma consequência, a não ser psíquica. A *Signora*, após o tombo ou queda ou ato heroico de Krespel, tinha-se transformado; não se notava nela nenhum capricho, nenhuma ideia maluca, nenhuma vontade de atormentar os outros, e o *Maestro*, que estava a compor para o próximo carnaval, era o homem mais feliz que existia debaixo do sol, porque

o conselheiro krespel 69

a *Signora* pretendia cantar suas árias sem as milhares de modificações que em geral ele tinha de permitir. De resto, o amigo pensava que havia boas razões para conservar em segredo o modo pelo qual Angela fôra curada, pois do contrário as cantoras voariam todos os dias pela janela. O Conselheiro ficou bastante comovido, mandou buscar os cavalos, sentou-se no carro. "Alto lá!" exclamou subitamente. "Pois sim," – murmurou consigo próprio – "nem que fosse de propósito. Mal eu me apresento, o Espírito do mal se apossa de Angela, dominando-a por completo. Já uma vez eu a atirei pela janela, agora o que farei num caso semelhante? Que me restaria fazer?"

Desceu de novo do carro, escreveu uma carinhosa carta à sua esposa curada, em que aludiu de modo cortês à sua delicadeza em fazer questão de lhe contar que a filhinha também tinha, como ele, uma pequena marca atrás da orelha e... ficou na Alemanha. A sua correspondência continuou com grande assiduidade. Promessas de amor – convites – queixas sobre a ausência do ser amado – desejos vãos – esperanças etc. etc., voavam de Veneza para H., de H. para Veneza.

Angela veio finalmente à Alemanha, e brilhou, como é sabido, como *primadonna* no grande teatro de F. Não obstante já ter passado da primeira juventude, arrebatava as multidões com a irresistível magia do seu canto maravilhoso, sublime. Sua voz, nessa época, nada perdera da sua beleza. Nesse interim Antonie crescera, e a mãe não se cansava de escrever ao pai, dizendo que Antonie se estava tornando uma cantora de primeira ordem. De fato, os amigos de Krespel na cidade de F. eram testemunhas disso, e acrescentavam que ele deveria ir uma só vez que fosse a F., para apreciar o raro fenômeno de duas excelsas cantoras. Eles não faziam a mínima ideia das estreitas relações que ligavam o Conselheiro a esse duo. Krespel bem que teria gostado de ver com os próprios olhos a filha, que vivia no mais íntimo do seu ser, e muitas vezes lhe aparecia em sonhos, mas assim que se lembrava da mulher, sentia sensações estranhas e preferiu permanecer em casa, entre seus violinos desmontados.

Deveis ter ouvido falar do prometedor e jovem compositor B***, de F***, que de súbito desapareceu, ninguém soube como; ou talvez o conhecestes pessoalmente? Esse compositor apaixonou-se por Antonie, e como ela lhe retribuísse com calor esse sentimento, pediu à mãe que concordasse com essa união santificada pela arte. Angela não tinha nada em contrário, e o Conselheiro concordou com gosto, tanto mais que as composições do jovem mestre haviam caído nas graças do seu severo julgamento. Krespel pensou receber a notícia da realização do casamento, mas em vez disso chegou uma carta tarjada de negro, endereçada por mão estranha. O dr. R***. participava ao Conselheiro que Angela, em consequência de um resfriado no teatro, havia adoecido gravemente e morrera justamente na noite anterior ao dia em que Antonie deveria casar-se. Angela tinha revelado ao médico que era mulher de Krespel e que Antonie era filha dele; que portanto se apressasse em ir cuidar da filha, agora desamparada. Por mais que o Conselheiro se sentisse abalado pela morte de Angela, em breve teve a sensação de que um princípio sinistro, que estorvara sua vida, se tinha afastado, e ele podia agora respirar livremente. No mesmo dia viajou para F. Não podeis imaginar de que modo comovente o Conselheiro me narrou o momento em que avistou Antonie. Na própria maneira esquisita de ele se exprimir, residia uma maravilhosa força descritiva de que eu não sou capaz de dar a mais pálida ideia.

Toda a amabilidade, toda a graça de Angela transmitiu-se a Antonie, à qual, entretanto, faltava completamente sua face má. Não havia nenhuma ambígua patinha de cavalo que se pudesse entrever uma ou outra vez. O jovem noivo veio saudá-lo. Antonie, compreendendo com delicadeza o íntimo do extravagante pai, cantou um dos *Motettos* do velho Padre Martini[9], que sabia terem sido cantados por Angela inúmeras vezes para o Conselheiro, no auge do seu amor. O Conselheiro derramou muitas lágrimas; nunca ouvira nem sequer Angela cantar assim. O timbre de voz de Antonie era singular e estranho, ora semelhando o sopro de uma harpa eólia, ora o gorgeio ardente do rouxinol. Os sons pareciam não encontrar espaço no peito humano. Antonie, no ardor da alegria e do amor, pôs-se a cantar todas as suas mais lindas canções, e B*** tocava nos intervalos, como só o consegue o entusiasmo delirante. Krespel ficou mergulhado em êxtase no primeiro momento, depois ficou preocupado – quieto – ensimesmado.

---

9 Giovanni Battista (ou Giambattista) Martini, mais conhecido como Padre Martini (1706-1784), frei franciscano, compositor e mestre, professor de Mozart e de Johann Christian Bach, filho de Johann Sebastian Bach.

o conselheiro krespel

Finalmente levantou-se de um pulo, apertou Antonie ao peito, e implorou em tom surdo e abafado:

– Não deves cantar mais se me tens amizade, tenho o coração confrangido, tenho medo, tenho medo. Não cante mais!

– Não – falou o Conselheiro no dia seguinte ao dr. R*** –, quando ela se pôs a cantar, e sua cor rosada se concentrou em duas manchas vermelho-escuras nas faces pálidas, isso não era mais um traço de família sem nenhum significado, era exatamente o que eu receara.

O médico, cuja fisionomia, desde o começo da conversa, demonstrara profunda preocupação, replicou:

– Seja em consequência de esforços prematuros no estudo do canto ou por culpa da natureza, em resumo: Antonie tem um defeito orgânico no peito, que é a causa da extraordinária energia de sua voz e do timbre raro, eu diria mesmo, desse timbre que vibra acima da esfera do canto humano. Mas sua morte prematura também será consequência disso, porque se ela continuar a cantar, dou-lhe no máximo seis meses de vida.

O Conselheiro sentiu-se despedaçar interiormente, como se centenas de espadas o retalhassem. Tinha a impressão de que pela primeira vez em sua vida uma bela árvore havia florescido esplendidamente, e essa árvore tinha de ser serrada em suas raízes, para que nunca mais verdejasse e florescesse. Sua decisão estava tomada. Disse tudo a Antonie, apresentou-lhe a alternativa de seguir o noivo e entregar-se à sua e às seduções do mundo, e assim morrer em breve, ou proporcionar ao pai, nos dias de velhice, a calma e a alegria que ele nunca sentira, e viver ainda logos anos. Antonie caiu soluçando nos braços do pai, e sentindo o desespero que os momentos vindouros trariam, ele não quis ouvir nenhuma decisão mais clara. Ele falou com o noivo, mas não obstante este houvesse assegurado que nem um único som haveria de aflorar aos lábios de Antonie, o Conselheiro sabia muito bem que o próprio B*** não seria capaz de resistir à tentação de ouvir Antonie cantar, quando mais não fosse as árias compostas por ele. A sociedade também, o público musical, mesmo que estivesse a par da moléstia de Antonie, não deixaria de fazer ouvir suas exigências; pois essa espécie de gente, quando se trata de prazer, é egoísta e cruel. O Conselheiro desapareceu de F. com Antonie, e foi para H.

Cheio de desespero, B. ficou sabendo da partida. Procurou informar-se de seu destino, foi atrás do Conselheiro, e seguiu com ele para H.

– Desejo vê-lo uma vez apenas e depois morrer – implorou, Antonie.

– Morrer? – Morrer? – bradou o Conselheiro enfurecido, e um arrepio gélido de horror fê-lo estremecer interiormente. A filha, o único ser no mundo que havia despertado nele uma alegria ignorada antes, a única pessoa que o fazia suportar a vida, arrancava-se com violência do seu coração, e ele quis que o destino terrível se cumprisse. B... teve de ir para o piano, Antonie cantou, e Krespel tocou animadamente violino, até que aquelas manchas vermelhas se apresentaram nas faces de Antonie. Então ele ordenou que parassem; mas quando B*** quis despedir-se de Antonie, ela soltando um grito agudo, tombou por terra.

– Eu pensei – assim contou-me Krespel –, eu pensei que ela estivesse realmente morta como eu previra e, como eu próprio me tinha colocado no mais alto cume, conservei-me muito calmo e consequente comigo mesmo. Segurei o compositor pelos ombros. Parecia paralisado e tinha o aspecto de um cordeiro, de um pateta, então falei: – o Conselheiro retornou ao seu tom cantante:

– O senhor, respeitável professor de piano, de acordo com sua vontade e seu desejo, assassinou realmente sua querida noiva, e agora pode retirar-se calmamente, a não ser que queira ter a bondade de esperar até que eu lhe sangre o coração com um alvo facão, para que a minha filha, que empalideceu bastante como o senhor está vendo, receba um pouco de cor com o seu valiosíssimo sangue. – Suma-se daqui a toda pressa. Eu poderia atirar-lhe ainda pelas costas uma faquinha ligeira! Ao pronunciar estas últimas palavras, meu aspecto devia ser algo sinistro; porque, soltando um grito de profundo horror, ele desprendeu-se de minhas mãos e correu para a porta, descendo as escadas em disparada.

Quando o Conselheiro, depois que B*** saiu correndo, quis erguer Antonie, tombada no solo sem consciência, ela abriu os olhos, soltando profundo suspiro. Mas em breve eles pareceram cerrar-se de novo no sono da morte. Então Krespel pôs-se a soltar exclamações de dor inconsolável. O médico, chamado pela governanta, declarou que Antonie tivera um ataque violento, mas nada perigoso e, efetivamente, ela recuperou rapidamente as forças, mais depressa do que o

o conselheiro krespel

Conselheiro ousara esperar. Então ela se apegou a Krespel com um amor profundo e infantil; concordava com suas ocupações preferidas – com seus absurdos caprichos e maluquices. Auxiliava-o a desmontar velhos violinos, e a colar novos.

– Não quero mais cantar, quero apenas viver para ti – costumava falar ao pai, sorrindo suavemente, quando alguém lhe pedia que cantasse e ela recusava.

Mas o Conselheiro procurava poupar-lhe o quanto possível de momentos como esse e era por essa razão que não gostava de levá-la a reuniões e evitava cuidadosamente qualquer espécie de música. Ele sabia muito bem quão doloroso devia ser para Antonie renunciar à arte que exercera com tanta perfeição. Quando o Conselheiro comprou aquele violino maravilhoso, que fez enterrar com Antonie, e o quis desmontar, Antonie o fitou com enorme tristeza e implorou com voz suave:

– Este também?

O Conselheiro não ficou sabendo qual a estranha força que o obrigou a conservar inteiro o violino e a tocar nele. Mal havia tocado os primeiros sons quando Antonie exclamou com entusiasmo e alegria:

– Ah! Sou eu mesma, estou a cantar de novo.

Realmente, os sons desse instrumento, timbrados como sinos de alvos sons de prata, possuíam um certo quê, um atributo maravilhoso, pareciam provir dum peito humano. Krespel ficou profundamente comovido e tocou maravilhosamente, como nunca tocara, e quando, com a máxima energia, com profunda emoção, subia e descia em passagens ousadas, Antonie batia palmas e exclamava, encantada:

– Ah! Como executei bem essa passagem! Como cantei bem!

Desde essa época, se difundiu sobre sua vida uma grande calma e alegria.

Ela costumava falar ao Conselheiro:

– Tenho desejos de cantar um pouco, pai!

Então Krespel tirava da parede o violino e tocava as mais lindas canções do repertório de Antonie, e ela se alegrava no íntimo do seu coração.

Pouco antes da minha chegada, o Conselheiro teve a impressão de ouvir no aposento ao lado alguém a tocar no seu piano, e a seguir percebeu claramente que B*** estava a preludiar do modo habitual. Quis levantar-se, mas pareceu-lhe sentir um peso enorme, cadeias de ferro que o mantinham preso, e não conseguiu mover-se e sair do lugar. Então Antonie principiou a cantar, em tênues sons, como um sopro, que foram crescendo cada vez mais, até um fortíssimo retumbante; em seguida os maravilhosos sons se foram juntando na melodia profundamente comovedora da canção que B*** havia composto para Antonie no estilo piedoso dos antigos mestres. Krespel disse que o estado em que ele se encontrava era incompreensível porque, a um medo pavoroso se juntava um desconhecido sentimento de intensa felicidade. De súbito, foi rodeado de deslumbrante claridade e nesse clarão avistou B*** e Antonie, enlaçados, e a fitarem-se com expressão de deliciado enlevo. Os sons da canção e do piano que a acompanhava perduravam, sem que Antonie cantasse de modo visível ou B*** encostasse as mãos no piano. O Conselheiro caiu então em uma espécie de surda vertigem, em que a imagem e os sons mergulharam. Ao despertar, sentia ainda aquele medo apavorante do sonho. Correu ao quarto de Antonie. Ela estava deitada no sofá, de olhos cerrados, com expressão encantadora e sorridente, as mãos postas, em atitude piedosa; parecia dormir e sonhar com venturas e júbilos celestiais. Mas estava morta.

FIM

Kreisleriana [I][1]

Nr. 1-6

De onde ele vem? Ninguém sabe! Quem foram seus pais? Desconhece-se! É aluno de quem? De um bom mestre, pois toca com esmero e, dado que possui bom entendimento e boa formação, pode decerto ser tolerado, sendo-lhe permitido, inclusive, dar aulas de música. E foi mestre de capela, efetiva e verdadeiramente, tal como dizem os diplomatas aos quais, certa vez, com bom humor, apresentou um atestado emitido pela direção do Teatro da Corte de ***r; do documento constava que ele, mestre de capela Johannes Kreisler, havia sido demitido de seu posto simplesmente porque se recusara, com firmeza, a musicar uma ópera composta pelo poeta do palácio; e também pelo fato de ter desdenhado, várias vezes e em mesas públicas de bar, o *primo uomo*, assim como por ter tentado favorecer, em detrimento da *prima donna*, uma jovem garota

---

[1] A presente versão fia-se na edição alemã organizada por Hanne Castein e publicada pela editora Reclam. Ver E.T.A. Hoffmann, *Kreisleriana*.

a quem ensinava canto, valendo-se, para tanto, de uma linguagem completamente exagerada e, quando não, incompreensível; apesar disso, a ele seria dado manter o título de mestre de capela da Corte de ***r, sendo-lhe autorizado, até mesmo, a voltar para lá, desde que se desvencilhasse por completo de certas idiossincrasias e preconceitos hilários – como, por exemplo, da ideia de que a verdadeira música italiana havia desaparecido – e contanto que acreditasse, de bom grado, na excelência do poeta do palácio, o qual era tido por todos como um segundo Metastasio[2]. Os amigos alegavam que, quando de sua organização, a natureza experimentara uma nova receita, mas tal experimento teria sido malogrado, na medida em que ela mesclara muito pouca fleuma ao seu ânimo[3] superexcitado e à sua fantasia, a queimar em chamas devastadoras, de sorte que aquele equilíbrio necessário ao artista para coexistir com o mundo – criando as obras que este último, num sentido propriamente mais elevado, de fato careceria – fora destruído. Seja como for, Johannes foi arrastado de lá para cá por seus sonhos e aparições interiores, como se vagasse sobre um mar eternamente ondulante; e, em vão, parecia procurar o porto que finalmente deveria dar-lhe a calma e jovialidade sem as quais o artista é incapaz de criar qualquer coisa que seja. Daí também que os amigos não conseguiam levá-lo a escrever uma única composição sequer, ou então fazer com que ele, caso viesse efetivamente a escrevê-la, deixasse-a intacta. Por vezes, à noite, compunha no mais exaltado estado de espírito; despertava o amigo que morava a seu lado para, aí então, sob o influxo do mais elevado entusiasmo, apresentar-lhe aquilo que havia escrito numa velocidade inacreditável; vertia lágrimas de alegria sobre a obra bem-lograda, reputando-se o homem mais feliz de todos, mas, logo no outro dia, a majestosa composição já se achava em meio ao fogo. O canto exercia um efeito quase nefasto sobre ele, pois sua fantasia tornara-se superexcitada e seu espírito evadira-se num reino rumo ao qual ninguém conseguia acompanhá-lo sem correr algum perigo; em contrapartida,

---

2 Pietro Trapassi, mais conhecido como Pietro Metastasio, nasceu em Roma, em 1698. Poeta e célebre libretista, compôs o texto de *La clemenza di Tito*, última ópera de Wolfgang Amadeus Mozart. Hábil articulador, foi nomeado duque da Baixa-Áustria em 1745 e, em seguida, bispo de Viena.

3 No original, *Gemüte*.

kreisleriana [i]

agradava-lhe muito tocar piano horas a fio, elaborando os temas mais insólitos a partir de aplicações e imitações graciosamente contrapontísticas, bem como as mais inventivas passagens. Sempre que obtinha verdadeiro êxito em tal empreitada, passava dias e dias com um humor mais jovial, sendo que uma certa ironia maliciosa terminava por condimentar a conversa, alegrando, com isso, o pequeno e agradável círculo de seus amigos.

De repente, sem que ninguém soubesse como e o porquê, ele desapareceu. Muitos diziam ter percebido traços de loucura nele e, em realidade, ele fora visto saltando sobre o portão a cantar jocosamente, com dois chapéus empilhados um em cima do outro e dois tira-linhas[4] enfiados, tal como punhais, em seu cinto vermelho; ainda assim, seus amigos mais próximos não haviam notado nada que lhes chamasse a atenção, desde que ele fora acometido, há algum tempo, por violentos rompantes decorrentes de uma espécie de aflição interior. Quando fracassaram todas as buscas pelo seu paradeiro e seus amigos passaram a deliberar sobre seu pequeno espólio musical, bem como sobre outros escritos, eis que apareceu a senhorita Von B.[5], esclarecendo que cabia apenas a ela a tarefa de conservar tal legado para seu querido mestre e amigo, o qual de modo algum dava como perdido. De bom grado, os amigos entregaram-lhe em mãos tudo aquilo que haviam até então encontrado; e quando se descobriu, no verso de várias partituras, a existência de pequenos ensaios de teor humorístico, csboçados rapidamente a lápis em momentos oportunos, a fiel discípula do desafortunado Johannes permitiu a seus leais amigos que fizessem cópias de tais ensaios, os quais deveriam ser compartilhados como produções despretensiosas de um estímulo fugaz.

---

4   No original, *Rastralen*, forquilhas utilizadas para traçar as cinco linhas do pentagrama musical.

5   Poder-se-ia tratar aqui, quiçá, de uma referência à Julia Marc, jovem estudante de canto e aluna de E.T.A. Hoffmann em Bamberg.

78   *parte i*

1. Sofrimentos Musicais
do Mestre de Capela Johannes Kreisler

Foram todos embora. Poderia ter notado isso a partir dos sussurros, rangidos, pigarros e murmúrios em todas suas tonalidades; era um verdadeiro ninho de abelhas, desgarrando-se do tronco para enxamear. Gottlieb[6] colocou-me novas velas e pôs uma garrafa de vinho da Borgonha sobre o piano. Já não me é dado, porém, tocar mais nada, pois estou totalmente esgotado; o culpado disso é meu velho e admirável amigo em cima da estante de música, o qual, mais uma vez, carregou-me pelos ares tal como Mefistófeles carregava Fausto em sua manta; e isso a uma tal altura que não vi ou notei os homúnculos abaixo de mim, ainda que eles pudessem ter feito um barulho desvairado. Que noite desprezível e indignamente desperdiçada! Mas agora me sinto bem e leve. Mesmo durante a execução, saquei meu lápis e anotei, com a mão direita, na página 63 abaixo do último sistema, um bom punhado de modulações em forma de cifras, ao passo que, com a mão esquerda, mantive viva a corrente dos sons! Aliás, continuo a escrever no verso, sobre a página em branco. Abandonando cifras e notas, registro em detalhes e com verdadeiro prazer, qual um convalescente que não consegue parar de contar o quanto sofreu com o suplício infernal que o chá de hoje me causou. Faço-o, todavia, não só para mim, senão que por todos aqueles que, por vezes, deleitam-se e instruem-se com o meu exemplar das variações para piano de Johann Sebastian Bach, publicadas por Nägeli, em Zurique[7]; àqueles que encontram minhas cifras ao final da variação n. 30 e, guiados

---

6   Gottlieb – personagem que, no ciclo destes escritos, tipifica a alma musical – é o equivalente da língua alemã para Amadeus, sua forma latina. Além de aludir a Wolfgang Amadeus Mozart, a alcunha diz respeito ao próprio Hoffmann, haja vista que este, batizado como Ernst Theodor Wilhelm, terminou por substituir seu terceiro nome por "Amadeus", passando a assinar, por admiração ao compositor, Ernst Theodor Amadeus Hoffmann.

7   Trata-se das trinta famosas *Variações Goldberg*, publicadas originalmente em 1741 (sob o título *Aria mit verschiedenen Veraenderungen vors Clavicimbal*). Dedicadas a Johann Gottlieb Goldberg (1727-1756), cravista e compositor alemão do barroco tardio, eram consideradas um dos mais árduos exercícios para a prática do teclado. Professor e compositor suíço, Hans-Georg Nägeli começou a publicar as peças de J.S. Bach em 1792, editando, a partir de 1803, um periódico especializado em composições para *pianoforte*: *Répertoire des Clavecinistes*.

kreisleriana [i] 79

pelo grande *verte* em latim (hei de escrevê-lo assim que terminar este meu libelo acusatório), viram a página e põem-se a ler; eles adivinharão, de imediato, do que aqui verdadeiramente se trata; pois bem sabem que o conselheiro privado Röderlein sustenta uma casa absolutamente charmosa e possui duas filhas, as quais, conforme o entusiasmado comentário do inteiro mundo elegante, dançam como as deusas, falam francês como os anjos, tocam, cantam e desenham como as musas. O conselheiro privado Röderlein é um homem rico. Nos seus *dinés* trimestrais serve os melhores vinhos e os mais finos pratos, sendo que tudo é arrumado com o mais elegante porte; e quem não se diverte celestialmente em seus chás é privado de boas maneiras, espírito e, sobretudo, sensibilidade para a arte. Pois, com vistas a esta última, também eram tomadas certas providências. Além de chá, ponche, vinho, sorvetes etc., oferece-se sempre um pouco de música, a qual é acolhida pelo mundo requintado de modo tão agradável quanto tais iguarias. Eis, pois, o expediente: depois que cada convidado teve tempo suficiente para beber o número desejado de taças de chá e após o ponche e o sorvete terem sido servidos duas vezes a todos, os empregados armam as mesas de jogos para a parte mais velha e robusta do grupo, a qual prefere o jogo de cartas ao musical, carteado que, de fato, não produz aquele barulho inútil, ecoando apenas o tilintar de algumas moedas. A esse sinal, a parte mais jovem do grupo junta-se à senhorita Röderlein; começa então um tumulto em meio ao qual é possível distinguir as seguintes palavras: "– Linda senhorita, não nos negueis o prazer de vosso talento divinal, cantai algo, minha querida." "– Impossível; tenho catarro; não treinei nada no último baile." "– Oh, por favor, por favor; nós lhe imploramos" etc. Entrementes, Gottlieb já abriu o piano e encarregou-se de colocar o livro de partituras, familiar a muitos, sobre o atril. Da mesa de jogos, a benevolente *mama* grita: "*Chantez donc, mes enfants!*" Essa é a palavra-chave para que eu desempenhe *meu* papel; ponho-me ao piano e, triunfantemente, as Röderlein são levadas até o instrumento. Eis quando surge uma nova divergência; ninguém quer começar a cantar. "– Querida Nanette, tu bem sabes quão terrivelmente rouca estou." "– E estaria eu menos rouca, querida Marie?" "– Mas canto tão mal!" "– Oh querida, apenas comece" etc. Minha ideia (a qual me ocorre toda vez!) de que ambas deveriam iniciar com um *duo* é fortemente aplaudida; o livro é então folheado e a página, cuidadosamente dobrada, é por fim encontrada; iniciamos, pois, com *Dolce dell' anima* etc.[8] O talento das senhoritas Röderlein não é, em realidade, dos menores. Já estou aqui há cinco anos e, como professor na casa dos Röderlein, há quatro anos e meio. Nesse curto tempo, a senhorita Nanette atingiu um nível em que, tendo ouvido uma melodia apenas dez vezes no teatro e ensaiado no máximo mais dez vezes ao piano, é capaz de cantá-la tão à vontade que se percebe, de pronto, o que deveria estar em jogo. A senhorita Marie consegue captá-la logo na oitava vez e se frequentemente canta uma quarta abaixo da tonalidade do piano, seu adorável rostinho e seus rúbeos lábios apaixonantes tornam, no final das contas, a situação plenamente suportável.

Após o dueto, segue-se um coro geral de aplausos! *Ariettas* e *duettinos* intercalaram-se e eu sigo martelando o acompanhamento infindavelmente monótono. Durante o canto, ao pigarrear e participar a meia-voz, a conselheira de finanças Eberstein dá a entender que também ela é capaz de cantar. A senhorita Nanette então diz: "Oh, querida conselheira de finanças, deves deixar-nos, agora, ouvir igualmente tua divina voz." Começa um novo tumulto. "Ela tem catarro; não sabe cantar nada de cor!" Gottlieb traz duas braçadas de partituras. Folheia-se a torto e a direito. Num primeiro momento, ela tenciona cantar *Der Hölle Rache*[9] e, depois, *Hebe, sieh*[10] e *Ach ich liebte*[11]. Temeroso, sugiro-lhe *Ein Veilchen auf der Wiese*[12]. No entanto, propensa ao grande gênero, ela conta dar mostras de si mesma, de

---

8 Dueto em lá maior, do segundo ato da ópera *Sargino ossia l'allievo dell' amore: Dramma eroicomico in due atti*, de Ferdinando Paer (1771-1839).

9 Famosa ária do segundo ato d'*A Flauta Mágica*, intitulada *Der Hölle Rache kocht in meinem Herzen*. Escrita em ré menor, é orquestrada para flauta, oboé, fagote, sopro e cordas; eivada de coloraturas e rápidos valores de duração (*staccati*), exige, por isso, um esforço considerável para ser executada.

10 Canção de *Friedrich Heinrich Himmel* (1765-1814) intitulada *An Hebe*. À diferença da ária anteriormente citada, seu elevado nível de dificuldade deve-se ao fato de sua espaçada linha melódica valer-se de inúmeros graus conjuntos e de compassadas combinações rítmicas, impondo ao cantor uma notável capacidade de sustentação vocálica.

11 Ária do primeiro ato d'*O Rapto do Serralho* (*Die Entführung aus dem Serail*), de Mozart.

12 Trata-se da canção *Das Veilchen*, de Mozart. Escrita em mi maior, a composição não é tão veloz como as outras duas árias de Mozart e insere-se, tecnicamente, num registro vocal bem mais acessível.

kreisleriana [i]

sorte que ficamos com Konstanze[13]. Ah! Continue então a gritar, guinchar, miar, gorgolejar, gemer, grunhir, tremular e trilar alegremente. Com o pé no pedal forte, hei de golpear as teclas até ficar surdo. Oh, Satã, Satã! Qual de seus espíritos infernais adentrou em tal garganta, que belisca, reprime e dilacera todos os sons? Quatro cordas já estouraram, sendo que um dos martelos do piano não funciona mais. Meus ouvidos retumbam, minha cabeça zune e meus nervos tremem. Então todos os poluídos sons dos ruidosos trompetes dos pregoeiros de mercado foram atraídos rumo a essa pequena goela? Isso tudo me atingiu em cheio – bebo, nesse momento, uma taça de Borgonha! Aplaudiu-se desenfreadamente, mas houve quem percebesse que tanto a conselheira de finanças quanto Mozart teriam, com muito gosto, atirado-me ao fogo. Ao notar isso, sorri com olhar cabisbaixo, qual um verdadeiro tolo. Todos os talentos que até então floresciam apenas de forma velada agora se agitam, em selvático desenfreio. Decide-se em favor de excessos musicais: *ensembles, finales* e coros devem ser executados. O cônego Kratzer, como todos sabem, tem uma voz divinamente grave, tal como observa o cabeça de Titus[14] acolá, o qual, com modéstia, alega de fato ser apenas um segundo tenor, embora fosse membro de diversas academias de canto. Rapidamente, tudo é organizado com vistas ao primeiro coro de *Titus*[15]. Nisso, tudo correu muito bem! O cônego, em pé bem atrás de mim, trovejou sua grave voz sobre minha cabeça como se estivesse cantando na catedral com timbales e trompetes *obbligati*. Acertou as notas com esmero, ainda que, apesar da pressa, diminuísse o tempo quase pela metade. Mas, ao menos, permaneceu confiável na medida em que, durante toda peça, mantinha-se sempre meio compasso atrasado. Os restantes revelaram uma forte inclinação à antiga música grega, a qual, como se sabe, desconhecendo a harmonia, ocorria em uníssono; com pequenas e acidentais variações intervalares para cima e

---

13 Personagem à qual cabe cantar a mencionada ária d'*O Rapto do Serralho*, a saber, *Ach ich liebte*.

14 Reportando-se ao imperador romano Tito Flávio Vespasiano, a expressão designa um corte de cabelo curto e revolto popular à época da Revolução Francesa. Foi muito usado, por exemplo, por François Joseph Talma (1763-1826), ator da *Comédie-Française* e amigo de Georges Danton.

15 Trata-se do coro n. 5, *Serbate, oh Dei custodi*, de *La clemenza di Tito*, última ópera de Wolfgang Amadeus Mozart.

para baixo, todos cantaram a primeira voz cerca de um quarto fora do tom. Um tanto barulhenta, essa produção provocou uma trágica tensão geral, bem como um certo espanto até mesmo nas mesas de jogos; naquele momento, estas últimas não podiam, como outrora, participar melodramaticamente da música mediante a declamação entrelaçada de frases tais como, por exemplo: "Oh, amei – 'quarenta e oito'; era tão feliz – 'passo a jogada' – e não sabia – 'psiu!'; a dor do amor – 'copas'" etc. Era tudo muito bem-comportado (sirvo-me, então, de mais vinho).

Esse foi o ápice da exposição musical de hoje; agora, finalmente, terminou! Assim pensei, fechando o livro e levantando-me. Mas, eis que o barão, meu tenor clássico, dirige-se a mim e diz: "Oh, excelentíssimo senhor mestre de capela, deveis fantasiar divinamente! Fantasiai, pois, mais uma peça para nós! Só mais um pouquinho! Imploro-lhe!" Com secura, retruco-lhe, afirmando que hoje a fantasia me havia escapado por completo; e, enquanto falávamos sobre isso, um demônio em forma de janota, vestindo dois coletes, farejou a variações bachianas embaixo do meu chapéu, na sala ao lado; o mesmo acredita tratar-se, porém, de variações menores – como, por exemplo, *Nel cor mi non più sento*[16], *Ah vous dirai-je, maman*[17] etc. – e exige que eu as toque prontamente. Ao recusar-me, todos se voltam contra mim. Então, escutem e morram de tédio, pensei com meus botões, pondo-me ao trabalho. Quando da variação n. 3, diversas damas se afastaram, seguidas por alguns cabeças de Titus. Porque era seu professor que tocava, as Röderlein suportaram, não sem aflição, até a variação n. 12. A variação n. 15 pôs o homem com dois coletes para correr. Por exagerada educação, o barão ficou até a de n. 30 e bebeu quase todo o ponche que Gottlieb me havia colocado sobre o piano. Teria felizmente me detido aí, mas essa variação n. 30, o tema, impeliu-me a seguir incontrolavelmente adiante. De repente, as páginas *in-quarto* abriram-se sob a forma de um gigantesco *in-folio*, do qual constavam milhares de imitações e versões daquele mesmo tema, as quais me senti compelido a tocar. As notas

---

16 *Duettino* n. 6 da ópera *La molinara*, de Giovanni Paisiello (1741-1816).
17 Pequena canção popular francesa, conhecida, entre nós – mormente pelas crianças – como *Brilha, Brilha Estrelinha*.

kreisleriana [i] 83

ganharam vida, batendo as asas e saltitando ao meu redor; através das pontas dos dedos, um fogo elétrico corria pelo teclado; o espírito, do qual ele emanava, ultrapassava os pensamentos. Uma densa bruma pairava pela inteira sala, à medida que as velas queimavam de modo mais e mais sombrio. Por vezes, via-se um nariz e, de vez em quando, um par de olhos; mas, sem mais demora, voltavam a desaparecer. Assim foi que, por fim, apenas eu continuei sentado com meu Sebastian Bach; servido por Gottlieb, que me assistia qual um *spiritu familiari*! E bebo!

Deve-se, pois, torturar músicos íntegros com música, tal como hoje fui torturado e quase sempre sou? Em verdade, com nenhuma outra arte se cometeu abusos tão danosos como aqueles feitos contra a majestosa e sagrada música, a qual é tão facilmente violentada em sua delicada essência. Tendes vós autêntico talento e legítima sensibilidade artística? Que bom! Então aprendei música, fazei algo digno da arte e ofertai vosso talento aos devotos em medida correta. Se preferis seguir cantarolando sem nada disso, cantarolai então apenas para, e entre, vós, sem martirizar o mestre de capela Kreisler e os demais. De minha parte, poderia agora ir para casa e terminar minha nova sonata para piano, mas ainda não são onze horas e faz uma bela noite de verão. Aposto que na casa ao lado, onde vive o mestre de caça, as moças estão sentadas à beira da janela a gritar vinte vezes, para toda rua, com sua estridente, ruidosa e perfurante voz: *Wenn mir dein Auge strahlet*[18] – cantando sempre, porém, apenas a primeira estrofe. Noutra esquina, alguém com os pulmões do sobrinho de Rameau[19] maltrata uma flauta e o vizinho corneteiro faz experimentos acústicos com notas longas e mais longas. Os inúmeros cães do bairro se inquietam e o gato do meu senhorio, animado com aquele doce dueto bem ao pé de minha janela (desnecessário dizer que meu laboratório poético-musical é um sótão) e miando a escala cromática de cabo a rabo, faz delicadas confissões à gata do vizinho, pela qual se apaixonara desde março. Depois das onze horas o ambiente ficará

---

18 Dueto da ópera *Das unterbrochene Opferfest*, de Peter von Winter (1754-1825).
19 Referência à personagem do diálogo *O Sobrinho de Rameau*, de Diderot – o qual "é dotado de uma forte compleição, de um singular calor de imaginação e de um vigor de pulmões pouco comum." (Ver D. Diderot, *Obras iii: O Sobrinho de Rameau*, org. e trad. J. Guinsburg, São Paulo: Perspectiva, 2006, p. 41).

mais calmo. Até lá, permanecerei sentado, pois, afinal de contas, ainda há papel em branco e vinho Borgonha – o qual, de imediato, degusto mais um pouco.

Há, tal como ouvi dizer, uma antiga lei que proíbe artesãos barulhentos de morar perto de eruditos. Então não deveriam os pobres e oprimidos compositores – os quais, para continuar urdindo o fio de sua vida, precisam transformar seu entusiasmo em moedas de ouro – aplicar essa lei a si mesmos, podendo banir bebês chorões e corneteiros de seu entorno? O que diria o pintor, se lhe fossem apresentadas, quando da concepção de uma pintura idealizada, tão somente caretas heterogêneas? Se fechasse os olhos, ele ao menos continuaria retendo a imagem intacta na fantasia. De nada adianta colocar bolinhas de algodão nos ouvidos, haja vista que, ainda assim, escuta-se o espetáculo assassino; e então a ideia, a mera ideia de que agora estão prestes a cantar, de que a corneta vem aí etc., basta para que os pensamentos mais sublimes sejam levados pelo diabo! A folha está completamente preenchida; pretendo apenas fazer uma observação no verso em branco da página de rosto, explicando por que razão resolvi, centenas de vezes, não me deixar mais martirizar na casa do conselheiro privado, bem como os motivos que me levaram, vezes sem fim, a romper com minha decisão. Sem dúvida, é a majestosa sobrinha dos Röderlein que me prende a essa casa, com as amarras atadas pela arte. Quem já teve a felicidade de ouvir, ao menos uma vez, a senhorita Amalie cantar a cena final de *Armide*, de Gluck, ou então, a grande cena de Donna Anna no *Don Giovanni*[20], há de entender que uma hora ao seu lado, ao piano, derrama bálsamo divino nas feridas das quais eu, torturado mestre-escola musical, sofri em função das dissonâncias ao longo do dia. Röderlein, que não crê nem na imortalidade da alma nem no compasso, considera-a totalmente imprestável para a existência mais elevada em meio às rodas de chá; pois, além de se recusar a cantar em tais eventos, ela canta com tamanho esforço diante de pessoas comuns – tais como, por exemplo, simples músicos – que isso decerto não lhe cai bem; suas notas longas, bem sustentadas, ondulantes e semelhantes aos sons de um acordeão levam-me ao céu, mas, como diz Röderlein, ela se

---

20 Trata-se da ária *Or sai chi l'onore*, do primeiro ato de *Don Giovanni*, de Mozart.

kreisleriana [i]

deixa evidentemente levar, aqui, pela escuta do rouxinol, uma criatura irracional que vive entre as matas e que não deve ser imitada pelo ser humano, soberano racional da criação. Sua falta de consideração é tão grande que, por vezes, ela chega a permitir que Gottlieb a acompanhe com o violino, enquanto, ao piano, toca as sonatas de Beethoven ou de Mozart, peças das quais nenhum mestre de chá ou jogador de uíste[21] entende bulhufas.

Aquela era minha última taça de Borgonha. Gottlieb assopra as velas e parece espantar-se com minha diligente escrita. Têm razão aqueles que lhe dão apenas dezesseis anos de idade. Trata-se de um grande e profundo talento. Mas, por que Torschreiber, seu pai, morreu tão cedo? E por que o guardião do rapaz tinha, ademais, de colocá-lo justamente na criadagem? Quando Rode[22] esteve por aqui, Gottlieb escutou-o atentamente da antessala, com os ouvidos encostados na porta e, depois, tocou noites a fio. Durante o dia, porém, sonhava acordado e andava meditativo de lá para cá, sendo que a marca vermelha, em sua bochecha esquerda, é uma reprodução fiel do brilhante que Röderlein usa no dedo da mão – o qual, em vez de provocar o estado sonâmbulo mediante o toque suave, quis exercer o efeito justamente contrário, batendo-lhe violentamente. Entre outras coisas, dei-lhe as sonatas de Corelli; e então ele, irado, esmagou todos os ratos que se achavam no antigo piano Oesterlein[23], até não sobrar mais nenhum; e, com a permissão de Röderlein, transportou o instrumento para scu quartinho. "Jogue fora essa odiosa farda de criado, honesto Gottlieb, e deixe-me, após anos, apertá-lo junto ao meu coração como o valente artista que você pode vir a ser, com seu grande talento e profundo senso artístico!" Quando proferi essas palavras alto e bom som, Gottlieb ficou em pé atrás de mim, limpando as lágrimas de seus olhos. Silenciosamente, apertei-lhe a mão; fomos lá para cima e tocamos as sonatas de Corelli.

---

21 No alemão, *Whistiker*, aquele que pratica uíste, jogo de cartas muito popular no século xix e que pode ser caracterizado como o precursor do *bridge*.

22 Hábil violinista e compositor parisiense Pierre Rode (1774-1830).

23 Johann Christoph Oesterlein, fabricante de cravos e pianos em Berlim.

2. *Ombra adorata!*[24]

Que coisa altamente miraculosa é a música, mas quão pouco é dado ao ser humano abismar-se em seus profundos mistérios! Não reside ela, porém, no seio do próprio homem, preenchendo os recônditos de sua alma com suas aparências encantadoras, de sorte que seu inteiro sentido a estas se volta – a ponto, inclusive, de uma nova e transfigurada vida livrá-lo da impetuosidade aqui embaixo, da opressiva agonia na esfera terrena? Sim, uma força divina penetra-lhe e, ao entregar-se com um ânimo pueril e piedoso àquilo que o espírito nele desperta, é capaz de falar a língua daquela esfera romântica e desconhecida dos espíritos; e, inconscientemente, qual o aprendiz que lê em voz alta o livro de magia do mestre, ele suscita todas as majestosas visões de seu mundo interior, de modo que estas últimas, em cintilantes danças de roda, voam pela vida, enchendo de infinita e inominável nostalgia aqueles que são capazes de vislumbrá-las.

Como meu peito estava apertado quando adentrei na sala de concerto! Como me deixava encurvar pela força de todas as indignas mesquinharias, as quais, como pragas venenosas e vampíricas, afligem e perseguem os seres humanos nesta vida miserável; em especial o artista, o qual, a esse martírio eternamente aguilhoador, preferiria o golpe violento que o priva, para sempre, desse e todos os demais sofrimentos mundanos. Compreendeste, meu caro amigo, o olhar melancólico que te lancei! E te agradeço centenas de vezes por ter ocupado meu lugar ao piano, enquanto tentava esconder-me no canto mais remoto da sala. Que pretexto inventaste? Como conseguiste tocar, não a grande sinfonia em dó menor de Beethoven, mas somente uma pequena e insignificante abertura, feita por algum compositor que ainda não havia atingido a mestria? Também a isso devo agradecer-te, do fundo de meu coração. O que teria sido de mim, se, quase esmagado por toda miséria terrena que há pouco me atacava sem cessar, o monumental espírito de Beethoven tivesse avançado sobre

---

24 Quem não conhece a majestosa ária *Ombra adorata* [sombra adorada] que Crescentini compôs para a ópera *Romeo e Giulietta*, de Zingarelli, cantando-a com uma recitação inteiramente própria? (N. do A.)

kreisleriana [i] 87

mim e me envolvido com luzentes braços metálicos, carregando-me em direção à esfera colossal e incomensurável que se desvela em seus sons trovejantes? Quando a abertura havia terminado, com toda sorte de júbilo infantil, ao som de trompetes e timbales, deu-se então uma pausa silenciosa, como se todos esperassem por algo verdadeiramente importante. Isso me fez bem; fechei os olhos e, procurando em meu íntimo visões mais agradáveis que aquelas ao meu redor, esqueci o concerto e, com ele, é claro, todo seu arranjo, o qual me era familiar, haja vista que deveria acompanhá-lo ao piano.

A pausa deve ter durado bastante, quando, por fim, começou o *ritornello* de uma ária. Ele foi executado com extrema suavidade e, com sons simples, porém profundamente penetrantes, parecia falar sobre a nostalgia com a qual o ânimo piedoso eleva-se ao céu, reencontrando tudo aquilo que amava, mas lhe fora arrebatado aqui embaixo. Então, erguendo-se da orquestra qual uma luz celestial, irradiou a voz brônzea de uma dama:

> *Tranquillo io sono, fra poco teco sarò mia vità!*[25]

Quem pode descrever a sensação que me atravessou! Como a dor que corroía minhas entranhas dissolveu-se numa melancólica nostalgia, derramando bálsamo celeste em todas feridas! Tudo foi esquecido e eu, extasiado, colocava-me à escuta dos sons que, como que efluindo de outro mundo, enlaçavam-me de maneira consoladora.

O tema da ária seguinte, *Ombra adorata*, é tão simples quanto o do recitativo; mas, igualmente emotivo e penetrante, pronunciando o estado de ânimo que paira sobre a dor terrena e que nutre a sagrada esperança de ver realizado, num mundo melhor e mais elevado, tudo aquilo que lhe fora prometido. Como tudo se perfila natural e espontaneamente nessa simples composição! Os movimentos transcorrem apenas entre a tônica e a dominante[26], sem modulação espalhafatosa

---

25 "Tranquilo estou e, em breve, estarei contigo, minha vida." Palavras ditas por Romeu ao beber o veneno; recitativo que precede a ária *Ombra adorata*.

26 De acordo com a doutrina da harmonia funcional, dá-se o nome tônica ao primeiro grau de uma escala diatônica; e a dominante, por sua vez, refere-se ao quinto grau de tal escala. Numa escala de dó maior, por exemplo, a tônica é a nota dó natural e a dominante, por sua vez, a nota sol natural. Responsável pela manutenção do equilíbrio sonoro, a tônica dá ensejo à sensação estabilidade e acabamento na qual, em rigor, ▶

e figura artificiosa; o canto flui qual um rio de águas prateadas a correr por entre flores luzentes. Mas não é justamente esse o misterioso feitiço de que o mestre dispunha? Que lhe era facultado conceder à melodia mais simples e à estrutura menos afetada aquele poder indescritível que age irresistivelmente sobre todo ânimo sensível? Nesses sonantes melismas, maravilhosamente claros e resplandecentes, a alma voa num rápido bater de asas através de nuvens cintilantes – é o júbilo esfuziante dos espíritos transfigurados. A composição, como todas aquelas que foram profundamente sentidas no âmago do mestre, também quer ser compreendida a fundo e executada com o ânimo ou, diria ainda, com o puro pressentimento do caráter suprassensível que a melodia traz consigo. Tanto no recitativo quanto na ária, como requer o gênio do canto italiano, apenas alguns ornamentos eram permitidos; mas não é admirável que o modo como Crescentini, compositor e o sumo mestre do canto, executou e ornamentou ele mesmo a ária tenha sido legado como uma tradição, de sorte que, agora, ninguém ousaria introduzir-lhe apojaturas estranhas sem ser, no mínimo, censurado? Com que prudência Crescentini empregou esses ornamentos acidentais, dando vida ao todo – são as joias reluzentes que embelezam o gracioso semblante da amada, fazendo com que seus olhos brilhem com maior intensidade e uma cor purpúrea mais vibrante tinja seus lábios e bochechas.

Mas, que devo dizer a seu respeito, esplêndida cantora! Com o entusiasmo incandescente dos italianos, hei de te clamar: "Tu és abençoada pelo céu!"[27] Pois, afinal, deve ser a benção do céu que motiva seu piedoso ânimo interno a deixar soar, com brilho e esplendor, aquilo que se sente no mais profundo íntimo. Tuas notas me envolveram como espíritos amáveis, sendo que todas me diziam: "Levanta a cabeça, tu que estás curvado! Vem conosco, vem conosco em direção àquela terra distante na qual a dor já não provoca nenhuma ferida

---

▷ as composições tonais tendem a culminar. Daí o acorde principal da função tônica ser aquele que contem a chamada "fundamental", isto é, a nota que define o nome do acorde. Dando ocasião a direcionalidades mais instáveis e gerando uma atmosfera mais suspensiva, a dominante, em contrapartida, pede uma resolução mais ornamental antes de recair sobre a tônica, completando, desse modo, a estrutura básica que reflete uma expressão musical do tipo: "aproximação-distanciamento-aproximação".

27 Nossa cantora alemã Häser que, infelizmente, retirou-se totalmente da vida artística, era assim chamada pelos italianos: *Che sei benedetta dal cielo!* (N. do A.)

kreisleriana [i]   89

sangrenta, senão que, num sublime encanto, enche o peito de inominável nostalgia!"

Nunca mais te escutarei; mas, se a infâmia acercar-se de mim e,
tomando-me por um de seus iguais, travar comigo a luta dos infâmes;
quando, enfim, o contrassenso tiver me entorpecido e o repulsivo
escárnio do populacho me ferido com espinhos venenosos, aí então,
mediante *tuas* notas, uma consoladora voz do espírito há de sussurrar em meus ouvidos:

> *"Tranquillo io sono, fra poco teco sarò mia vità!"*[28]

Com um entusiasmo nunca antes sentido, hei então de me erguer
num voo possante por sobre o inteiro anátema mundano. Todos os sons
que, no peito ferido, enrijecem-se no sangue da dor, hão de renascer;
e, movendo-se e agitando-se de lá para cá, como salamandras cintilantes, terminarão por lampejar faíscas para o alto; tratarei de apanhá-las
e combiná-las entre si, de sorte que, reunidas num só feixe de fogo,
transformar-se-ão numa única imagem flamejante, transfigurando e
enaltecendo teu canto – e a ti mesma.

3. Pensamentos Sobre
o Elevado Valor da Música

Não se pode negar que, nos últimos tempos, bendito seja o céu,
o gosto pela música dissemina-se mais e mais, de sorte que, agora, em
certa medida, faz parte de toda boa educação o aceite de que também as crianças devem aprender música; daí ser possível encontrar,
em toda casa que se pretende minimamente respeitável, um piano
ou, ao menos, um violão. Restam, aqui e acolá, apenas alguns poucos desprezadores dessa arte inegavelmente bela, sendo que, neste
momento, meu propósito e dever consiste em lhes dar uma boa lição.

---

28 Ver nota 25.

A finalidade da arte em geral não é outra senão proporcionar ao ser humano um agradável entretenimento e, a ser assim, distraí-lo de maneira prazerosa de seus afazeres mais sérios ou, melhor ainda, das únicas atividades que lhe cabem, a saber, aquelas que lhe asseguram o pão de cada dia e a honra no Estado[29]; de modo que, depois de fruí--la, ele poderá voltar-se com animação e empenho redobrados para o verdadeiro objetivo de sua existência, isto é, tornar-se uma eficiente peça de engrenagem no moinho do Estado, para, aí então (mantendo-me nessa metáfora), deixar-se moer e ser moído. Nenhuma outra arte é, porém, mais indicada para dar cumprimento a essa finalidade do que a música. A leitura de um romance ou poema poderia decorrer de uma escolha tão bem acertada que não conteria, em parte alguma, o fantástico mau gosto característico das diversas publicações recentes; e isso sem estimular minimamente a fantasia, que decerto é a pior parte de nosso pecado original, devendo ser, de resto, eliminada com toda potência – mas, tal leitura, creio eu, ainda tem o inconveniente de que é preciso, em boa medida, pensar sobre aquilo que se lê; e isso contradiz evidentemente a finalidade da distração. O mesmo vale para a aquela espécie de leitura em voz alta na qual o ouvinte, tendo sua atenção totalmente desviada, dorme muito facilmente; ou, então, abisma-se em sóbrios pensamentos, os quais, de acordo com a dieta espiritual a ser observada por todo homem de negócios decente, precisam de um descanso de tempos em tempos. A contemplação de uma pintura só pode ter uma curta duração, pois, assim que se adivinha aquilo que ela deveria representar, o interesse de pronto desaparece. Mas, no que diz respeito à música, apenas aqueles incuráveis desprezadores dessa nobre arte poderiam negar que uma composição bem-lograda – quer dizer, que se mantém pertinentemente dentro dos limites, concatenando agradáveis melodias entre si, sem fazer algazarra e pôr-se amalucadamente em alvoroço com toda sorte de movimentos contrapontísticos e resoluções – causa uma atração maravilhosamente reconfortante, a qual nos desonera completamente da

---

29 Os elogios à música "leve", voltada unicamente à distração e ao entretenimento, bem como as demais apreciações condenatórias da dita música "séria" ou "complexa", constituem, é claro, o avesso antipódico da concepção estética acalentada pelo próprio Hoffmann; portanto, tais posicionamentos devem ser compreendidos à luz da indispensável estratégia irônica e caricatural contida no texto.

kreisleriana [i] 91

atividade de pensar; ou então, impede que pensamentos austeros venham à tona, ensejando, antes do mais, várias considerações leves e aprazíveis – que se deixam alternar divertidamente e das quais nunca se tem consciência de seu verdadeiro conteúdo. É possível, todavia, ir ainda além e perguntar: por que privar alguém, durante a escuta musical, de entabular uma conversa com o vizinho sobre diversos temas políticos e morais, cumprindo, pois, de uma maneira agradável, um duplo objetivo? Ao contrário, isso deveria ser bastante recomendado, já que a música facilita extraordinariamente o ato de falar, tal como teremos a oportunidade de observar em todos os concertos e círculos musicais. Nas pausas, tudo é silencioso, mas, com a música, a torrente de conversas começa a borbulhar e, à medida que as notas nela desabam, a enxurrada aumenta mais e mais. Muitas donzelas, cuja conversa de outro modo limitar-se-ia, como se diz, às sentenças "sim, sim!" ou "não, não!", não se detêm aí durante música, discorrendo também sobre aquilo que, conforme o mesmo dito, "advém do mal"[30]; mas, aqui, tudo decorre nitidamente do bem, haja vista que tal ocasião pode, por vezes, render-lhes um amante ou até mesmo um marido, o qual, inebriado com a doçura do inusitado discurso, deixa-se apanhar em sua rede.

Céus, quão incalculáveis são as vantagens de uma bela música! Vós, desprezadores da nobre arte, serão por mim conduzidos ao círculo doméstico onde o pai, cansado dos sérios negócios empreendidos durante o dia, mas já de roupão e pantufas, fuma alegremente seu cachimbo, cheio de ânimo com o *murky*[31] de seu filho mais velho. E não foi somente para ele que sua florzinha inocente aprendeu a tocar a *marcha de Dessau* e *Blühe liebes Veilchen*?[32] E, ao tocá-las tão belamente, sua mãe então não derrama luzentes lágrimas de felicidade sobre a meia que está remendando? Não lhe seria, por fim, incômodo o rangido esperançoso, mas apreensivo de seu filho mais novo, caso o som da adorável canção de ninar não mantivesse o todo dentro do tom e do compasso?

---

30 Ver, a propósito dessa passagem "escriturística", *Mateus* 5,37: "Seja, porém, o vosso falar: Sim, sim; não, não; pois o que passa daí, vem do Mal."
31 *Baixo-murky* é o epíteto que designa um estilo de escrita para instrumentos de teclado, no qual o baixo deve ser "oitavado".
32 Canção composta por Johann Abraham Peter Schulz (1747-1800).

Se teus sentidos estão inteiramente fechados para esse idílio doméstico, esse triunfo da simples natureza, acompanhe-me então até aquela casa com iluminadas janelas de vidro. Entras na sala; a máquina de chá a vapor é o epicentro em torno do qual se movem elegantes senhores e senhoras. As mesas de jogos são rapidamente retiradas e o tampo do *pianoforte* é bruscamente levantado; também aqui a música serve como deleitosa diversão e distração. Quando bem escolhida, ela não tem nada de aborrecedor, sendo que até mesmo os jogadores de carta, embora se ocupem com coisas mais elevadas – como, por exemplo, perder e ganhar – toleram-na de bom grado. Que devo dizer, por fim, acerca dos grandes concertos públicos, os quais fornecem a mais preciosa oportunidade para se conversar, ao som do acompanhamento musical, com esse ou aquele amigo? Ou, quem sabe, para se trocar doces palavras com essa ou aquela dama, caso ainda se esteja na idade do atrevimento? Para tanto, a música decerto pode sugerir um tema apropriado. Tais concertos constituem os verdadeiros locais de distração para o homem de negócios, sendo, de resto, bem mais preferíveis ao teatro; isso porque, às vezes, este último oferece espetáculos que fixam ilicitamente o espírito em coisas que são assaz inúteis e falsas, de sorte que, aqui, corre-se o risco de se deixar arrastar pela poesia, da qual precisa proteger-se todo aquele que, no fundo do coração, preza sua honra como cidadão! Em suma, como já havia mencionado no início, o fato de a música ser praticada com diligência e ensinada com tamanha seriedade é um sinal crucial de como sua verdadeira tendência é atualmente reconhecida. Quão conveniente não é, pois, que crianças, mesmo sem possuir o menor talento para arte – algo que, em verdade, não faz a mínima diferença – sejam submetidas ao ensino da música, de modo que, se não puderem, por obrigação, atuar na sociedade, ao menos serão capazes dar sua contribuição ao entretenimento e à distração!

Uma radiante vantagem da música sobre todas outras artes também se deve ao fato de que, em seu estado puro (sem mistura de poesia), ela possui um pleno significado moral e, por conseguinte, não exerce qualquer influência nociva sobre a tenra juventude. Qualquer chefe de polícia atestaria, sem titubear, a favor do inventor de um novo instrumento musical, dizendo que este não teria nada de prejudicial

kreisleriana [i] 93

ao Estado, à religião e aos bons costumes. Com a mesma prontidão, qualquer mestre de música pode, de antemão, assegurar ao papai e à mamãe que sua nova sonata não contém *um único* pensamento imoral. É evidente que, à medida que envelhecem, as crianças precisam alhear-se da prática artística, já que esta última não condiz muito com homens sérios, podendo, ademais, facilmente levar as damas a negligenciar os deveres mais elevados da sociedade etc. Elas podem, pois, fruir do prazer da música apenas de modo passivo, deixando sua execução a cargo de crianças ou artistas profissionais.

Salta aos olhos também, a partir da correta indicação da tendência da arte, que os artistas, isto é, aquelas pessoas que (por certo, tolas o bastante para tanto!) consagram sua inteira vida à obsequiosa função de recrear e distrair, devam ser tomados por sujeitos totalmente subalternos, sendo tolerados apenas porque põem em prática a ideia do *miscere utile dulci*[33]. Ninguém em sã consciência e com discernimento maduro irá reputar o melhor dos artistas como sendo alguém tão importante quanto um diligente escrivão; e nem mesmo tão valioso quanto o artesão que acolchoa a almofada sobre a qual o cobrador de impostos irá sentar-se em seu gabinete, ou então, o comerciante em sua escrivaninha; isso porque, aqui, tem-se em vista o que é necessário, ao passo que lá, aspira-se apenas àquilo que agrada. Por isso, quando os artistas são gentil e educadamente bem tratados, isso se dá somente em decorrência de nossa cultura e bonomia, as quais também nos levam a mimar e agradar às crianças e pessoas que nos divertem. Alguns desses infelizes fantasistas[34] despertaram tarde demais de seu próprio engano, decaindo, de fato, numa certa loucura – que pode ser facilmente percebida a partir de suas declarações acerca da arte. Acreditam, por exemplo, que ao ser humano seria dado, por meio da arte, pressentir seu princípio mais elevado, conduzindo-o da correria e operosidade ensandecidas da vida comum ao Templo de Ísis, onde a natureza lhe falaria mediante sons sagrados e inauditos, mas, ainda assim, compreensíveis. Esses alucinados dão abrigo às opiniões mais miraculosas a respeito da música; denominam-na a mais romântica de todas as artes, porque seu objeto é o infinito, o secreto sânscrito

---

33 "Juntar o útil ao agradável".
34 Dos quais faz parte, ironicamente, o próprio Hoffmann.

da natureza transposto em sons, a encher o peito do ser humano de infindável nostalgia – sendo que é apenas nela que lhe é dado compreender a esplêndida canção das árvores, flores, animais, pedras e águas!

Todas as inúteis zombarias do contraponto, as quais não animam o ouvinte e, assim, passam ao largo do próprio objetivo da música, são por eles batizadas de combinações terrivelmente misteriosas, podendo ser comparadas, nessa medida, ao estranho entrelaçamento de musgos, ervas e flores. O talento ou, para utilizar a linguagem desses loucos, o gênio da música, dizem eles, põe-se em brasa no peito do homem que pratica e venera a arte, devorando-lhe com chamas inextinguíveis, enquanto o princípio mais universal conta abafar ou desviar artificialmente as flamejantes faíscas. Àqueles que ajuízam corretamente a verdadeira tendência da arte e, em especial, da música, tal como havia anteriormente indicado, são por eles chamados de sacrílegos ignorantes, os quais deveriam permanecer eternamente excluídos da santidade do ser mais elevado – dando, com isso, mais provas de sua loucura. Pois, com razão, pergunto: quem é, nesse caso, o melhor? O servidor público, o comerciante, aquele que sobrevive de seu dinheiro, comendo e bebendo bem, que sai a passeio de forma apropriada e é cumprimentado por todos com o devido respeito ou, ao contrário, o artista, fadado a se manter a duras penas em seu mundo fantástico? Tais tolos afirmam, com efeito, que a elevação poética sobre o vulgo é algo muito especial, asseverando ainda que uma certa renúncia de si pode transmudar-se em prazer. No entanto, os imperadores e reis que vivem no hospício, com coroas de palha sobre a cabeça, também são felizes! A melhor prova de que todo esse palavrório vazio não traz nada em si – servindo apenas para aplacar a reprovação interna de não ter lutado por algo sólido – está no fato de que quase nenhum artista se tornou aquilo que é por livre e espontânea escolha, senão que surgiram e continuam sempre a surgir das classes mais pobres. Nascidos de pais despossuídos e obscuros ou, então, de outros artistas, tornaram-se o que são em virtude da carência, ocasião e falta de uma perspectiva feliz em meio às classes propriamente vantajosas. E assim há de suceder eternamente, apesar da existência de tais seres fantasiosos. Se

kreisleriana [i] 95

uma abastada família de alto padrão tivesse a infelicidade de gerar uma criança que fosse particularmente dada à arte – ou, conforme a expressão ridícula daqueles destrambelhados, que trouxesse no peito a centelha divina que a tudo devora quando se lhe opõe alguma resistência – e tivesse ela realmente se envolvido com a fantasia da arte e a vivência artística, então um bom educador colocaria facilmente o jovem extraviado no caminho certo, recomendando-lhe uma prudente dieta intelectual – que prevê, por exemplo, a inteira eliminação de todo alimento fantástico, exagerado (tais como poesias e as chamadas composições vigorosas de Mozart, Beethoven etc.) – assim como a representação cuidadosa e reiterada da irrestrita tendência à subordinação de toda arte e do estatuto inteiramente inferior dos artistas, privados de qualquer posição, título ou riqueza; de sorte que, ao fim e ao cabo, tal jovem sentiria um grande desprezo pela arte e pelos artistas – desdém que jamais poderá ser o bastante, atuando como um verdadeiro remédio contra toda excentricidade. Àqueles pobres artistas que ainda não foram vitimados pela insânia acima descrita, creio efetivamente não estar dizendo nenhum impropério ao sugerir-lhes que se desvencilhem um pouco de sua tendência frívola, aprendendo, paralelamente, algum outro ofício leve; pois, dessa maneira, como membros úteis ao Estado, decerto hão de adquirir algum valor. Certa vez, um especialista disse-me que eu teria uma aptidão inata para fazer pantufas, sendo que não sou desfavorável à ideia de me entregar, qual um protótipo, aos ensinamentos de Schnabler, perito local na fabricação de pantufas – e, ainda por cima, meu padrinho.

Relendo tudo o que escrevi, vejo a insânia de alguns músicos retratada com muito acerto e, para o meu secreto espanto, sinto-me aparentado com eles. Satã sussurra-me ao pé do ouvido que, muito daquilo que tencionei dizer com honestidade, bem que poderia parecer-lhes uma irreparável ironia; mas, uma vez mais, asseguro-lhes: foi contra vós, desprezadores da música, vós que chamais o edificante cantar e tocar das crianças de barulho inútil, tencionando escutar a arte dos sons como algo enigmático e sublime, digno apenas de vocês mesmos; foi contra vós que se dirigiram minhas palavras. Com armas de peso nas mãos, terminei por vos demonstrar que a música é uma

96   *parte i*

invenção útil e majestosa do astuto Tubal-Caim[35], a qual é capaz de animar e distrair os seres humanos; e que, ao fazê-lo, promove de modo agradável e gratificante a felicidade doméstica, a mais sublime tendência de todo homem cultivado.

4. Música Instrumental de Beethoven

Quando se trata de falar sobre a música como uma arte independente, não se deveria considerar apenas a música instrumental, a qual escarnece de todo auxílio e intromissão das demais artes (da poesia, por exemplo), dando uma expressão pura da essência ímpar e inconfundível dessa arte? É a mais romântica de todas as artes, a única legitimamente romântica, poder-se-ia quase dizer, já que somente a infinitude lhe diz respeito. A lira de Orfeu abriu os portões de Orcus[36]. A música descerra ao ser humano um âmbito que lhe é desconhecido, o qual nada tem em comum com o mundo sensível exterior que o rodeia e no qual ele deixa para trás todos os sentimentos *determinados*, para se consagrar a uma nostalgia indizível.

Pressentistes já essa essência peculiar, vós pobres compositores instrumentais que se esforçaram penosamente para expor sensações determinadas e inclusive certos acontecimentos? Como pôde ocorrer-lhes tratar plasticamente a forma artística que mais se opõe à plástica? Vossas auroras, tempestades, *Batailles de trois empereurs*[37] etc. foram, por certo, aberrações ridículas, tendo sido, merecidamente, punidas com o total esquecimento.

Na arte do canto, onde a poesia interpreta afetos definidos mediante palavras, a força mágica da música age como o miraculoso elixir dos

---

35 Alusão àquele que, segundo a tradição escriturística, teria inventado a arte da ferraria. Ver, a esse propósito, *Gênesis* 4,22: "A Zila também nasceu um filho, Tubal-Caim, fabricante de todo instrumento cortante de cobre e de ferro."

36 Em Roma, deus subterrâneo habitualmente cultuado nos campos; em geral, encarregava-se de punir os juramentos não cumpridos.

37 Alusão às descrições sinfônicas, muito comuns à época, das batalhas napoleônicas e, em especial, à peça histórico-militar *Bataille d'Austerlitz des Trois Empereur surnommé la Journées* (1806), de Jacques-Marie Beauvarlet-Charpentier.

kreisleriana [i] 97

sábios, do qual bastam apenas algumas gotas para tornar qualquer bebida tanto mais saborosa e esplêndida. Toda paixão – amor, ódio, ira, desespero etc. – tal como a ópera as nos oferece, é revestida pela música com a trêmula luz purpúrea do romantismo, sendo que até mesmo as sensações da vida comum terminam por nos conduzir, para além desta última, rumo à esfera da infinitude.

O feitiço da música é tão forte que, vindo a ser sempre mais e mais poderoso, foi obrigado a romper os grilhões de qualquer outra arte.

Sem dúvida, o fato de os compositores geniais terem elevado a música instrumental ao seu nível atual não se deve apenas à facilitação dos meios de expressão (aperfeiçoamento dos instrumentos, maior virtuosidade dos músicos etc.), senão que também ao reconhecimento mais profundo e íntimo da essência própria à música.

Mozart e Haydn, os criadores da hodierna música instrumental, indicaram-nos primeiramente a arte em sua plena glória; mas quem a abarcou com amor integral, penetrando em sua mais recôndita essência, foi Beethoven! As composições instrumentais desses três mestres respiram o mesmo e único espírito romântico, o qual, de maneira análoga, apreende intimamente a mais peculiar essência da arte; apesar disso, o caráter de suas composições diferencia-se perceptivelmente entre si. Nas composições de Haydn, vigora a expressão de um ânimo pueril e jovial. Suas sinfonias levam-nos a vastos arvoredos verdes, coloridas e divertidas multidões de pessoas venturosas. Rapazes e garotas flutuam de lá para cá em danças de roda; crianças sorridentes, a bisbilhotar por detrás das árvores e arbustos de rosas, atiram impertinentemente flores umas nas outras. Uma vida repleta de amor e serenidade, como se transcorresse, em eterna juventude, antes do pecado; sem sofrimento, sem dor; apenas um doce e melancólico anseio pela figura amada, a qual, ao longe, paira no brilho avermelhado do fim de tarde; sem se aproximar, mas tampouco desaparecer; e, enquanto lá se conservar, a noite não há de cair, pois ela mesma constitui a rubra luz do crepúsculo, iluminando montanhas e clareiras.

Mozart conduz-nos às profundezas do âmbito espiritual. O medo nos cerca, mas, sem nos martirizar, acaba por se converter, antes do mais, num pressentimento de infinitude. Amor e melancolia ressoam em suaves vozes do espírito. A noite dilui-se num lusco-fusco luzente e purpúreo; e, com uma indizível nostalgia, seguimos as figuras que, acenando-nos amistosamente uma após a outra, voam pelas nuvens numa eterna dança das esferas (Sinfonia em mi bemol maior de Mozart, conhecida sob nome de "Canto do Cisne").

A música instrumental de Beethoven descerra-nos, da mesma maneira, o reino do colossal e incomensurável. Neste, raios fulgurantes alvejam a noite profunda; e nos apercebemos de sombras gigantescas movendo-se de cima para baixo, as quais nos envolvem com proximidade cada vez maior e *nos* destroem, mas sem aniquilar a dor da nostalgia infinita na qual todo prazer, emergindo rapidamente em sons jubilosos, vai a pique e desaparece; sendo que apenas nessa dor – na qual o amor, a esperança e alegria são consumidos sem entretanto serem destruídos, tencionando explodir nosso peito com uma polifônica harmonia de todas as paixões – continuamos a viver como visionários enfeitiçados!

O gosto romântico é raro, e tanto mais raro é seu talento; daí haver tão poucas pessoas capazes tocar a lira, cujo som abre as portas do fantástico reino romântico.

É de modo romântico que Haydn apreende o humano no interior da própria vida humana; ele é, pois, mais comensurável, mais compreensível à maioria.

Mozart serve-se mais daquilo que está para além do homem, o elemento miraculoso que habita o recôndito do espírito.

A música de Beethoven aciona, por assim dizer, a alavanca do medo, do espanto, do terror e da dor, despertando justamente aquela nostalgia infinita que constitui a essência do romantismo. Trata-se, por isso, de um músico puramente romântico; e não se deve a isso o fato de ele ter menos êxito com a música vocal, haja vista que esta não admite o caráter do anseio indeterminado, limitando-se a expor, mediante palavras, afetos determinados, como se estes fossem sentidos a partir da esfera da infinitude?

O poderoso gênio de Beethoven amedronta o populacho musical; este tenciona, em vão, opor-lhe resistência. Mas os sábios juízes, olhando ao redor com ar de superioridade, como homens de grande entendimento e profunda visão, asseguram-nos que podemos acreditar literalmente no que dizem: ao bom Beethoven não falta, nem

kreisleriana [i] 99

de longe, uma fantasia pródiga e vivaz, todavia ele não sabe como controlá-la! Não se trataria, aqui, da escolha e formação dos pensamentos, senão do fato de que ele, seguindo o assim chamado método genial, escrever tudo de uma só vez, tal como lhe incute, no calor do momento, sua fantasia em chamas. Mas, e se o profundo nexo de relações próprio a toda composição beethoveniana escapasse apenas ao *vosso* olhar debilitado? E se vossa incapacidade de compreender a linguagem do mestre, compreensível ao iniciado, resultasse de *vós* mesmos e o portão do mais íntimo santuário vos permaneceste fechado? Em verdade, no que tange à sensatez, o mestre se iguala inteiramente a Haydn e Mozart; separa seu próprio eu do âmbito interno aos sons, governando-o qual um irrestrito soberano. Os inspetores da estética quase sempre se queixaram de uma total ausência de unidade interna e concatenação interior em Shakespeare, ao passo que uma visão mais profunda revela que, de uma única semente, cresce uma bela árvore, folhas, flores e frutos; do mesmo modo, apenas um mergulho profundo na música instrumental de Beethoven torna patente sua elevada ponderação, a qual é inseparável do verdadeiro gênio e alimentada pelo estudo da arte. Qual outra obra instrumental de Beethoven atesta isso tudo em máximo grau senão que a sinfonia em dó menor, soberba e profunda além de todas as medidas? Como essa maravilhosa composição, num clímax cada vez mais ascensional, conduz irresistivelmente o ouvinte ao âmbito espiritual da infinitude. Nada pode ser mais simples do que o pensamento principal contido no primeiro *allegro*, o qual, consistindo em apenas dois compassos e ressoando, de início, em uníssono, impede o ouvinte de determinar o tom da peça. O melodioso tema secundário apenas destaca ainda mais o caráter de aflitiva e inquieta nostalgia que tal movimento traz consigo! Contraído e agoniado pelo pressentimento da monstruosidade, destruição e ameaça, o peito parece pedir violentamente por mais ar em meio a sons cortantes; mas eis que, de repente, uma figura amistosa põe-se à frente com brilho, iluminando a profunda e soturna noite (o amável tema em sol maior, tateado, inicialmente, pelos instrumentos de sopro em mi bemol menor).

Quão simples – que seja dito uma vez mais – é o tema em que o mestre baseou a ideia do todo; mas com que maravilha a ele se alinham, mediante sua relação rítmica, todas as frases secundárias e notas de passagem, servindo, assim, para desenvolver cada vez mais o caráter do *allegro*, até então apenas insinuado por aquele tema principal. Todos os movimentos são concisos, consistindo aproximadamente em apenas dois ou três compassos, sendo, ademais, distribuídos num contínuo intercâmbio dos instrumentos de corda e sopro; dever-se-ia acreditar que de tais elementos poderia surgir somente algo retalhado e inapreensível, mas, em vez disso, o que vem à tona é justamente aquela organização do todo, assim como a contínua e sucessiva repetição dos movimentos e acordes individuais, a qual leva o sentimento de uma nostalgia impronunciável ao ápice de sua intensidade. Independentemente do fato de que o tratamento contrapontístico já presta testemunho de um profundo estudo da arte, as frases transitórias e a incessante alusão ao tema principal mostram como o grande mestre apreendeu e pensou o todo de fio a pavio, concebendo-o, em espírito, com todos seus traços apaixonantes.

Então o adorável tema do andante – *con moto* em lá bemol maior – não soa qual uma graciosa voz do espírito, enchendo nosso peito de esperança e consolo? Mas também aqui ressurge o fantasma amedrontador que já havia atemorizado e se apoderado de nosso ânimo quando do *alegro*, ameaçando-nos a todo instante a partir das tempestuosas nuvens nas quais havia desaparecido; as figuras amistosas que nos rodeavam terminam, então, de súbito, por escapar de seus relâmpagos. E o que devo dizer acerca do minueto? Que se escute, pois, as distintas modulações, as finalizações no acorde dominante maior – o qual é retomado pelo baixo como se fosse a tônica do próximo tema, em tom menor – ou então, o próprio tema, estendendo-se mais e mais ao longo de alguns compassos! Não sois uma vez mais capturados por aquela nostalgia inquietante e inefável, aquele pressentimento do fantástico mundo do espírito no qual o mestre imperava? Mas eis que, qual um ofuscante raio de sol, o esplendoroso tema do movimento final brilha com o júbilo exultante da inteira orquestra. Que deslumbrantes amalgamentos contrapontísticos juntam-se, aqui, novamente, ao todo! Tudo isso bem que pode parecer tão rápido e desenfreado como uma rapsódia genial, mas o ânimo de todo ouvinte sensível tem a certeza de ter sido profunda e intimamente capturado

kreisleriana [i]

por um sentimento singular, a saber, justamente aquele da nostalgia inefável e vaticinante; e, até o acorde final – inclusive durante alguns momentos que se lhe seguem – tal ouvinte não conseguirá mais sair daquela fantástica esfera do espírito, na qual foi cercado por dor e prazer sob a forma de sons.

Conforme a organização interna dos movimentos, sua condução e instrumentação, o modo como se sucedem uns aos outros, tudo é trabalhado com vistas a um só ponto; mas é sobretudo o íntimo parentesco entre os temas que engendra aquela unidade, única a permitir ao ouvinte ater-se a *um* estado de ânimo. Essa afinidade torna-se clara ao ouvinte, não raro, quando ele a escuta a partir da ligação entre dois movimentos, ou então, quando descobre uma linha do baixo comum a dois movimentos distintos; mas, com frequência, um parentesco ainda mais profundo, o qual não se dá a conhecer de tal maneira, fala apenas de espírito para espírito, sendo que é precisamente esse tipo de afinidade que vigora entre os movimentos de ambos *allegros* e do minueto e que, de resto, anuncia magistralmente a genialidade ponderada do mestre.

Com que profundidade suas gloriosas composições para piano marcaram o meu ânimo, mestre dos mestres! Quão insípido e insignificante a mim me parece, agora, tudo aquilo que não advém de ti, do perspicaz Mozart e do poderoso gênio de Sebastian Bach! Que prazer senti ao receber tua septuagésima obra, os dois magníficos trios, pois bem sabia que me seria facultado, após um pouco de treino, ouvi-los com esplendor e sem demora. E a noite de hoje foi, de fato, bastante generosa; tanto é assim que ainda não consegui escapar às súbitas inflexões e aos movimentos ziguezagueantes de seus trios, tal como alguém a perambular por entre labirintos tortuosos de um parque fantástico, rodeado por toda sorte de árvores raras, arbustos e flores deslumbrantes. As amáveis vozes de sereia de seus movimentos, resplandecendo numa colorida multiplicidade, atraem-me de modo cada vez mais profundo. A talentosa dama que hoje tocou esplendidamente, em *minha* honra, mestre de capela Kreisler, o *Trio n. 1* e em cujo piano ainda me acho sentado, pondo-me a escrever, permitiu-me ver com clareza que apenas aquilo que é oferecido pelo *espírito* deve ser levado em conta; todo o resto provém do mal.

Acabei de repetir, de cor, ao piano, algumas impactantes modulações dos dois trios. É verdade que o piano (*pianoforte*) permanece um instrumento mais adequado à harmonia do que à melodia. Mesmo a mais fina expressão da qual o instrumento é capaz não pode dar vida à melodia, repleta de milhares e milhares de nuanças, que o arco do violino, ou então, a respiração do músico de sopro tem condições de gerar. Em vão, o instrumentista luta contra a insuperável dificuldade que o mecanismo lhe impõe, o qual faz as cordas vibrarem e soarem mediante um só toque. Em contrapartida, é provável que não haja nenhum outro instrumento (com a exceção da harpa, a qual, ainda assim, permanece bem mais limitada) que, tal como o piano, esteja apto a englobar o âmbito da harmonia com acordes tão abundantes em suas notas, revelando, ao especialista, seus tesouros sob as mais incríveis formas e figuras. Quando a fantasia do mestre apoderava-se de uma pintura sonora inteira, apetrechada com grupos suntuosos, luzes claras e soturnas sombras, ele era capaz de torná-la viva ao piano, trazendo-a à tona de seu mundo interior, com brilho e cor. Uma partitura completa – verdadeiro livro musical de feitiços, conservando, em seus sinais, todos os milagres da arte dos sons, bem como o coro misterioso dos mais variegados instrumentos – torna-se viva sob as mãos do mestre ao piano; e uma peça como essa, executada a partir da partitura com habilidade e observância às todas as vozes, poderia ser comparada a uma bela gravura de cobre obtida desde uma grande pintura. Daí, o piano ser particularmente apropriado à improvisação fantasiosa, à interpretação de partituras, às sonatas particulares, aos acordes e assim por diante; os trios, quartetos, quintetos etc., nos quais também surgem, em geral, os instrumentos de corda, pertencem inteiramente à esfera da composição para piano, pois, se forem compostos da maneira correta, isto é, efetivamente a quatro, cinco ou mais vozes, eles hão de depender totalmente da elaboração harmônica, a qual, já de si, exclui a entrada de instrumentos individuais em passagens brilhantes.

Nutro uma verdadeira repugnância pelos concertos de piano propriamente ditos (aqueles que foram compostos por Mozart e Beethoven não constituem, em rigor, concertos, senão que sinfonias com piano *obbligato*). Aqui, o virtuosismo do instrumentista individual deve fazer-se valer em determinadas passagens, bem como na

kreisleriana [i]

expressão da melodia, mas, mesmo o melhor intérprete, servindo-se do mais requintado instrumento, esforça-se em vão para atingir *aquilo* que o violinista, por exemplo, alcança com pouca dificuldade.

Após o pleno *tutti*[38] de violinos e sopros, todo solo soa rígido e lânguido e, ainda que a presteza dos dedos ou algo que o valha cause admiração, o ânimo não é, com isso, verdadeiramente estimulado.

Contudo, e apesar disso, com que acerto o mestre captou o mais próprio espírito do instrumento, observando à sua mais apropriada utilização!

Um tema simples, porém frutífero e cantável, passível das mais diversas inflexões contrapontísticas, abreviações etc., está à base de todo movimento; os demais temas secundários e figuras se acham intimamente ligados ao motivo principal, de sorte que tudo se mescla e se dispõe com vistas à unidade mais elevada mediante todos os instrumentos. Tal é, pois, a estrutura do todo; mas, nesse edifício artificial, alternam-se, num revoar incansável, as mais impressionantes imagens, nas quais alegria e dor, assim como melancolia e satisfação, surgem juntas e dentro umas das outras. Figuras insólitas começam a dançar pelo ar, ora afluindo rumo a um único ponto de luz, ora se dispersando entre si com lampejos e faíscas, como se caçassem e perseguissem umas às outras em grupos variados; e, em meio a essa descerrada esfera dos espíritos, a alma enfeitiçada escuta uma linguagem desconhecida e compreende os mais misteriosos pressentimentos que dela se apoderam.

Somente *ao* compositor que penetrou verdadeiramente nos arcanos da harmonia é dado, por meio desta última, agir sobre o ânimo humano; para ele, as proporções numéricas – as quais permanecem fórmulas rígidas e mortas para o gramático destituído de gênio – são como poções mágicas mediante as quais ele traz à luz um mundo encantado.

A despeito do bem-estar que vigora, em especial, no primeiro trio – sem excluir, inclusive, o melancólico *largo* – o gênio de Beethoven continua austero e solene. Tudo se passa como se o mestre acreditasse que as coisas misteriosas e profundas jamais pudessem ser ditas com palavras comuns, senão que através de termos sublimes e majestosos, mesmo que o espírito, sentindo-se feliz e sorridentemente enlevado,

---

38 Seção orquestral na qual, em oposição aos solos, vários instrumentos ou vozes devem ressoar juntos.

ache-se intimamente ligado a tais profundezas. Afinal, a dança dos sacerdotes de Ísis só pode ser um hino jubiloso.

Se a música instrumental tem de atuar apenas por si mesma, como música, sem estar a serviço de uma determinada finalidade dramática, ela deve evitar todos os gracejos fúteis e *lazzi* frívolos[39]. O ânimo profundo visa aos pressentimentos de uma alegria mais esplêndida e bela do que aquela oferecida por este mundo confinante; algo haurido de uma terra desconhecida e apto a acender, em nosso peito, uma deleitosa vida interior; uma expressão mais elevada do que aquela que as palavras insignificantes – condizentes apenas com aprisionado prazer mundano – poderiam conceder-lhe. Justamente essa austeridade, própria a toda música instrumental e pianística de Beethoven, afasta todas as passagens arriscadas, a serem executadas de cima a baixo com as duas mãos; todos os saltos incomuns, *capriccios* extravagantes e notas estratosféricas amparadas por cinco ou seis linhas suplementares – das quais as mais recentes composições para piano se acham repletas. Se a questão é meramente a presteza dos dedos, as composições para piano do mestre não apresentam grandes dificuldades em particular, já que as poucas sequências rápidas, tercinas e figuras semelhantes devem estar ao alcance de qualquer músico experimentado; não obstante, sua execução é assaz difícil. Muitos dos assim chamados virtuosos repudiam a composição para piano do mestre, imputando-lhe defeitos tais como: "É muito difícil!" Acrescentando ainda: "E muito ingrata!" No que tange à dificuldade, a execução correta e confortável da composição beethoveniana requer apenas que se lhe compreenda, que se penetre profundamente em sua essência e que se ouse, com audácia e consciência da própria benção, adentrar no círculo das visões mágicas evocadas por seu poderoso feitiço. Aquele que não sente em si tal benção; aquele que toma a imaculada música apenas por uma diversão, por um passatempo para horas vagas; um estímulo momentâneo para ouvidos embotados ou, quiçá, considera-a apropriada à mera ostentação de si, que fique então bem longe dela. Somente a esse tipo de homem cabe a recriminação: "E

---

39 Rotinas cômicas e jogos burlescos ensaiados e utilizados na *Commedia dell'Arte*. Apetrechando as estruturas burlescas das farsas com situações "clownescas" e equívocos hilários, os *lazzi* corresponderiam, feitas as devidas diferenças, às modernas *gags* exibidas na televisão e no cinema.

kreisleriana [i]

muitíssimo ingrato!" O legítimo artista vive apenas na obra que compreendeu conforme o sentido ideado pelo mestre, e assim a executa. Considera aviltante quando, de alguma maneira, faz valer sua própria personalidade; e todas as suas aspirações concorrem para, num brilho multicolorido, dar vida ativa às imagens e visões majestosamente delicadas que, com mágica potestade, o mestre recolheu em sua obra, de sorte que elas terminam por rodear o ser humano em círculos luzentes e faiscantes, incendiando sua fantasia e seu ânimo mais íntimo e, num acelerado bater de asas, carregam-no em direção à distante esfera espiritual dos sons.

5. Pensamentos Extremamente Dispersos

Quando ainda estava na escola, já tinha o costume de tomar notas de tudo o que me vinha à mente quando da leitura de um livro, da escuta de uma música, da contemplação de uma pintura ou, então, de qualquer outra curiosidade que chamasse minha atenção. Com vistas a isso, encadernara um pequeno livro do qual deveria constar o seguinte título: *Pensamentos Dispersos*. Meu primo, o qual, à época, partilhava um dormitório comigo, acompanhando minhas diligentes incursões pela estética com uma ironia verdadeiramente maldosa, encontrou o livrinho e adicionou, ao adjetivo "dispersos" contido no título, o advérbio "extremamente"! E, para o meu grande desprazer, depois de haver superado, em silêncio, o sentimento de irritação que ele me causara, li uma vez mais aquilo que havia escrito e descobri que muitos dos pensamentos dispersos eram, de fato, *extremamente* dispersos. Atirei então o inteiro livro ao fogo e jurei a mim mesmo não pôr mais nada no papel, deixando, ao contrário, que tudo fosse digerido e processado internamente, tal como deveria ser. Mas, passando em revista minha coleção de apontamentos musicais, percebo, para o meu enorme espanto, que nos anos mais recentes ou, tal como se poderia imaginar, nos anos de maior sabedoria continuei a praticar esse péssimo hábito com mais intensidade do que nunca. Não estão, pois, quase todas as folhas em branco e contracapas rabiscadas com pensamentos extremamente dispersos? Se, por algum motivo, eu partir desta para a melhor e algum amigo de confiança reputar esse meu espólio verdadeiramente digno de importância, ou então, vier a copiá-lo e imprimi-lo (como, muitas vezes, acaba ocorrendo), peço-lhe para que tenha a misericórdia de lançar ao fogo, sem compaixão, os pensamentos dispersos *ao extremo do extremo*; e, no que toca ao restante, que ele deixe intacta a inscrição de tom escolar, juntamente com o acréscimo maldoso feito pelo meu primo, como uma espécie de *captatio benevolentiae*[40].

. . .

Muito se discute, hoje, acerca de nosso Sebastian Bach e sobre os antigos italianos. Ainda não se chegou, nem de longe, a um consenso a respeito de *quem* teria, aqui, a primazia. A esse propósito, meu espirituoso amigo declarou: "A música de Sebastian Bach está, para a música dos antigos italianos, assim como a catedral de Estrasburgo está para a Igreja de São Pedro, em Roma."

Com que profundidade essa imagem viva e verdadeira me impactou! Nos motetos a oito vozes de Bach, vejo a ousada, deslumbrante e romântica edificação da catedral erguer-se suntuosa e orgulhosamente nas alturas, com todos aqueles fantásticos ornamentos engenhosamente entrelaçados ao todo; assim como, nos cantos religiosos de Benevoli e Perti[41], vislumbro as proporções puras e grandiosas da Igreja de São Pedro, que dão comensurabilidade até mesmo às massas mais descomunais e engrandecem o ânimo, na medida em que o preenchem com uma torrente divina.

. . .

40 "Conquista da benevolência."
41 Orazio Benevoli (1605-1672) foi diretor do coral do Vaticano e tornou-se atuante, em especial, por empregar um estilo polifônico "colossal", compondo, inclusive, missas com mais de cinquenta vozes; *maestro di cappella* em Bolonha, Giacomo Antonio Perti (1661-1756) compôs, além de inúmeros oratórios, dezenas de óperas e 142 cantatas.

kreisleriana [i]

Não tanto em sonho, mas naquele estado delirante que antecede o adormecimento – no qual me encontro, em especial, após escutar muita música – percebo uma concordância entre cores, sons e aromas. Tudo se passa, a mim me parece, como se eles todos tivessem sido engendrados por um raio de luz da mesma maneira misteriosa, sendo obrigados, a ser assim, a unir-se num fantástico concerto. O aroma dos cravos rubros exerce um poder particularmente mágico sobre mim; de modo involuntário, mergulho num estado onírico e escuto, então, como que ao longe, os sons profundos, ondulantes e refluentes do clarinete contralto.

■ ■

Há instantes – em especial, depois de ter estudado intensivamente as obras do grande Sebastian Bach – em que as relações numéricas da música e as regras místicas do contraponto despertam-me um pavor visceral. Música! É com misterioso tremor, inclusive com horror, que invoco teu nome! Tu, sânscrito da natureza transposto em sons! Aquele que não foi iniciado a balbucia com ruídos infantis; e o zombador sacrílego cai em seu próprio ridículo!

Com frequência, as piadinhas sobre os grandes mestres são criadas de modo tão pueril ou contadas com tamanha ignorância que, quando sou obrigado a escutá-las, sinto-me sempre magoado e irritado. A pequena história acerca da abertura de Mozart ao *Don Giovanni*, por exemplo, é de uma tolice tão prosaica que me custa acreditar como os próprios músicos, aos quais, em princípio, não se imputa nenhuma falta de perspicácia, podem contá-la com tanta trivialidade, tal como se deu hoje. Depois que a ópera já havia sido, há tempos, concluída, Mozart teria postergado a composição de sua abertura dia após dia, sendo que, mesmo na véspera da estreia, quando seus amigos aflitos achavam que estaria finalmente sentado à mesa de trabalho, o compositor saíra divertidamente para passear. Por fim, no dia da apresentação, de manhã bem cedo, ele então aparentemente *compôs* a abertura em poucas horas, de sorte que as partes teriam sido levadas para o teatro com a tinta ainda fresca. Todos ficaram, pois, assombrados e cheios de admiração em virtude da rapidez com que Mozart havia composto – embora fosse possível prestar a mesma admiração a qualquer copista enérgico e veloz.

Não credes vós que o compositor trazia, desde há muito, o *Don Giovanni* em seu ânimo, sua obra mais profunda, composta para seus amigos, isto é, àqueles que o compreendiam em seu íntimo? Que ele ordenou e projetou o todo em espírito, incluindo seus esplêndidos traços distintivos, como se a composição dormitasse virtualmente, de maneira impecável, num molde exemplar? Não acreditais que a abertura das aberturas, na qual todos os motivos da ópera se insinuam de modo vívido e imponente, já não estava tão bem-acabada quanto a obra inteira? Antes mesmo que o grande mestre empunhasse na pena para escrevê-la?

Se essa anedota for verdadeira, então, com a postergação da escrita, Mozart provavelmente quis pregar uma peça em seus amigos, que sempre haviam comentado sobre a *composição* da abertura; a preocupação de que ele talvez não pudesse mais encontrar tempo favorável para lograr uma tarefa que então se tornara mecânica – a saber, pôr no papel uma obra captada num instante dadivoso e apreendida na alma, deve ter-lhe parecido ridícula. Alguns quiseram entrever, no *allegro*, o repentino despertar de um Mozart cansado, que se deixara embalar involuntariamente por uma soneca durante a composição. Há mesmo pessoas desvairadas! Quando da apresentação de *Don Giovanni*, lembro-me de alguém que a mim se queixava amargamente, dizendo que a estátua e os demônios em cena pareciam terrivelmente antinaturais! Retruquei-lhe, com tom escarninho, se ele não havia notado, desde há muito, que sob o homem de branco se escondia um comissário de polícia malditamente astuto e que os demônios nada mais seriam que meirinhos encapuzados; e, além disso, que o inferno também representaria apenas o cárcere em que Don Giovanni seria trancafiado por conta de seus delitos, de modo que o todo deveria ser tomado em sentido alegórico. Assim foi que, com satisfação, ele estalou um dedo após o outro e, regozijando-se, sorriu; e terminou por se compadecer das outras pessoas que se deixavam ludibriar de maneira tão tosca. Depois, quando passamos a falar sobre os poderes subterrâneos evocados por Mozart a partir de Orcus, deu-me então um sorriso sagaz, ao qual também retribuí.

Ele pensou: sabemos aquilo que sabemos! E estava coberto de razão!

kreisleriana [i]

Há muito tempo que não me alegrava e deleitava como hoje à tarde. Exultante, meu amigo adentrou às pressas em meu quarto, relatando que descobrira, numa bodega da periferia, uma trupe de comediantes que encenava as maiores peças e dramas barrocos[42]. Fomos imediatamente até lá e encontramos um bilhete colado à porta do estabelecimento do qual, além dos sinceros e humildes agradecimentos da prezada companhia de atores, constava a informação de que a escolha da peça dependeria sempre do respeitável público ali reunido, comunicando ainda que o proprietário se esforçaria ao máximo para servir cerveja e tabaco aos clientes sentados nas primeiras cadeiras. Desta feita, por indicação do próprio diretor, optou-se por *Johanna von Montfaucon*[43], e logo me convenci de que, se *assim* encenada, a peça causaria um efeito indescritível. Saltava aos olhos o modo como o poeta visava à ironia poética ou, melhor ainda, como tencionava tornar ridículo o falso *pathos*, a poesia que não é poética; e, sob esse ângulo, *Johanna* é uma das farsas mais deleitosas que já foram escritas. Os atores e atrizes haviam captado muito bem esse sentido profundo da peça, montando, de resto, o cenário de forma louvável. Não foi, por exemplo, uma feliz ideia que o diretor não se limitasse a utilizar breu de colofônia[44], senão que produzisse realmente alguns lampejos no momento em que Johanna, movida por um desespero cômico, irrompesse as palavras "Que caiam relâmpagos!"? Houve apenas um pequeno acidente na primeira cena, quando um castelo com cerca de seis pés de altura, embora fosse feito de papel, despencou sem fazer qualquer barulho marcante, tornando visível um barril de cerveja sobre qual Johanna – que deveria, em vez disso, declamar de uma janela ou de um balcão – falou calorosamente com seus bons conterrâneos; mas, salvo isso, as decorações estavam excelentes, e, em especial, as montanhas suíças, as quais foram tratadas, conforme o sentido da peça, com afortunada ironia. A lição que o autor conta ensinar aos sub-escritores[45], mediante a apresentação de seus heróis,

---

42 No original, *Trauerspiele*.
43 Drama de cavalaria em cinco atos, de August von Kotzebue (1761-1819).
44 No original, *Kolophonium*. Resina escura ou pó inflamável usado para reproduzir o brilho das chamas e explosões.
45 No original, *Afterdichtern*; trata-se de indicar, com o termo, a personalidade retrógrada e subcultural de autores emergentes. A palavra *After*, vale aqui lembrar, significa literalmente "ânus".

também se deixava apreender claramente por meio do vestuário utilizado. "Vede", quer ele nos dizer, "eis aqui vossos heróis! Em vez de cavaleiros fortes e robustos dos tempos áureos, entram em cena os fracotes chorões e deploráveis de vossa época, os quais agem indecorosamente e acreditam, com isso, que resolveram tudo!" Todos os heróis atuantes – Estavajell, Lasarra etc. – usavam casacas ordinárias, cobertos apenas com uma cinta militar e algumas penas sobre os chapéus. Também se realizou uma montagem esplêndida, a qual decerto merece ser reproduzida nos grandes espetáculos! Tenciono descrevê-la a fim de que permaneça, para sempre, em minha memória. Não cansava de me admirar com a enorme precisão das entradas e saídas de palco e com a harmonia do todo; e, já que cabia ao público a escolha da peça, a companhia tinha de estar apta a montar, por isso, uma quantidade considerável de peças sem qualquer preparação particular. Finalmente, notando um movimento um tanto jocoso e, ao que tudo indicava, inteiramente involuntário por parte de um ator situado nas coxias, percebi, com auxílio de lentes, que alguns fios delicados atavam os pés dos atores e das atrizes à caixa de ponto, os quais eram então puxados sempre que precisavam ir de lá para cá. Um bom diretor, particularmente desejoso de que no teatro tudo saia em conformidade com suas concepções e interpretações individuais, poderia levar isso ainda além. Assim como a cavalaria dispõe das ditas *chamadas* (toques de trompete), para indicar suas diferentes manobras e às quais inclusive os cavalos obedecem de pronto, o diretor também poderia inventar diferentes tipos de puxões, visando às mais variadas posturas, exclamações, bem como gritos, saltos e inflexões da voz etc.; sentado ao lado da caixa de ponto, poderia, pois, aplicá--los com grande proveito.

Nesse caso, o maior deslize que um ator poderia cometer, castigável com a demissão sumária – equivalente, aqui, à pena de morte – ocorreria quando fosse dado ao diretor recriminá-lo, com razão, por ele ter andado *fora da linha*; e o mais sublime elogio a uma encenação completa consistiria em dizer que esta *foi muito bem amarrada*.

kreisleriana [i]

Grandes poetas e artistas também são sensíveis às críticas feitas por naturezas subalternas. Preferem, antes do mais, ser elogiados, regozijando-se ao máximo quando são paparicados e tratados com uma mão por baixo e outra por cima. Então acreditais que a vaidade que tão frequentemente vos aprisiona poderia habitar ânimos mais elevados? Qualquer palavra amistosa ou ação benevolente ameniza, porém, aquela voz interior que, sem cessar, adverte o verdadeiro artista: "Quão baixo continua o seu voo, paralisado pela força da esfera mundana – deveis sacudir uma vez mais as asas e esvoaçar em direção às estrelas cintilantes!" E, movido por essa voz, o artista não raro perambula a esmo, incapaz de reencontrar sua terra natal, até que o chamado estimulante de seu amigo lhe mostra novamente o caminho das pedras.

■ ■

Quando leio, na *Biblioteca Musical* de Forkel[46], a desprezível e insultante apreciação feita contra *Ifigênia em Áulide* de Gluck, meu ânimo é visceralmente movido pelas mais insólitas sensações. Que sentimento desagradável teria se apoderado do grande e esplêndido homem (Gluck), caso ele tivesse lido esse disparate absurdo! Tal como alguém que, passeando num belo parque em meio a flores e botões, é atacado por vira-latas que latem e esganiçam sem parar; e que, embora não possam causar-lhe nenhum dano significativo, ainda assim o incomodam de uma maneira insuportável. Mas, agora que a vitória foi conquistada, como é prazeroso ouvir a respeito das aflições e adversidades pelas quais o compositor teve de passar; isso justamente porque estas últimas aumentam ainda mais seu brilho, elevando a tal ponto a alma e o espírito que é possível avistar, de cima, os monstros sobre os quais o gênio tremulou sua bandeira vitoriosa, de sorte eles submergem em sua própria infâmia! Consolai-vos, vós que não sois reconhecidos! Que se deixais dobrar diante da frivolidade e injuria

---

46 Patrono da moderna musicologia histórica e primeiro biógrafo de Bach, Johann Nikolaus Forkel (1749-1818), a quem Hoffmann nunca se cansava de desdenhar, escreveu e publicou uma portentosa biblioteca crítico-musical, da qual constava, no primeiro de seus três volumes, uma seção intitulada "Sobre a Música do Cavalheiro Christoph von Gluck" (ver *Musikalisch-kritische Bibliothek*, Gotha: C.W. Ettinger, 1778, p. 132-173).

de nossa época; a *vós* está prometida uma *certa* vitória, sendo que *esta* há de ser eterna, já que vossa exaustiva *luta* foi apenas temporária!

. .

Conta-se que, depois que a querela entre gluckistas e piccinnistas[47] havia esfriado um pouco, algum nobre entusiasta da arte logrou reunir Gluck e Piccinni numa festividade noturna. Dizem que o sincero compositor alemão, feliz ao ver encerrada a diabólica querela e embalado pelo bom humor ensejado pelo vinho, revelou ao italiano seu inteiro mecanismo compositivo, seu segredo para elevar e comover os seres humanos e, em especial, os mimados franceses – a técnica estaria baseada na junção das melodias do antigo estilo francês com a típica operosidade alemã. Mas o espirituoso e animado Piccinni, ainda que grande à sua maneira – e cujo coro dos Padres da Noite, em sua *Didon*, ecoa com sons horripilantes em minha alma – não escreveu, tal como Gluck, nenhuma *Armide* ou *Ifigênia*! Bastaria apenas saber precisamente como Rafael ideou e executou suas pinturas para, aí então, converter-se no próprio Rafael?

. .

Hoje não foi possível entabular nenhuma conversa sobre arte – nem mesmo aquele divino bate-papo sem grande importância que tanto gosto de ter com as mocinhas à toa, haja vista que tal conversação sempre me pareceu uma espécie de condução acidental das vozes rumo a uma melodia que, embora secreta, é intuída por todos; tudo acabou desaguando em política. Então alguém disse que o ministro "r" não deu ouvidos às representações feitas na corte "s". Ora, eu sei

---

47 Defensor do *dramma per musica*, isto é, da música a serviço da poesia dramática, Christoph Willibald Ritter von Gluck (1714-1787) enfatizava a simplicidade dos enredos, evitando ao máximo a ornamentação do *bel canto*; seja por exigir um acompanhamento proporcional à dimensão dos recitativos, seja por diminuir a fragmentação dos episódios, o compositor alemão terminou por operar uma abreviação dos princípios compositivos operísticos, eliminando a ária da capo e integrando o bailado à ação dramática. As óperas que produziu em Paris, de 1774 a 1779, causaram, não por acaso, uma verdadeira comoção, incitando respostas enérgicas por parte dos arautos da música barroca. Daí o contramovimento representado por Niccolò Piccinni (1728-1800).

kreisleriana [i]

que tal ministro é, de fato, surdo de um ouvido, sendo que, naquele instante, uma imagem de traços grotescos surgiu-me diante dos olhos, ancorando-se em mim pelo resto da noite. Vi o ministro plantado no meio da sala – infelizmente, o negociador "***ense" se achava ao lado de seu ouvido surdo e, o outro, junto ao lado favorável à audição! Ambos empregam todos meios, expedientes e estratagemas imagináveis; um deles, no intuito de fazer com que Sua Excelência se vire; o outro, para que esta permaneça onde está, já que todo êxito da tratativa depende disso. Sua Excelência, porém, continua firmemente enraizado em seu lugar, qual um carvalho alemão, sendo que a sorte terminou por favorecer àquele que se *colocou à escuta*.

■ ■

Que artista já se preocupou com os acontecimentos políticos que estão na ordem do dia? Viveu apenas em sua arte, caminhando pela vida somente em seu interior; mas uma época dura e funesta se apoderou dos seres humanos com punhos de ferro, e a dor lhe espreme sons que até então lhe eram estranhos.

■ ■

Fala-se muito acerca do entusiasmo que acomete os artistas quando estes degustam de bebidas fortes – há quem mencione músicos e poetas que só conseguem trabalhar *desse modo* (ao que me consta, os pintores escaparam de tal recriminação). Não acredito nisso, mas é certo que, no afortunado estado de ânimo ou, diria ainda, sob a favorável constelação que se forma, quando o espírito passa da *incubação* para o ato mesmo da *criação*, a bebida alcoólica promove uma troca mais intensiva de ideias. Não se trata de uma imagem muito nobre, mas agora me ocorre fantasiar uma roda-d'água que funciona mais rápido à medida que a corrente flui com mais intensidade – o ser humano derrama vinho e a engrenagem em sua alma gira mais rápido! É esplêndido que um distinto fruto contenha em si, de maneira tão fabulosa, o segredo de dominar o espírito humano em suas mais íntimas invocações. Mas, nesse instante, o que se acha à minha frente, fumegando em meu copo, é aquela bebida desprovida de denominação universal, qual um misterioso forasteiro que, para manter-se incógnito, troca seu nome em todos os lugares por onde passa; ela é produzida mediante o processo de atear fogo ao conhaque, araque ou rum e deixar uma pedra de açúcar, disposta sobre uma pequena grelha, gotejar líquido adentro[1]. O preparo e a apreciação moderada dessa bebida exercem, sobre mim, um efeito a um só tempo benéfico e prazeroso. Assim que a chama azul reluz para o alto, observo o modo como as salamandras, brilhando e borrifando explosivamente, vêm à tona e lutam contra os espíritos telúricos que habitam o açúcar. Tais espíritos resistem com valentia; e, estalando, cintilam com luzes amarelas através do inimigo, mas o poder opositor lhes é demasiadamente grande, de sorte que, crepitando e sibilando levemente, terminam por se precipitar – os espíritos aquosos esvaem-se e evaporam-se em torvelinhos à medida que os espíritos telúricos tragam as salamandras, absorvendo-as em sua própria esfera; mas também estes vão a pique, sendo que espíritos recém-nascidos passam a irradiar, para cima e com atrevimento, um vermelho luzente; aquilo que nasce da luta empreendida pelas salamandras e pelos espíritos telúricos acaba, pois, retendo o fervor das primeiras e a resistente força destes últimos.

Se verter bebida alcoólica na roda-d'água da fantasia é, de fato, algo proveitoso (tal como creio que seja, desde que, além de uma circulação mais intensa de ideias, isso também proporcione ao artista um certo bem-estar e até mesmo algum júbilo, facilitando, de resto, seu trabalho), poder-se-ia, então, no que tange a cada tipo de bebida, estabelecer metodicamente determinados princípios. À música antiga aconselharia, por exemplo, vinho do Reno e da França; à ópera séria, um Borgonha bem fino; à ópera cômica, champanhe; para as *canzonettas*, um tórrido vinho italiano; mas, para uma composição extremamente romântica tal como, por exemplo, *Don Giovanni*, indicaria justamente uma taça média da mencionada bebida composta por salamandras e espíritos telúricos! Deixo, porém, a escolha à

---

1   O procedimento descrito por Hoffmann condiz com o "ritual" próprio ao consumo do absinto, mas também com a preparação do popular *Feuerzangenbowle* – drinque alemão tradicionalmente consumido durante as festas de fim de ano e, em especial, pelas fraternidades estudantis. Sem correlato exato, deixa-se traduzir, ao pé da letra, por ponche "língua-em-chamas"; além de vinho tinto, também se lhe acrescenta, em geral, canela, cravo e casca de laranja.

kreisleriana [i]

opinião individual de cada um e apenas reputo necessário, da minha parte, fazer uma leve observação, a saber: que o espírito nascido da luz e do fogo subterrâneo domina o ser humano com tamanho atrevimento que pode, inclusive, tornar-se perigoso. Não se deve confiar em sua amabilidade, já que ele muda de feição velozmente e, em vez de tornar-se um amigo benevolente e de fácil trato, converte-se num temível tirano.

■　■

Contou-se, hoje, a célebre anedota sobre o velho Rameau[2]. Ao padre que, pregando e berrando desenfreadamente palavras rudes e belicosas, exortava-lhe a dar sua confissão à beira da morte, ele disse em tom austero: "Como pode o reverendíssimo senhor cantar tão mal!" Não pude fazer coro com as gargalhadas do grupo, pois, para mim, a história trazia consigo algo profundamente comovente! Pois, já que o antigo mestre da arte dos sons havia se livrado de quase toda esfera mundana, ele consagrara seu espírito única e exclusivamente à divina música, de sorte que qualquer impressão sensível exterior só poderia ressoar como uma dissonância; a qual, martirizando-o e interrompendo as puras harmonias que preenchiam sua alma, obstaculizava sua ascensão rumo ao mundo da luz.

■　■

Em nenhuma outra arte a teoria mostra-se tão fraca e insuficiente quanto na música; as regras do contraponto referem-se, naturalmente, apenas à estrutura harmônica, sendo que qualquer movimento elaborado corretamente a partir desta última equivale, por assim dizer, ao desenho do pintor rigorosamente esboçado segundo as rígidas regras da proporção. Mas, no que tange ao colorido, o músico fica totalmente abandonado; pois *isso* diz respeito à instrumentação. Por conta da variedade incomensurável de movimentos musicais, é

2　Jean-Philippe Rameau (1683-1764), teórico e compositor francês do Barroco, tornou-se célebre, sobretudo, em virtude de seu *Traité de l'harmonie réduite à sés príncipes naturels* (1722).

impossível tentar estabelecer, aqui, apenas *uma regra*; todavia, com o apoio de uma fantasia avivada e refinada pela experiência, pode-se ao menos fornecer algumas sugestões – eu chamaria estas últimas, quando resumidas de maneira cíclica, de mística dos instrumentos. A arte de operar, ora com a orquestra inteira, ora com instrumentos individuais, cada qual em seu respectivo lugar, constitui a *perspectiva musical*; a música pode, a ser assim, reivindicar a expressão *tom*, tomando-a de empréstimo da pintura e diferenciá-la, de resto, da palavra *tonalidade*. Num segundo sentido, mais elevado, o *tom de uma peça* designaria seu caráter mais profundo, o qual se exprime por meio do tratamento específico das vozes, bem como mediante o acompanhamento de figuras amalgamadas e melismas.

■ ■

Escrever um bom último ato é tão difícil quanto elaborar um desenlace musical eficiente. Não raro, ambos são entulhados de figuras, sendo que a apreciação condenatória "ele não consegue chegar ao fim" tem, com muita frequência, bastante cabimento. Tanto para músicos quanto para poetas, não é uma má sugestão escrever *primeiramente* o último ato e o *finale*. A abertura de uma peça, assim como o prólogo de um livro, deve ser feita, necessariamente, no fim.

6. O Maquinista Perfeito

Quando ainda dirigia a Ópera em *** , o desejo e a atração frequentemente me levavam ao teatro; ocupava-me muito com decorações e aparatos cênicos, sendo que, após despender um longo período com calmas considerações acerca de tudo o que vi, cheguei a alguns resultados – os quais, para o proveito dos cenógrafos e maquinistas, assim como do grande público em geral, gostaria de trazer à luz sob a forma de um pequeno tratado intitulado: *O Maquinista Perfeito*, de Johannes Kreisler. No entanto, conforme a ordem das coisas, o tempo

kreisleriana [i] 117

abafa até mesmo a vontade mais pungente; e quem poderá saber se, no pertinente momento de ócio, requerido por toda importante obra teórica, também me será dado fruir do humor necessário para, de fato, escrevê-lo? Assim, no intuito de salvar da ruína ao menos os primeiros princípios da esplêndida teoria por mim inventada, bem como suas ideias mais preeminentes, escrevo-as aqui, tanto quanto eu puder, de maneira rapsódica, mas tendo em mente a divisa: *sapienti sat!*[3]

Em primeiro lugar, devo à minha estadia em *** o fato de ter me curado inteiramente de alguns erros perigosos nos quais até então incorria, e isso a ponto de ter perdido toda reverência infantil por pessoas que, de costume, reputava grandes e geniais. Além de uma dieta intelectual rígida, porém muito salutar, a minha saúde foi recobrada pelo recomendado consumo regular das águas puras e extremamente claras que jorram – ou, devo dizer, borbulham? – de várias fontes em *** e, em especial, do teatro.

É, pois, com profunda e verdadeira vergonha que ainda me lembro do apreço ou, mais precisamente, da admiração infantil que costumava nutrir tanto pelo decorador quanto pelo maquinista do Teatro ***. Ambos partiam do tolo princípio segundo o qual os arranjos decorativos e o maquinário deveriam intervir apenas imperceptivelmente no drama poético, de sorte que, mediante o efeito total e como que munido de asas invisíveis, o espectador seria transportado, do teatro, rumo à fantástica terra da poesia. Segundo eles, não bastaria empregar, com vistas à máxima ilusão, decorações planejadas com profundo conhecimento e extremo bom gosto ou máquinas de efeitos mágicos, cuja força permanece inexplicável ao espectador; senão que seria igualmente imperioso evitar, mesmo no mais ínfimo pormenor, tudo aquilo que fosse de encontro ao ambicionado efeito total. Nenhuma decoração deveria contrapor-se ao sentido dado pelo poeta – uma árvore despontando fora da estação ou mesmo um único barbante a balançar sobre o palco seria já o suficiente para destruir toda ilusão. Além disso, diziam que seria muito difícil equiparar as grandezas imaginárias da decoração à realidade efetiva (como, por exemplo, as pessoas em cena) mediante proporções grandiosas e de nobre simplicidade, bem como através da exploração artificial de todos os meios,

---

3   "Aos sábios, já é o bastante", isto é, "para bom entendedor, meia palavra basta".

de modo a descobrir, com isso, o truque para manter o espectador em sua deleitosa ilusão por meio da ocultação completa do mecanismo das máquinas. Eis porque até mesmo os poetas, que em geral penetram com gosto no reino da fantasia, teriam replicado: "Acreditais então que vossos palácios e montanhas de lona, vossas divisórias tombáveis e pintadas podem ludibriar-nos por um momento sequer? Seria o vosso lugar assim tão importante?" Sempre se imputou limitação e inaptidão aos seus colegas pintores e construtores, os quais, em vez de conceberem seus trabalhos num sentido poético mais elevado, teriam reduzido o teatro, a despeito de suas grandes dimensões – algo que, aliás, nem sempre é o mais essencial – a uma deplorável espécie de olho-mágico. De fato, as florestas profundamente sombrias, as incomensuráveis colunatas e catedrais góticas feitas por tais decoradores exerceram, também elas, um efeito magnífico – e, por certo, jamais se pensou que fossem meras pinturas e lonas; em contrapartida, o trovão subterrâneo e os desmoronamentos simulados pelo maquinista enchiam o ânimo com temor e tremor, e seus aparelhos voadores planavam leve e suavemente sobre o palco. Céus! Como puderam essas boas pessoas, a despeito de sua perícia, deixar-se levar por uma tendência artística tão equivocada! Se lhes fosse facultado ler este texto, talvez abandonassem seus devaneios nitidamente nocivos, recobrando, como eu, um pouco de razão. Prefiro, agora, dirigir-me diretamente a elas, discorrendo sobre o gênero de apresentações teatrais no qual suas artes são mais utilizadas, a saber, a ópera! Em verdade, hei de tratar apenas do maquinista, mas o decorador também poderá, de seu lado, tirar alguma lição de tais apontamentos. Senão, vejamos:

Meus senhores!
Se ainda não percebestes, gostaria de vos revelar, aqui, o fato de que poetas e músicos se acham irmanados de maneira extremamente perigosa contra o público. Não visam senão que arrancar o espectador do mundo efetivo no qual se sente bem à vontade para, aí então, depois de tê-lo apartado completamente de tudo aquilo que lhe era familiar e afável, martirizá-lo com todas as possíveis sensações e paixões nocivas à saúde. Em tal situação, ele se vê obrigado a rir, chorar, espantar-se, amedrontar-se e aterrorizar-se de acordo com a vontade

kreisleriana [i] 119

daqueles; em suma, como diz o ditado, cumpre-lhe dançar conforme sua música. Quase sempre obtêm êxito em seu malévolo intento e testemunhamos amiúde os mais tristes resultados de sua danosa ação. Afinal, não foram vários os espectadores que, de fato, chegaram a acreditar por alguns instantes nos acessórios fantasiosos que lhe foram apresentados no teatro? Nunca lhes ocorreu que, ali, os seres humanos não conversam como as outras pessoas dignas, senão que apenas cantam? E que noites a fio, durante dias inclusive, algumas moças não puderam tirar da cabeça todas aquelas visões que, qual um passe de mágica, os poetas e músicos haviam sistematicamente invocado, impedindo-as, portanto, de fazer uma peça de tricô ou um bordado com sensatez? A quem cabe, porém, prevenir tal infelicidade? Quem deve agir para que o teatro suscite um descanso racional, mantendo tudo calmo e tranquilo, sem que nenhuma paixão psíquica e fisicamente prejudicial à saúde seja incitada? A quem compete tal tarefa? A ninguém mais senão que a vós mesmos, meus caros senhores! Tendes o doce dever de juntar-se contra os poetas e músicos em prol da humanidade civilizada. Lutai com valentia, pois a vitória é certa e tendes, de resto, os meios ao alcance das mãos! O primeiro princípio do qual deveis partir sem poupar esforços é: guerra ao poeta e ao músico! Aniquilai seu maligno intento de cercar o espectador com imagens ilusórias e impeli-lo para fora do mundo efetivo. Disso se segue que, quando tais pessoas se valerem de toda sorte de expediente para fazer o espectador esquecer-se de que está num teatro, vós deveis, em contrapartida e num grau proporcionalmente inverso, lembrá--lo continuamente do local em que ele se encontra, utilizando, para tanto, a ordenação apropriada de decorações e maquinarias.

Não me entendeis ainda? Então há mais que se lhe diga? Bem sei, porém, que vos deixastes enredar tão profundamente em vossas próprias fantasias que, mesmo se tomardes meu princípio por correto, não teríeis à disposição os meios mais comuns para atingir, com êxito, o almejado alvo. Por isso, como se costuma dizer, cumpre-me dar uma mãozinha. Não podeis acreditar, por exemplo, quão irresistível é o efeito exercido por um cenário introduzido no lugar errado. Quando, por exemplo, o fragmento de um cômodo ou salão aparece numa soturna cripta e a *prima donna*, entoando os sons mais comoventes, lamenta-se do aprisionamento e do calabouço, o espectador chora de rir por dentro, pois bem sabe que basta o maquinista tocar sua sineta para que, de pronto, a masmorra venha abaixo, já que, logo atrás, esconde-se o convidativo salão. Melhor ainda são os sofitos[4] mal pregados e as cortinas intermediárias que ficam à mostra, despojando a inteira decoração da assim chamada verdade – a qual, aqui, equivale justamente ao engodo mais infame.

No entanto, há casos em que os poetas e músicos são capazes de fascinar os espectadores a tal ponto com suas artes infernais que estes já não reparam em mais nada; como se tivessem sido completamente raptados e levados para um mundo estranho, rendendo-se à sedutora atração exercida pela fantasia; isso se dá, em especial, nas grandes cenas, apetrechadas, muito provavelmente, com corais cativantes. Em condições desesperadoras como essa, há sempre um meio para alcançar o objetivo desejado. Sem qualquer aviso prévio – em meio a um coro lúgubre, por exemplo, o qual se agrupa ao redor das personagens principais no momento do mais elevado afeto – deixai cair, de súbito, uma cortina intermédia, perturbando todas as pessoas em cena e dispersando-as aqui e acolá, de sorte que muitos dos que se acham no fundo do palco são totalmente apartados daqueles que se encontram no proscênio. Lembro-me de ter visto esse expediente ser utilizado com eficácia num balé, embora de um modo não inteiramente acertado. No momento em que o coro de figurantes se agrupou num canto à parte do palco, a *prima ballerina* executou um belo solo; mas, justamente quando ela se manteve numa majestosa posição junto à rotunda e os espectadores não cessavam de jubilar-se e exaltar-se, o maquinista deixou cair, de súbito, uma cortina interposta, privando o público, num só golpe, de sua visão. Mas, infelizmente, havia um recinto com uma grande porta central. Antes mesmo que o público pudesse entrever o que ocorrera, a resoluta bailarina saltitou, com graça e a passos largos, por entre a porta e deu prosseguimento a seu solo; então, para o consolo dos figurantes, a cortina ergueu-se novamente. Aprendei, a partir disso, que a cortina intermédia não deve ter porta ou, ao menos, tem de destoar gritantemente do

---

4   Pedaço de cortina que, esticado horizontalmente sobre o proscênio ou sob os arcos da ribalta, faz as vezes de teto para a cena teatral.

kreisleriana [i]

cenário montado. Uma cena urbana em meio a um deserto rochoso ou, quiçá, uma floresta sombria no interior de um templo seria, aqui, de grande auxílio. Também pode ser muito útil, especialmente em monólogos ou árias ornamentadas, se um sofito estiver prestes a se soltar ou, então, um cenário ameaçar tombar, caindo, de fato, em pleno teatro; pois, além de desviar totalmente a atenção dos espectadores da situação criada pelo poema, faz com que a participação da *prima donna ou do primo huomo* – que talvez estivessem em cena e, portanto, corressem o risco de ferir-se com gravidade – receba uma atenção bem maior e intensa por parte de público; e, se depois disso, ambos cantarem tanto mais desafinadamente, o comentário geral será: "Pobre mulher, pobre homem, cantam assim por terem de suportar tamanho medo"; ao fim e ao cabo, aplaude-se com força total! Pode-se atingir igualmente esse objetivo, a saber, desviar o espectador das personagens do poema em direção à personalidade dos próprios atores, derrubando as armações sobre o palco do teatro. Lembro-me que, por ocasião de uma apresentação de *Camilla*[5], o corredor e a escada móvel que conduziam à câmara subterrânea despencaram exatamente no momento em que todas as personagens, afobadas para resgatar Camilla, caminhavam sobre eles. Houve, por parte do público, berros, gritos e consternação geral, sendo que, por fim, quando o teatro nos informou que ninguém havia sofrido ferimentos graves e o espetáculo deveria continuar, o encerramento da ópera foi acompanhado com grande atenção; mas, como também haveria de ser, isso se deu não mais em virtude das personagens da peça, senão que em função dos atores submetidos ao medo e ao susto.

Em contrapartida, é incorreto colocar os atores em perigo por detrás das coxias, já que, se não transcorrer diante dos olhos do público, todo o efeito vai por água abaixo. As casas, de cujas janelas se deve avistar algo, e os balcões, sobre os quais as discussões devem ser travadas, precisam ser, por isso, construídos o mais baixo possível, dispensando o uso de longas escadas ou grandes armações para alcançá-las. Em geral, o ator que declamou o texto da janela superior termina por sair, depois, pela porta de baixo, sendo que, para dar mostras da minha boa vontade em revelar, aqui, todo meu conhecimento acumulado

---

5 *Camilla ossia il Sotterraneo: Dramma serio-giocoso*, ópera de Ferdinando Paër (1771-1839).

para vosso próprio proveito, forneço-vos as dimensões de uma casa funcional, contendo portas e janelas que retirei dos teatros em ***. Altura da porta: 5 pés[6]; espaço entre esta última e a janela: ½ pé; altura da janela: 3 pés; pé-direito: ¼; teto: ½; o que dá, ao todo, 9, 5 pés. Tínhamos um ator um tanto alto que, sempre que desempenhava o papel de Bartolo em *O Barbeiro de Sevilha*, precisava apenas subir numa pequena banqueta para olhar através da janela; mas, certa vez, quando a porta inferior se abriu acidentalmente, todos puderam ver suas longas pernas vermelhas, e a única preocupação consistia em saber como ele passaria pela porta. Não seria útil, pois, medir as casas, torres e casarões funcionais a partir do tamanho dos atores?

É um grande equívoco assustar os espectadores com o inesperado estrondo de um trovão, um tiro ou qualquer outro ruído abrupto. Recordo-me muito bem de vosso maldito trovão, meu caro maquinista, retumbando surda e aterrorizantemente, como se caísse no fundo das montanhas. Mas a que vem isso? Não sabeis que, quando batucada com os dois punhos, uma pele de bezerro esticada sobre uma moldura é capaz de reproduzir um trovão muito mais gracioso? E que, em vez de utilizar as chamadas peças de artilharia ou, quiçá, disparar uma arma de verdade, convém bater a porta do guarda-roupa com ímpeto, pois, com isso, ninguém morrerá de susto. Mas, a fim de preservar o espectador até mesmo do mais leve susto – algo que faz parte dos mais sublimes e sagrados meios dos maquinistas – o método a seguir mostrar-se-á totalmente indefectível. Quando se trata de escutar um tiro ou o ribombar de um trovão no teatro, em geral se diz sobre o palco: "Que som foi esse? Que barulho! Que zoada!" Agora, o maquinista deve sempre aguardar o momento propício em que tais palavras são ditas para, aí então, atirar ou trovejar. Além de tais palavras colocarem o público devidamente de sobreaviso, tal procedimento tem a vantagem de permitir que os operadores cênicos contemplem a cena à vontade, sem necessitar de um sinal específico para levar a cabo a operação que lhes é exigida; a própria exclamação feita pelo ator ou cantor indica-lhes o que fazer, de sorte a poderem, no momento certo, bater à porta do guarda-roupa ou batucar a pele de bezerro com os

---

6 Vale lembrar, à guisa de elucidação, que um pé equivale a aproximadamente 30,48 cm no sistema métrico decimal.

kreisleriana [i] 123

dois punhos. O trovão sempre dá o ensejo para que o operador cênico, qual um *Jupiter fulgurans*, de prontidão com seu trompete de lata à mão, produza o relâmpago; todavia, já que algo pode facilmente se incendiar sobre o piso urdido do palco, ele tem de ficar a tal ponto afastado na coxia para que o público consiga ver claramente a flama e, se possível, também o trompete, e não permanecer desnecessariamente em dúvida a respeito de como, sabe-se lá Deus, o relâmpago é feito. E, aquilo que havia dito sobre o tiro também se aplica aos toques de trompete, música de abertura e assim por diante.

Já falei sobre vosso vaporoso e aromático aparelho voador, meu caro maquinista! É certo despender tanta reflexão e tamanha arte para dar uma aparência da verdade à mera ilusão, fazendo o espectador acreditar involuntariamente em aparições celestiais que flutuam num nimbo de nuvens brilhantes? Mesmo aqueles maquinistas que tomam os princípios mais corretos como ponto de partida acabam, aqui, por incorrer noutro erro. Com razão, eles deixam os cabos de suspensão à mostra, mas com uma espessura tão fina que o público se deixa enredar num medo infindável, temendo que a divindade, o gênio etc. irão despencar e fraturar os braços e as pernas. As carruagens aladas ou as nuvens têm de estar, por conseguinte, suspensas por quatro cabos bem grossos e pintados de preto, devendo ser erguidas ou arriadas no mais vagaroso tempo; pois, desse modo, mesmo de seu longínquo assento, o espectador que observa nitidamente essas medidas de segurança, capaz de julgar adequadamente sua firmeza, ficará totalmente tranquilizado quanto à travessia celestial.

Vós vos gabastes muito de vossos mares encapelados e espumantes, bem como de vossos lagos com reflexos ópticos, acreditando festejar um triunfo de vossa arte quando vos era dado espelhar, com a mesma fugacidade, a imagem de caminhantes sobre a ponte da lagoa? É certo que isso vos rendeu alguma admiração. Todavia, como já indiquei, vossa tendência artística estava equivocada desde a raiz. Um mar, um lago, um rio, em suma, qualquer elemento que contenha água é melhor exibido da seguinte maneira: tomai duas pranchas tão longas quanto o espaço do palco teatral permitir; serrai as pontas do lado superior e pintai sobre elas pequenas ondas brancas e azuis; depois, suspendei-as uma atrás da outra com cordões, mas de tal modo que sua parte inferior ainda roce o chão. Tais pranchas poderão, então, ser movidas de lá para cá, de sorte que o rangido que fazem ao arranhar o piso deve significar o marulho das ondas. E que devo eu falar, senhor decorador, acerca de vosso horripilante e furtivo luar? Afinal, um proficiente maquinista pode transmudar qualquer cenário num ambiente enluarado. Basta fazer um furo redondo numa placa retangular, colar-lhe um pedaço de papel e, ajustando-a a uma caixa pintada de vermelho, iluminá-la por detrás. Tal dispositivo é então abaixado com a ajuda de dois fortes cordões pintados de preto e eis, pois, que ela surge: a luz da lua!

E não estaria inteiramente em conformidade com o objetivo por nós estipulado se o maquinista, por ocasião de uma excessiva comoção do público, deixasse um dos grandes vilões afundarem espontaneamente em cena, cortando de uma só vez qualquer som que pudesse estimular o espectador a uma extravagância ainda maior? No que diz respeito aos alçapões, gostaria apenas de observar que o ator deve ser colocado em perigo somente em casos extremos, quando se trata, por exemplo, de salvar o público. Do contrário, é preciso preservá-lo de todos os modos possíveis, abrindo o alçapão somente quando ele se achar na posição adequada e com o devido equilíbrio. Mas, como ninguém pode saber isso a não ser o próprio ator, é um erro deixar o auxiliar de cena dar o sinal, para tanto, com uma campainha sob o palco. Caso venha a ser tragado por forças subterrâneas ou termine por sumir sob a forma de espírito, o ator deve, antes do mais, indicar isso mediante três ou quatro pisadas firmes no chão, caindo então lenta e seguramente nos braços de auxiliares prontos para apanhá-lo. Espero que tenhais me compreendido bem e trateis o assunto conforme a tendência artística correta e de acordo com os exemplos por mim fornecidos, já que toda representação teatral dá infinitas chances para vencer a batalha contra o poeta e o músico.

A propósito, aconselho-vos, meu caro decorador, a tomar os cenários não por um mal necessário, senão que por um assunto de primeira ordem, considerando, tanto quanto possível, cada elemento cenográfico como um todo em si mesmo, a ser pintado em seus inúmeros detalhes. Numa cena urbana, por exemplo, cada coxia deve figurar um sobrado sobressalente de três ou quatro pavimentos; se as

kreisleriana [i]

janelinhas e as portinhas das casas no proscênio forem tão pequenas a ponto de se tornar evidente que nenhuma das personagens em cena – cuja altura quase ultrapassa o segundo andar – poderia habitá-las, dando a entender que somente uma espécie liliputiana conseguiria passar por tais portas e olhar através de tais janelas, então, mediante essa suspensão de toda ilusão, o grande objetivo que o decorador deve ter sempre em vista é, pois, atingido da maneira mais fácil e graciosa.

Se, porém, a contrapelo de tudo aquilo que foi conjecturado, o princípio sobre o qual erigi minha inteira teoria sobre maquinaria e aparatos cênicos não vos persuadir, meus senhores, então devo chamar-vos a atenção para o fato de que, bem antes de mim, um homem extremamente respeitável e digno já havia exposto tais ideias *in nuce*. Não me refiro a outra pessoa senão que ao bom tecelão Bottom[7], aquele que, mesmo em *Píramo e Tisbe*, tragédia altamente trágica, procurou preservar o público de todo medo, temor etc., em suma, de toda sorte de exaltação; isso porque toda contribuição que vos caberia sobretudo oferecer, meus senhores, é por ele transferida ao Prólogo, o qual agora toma sobre o dorso a tarefa de informar, no início, que as espadas não fariam mal a ninguém, que Píramo tampouco seria realmente assassinado e que este último, em verdade, não era sequer Píramo, senão que o próprio Bottom, o tecelão. Deixai adentrar em vossos corações as sábias e douradas palavras de Bottom, quando este fala sobre Snug, o carpinteiro que deve representar um temível leão:

> Em absoluto deveis dizer o nome dele; parte de seu rosto tem de ser entrevista através do pescoço do leão, sendo que ele mesmo há de falar por meio de tal cavidade, dirigindo-se ao público mais ou menos com o seguinte defeito: "Senhoras, ou melhor dizendo, belas Senhoras, queria desejar-vos ou, antes ainda, queria pedir-vos ou, mais precisamente, gostaria de vos implorar para que não temais nada e tampouco tremais de medo; minha vida pela vossa! Se pensais que viria até aqui como um leão, então não daria nada pela minha vida. Não, não sou nada disso; sou um ser humano como outro qualquer." E, nesse ponto, deixai que

---

7 Personagem de *Sonho de uma Noite de Verão*, de William Shakespeare; assim como Snug, figura a ser mencionada logo adiante.

126 *parte i*

ele diga seu próprio nome, anunciando a todos, em alto e bom som, que ele é Snug, o carpinteiro.[8]

Como devo presumir, vós tendes algum senso alegórico e ireis, portanto, descobrir facilmente um meio de seguir, também em sua arte, a tendência artística exposta por Bottom, o tecelão. A autoridade em que me fio me resguarda de todo engano, e espero ter lançado à terra uma boa semente – da qual medrará, quiçá, uma árvore do conhecimento.

8 *Sonho de uma Noite de Verão*, Ato III, Cena 1.

Kreisleriana [II]

Foi com extrema satisfação que o editor destas páginas se encontrou, no outono do ano passado, em Berlim, com o cavalheiresco autor de *Sigurd, Der Zauberring, Undine, Corona* etc.[1] Falou-se muito acerca do surpreendente Johannes Kreisler, tornando-se patente o fato de que, de um modo bastante insólito, ele teve de aproximar-se de um espírito intimamente aparentado ao seu, o qual viera ao mundo apenas de uma maneira diferente. Dentre os documentos deixados pelo Barão Wallborn, um jovem poeta que, em virtude de um amor não correspondido, cedeu à loucura e teve uma morte amenizante – e cuja história já havia sido descrita por de la Motte Fouqué, numa novela chamada *Ixion* – foi encontrada uma carta que ele, Wallborn, escrevera a Kreisler, mas não chegou a lhe enviar.

Também Kreisler deixou uma carta antes de seu afastamento. O contexto no qual isso se deu foi mais ou menos o seguinte: há algum tempo, o pobre Johannes fora geralmente tomado por louco, sendo que, de fato, suas ações e afazeres e, em particular, a vida artística que levava, destoavam tão gritantemente de tudo aquilo que se reputa racional e decoroso que, em rigor, pouco se podia duvidar da devastação interna de seu espírito. O fluxo de suas ideias tornou-se cada vez mais excêntrico e desarticulado; tanto é assim que, pouco antes de sua fuga da cidade, ele frequentemente falava, por exemplo, sobre o amor infeliz de um rouxinol por um cravo púrpuro, embora o inteiro caso não passasse (no seu entender) de um adágio, e este,

---

1 Obras de Friedrich Baron de la Motte Fouqué (1777-1843): Sigurd, der Schlangentöter (1808; primeira parte de uma trilogia sobre os Nibelungos intitulada *Der Held des Nordens*, de 1810); o romance de aventuras *Der Zauberring* (1813); o conto *Undine* (1811) e o épico *Corona* (1814).

por sua vez, consistia de fato num único som longamente cantado por Julieta – sobre o qual Romeu, repleto de amor e bem-aventurança, ascendia rumo ao cume celeste. Por fim, Kreisler revelou-me como havia decidido-se pela sua própria morte e como tencionava apunhalar-se a si mesmo com uma quinta aumentada[2] na floresta mais próxima. Assim é que, de uma maneira um tanto assustadora, suas dores mais pungentes ganhavam, não raro, uma forma bizarra. Na mesma noite em que partiu para sempre, ele encaminhou a Hoffmann, seu íntimo amigo, uma carta cuidadosamente selada e apetrechada com um pedido urgente, a saber, que fosse enviada, de imediato, às autoridades. No entanto, a solicitação estava longe de ser exequível, já que da carta constava o seguinte endereço imaginário:

Ao amigo e companheiro no amor, sofrimento e morte!

Cito A ser entregue no mundo
par bonté do limite da razão, fortalecido
por uma grande cerca viva de espinhos.

Fechada, a carta foi devidamente conservada, cabendo ao acaso a tarefa de indicar com mais precisão a identidade de tal amigo e companheiro. Dito e feito. A carta de Wallborn, generosamente compartilhada por de la Motte Fouqué, atestava, para além de qualquer dúvida, que o amigo que Kreisler tinha em mente não era outra pessoa senão que o próprio Barão Wallborn. Prefaciadas por Fouqué e Hoffmann, as duas cartas foram publicadas no terceiro e último fascículo da revista *Musas*, mas, seria pertinente apresentá-las aqui como uma espécie de prefácio à *Kreisleriana*, coletânea contida no último volume das *Phantasiestücke*[3], já que o encontro singular entre Wal-

---

2 Intervalo de quatro tons inteiros, a quinta aumentada é, em geral, utilizada como nota de passagem, sendo que seu efeito causa mais tensão do que afrouxamento.

3 *Kreisleriana*, como se sabe, consiste num ciclo "biarticulado" de escritos lítero-musicais que forma uma parte substancial do primeiro livro de Hoffmann, as *Fantasiestücke in Callot's Manier: Blätter aus dem Tagebuch eines reisenden Enthusiasten – Mit einer Vorrede von Jean Paul* (Peças de Fantasia à Maneira de Callot: Páginas do Diário de um Entusiasta Viajante – com um Prefácio de Jean Paul [em quatro volumes, Bamberg, 1814-1815]). A primeira parte de *Kreisleriana*, publicada em 1814, pertence ao primeiro dos quatro volumes das *Peças*. Esta Segunda Parte, por sua vez, veio a lume apenas no seu quarto e último volume.

kreisleriana [ii]

lborn e Kreisler não pode deixar de ter algum interesse ao benévolo leitor, na medida em que este possui um certo apreço pelo fantástico Johannes.

Assim como Wallborn cedeu à loucura por conta de um amor não correspondido, Kreisler parece ter sido levado, também ele, ao ápice da demência em virtude de um amor totalmente fantasioso por uma cantora; ao menos, essa insinuação está contida num ensaio que ele nos relegou e que se chama *O Amor do Artista*. Tal escrito, bem como outros tantos que, juntos, formam um ciclo sobre o puro elemento espiritual na música, poderão talvez vir a lume, em breve, num livro intitulado *Momentos Iluminados de um Músico Alucinado*.

1. Carta do Barão Wallborn ao Mestre de Capela Kreisler

Vossa Excelência, a julgar por aquilo que ouvi dizer, achai-vos há um tempo considerável na mesma situação em que me encontro. Quer dizer, há muito que suspeitam de vossa loucura, decorrente de um amor pela arte que, de modo demasiadamente óbvio, ultrapassa a norma assegurada pelo chamado mundo arrazoado com vistas a tais medidas. Mas ainda falta uma coisa para nos tornarmos plenos companheiros. Ocorre que, desde cedo, Vossa Excelência vos enfastiáreis de toda a história e resolvêreis, pois, fugir para bem longe; ao passo que eu, ao contrário, quedei-me mais e mais, permitindo que me atormentassem e fizessem troça de mim ou, o que é pior ainda, que me bombardeassem com toda sorte de conselhos; e, no fundo, durante todo esse período, encontrei meu melhor alívio nos papéis que deixastes para trás, cuja leitura me era concedida, de vez em quando, pela senhorita von B. – oh, constelação em meio à noite escura! Num desses dias, ocorreu-me que já vos devia ter visto em algum lugar. Vossa Excelência não seríeis, por ventura, um homem pequeno e estranho, com uma fisiognomia que, sob determinados aspectos, pode ser comparada àquela de Sócrates, tão apreciada por

Alcebíades? E isso justamente porque o deus que nele habitava escondia-se atrás de uma máscara bizarra, embora resplandecesse mediante poderosos raios, com ousadia, graça e temor! Vossa Excelência não costumáveis usar uma casaca cuja cor bem que poderia ser caracterizada como a mais esquisita dentre todas, caso o colarinho não fosse de uma cor ainda mais bizarra? E não há que se duvidar do formato de tal vestimenta, a qual ora parece uma sobrecasaca fazendo as vezes de um sobretudo, ora se assemelha a um sobretudo que se converteu numa sobrecasaca? Em todo caso, um homem com tal aparência certa vez ficou ao meu lado no teatro, e isso precisamente quando alguém pretendia representar, sem êxito, um *buffo* italiano; mas, diante da vivacidade e do entusiasmo de meu vizinho, a lamentável encenação converteu-se, para mim, numa grande comédia. Quando indagado, disse-me que se chamava Dr. Schulz, de Rathenow, porém não acreditei nem por um instante em tal informação; um sorriso algo grotesco e insólito entremostrou-se em vossa boca, minha Excelência, pois, sem dúvida, era vós.

Antes de mais nada, permita-me informar-vos que, há pouco, tratei de vos imitar e fugi em direção ao mesmo lugar para o qual partistes, qual seja, rumo ao vasto mundo, onde decerto iremos encontrar-nos. Pois, embora seu espaço possa parecer indelineavelmente amplo, as pessoas ditas racionais tornam o mundo terrivelmente tão estreito para indivíduos como nós que, em algum lugar, nossos caminhos hão certamente de se cruzar, mesmo se cada um de nós fugisse desesperadamente de um homem sensato, ou então, dos conselhos acima mencionados – os quais, diga-se de passagem, poderiam ser preferencialmente abreviados, sem eufemismos, como desaconselháveis.

Por ora, minha Excelência, meus esforços serão despendidos com vistas a uma pequena contribuição aos seus já registrados sofrimentos musicais[4].

Já vos aconteceu de ter que vos afastar seis ou sete cômodos de distância da animada roda de amigos, para executar alguma peça musical, ou então, para se colocar à sua escuta e, de repente, ver todos prontamente correndo em vosso encalço no intuito de vos escutar,

---

4 Ver o primeiro ensaio do ciclo: *Sofrimentos Musicais do Mestre de Capela Johannes Kreisler.*

kreisleriana [ii]

isto é, de papear com toda veemência possível? De minha parte, creio que, às pessoas em geral, nenhum caminho é demasiadamente tortuoso para lograr tal objetivo, nenhuma passagem excessivamente ampla, nenhuma escada e nem mesmo nenhuma montanha exageradamente íngreme ou elevada.

Então Vossa Excelência, já não percebestes que não há desprezadores mais ferrenhos e hostilmente mais antipódicos da música que todos os criados obedientes? Não basta, pois, dar-lhes alguma atribuição para que já saiam batendo as portas, caminhando ruidosamente e até mesmo derrubando algo no chão – e isso justamente quando se acham na sala de música e algum som fascinante se eleva do instrumento ou da voz de alguém? Mas não se detêm aí. Tão logo a alma parece flutuar sobre as ondas dos sons, eles são como que orientados por algum insólito gênio infernal a adentrar na sala, para apanhar ou sussurrar algo, ou então, quando são muito canhestros, a fim de empreender perguntas com uma rudeza impertinente e brutal. Isso, porém, não durante algum interlúdio ou instante menos importante, senão que no ápice de todo esplendor, onde estaríamos dispostos a prender a respiração na esperança de que nenhum bafejo viesse a ofuscar minimamente as douradas sonoridades, quando o paraíso se abre, serena e suavemente, diante dos acordes sonantes – logo aí! Oh senhor da terra e dos céus!

Não podemos deixar de lembrar que, na falta de tais sujeitos, há ainda crianças admiráveis que, movidas pelo puro espírito serviente, também estão aptas a desempenhar o mesmo papel com igual excelência e felicidade. Ah, crianças, quão custoso nos é transformar-lhes em tais criados! Torno-me austero, muito austero quando toco nesse ponto, e quase me escapa que esses mesmos seres adoráveis podem ser igualmente exaltantes e convenientes diante daquele que lhes lê histórias em voz alta.

E as lágrimas que ora enchem meus olhos, bem como a gota de sangue que me apunhala o coração? Deveram-se apenas às crianças?

Ah, nunca vos ocorreu, talvez, desejar cantar uma canção diante de um par de olhos que, contemplando-vos das alturas celestiais, terminam por vos refletir belamente aquilo que vós tendes de melhor e que, tendo efetivamente dado início à música, sois levado a acreditar, oh Johannes, que vossa voz de fato penetrou na alma amada, fazendo com que o mais elevado ímpeto musical umedeça aquelas duas estrelas com pérolas de orvalho, abrandando e adornando seu brilho sereno – quando então as estrelas se voltam ociosamente em direção a alguma frivolidade, tal como, por exemplo, um ponto de tricô caído no chão, de sorte que aqueles lábios angelicais, num sorriso hostil, entreabrem-se num bocejo prepotente; e é o que basta, meu Senhor, para saber que vós apenas entediastes a bondosa senhora.

Não dê risada, caro Johannes. Não há, na vida, nada mais doloroso ou terrivelmente arrasador do que o momento em que Juno se converte numa nuvem.

Ah, nuvem, nuvem! Bela nuvem!

Eis aqui, Senhor, revelado em tom confidencial, o motivo pelo qual me tornei aquilo que as pessoas chamam de louco. Mas, apenas raramente fico enfurecido com isso. Na maioria das vezes, choro em profundo silêncio. Portanto, não me temas, Johannes, mas tampouco deves rir[5]. Falemos, pois, de preferência, sobre outras coisas, ideias afins que meu coração me impele a te dizer.

Vê, Johannes, a mim me parece que tu és muito ardoroso e, às vezes, demasiado duro em seu ataque à música destituída de genialidade. Há, afinal de contas, alguma música que seja absolutamente privada de genialidade? E, sob a ótica inversa, há por ventura alguma música que seja totalmente perfeita, como aquela entoada pelos anjos? Talvez isso se deva ao fato de o meu ouvido ser bem menos afiado e sensível do que o seu, mas posso dizer-te, com toda sinceridade, que prefiro mil vezes o som mais insuportável de um violino desafinado do que música nenhuma. Espero que não me desprezes por conta disso. Qualquer zunido de cordas, seja numa música de dança, seja numa marcha, ecoa aquilo que há de mais elevado em nós, de sorte que, para além de todas insuficiências e sob o influxo de doces sons de amor e guerra, vejo-me impelido a constatar sua serena imagem primordial. Alguns dos poemas que me foram elogiados em virtude de seu êxito – que expressão tola! – ou melhor dizendo, por falarem diretamente ao coração, devem o primeiro ressoar de sua existência a cordas muitíssimo desafinadas, a dedos bastante destreinados e a gargantas extremamente mal condicionadas.

5   Mudança de registro para a segunda pessoa do singular.

kreisleriana [ii] 133

A ser assim, meu caro Johannes, o mero desejo de fazer música não seria, já de si, algo verdadeiramente comovente e regozijante? Bem como a admirável confiança que leva os músicos ambulantes tanto à corte quanto aos casebres? A crença de que música e canto abrem todos os caminhos, e cujo fundamento se deixa abalar apenas muito raramente por governos pouco esclarecidos ou cães truculentos! Estaria tão pouco disposto a esmagar um leito de flores quanto a gritar, por ocasião do início de uma valsa, "saia já da minha casa!" Então, provenientes de todas as casas que o som conseguiu alcançar, crianças sorridentes sempre terminam por se reunir; crianças bem diferentes, é claro, daquelas naturezas subservientes acima mencionadas e que comprovam, mediante seus semblantes esperançosamente angelicais, que os músicos estão certos.

Algo um tanto pior parece ocorrer, não raro, com o assim chamado "fazer música" promovido pelos círculos sociais elegantes; mas, mesmo aqui, nenhum dos sons de corda, flauta ou voz são totalmente destituídos de um certo sopro divino, permanecendo, em todo caso, preferíveis ao possível bate-papo, o qual, em certa medida, tem sempre seu passo cortado por tais instrumentos.

E, Kreisler, aquilo que finalmente dizes a propósito do prazer experimentado tanto pelo pai quanto pela mãe, no tranquilo ambiente familiar, quando seus filhinhos dedilham a esmo o teclado do piano, ou então balbuciam alguma melodia – confesso-te, Johannes, que aqui sim é possível auscultar legítima e verdadeiramente um pouco da harmonia dos anjos, apesar da interferência de todos ruidosos sons mundanos.

Escrevi bem mais do que deveria e gostaria, à guisa de conclusão, de despedir-me da mesma maneira formal com que iniciei a carta. No entanto, isso já não é possível. Sendo assim, Johannes, dê-se por satisfeito e que Deus nos abençoe, retirando bondosamente os efeitos daquilo que incutiu em nós, para seu louvor e prazer de nossos semelhantes!

Wallborn, o solitário.

2. Carta do Mestre de Capela Kreisler ao Barão Wallborn

Excelentíssimo Senhor, apenas agora me é dado escrever-lhe com mais fôlego, depois que finalmente consegui deixar o teatro[6] e voltei para o meu pequeno gabinete, cuja iluminação, diga-se de passagem, exigiu-me muito esforço para acender. Não tomeis por algo deplorável, Excelentíssimo Senhor, se eu vier a me expressar de uma maneira muito musical, pois bem sabeis que a música que em mim se achava encapsulada veio à tona, como dizem as pessoas, com demasiada intensidade e força, envolvendo-me e enredando-me a tal ponto que dela já não poderia desvencilhar-me, de sorte que tudo, absolutamente tudo se me apresenta sob a forma de música – e, de fato, tais pessoas podem ter alguma razão. Mas, seja lá como for, cumpre-me agora escrever ao Excelentíssimo Senhor, já que, do contrário, como poderei livrar-me do fardo que recaiu sufocante e pesadamente sobre meu peito quando a cortina caiu e o Senhor desapareceu de modo inexplicável?

Quanto ainda tinha a vos dizer! Dissonâncias sem resolução bradavam com revolta na minha alma e, justamente no momento em que todas as sétimas, exibindo livremente suas línguas-de-serpente[7], estavam prestes a se abismar num mundo inteiramente iluminado por terças, o Excelentíssimo Senhor foi embora – embora! – de sorte que tais línguas me picaram e aferroaram ainda mais! O Excelentíssimo Senhor, a quem agora espero cantar todos aqueles afáveis intervalos de terça, não é outra pessoa senão que o Barão Wallborn – o qual carregava dentro de mim há tanto tempo que, não raro, parecia que todas as minhas melodias haviam sido talhadas à *sua* medida, desaguando em torrentes caudalosas e impetuosas como se, enfim, eu fosse ele próprio. Hoje, no teatro, quando uma figura de uniforme, jovem e vigorosa, trazendo uma chocalhante espada na cintura, abordou-me com ares viris e cavalheirescos, algo extremamente estranho, mas ao mesmo

---

6 No original, *Komödienhause*.
7 No original, *Schlangenzüngigen*.

tempo familiar, apoderou-se do meu íntimo, de modo que já não podia reconhecer a curiosa mudança de acordes que então se iniciava e que, progredindo, erguiam-se sem parar. Mas o jovem cavalheiro se me dirigia mais e mais e, em seus olhos, terminei por descobrir um mundo majestoso, um Eldorado inteiro de suaves sonhos – a selvática sequência de acordes dissolveu-se, então, em tenras harmonias angelicais, todas prestando testemunho incrível da existência e da vida do poeta; e, tal como o Excelentíssimo Senhor poderá certificar-se, já que sou um proficiente músico profissional, logo se me tornou claro o tom em torno do qual o todo orbitava. Com isso, tenciono dizer que reconheci imediatamente o Excelentíssimo Senhor, Barão Wallborn, na figura daquele jovem cavalheiro.

Quando tentei empreender algumas modulações e minha música interior desembocou com prazer e puerilidade infantil em toda sorte de melodias vivazes, valsas e agradáveis *murkys*[8], o Excelentíssimo Senhor entrou tão perfeitamente dentro do tom e do compasso que, da minha parte, já não há mais dúvidas de que vós também me reconhecestes como mestre de capela Johannes Kreisler, e que não destes a menor atenção ao episódio constrangedor em que Droll, em conluio com alguns de seus comparsas, enredou-me em tal noite. Em situações insólitas como essa, isto é, quando me deixo envolver em algum tipo de revés, bem sei que costumo contrair os músculos da face. Também calhou de eu estar vestindo uma casaca que certa vez comprara, com enorme desprazer, de um trio falido; sua cor era em dó sustenido menor, de sorte que, para acalmar um pouco aqueles que eram forçados a contemplá-la, tratei de acrescentar-lhe um colarinho da cor mi maior o que, creio eu, não deve ter irritado o Excelentíssimo Senhor. Além disso, nessa noite também me apresentaram sob uma alcunha diferente. Atendia pelo nome de Doutor Schulz, de Rathenow; pois somente me disfarçando com esse cognome poderia sentar-me perto do piano para escutar o canto das duas irmãs – dois rouxinóis beligerantes numa competição de canto, de cujos corações cintilavam, claros e brilhantes, os sons mais solenes. Ambas teriam retraído-se frente à melancolia[9] desmedida de Kreisler, mas o Doutor

---

8   Ver nota 31 de Kreisleriana (1)..
9   No original, *Spleen*.

136 *parte i*

Schulz achava-se no Éden musical que elas lhe haviam descerrado, prenhe de encantos, brandura e suavidade; e, por fim, as irmãs se reconciliaram com Kreisler, tão logo o doutor Schulz transformou- -se *nele* novamente.

Ah, Barão Wallborn, falando em nome do que em mim resplandece de modo mais sagrado, creio que até mesmo a vós pareci demasia- damente duro e irado! Ah, Barão Wallborn, mãos inimigas também tentaram agarrar minha coroa, sendo que aquela figura celestial que penetrou nos confins mais recuados da minha alma, abarcando as fibras mais entranhadas da vida, desmanchou-se, outrossim, em névoa diante de mim. Uma dor inominável dilacerou meu peito e todo sus- piro melancólico ínsito à nostalgia eternamente ávida converteu-se, pois, no tempestuoso sofrimento da ira, inflamado pelo tormento atroz. Mas, Barão Wallborn, não crês[10], de tua parte, que o peito ras- gado e ferido por presas demoníacas sente com maior intensidade e entusiasmo cada gotícula do bálsamo calmante? Tu bem sabes, Barão Wallborn, que diversas foram as vezes em que me irritei e enfureci com as atividades musicais do populacho, mas posso afirmar-te que toda vez em que era propriamente maltratado e ferido por impiedo- sas árias *di bravura*, concertos e sonatas, bastava então uma pequena e insignificante melodia para me consolar e alegrar; ainda que fosse cantada por uma voz mediana, ou então, tocada de modo vacilante e truncado, mas com sinceridade, bem intencionada e haurida dire- tamente do íntimo. Assim, Barão Wallborn, caso encontres tais sons e melodias em seu caminho ou os vires, do alto de sua nuvem flu- tuante, olhando para ti com nostalgia singela, então lhes diga que tu querias apenas acariciá-las e cuidá-las como se fossem criancinhas, e que tu não eras outra pessoa senão que o próprio mestre de capela Johannes Kreisler. Veja, Barão Wallborn, prometo-te solenemente que tenciono ser como *tu*, prenhe de amor, repleto de ternura e cheio de devoção. Ah, mas já o sou! Muito disso se deve ao infortúnio causado pelas minhas próprias notas; não raro, elas ganham vida e saltam das páginas em branco como diabinhos pretos de muitas caudas – arre- batam-me com seus giros absurdamente desenfreados e, qual um

---

10 Mudança de registro pronominal – segunda pessoa do singular: *glaubst Du nicht auch selbst*.

kreisleriana [ii]

cabrito, dou pulos totalmente incomuns, fazendo caretas indecorosas; mas um único som, emitindo seu brilho de brasa divinamente incandescente, já basta para dissolver aquele tumultuoso vaivém, de sorte que volto a me tornar piedoso, bom e paciente! Tu vês, Barão Wallborn, que tudo isso são verdadeiras terças rumo às quais, ao fim e ao cabo, as próprias sétimas terminam por deslizar e, para que pudesses escutar essas terças em toda altura, decidi escrever-te!

Deus permita que, assim como nos conhecemos há muito em espírito, possamos, como hoje à noite, sempre nos encontrar pessoalmente, pois teus olhares, Barão Wallborn, recaem diretamente sobre minha alma; eles mesmos são, com frequência, magníficas palavras, reverberando no fundo do peito tal como minhas próprias melodias incandescentes. Decerto devo encontrá-lo amiúde, já que amanhã hei de embarcar numa grande viagem pelo mundo – já tratei de vestir, inclusive, um novo par de botas.

Não acreditas, Barão Wallborn, que tua palavra poderia equivaler à minha melodia e esta, por sua vez, à tua palavra? Nesse exato momento, acabo de escrever as notas de uma bela canção cuja letra foi feita por ti tempos atrás; apesar disso, tudo se passa como se a melodia tivesse irrompido-se em mim no mesmo instante em que a canção brotara em ti. Por vezes, tenho a impressão de que a canção constitui uma ópera inteira! Sim! Meu caro e gentil cavalheiro, Deus queira que eu possa revê-lo em breve em carne e osso, tal como tu sempre apareces e move-se, com vividez, diante do olhar de meu espírito. Que Deus te abençoe e ilumine os seres humanos, fazendo-lhes conceder o devido reconhecimento aos teus feitos majestosos. Que esse seja, pois, o sereno acorde final a repousar sobre a tônica.

Johannes Kreisler
Mestre de capela e músico louco *par excellence*.

3. Clube Poético-Musical de Kreisler

Todos os relógios, inclusive os mais vagarosos, já haviam marcado oito horas; as luzes estavam acesas e o piano permanecia aberto. A filha do proprietário, a qual auxiliava Kreisler nas pequenas tarefas do dia a dia, já lhe havia informado duas vezes que a água do chá fervia a todo vapor. Finalmente, bateram à porta e adentraram, respectivamente, o *amigo fiel* e o *cauteloso*. A estes se seguiram, de pronto, o *insatisfeito*, o *jovial* e o *indiferente*. O clube estava devidamente formado e, como de praxe, Kreisler preparou-se para ajustar o tom e o tempo, tocando, improvisando uma fantasia de envergadura sinfônica; e, já que todos os clubistas[11] nutriam um espírito musical, tal procedimento também era importante, quando não necessário, para erguê-los algumas braças acima das varreduras empoeiradas em meio às quais eles foram obrigados a caminhar ao longo do dia, devolvendo-lhes, desse modo, um ar mais puro. Assim foi que, exibindo uma aparência bem austera, quase meditabunda, o *cauteloso* disse: "Que desagradável, meu caro Kreisler, o fato de vossa execução ter sido interrompida, noutro dia, por conta daquele martelo emperrado. Chegastes, por ventura, a consertá-lo?" "Creio que sim", retrucou Kreisler. "Temo, porém, que tenhamos de nos convencer disso antes", prosseguiu o *cauteloso*, tratando, pois, de acender o grande candelabro de leitura para, aí então, segurando-o por sobre as cordas do piano, procurar cautelosamente o martelo danificado. Mas, de súbito, a pesada cavilha do pavio preso ao castiçal caiu e, causando um grande barulho, estourou cerca de doze a quinze cordas. O *cauteloso* disse apenas: "Ai! Veja só isso!" Kreisler então franziu o rosto, como se tivesse acabado de morder um limão. "Diabo! Diabo!" – gritou o *insatisfeito* – "logo hoje que tanto me animei com a fantasia de Kreisler, logo hoje! Não me lembro de ter ficado tão ansioso para ouvir música na minha vida inteira." "No fundo", interveio o *indiferente*, "a essa altura já não faz muita diferença começarmos ou não a música." O *amigo fiel* decerto achou uma pena que Kreisler não pudesse dar continuidade

---

11 No original, *Klubisten*.

kreisleriana [ii] 139

à execução, mas exortou a todos que ao menos não perdessem a compostura por conta disso. "De qualquer modo, teremos diversão suficiente", disse então o *jovial*, sem, porém, deixar de atribuir uma certa importância às suas palavras. "*Ainda assim*, tenciono improvisar uma fantasia", exclamou Kreisler, "todas as cordas do baixo saíram incólumes, sendo que isso já me basta."

Em seguida, Kreisler colocou sua pequena boina vermelha, vestiu seu roupão chinês e dirigiu-se ao instrumento. Os clubistas tiveram que se acomodar no sofá e nas cadeiras e, a pedido de Kreisler, o *amigo fiel* apagou todas as luzes, de sorte que todos ficaram na mais sombria e espessa escuridão. Com os abafadores levantados, Kreisler então tocou, *pianissimo*, o acorde completo de lá bemol maior. E, tão logo o som das notas se extinguiu, ele disse:

> O que sussurra de modo tão insólito e maravilhoso ao meu redor? Asas invisíveis agitam-se para cima e para baixo – nado num éter aromático. Mas o aroma cintila em círculos flamejantes e misteriosamente entrelaçados. São espíritos amáveis, balançando suas asas douradas sob o influxo de acordes e sonoridades efusivamente solenes.
>
> Lá bemol menor (*mezzo forte*)
>
> Ah! Conduzem-me à terra da eterna nostalgia, mas, ao se apoderarem de mim, a dor desperta e deseja escapar do meu peito, rasgando-o violentamente.
>
> Mi maior com sexta (*ancora più forte*)
>
> Fique firme, meu coração! Não te deixes quebrar pelo tórrido raio que atravessa meu peito. Anima-te, meu bravo espírito! Ergue-te rumo ao elemento que te deu à luz e é o teu lar!
>
> Mi maior com terça (*forte*)
>
> Deram-me uma imponente coroa, mas isso que brilha e reluz nos diamantes é, em verdade, a torrente de lágrimas que derramei e, em seu ouro, fulguram as flamas que me calcinaram. Àquele que é chamado a governar o âmbito do espírito, poder e coragem, força e confiança!
>
> Lá menor (*harpeggiando-dolce*)
>
> Por que foges, linda moça? És capaz de fazê-lo, quando amarras invisíveis te prendem por todos os lados? Não podes descrever ou lamentar o que se fincou em seu peito qual uma dor latejante – e que, ainda assim, estremece-te da cabeça aos pés com um doce prazer? Mas tu descobrirás tudo quando eu, afagando-te, falar contigo através da linguagem do espírito, na qual sei me expressar e que tu entendes tão bem!

Fá maior

Ah, como teu coração irá dilatar-se com nostalgia e amor quando, repleto de encanto radiante, envolver-te com melodias numa espécie de abraço apaixonado. Não desejarás mais escapar de mim, pois aqueles pressentimentos secretos que assolavam teu peito foram consumados. Qual um oráculo reconfortante, o som falou do meu coração diretamente ao teu!

Si maior (*accentuado*)

Que vida venturosa nos campos e nas matas nos dá essa adorável primavera! Todas as flautas e charamelas que, ao longo do inverno, ficaram encostadas em cantos empoeirados, mortalmente paralisadas, despertaram e recordaram-se de todas as peças prediletas, as quais são agora por elas triladas tão belamente quanto trilam os pássaros pelos ares.

Si maior com sétima menor (*smanioso*)

Soprando do oeste, um morno vento cruza surda e queixosamente a floresta qual um sombrio segredo, sendo que, ao atravessá-la, bétulas e coníferas sussurram entre si: "Por que nosso amigo ficou tão triste? Podes escutá-lo, querida pastora?"

Mi bemol maior (*forte*)

Vai atrás dele! Vai atrás dele! Sua roupa é verde como a floresta escura e sua nostálgica palavra é doce como o som das trombetas! Escutas seu sussurro atrás dos arbustos? Escutas seu ressoar? O som das trombetas, repleto de prazer e melancolia! Ei-lo! Vai! Segue-o!

Ré com terça, quarta e sexta (*piano*)

A vida joga seu jogo enervante de todas as maneiras possíveis. Por que desejar? Por que ter esperança? Por que ansiar?

Dó maior com terça (*fortissimo*)

Mas, dancemos por sobre as covas abertas com desejo desenfreado e insano. Gritemos de alegria – aqueles que se acham abaixo de nós não podem escutar. Hurra! Hurra! Dança e júbilo! E, por fim, o diabo entra na roda ao som dos tambores e trompetes!

Dó menor (*fortissimo* e repetidas vezes)

Não o reconheceis? Não o reconheceis? Vede, ele prende meu coração com garras incandescentes. Mascara-se com toda sorte de disfarce: como caçador, mestre-de-concerto, infectologista, *ricco mercante* etc. Derruba-me a cavilha do castiçal sobre as cordas, impedindo-me de tocar! Kreisler, Kreisler! Recomponha-se! Vês como está à espreita, o pálido fantasma com faiscantes olhos vermelhos? Sacando, do casaco esfarrapado, os punhos esqueléticos cheios de garras em tua direção? Balançando a coroa de palha sobre o crânio liso e careca? É a loucura. Johannes, mantenha-se firme. Insana, insana assombração viva, o que estás tramando contra mim em tuas perambulações? Não posso escapar de ti? Não há então nenhuma poeirinha no universo na qual, reduzindo-me à condição de inseto, poderia salvar-me de ti, oh assombroso espírito atormentador? Deixe-me em paz! Prometo ser gentil! Prometo acreditar que o diabo é um *galanthuomo* com os costumes mais refinados! *Hony soit qui mal y pense*[12]. Lanço, aqui, um anátema sobre o canto e a música. Prometo lamber-te os pés como o bêbado Kaliban; salva-me apenas dessa tortura! Ei, ei, ser infame! Tu me esmagaste todas as flores, sendo que nenhum caule jamais há de verdejar num deserto tão assustador e morto, morto, morto...

Nesse exato momento, ouviu-se o crepitar de uma pequena chama. Sem titubear, o *amigo fiel* havia apanhado um acendedor químico e ateado fogo nos dois candelabros, no intuito de interromper quaisquer outras fantasias da parte de Kreisler, pois bem sabia ele que este último chegara a um ponto em que, habitualmente, precipitava-se num abismo de lamentos desesperados. Também naquele mesmo instante, ao adentrar no recinto, a filha do proprietário trouxe consigo o chá fervente. Kreisler saltou do piano. "Ora, o que significa isso?", disse o *insatisfeito*, "prefiro um sagaz *allegro* de Haydn a todo esse blá-blá-blá insano." "Mas, não foi tão ruim assim", interveio o *indiferente*. "Mas muito sombrio, demasiadamente sombrio", tomou a palavra o *jovial*, "hoje temos de mudar nossa conversa rumo a algo mais leve e arejado." Os clubistas esforçaram-se, então, para seguir o conselho dado pelo colega *jovial*, mas os acordes funestos e as abomináveis palavras de Kreisler continuaram a ressoar como um eco surdo e longínquo, mantendo no ar a tensa atmosfera na qual ele os havia colocado. O *insatisfeito*, de fato extremamente descontente com o desfecho da noite – a qual, tal como ele disse, fora estragada pelo desatinado impulso à fantasia de Kreisler – foi embora junto com o *cauteloso*. Seguindo-os, o *jovial* também partiu, restando apenas o *entusiasta viajante* e o *amigo fiel* (cumpre deixar claro, aqui, que ambos se uniram numa só pessoa) junto a Kreisler. Em silêncio, este ficou sentado no sofá com os braços cruzados. "Não sei o que te deu hoje, Kreisler!", disse o *amigo fiel*; "Estás tão animado, mas, ao mesmo

---

12 Do francês, "envergonhe-se quem nisto vê malícia".

tempo, sem o mínimo humor; muito diferente daquele com o qual estou acostumado." "Ah, meu amigo!", replicou Kreisler, "a sombra escura de uma pesada nuvem estende-se sobre minha vida! Tu não achas que seria permitido a uma pobre e inocente melodia, a qual não aspira a nenhum lugar sobre a Terra, viajar livre e inofensivamente pelo amplo espaço celeste? Ah, oxalá pudesse voar imediatamente através daquela janela sobre meu roupão chinês, como que sentado no manto de Mefistófeles!" "Qual uma inofensiva melodia?", interrompeu o *amigo fiel* em tom escarninho. "Ou, se tu preferes, qual um *basso ostinato*", retrucou Kreisler; "mas, seja lá como for, logo terei de ir embora." E, tal como havia dito, foi o que de pronto aconteceu.

4. Relato de Um Jovem Culto

É animador quando nos damos conta de que a cultura se propaga cada vez mais e que, mesmo nas espécies às quais normalmente é vedado o acesso à formação mais elevada, certos talentos galgam alturas nada desprezíveis. Na casa do Conselheiro Comercial Privado R., conheci um jovem cujos dons mais extraordinários conjugavam-se com uma adorável bonomia. Certa vez, quando por acaso comentei sobre a permanente correspondência que mantenho com meu amigo Charles Ewson, na Filadélfia, ele então me entregou em mãos, com total confiança, uma carta aberta que escrevera à sua amiga, e que faltava apenas ser encaminhada. A carta foi enviada. Mas deveria eu então não ter guardado, meu caríssimo jovem, uma cópia de teu escrito como um monumento à tua enorme sabedoria e virtude, em memória de teu legítimo sentimento artístico? Em todo caso, não posso esconder o fato de que o raro jovem em questão, conforme o nascimento e profissão original é, em verdade, um macaco, o qual aprendeu a falar, ler, escrever, musicar etc. na casa do Conselheiro Comercial Privado; em suma, ele logrou atingir um tal nível de cultura que, por conta de sua arte e ciência, assim como do encanto de seus costumes, terminou por conquistar um punhado de amigos,

kreisleriana [ii]   143

sendo bem visto em todos círculos intelectuais. Afora alguns pequenos detalhes, como, por exemplo, quando por vezes dá pulos muito
estranhos nos *thés dansants*, à moda dos *hops angloisen*[13], ou então,
quando não consegue ouvir o barulho de castanhas quebrando sem
ser, ao mesmo tempo, acometido por um estado interno de agitação, ou ainda, quando (embora isso talvez não passe daquele tipo de
mexerico que, em geral, persegue todos gênios) arranha de leve as
mãos das senhoritas, apesar das luvas, no momento de beijá-las, não
se nota, nem de longe, sua exótica procedência, sendo que todas tra-
vessuras que costumava fazer em sua juventude – tal como arrancar
os chapéus da cabeça das pessoas que entravam na casa, ou então
sair em disparada atrás de um pote de açúcar – tornaram-se, agora,
apenas *bons mots* espirituosas, as quais, ao serem contadas, recebem
aplausos jubilosos.

Eis aqui a curiosa carta na qual se tornam manifestas a bela alma
e a soberba formação de Milo:

Carta de Milo, Um Macaco Culto, à Sua Namorada Pipi, na América do Norte

É com uma espécie de assombro que penso na infeliz época, minha
querida namorada, quando só conseguia expressar-te os mais cari-
nhosos afetos de meu coração mediante barulhos impróprios e
incompreensíveis a qualquer indivíduo bem culto. Como poderia,
afinal, aquele estridente e lamentável "Ah, ah, uh, uh" que costumava
proferir – embora acompanhado por um olhar bastante meigo – traduzir minimamente o profundo e íntimo sentimento que se agitava
no interior do meu viril e peludo peito? E até mesmo meus afagos,
os quais tu, minha pequena e adorável namorada, via-se obrigada,
à época, a tolerar com silenciosa resignação, eram tão canhestros que,
hoje em dia, justamente porque a esse propósito já posso ombrear
com o melhor *primo amoroso*[14] – sendo capaz, aliás, de beijar as mãos

---

13 Dança popular inglesa, em voga no século XIX, embalada pelo compasso binário.
14 "Primeiro amante", personagem ou cantor que ocupa lugar de destaque.

à la Duport[15] – poderiam deixar-me vermelho de vergonha, caso uma certa coloração robusta, que me é própria, não o impedisse. Ainda assim, e em que pese a sorte de poder fruir da profundíssima autossatisfação que me foi proporcionada pela educação adquirida entre os seres humanos, há momentos em que sou acometido por toda sorte de arrependimentos, embora saiba muito bem que tais impulsos não se coadunam com o caráter moral obtido por meio da cultura, resultando, antes do mais, da condição bruta que me une a uma classe de seres os quais, agora, desdenho de maneira indescritível. Sou, pois, suficientemente tolo para pensar em nossos pobres parentes, que ainda pulam de árvore em árvore nas distantes e incivilizadas florestas, alimentando-se de frutas cruas que não se tornam palatáveis nem mesmo por meio da arte gastronômica[16]; criaturas que, especialmente à noite, entoam hinos cujas notas são desprovidas de qualquer afinação e cujo ritmo não remete a nenhuma fórmula de compasso, nem mesmo aos recém-descobertos 7/8 ou 13/4. Penso nesses pobres coitados, os quais, em verdade, já não me dizem respeito, não podendo senão sentir uma profunda compaixão para com eles. Agora me vem à mente, em especial, o nosso velho tio (o qual, se não me falha a memória, deve ter sido um tio por parte de minha mãe) que, criando-nos à sua maneira tosca, não poupava esforços para nos afastar de tudo o que fosse humano[17]. Era um homem sério, o qual jamais quis calçar botas, sendo que ainda posso ouvir seu berro repreensivo e aflito quando, certa vez, dominado por um desejo cobiçoso, avistei o belo e novíssimo par de botas de cano alto que o astuto caçador deixara ao pé da árvore sobre a qual, por ventura, estava devorando um coco com apetite voraz. Vi, de longe, o caçador passando com botas semelhantes àquelas que ele havia deixado para trás, as quais, aliás, caíam-lhe muito bem. Para mim, justamente por conta daquelas botas impecavelmente bem lustradas, sua inteira pessoa adquiriu uma aparência tão grandiosa e imponente que, decididamente, não pude resistir; a ideia de caminhar tão orgulhosamente quanto ele, num novo

---

15 Louis-Antoine Duport (1781-1853), dançarino e mestre de balé parisiense.
16 No original, *Kunst*.
17 Passagem de inegável teor autobiográfico; trata-se de uma menção tácita à primeiríssima "educação" musical de E.T.A. Hoffmann, a qual lhe fora dada pelo tio materno, Otto Wilhem Doerffer.

kreisleriana [ii]

par de botas, apoderou-se de todo meu ser; e não seria já uma prova da enorme aptidão à ciência e arte – que só precisava ser despertada em mim – o fato de eu ter pulado da árvore e calçado aquele sapato incomum nas minhas finas pernas, manuseando hábil e facilmente a calçadeira de ferro, como se houvesse usado botas a vida inteira? Mas, porque, à época, ainda não podia correr, o caçador caminhou em minha direção e, sem titubear, apanhou-me pelo pescoço e deu-me um safanão. Gritando pateticamente, meu velho tio atirou cocos em nós, sendo que um deles, sem que o irado idoso tivesse intenção, atingiu com força a parte traseira do meu ouvido esquerdo; mas isso talvez tenha contribuído enormemente para o desenvolvimento de novos órgãos em mim. Tu já sabes disso tudo, minha querida, já que, aos brados e berros, correstes atrás de teu amado e, de boa vontade, cedeu também ao cativeiro.

Como assim? Cativeiro? Mas não foi justamente essa prisão que nos deu a maior dentre todas as liberdades? Então há algo mais majestoso do que a formação do espírito que tivemos entre os seres humanos? Não tenho a menor dúvida de que tu, querida Pipi, com tua vivacidade inata e capacidade de apreensão, terá igualmente se dedicado um pouco às artes e ciências e, fiando-me nisso, diferencio-te totalmente de nossos ímpios parentes das florestas. Ah! Entre eles impera ainda a ausência de bons costumes e a barbárie; seus olhos são secos e privados de toda profundidade da mente! Pressuponho, é claro, que tua formação não terá ido tão longe quanto a minha, pois, a partir de agora, como se costuma dizer, sou um homem feito; conheço tudo de ponta a ponta e represento, por isso, uma espécie de oráculo, imperando de modo irrestrito no âmbito da ciência e da arte. Tu decerto hás de acreditar, meu docinho, que me custou um esforço infinito chegar a esse elevado nível cultural; mas, muito pelo contrário, asseguro-te que nada neste mundo poderia ter sido tão fácil quanto isso; não raro, dou risada do fato de que, no despertar da minha juventude, os malditos exercícios de salto entre as árvores arrancavam-me uma quantidade de suor que jamais precisei sentir ao tornar-me erudito e sábio. Esse processo ocorreu, antes do mais, de maneira totalmente espontânea e me foi quase mais árduo aceitar que já havia atingido o cume do conhecimento do que escalar até ele. Tudo isso graças ao meu enorme engenho[18] e, evidentemente, ao afortunado coco arremessado pelo meu tio! Tu bem sabes, querida Pipi, que aptidões intelectuais e talentos são como inchaços na cabeça, deixando-se, inclusive, apalpar; minha nuca parece um saco repleto de cocos, sendo que tal pancada talvez tenha gerado vários outros galos e, com eles, algum talentinho. De fato, a parte detrás da minha orelha encontra-se bem inchada!

Aquele impulso à imitação que é próprio à nossa espécie – e que os homens, com total injustiça, insistem em ridicularizar – nada mais é do que o irresistível ímpeto, não tanto para adquirir cultura, mas para exibir aquilo que nos é inato. Há tempos que esse princípio foi aceito pelos seres humanos, sendo que os verdadeiros sábios, os quais, diga-se de passagem, sempre procurei imitar, aplicam-no da seguinte maneira: alguém produz algo, uma obra de arte, ou, então, qualquer outra coisa que o valha, e todos exclamam – "Isso é esplêndido"; movido por sua íntima vocação, o sábio, de imediato, trata de imitá-la. É claro que a cópia não resulta idêntica, mas ele diz: "Está perfeitamente bem-acabada, e a obra que vós reputastes esplêndida serviu-me apenas como um ensejo para trazer à plena luz do dia o verdadeiro esplendor que, há muito, já trazia em meu espírito." É mais ou menos isso que ocorre, querida Pipi, quando um de nossos irmãos corta o nariz ao fazer a barba, dando ao barbeado uma certa vivacidade original que o homem por ele imitado jamais atingirá. Foi justamente esse impulso à imitação, sempre tão próprio à minha natureza, que me aproximou de um professor de estética ou, melhor ainda, do ser humano mais amável do mundo; de quem recebi, mais tarde, os primeiros esclarecimentos sobre mim mesmo e que, de resto, ensinou-me a falar. Mesmo antes de desenvolver esse talento, frequentava amiúde a companhia de pessoas sagazes e chistosas. Observara meticulosamente seus gestos e feições, os quais sabia imitar com habilidade. Tal expediente, bem como a vestimenta alinhada que, à época, meu patrão me havia providenciado, abriu-me não só todas as portas em todas as ocasiões, senão que também me rendeu a fama de ser um refinado jovem cosmopolita. Com fervor, queria muito conseguir falar, mas, no fundo do coração, pensava apenas: céus! Mesmo se tu

18 No original, *Ingenio*.

kreisleriana [ii] 147

pudesses falar, de onde retirarias as milhares de ideias e pensamentos que emanam dos lábios das pessoas? Como esperas começar a falar sobre centenas de coisas cujos nomes tu sequer conheces? Como pretendes julgar obras da ciência e da arte como os demais sem estar, porém, habituado a tais assuntos?

Tão logo consegui combinar algumas poucas palavras, expus minhas dúvidas e preocupações ao meu querido mestre, o professor de estética. Ele, no entanto, riu na minha cara e disse-me: "O que estais achando, caro *monsieur* Milo? Tendes de aprender a falar, falar e falar, sendo que o restante se seguirá, por si só, naturalmente. O segredo todo consiste em falar com fluência, eloquência e propriedade. Ficareis surpreso com a maneira como os pensamentos se vos ocorrem durante a fala, como a sabedoria vos acomete, como os divinos macetes do discurso vos conduzem a todos níveis da arte e da ciência, de sorte que acreditareis estar a perambular num labirinto. Com frequência, não compreendereis sequer a si mesmo; mas é precisamente aí que vos encontrareis no estado verdadeiramente arrebatador que o falar produz. Algumas leves leituras podem vos ser bastante úteis e, além disso, convém tomar notas de certas frases agradáveis, que decerto podem ser empregadas aqui e acolá, servindo, aliás, como refrão. Falai o máximo possível acerca das tendências de nossa época ou, então, a propósito da correta pronúncia disso e daquilo, a respeito da profundidade da mente, sobre ser perspicaz ou inepto e assim por diante."

Oh, minha Pipi, como ele estava certo! Como a sabedoria em mim crescia à proporção que aumentava minha mestria na linguagem! Meus ditosos trejeitos faciais deram peso às minhas palavras, sendo que logo vi no espelho como minha testa naturalmente franzida parecia bela ao denegar, a esse ou àquele poeta, qualquer profundidade intelectual – o qual não conseguia compreender e, portanto, tampouco podia prestar-me para qualquer coisa. Essa convicção interna a respeito daquilo que há de mais elevado na cultura é o tribunal ao qual submeto, sem hesitação, todas as obras da arte e da ciência e, já que brota por si mesmo do meu íntimo, qual um oráculo, o veredito é infalível.

Já me ocupei diversas vezes com a arte; flertei um pouco com a pintura, escultura e, vez ou outra, com a modelagem. Já cheguei a

148 *parte i*

te modelar, minha doce pequena, à maneira antiga, sob a forma de Diana. Mas logo me cansei daquela parafernália. Apenas a música atraiu-me mais do que todas as outras coisas, e isso porque me deu a oportunidade de provocar comoção e admiração no maior número possível de pessoas, sendo que, em virtude da minha constituição natural, o *pianoforte* tornou-se rapidamente meu instrumento predileto. Como tu bem sabes, meu docinho, a natureza agraciou-me com dedos um tanto compridos, de modo que, com eles, chego a cobrir catorze intervalos, inclusive duas oitavas; somado a uma enorme capacidade de movimentar e mexer os dedos, aí reside o inteiro segredo do *pianoforte*. Meu professor de música verteu lágrimas de alegria ao presenciar as aptidões de seu discípulo, pois, em pouco tempo, cheguei a um tal nível que podia, sem falhas e com as duas mãos, subir e descer pelo teclado em fusas, semifusas e tremifusas, bem como executar, de maneira igualmente impecável, passagens trinadas com todos os dedos, dando saltos de três ou quatro oitavas de cima a baixo, tal como costumava saltar de uma árvore a outra; daí eu ser o maior virtuose que pode existir. Nenhuma das composições existentes para piano representa um desafio para mim, razão pela qual componho minhas próprias sonatas e concertos. Nestes últimos, no entanto, os *tutti*[19] precisam ser escritos pelo meu professor de música, pois, afinal de contas, quem mais poderia ocupar-se com aqueles inúmeros instrumentos e demais inutilidades? De mais a mais, os *tutti* dos concertos constituem apenas um mal necessário e funcionam, por assim dizer, como pausas nas quais os solistas podem recuperar o fôlego e preparar-se para os próximos saltos.

Também consultei um fabricante de instrumentos a respeito de um piano forte que contivesse nove ou dez oitavas; pode, pois, o gênio limitar-se a uma mísera escala de sete lamentáveis oitavas? Além dos dispositivos habituais, tais como o pedal de percussão turca e o címbalo, ele deveria ser igualmente incrementado com um pedal de trompete, bem como com um pedal de flajolé, de sorte a imitar tanto quanto possível o gorjeio dos pássaros. Tens consciência, querida

---

19 O termo *tutti* ("todos", em italiano) indica que todos instrumentos ou vozes devem ressoar em conjunto, como, por exemplo, no ritornello próprio aos concertos clássicos, onde se prevê o retorno da orquestra completa, depois que se executou o solo propriamente dito.

kreisleriana [ii] 149

Pipi, quantos pensamentos sublimes podem acometer um homem de bom gosto e boa formação? Depois de ter escutado vários cantores receberem imensas salvas de palmas, também fui tomado por um indescritível desejo de cantar. Mas, infelizmente, tudo parecia indicar que a natureza havia denegado-me completamente o órgão necessário para tanto; não obstante, lamentando-me do sofrimento ocasionado pela minha voz, não pude deixar de revelar minha vontade a um famoso cantor, o qual se tornara um dos meus amigos mais íntimos. Tomando-me em seus braços, este último exclamou cheio de entusiasmo: "Bem-aventurado *monsieur*, a julgar por suas capacidades musicais, assim como pela maleabilidade de seu órgão vocal, a qual, aliás, há muito me encanta, nascestes para ser um grande cantor; afinal, a maior dificuldade já foi superada. Nada é mais avesso à verdadeira arte do canto do que uma voz naturalmente boa, sendo que é extremamente custoso driblar essa dificuldade no caso dos jovens discípulos detentores de uma voz efetivamente adequada ao canto. Evitar ao máximo as notas longas, praticar árduos exercícios com as mais estremadas volatas[20], que ultrapassam em muito as escala habitual da voz humana, mas também, e sobretudo, produzir o falsete – único a dar abrigo ao canto verdadeiramente artístico – eis o que, normalmente, depois de um certo tempo, pode ajudar; a voz mais robusta raramente consegue resistir a esses esforços por um longo período; mas, no seu caso, meu caríssimo, não há quaisquer obstáculos a serem driblados; tornar-vos-á, em pouco tempo, o mais sublime dentre todos cantores!"

O homem estava coberto de razão, pois bastava apenas um pouco de prática para produzir um majestoso falsete, bem como a habilidade de expelir, num só fôlego, centenas de sons; isso tudo me rendeu o aplauso unânime dos legítimos especialistas, fazendo sombra sobre os deploráveis tenores que se gabam a torto e a direito de seu dó de peito, mas que, no fundo, mal conseguem executar um mordente. Meu maestro ensinou-me, de saída, três ornamentos relativamente longos, nos quais está contida, porém, a quintessência de toda sabedoria do canto artístico, de maneira que se pode aplicá-los ora de um jeito, ora de outro, quer no todo, quer numa só parte, e assim

20 No original, *Rouladen*.

inúmeras vezes; em vez da melodia ideada pelo compositor, é possível cantar esses ornamentos dos mais diversos modos, fazendo coro com o baixo à base das mais diferentes árias. Não posso descrever-te, meu docinho, quão ruidosos foram os aplausos que recebi justamente por ter executado tais fraseados ornamentais e, como podes bem notar, também na música meu engenho inato e natural tornou tudo amavelmente tão fácil para mim.

Já falei sobre minhas composições, mas, no que tange à cara atividade de compor propriamente dita, quando não tenho apenas de proporcionar ao meu gênio obras que estejam à sua altura, deixo tal prática a cargo de sujeitos menos importantes, que aí estão exclusivamente para nos servir, a nós virtuosos, isto é, fornecendo obras nas quais possamos exibir nosso virtuosismo. Devo confessar que acho interessante o modo como eles enchem a partitura com todas aquelas coisas, abarrotando-a com os mais variados instrumentos e com toda sorte de acordes harmônicos – dispõem, inclusive, de regras precisas para tanto. Todavia, para o gênio ou virtuose, tudo isso é demasiadamente desgostoso e entediante. De qualquer forma, quando se trata de impor respeito a tudo e a todos, tal como prescreve a mais elevada sabedoria de vida, basta se *passar* por compositor; isso já é suficiente. Se, por exemplo, num dado evento social, eu terminasse sendo ovacionado por cantar uma ária cujo compositor se achasse ali presente e as pessoas soubessem que parte dos aplausos também se lhe dirigissem, então, com um certo olhar sombrio e penetrante – o qual me é dado lançar com muita eficácia à força de minha peculiar fisionomia – comentaria sem muita pretensão: "Sim, de fato! Preciso concluir minha nova ópera!" Tal comentário instila uma nova e inesperada surpresa em todos os ouvintes, fazendo com que o compositor – o qual de fato havia completado sua obra – passe totalmente desapercebido. Ao gênio cabe, antes de mais nada, estar o máximo possível em evidência; e não deve calar-se a respeito do que ocorre no mundo da arte, dizendo que tudo se lhe parece patético e insignificante em comparação com aquilo que ele poderia produzir em todos os meios artísticos, bem como em todas as instâncias da ciência, desde que tivesse vontade para tanto e os seres humanos fossem dignos de tal esforço. O absoluto desprezo em relação aos empreendimentos

kreisleriana [ii]

alheios, a convicção necessária para ignorar cabalmente aqueles que preferem se calar e criar em silêncio, o extremo autocomprazimento com tudo aquilo que, sem muito esforço, é produzido pelas próprias forças; tudo isso são sinais inconfundíveis do gênio altamente cultivado, sendo que, para minha satisfação, percebo-os diariamente em mim mesmo, de hora em hora inclusive.

A ser assim, minha doce namorada, tu podes muito bem imaginar a feliz situação em que me encontro, a qual devo à elevada formação por mim recebida. Posso, porém, ocultar-te um ínfimo sentimento que dormita no fundo do meu coração? Não devo então te confessar, querida, que certos arroubos – os quais me acometem com frequência e de súbito – ainda são capazes de arrancar-me do ditoso bem-estar que adoça meus dias? Oh céus, como a primeiríssima educação exerce uma influência tão grande sobre a vida inteira! É com muito acerto que se diz: é difícil erradicar aquilo que foi sorvido com o leite materno! Quão nocivo foi meu selvático desenfreio em meio às florestas e montanhas! Recentemente, vestido com muita elegância, passeava com alguns amigos no parque; de repente, deparamo-nos com uma formosa, magnífica e delgada castanheira. Um desejo irresistível roubou-me toda capacidade reflexiva, sendo que, após algumas poucas frases engenhosas, achava-me já na copa da árvore, tentando apanhar um punhado de castanhas! Um grito de espanto emitido pelo grupo acompanhou minha ousada incursão. Quando desci dos galhos, retomando consciência da cultura por mim adquirida a qual decerto proíbe extravagâncias tais como aquela – um jovem rapaz que me tinha em alta conta então disse: "Uau, caro *monsieur* Milo, vós estais muito bem das pernas!" Mas, da minha parte, morri de vergonha.

Assim é que, às vezes, mal consigo reprimir o desejo de exercitar minha habilidade inata de arremessar coisas; e podes imaginar, pequena adorável, com que intensidade fui tomado por esse ímpeto para que, há poucos dias, num jantar, chegasse ao ponto de apanhar uma maçã e arremessá-la diretamente na peruca do Conselheiro Comercial, meu antigo benfeitor, sentado na outra ponta da mesa – um ato que teria trazido-me milhares de outras inconveniências? Contudo, e apesar disso, espero purificar-me mais e mais desses resquícios da rude condição em que vivia no passado.

Caso tu ainda não tenhas avançado o suficiente na esfera da cultura, minha doce namorada, para conseguir ler essa carta, então que ao menos os nobres e fortes traços de teu amado sirvam de estímulo para que tu aprendas a ler; e que o conteúdo possa valer como uma sábia lição, indicando como tu tens de começar para lograr a tranquilidade interior e a comodidade que só a cultura superior é capaz de engendrar; como esta última brota do engenho interior e da convivência com seres humanos sábios e cultos. Infinitas saudações, doce namorada!

"Duvidai da clareza do sol,
duvidai da luz das estrelas,
duvidai da probidade da verdade, inclusiva
mas jamais duvidai do meu amor."[21]

Do teu

Milo,

fiel até a morte!

ex-macaco e, atualmente, artista independente e erudito

5. O Inimigo da Música

É mesmo algo magnífico dispor de uma sensibilidade musical tão intensa a ponto de conseguir dar conta, de maneira fácil e divertida, e como que possuindo uma força especial, das mais portentosas massas sonoras que os mestres compuseram a partir de uma quantidade inumerável de notas e sons hauridos dos mais variados instrumentos; a ponto, inclusive, de apreendê-las com os sentidos e com o pensamento, mas sem sentir qualquer agitação específica do ânimo, bem como as doloridas pontadas do arroubo apaixonado, da dilacerante melancolia. Quão intensivamente é possível regozijar-se, na alma,

---

21 *Hamlet*, Ato II, Cena 2.

kreisleriana [ii]

com a virtuosidade dos instrumentistas, fruindo dessa alegria que, irrompendo de dentro, acumula-se sem implicar qualquer perigo! Prefiro nem pensar sobre a felicidade que é ser um virtuose; afinal de contas, isso só aprofundaria a dor que sinto por não possuir, em absoluto, qualquer senso musical; daí a minha indescritível inépcia – da qual, infelizmente, dou mostras desde a infância – para o exercício dessa arte majestosa.

Meu pai foi, por certo, um músico proficiente; com zelo, costumava tocar o grande piano noite adentro e, quando havia algum concerto em nossa casa, executava peças bem longas, por ocasião das quais às vezes era acompanhado por outras pessoas ao violino, *cello*, baixo e, inclusive, flautas e clarins. Sempre que concluía uma dessas peças extensas, todos gritavam muito e exclamavam: "Bravo! Bravo! Que belíssimo concerto! Quanto esmero! Bem tocado de fio a pavio!" E, com reverência, evocavam o nome de Emanuel Bach![22] Mas, de tanto martelar e malhar as teclas, a mim me parecia que aquilo estava longe de ser música – da qual esperava ouvir melodias capazes de penetrar diretamente o coração; senão que tudo se passava como se ele tocasse apenas por diversão e os demais também estivessem ali tão-somente para se divertir.

Por ocasião de tais encontros, sempre me abotoavam no meu casaco de domingo e era obrigado a sentar-me num cadeirão ao lado de minha mãe, colocando-me à escuta sem me mexer ou animar em demasia. O tempo passava numa velocidade terrivelmente lenta, de sorte que não o teria suportado, se não me fosse dada a chance de deleitar-me com os trejeitos e movimentos cômicos dos músicos ali presentes. Lembro-me, em especial, de um antigo advogado que sempre tocava violino ao lado de meu pai; conforme o comentário geral, tratar-se-ia de um entusiasta exagerado, o qual se tornara um tanto louco por conta da música e que, portanto, no estado de exaltação transloucada ao qual era levado pelo gênio de Emanuel Bach, Wolf ou Benda[23], não conseguia acertar nem o tom nem o

---

22 Carl Philipp Emanuel Bach (1714-1788), segundo filho de J.S. Bach; exímio compositor, sua fina expressividade – tornada patente, sobretudo, no registro da música de câmara – foi decisiva para operar a transição do Barroco rumo ao Classicismo.

23 Ernst Wilhelm Wolf (1735-1792), compositor e mestre de capela em Weimar; Georg Benda (1721-1795), compositor de música de câmara e criador de melodramas.

compasso. Tenho-o ainda diante de meus olhos. Vestia um casaco cor de ameixa com botões banhados a ouro, uma pequena adaga de prata na cintura e uma peruca avermelhada levemente pulverizada, da qual, balançando, pendia uma redonda bolsinha de cabelo. Em tudo que fazia, demonstrava uma seriedade indescritivelmente cômica. "*Ad opus!*", costumava gritar, quando meu pai dispunha as partituras sobre o pedestal. Aí então, com a mão direita, apanhava o violino e, com a esquerda, a peruca, retirando-a e dependurando-a num gancho. Dava assim início ao trabalho, curvando-se mais e mais sobre a partitura, irradiando luz de seus olhos vermelhos e exibindo gotas de suor na testa. Às vezes, ele concluía a peça antes dos outros, o que o deixava mais que admirado e o fazia lançar um olhar aterrador aos demais. Não raro, também parecia emitir sons semelhantes àqueles que nosso vizinho Peter – investigando, com um sentido histórico-natural, o talento potencialmente musical dos gatos – costumava arrancar de nosso gato doméstico mediante um respeitável apertão em sua cauda, algo que vez ou outra lhe custava (a Peter, é claro) alguns safanões de meu pai. Em suma, o advogado cor de ameixa – chamava-se Musewius – compensava-me inteiramente o constrangimento de ter que ficar sentado quieto e parado, já que me deleitava ao máximo com suas caretas, seus saltinhos e até com seu cantarolar. Certa vez, ele causou uma completa interrupção da música, sendo que meu pai, ao saltar impetuosamente do piano, foi acudido por todos, que temiam por algum acidente mais grave. Tudo começou com um leve chacoalhar da cabeça, mas, aí então, num paulatino *crescendo*, ele começou a balançá-la num vaivém cada vez mais forte; e, à medida que escorregava brutalmente o arco de lá para cá sobre as cordas do violino, dava estalidos com a língua e batia o pé firmemente no chão. No entanto, descobriu-se que a culpada de tudo não passava de uma pequena e hostil mosca, a qual, zunindo ao seu redor com inabalável obstinação, insistia em pousar sobre seu nariz, a despeito de ter sido espantada milhares de vezes. Eis o que lhe deixara num desespero desenfreado.

Sucedia, por vezes, que a irmã de minha mãe cantava uma ária. Ah, como me alegrava com isso! Gostava demais dela; era muito dedicada a mim e, não raro, com sua belíssima voz, a qual decerto tocava

kreisleriana [ii]

o fundo da minha alma, cantava-me diversas canções majestosas, conservadas a tal ponto nos meus sentidos e nos meus pensamentos que ainda hoje as canto em voz baixa. Havia sempre um clima solene quando minha tia distribuía as vozes de árias compostas por Hasse e Traetta[24] ou, então, por algum outro mestre; o advogado, nessas horas, não podia tocar conosco. Mesmo quando os outros ainda executavam a introdução e minha tia sequer havia começado a cantar, meu coração já disparava, vendo-me tomado por um sentimento de prazer e melancolia tão maravilhoso que mal sabia como me conter. Mas, tão logo minha tia terminava de cantar um movimento, começava a chorar copiosamente e, ao som das palavras injuriosas de pai, era imediatamente retirado da sala. Frequentemente, meu pai discutia com minha tia, pois, segundo esta última, meu comportamento não decorria, em absoluto, do modo desagradável e adverso que a música me afetava, senão que, ao contrário, da excessiva excitabilidade do meu ânimo. Meu pai, em contrapartida, chamava-me de jovem tolo, a uivar acintosamente por aversão, qual um cão antimusical.

Minha tia então se valeu da situação para encontrar uma excelente razão, não só para defender-me, mas também para atribuir-me um profundo e latente senso musical, aludindo ao fato de que, sempre que meu pai deixava o piano destrancado, era-me facultado deliciar-me horas a fio, explorando e executando toda sorte de acordes bem sonantes. Quando encontrava, com ambas as mãos, três, quatro ou, quiçá, seis teclas, as quais, ao serem pressionadas de uma só vez, faziam soar uma harmonia incrivelmente adorável, não me cansava de tocá-las mais e mais, deixando-as ressoar até o fim. Colocava, então, minha cabeça sobre o tampo do instrumento; fechava os olhos; achava-me noutro mundo; mas, ao fim e ao cabo, era forçado uma vez mais a me desaguar numa torrente de lágrimas, sem saber se estas eram de prazer ou de dor. Na surdina, minha tia costumava espiar-me, alegrando-se muito com o que via, ao passo que meu pai, ao contrário, via naquilo tudo apenas uma travessura infantil. Pareciam estar completamente em desacordo quanto ao que ocorria comigo, bem como a respeito de outros assuntos e, em especial, sobre música; ela tinha

---

24 Johann Adolf Hasse (1699-1783), compositor alemão de óperas e oratórios; Tommaso Traetta (1727-1779), compositor italiano de óperas e música sacra.

uma satisfação enorme com pequenas peças musicais, sobretudo se estas eram compostas por mestres italianos, com simplicidade e sem afetação; enquanto meu pai, de seu lado, sendo um homem bastante impetuoso, chamava aquele tipo de música de cantarola, algo que jamais poderia contentar o entendimento. Ele sempre falava acerca deste último, enquanto minha tia, por sua vez, sobre o sentimento.

Por fim, ela conseguiu convencer meu pai de que eu deveria tomar aulas de piano com um velho organista[25], o qual habitualmente tocava viola nos concertos de nossa família. Mas oh, querido céu! Logo se tornou patente que minha tia depositara demasiada confiança em mim e que meu pai, no fundo, estava certo. Como bem afirmou o organista, nada me faltava em termos de senso rítmico e apreensão melódica, todavia, minha total falta de habilidade pôs tudo a perder. Quando me mandavam praticar um estudo, sentava-me ao piano com a intenção verdadeira de aplicar-me com diligência, mas, de pronto, deixava-me enredar involuntariamente naquela busca lúdica por acordes, de sorte que não fui muito longe. Com um esforço indizivelmente grande, detive-me no estudo meticuloso de diversos tons, chegando finalmente àquela pavorosa tonalidade de cuja armadura constam quatro sustenidos e que, se não me falha a memória, é chamada de mi maior[26]. No cabeçalho da partitura, lia-se em letras garrafais a indicação *scherzando presto* e, quando o organista a tocou para mim, a peça parecia conter algo tão irrequieto e saltitante que me deixou uma péssima impressão. Ah, quantas lágrimas, quantas cotoveladas do infeliz organista custou-me aquele maldito *presto*! Assim foi que, finalmente, chegou o dia medonho em que deveria dar mostras ao meu pai, bem como aos seus colegas musicais, dos conhecimentos que adquirira, tocando todas as peças que havia aprendido. Consegui executar tudo a contento até chegar àquela odiosa peça em mi maior, com andamento *presto*. Na noite anterior, desesperado, sentei-me ao piano no intuito de praticar a peça até que me fosse dado, a qualquer custo, tocá-la de modo impecável. Não sei bem como isso se deu, mas o fato foi que procurei

---

25 No alemão, *kantor*.
26 A tonalidade de mi maior prevê, conforme o ciclo das quintas, os sustenidos de fá, dó, sol e ré.

kreisleriana [ii]

tocar a peça com as teclas situadas imediatamente à direita daquelas que eu deveria usar. E deu certo! A inteira peça tornou-se bem mais fácil, sendo que não errei nenhuma das notas, mas apenas as executei a partir de outras teclas do piano. Pareceu-me, inclusive, que a peça soou melhor do que outrora, quando o organista havia tocado-a para mim. Passei a sentir-me mais contente e aliviado. No dia seguinte, sentei-me então confiantemente ao piano e tratei de martelar prontamente minha pequena peça, sendo que, sequencialmente, meu pai exclamava: "Jamais teria pensado nisso!" Quando o *scherzo* chegou ao fim, o organista disse em tom amigável: "Essa foi a difícil tonalidade de mi maior!"; meu pai, dirigindo-se a um amigo, falou: "Viu só como o garoto consegue dar conta da árdua tonalidade de mi maior!" Este último, porém, replicou: "Permita-me uma breve correção, meu prezado colega, mas aquela peça era em fá maior." "De forma alguma, é claro que não!", disse meu pai; "ora, é óbvio que sim", triplicou o amigo, "senão vejamos imediatamente." Ambos foram ao piano. "Vede", disse meu pai com ares de triunfo, indicando os quatro sustenidos atinentes à tonalidade de mi maior. "Mas, mesmo assim, o menino tocou em fá maior", falou o colega. Tive, pois, de tocar a peça uma vez mais. E, sem saber exatamente qual era o pomo da tão acirrada discórdia, executei-a novamente com total inocência. Meu pai fixou os olhos sobre as teclas. Mal havia tocado algumas notas, senti então sua mão voando diretamente na minha orelha. "Que coisa abominável, jovem idiota!", gritou ele totalmente irado. Aos prantos e berros, saí correndo. E assim foi que minhas aulas de música se encerraram para sempre. A tia, porém, entendeu que o fato mesmo de eu ter logrado tocar a peça corretamente numa outra tonalidade indicava, por si só, meu verdadeiro talento musical; no entanto, creio que meu pai estava certo ao abandonar a ideia de que eu deveria aprender a tocar algum instrumento, já que minha inaptidão, inflexibilidade e o movimento canhestro de meus dedos teriam obstaculizado qualquer esforço nessa direção.

No entanto, essa rijeza parecia estender-se igualmente às minhas demais faculdades intelectuais no que concerne à música. Quase sempre, por ocasião da apresentação de algum renomado virtuose, quando todos eram tomados por jubilosa admiração, sentia apenas tédio, aversão e fastio; além disso, como não conseguia deixar de dar minha opinião ou, antes ainda, de externar claramente meu sentimento profundo, era exposto ao ridículo pelo seleto grupo de pessoas de bom gosto e ânimo musical. E não foi exatamente isso que me aconteceu, quando, há pouco tempo, um famoso pianista passou pela cidade e tocou na casa de um de meus amigos? "Hoje, meu caro", disse-me tal amigo, "sereis certamente curado de vossa aversão à música; o magnífico Y. há de animá-lo, fasciná-lo." A contragosto, tive de ficar ao lado do piano. Eis que o virtuose começou a dar vazão a uma enxurrada de notas de cima a baixo, causando uma intensa comoção e, à medida que a exibição seguia adiante, ficava cada vez mais atônito e indisposto, até que, de repente, uma outra coisa chamou minha atenção. Já não mais ouvia o músico e, com efeito, devo ter fixado os olhos sobre o piano de um modo assaz esquisito, pois, no momento em que ele cessou de retumbar e tocar a todo vapor, um colega me apanhou pelos braços e disse: "Vede, estais petrificado! E aí, meu amiguinho, sentis agora o profundo e pungente efeito da música celestial?" Então confessei sinceramente que quase não ouvi o músico, senão que me deixara fascinar, antes do mais, pelo rápido vaivém ao longo do teclado, bem como pela sequência inflamável das marteladas. Foi justamente quando todos caíram numa sonora gargalhada.

Quão amiúde sou chamado de insensível, frígido e bronco, quando fujo impulsivamente da sala tão logo o piano é aberto ou, então, quando alguma senhora, livrando-se do pigarro para cantar, passa a mão na guitarra! Bem sei que, ao escutar o tipo de música que tais pessoas comumente praticam em seus lares, fico muitíssimo mal e indisposto, sentindo verdadeiros danos físicos no meu estômago. Isso é uma grande infelicidade, atraindo-me, de resto, o desdém por parte do mundo refinado. Sei ainda que a voz e a maneira de cantar da minha tia tocam profundamente a minha alma, despertando sentimentos aos quais não tenho quaisquer palavras; parece tratar-se da própria beatitude, a qual se ergue sobre a esfera mundana sem conseguir, portanto, nela encontrar expressão adequada. E, precisamente por isso, quando escuto tal cantora, sou incapaz de demonstrar minha admiração aos gritos, tal como os demais; permaneço quieto e volto meu olhar para dentro da alma, pois é aí que continuam a reverberar kreisleriana [ii]   159

os sons que já se extinguiram no mundo exterior; e então me tomam
por frio, insensível, enfim, um inimigo da música.

Do outro lado, bem à minha frente, mora o mestre-de-concerto,
o qual costuma reunir, às quintas-feiras, um quarteto de cordas em
sua casa; no verão, consigo ouvir seu mais suave som, já que, à noite,
quando a rua fica silenciosa, eles tocam com as janelas abertas. Então
me aconchego no sofá e fecho os olhos, pondo-me à escuta num
completo deleite – mas apenas durante a primeira peça; quando do
segundo quarteto, os sons já começam a embaralhar uns aos outros,
como se, internamente, tivessem de lutar contra as melodias da primeira peça, que ainda parecem habitá-los; o terceiro quarteto me é
completamente insuportável. Daí eu ter de sair correndo, sendo que
o mestre-de-concerto sempre debochava de mim por conta dessa
minha fuga diante da música. Tal como ouvi dizer, eles chegam a
tocar uma média de seis a oito quartetos e, de fato, fico assombrado
com a descomunal fortaleza de espírito, com a força musical interior
capaz de apreender tanta música de uma só vez, trazendo-a à vida
ativa mediante uma execução fiel a tudo aquilo que foi sentido e pensado no sentido mais íntimo. Vivencio a mesma situação quando vou
a concertos, onde a primeira sinfonia desperta um tamanho tumulto
em mim que, não raro, fico alheio ao inteiro mundo que me cerca.
O primeiro movimento costuma deixar-me, desde já, tão comovido,
tão violentamente impactado, que desejo ardentemente ir embora a
fim contemplar, com mais clareza, todas aquelas insólitas aparições
que me cercam para, enfim, enredar-me em sua fabulosa dança e,
a elas me mesclando, nelas me transformar. Sinto-me, pois, como se
a música por mim escutada fosse eu mesmo. Por isso, jamais pergunto
pelo mestre que a compôs; isso me é completamente indiferente.
Tudo se passa como se, no ápice da audição, apenas uma massa psíquica se achasse em movimento e eu próprio tivesse, nesse sentido,
composto algo muitíssimo majestoso.

Mas, ao escrever esses apontamentos apenas a mim mesmo, temo e
receio que, devido à minha sinceridade naturalmente afoita, tais ideias
também terminem, em algum momento, por escapar através de meus
lábios. Como iriam rir às minhas custas! Não deveriam alguns legítimos entusiastas musicais duvidar da minha saúde mental? Sempre

quando fujo da sala de concertos após a primeira sinfonia, gritam-me: "Lá vai ele, o inimigo da música!", mas sentem pena de mim, pois qualquer pessoa cultivada espera, com razão, que nos curvemos respeitosamente diante da arte e que, assim como fazemos com aqueles assuntos a respeito dos quais não sabemos falar nada, também adoremos e pratiquemos a música. Foi, porém, justamente por ter praticado tão frequentemente essa atividade que me vi impelido à solidão, onde uma força eternamente poderosa, seja no sussurrar das folhas de carvalho sobre minha cabeça, seja no ruído das águas a jorrar das fontes, provocam sons maravilhosos, os quais, de maneira misteriosa, mesclam-se aos barulhos que dormitam em minha alma, brilhando sob a forma de uma música esplêndida – e é precisamente nisso que reside minha infelicidade.

A pavorosa e constrangedora inabilidade para compreender a música também me prejudica enormemente na ópera. Às vezes, parece-me que um som musical adequado só seria produzido muito de vez em quando, sendo que, por seu intermédio, procurar-se-ia apenas espantar, de modo bastante conveniente, o tédio ou monstruosidades piores, à semelhança daquilo que ocorre à frente das caravanas, onde címbalos e tambores são bárbara e freneticamente tocados a fim de manter os animais selvagens à distância. Todavia, tão logo percebo que as personagens não conseguiriam falar de outro modo senão que sob o influxo dos poderosos acentos da música, como se o reino do fantástico despontasse qual um astro flamejante, tenho então uma dificuldade atroz para me controlar em meio ao furacão que me envolve e ameaça arremessar-me no infinito. Contudo, sempre acabo voltando a tal ópera, a qual se torna cada vez mais clara e luminosa em meu espírito; todas as figuras surgem da sombria neblina e, passo a passo, vão aproximando-se de mim e, finalmente, reconheço-as, notando quão afável é a amizade que elas têm por mim e como fluem comigo rumo àquela vida magnífica. Creio ter escutado *Iphigénie*, de Gluck, umas cinquenta vezes. Com razão, os músicos de verdade caçoavam disso e diziam: "Todos saímos para escutá-la pela primeira vez, mas, quando da terceira vez, ninguém mais aguentava."

No entanto, um demônio maligno persegue-me e obriga-me a ser, involuntariamente, uma pessoa engraçada, a difundir os episódios cômicos relativos à minha aversão musical. Assim é que, recentemente, encontrava-me no teatro – ao qual havia ido apenas para agradar, por mera cordialidade, um amigo de fora – profundamente mergulhado em meus pensamentos, quando a peça (no caso, exibia-se uma ópera) fazia um barulho musical desprovido de qualquer significado. Então o colega ao meu lado me cutucou e disse: "Essa é uma excelente seção, não achas?" Ponderei a respeito, mas, naquele instante, só me foi dado pensar que ele estava referindo-se à seção da plateia em que justamente nos achávamos e, com franqueza, respondi: "Sim, trata-se de uma ótima seção, mas é pena que aqui sopre uma pequena corrente de ar." Ele então riu muito, e não tardou para que o fato se espalhasse por toda cidade como mais uma anedota do inimigo da música. Em todos lugares por onde passava, zombavam da minha corrente de ar na ópera, embora estivesse coberto de razão.

Poderia alguém acreditar que há, ainda assim, algum músico verdadeiro capaz de comungar da mesma opinião de minha tia no que tange ao meu senso musical? Com efeito, ninguém me daria muito crédito se dissesse que tal músico não é outra pessoa senão que o próprio mestre de capela Johannes Kreisler, cuja má fama se deve à sua fantasia excessiva; mas muito me lisonjeia o fato de que ele não desdenharia a oportunidade de cantar e tocar para mim, dirigindo-se ao meu mais íntimo sentimento e percebendo como sua música me alegra e comove. Há pouco, quando me queixava da minha inépcia musical, ele disse que eu seria comparável ao neófito do Templo de Sais, o qual, em comparação aos demais pupilos, parecia não possuir qualquer aptidão, mas que, apesar disso, terminou por encontrar a pedra mágica que, em vão, os outros se esforçaram arduamente para encontrar. Não o compreendi, porque ainda não havia lido os *Textos de Novalis* aos quais ele me remetera[27]. Hoje, solicitei o empréstimo à biblioteca; contudo, dificilmente conseguirei retirar o livro, já que deve tratar-se de uma obra excelente e, portanto, altamente requisitada. Mas não! Em realidade, acabei de emprestar os *Textos de Novalis*, em dois pequenos volumes, sendo que o bibliotecário me comunicou que sempre poderia me ofertar textos tais como aqueles, já que os tinha sempre em casa; só que ele não foi capaz de encontrar

---

27 Trata-se do texto *Die Lehrlinge zu Sais*, publicado em 1802.

162 *parte i*

imediatamente o Novalis, pois ele próprio havia adiado a sua devolução, como se fosse um livro pelo qual ninguém se interessaria. Agora não vejo a hora de descobrir o que isso tudo tem a ver com os pupilos de Sais.

6. Sobre um Dito de Sacchini e o Assim Chamado Efeito na Música

No *Léxico dos Músicos*, de Gerber[28], conta-se a seguinte história acerca do famoso Sacchini[29]. Certa vez, em Londres, quando este último almoçava com o senhor le Brün, o célebre oboísta, alguém repetiu em sua presença a acusação que por vezes os alemães e franceses dirigem aos compositores italianos, a saber, que estes não modulam o suficiente. "Modulamos na música sacra", disse ele, "pois, não sendo interrompida pelos atrativos do espctáculo cênico, a concentração pode, nesse caso, acompanhar com mais facilidade as mudanças tonais artisticamente interligadas; no teatro, porém, cumpre ser claro e simples; é preciso tocar o coração, e não chocá-lo; cabe, enfim, fazer-se entender aos ouvidos menos experimentados. Aquele que expõe cantos alterados sem modificar a tonalidade demonstra, no fundo, muito mais talento do que aquele que a modifica todos instantes."

Esse notável dito de Sacchini coloca toda tendência da ópera italiana de sua época na ordem do dia, sendo que ela permanece essencialmente a mesma até hoje. Os italianos não defendiam a visão de que a ópera deveria surgir como um todo composto de palavra, ação e música, e que esse todo indivisível teria de causar uma impressão totalizante sobre o ouvinte; para eles, a música consistia, antes do mais, num acompanhamento acidental daquilo que acontecia sobre o palco, devendo surgir apenas de vez em quando como arte independente, apta a atuar por si mesma. Tanto é assim que, quando do

---

28 Ver Ernst Ludwig Gerber, *Historisch-Biographisches Lexikon der Tonkünstler*, Leipzig, 1792, v. 2, p. 361-362.
29 Antonio Sacchini (1730-1786), compositor italiano de óperas e música sacra.

efetivo desenrolar da ação, toda música era mantida num nível superficial e insignificante, concedendo-se apenas à *prima donna* e ao *primo
huomo*, durante suas famigeradas cenas, a liberdade de adentrar no
palco ao som de uma música relevante ou, melhor ainda, de uma
música verdadeira. Mas, nesse caso, não se tinha o menor respeito
pelo momento da ação, tratando-se apenas de trazer à baila o canto
ou, quando não, tão-só a tecnicidade artística do cantor.

Na ópera, Sacchini rejeita tudo o que há de vigoroso e impactante
na música, atribuindo tais elementos à igreja; no teatro, ele lida apenas
com sensações agradáveis ou, antes do mais, com sensações que não
comovem em profundidade; não conta espantar, senão que apenas
despertar aquilo que nos toca suavemente. Como se a ópera, ao unir
a linguagem individualizada com a linguagem universal da música, já
não tivesse por sua própria natureza a intenção de causar o efeito mais
extremo e profundamente estimulante sobre o ânimo! Finalmente,
por meio da mais elevada simplicidade ou, antes ainda, mediante
a monotonia, ele tenciona tornar-se compreensível até mesmo ao
ouvido inexperiente; mas, o ápice do compositor, ou melhor dizendo,
sua legítima arte, consiste justamente em, por intermédio da verdade
de expressão, comover e maravilhar a todos conforme a exigência do
momento da ação, criando este último tal como o poeta. Todos os
meios que a inesgotável riqueza da arte dos sons tem a lhe oferecer
estão à sua disposição, e ele precisa deles, haja vista que são necessários àquela verdade de expressão. A mais inventiva modulação, por
exemplo, sua rápida mudança no devido lugar, tornar-se-á compreensível ao ouvido mais destreinado sob a ótica mais elevada, quer dizer,
o leigo não reconhece a estrutura técnica – a qual, aliás, nem vem
ao caso – mas é violentamente arrebatado pelo momento da ação.
Quando, no *Don Giovanni*, a estátua do comandante canta seu terrível "Sim!" sobre a tônica em mi, mas o compositor considera esta
última como sendo a terça de dó, modulando, pois, para o acorde
dó maior a ser retomado por Leporello, nenhum leigo em música irá
compreender a estrutura técnica atinente a essa transposição, porém,
irá comover-se profundamente com Leporello. E, o músico que atingiu o cume de sua formação musical, tampouco estará disposto, no
momento da mais elevada excitação, a ponderar sobre tal estrutura,

pois o esquema musical já lhe escapou há tempos, de sorte que, nisso, ele equivale ao leigo.

A verdadeira música sacra, a saber, aquela que acompanha o culto ou, antes ainda, que nele consiste, surge como algo sobrenatural – como linguagem dos céus. Pressentimentos de uma essência mais elevada que despertam sons celestiais no coração humano são, eles próprios, a mais elevada essência, a qual, na música, fala de um modo compreensível acerca da exuberantemente magnífica esfera da fé e do amor. As palavras associadas ao canto são elementos inteiramente acidentais e, em geral, conservam apenas indicações imagéticas, como, por exemplo, na missa. O fermento do mal, que engendra as paixões, ficou para trás na vida terrena da qual escapamos, sendo que até mesmo a dor se dissolve em meio à fervorosa nostalgia do amor eterno. Mas não se segue evidentemente disso que as modulações mais arrojadas, que trazem consigo a expressão de uma mente dilacerada e angustiada, deveriam ser banidas da igreja, já que incitam a distração e estorvam o espírito com afazeres mundanos? O dito de Sacchini deveria ser, por isso mesmo, invertido – ainda que, ao referir-se às modulações mais frequentes na música sacra, estivesse pensando apenas na maior riqueza de seu material harmônico, aludindo, pois, explicitamente aos mestres de sua terra natal e tendo em vista, por certo, os compositores mais antigos. No que diz respeito à música operística, ele provavelmente também mudou de opinião depois de ter escutado as obras de Gluck, em Paris; do contrário, não teria composto a poderosa e tocante cena da maldição, em *Édipo em Colono*, a qual contradiz o princípio que ele próprio estabeleceu.

Gluck foi o primeiro a falar claramente, em suas obras, sobre a verdade segundo a qual a ópera deveria surgir como um todo composto de palavra, ação e música; que verdade, porém, não é mal compreendida, motivando os mais insólitos equívocos? Quantas obras-primas não terminaram por engendrar, à força de cegas imitações, os mais ridículos produtos? As obras do grande gênio se oferecem como pinturas deformadas ao olho parvo, incapaz de apreendê-las a partir de um ponto central, de sorte que são justamente os traços dispersos de tais pinturas que acabam sendo criticados, ou então, imitados. O *Werther* de Goethe deu ensejo a todo o sentimentalismo choroso de sua

kreisleriana [ii]

época[30]; seu *Götz von Berlichingen* gerou armaduras vazias e pesadas, das quais ecoam as vozes ocas da grosseria zelosa e do sem-sentido prosaicamente soberbo. O próprio Goethe afirma (na Terceira Parte de *Aus meinem Leben*) que o efeito de tais obras foi produzido, em grande medida, a partir de seu material, de modo que se poderia igualmente dizer, do ponto de vista puramente musical e passando ao largo de todo texto, que o efeito das obras de Gluck e de Mozart decorreu apenas do material empregado. Aqui, o olho se voltou para a matéria do edifício musical e o espírito mais elevado, ao qual tal matéria deveria servir de arrimo, permaneceu velado. Valendo-se de tais considerações para investigar, em especial, a obra de Mozart, descobriu-se que, além de modulações variegadas e impactantes, o uso amiúde de instrumentos de sopro também concorreu em máxima medida para gerar o assombroso efeito de suas obras; é deles que procedem os disparates da instrumentação exagerada e da imotivada modulação bizarra. "Efeito" tornou-se a palavra-chave de todos compositores, sendo que produzir efeito a todo custo converteu-se, pois, na única tendência de seus esforços. Mas, justamente essa árdua busca pelo efeito demonstra que ele mesmo se acha ausente – e que não se deixa encontrar lá, onde e quando o compositor assim o desejar.

Numa palavra: para nos comover, para revolver violentamente nossas entranhas, o artista precisa ter sido tocado profundamente em seu próprio coração; e a arte de compor com eficácia consiste unicamente em usar toda força possível para conservar, nos hieróglifos dos sons (nas notas), aquilo que foi íntima e inconscientemente sentido no êxtase. Desse modo, se um jovem artista perguntar-nos como deve iniciar uma ópera com superlativo grau de efeito, cumpre-nos então lhe fornecer uma única resposta: "Lê o poema, concentra nele com toda força teu espírito e adentra, no momento da ação, com todo poder de tua fantasia; coloca-te na pele das personagens do drama, encarnando tu mesmo o tirano, o herói, o amante; tu hás de sentir a

---

30 Referindo-se à famigerada "febre" suicida ocasionada pelo seu impactante romance epistolar, Goethe certa vez chegou a declarar: "Quando de seu surgimento na Alemanha, o *Werther* de modo algum suscitara, tal como se lhe acusou, uma doença, uma febre, senão que apenas despertara o mal que, às escondidas, jazia nos ânimos dos jovens." (Ver J.W. von Goethe, *Werke. Hamburger Ausgabe in 14 Bänden*, München: DTV, 2000, p. 321.)

dor e o encanto do amor, a infâmia, o medo, o horror, o inominável suplício da morte, bem como o ditoso arrebatamento da transfiguração; perdes a ti mesmo em pensamentos, ficas irado, esperançoso, desesperado; teu sangue ferve nas veias, tua pulsação palpita com mais intensidade e, da chama do entusiasmo que incendeia teu coração, irrompem em chispas, notas, melodias e acordes, fazendo com que o poema jorre de tua alma sob a maravilhosa linguagem da música. A prática técnica obtida mediante o estudo da harmonia, das obras dos grandes mestres, assim como de suas próprias composições, permitirá que escutes com clareza cada vez maior a música que ressoa dentro de ti; nenhuma melodia, nenhuma modulação, nenhum instrumento conseguirá evadir-se de ti e, junto com o efeito, tu irás adquirir simultaneamente os meios para alcançá-lo – expedientes tu hás de registrar no livro mágico de partituras, como se fossem espíritos subjugados ao teu poder." Tudo isso, é claro, equivale a dizer: "Meu caro, preocupe-se apenas em ser um verdadeiro gênio musical; o resto decorrerá naturalmente disso! Assim são as coisas, e não de outro modo."

Apesar disso, cumpre admitir que muitas pessoas soterram as verdadeiras centelhas que trazem consigo, na medida em que desconfiam de sua própria força, rejeitam os pensamentos nelas mesmas germinados e esforçam-se angustiadamente para utilizar tudo aquilo que reputam espetacular nas obras dos grandes mestres, enredando-se na mera imitação da forma, a qual jamais poderá criar o espírito, já que apenas este último constitui a forma. A eterna exortação dos diretores de teatro – bradada, como reza a expressão teatral, para fisgar o público – "somente efeito! Efeito"; bem como as exigências estipuladas pelos assim chamados especialistas repugnantes, aos quais nenhuma pimenta é suficientemente apimentada, quase sempre conduzem os músicos a uma espécie de desespero desanimador para superar, a qualquer preço, os antigos mestres; daí surgirem as mirabolantes composições nas quais, sem qualquer motivo – quer dizer, sem que o momento do poema dê o menor ensejo para que isso ocorra – modulações pavonescas e portentosos acordes produzidos por toda sorte de instrumentos de sopro seguem-se uns após os outros, como cores multicoloridas que jamais chegam a formar um quadro. Aqui, o compositor assemelha-se àquele que, embriagado de sono, acorda a

kreisleriana [ii] 167

todo instante com as violentas marteladas, mas que, de repente, volta a se abismar em sua profunda sonolência. Compositores desse tipo ficam embasbacados quando suas obras não logram, em absoluto, o efeito por eles almejado, a despeito das árduas provações que tiveram de penar; e mal pressentem que a música criada por seu gênio individual – a qual, jorrando de sua alma, parecia-lhes demasiadamente simples ou vazia – talvez tivesse surtido um efeito infinitamente mais eficaz. Seu angustiante desânimo tornou-os cegos e roubou-lhes o verdadeiro conhecimento daquelas obras-primas que haviam tomado por modelos e, assim, permaneceram aferrados aos meios pelos quais o efeito deve ser buscado. Mas, como já foi dito acima, somente ao espírito é dado exercer o poder inconteste em tais obras, já que ele domina, por vontade própria e independente, os recursos para tanto; apenas o drama musical, haurido verdadeira e intensivamente do íntimo, pode penetrar na alma do ouvinte. O espírito só compreende a linguagem do espírito.

Prescrever leis sobre como se deve produzir efeitos na música é, portanto, algo praticamente impossível; mas, algumas linhas diretivas decerto podem recolocar nos trilhos aquele compositor que se apartou de si mesmo, que perambula a esmo como se tivesse sido cegamente ofuscado por fogos-fátuos.

Em música, o primeiro e mais importante elemento é a melodia, único a capturar o ânimo humano com um fabuloso poder mágico. Nunca é pouco dizer que, sem a presença de uma melodia expressiva e cantável, toda ornamentação dos instrumentos reduz-se a um mero emplastro lustroso, o qual não adorna nenhum corpo vivo, senão que, como em *A Tempestade*, de Shakespeare, fica suspenso por um cordão a balançar de lá para cá[31], atraindo a atenção da massa inculta. Tomado num sentido mais elevado, "cantável" é um excelente predicado para caracterizar a verdadeira melodia. Esta deve prestar-se naturalmente ao canto, afluindo livre e espontaneamente do peito humano, o qual, já de si, constitui um instrumento, reverberando os deslumbrantes e misteriosos sons da natureza. A melodia que não for cantável nesse sentido permanecerá fatalmente apenas uma série de notas isoladas que, em vão, esforçam-se para se tornar música. É

31 Ver *A Tempestade*, Ato IV, Cena 1.

168   *parte i*

incrível como, nos dias de hoje e, em especial, quando se considera o caso de um compositor mal compreendido (Cherubini, por exemplo)[32], a melodia terminou por ser ignorada, de sorte que, à força de parecer sempre original e impactante, criou-se uma multidão de dramas musicais totalmente inapropriados ao canto. Como então explicar o fato de que os cantos simples dos antigos compositores italianos, acompanhados, em geral, apenas pelo baixo, comovem e inspiram o ânimo de modo tão irresistível? Não decorre isso simplesmente do canto majestoso e verdadeiramente melódico? O canto é, sobretudo, uma propriedade indiscutível e natural daquele povo musicalmente nato, sendo que o alemão, se de fato ascendeu a um nível mais alto ou, antes ainda, a uma visão verdadeira da ópera, deveria tornar-se íntimo de tais espíritos de todas as maneiras possíveis, para que eles não se recusem, com desdém, a gerar melodias e penetrar, como que através de um misterioso passe de mágica, no fundo de seu coração. Um exemplo lapidar dessa íntima afinidade pode ser entrevisto em Mozart, o grande mestre da arte em cujo coração resplandece o canto italiano. Que compositor escreveu de forma mais melódica que ele? Mesmo sem o brilho da orquestra, cada uma de suas melodias penetra até o fundo da alma e justamente isso explica o efeito maravilhoso de suas composições.

No que diz respeito às modulações, apenas os momentos dramáticos podem dar o ensejo para realizá-las; elas devem decorrer dos diferentes estímulos do ânimo agitado e, já que tais estimulações podem ser suaves, intensas e violentas, bem como surgir aos poucos ou assaltar-nos de súbito, o compositor irá, de modo semelhante, mover-se ora em direção a tonalidades conhecidas, ora rumo a tonalidades distantes, transpondo os sons quer de modo previsível, quer de maneira inesperada, haja vista que nele a fabulosa arte da harmonia dormita qual um magnífico dom da natureza – e, nesse sentido, o estudo técnico serve somente para lhe fornecer a clara consciência disso. O legítimo gênio não age com a pretensão de impactar-nos mediante tecnicidade artificiosa, a qual acaba convertendo-se numa

---

32 Luigi Cherubini (1760-1842), compositor italiano famoso por sua sofisticada tecnicidade contrapontística.

kreisleriana [ii]

péssima antiarte[33]; ele se restringe a transcrever o modo como seu espírito vocalizou os momentos da ação mediante o som. Que os mestres do cálculo musical retirem de tais obras os exemplos com vistas aos exercícios práticos. Uma discussão acerca da profunda arte da harmonia ultrapassaria, por certo, os limites de que aqui dispomos, já que implicaria explicar como ela está enraizada em nosso íntimo, bem como o fato de que certas leis misteriosas, as quais nenhum manual contém, revelam-se somente àquele que possui uma visão mais aguçada. Mas, para elucidar um fenômeno específico, basta lembrar que as modulações estridentes só surtem um poderoso efeito quando, independentemente de sua heterogeneidade, os tons ainda se relacionam íntima e claramente com o espírito do músico. Que a passagem, anteriormente mencionada, do dueto de *Don Giovanni* também sirva, aqui, de exemplo a esse propósito. A esse contexto pertencem igualmente as chamadas modulações enarmônicas que, devido à sua má utilização, são frequentemente ridicularizadas, mas que, apesar disso, ainda trazem consigo aquela relação íntima e de cujos poderosos efeitos não se pode duvidar. Tudo se passa como se um vínculo secreto e consolador mantivesse unidas as tonalidades mais discrepantes e como se, em determinadas circunstâncias, uma idiossincrasia incontrolável separasse até mesmo as tonalidades mais próximas entre si. A modulação mais comum e usual dentre todas, a saber, a passagem da tônica à dominante e vice-versa, às vezes pode surgir como algo inesperado e estranho, desagradável e insuportável inclusive.

É certo que uma grande parte do efeito surpreendente gerado pelas obras geniais dos supremos mestres reside, em todo caso, na instrumentação. Mas, também aqui é quase impossível ousar a indicar uma única regra, pois justamente esse âmbito da arte musical se acha envolto por sombras místicas. Considerando o traço distintivo de seus efeitos nos casos particulares, todo instrumento traz em si centenas de outros instrumentos e é uma tola ilusão acreditar, por exemplo, que só é possível expressar força e potência mediante o efeito de todos eles em conjunto. Uma única nota emitida por este ou aquele instrumento é capaz, não raro, de causar grandes comoções internas.

---

33 *Unkunst*, no original. Literalmente, "não arte", "inarte" ou, ainda, "des-arte".

Muitas passagens das óperas de Gluck fornecem exemplos notáveis a esse respeito, sendo que, para distinguir a variedade de resultados a que cada instrumento é capaz de nos impelir, basta apenas ponderar acerca da heterogeneidade de efeitos que Mozart produz a partir de um único instrumento – como, por exemplo, o oboé. Aqui, só é possível sugerir algumas indicações.

Para permanecer na comparação da música com a pintura, pode-se dizer que, no ânimo do artista, o drama musical irá surgir como uma tela acabada, de sorte que, ao contemplá-la, ele irá descobrir por si só aquela perspectiva correta sem a qual nenhuma verdade é possível. À instrumentação também pertencem as diferentes figuras dos instrumentos de acompanhamento; e com que frequência uma dessas figuras, apreendidas diretamente da alma, eleva a verdade da expressão ao vértice de sua força! Quão profundamente comovente não é, por exemplo, a figura oitavada e progressivamente executada pelos segundos violinos e violas na ária *Non mi dir, bell'idol mio*, de Mozart?[34] No que se refere a tais figuras, nada mais há a lhes acrescentar ou apetrechar artificialmente; as cores vivas do drama musical fazem cintilar até mesmo o mais ínfimo detalhe e qualquer ornamento estranho; em vez de embelezar, iria apenas deformar. O mesmo vale para a escolha da tonalidade, com *forte* ou *piano* – que derivam do caráter subjacente da peça e não devem existir, pois, em função da alternância –, assim como para os demais meios secundários de expressão que se oferecem ao músico.

Ao compositor inseguro, carrancudo e empenhado em causar efeitos pode certamente servir de consolo o fato de que, enquanto o gênio ainda habitá-lo, sua verdadeira e profunda familiaridade com as obras dos mestres irá, em breve, colocá-lo misteriosamente em contato direto com o espírito nelas contido; isso irá, então, atiçar sua força incubada, levando-o ao êxtase no qual, como que saindo de um sono entorpecente, ele desperta para uma nova vida, percebendo os majestosos sons de sua música interior; seus estudos de harmonia e exercícios técnicos hão de fornecer-lhe, pois, a energia necessária para assenhorar-se de tal música, a qual, do contrário, escapar-lhe-ia rapidamente; e o entusiasmo que pariu a obra há de apossar-se poderosamente do ouvinte

---

34 Ária de *Donna Anna*, no Ato II de *Don Giovanni*.

kreisleriana [ii]

mediante seu maravilhoso ressoar, de sorte ele tomará parte na bem-
-aventurança que envolve o músico em tais momentos abençoados.
Eis, pois, o legítimo efeito do drama musical que nos vem de dentro.

7. Certificado de Aprendizado de Johannes Kreisler

Já que tu, meu caro Johannes, estás mesmo decidido a abandonar
minha tutela e explorar o mundo à sua maneira, então cabe a mim,
na qualidade de professor, colocar em sua sacola um certificado de
aprendizado, o qual tu poderás apresentar a qualquer corporação
ou associação de músicos como passaporte. Por certo, poderia fazê-
-lo sem muita cerimônia ou delonga, mas, ao olhar-te no espelho,
meu coração é tomado por uma forte melancolia. Gostaria de dizer-
-te, uma vez mais, tudo aquilo que pensamos e sentimos em certos
momentos de nossos anos de aprendizado. Tu já sabes o que tenho
em mente. Mas, já que comungamos do fato de não conseguirmos
fechar a boca enquanto o outro fala, talvez seja mesmo melhor colocar no papel um pouco daquilo que vivenciamos, de sorte que, como
uma espécie de abertura musical, tu poderás lê-la vez ou outra, para
seu proveito e contentamento.

Ah, meu caro Johannes, quem te conhece melhor do que eu?
Quem já contemplou sua alma, inclusive a partir dela mesma, mais
do que eu? Creio que também por isso tu me conheces perfeitamente
bem, razão pela qual nossa relação sempre foi conveniente, ainda
que tivéssemos opiniões bem distintas acerca de cada um de nós; por
vezes, achávamo-nos extraordinariamente sábios, até mesmo geniais;
mas, noutros momentos, bastante frívolos e ignorantes, até um tanto
grosseiros. Vê, meu caro erudito, ao usar a palavrinha "nós" nas sentenças anteriores, valendo-me modestamente do plural, sinto como
se estivesse falando efetivamente de mim mesmo no singular, como
se fôssemos, de fato, apenas *um*. Livremo-nos então dessa disparatada
fabulação! E, para indagar uma vez mais, meu caro Johannes, quem

te conhece melhor do que eu? E quem pode afirmar com mais razão e respaldo que, agora, tu finalmente lograste a maestria imprescindível para dar início a um aprendizado propício e adequado?

Aquilo que, para tanto, parece ser fundamentalmente necessário tornou-se realmente próprio a ti. Aguçaste teu órgão de escuta a tal ponto que, de vez em quando, escutas a voz do poeta escondido dentro ti (para usar, aqui, as palavras de Schubert)[35] e, de fato, não consegues acreditar que apenas és apenas tu a falar e ninguém mais.

Numa agradável noite de julho, sentei-me sozinho no banco musguento junto àquele caramanchão de jasmim que tu bem conheces, quando então o quieto e afetuoso jovem que costumamos chamar de Chrysostomus se aproximou, contando-me coisas fabulosas sobre o despertar de sua juventude. "O pequeno jardim de meu pai", dizia ele,

desembocava numa floresta repleta de música e canção. Ano após ano, um rouxinol aninhava-se sobre uma suntuosa árvore antiga, ao pé da qual descansava uma grande pedra coberta por toda sorte de musgos e veias avermelhadas. As coisas que meu pai contava a respeito de tal pedra soavam verdadeiramente fabulosas. Rezava a lenda que, há muitos e muitos anos, um homem desconhecido, porém bem-apanhado, de aparência e vestimentas incomuns, chegou ao castelo de nosso nobre fidalgo. O forasteiro impressionou a todos, sendo que ninguém podia olhá-lo por muito tempo sem sentir um arrepio por dentro, mas, ao mesmo tempo, nenhuma pessoa conseguia desviar-lhe o olhar tomado por fascínio. O nobre rapidamente se afeiçoou dele, embora confessasse amiúde que se sentia um tanto desconfortável com sua presença e que um tremor gélido lhe agitava sempre que o forasteiro, com a caneca cheia nas mãos, contava histórias sobre as diversas terras distantes e desconhecidas, bem como acerca dos seres humanos e animais insólitos que conhecera em suas longas perambulações; então sua linguagem começava a extinguir-se, dando lugar a um som encantatório com o qual, sem usar palavras, ele tornava compreensíveis coisas obscuras e misteriosas.

Ninguém conseguia livrar-se do forasteiro ou cansar-se de ouvir suas histórias, as quais, de um modo inexplicável, faziam com que obscuros e indelineáveis pressentimentos terminassem por assumir formas claras e reconhecíveis diante do olho do espírito. E quando o estranho, valendo-se de uma língua desconhecida, cantava ao alaúde toda sorte

35 *Die Symbolik des Traumes* (O Simbolismo do Sonho), de Schubert. (N. do A.)

kreisleriana [ii]

de canções maravilhosamente compostas, aqueles que o ouviam eram como que tomados por um poder sobrenatural; diziam que ele não poderia ser um homem, senão que um anjo, o qual havia trazido à Terra os sons emitidos pelo concerto celestial dos querubins e serafins. A bela e jovem donzela do castelo ficou completamente enredada no misterioso e irresistível feitiço do forasteiro. E, já que este passou a lhe dar lições de canto e alaúde, não tardou para que ambos se tornassem bem íntimos, sendo que, por volta da meia-noite, o estranho costumava escapar sorrateiramente até a velha árvore, onde a donzela estava já à sua espera. Ao longe, era possível escutar o canto dos dois, assim como as lânguidas notas do alaúde do forasteiro, mas suas melodias eram tão estranhas e aterradoras que ninguém ousava aproximar-se ou delatar os amantes. Assim foi que, numa certa manhã, o estranho desapareceu subitamente e, em vão, procuraram a moça por todo castelo. Tomado por uma angústia torturante e um terrível pressentimento, seu pai pulou então sobre seu cavalo e disparou rumo à floresta, gritando, num lamento inconsolável, o nome de sua filha. Quando chegou perto da pedra na qual o estrangeiro tanto se sentara e trocara carinhos com a donzela à meia-noite, a crina de seu valente corcel arrepiou-se; o animal fungava e roncava e, como que enfeitiçado por algum demônio do inferno, recusava-se a sair do lugar. O nobre pensou que o cavalo ficara amedrontado com a forma esquisita da pedra, descendo de seu lombo para cruzar o caminho. Mas, com um espasmo repentino de pavor, sua pulsação estagnou e, paralisado, viu que gotas brilhantes de sangue gotejavam abundantemente da pedra. Como que movidos por uma força sobre-humana, os caçadores e camponeses que haviam seguido o nobre arrastaram a pedra para o lado com um esforço extenuante; debaixo da pedra, encontraram a pobre moça enterrada e assassinada por diversas perfurações de punhal, mas, ao seu lado, também os pedaços do alaúde do forasteiro. Desde então, todo ano um rouxinol aninha-se na árvore e, à meia-noite, canta melodias de lamento, penetrando no que há de mais íntimo; todavia, do sangue também surgiram musgos e ervas fantásticas, os quais, agora, resplandecem ao redor da pedra com cores bizarras.

Porque ainda era apenas um menino, não me era permitido ir à floresta sem o consentimento prévio de meu pai, mas a árvore e, em especial, a pedra atraíam-me irresistivelmente para lá. Assim, sempre que a portinhola da cerca de nosso jardim se achava destrancada, corria em direção à minha adorada pedra, sem jamais me cansar de contemplar seus musgos e ervas, que formavam as mais insólitas figuras. Não raro, acreditava compreender o sentido de tais sinais, como se pudesse ver, reproduzidas sobre aquela superfície, todas as histórias de aventura que minha mãe me contava, com as devidas explicações inclusive. Mas, ao contemplar a pedra, via-me obrigado a pensar na bela canção que meu pai cantava quase todos os dias, acompanhado a si mesmo com um cravo; ela me comovia tão profundamente que, passando ao largo de meus brinquedos preferidos, não conseguia fazer outra coisa senão que me colocar à sua escuta com pesadas lágrimas nos olhos. E, justamente ao ouvir tal canção, também acabava recordando-me de meu amado musgo, de modo que, em pouco tempo, ambos me pareciam ser uma e mesma coisa, praticamente incapaz de separar um do outro em meu pensamento.

Àquela época[36], minha propensão à música aumentava a cada dia e meu pai, sendo ele mesmo um bom músico, tomou sobre os ombros a tarefa de me dar cuidadosas lições. Tencionava fazer de mim não só um bom músico, mas também um compositor, já que eu tinha um grande entusiasmo em improvisar melodias e acordes ao piano, algumas das quais exibiam muita expressividade e coerência. Mas, com frequência, eu também teria chorado amargamente e, num desconsolo desesperado, desejado nunca mais roçar o piano, pois, sempre que pressionava as teclas, soava algo diferente daquilo que havia pretendido. Cantos desconhecidos, que jamais escutara, fluíam ininterruptamente no meu íntimo, e a mim me pareceu, então, que já não se tratava da canção de meu pai, mas das melodias que, ecoando à minha volta como vozes de algum espírito, estariam preservadas nos sinais misteriosos do musgo da pedra de sorte que, se alguém os contemplasse sob o influxo do verdadeiro amor, as canções da donzela deveriam emanar, em sons brilhantes, diretamente de sua graciosa voz. Em realidade, ao mirar a pedra, acabava caindo num sonho acordado, escutando o majestoso canto da moça, o qual enchia meu peito com uma fabulosa e inebriante dor. Contudo, tão logo tencionava cantar as canções ou, então, tocá-las ao piano, tudo aquilo que havia escutado com enorme clareza dissolvia-se num obscuro e intrincado pressentimento. Depois de uma infantil e aventureira tentativa inicial, costumava trancar o instrumento, procurando ouvir se as melodias poderiam emergir com maior clareza e brilho, pois sabia que, à força de algum feitiço, as notas viviam ali dentro. Ficava totalmente desconsolado e, quando me via obrigado a tocar as canções e estudos de meu pai – que, a essa altura, pareciam-me odiosos e insuportáveis – queria morrer de impaciência. Assim foi que, por fim, negligenciei todo

---

36 Em itálico no original, *Zu der Zeit*.

kreisleriana [ii] 175

estudo técnico de música e meu pai, desolado com minha capacidade, abandonou completamente as aulas. Tempos depois, no liceu da cidade, meu prazer pela música despertou de uma outra maneira. A habilidade técnica de diversos alunos levou-me a querer igualar-me a eles. Isso me custou muito esforço, mas, quanto mais dominava a parte mecânica, menos queria escutar de novo aqueles sons que ecoavam em meu ânimo sob a forma de incríveis melodias. O diretor musical do liceu, um homem idoso e, como se habituava dizer, um grande contrapontista, deu-me aulas de baixo cifrado e composição. Ele quis[37], inclusive, ensinar-me como inventar melodias e fiquei muitíssimo contente comigo mesmo quando, finalmente, consegui maquinar um tema que se fiava em todas aplicações contrapontísticas. Assim, quando retornei ao meu vilarejo após alguns anos, acreditava ser um músico completo. Ainda estava lá, no meu quartinho, o pequeno e velho piano junto ao qual havia passado tantas noites em claro, vertendo lágrimas de desgosto. Também revi a pedra fantástica, mas, agora mais sábio, caçoava de meu disparate infantil em querer entrever[38] as melodias sobre a superfície de musgo. Mesmo assim, não podia negar que aquele local misterioso e solitário ao pé da árvore cercava-me de fabulosos pressentimentos. Deitado sobre a grama, ou então, encostado na pedra, ao som do vento farfalhando pelas folhas das árvores, frequentemente escutava um ressoar semelhante às suaves e magníficas vozes de espíritos, mas as melodias que cantavam já residiam há muito tempo em meu peito e, agora, ressurgiam com vivacidade! Tudo o que havia composto pareceu-me, então, raso e insípido, sem nenhuma aparência de música; todo meu esforço não passara de um desejo absurdo de um nadica de nada[39]. O sonho, porém, revelou-me seu reino de esplendores tremeluzentes, de modo que acabei por me consolar. Fitei a pedra; suas veias vermelhas revolviam-se rumo ao alto como escuros cravos cuja fragrância se erguia, visivelmente, através de raios claros e sonantes. Encorpando-se com os longos e dilatados sons emitidos pelo rouxinol, os raios então adquiriram a forma de uma prodigiosa mulher, mas, de súbito, a figura transformou-se novamente numa música suntuosa e celestial!

Como tu podes notar, meu caro Johannes, a história contada pelo nosso Chrysostomus contém, de fato, elementos muito instrutivos,

---

37 Em itálico no original, *Der wollte.*
38 Em itálico no original, *heraussehen.*
39 No original, *eines nichtigen Nichts.*

176 *parte i*

motivo pelo qual ela ocupa um lugar valioso nesse certificado de aprendizagem. Como o elevado poder, haurido de tempos sensivelmente tão remotos e fantasiosos, adentrou em sua vida, despertando-lhe! Nosso reino não pertence a este mundo, dizem os músicos, pois, onde encontramos na natureza os protótipos[40] de nossa arte, tal como os encontram os pintores e escultores? O som habita todas as coisas, mas as notas musicais, quer dizer, as melodias que falam a linguagem mais elevada da esfera anímica repousam apenas no peito do ser humano. No entanto, assim como o espírito do som, não cruza o espírito da música igualmente a inteira natureza? O corpo ressonante que foi mecanicamente afetado e, portanto, trazido à vida, dá expressão à sua existência ou, melhor ainda, faz seu organismo interno irromper na consciência. Ora, quando estimulado por seus devotos, não pode o espírito da música expressar-se de maneira semelhante, tornando-se perceptível apenas àqueles que o cultivam secretamente sob a forma de ressonâncias melódicas e harmônicas? O músico, o mesmo é dizer, aquele em cuja alma a música se desenvolveu numa clara e precisa consciência, está cercado de todos os lados por melodias e harmonias. Não se trata de uma imagem vazia e tampouco de uma mera alegoria quando o músico diz que cores, odores e raios de luz se lhe aparecem como sons e que, em seu entrecruzamento, ele percebe um admirável concerto. Assim como o ouvir, para lembrar aqui as palavras de um espirituoso físico, é um ver a partir de dentro[41], o ato de ver converte-se, para o músico, num ouvir desde dentro, ou seja, algo audível apenas à entranhada consciência da música, a qual, vibrando em uníssono com seu espírito, ecoa de todas partes em que ele põe os olhos. Desse modo, a súbita inspiração do músico, o despertar da melodia em seu mundo interior, o reconhecimento e a apreensão da música secreta da natureza, algo que se dá de modo inconsciente ou, antes do mais, sem precisar das palavras, seriam-lhe um princípio da vida e de tudo o que age. Os sons audíveis da natureza, o suspirar do vento, o bruxulear das fontes e assim por diante, são primeiramente percebidos pelo músico como acordes individuais e, aí então, como

40 No original, *Prototypus.*
41 Referência a Johann Wilhelm Ritter (1776-1810), amigo de Novalis e autor dos *Fragmente aus dem Nachlasse eines jungen Physikers: Ein Taschenbuch für Freunde der Natur*, Tübingen, 1810.

kreisleriana [ii]

melodias com acompanhamento harmônico. À medida que esse reconhecimento aumenta, sua vontade pessoal eleva-se; e não deveria o músico se comportar em relação ao mundo que o cerca tal como o hipnotizador se coloca diante do sonâmbulo, haja vista que sua vívida vontade constitui a questão que a natureza nunca deixa sem resposta?

Quanto mais penetrante e vivaz se torna o reconhecimento, tanto mais alto o músico se eleva como compositor e a arte de compor consiste justamente na habilidade de apoderar-se de tais inspirações mediante uma força intelectual específica, conjurando-as em sinais e escrita. Tal poder é o produto da formação musical técnica, que se consagra à representação espontânea e fluente de determinados sinais (de notas). Na linguagem individualizada, impera uma ligação tão íntima entre som e palavra que nenhum pensamento é capaz de atuar em nós sem a presença de seu hieróglifo (letras da escrita). Mas, a música permanece uma linguagem universal da natureza, falando conosco através de ressonâncias fantásticas e misteriosas, e é em vão que tentamos conjurá-las mediante sinais, já que aquele ordenamento artificial de hieróglifos nos conserva tão-somente uma indicação daquilo que ouvimos.

Com essas poucas máximas, deixo-te agora, meu caro Johannes, diante dos portões do Templo de Isis, para que possas deter-se diligentemente em seus estudos, e aperceberás com ânimo que, de minha parte, considero-te efetivamente apto a iniciar um curso de música. Mostre este certificado de aprendizagem àqueles que, talvez sem se dar conta disso, encontram-se do teu lado junto a tais portões. E, àqueles que não souberem o que fazer com a história sobre o perverso forasteiro e a nobre donzela, explique-lhes igualmente seu sentido, a saber: que a fantástica aventura, que exerceu tamanha influência sobre a vida de Chrysostomus, seria uma imagem acertada do declínio mundano mediante o desejo maléfico de um poder hostil, o uso incorreto e demoníaco da música, mas também uma imagem da ascensão rumo ao que há de mais elevado, à transfiguração no som e canto!

E quanto a vós, benevolentes mestres e companheiros de viagem, que se reuniram junto aos portais da grande oficina, aceitai gentilmente Johannes em vosso meio, e não vos irriteis com o rapaz se, por vezes, quando desejardes tirar um cochilo, ele ousar bater levemente em vossa porta. E tampouco leveis a mal se, quando escreverdes clara e asseadamente vossos hieróglifos, ele terminar por lhes acrescentar alguns garranchos; também na arte do bem escrever ele espera aprender algo de vós.

    Boas saudações, meu caro Johannes Kreisler! Tenho o pressentimento de que não te verei de novo! Se não puderes mais me encontrar em vida, então, depois de ter devidamente chorado a minha morte, como Hamlet chorou pelo finado Yorick, ergue-me um pacífico *hic jacet*[42] e uma

    Essa cruz há de servir, ao mesmo tempo, como um grande selo de meu certificado de aprendizado; e, assim, subscrevo-me – tanto eu como tu,

Johannes Kreisler
cidevant mestre de capela

---

42 Do latim, "aqui jaz".

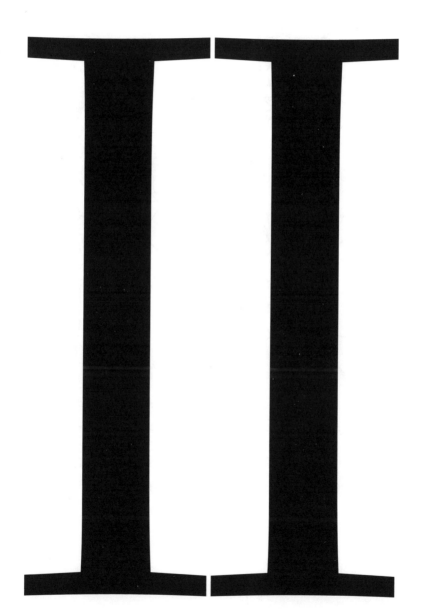

O Homem de Areia. *Desenho de E.T.A. Hoffmann*

O Homem de Areia[1]

Nathanael a Lothar

Com certeza, vocês todos devem estar bastante irrequietos, já que não lhes escrevo há muito, muito tempo. Mamãe decerto está enfurecida e Clara deve achar que, aqui, vivo como um rei, esquecendo-me de minha figura graciosa e angelical, que em mim se acha profundamente gravada, no coração e na mente. Mas não se trata disso; penso em vocês diariamente e horas a fio, sendo que a forma afetuosa de minha adorável Clarinha se me aparece em doces sonhos, sorrindo-me com seus luzentes olhos, com tanto encanto quanto outrora, quando costumava visitar vocês. Mas como me seria dado lhes escrever com esse estado atormentado de espírito que, até agora, desarranja todos meus pensamentos! Algo terrível ocorreu em minha vida! Pressentimentos sombrios de um destino atroz e ameaçador se alastram sobre mim como negras sombras de nuvens, impenetráveis a qualquer amistoso raio de sol. Devo, pois, contar-te o que se

[1] Der Sandmann, em E.T.A. Hoffmann, *Nachtstücke*, p. 7-45.

passou comigo. Mas reconheço que, só de pensar nisso, sou forçado a rir loucamente de mim mesmo. Ah, meu prezado Lothar! Como posso te fazer perceber, ao menos minimamente, que aquilo que me aconteceu há poucos dias foi, de fato, capaz de destruir de forma tão animosa a minha vida? Se tu ao menos estivestes aqui, poderias ver por si mesmo; mas agora decerto me tomas por um visionário disparatado. Para resumir bastante a coisa horrível que me aconteceu, cuja impressão funesta me esforço inutilmente para evitar, consiste unicamente no fato de que há alguns dias, a saber, a 30 de outubro, às 12h, um vendedor de barômetro adentrou no meu dormitório e ofereceu-me seus produtos. Terminei por não comprar nada e ainda ameacei jogá-lo escada abaixo, quando então ele foi embora por si mesmo.

Tu bem imaginas que apenas circunstâncias muito singulares, aptas a deixar marcas profundas em minha vida, poderiam conferir tamanha importância a um incidente como esse e que a pessoa daquele infeliz vendedor ambulante deve ter exercido um efeito assaz danoso sobre mim. E, de fato, foi isso mesmo que se deu. Recomponho-me com todas as minhas forças a fim de te narrar, com calma e paciência, o início de minha juventude, de sorte que, mediante imagens esclarecedoras, tua aguçada percepção há de apreender tudo com clareza e distinção. Agora que estou prestes a começar, já posso escutar tua risada e Clara falando: "Isso tudo não passa de mera criancice!" Podem rir, peço-lhes; podem gargalhar sem fim de mim; suplico-lhes! Mas, Deus do céu! Os cabelos se me arrepiam e tudo se passa como se, num desvairado desespero, eu vos implorasse para rir de mim, tal como Franz Moor implorou a Daniel[2]. Agora, vamos direto ao assunto!

A não ser no horário de almoço, meus irmãos e eu víamos muito pouco meu pai ao longo do dia. Devia estar muito ocupado com seus afazeres. Depois do jantar, o qual era servido por volta das sete, tal como rezava o velho costume, íamos todos, minha mãe inclusive, ao escritório de papai e sentávamos ao redor de uma mesa redonda. Papai fumava tabaco e, para acompanhar, bebia um grande copo de

---

2   Referência a uma passagem do quinto e último ato d'*Os Bandoleiros* (*Die Räuber*), de
     Schiller, onde o protagonista Franz Moor, num momento de intensivo arroubo, diz a
     Daniel: "Não! Eu te imploro! Pode me contar e rir de mim até morrer [...] mas eu te
     digo, podes rir de mim até morrer." (F. Schiller, *Die Räuber, Dramen I*, Köln: Köne-
     mann, 1999, p. 119.)

o homem de areia 183

cerveja. Não raro, contava-nos diversas histórias fantásticas e discorria sobre elas com tamanho afã que sempre deixava o cachimbo apagar, o qual cabia a mim, segurando-lhe um pedaço de papel em chamas, reacender, o que se me tornava uma grande diversão. Com frequência, dava-nos livros ilustrados para ler, sentava-se imóvel e calado em sua poltrona, soprando intensas nuvens de fumaça, de sorte que parecíamos flutuar na neblina. Nessas noites, a mamãe ficava muito triste e, quando o relógio mal dava nove horas, dizia: "Crianças! Já para a cama! Cama! O homem-areia está a caminho. Já pressinto." E, realmente, sempre escutava um passo lento e pesado, subindo ruidosamente a escada; era o homem-areia, com certeza. Certa vez, aquele ruído e andar surdo se me pareceram particularmente abomináveis; perguntei, pois, à mamãe, que então nos acompanhava: "Ei, mamãe! Quem é o malvado homem-areia que sempre nos afasta do papai? Como ele se parece?" "Não há nenhum homem-areia, meu filhote", respondeu mamãe; "quando digo que o homem-areia está vindo, isso significa somente que vocês estão com muito sono e já não conseguem ficar de olhos abertos, como se tivessem espalhado areia neles." A resposta de mamãe não me satisfez, haja vista que, em meu ânimo[3] infantil, crescia mais e mais a ideia de que mamãe renegava o homem-areia apenas para que, com isso, não ficássemos com medo dele, mas, de fato, sempre o escutava quando subia pela escada. Repleto de curiosidade, visando a descobrir mais detalhes sobre esse homem-areia, bem como sobre sua relação conosco, as crianças, perguntei finalmente à senhora que cuidava de minha irmã mais nova: "quem seria esse homem, o homem-areia?" "Sim, pequeno Nathanael", respondeu ela, "você ainda não sabe? Trata-se de um homem malvado que visita as crianças quando estas não querem ir para a cama, jogando-lhes um punhado de areia nos olhos, os quais saltam para fora ensanguentados; ele então os coloca numa sacola e os leva consigo para a lua crescente, como alimento para suas criancinhas; estas ficam lá, sentadas num ninho, e possuem bicos curvados tal como as corujas, com os quais picam os olhos das crianças travessas." Monstruosamente, a horrenda figura do homem-areia se desenhou então em meu íntimo; logo que ouvia, à noite, alguém

---

3 No original, *Gemüt*.

subir ruidosamente as escadas, tremia de medo e horror. De mim, mamãe não conseguia extrair nada a não ser o seguinte berro, gaguejado em meio às lagrimas: "O homem-areia! O homem-areia!" Daí, corria rumo ao quarto e, ao longo de toda noite, a horrível aparição do homem-areia me martirizava. Já havia me tornado suficientemente maduro para perceber que a historieta do homem-areia, bem como de seu ninho de crianças na lua crescente, tal como a governanta me havia narrado, não poderia de forma alguma estar correta; mas, ainda assim, o homem-areia continuava a me parecer um fantasma amedrontador, sendo que era tomado por horror e assombro não apenas quando, sozinho, escutava-o subir as escadas, senão também quando ele abria bruscamente a porta do escritório de meu pai e por ela adentrava. Por vezes, ficava muito tempo sem aparecer ou então, ao contrário, passava a nos visitar com muita frequência. Foi assim durante anos e não me foi dado me acostumar com aquela sinistra assombração, sendo que a imagem do terrível homem-areia jamais se empalideceu em mim. Seu relacionamento com papai começou a atiçar minha fantasia cada vez mais; mas um temor insuperável me impedia de perguntar ao papai qualquer coisa a seu respeito – com o passar dos anos, porém, cresceu em mim a vontade de sondar por conta própria o mistério e ver, assim, o fabuloso homem-areia. Este me havia colocado no trilho do fantástico, no caminho da aventura, que tão facilmente se instala no ânimo infantil. Para mim, não havia nada melhor do que escutar ou ler histórias amedrontadoras de duendes, bruxas, anões etc., mas o homem-areia sempre tinha primazia, cuja figura eu desenhava, com giz ou carvão, sob as formas mais insólitas e repugnantes em todos os cantos, sobre as mesas, nos armários e nas paredes. Quando então completei dez anos de idade, mamãe me tirou do quarto de criança e me alocou num quartinho, que ficava próximo ao gabinete de papai, no corredor. Assim que o relógio indicava nove horas e aquele estranho se fazia ouvir dentro de casa, sempre éramos obrigados a nos afastar rapidamente. Do meu pequeno quarto, porém, escutava-o entrar no escritório de papai, e logo me dei conta que, ao fazê-lo, um vapor fino e de aroma estranho se espalhava pela casa. Com a curiosidade, crescia também, cada vez mais, a vontade de entrar em contato, de um modo ou de outro, com o homem-areia.

o homem de areia

Não raro, depois que minha mãe já havia passado, saía do meu quartinho na ponta dos pés pelo corredor, mas não conseguia escutar nada, pois o homem-areia já havia sempre cruzado a porta quando eu chegava ao local a partir do qual podia enxergá-lo. Mas eis que, por fim, movido por um ímpeto irresistível, decidi esconder-me no próprio gabinete de papai, à espera do homem-areia.

Certa noite, a julgar pelo silêncio de papai e pela tristeza de mamãe, notei que o homem-areia viria nos visitar; por isso, simulando estar muitíssimo cansado, deixei o recinto antes das nove horas e me escondi num cantinho, ao lado da porta do escritório. A porta da casa rangeu e, ao longo do corredor, alguém dava passos lentos, pesados e ruidosos rumo à escada. Com minhas irmãs, mamãe passou por mim com bastante pressa. Silenciosa e cuidadosamente, abri então a porta do gabinete de papai. Como de hábito, ele estava sentado em silêncio, imóvel e de costas para a porta, de modo que, sem que ele notasse minha presença, adentrei rapidamente e me escondi atrás da cortina que encobria um armário destampado próximo à porta, onde estavam dependuradas as roupas de papai. As pisadas ruidosas aproximavam-se cada vez mais e, do lado de fora, tossia-se, pigarreava-se e murmurava-se estranhamente. Tomado de medo e ansiedade, meu coração estremeceu. Rente, muito rente à porta, ouvia-se um passo mais acentuado; uma pancada forte no trinco e eis, então, que a porta se abriu retumbantemente! Valendo-me de muito brio, dei uma espiada com cuidado. Diante de meu pai, o homem-areia estava no centro do gabinete, sendo que a clara luz das velas lhe ardia o rosto! O homem-areia, o temível homem-areia era o velho advogado Coppelius, que almoçava conosco vez ou outra!

Mas, nem mesmo a mais horrenda figura me despertaria um horror tão profundo quanto a de Coppelius. Imagina um homem corpulento e de ombros largos, com uma cabeça disformemente graúda e um rosto amarelado, peludas sobrancelhas grisalhas, sob as quais dois felinos olhos verdes lampejam lacerantemente, um nariz enorme, que pendia vigorosamente sobre o lábio superior. A boca torta se contorcia, não raro, num sorriso pérfido; entreviam-se, então, nas bochechas, algumas manchas vermelho-escuras e, por entre os dentes cerrados, saía um estranho som sibilante. Coppelius sempre aparecia vestindo um casacão acinzentado, cortado à moda antiga, sempre com o mesmo colete e os mesmos culotes, meias pretas e sapatos com fivelas de lantejoulas brilhantes. A pequena peruca mal chegava a cobrir o pescoço, cachos artificiais ficavam suspensos sobre as duas grandes orelhas vermelhas e uma dilatada rede de cabelo bem amarrada tombava, rigidamente, por cima da nuca, tornando possível, assim, ver a fivela prateada que fechava a gargantilha plissada. A inteira figura era antipática e repulsiva; mas, aquilo que nos parecia sobretudo repugnante, a nós, crianças, eram seus grandes e ossudos punhos, de sorte que, tudo o que tocava, seja lá o que fosse, estragava nosso apetite. Ele percebia isso e, sob qualquer pretexto, muito se divertia em tocar no pedacinho de bolo ou em alguma fruta doce que nossa bondosa mãe tivesse, de surdina, colocado em nosso prato; por isso, com claras lágrimas nos olhos, em virtude do nojo e da repulsa, não nos era mais dado desfrutar das guloseimas que, em verdade, deveriam nos alegrar. E fazia a mesma coisa quando, nos feriados, papai nos oferecia uma pequena taça de vinho doce. Tratava, então, de passar a mão depressa sobre a taça ou, talvez, levá-la a seus lábios azulados, sorrindo em tom verdadeiramente diabólico, cabendo-nos externar nossa raiva tão somente mediante soluços silenciosos. Costumava nos chamar sempre de pequenas bestas e, se estivesse presente, não podíamos emitir nenhum som; e abominávamos aquele homem horrendo e hostil que, proposital e deliberadamente, nos estorvava até mesmo o mais ínfimo prazer. Tal como nós, mamãe também parecia odiar o repugnante Coppelius; pois, assim que ele mostrava as caras, seu júbilo e sua natureza jovialmente desenvolta transformavam-se numa seriedade triste e sombria. Papai se portava diante dele como se fosse um ser superior, cujos maus hábitos deveriam ser tolerados e suportados, a qualquer custo e com bom humor. A Coppelius bastava apenas insinuar sutilmente o que desejava, para que, de pronto, seus pratos prediletos fossem preparados e vinhos raros lhe fossem servidos.

Quando vi, então, esse tal de Coppelius, algo terrível e pavoroso se revelou à minha alma, a saber, que nenhuma outra pessoa, a não ser ele próprio, poderia ser o homem-areia; mas o homem-areia já não me era mais aquele fantoche retirado das histórias de carochinha, que saía em busca dos olhos das crianças para alimentar o ninho

o *homem de areia*

de corujas na lua crescente. Não! Agora era um monstro horrendo e fantasmagórico, o qual, por todos os lugares em que passasse, traria sofrimento, penúria e ruina – terrena e eterna.

Permaneci enfeitiçadamente paralisado. Sob o perigo de ser descoberto e, como bem havia pensado, correndo o risco de ser duramente punido, mantive-me quieto, limitando-me a esticar a cabeça por entre a cortina, à escuta. Meu pai recebeu Coppelius com tom solene. "Vamos lá! Mãos à obra!", disse o visitante com voz mais rouca e vibrante, arrancando o seu casaco. Soturna e silenciosamente, papai tirou seu roupão e ambos vestiram longos jalecos pretos. De onde *os* tiraram, eis algo que não consegui entrever. Papai abriu então as portas de um armário embutido, mas logo percebi que, aquilo que durante muito tempo tomara por um armário de parede, na verdade era um buraco escuro, dentro do qual havia um pequeno forno. Coppelius acercou-se dele e uma chama azul, queimando aos estalos, ergueu-se no forno. Toda tipo de utensílios esquisitos se achava espalhado a sua volta. Ah, Deus! Ao se reclinar sobre o fogo, meu velho pai assumiu uma aparência completamente diferente. Uma dor espasmódica parecia ter deformado seus traços suaves e sinceros, convertendo-os numa imagem medonha e repulsiva do diabo. Adquirira uma feição semelhante àquela de Coppelius. Este manipulava a incandescente tenaz e, com ela, apanhava massas cintilantes em meio à densa fumaça, as quais ele tratava de martelar diligentemente. A mim me pareceu possível vislumbrar faces humanas ao redor deles, mas privadas de olhos – no lugar destes, havia cavidades profundas e asquerosas. "Olhos! Preciso de olhos aqui!", exclamou Coppelius, com uma voz ameaçadora e abafada. Tomado violentamente por um terror brutal, gritei e, saindo do meu esconderijo, joguei-me no chão. Coppelius então me agarrou: "Pequena besta! Pequena besta!"[4], resmungou ele, rangendo os dentes. E assim foi que me ergueu e me lançou ao forno, fazendo com que meus cabelos começassem a queimar: "Agora sim temos olhos! Olhos! Um belo par de olhos de criança!" Após sussurrar tais palavras, Coppelius apanhou, com as mãos, algumas brasas incandescentes direto das chamas, as quais ele tencionava espalhar em meus olhos. Implorando, meu pai então

4   No original, *kleine Bestie.*

elevou as mãos e bradou: "Mestre! Mestre! Não tire os olhos do meu Nathanael! Deixe-os com ele! Deixa!" Aos brados, Coppelius gargalhou e exclamou: "Que o jovem conserve, pois, seus olhos e sua chorosa penúria pelo mundo afora; mas convém observar atentamente o mecanismo das mãos e dos pés." Logo em seguida, pôs a me segurar brutalmente, e isso a ponto de fazer minhas articulações estalarem, torcendo-me as mãos e os pés, deslocando-os e reajustando-os de lá para cá. "Agora está tudo fora de lugar! Antes estava melhor! O velho entendia bem como a coisa funciona!", zuniu e sussurrou, assim, Coppelius; porém, tudo ao meu redor se tornou escuro e sombrio, sendo que um repentino espasmo abalou meus nervos e membros – já não consegui sentir mais nada. Uma suave e quente brisa soprou sobre meu rosto e despertei de uma espécie de sono da morte; mamãe estava reclinada sobre mim. "O homem-areia ainda esta aí?", balbuciei. "Não, minha adorável criança, ele se foi há muito, muito tempo, e não te fará nenhum mal", disse a mãe, beijando e afagando seu queridinho, já recuperado.

Por que devo, no entanto, cansar-te, meu estimado Lothar, narrando-te tudo isso extensivamente e em detalhes, quando ainda me restam tantas outras coisas a contar? Chega! Basta dizer que, ao me colocar à escuta, fui descoberto e, depois, maltratado por Coppelius; medo e susto suscitaram uma febre escaldante em mim, a qual me fez ficar várias semanas acamado. "O homem-areia ainda esta ai?", tais foram as minhas primeiras palavras sadias, o sinal mesmo de minha convalescença, de minha salvação. Devo ainda te contar, porém, o pior momento de minha juventude; ficarás então convencido de que não é em virtude de uma debilidade de meus olhos, se tudo me aparece sem cor, senão que devido a uma desgraça tenebrosa que, de fato, estendeu um turvo e nebuloso véu sobre minha vida, o qual eu talvez só consiga rasgar ao morrer.

Coppelius não foi mais visto desde então – diziam que havia deixado a cidade.

Um ano deve ter se passado, quando, certa vez, conforme nosso antigo e firme costume, estávamos sentados à mesa redonda. Muito alegre, papai nos narrava contos deliciosos sobre as viagens que havia feito em sua mocidade. Quando então bateu nove horas, ouvimos

o homem de areia

a porta da casa ranger repentinamente em suas dobradiças e, aos estrondos, passos vagarosos, com o peso de ferro cruzarem o corredor, subindo as escadas. "É o Coppelius!", disse minha mãe, empalidecendo. "Sim! É Coppelius", repetiu papai com voz lânguida e partida. As lágrimas jorraram dos olhos de mamãe. "Mas, pai, pai!", exclamou ela, "isso é mesmo necessário?" "É a última vez", retrucou ele, "essa é a última vez que ele vem nos visitar, prometo-lhe. Vá, leve as crianças! Vá! Para a cama! Boa noite!"

Tive a impressão de que uma rocha fria e pesada me espremia – minha respiração começou a falhar! Quando fiquei parado, imóvel, mamãe me pegou pelo braço: "Vem, Nathanael, vem!" Deixei-me levar e entrei em meu quarto. "Fique tranquilo, calmo, e deite-se na cama! Dorme! Dorme!", exortou-me mamãe; mas, torturado pela ansiedade e por um indescritível medo interior, não consegui pregar os olhos. O repulsivo e odiado Coppelius, com seus olhos faiscantes, estava parado diante de mim, sorrindo-me com malícia, e foi em vão que procurei me desvencilhar de sua imagem. Já havia dado meia--noite, quando então se ouviu uma terrível pancada, como se um canhão tivesse sido disparado. A casa inteira estremeceu, sendo que, frente à minha porta, alguém matraqueava e murmurava; por fim, numa forte batida, a porta da casa foi fechada. "É Coppelius", exclamei apavorado, saltando da cama. Escutou-se ainda, nessa ocasião, um grito de lamento, desolador e cortante; apressei-me rumo ao gabinete de papai e a porta estava aberta; um vapor sufocante irrompeu diretamente sobre mim e a governanta gritou: "Ah! Senhor! Senhor!" Frente ao forno esfumaçante, o meu pai se encontrava caído no chão, morto, com o rosto esturricado e tenebrosamente deformado; em torno dele, minhas irmãs choravam e gemiam; mamãe, ao lado, desfalecia! "Coppelius, infame Satã, golpeastes papai mortalmente!", gritei; e, em seguida, perdi os sentidos. Dois dias depois, quando meu pai jazia no caixão, seus traços faciais voltaram a se tornar dóceis e suaves, tais como costumavam ser em vida. Isso me trouxe alento, indicando que seu vínculo com o diabólico Coppelius não foi capaz, pois, de submetê-lo à perdição eterna.

A explosão havia acordado os vizinhos. Todos tomaram conhecimento do incidente e as autoridades então se fizeram presentes, as quais tencionavam intimar Coppelius a assumir a responsabilidade. Mas, sem deixar rastros, ele havia sumido do local.

E se eu te dissesse, meu caro amigo, que o tal do vendedor de barômetros era justamente o infame Coppelius! Creio que não me levarás a mal, caso eu interprete essa aparição hostil como prenúncio de um grave desastre. Ele trajava outras roupas, mas a figura de Coppelius e seus traços faciais estão impregnados com demasiada profundidade em mim para que pudesse haver, no caso, algum engano da minha parte. Além disso, Coppelius nunca mudou de nome. Pelo que ouvi dizer, aqui ele se dá a conhecer como um mecânico piemontês e se autodenomina Giuseppe Coppola.

Estou decidido a confrontá-lo e vingar a morte de meu pai, haja o que houver, ocorra o que ocorrer.

Não diga nada à mamãe acerca do aparecimento desse terrível monstro. Mande lembranças à minha amada e graciosa Clara. A ela escreverei quando me encontrar num estado de espírito mais sereno. Fique bem etc. etc.

Clara a Nathanael

É bem verdade que tu não me escreves há muito tempo, mas, mesmo assim, acredito que ainda me trazes contigo em corpo e pensamento. Pois pensavas em mim com verdadeira vivacidade, quando quis enviar sua última carta ao irmão Lothar e, ao fazê-lo, endereçou-a a mim, e não a ele. Com alegria, abri a carta e só me dei conta do equívoco ao ler as seguintes palavras: "Ah, meu estimado Lothar!" Não deveria ter me detido mais na leitura da carta, senão que tê-la passado diretamente às mãos de meu irmão. Mas, embora já me tenhas dito, muitas vezes, em provocações infantis, que eu teria um ânimo particularmente sereno e femininamente judicioso, como aquela mulher que, se a casa estivesse prestes a desabar, ainda assim tentaria, às pressas, antes da fuga relâmpago, desamarrotar uma franja na cortina da janela, mal posso te assegurar quão profundamente o início de sua

o homem de areia 191

carta me abalou. Sequer conseguia respirar, sendo que tudo tremia diante de meus olhos. Ah, meu amado Nathanael! Que coisa tão horrível poderia ter ocorrido em sua vida? Se eu me separasse de ti? Nunca mais te reencontrasse? O pensamento atravessou meu peito qual um punhal em brasa. Li e reli de fio a pavio! Sua descrição do repulsivo Coppelius é horrenda. Apenas agora tomei conhecimento de como seu velho e bondoso pai teve uma morte tão terrível e violenta. Meu irmão Lothar, a quem entreguei seus pertences, até que tentou me acalmar, mas não obteve muito êxito nisso. O fatal vendedor de barômetros Giuseppe Coppola me perseguiu por onde quer eu fosse e tenho quase vergonha de confessar que, sob a forma variegada de estranhas imagens oníricas, foi inclusive capaz prejudicar meu bom sono, habitualmente calmo. Mas, de pronto, já no outro dia, as coisas se me apareceram de uma forma totalmente diferente. Não fique bravo comigo, meu bem, se Lothar te disser que, apesar de tua insólita premonição acerca do impendente dano que Coppelius te causará, eu continuo, como sempre, plenamente descontraída e jovial.

Mas te devo confessar algo a respeito disso tudo. Tal como vejo as coisas, a mim me parece que os terríveis e amedrontadores acontecimentos de que falas ocorreram tão somente em sua mente, de sorte que o verdadeiro e efetivo mundo exterior tem apenas uma participação ínfima em tais coisas. O velho Coppelius decerto deve ter sido assaz asqueroso, mas o fato de ele odiar crianças fez com que vocês, crianças, também desenvolvessem uma verdadeira repugnância em relação a ele.

Naturalmente, a terrível figura do homem-areia haurida dos contos da carochinha terminou por se vincular, em seu ânimo infantil, ao velho Coppelius, o qual, embora não acredites no homem-areia, permanece sendo, em teu íntimo, o monstro fantasmagórico, particularmente perigoso às crianças. A sinistra movimentação que fizera juntamente com teu pai, durante a noite, foi apenas um indício de que ambos praticavam, em segredo, experimentos alquímicos, os quais tua mãe, é claro, não podia ver com bons olhos, já que decerto desperdiçavam muito dinheiro com isso; e, ademais, tal como sempre ocorre com esses assistentes de laboratório[5], o ânimo de seu pai, tomado pelo

5   No original, *Laboranten*.

desejo enganador de possuir uma sabedoria mais elevada, acabou por se apartar da família. Com efeito, por conta de alguma imprudência, seu pai provocou sua própria morte e Coppelius, de sua parte, não tem culpa nisso. Acreditas que, ontem, perguntei ao meu experimentado vizinho farmacêutico se, por ocasião de experimentos químicos, repentinas explosões fatais seriam mesmo possíveis? Ao que me respondeu: "Com certeza!" E, à sua maneira bastante detalhista e prolixa, descreveu-me como isso poderia acontecer, denominando, ao mesmo tempo, termos de sonoridade esdrúxula, os quais não pude mais me lembrar. Mas agora tu hás de ficar relutante com tua Clara e dirás: nenhum raio daquele mistério que, não raro, envolve o ser humano com braços invisíveis é capaz de penetrar o ânimo gélido de Clara; esta enxerga tão somente a superfície colorida do mundo e se regozija, qual uma inocente criança, com o fruto dourado em cujo interior se oculta, porém, um veneno mortal.

Ah, meu querido Nathanael! Não acreditas que até mesmo as mentes serenas, despreocupadas e descontraídas poderiam abrigar o pressentimento de um poder sombrio, o qual, de maneira hostil, esforça-se para nos arruinar a partir de nosso próprio interior? Mas, perdoe-me se eu, garota simplória que sou, ouso de algum modo explicar a mim mesma aquilo que acredito estar efetivamente em jogo em tal luta interior. No fim, não encontro as palavras certas para descrevê-la e tu irás caçoar de mim, não pelo fato de eu sustentar uma opinião estúpida, mas por não ser capaz expressá-la de forma apropriada.

Se há mesmo um poder sombrio apto a tecer, em nossa alma, traiçoeira e hostilmente, o fio condutor por meio do qual nos prende e carrega rumo a um caminho perigoso e nocivo, o qual, de outro modo, jamais trilharíamos; se existe, pois, um tal poder, então ele deve se formar dentro e a partir de nós próprios, tornando-se aquilo mesmo que nós somos, inclusive; haja vista que apenas assim nos é dado acreditar em tal poder, cedendo-lhe o terreno de que carece para levar a cabo sua obra secreta. Se tivermos um discernimento firme, intensificado por uma vida jovial e forte o bastante para sempre reconhecer essa estranha influência hostil, bem como para seguir, a passos tranquilos, o caminho ao qual nos levam nossa inclinação e vocação, então esse poder sinistro acaba por declinar, soçobrando na sua fracassada o *homem de areia* 193

luta para dar forma àquilo que deveria figurar como nossa própria imagem frente ao espelho. É certo ainda, complementa Lothar, que o sombrio poder físico, desde que a ele nos entreguemos por vontade própria, costuma suscitar à nossa alma algumas figuras estranhas, as que o mundo exterior lança em nosso caminho, de modo que nós mesmos despertamos o espírito que fala por meio de tais figuras, como aquele que acreditamos falar conosco em estranhos devaneios. Trata-se do fantasma de nosso próprio eu[6], cujo íntimo parentesco e cuja profunda influência sobre nosso ânimo nos arremessa ao inferno ou, então, nos leva deslumbrantemente aos céus. Percebes, meu querido Nathanael, que nós, meu irmão Lothar e eu, comentamos sem embaraços sobre o tema das potências e forças obscuras, matéria que me parece ser realmente bastante profunda, a julgar pelo esforço que me custou escrever a respeito de seus elementos básicos principais. Não compreendi completamente as últimas palavras de Lothar, restando-me apenas intuir aquilo que ele quis dizer a propósito, mas, apesar disso, tenho a impressão de que é tudo muito verdadeiro. Peço-te que apague de sua mente o horrendo advogado Coppelius, bem como o homem do barômetro, Giuseppe Coppola. E tenhas certeza de que tais figuras estranhas não possuem qualquer poder sobre ti; apenas a crença em seu poder hostil poderá convertê-las, de fato, em algo hostil a ti mesmo. Se a mais profunda inquietação de seu ânimo não estivesse patente em cada linha de tua carta, se teu estado não me condoesse, de verdade, até às entranhas da minha alma, poderia inclusive caçoar do advogado homem-areia, assim como do vendedor de barômetros, Coppelius. Fica calmo e sereno! Eu me propus a aparecer para ti como uma espécie de anjo da guarda e, se o horrendo Coppola surgir por aí, incomodando-te em sonho, hei de conjurá-lo com uma retumbante risada. Não tenho medo algum dele e tampouco de seus punhos asquerosos, sendo que jamais lhe seria dado, nem como advogado nem como homem-areia, estorvar meu olhar desejoso diante de uma guloseima.

Eternamente, meu amado coração Nathanael etc. etc. etc.

---

6   No original, *das Fantom unseres eigenen Ichs.*

Nathanael a Lothar

Muito me aborreceu, há pouco tempo, o fato de Clara ter aberto e lido por engano a carta que te escrevi, decerto por distração minha. Ela me escreveu uma carta filosófica assaz profunda, na qual ela demonstra, em detalhes, que Coppelius e Coppola existem apenas nos recônditos de minha alma e não passam, assim, de fantasmas de meu próprio eu, de sorte que irão instantaneamente se vaporizar tão logo os reconheça enquanto tais. De fato, é difícil de acreditar que um espírito tal como o dela, que reluz daqueles claros e risonhos olhos infantis, qual um doce e amável sonho, pudesse ser capaz de operar distinções finas de modo tão inteligível e magistral. Ela se refere a ti, inclusive. Vocês falaram a meu respeito. Tu decerto lhe estás dando aulas de lógica, a fim de que ela consiga classificar as coisas de forma apurada e aprenda tudo distintamente. Para com isso! Aliás, é certo que o vendedor de barômetros Giuseppe Coppola não é, de modo algum, o velho advogado Coppelius. Estou assistindo às aulas de um professor de física recém-chegado, o qual, diga-se de passagem, assim como aquele famoso naturalista, chama-se Spalanzani[7] e tem origem italiana. Ele conhece Coppola já há muitos anos e, além disso, também se depreende, de seu sotaque, que se trata, realmente, de um piemontês. Coppelius era alemão, ainda que, a meu ver, ilegítimo. Não me sinto, porém, completamente calmo. Pois, embora vocês dois, tu e Clara, considerem-me um soturno sonhador, o fato é que não consigo me desvencilhar da impressão que o maldito rosto de Coppelius causou sobre mim. Contenta-me saber que ele foi embora da cidade, tal como me disse Spalanzani. Esse professor tem uma aparência esquisita. Homem pequeno e roliço, com robustos ossos maxilares no rosto, nariz fino, lábios beiçudos e pequenos olhos penetrantes. Mas tu poderás vislumbrá-lo melhor, com mais acerto do que qualquer outra descrição, se observares a figura de Cagliostro[8],

---

7 Alusão ao fisiologista italiano Lazzaro Spallanzani (1729-1799), conhecido, entre outras coisas, por sua refutação atenta da teoria sobre a "geração espontânea".

8 Viajante charlatão e ocultista aventureiro, Alessandro, Conde de Cagliostro – que se chamava, em verdade, Giuseppe Balsamo (1743-1795) –, tornou-se atuante, nos mais ▶

o *homem de areia*

tal como este é retratado por Chodowiecki[9] em algum calendário de bolso berlinense. Spalanzani se parece com ele. Há pouco, subi as escadas e percebi que uma cortina, a qual, habitualmente, tapava uma porta de vidro, deixara, em sua lateral, uma fenda entreaberta. Eu mesmo não sei bem o que me levou a tanto, mas acabei, por curiosidade, dando uma espiada. Uma mocinha alta, muitíssimo esbelta, de estatura perfeitamente bem-proporcionada e majestosamente vestida, achava-se sentada no aposento, frente a uma mesinha sobre a qual ela apoiara os braços, com as mãos entrelaçadas. Sentara-se diante da porta, de sorte que me foi dado ver seu inteiro rosto, de beleza angelical. Parecia não ter notado minha presença, sendo que seus olhos, em especial, tinham algo de imperturbável, sem capacidade de visão, diria eu, e tive a impressão de que ela dormia de olhos abertos. A situação se me tornou um tanto sinistra e, por isso, saí de mansinho, retirando-me ao auditório adjacente. Depois, descobri que a figura por mim avistada era a filha de Spalanzani, Olímpia, a qual, de um modo bastante inusitado e nocivo, ele mantinha confinada, para que ninguém pudesse, absolutamente, acercar-se dela. No fim, talvez houvesse razões bastantes para tratá-la assim, quem sabe ela fosse amalucada ou algo semelhante. Mas, por que motivo te escrevo a respeito disso tudo? Poderia te contar essas coisas, melhor e com mais detalhes, oralmente. Bem sabes, pois, que em Catorze dias estarei aí, convosco. Preciso rever minha doce e querida figura angelical, Clara. Então se desvanecerá o desassossego que (devo confessar) quis se apoderar de mim, depois ter recebido sua compreensível, porém fatal carta. Por isso, hoje não lhe escreverei.

Mil saudações etc., etc.

▷ altos círculos aristocráticos, por conta de supostos poderes artístico-alquímicos, com os quais procurava impactar a nobreza e, por esse trilho, ascender socialmente.

9 Ilustrador, gravurista e pintor polaco-alemão, Daniel Niklaus Chodowiecky (1726-1801), foi diretor da Academia de Artes de Berlim e, para além das inúmeras ilustrações de celebridades lítero-científicas que produziu para os almanaques e calendários de sua época, tornou-se conhecido sobretudo por conta de suas gravuras em cobre. Segundo Goethe, que o "estimava em máxima medida" (ver J.W. von Goethe, *Dichtung und Wahrheit*, *Werke. Hamburger Ausgabe*, München: DTV, 2000, v. 9, p. 590), Chodowiecky era "um artista muito respeitável e, diríamos, ideal". (Idem, *Maximen und Reflexionen*, *Werke. Hamburger Ausgabe*, München: DTV, 2000, v. 12, p. 486.)

. .

Nada mais inusitado e estranho pode ser inventado do que a fatalidade que acometeu meu pobre amigo, o jovem estudante Nathanel, e que eu resolvi te narrar, benévolo leitor! Já vivenciastes algo capaz de ocupar inteiramente teu coração, sentidos e pensamento, obrigando-te a preterir todas as outras coisas, benévolo leitor? Como se entrastes em ebulição e algo cozinhasse dentro de ti e teu sangue, fervendo em brasa cintilante, jorrasse pelas veias, ruborizando intensivamente suas bochechas. Bizarro ao extremo, tua visão iria desejar captar figuras no espaço vazio, formas invisíveis aos olhos de qualquer outra pessoa, sendo que tua fala se dissolveria num sombrio suspiro. E então teus amigos te perguntariam: "O que se passa contigo, prezado amigo? O que tens, meu caro?" E desejarias descrever tais imagens interiores com todas as suas radiantes cores, sombras e luzes, esforçando-te para encontrar as palavras que, de saída, simplesmente pudessem te ajudar a explicar a outrem. Mas julgarias necessário condensar, logo nas primeiras expressões, tudo aquilo que te aconteceu de maravilhoso, majestoso, terrível, engraçado e pavoroso, a fim de que isso, qual uma descarga elétrica, atingisse a todos de um só golpe. No entanto, toda palavra, tudo aquilo de que o discurso é capaz, terminaria por te parecer algo incolor, gélido e morto. Numa busca sem fim, balbuciarias e gaguejarias, e a sóbrias perguntas de teus amigos, como glaciais ventos de inverno, iriam aplacar tua chama interna, até que ela se apagasse. Se, porém, qual um ousado pintor, tu tivesses inicialmente delineado o contorno de tua imagem interior com alguns traços arrojados, então, sem um grande esforço, poderias aplicar cores cada vez mais reluzentes e a mescla viva de formas variegadas iria, por fim, impactar teus amigos, os quais, como tu, enxergariam a si mesmos no centro da imagem nascida de teu próprio ânimo! Devo te confessar, benevolente leitor, que de fato ninguém me perguntou nada acerca da história do jovem Nathanael; tu bem sabes, porém, que pertenço àquela estranha raça de autores que, trazendo consigo o tipo de imagem que há pouco descrevi, ficam na expectativa de que aqueles que deles se aproximam, bem como o inteiro mundo que os circunda, acabem por lhes perguntar: "O que se passa? Contai-nos,

o homem de areia

caríssimo!" Fui, a ser assim, inevitavelmente impelido a te contar sobre a fatídica vida de Nathanael. O que nela havia de fantástico e estranho envolveu minha alma por inteiro, mas, justamente por isso e porque preciso tornar-te, oh meu leitor, igualmente propenso a aceitar o fantástico, o que, já de si, não é pouca coisa, esforcei-me ao máximo para iniciar a história de Nathanael de um modo suficientemente relevante, original e cativante: "Era uma vez..." aí está, pois, o mais belo início de todos os contos, mas um início desprovido de toda imaginação! "Na pequena e provinciana cidade S., vivia...", eis aqui algo um tanto melhor ou, ao menos, capaz de fornecer mais subsídios em direção ao clímax. Ou, então, poder-se-ia iniciar tudo *in medias res*: "'Vá para o diabo!', exclamou o estudante Nathanael, com olhar enfurecido, cheio de ira e horror, quando o vendedor de barômetros Giuseppe Coppola..." E, de fato, havia acabado de escrever esse início, quando logo pressenti que a frase "o olhar enfurecido do estudante Nathanael" teria algo de risível em si; pois, a história em questão não é, em absoluto, jocosa. Não me ocorreu nenhuma expressão linguística que parecesse refletir, em mínima medida, o brilho colorido de minha imagem interior. Decidi, então, que não iria sequer começar a escrever. Assim sendo, meu benevolente leitor, peço-te que considere as três cartas que o amigo Lothar generosamente me partilhou como rascunho do quadro que, por meio da narração, esforçar-me-ei para colorir mais e mais. Como um bom retratista, talvez me seja facultado esboçar tão bem algumas formas, que irás reputá-las verossímeis, mesmo sem conhecer a imagem original, tendo até mesmo a impressão de já ter visto a pessoa amiúde e com teus próprios olhos. Talvez, oh, meu caro leitor, tu termines por acreditar que não há nada mais estranho e insano do que a vida real e que somente o poeta seria verdadeiramente capaz de captá-la, como que num reflexo sombrio de um espelho precariamente polido.

Para tornar mais claro aquilo que precisamos saber de saída, cumpre acrescentar, a tais cartas, uma informação, a saber, que, logo depois do falecimento do pai de Nathanael, Clara e Lothar, filhos de um parente distante que também falecera, deixando-os órfãos, foram hospedados pela mãe de Nathanael. Este e Clara nutriam um afeto muitíssimo forte um pelo outro, algo que ninguém na face da Terra

podia contestar; por isso, tornaram-se noivos, quando Nathanael de
lá foi embora no intuito de dar continuidade aos seus estudos em G.
Aliás, ele se achava em tal cidade, quando escrevera sua última carta,
onde frequentava as aulas do famoso professor de física, Spalanzani.

Poderia, sem problema algum, continuar a narração a partir daí;
mas, naquele instante, a imagem de Clara estava tão vívida diante de
meus olhos, que não fui capaz de lhe desviar o olhar, tal como sempre acontecia quando me fitava com seu sorriso adorável. Clara não
podia, nem de longe, ser reputada bela; isso, ao menos, de acordo
com todos aqueles que, por ossos do ofício, entendiam de beleza. Mas
os arquitetos elogiavam as proporções uniformes de sua estatura; já
os pintores consideravam a silhueta formada por sua nuca, ombros e
busto algo excessivamente pudico, ainda que todos se apaixonassem,
em contrapartida, por sua maravilhosa cabeleira de Maria Madalena,
deixando-se arrebatar, sobretudo, por um colorido típico das pinturas
de Battoni[10]. Um deles, um verdadeiro visionário, chegou a comparar,
de forma assaz excêntrica, os olhos de Clara a um lago de Ruisdael[11],
no qual se refletem o puro azul de um céu de brigadeiro, a floresta e
o campo florido, a pródiga paisagem prenhe de vida colorida e jovial.
Poetas e mestres compositores chegavam, inclusive, a ir além, dizendo:
"O quê? Lago? Espelho? Poderíamos então enxergar tal jovem sem
que se irradiassem sobre nós, a partir de seu olhar, canções maravilhosas e sonoridades celestiais, as quais, invadindo nosso coração, desperta
e estimula todas as coisas? Se o nosso cantar não é verdadeiramente
arguto é sobretudo porque não trazemos em nós qualquer argúcia,
sendo que podemos ler isso com clareza no delicado sorriso de Clara,
a pairar em seus lábios, quando nos aventuramos a lhe cantarolar algo
que presumimos ser uma canção, embora na verdade sejam sons iso-
lados, confusos e amontoados." E assim eram as coisas. Clara tinha a
fantasia vivaz de uma criança serena, desenvolta e brincalhona, um

---

10 Precursor do neoclassicismo e partidário da concepção winckelmanniana de arte
    grega, Pompeo Girolamo Batoni (1708-1787) foi um pintor (retratista) italiano do assim
    chamado Rococó. Alusão à *Maria Madalena Penitente*, pintada por Batoni, cerca de
    1742, mas destruída junto com outras obras da *Gemäldegalerie*, em Dresden, quando
    do bombardeio sofrido por esta cidade em fevereiro de 1945.
11 Lagos, florestas e céus portentosos constituem motivos pregnantes da obra de Jacob
    Isaackszoon van Ruisdael (1628-1682), consabido expoente da assim chamada Idade de
    Ouro da pintura holandesa e mestre na transfiguração de paisagens naturais.

o homem de areia 199

ânimo profundo e femininamente doce, bem como um intelecto afiadamente penetrante e com bastante discernimento. Obscurantistas e pessoas de mente curta se davam muitíssimo mal com ela, pois, sem discorrer muito, algo que simplesmente não fazia parte de sua natureza silenciosa, Clara logo lhes dizia, com seu olhar límpido e aquele delicado sorriso irônico: "Queridos amigos! Como sois sequer capazes de supor que eu pudesse tomar vossas efêmeras visões nebulosas por formas verdadeiras, com vida e movimento?" Em virtude disso, Clara foi considerada por muitos como uma pessoa fria, insensível e prosaica, mas outros, que podiam compreender a vida numa profundidade mais límpida, adoravam ao extremo aquela garota bem disposta, sensata e brincalhona; mas, dentre eles, nenhuma a adorava mais do que Nathanael, que se movia intensiva e serenamente nas esferas da ciência e da arte. Clara achava-se ligada a seu amado de corpo e alma; as primeiras sombras nebulosas só atravessaram sua vida quando ele terminou por se separar dela. Com que deleite ela voou em direção aos seus braços quando ele, de volta à sua cidade natal, adentrou em carne e osso na sala de sua mãe, tal como prometera fazer na última carta a Lothar. Tudo se deu como Nathanael havia imaginado, pois, naquele mesmo instante, quando reviu Clara, não pensou no advogado Coppelius e tampouco na coerente carta de Clara; todo desassossego havia desaparecido.

Mas Nathanael tinha toda razão quando escrevera a seu amigo Lothar, dizendo-lhe que a figura do repulsivo vendedor de barômetros Coppola havia penetrado em sua vida de maneira demasiadamente hostil. Todos perceberam isso, haja vista que, logo nos primeiros dias, Nathanael se mostrou completamente alterado em sua natureza como um todo. Mergulhou em devaneios sombrios e começou a agir de uma forma muito esquisita, que ninguém jamais poderia esperar dele. Tudo, a inteira vida se lhe havia tornado um sonho e uma premonição; falava sempre que os seres humanos, embora se quisessem livres, serviam tão somente de marionetes num terrível jogo empreendido por forças obscuras, sendos-lhe inútil impor-lhes qualquer resistência; com humildade, deveríamos nos sujeitar àquilo que o destino viesse a nos infligir. Chegava até mesmo a afirmar que seria insano reputar possível, mediante ciência e arte, criar algo de acordo com o livre-arbítrio, pois o entusiasmo, único a partir do qual nos é dado criar algo, não adviria de nossa própria alma, senão que seria o efeito de algum princípio superior, que subjaz para além de nos mesmos.

Nada era mais extremamente avesso, porém, à sensata Clara, do que essas ilusões místicas, mas parecia fútil, no caso, aventurar-se a buscar refutações. Apenas quando Nathanael procurou demonstrar que o próprio Coppelius constituía o aludido princípio maligno, que dele havia se apropriado no instante em que, às escondidas, escutara atrás da cortina, e que esse mesmo repugnante *demônio*[12] iria, de maneira pavorosa, destruir o amor dos dois, Clara ficou realmente séria e lhe disse: "Sim, Nathanael! Tens razão. Coppelius constitui mesmo um princípio hostil e perverso, apto a te causar coisas terríveis; tal como um poder diabólico que se torna visível ao entrar em nossa vida, mas isso apenas enquanto não o eliminar de teu próprio sentir e pensar. Sempre que acreditares nele, ele também *existirá*, agindo sobre ti, razão pela qual seu poder provém apenas de tua crença." Zangadíssimo que Clara só conseguisse determinar a existência do *demônio* a partir de deu seu próprio mundo interno, Nathanael tencionou, então, safar-se mediante uma doutrina mística sobre os diabos, bem como sobre poderes assombrosos em geral; mas, rápida e irritadamente, Clara interrompeu a conversa, migrando para um outro tema sem muita relevância, para a irritação ainda maior de Nathanael. *Este* achava que mentes frias e insensíveis nãos estavam abertas a tais profundos segredos, mas não se dava conta de que, com isso, acabava arrolando Clara precisamente junto àquelas naturezas que tomava por inferiores; simplesmente não desistia da tentativa de iniciá-la em tais mistérios. Bem cedinho, quando Clara ajudava a preparar o café da manhã, ele ficava ao seu lado, lendo-lhe trechos de toda sorte de livros místicos, até que ela, por fim, implorasse: "Mas, oras bolas, querido Nathanael, imagine se eu quisesse *te* maldizer como se tu próprio fosses o princípio maligno que age hostilmente sobre o meu café? Desse modo, tal como tu desejas, eu teria de deixar tudo de lado, vendo-me obrigada, ao lhe escutar, a olhar apenas para ti, de sorte que o café se me queimaria ao fogo e nenhum de vocês teria um desjejum!" Nathanael fechou o livro com ímpeto e, bastante ressentido,

---

12 No original, *Daemon.*

o homem de areia

correu para o seu quarto. Outrora, ele costumava ter uma disposição particularmente forte para contos vivazes e encantadores, os quais redigia e Clara, com prazer visceral, escutava de bom grado; mas, agora, suas criações literárias[13] eram lúgubres, ininteligíveis e disformes, de modo que, mesmo que Clara, por bondade, não lhe dissesse nada a esse propósito, ele ainda assim percebia o quão pouco aquilo tudo lhe tocava. E nada era mais letal, para Clara, do que o tédio; seu olhar e suas palavras prestavam testemunho de sua irremediável sonolência. E, de fato, as criações literárias de Nathanael eram bastante entediantes. Seu desgosto pela mente fria e prosaica de Clara crescia mais e mais, sendo que esta última não conseguia superar seu descontentamento em relação à sombria, obscura e enfadonha mística de Nathanael; e assim foi que, no íntimo, ambos terminaram por se distanciar cada vez mais um do outro, mesmo que não se apercebessem muito disso. Tal como o próprio Nathanael era obrigado a admitir, a figura do horrendo Coppelius já parecia, em sua fantasia, um tanto desbotada e justamente lá, nas criações em que ele surgia sob a forma de um fatídico espantalho, custava-lhe muito esforço para colori-lo com tons realmente vivos. Finalmente, ocorreu-lhe escolher como tema para um poema, o soturno pressentimento de que Coppelius iria prejudicar sua felicidade amorosa. Imaginava a si mesmo e Clara como seres ligados por um amor profundo, mas, de vez em quando, tinha a impressão de que um punho negro se apoderava de suas vidas, dilacerando qualquer alegria que se lhes aparecesse. Tanto é assim que, quando os dois já estavam diante do altar, o terrível Coppelius finalmente surge, roçando os charmosos olhos de Clara; estes últimos então saltam para fora como faíscas sanguinolentas, em direção ao peito de Nathanael, flamejando em brasa; agarrando-o, Coppelius então o atira num círculo de fogo a girar na velocidade de um turbilhão, o qual, troando e bramindo, arrancam-lhe do chão; escuta-se então um barulho estrondoso, tal e qual um tufão que, com fúria, chicoteia ondas encrespadamente espumantes sobre o mar, as quais, como gigantes negros de cabeça branca, arvoram-se numa luta feroz. Mas, através desse selvático estrondo, ele ainda escuta a voz de Clara: "Então, não podes me enxergar? Coppelius te enganou! Não eram os

13 No original, *Seine dichtungen.*

meus olhos que queimavam em seu peito, senão que gotas de sangue incandescentes de teu próprio coração – ainda tenho meus olhos! Olha para mim!" Nathanael logo pensa: "É Clara! Serei dela eternamente!" Era como se o pensamento penetrasse impetuosamente no círculo de fogo, paralisando-o, e o alarido, abafado, terminasse por se dissipar num negro abismo. Nathanael olha nos olhos de Clara; mas é a morte que, por meio destes últimos, devolve-lhe amistosamente o olhar.

Ao compor essa história, Nathanael manteve-se bem calmo e reflexivo, limando e aprimorando cada linha do texto e, como havia se submetido inteiramente à coerção da métrica, não iria sossegar enquanto tudo resultasse gracioso e bem sonante. Mas eis que, por fim, ao concluir sua criação e ler seu poema a si mesmo, foi tomado por um sentimento medonho e violentamente terrível, e gritou: "De quem é essa voz horripilante?" Logo depois, porém, a inteira composição se lhe pareceu um poema muitíssimo bem logrado e chegou inclusive a acreditar que, com tal obra, poderia reacender o ânimo frio de Clara, embora não conseguisse imaginar, com clareza, por que motivo deveria entusiasmá-la e qual seria exatamente o propósito de aterrorizá-la com imagens horríveis, que prenunciavam uma fatalidade pavorosa e destruidora do amor de ambos. Nathanael e Clara achavam-se sentados no pequeno jardim de mamãe, sendo que ela estava bastante contente, porque há três dias, enquanto escrevia aquele poema, Nathanael não lhe atormentara com seus sonhos e premonições. Este último também falava, como costumava fazer outrora, sobre coisas engraçadas, com vivacidade e júbilo, até que uma hora Clara lhe disse: "Enfim, tu estás comigo novamente, e por inteiro! Percebes como expulsamos o horrendo Coppelius?" Então Nathanael se apercebeu que trazia consigo, no bolso, o poema que escrevera e tencionou lê-lo em voz alta. De imediato, sacou as páginas e iniciou a leitura; Clara, pressupondo, como de hábito, algo entediante, acabou rendendo-se à situação e começou a tricotar. Mas, como as macabras nuvens começaram a escurecer mais e mais, ela então colocou de lado o tricô e olhou fixamente nos olhos de Nathanael. Este havia sido irresistivelmente arrebatado pelo seu próprio poema; uma brasa interior enrubesceu intensamente suas bochechas e lágrimas jorravam de seus olhos. Ao final, encerrada a leitura, ele suspirou em profunda exaustão; e, esgotado, agarrando a mão de Clara, sussurrou num pranto inconsolável: "Ah! Clara, Clara!" Esta então o apertou suavemente junto ao peito e, com brandura, mas num tom sério e pausado, disse-lhe: "Nathanael, meu queridíssimo Nathanael! Atira ao fogo esse insano, absurdo e tresloucado conto de fadas!" Revoltado, Nathanael deu um salto e exclamou, empurrando Clara para longe de si: "Tu, maldito autômato sem vida!" Então saiu correndo e Clara, profundamente magoada e cheia de lágrimas, soluçou alto e bom som: "Ah! Ele nunca me amou, pois não me entende!" Lothar apareceu sob o caramanchão e Clara foi obrigada a lhe contar o que sucedera; ele amava sua irmã de paixão, de sorte que cada palavra de sua lamentação caiu como uma fagulha de fogo em sua alma, fazendo com que a insatisfação em relação ao fantasioso Nathanael, que há muito trazia em seu coração, acabasse por se inflamar numa ira indomável. Disparou, pois, atrás de Nathanael e o repreendeu com duras palavras pela atitude disparatada para com sua amada irmã; palavras que, por seu turno, foram revidadas com igual veemência pelo já enervado Nathanael. "Seu doidivano, fantasioso, insano!" Foi retrucado nos seguintes termos: "Seu miserável, reles, ordinário!" Um duelo se tornou, assim, inevitável. Ambos decidiram digladiar-se na manhã seguinte, atrás do jardim e com floretes afiados, de acordo com o costume estudantil local. Calados e soturnos, rodeavam-se silenciosamente; Clara escutou a virulenta briga e viu o mestre de armas[14] trazer os floretes, ao entardecer. Pressentiu o que deveria ocorrer. Taciturnos, ao comparecerem no local do embate, Lothar e Nathanael retiraram suas casacas e, com uma sangrenta vontade de luta em seus olhos escaldantes, quiseram atacar um ao outro; mas foi então quando Clara surgiu de supetão, por entre a porta do jardim. Soluçando, gritou: "Sois homens selvagens! Terríveis! Abatei-me logo, antes de vos atacarem; pois, afinal, como poderei continuar a viver neste mundo, se meu amado tiver assassinado meu irmão ou este àquele!" Lothar abaixou as armas e, em silêncio, ficou olhando para o chão; mas, no coração de Nathanael, todo amor que sentia pela charmosa Clara à época dos mais belos dias de sua juventude brotou novamente, com

14 No original, *Fechtmeister*.

lancinante melancolia. A arma mortal caiu-lhe das mãos e ele, logo em seguida, tombou aos pés de Clara. "Poderás algum dia me perdoar, minha única e amada Clara? És capaz de me desculpar, meu querido irmão Lothar?" Lothar ficou tocado com a profunda dor do amigo; em meio a mil lágrimas, os três seres reconciliados se abraçaram e juraram não mais se separarem um do outro, permanecendo em contínuo amor e confiança.

Nathanael teve a impressão de ter removido de si um fardo pesado, que lhe pressionava até o chão; como se, inclusive, ao impor resistência ao poder sombrio que lhe aprisionava, tivesse conseguido salvar seu inteiro ser, ameaçado de aniquilação. Ele vivenciou ainda mais três felizes dias junto a quem tanto amava, terminando por retornar a G., localidade onde cogitou permanecer pelo menos mais um ano, para, aí então, em definitivo, voltar à sua cidade natal.

Tudo aquilo que dizia respeito a Coppelius fora ocultado à mamãe; afinal, era do conhecimento de todos que ela não podia pensar nele sem, ao mesmo tempo, aterrorizar-se, haja vista que, tal como Nathanael, também ela o culpava pela morte de seu marido.

■ ■

Mas qual não foi o espanto de Nathanael, quando tencionou entrar em seu apartamento! Logo viu que sua casa inteira havia pegado fogo, deixando-se entrever, por entre a pilha de escombros, somente as paredes queimadas. Contudo, e apesar de o incêndio ter começado no laboratório do farmacêutico que morava no andar abaixo, fazendo, assim, com que a casa queimasse debaixo para cima, alguns amigos fortes e destemidos conseguiram, a tempo, invadir o quarto de Nathanael, que se achava no andar superior, para tentar salvar alguns livros, manuscritos e instrumentos. Tudo aquilo que havia saído incólume foi por eles guardado numa outra casa, da qual tomaram um quarto e ao qual Nathanael, de imediato, tratou de se mudar. Não deu muita atenção, porém, ao fato de que, agora, morava em frente à casa do professor Spalanzi e se lhe pareceu igualmente irrelevante, quando notou que poderia, de sua janela, olhar diretamente para o quarto onde Olímpia, sozinha, costumava sentar-se; o que lhe permitia, pois,

o homem de areia

reconhecer nitidamente sua figura, por mais que seus traços faciais continuassem imprecisos e indefinidos. Mas finalmente se deu conta de que Olímpia continuava sentada junto à mesinha, horas a fio e sem se ocupar de nada, no mesmo lugar em que outrora ele lhe havia avistado, através da porta de vidro, devolvendo-lhe fixamente o olhar; ele foi então obrigado a confessar a si mesmo que jamais vira uma forma humana tão bela; entretanto, com Clara em seu coração, a figura enrijecida e estatelada de Olímpia se lhe permanecia completamente desinteressante e apenas às vezes espiava, fugidiamente e por cima de seu compêndio, aquela bela estátua, mas nada além disso. Eis que estava justamente prestes a escrever a Clara, quando bateram suavemente à porta; após permissão, esta então se abriu, deixando entrever a face repulsiva de Coppelius. Nathanael sentiu seu coração estremecer; mas, em consideração ao que Spalanzani lhe havia dito acerca de seu conterrâneo Coppola e em respeito ao que ele mesmo havia jurado tão sacramente à sua amada, no tocante a Coppelius, sob a forma de homem-areia, sentiu-se pessoalmente envergonhado por seu infantil pavor de fantasmas e, com todo esforço, procurou recompor-se; e, em tom sereno e suave, falou: "Não pretendo comprar nenhum barômetro, meu caro amigo! Pode ir!" Mas, então, Coppelius entrou com tudo no recinto e, contorcendo sua bocarra num sorriso horrendo e soltando penetrantes faíscas dos pequenos olhos abaixo de suas longas e cinzentas pestanas, com voz rouca, falou: "*Ma non!* Barômetro *no!* Barômetro *no!* Tenho também belos 'zóios'! Belos 'zóios'!"[15] Horrorizado, Nathanael bradou: "Seu louco! Como poderias ter olhos à venda? Olhos! Olhos!" Mas, nesse mesmo instante, Coppola já havia colocado seus barômetros de lado e enfiado as mãos nos enormes bolsos de sua casaca, deles retirando óculos e *lorgnettes*[16], os quais ele colocou em cima da mesa. "– Vê! Aqui, aqui. 'Zóculos'! 'Zóculos' para apoiar sobre o nariz, são meus 'zóios', belos 'zóios'!"[17] E, com isso, passou a apanhar cada vez mais óculos, de sorte que, bizarramente, começou a faiscar e reluzir sobre a inteira mesa. Milhares de olhos espiavam e estrebuchavam

---

15 No original, "*Ei, nix Wetterglas, nix Wetterglas! – hab' auch skoene Oke – skoene Oke!*".
16 Binóculos de ópera, óculos sem haste.
17 No original, "*Brill, auf der Nas' su setze, das sein meine Oke – skoene Oke!*".

convulsivamente, encarando Nathanael; mas, ainda assim, ele não conseguia tirar os olhos da mesa, sendo que Coppola continuava a colocar, sobre ela, mais e mais óculos; e os olhares flamejantes, cruzando-se entre si, lançavam-se numa ferocidade cada vez maior, disparando seus raios vermelho-sangue rumo ao peito de Nathanael. Tomado de assalto por tal terrível loucura, este último gritou: "Para! Para, homem apavorante!" Agarrou então Coppola pelo braço, quando este já se preparava para sacar mais óculos do bolso, embora a mesa já estivesse repleta deles. Livrando-se tranquilamente dele, Coppola disse, com uma risada rouca e repugnante: "Ah! *Non*, esses não são para ti! Eis aqui 'zóculos' belos", sendo que, a essa altura, já havia juntado e guardado todos os óculos, retirando, do bolso interno de sua casaca, um punhado de lunetas, grandes e pequenas. Mas, assim que os óculos foram recolhidos, Nathanael ficou bastante calmo e, pensando em Clara, percebeu que aquela horrível assombração era tão somente um produto de seu próprio mundo interno, de modo que Coppola era, pois, um óptico e mecânico altamente honesto, e jamais poderia ser um espírito ressurreto[18] ou um maldito duplo de Coppelius. Ademais, todas as lentes que Coppola acabara de colocar sobre a mesa não traziam consigo nada de insólito ou, ao menos, nada de fantasmagórico como os óculos que havia anteriormente mostrado e, a ser assim, para fazer novamente as pazes, Nathanael decidiu então comprar efetivamente algo de Coppola. Pegou uma lunetinha de bolso, trabalhada com todo esmero e, no intuito de testá-la, olhou pela janela. Nunca em sua vida se lhe haviam apresentado uma lente que fosse capaz, diante dos olhos, de aproximar os objetos de forma tão pura, precisa e nítida. Sem querer, olhou em direção ao quarto de Spalanzani; como sempre costumava fazer, Olímpia achava-se sentada diante da mesinha, com os braços nela apoiados e com as mãos cruzadas. De pronto, Nathanael entreviu o rosto maravilhosamente bem formado de Olímpia. Apenas seus olhos pareceram-lhe estranhamente estáticos e mortos. Mas, à medida que observava com precisão cada vez maior através da lente, tinha a impressão de que os olhos de Olímpia emitiam orvalhados raios de lua. Parecia que apenas assim seu poder de visão seria reavivado; os olhares flamejavam

---

18 No original, *Revenant*.

o homem de areia 207

de maneira cada vez mais vivaz. Como que paralisadamente enfeitiçado, Nathanael ficou inerte à janela, contemplando mais e mais
Olímpia, em sua celestial beleza. Um pigarro e um ruído arrastado
terminaram por despertá-lo, tirando-o, por assim dizer, de um sono
profundo. Coppola estava bem atrás dele: "*Tre zecchini* – três ducados!"[19] Nathanael se havia esquecido completamente do óptico e,
sem pestanejar, pagou a quantia por ele requerida: "Bela lente! Bela
lente! *Non?*", perguntou Coppola com sua voz rouca, repulsiva e seu
sorriso pérfido. "Sim! Sim!", retrucou Nathanael, com mau humor:
"*Adieu*, meu caro amigo!" Não sem antes olhar diversas vezes de sos-
laio para Nathanael, Coppola, por fim, deixou o recinto. Este então
desceu as escadas, dando uma sonora gargalhada. "Pois bem", pensou Nathanael, "ele ri de mim, porque eu decerto lhe paguei caro
demais pela lunetinha – demasiadamente caro!" Ao sussurrar tais
palavras para si mesmo, acreditou ouvir um profundo suspiro mortal,
a ecoar pavorosamente pelo cômodo e, devido ao medo visceral,
Nathanael teve dificuldade para respirar. Mas o suspiro viera dele
mesmo, bem percebeu. "Clara", disse a si próprio, "tem toda razão
ao me tomar por um fantasiador vulgar; trata-se, porém, de simples
loucura – mais até! É mais que loucura agora me deixar amedrontar,
de modo tão incomum, pela estúpida ideia de que eu teria pago
demasiadamente caro a Coppelius pela lente; pois não vejo razões
bastantes para tanto." Neste momento, sentou-se para terminar de
escrever a carta à Clara, mas uma espiada pela janela bastou para
convencê-lo de que Olímpia ainda estaria sentada lá e, de repente,
num só pulo, apanhou a luneta de Coppola e se manteve imantado
àquela sua sedutora visão, até que o amigo e irmão Siegmund o chamou para assistir à aula do professor Spalanzani. Mas, desta feita,
a cortina estava cerradamente puxada diante do fatídico quarto, não
lhe sendo mais dado vislumbrar Olímpia em seu quarto naquele dia
nem nos dois outros que se seguiram, embora não arredasse o pé da
janela e utilizasse continuamente a luneta de Coppola, na tentativa
de enxergá-la. No terceiro dia, inclusive as janelas haviam sido cober-
tas. Tomado pelo desespero, mas embalado pela saudade e por um
ardente desejo, saiu rua afora, correndo até o portal da cidade.

19 No original, "*Tre Zechini – drei Dukat*".

Surgida de um arbusto e pairando no ar, a figura de Olímpia flutuou diante de seus olhos e, a partir de um límpido regato, fitou-o com grandes e luzentes olhos. A imagem de Clara havia desvanecido por completo de sua alma; não pensava em mais nada senão que em Olímpia e, aos gritos e em lágrimas, lamentava-se: "Ah, minha mais elevada e majestosa estrela de amor, aparecestes para mim tão somente para, logo depois, desaparecer novamente, abandonando-me numa noite sinistra e desolada?"

Quando quis voltar ao seu apartamento, percebeu uma movimentação barulhenta na casa de Spalanzani. As portas estavam abertas, toda espécie de utensílio era levada para dentro, as janelas do primeiro andar estavam erguidas, serventes atarefadas varriam e espanavam, de lá para cá, com vassouras de pelo e, no interior da casa, marceneiros e tapeceiros batiam e martelavam. Parado na rua, Nathanael permaneceu em completo espanto; foi quando Siegmund foi até ele e disse, dando risada: "E então? O que tens a dizer sobre o nosso velho Spalanzani?" Nathanael assegurou-lhe que não podia dizer absolutamente nada a respeito, pois não sabia coisa alguma acerca do que se passava com o professor e que, ao contrário, ficara muitíssimo surpreso ao perceber, justamente naquela casa quieta e apagada, tamanha movimentação e tão disparatados empreendimentos; soube então, por meio de Siegmund, que Spalanzani pretendia dar uma grande festa no outro dia, com direito a orquestra e baile, sendo que metade da Universidade havia sido convidada. E eis que se espalhou, aos quatro ventos, a notícia de que Spalanzani iria deixar sua filha Olímpia, que ele, com extremo receio, mantinha longe da vista de todos os mortais, aparecer pela primeira vez.

Nathanael achou uma carta-convite e, com o coração em disparada, foi à casa do professor na hora marcada, quando as carruagens já estavam chegando e as velas nos salões enfeitados já cintilavam. Os convivas eram numerosos e resplandeciam. Olímpia surgiu, então, com roupas finíssimas e de muito bom gosto. Era impossível não se deixar maravilhar com o estonteante formato de seu rosto, bem como sua silhueta. A curvatura ímpar de suas costas e a finura de seu torso de vespa pareciam ser o efeito de um espartilho muito acochado. Havia algo demasiadamente contido e de exagerada rigidez em sua

o homem de areia 209

postura e maneira de andar, o que, para alguns, causava uma impressão desagradável; mas isso era atribuído à coação que os convivas exerciam sobre ela. O concerto logo começou. Com grande destreza, Olímpia tocou piano e também cantou uma ária de bravura, com uma voz diáfana, quase cortante, tal e qual um sino de vidro. Nathanael estava plenamente encantado; ficou de pé na última fileira e, por conta da ofuscante luz das velas, não pôde reconhecer inteiramente os traços faciais de Olímpia. Por isso, sem chamar muita atenção, sacou a lente de Coppola e focou na bela que cantava. Ah, mas foi aí, então, que percebera que ela também o fitava com enorme nostalgia, constatando que cada nota só se fazia realmente escutar por conta de seu olhar apaixonado, o qual penetrava ardentemente em sua alma. Os engenhosos ornamentos melódicos soavam, aos ouvidos de Nathanael, como lamentos celestiais de uma mente transfigurada pelo amor e, depois da cadência, quando trinado finalmente ecoou com estridência e forte ressonância pelo salão, ele não conseguiu mais se conter e, como que repentinamente agarrado por braços incandescentes, viu-se forçado, por dor e fascinação, a gritar: "Olímpia!" Virando-se, todos olharam para ele, sendo que alguns deram risada. O organista da catedral fez uma cara mais tenebrosa do que o habitual e simplesmente disse: "Ora, ora!" O concerto terminou e o baile teve, então, início. "Tirá-la para dançar! Tirá-la para dançar!", tal era, pois, para Nathanael, o alvo de todos seus desejos e esforços; mas como criar coragem para chamá-la, justamente a rainha da festa? Mesmo assim! Sequer ele próprio soube como tudo se passou, mas, assim que a dança começou, Nathanael se achava bem ao lado de Olímpia, que ainda não havia sido tirada para dançar e ele, quase incapaz de gaguejar algumas poucas palavras, segurou sua mão. Esta estava gelidamente fria e ele se sentiu atravessado por um funesto e tenebroso calafrio; olhou fixamente nos olhos de Olímpia e viu que estes se lhe refletiam raios cheios de amor e saudade; naquele instante também se lhe pareceu que, naquela fria mão, o pulso voltava a bater e a corrente de sangue vital resplandecia novamente. E também no coração de Nathanael o desejo de amor, fulgurante, elevava-se mais e mais, até que tomou a bela Olímpia em seus braços e, como que num voo, ambos saíram bailando por entre os demais salão adentro. Ele acreditou ter dançado acertadamente conforme compasso, mas, tendo em vista a regularidade rítmica constante e muitíssimo singular com a qual Olímpia dançava e que, por diversas vezes, fazia-o perder o passo, ele rapidamente se deu conta de quão grande era sua falta de senso rítmico. Mas, ainda assim, não quis mais dançar com nenhuma outra mocinha e poderia simplesmente matar, ali mesmo, qualquer um que dela se aproximasse a fim de tirá-la para dançar. No entanto, isso só ocorreu duas vezes, sendo que, para o seu espanto, Olímpia permanecera sentada no início de todas as danças, não lhe faltando oportunidade, pois, para voltar a convidá-la sempre novamente. Se Nathanael tivesse sido capaz de olhar para outra coisa a não ser Olímpia, todo tipo de conflito e briga fatal teria sido algo inevitável, pois risadinhas indiscretas e mal contidas se faziam sonoramente escutar em todos os cantos, entre os jovens ali presentes, os quais dirigiam o olhar para Olímpia com grande curiosidade, mas sem que se soubesse a razão disso. Estimulado acaloradamente pela dança e pelo vinho portentosamente degustado, Nathanael colocara de lado toda sua timidez habitual. Sentou-se ao lado de Olímpia e, segurando-lhe as mãos, falou com entusiasmo e num tom inflamado sobre o amor que sentida, mas por meio de palavras que ninguém compreendia, nem ele nem a própria Olímpia. Ou, talvez, esta última estivesse mesmo entendendo algo do que ele dizia, pois o olhava com firmeza nos olhos e suspirava sucessivamente: "Ah, ah, ah!", ao que Nathanael então respondia: "Oh, tu és uma mulher majestosa, celestial! Tu, raio do prometido amor além da vida. Tu, ânimo profundo na qual meu inteiro ser se reflete"; e, cada vez mais, seguia falando coisas desse mesmo teor, mas Olímpia continuava apenas a suspirar: "Ah, ah, ah." Vez ou outra, o professor Spalanzani passava ao lado do feliz par e sorria, para eles, com um contentamento assaz estranho. Embora Nathanael se achasse num mundo completamente diferente daquele, pareceu-lhe, de pronto, que ali, na casa do professor Spalanzani, tudo se tornara visivelmente sombrio; olhou ao redor de si e, para o seu enorme espanto, percebeu que as duas últimas velas do já esvaziado salão haviam queimado de ponta a ponta e estavam prestes a se apagar. Há muito que a música e a dança tinham terminado. "Teremos de nos separar! Separar!", bradou ele, desenfreada e

o homem de areia

desesperadamente; beijou a mão de Olímpia e inclinou-se em direção à sua boca, quando então lábios gelidamente frios tocaram sua boca quente! Tal como no momento em que ele tocara a gélida mão de Olímpia, sentiu-se tomado por um horror visceral, sendo que, de repente, a lenda da noiva cadáver logo veio à sua mente; mas Olímpia lhe abraçara com força e, no beijo, seus lábios pareceram reaquecidos para a vida. O professor Spalanzani caminhou lentamente pelo salão vazio; seus passos ecoaram com reverberação e sua figura, circundada por sombras cintilantes, tinha uma aparência medonha e fantasmagórica. "Tu me amas? Tu me amas, Olímpia? Uma palavra apenas! Tu me amas?", sussurrou Nathanael; porém, ao se levantar, Olímpia limitou-se a suspirar: "Ah, ah, ah." "Sim, minha delicada e majestosa estrela de amor," disse ainda Nathanael, "tu te elevastes para mim e hás de iluminar e transfigurar minha alma para todo o sempre!" "Ah, ah!", retrucou Olímpia, ao caminhar e tomar certa distância. Nathael tratou de segui-la e, nisso, acabaram por se deparar com o professor. "Entabulastes um diálogo extremamente animado com minha filha", falou aquele, sorrindo. "Pois bem, meu caro Sr. Nathanael, se tendes prazer em conversar com essa moça tola, então vossa visita decerto me será bem-vinda." Nathanael se despediu, levando no coração um céu cabalmente radiante e límpido; a festa de Spalanzani foi o principal tema das conversas nos dias seguintes. Embora o professor tivesse feito de tudo para tudo parecer esplêndido, os chacoteadores tinham muito o que contar sobre inúmeras esquisitices e coisas indecorosas que ocorreram, comentando exaltadamente, em especial, sobre a estática e afônica figura Olímpia, a qual, a despeito de sua beleza exterior, julgavam ser uma pessoa completamente bronca; e, por isso mesmo, queriam descobrir o motivo que teria levado Spalanzani a escondê-la por tanto tempo. Não foi sem uma profunda raiva que Nathanael escutara aquilo tudo; mas, mesmo assim, calou-se, pois pensou consigo mesmo: valeria a pena provar a esses rapazes que era sua própria imbecilidade que os impedia de reconhecer a mente profunda e majestosa de Olímpia? "Faça-me o favor, meu irmão", disse-lhe um certo dia Siegmund, "faça-me o favor e me diga como te foi possível, a ti, um jovem tão sensato, apaixonar-se perdidamente por aquela face de cera, aquela boneca de madeira?" Nathanael quis irromper com ira, mas, sem demora, retomou o juízo e respondeu: "Diga-me tu, Siegmund, como o charme amoroso e celestial de Olímpia pode escapar ao teu olhar e sentido muitíssimo aguçados, habitualmente tão aptos a captar com clareza toda grande beleza? Mas, graças a Deus, não o tenho como um rival, afinal, do contrário, um de nós teria de morrer ensanguentado." Siegmund logo se apercebeu daquilo que se passava com o amigo e, com destreza, mudou o rumo da prosa e, depois de afirmar que, em coisas do amor, jamais se deve discutir sobre o objeto em questão; acrescentou ainda: "É curioso, porém, que muitos dentre nós tenham uma opinião bastante parecida acerca de Olímpia. Não me leves a mal, meu irmão, mas, estranhamente, ela se nos pareceu tétrica e sem alma. É bem verdade que sua estrutura corporal é bem proporcional, assim como seu rosto. Poderia ser considerada bela, inclusive, caso seu olhar não fosse privado de todo brilho vital ou, diria ainda, se não lhe faltasse força de visão. Seu caminhar é inusitadamente compassado, sendo que cada movimento parece estar condicionado pelo andamento de um relógio de corda. Sua maneira de tocar e cantar fia-se no desagradável e sem graça compasso bem-marcado das caixas de música[20], sendo que seu modo de dançar é igualmente regular. Essa tal de Olímpia se nos tornou uma pessoa completamente sinistra e não queremos ter nada a ver com ela; deu-nos somente a falsa impressão de agir qual um ser vivo, mas bem sabemos haver algo de muito peculiar por trás de sua condição." Nathanael não se deixou levar inteiramente pelo amargo sentimento que dele quis se apoderar por ocasião dessas palavras de Siegmund, senão que, dominando seu próprio ressentimento, apenas disse com bastante seriedade: "Olímpia bem que pode vos parecer, a vós, seres humanos frios e prosaicos, uma pessoa sinistra. Mas certo é que apenas a uma mente poética se desvela algo que se organiza desse modo. Somente a mim despontou seu olhar amoroso, transpassando radiantemente meus sentidos e pensamentos; somente no amor de Olímpia me foi dado reencontrar a mim mesmo. Talvez não vos seja de todo correto o fato de ela não entabular conversas superficiais e falar bobagens, tal como fazem as demais mentes fúteis. Ela é uma pessoa de

---

20 No original, *Der singenden maschine*.

o *homem de areia*

poucas palavras, de fato; todavia, suas poucas palavras vêm à luz como genuínos hieróglifos do mundo interior, repleto de amor e elevado conhecimento da vida espiritual, como a introvisão mesma da eterna vida além-túmulo. Mas não tendes sensibilidade para nada disso e tudo se lhes parece, antes do mais, palavras perdidas." "Que Deus o livre e guarde, meu irmão", falou Siegmund com muita suavidade, quase em tom melancólico, "porém, a mim me parece que tu te encontras no caminho errado. Podes contar comigo, se tudo... mas, não! Melhor eu não dizer mais nada!" De repente, Nathanael teve a sensação de que o frio e prosaico Siegmund estava sendo-lhe muitíssimo sincero, motivo pela qual ele apertou a mão que o estendera com bastante afetuosidade.

Nathanael se havia esquecido por completo que existia uma certa Clara neste mundo, a quem ele outrora amava, inclusive. Sua mãe e Lothar, enfim, todos haviam desaparecido de sua memória; vivia unicamente para Olímpia, junto à qual ele permanecia sentado todos os dias, por horas e horas, fantasiando-lhe coisas sobre seu amor, bem como acerca de uma simpatia vitalmente resplandecente e uma psíquica afinidade eletiva, palavras que Olímpia escutava com enorme devoção. Dos mais profundos confins de sua escrivaninha, Nathanael apanhou tudo aquilo já havia escrito. Poemas, fantasias, visões, novelas e contos, os quais eram diariamente incrementados mediante adição de toda sorte de sonetos, estâncias e canções escritos ao léu[21], e lia isso tudo a Olímpia, durante horas e sem se cansar. Nunca tivera, contudo, uma ouvinte tão excelente. Não bordava nem tricotava, e tampouco ficava olhando pela janela; não alimentava nenhum pássaro nem brincava com seu cachorrinho ou gatinho de estimação, e tampouco ficava dobrando tiras de papel ou mexendo em algo com as mãos; não era impelida a esconder um bocejo mediante uma suave tosse forçada. Em suma: estática, ela permanecia horas a fio encarando fixamente os olhos de seu namorado, sem se mover ou deslocar, sendo que seu olhar se tornava mais e mais cintilante, mostrando-se cada vez mais vívido. Apenas quando Nathanael finalmente se levantava e beijava sua mão, bem como sua boca, ela falava: "Ah, ah!"; mas, logo em seguida, arrematava: "Boa noite, meu amado!"

---

21 No original, *Ins Blaue fliegenden Sonetten, Stanzen, Kanzonen.*

"Oh! Tu mente majestosa e profunda", exclamava Nathanael em seu próprio cômodo, dizendo ainda: "Somente por ti, apenas por ti sou totalmente compreendido." Sentia-se abalado por um intenso embevecimento interior, quando ponderava sobre a maravilhosa harmonia que vigorava entre seu ânimo e o de Olímpia, a qual se revelada maior a cada dia; pois se lhe parecia que ela falava sobre sua obra e seu dom literário como que exatamente a partir das profundezas de sua própria alma, como se a voz dela ecoasse daquilo que havia de mais íntimo nele mesmo. E, em verdade, as coisas devem mesmo ter ocorrido dessa forma, pois Olímpia nunca emitiu mais palavras além daquelas anteriormente mencionadas. Mas, quando era dado a Nathanael realmente se lembrar, em momentos de clareza e sobriedade como, por exemplo, pela manhã, logo depois do despertar, da inteira passividade e do *deficit* discursivo de Olímpia, ele então dizia: "O que são as palavras? As palavras? O vislumbre de seus olhos celestiais diz muito mais do que qualquer outra linguagem aqui nesta Terra. Poderia, afinal de contas, de algum modo, uma criança dos céus se acomodar à estreita esfera traçada por uma lastimável necessidade terrena?" O professor Spalanzani parecia estar muitíssimo contente com a relação que sua filha estabelecera com Nathanael; tanto é assim que, a este último, deu vários sinais indubitáveis de seu comprazimento; e quando Nathanael finalmente ousou insinuar, com cuidado, um casamento com Olímpia, seu rosto todo sorriu, sugerindo que daria à sua filha completa e livre escolha a esse respeito. Encorajado por tais palavras e com um tórrido anseio no coração, logo no dia seguinte, Nathanael decidiu suplicar a Olímpia que dissesse, sem rodeios e de forma clarividente, aquilo que seu olhar amoroso já lhe havia dito, a saber, que ela queria ser dele para todo o sempre. Ele procurou então o anel que sua mãe lhe dera quando de sua despedida para entregá-lo à Olímipia, como símbolo de sua devoção, assim como daquela vida que germinava e florescia junto a ela. Ao fazê-lo, as cartas de Clara e Lothar caíram-lhe nas mãos; mas, com indiferença, ele as colocou de lado e encontrou o anel, enfiando-o no dedo e correndo em direção à Olímpia. Mas, logo ao subir as escadas, no corredor, escutou um estranho tumulto; a zoada parecia ecoar do gabinete de Spalanzani. Bater de pés, vidros se quebrando, empurrões,

o *homem de areia*

pancadas na porta e, em meio a isso tudo, maldições e xingamentos. "Solta! Solta! Seu infame! Velhaco! Foi para isso que me dei de corpo e alma? Aha! Aha! Não foi nisso que apostamos! Fui eu, eu que fiz os olhos, bem como a engrenagem. E tu, diabo imbecil, com tua engrenagem! Maldito cão de um parvo relojoeiro! Sai daqui! Satã! Para! Torneiro de cachimbo! Besta diabólica! Para! Solta!" Eram as vozes de Spalanzani e do medonho Coppelius que se ouviam, a zunir e bramir entre si. Tomado por um pavor inominável, Nathanael entrou com ímpeto na sala. O professor carregava uma figura feminina nos ombros e o italiano Coppola, de seu lado, agarrava-a pelos pés, de sorte que ambos a puxavam de lá para cá, disputando sua posse com toda raiva. Cheio de horror, Nathanael então se afastou para trás, ao reconhecer, na figura carregada, a própria Olímpia; queimando em ira desenfreada, teve vontade de arrancar sua amada daqueles dois seres enfurecidos, mas, naquele mesmo instante, girando com uma força gigantesca, Coppola sacou a figura das mãos do professor e, valendo-se dela mesma, aplicou-lhe um golpe tão espantoso, que ele, cambaleando, caiu de costas sobre a mesa em cima da qual se achavam ampolas, destiladores, garrafas e cilindros; todos os apetrechos se estilhaçaram em milhares de cacos de vidro. Coppola então atirou o manequim sobre suas costas e saiu em disparada escada abaixo, dando uma sonora e horrível gargalhada, sendo que os pés da figura, que pendiam num vaivém assustador, batiam e retumbavam em cada degrau, repercutindo o som da madeira. Nathanael ficou paralisado, de pé. Havia testemunhado tudo com demasiada clareza. O rosto de cera de Olímpia, funestamente pálido, não tinha olhos, mas, em vez disso, somente duas cavidades escuras; era uma boneca sem vida. Spalanzani se revirara, rolando sobre o chão; cacos de vidro lhe haviam cortado a cabeça, o peito e os braços e, qual um chafariz, o sangue jorrava para o alto. Mas, por fim, conseguiu recompor suas forças: "Vai atrás dele! Atrás dele! Por que te demoras? Coppelius! Coppelius, tu me roubastes meu melhor autômato! Trabalhei vinte anos nele! De corpo e alma! Elaborando a engrenagem, o falar, o andar, é tudo meu. Os olhos! Os olhos também roubei de ti! Maldito! Amaldiçoado! Vai atrás dele! Traz-me Olímpia de volta! Aqui estão seus olhos!" Foi quando Nathanael viu um par de olhos ensanguentados sobre o chão, os quais o encaravam; Spalanzani pegou-os com a mão que não havia sido ferida e os jogou em sua direção, atingindo, assim, o peito do rapaz. Este então foi apanhado pelas garras incandescentes da loucura, que logo atravessaram sua alma, dilacerando todos seus sentidos e pensamentos: "Uhu! Uhu! Uhu! *Círculo de fogo! Círculo de fogo!* Rodopia! Divertido, divertido! Boneca de madeira! Uhu, linda boneca de madeira! Gira!" Com isso, lançou-se sobre o professor e esganou sua garganta. Ele o teria certamente estrangulado, mas a algazarra havia atraído muitas pessoas para lá, as quais terminaram por invadir o recinto, retirando o irado Nathanael de cima do professor e, assim, salvando este último, o qual foi prontamente enfaixado. Siegmund, por mais forte que fosse, não conseguiu domar o furioso; e este, com uma voz assustadora, gritava mais e mais. "Gira, boneca de madeira!", vociferava, bracejando com os punhos cerrados. Finalmente, graças à força conjunta de várias pessoas, foi possível contê-lo, atirá-lo ao chão e amarrá-lo. Suas palavras degringolaram numa berraria animalesca. E assim foi que, numa terrível correria, ele foi levado ao hospício, ainda esbravejando.

Antes que eu continue a te contar, gentil leitor, o que se sucedeu depois com o infeliz Nathanael, posso assegurar-te, caso ainda estejas interessado no habilidoso mecânico e fabricante de autômatos Spalanzani, que ele foi completamente curado de todos seus ferimentos. Foi obrigado, entretanto, a deixar a Universidade, porque a história de Nathanael acabou gerando um escarcéu e todos consideraram um golpe absolutamente inadmissível o fato de ele, às escondidas, ter inserido em respeitáveis rodas de chá (Olímpia comparecera a elas com muito êxito) uma boneca de madeira no lugar de uma pessoa em carne e osso. Juristas entenderam, inclusive, tratar-se de uma fraude bastante sutil e, por isso mesmo, passível de uma punição ainda mais dura, haja vista que o golpe foi aplicado com enorme esperteza contra o público e ninguém foi capaz de percebê-lo (salvo por alguns estudantes muito espertos), muito embora, agora, todos se fizessem de sábios, pretendendo aludir a todos os fatos que se lhe pareceram suspeitos. Tais fatos, no entanto, não trouxeram à luz nada de muito espantoso. Poderia afinal despertar a suspeita de alguém, por exemplo, se Olímpia, de acordo com o relato de um elegante frequentador

o *homem de areia* 217

de tais rodas de chá[22], espirrasse mais frequentemente do que bocejava, contrariando, assim, todos os costumes? Seu espirro, dizia o elegante frequentador, nada mais era que o barulho de um mecanismo oculto que dava corda a si mesmo, ocasionando, assim, um perceptível rangido etc. O professor de poesia e eloquência cheirou uma pitada de rapé, fechou a tampa de sua latinha, pigarreou e falou solenemente: "Digníssimas senhoras e digníssimos senhores, não percebeis qual é a causa por detrás disso?[23] A coisa toda é uma alegoria; uma metáfora continuada[24]; vós me compreendeis? *Sapienti sat!*"[25] Mas muitos dentre os digníssimos senhores não se satisfizeram com tal explicação; a história do autômato se havia enraizado com demasiada profundidade em suas almas, deixando que nelas se infiltrasse, de fato, uma repulsiva desconfiança em relação às figuras humanas. Para que realmente se certificassem, pois, de que não estavam a amar bonecos de madeira, diversos namorados passaram a exigir de suas respectivas amadas que, quando da escuta de uma leitura de texto, elas cantassem e dançassem algo fora do compasso; que tricotassem, bordassem, brincassem com seus cachorrinhos etc.; requerindo-lhes, porém, não só que escutassem, senão que, por vezes, também balbuciassem de maneira tal que seu falar pressupusesse efetivamente uma capacidade de pensar e sentir. O vínculo amoroso de muitos casais se tornou mais firme e, nisso, mais encantador, ao passo que outras ligações, ao contrário, foram sutilmente se desfazendo. "Não se pode defender verdadeiramente isso", diziam uns e outros. Mas, durante os chás, a quantidade de bocejos era incrivelmente grande e nunca se espirrava, de modo que era quase impossível não gerar suspeitas. Como foi dito, Spalanzani viu-se obrigado a dar no pé para escapar a investigação criminal decorrente da inserção sorrateira de um autômato na sociedade humana. Coppola também havia sumido.

Como se tivesse acordado de um sonho pesado e apavorante, Nathanael abriu os olhos e teve a impressão de que havia sido atravessado por um indescritível sentimento de prazer, com um calor

---

22 No original, *Eines eleganten Teeisten*.
23 No original, *wo der Hase im Pfeffer liegt?*.
24 No original, *Das Ganze ist eine Allegorie – eine fortgefuehrte Metapher!*.
25 Locução latina, no original: "para o sábio é suficiente", ou, pura e simplesmente, "ao bom entendedor, meia palavra basta".

suave e celestial. Na casa de seu pai, encontrava-se em seu quarto, deitado sobre a cama, sendo que Clara estava curvada sobre ele e, bem ao lado, de pé, achavam-se sua mãe e Lothar. "Finalmente, finalmente! Oh, meu querido Nathanael! Estás recuperado de uma grave enfermidade! És todo meu novamente!", disse então Clara do fundo de seu coração, tomando Nathanael em seus braços. Mas, tamanha era a saudade deste último e tão intenso o seu arroubo, que lágrimas luminosas jorraram de seus olhos, e, num profundo suspiro, ele falou: "Minha! Minha Clara!" Siegmund, que se mantivera fiel e firmemente junto ao amigo nos momentos de grande necessidade, adentrou no recinto. Nathanael estendeu-lhe a mão, dizendo: "Tu, irmão leal, jamais me abandonou!" Todo vestígio de loucura havia desaparecido e, com os cuidados atenciosos de sua mãe, da amada e do amigo, Nathanael recuperou prontamente suas forças. Nesse ínterim, contudo, a felicidade já havia batido na porta daquela casa, pois um velho e mesquinho tio, do qual ninguém esperava coisa alguma, havia falecido e deixado à mãe de Nathanael, além de um patrimônio nada desprezível, uma propriedade situada num local bastante agradável e próximo à cidade. Tencionavam mudar-se para lá; a mãe, Nathanael e sua Clara, com quem imaginava casar-se, e Lothar. Como nunca antes, Nathanael tornara-se mais sossegado e singelo, sendo capaz de reconhecer, assim, pela primeira vez, o ânimo majestoso e celestialmente puro de Clara. Ninguém o fazia lembrar do passado, nem mesmo de seu mais ínfimo eco. Apenas quando Siegmund dele se despediu, Nathanael disse: "Por Deus, irmão! Andava no mau caminho, mas, a tempo, um anjo me guiou, conduzindo-me pelo caminho da luz! Ah, foi a Clara!" Mas Siegmund não o deixou falar mais nada, com medo de que lembranças profundamente dolorosas pudessem vir à tona, com limpidez flamejante. Foi então quando os quatros felizardos quiseram mudar-se para a propriedade. Por volta do meio-dia, saíram pelas ruas da cidade. Compraram algumas coisas ao longo do caminho, sendo que a elevada torre da prefeitura já projetava sua enorme sombra sobre o mercado público. "Ei!", disse Clara, "subamos uma vez mais e miremos, lá do alto, as distantes montanhas!" Dito e feito. Ambos, Nathanael e Clara, subiram pela torre; a mãe voltou para a casa com a criada e Lothar, que não estava predisposto

o homem de areia

a subir aqueles inúmeros degraus; quis esperar embaixo. De braços dados, os dois amantes logo se acharam, então, na galeria mais alta da torre e contemplaram as florestas brumosas, por trás das quais, tal como uma cidade gigantesca, erguiam-se as montanhas azuis.

"Olha só aquele pequeno e curioso arbusto cinza! Parece estar realmente se movendo em nossa direção!", interpelou Clara. Mecanicamente, Nathanael enfiou a mão no bolso lateral do casaco; nisso, achou a luneta de Coppola e a mirou rumo àquele lado. Clara estava diante da lente! Eis que seu pulso e suas veias começaram a palpitar convulsivamente; cadavérico, ele a fitou, mas, de pronto, correntes de fogo se incandesceram e faiscaram em seus olhos rodopiantes e, qual um animal acossado, rugiu de maneira atroz; então saltou bem alto no ar e, sorrindo pavorosamente, gritou com voz cortante: "Boneca de madeira, gira! Boneca de madeira, gira!" e, em seguida, com força violenta, apanhou Clara com as mãos e quis arremessá-la lá para baixo; mas, movida pelo desesperador medo da morte, ela se agarrou com unhas e dentes ao parapeito. Lothar escutou o furioso esbravejar, bem como o apavorado grito de Clara; atravessado por um horrível pressentimento, subiu correndo pela torre, mas logo notou que a porta de acesso à segunda escada estava trancada. Os gritos de pranto de Clara ecoavam com uma intensidade cada vez maior. Tresloucado e eivado de medo e raiva, atirou-se contra a porta, a qual, por fim, acabou por se romper. Mas, a essa altura, o clamor de Clara já soava cada vez mais fraco: "Ajudai-me! Salvai-me! Salvai-me!"; e assim foi que, aos poucos, a voz dela se extinguiu no ar. "Ela se foi! Assassinada por este ensandecido!", bradou, pois, Lothar. A porta da galeria, também ela, estava fechada. Não obstante, o desespero lhe deu uma energia descomunal, no que arrebentou as dobradiças da porta. Deus do céu! Capturada pelo enfurecido Nathanael sobre a galeria, Clara ficou suspensa no ar, ainda agarrada, com uma mão apenas, à cerca de ferro. Veloz como um relâmpago, Lothar agarrou a irmã, puxou-a em sua direção e, no mesmo instante, com os punhos cerrados, golpeou com tamanha força o rosto do louco furioso que este tropeçou para trás, libertando sua presa mortal.

Com a irmã desmaiada nos braços, Lothar desceu as escadas em disparada. Ela estava salva. Nathanael, contudo, corria de lá para cá na galeria e, saltando alto no ar, gritava: "*Círculo de fogo, gira! Círculo de fogo, gira!*" Atraídas pela desenfreada gritaria, as pessoas se aglomeraram; dentre elas, sobressaía-se, por conta de seu porte gigantesco, o advogado Coppelius, que havia acabado de chegar à cidade, dirigindo-se diretamente ao mercado público. Tencionavam subir ate lá para se apoderar do desvairado, quando então Coppelius, aos risos, disse: "Aha! Aguardai! Ele decerto descerá por conta própria." E, tal como os demais, ficou olhando para cima. Mas eis que, de súbito, Nathanael ficou parado, como se estivesse paralisado e, reclinando-se sobre a mureta, percebeu a presença de Coppelius e gritou com estridência: "Ah! Belos 'zóios'! Belos 'zóios'." Em seguida, saltou por cima do parapeito.

Quando Nathanael ficou estatelado, com a cabeça estilhaçada no calçamento de pedra, Coppelius já havia sumido em meio à multidão.

Depois de muitos anos, Clara teria sido vista numa localidade distante, sentada à porta de uma bela casa de campo e de mãos dadas com um simpático homem, sendo que, diante deles, dois animados meninos se entretinham com brincadeiras. Poder-se-ia inferir disso que Clara terminou por encontrar, apesar de tudo, a pacífica felicidade doméstica, condizente com seu senso sereno e cheio de vida, mas a qual Nathanael, com seu despedaçado mundo interior, nunca lhe poderia ter proporcionado.

As Minas de Falun[1]

Num dia sereno e luminoso do mês de julho, o povo de Gotemburgo tinha-se reunido no ancoradouro. Um rico cargueiro da linha das Índias Orientais retornara do longínquo país, tendo feito ótima viagem; estava ancorado no cais de Klippa, e suas longas flâmulas, as bandeiras suecas, adejavam alegremente no espaço azul, enquanto centenas de batelões, barcos e canoas, apinhados de marujos exultantes, balouçavam sobre as ondas claras do Goetaeli, e os canhões de Mastuggetorg trovejavam suas retumbantes saudações, na vastidão do mar. Os senhores da Companhia das Índias Orientais passeavam de um lado para outro no molhe e, com fisionomias risonhas, calculavam o enorme lucro que haviam tido, com o coração cheio de alegria, porque seu ousado empreendimento crescia de ano para ano, e a boa cidade de Gotemburgo, com seu comércio florescente, progredia com toda a pujança. Por essa razão, todos viam com prazer e agrado os honrados senhores, compartilhando seu júbilo, pois com seu lucro penetrava seiva e força na vida animada da cidade.

[1] Tradução de Lavinia Abranches Viotti; revisão da tradução e notas de Anatol Rosenfeld.

A tripulação do cargueiro, cerca de cento e cinquenta homens, aportou em muitos barcos preparados para esse fim, e já se dispunha a festejar a sua *hönsning*. Assim se chama a festa da tripulação em ocasiões semelhantes, festa que se prolonga com frequência durante vários dias. Músicos com trajes estranhos e coloridos os precediam com rabecas, pífaros, oboés e tambores, tocando animadamente enquanto outros cantavam variadas e divertidas canções. Seguiam-nos os marinheiros, dois a dois. Alguns deles, usando casacos e chapéus com laços coloridos, agitavam bandeirolas adejantes, outros dançavam e saltavam, e todos clamavam, em júbilo, e o vibrante alarido ecoava amplamente nos ares.

Assim o alegre desfile passou pelos estaleiros – através dos arrabaldes da cidade, até o subúrbio de Haga, onde, numa *Gästgifvaregård*[2], se iria beber e comer valentemente.

Então correu em borbotões a melhor cerveja, e canecas e mais canecas foram esvaziadas. Como sempre acontece quando marujos retornam à pátria após longa viagem, toda a espécie de galantes raparigas veio em breve reunir-se a eles; principiou a dança, a alegria se foi tornando cada vez mais selvagem, e o júbilo cada vez mais ruidoso e frenético.

Apenas um único marujo, homem esbelto e formoso, de uns vinte anos de idade no máximo, se havia retirado furtivamente do bulício, e sentara-se fora da tasca, num banco ao lado da porta.

Alguns marinheiros aproximaram-se dele, e um dos rapazes exclamou às gargalhadas:

– Elis Fröbom! Elis Fröbom! Retornaste às tuas tolas tristezas, e estás a perder o teu tempo com cismas insensatas? Ouve, Elis, já que te afastas da nossa *hönsning*, é preferível que abandones de todo o navio! Nunca chegarás a ser um marujo às direitas. Coragem tens bastante, é verdade, e no perigo também és valente, mas não sabes beber, e preferes conservar no bolso os ducados a atirá-los aqui, como amável visitante que és, aos marinheiros de água doce. Bebe, rapaz! Do contrário, faço votos que Naecken, o diabo do mar, e o Troll[3] venham te atormentar em peso!

---

2   Taverna, hospedaria.
3   Troll, criatura antropomórfica do folclore da Escandinávia, espécie de duende; demônio mau.

as minas de falun 223

Elis Fröbom levantou-se de um salto, fitou o marinheiro com olhar cintilante, tomou da taça cheia de aguardente até os bordos e a esvaziou de um só trago. Depois falou:

– Estás vendo, Joens, eu sei beber como qualquer de vós, e o Capitão decidirá se sou ou não um marujo às direitas. E agora cala essa boca imensa, e trata de safar-te daqui! Não suporto vossa selvageria, o que estou fazendo aqui, não é da tua conta!

– Bem, bem! – replicou Joens –, já sei, és do tipo ensimesmado, que é gente melancólica e tristonha e não sente prazer algum na vida valente dos marujos! Espera, Elis, vou enviar-te uma pessoa; hão de tirar-te logo desse banco enfeitiçado em que o Naecken te pregou.

Não demorou muito, e uma jovem delicada e galante saiu do *Gaestgiftvaregard* e sentou-se ao lado do sombrio Elis que, novamente calado e ensimesmado, deixara-se cair sentado no banco. Percebia-se pelos trajes arrebicados e pelos modos da rapariga que ela, infelizmente, entregara-se a uma vida desregrada, mas os prazeres selvagens ainda não haviam exercido seu maléfico poder sobre os traços formosíssimos de seu meigo rosto. Não se notava nela nenhum repulsivo atrevimento; não, seus olhos escuros exprimiam uma tristeza calma e ansiosa.

– Elis! Não quereis tomar parte na alegria de vossos companheiros? Não vos causa nenhum prazer ter voltado ao lar e encontrar-vos novamente em vosso torrão natal, longe do ameaçador perigo das ondas enganosas do oceano?

Assim falou a rapariga com voz branda e suave, enlaçando com o braço a cintura do mancebo. Elis Fröbom, como se despertasse de profundo sonho, fitou a jovem nos olhos, segurou sua mão e apertou-a de encontro ao peito; notava-se que o doce murmúrio da rapariga havia encontrado eco em seu íntimo.

– Ah! – começou ele finalmente, como se voltasse a si – Ah! Não existe alegria nem prazer para mim. Pelo menos não me é possível participar da alegria frenética de meus companheiros. Entra, boa menina, alegra-te e diverte-te com os outros, se o consegues, mas deixa o sombrio e triste Elis sozinho aqui fora; ele estragaria todo o teu prazer. Mas espera! Tu me agradas muito, e quero que te lembres de mim, quando eu estiver de novo no mar.

Dizendo isso, tirou do bolso dois cintilantes ducados, retirou do seio um lindo chale das Índias Orientais e deu tudo à rapariga. Ela, porém, com claras lágrimas nos olhos, levantou-se, pôs os ducados sobre o banco, e falou:

– Ah! Ficai com os vossos ducados, que só me causam tristeza; mas este lindo chale eu usarei como cara recordação vossa, e daqui a um ano decerto não me encontrareis mais, quando festejardes a festa de *hönsning* aqui na Haga.

Dizendo isso, a rapariga, sem retornar à tasca, atravessou cabisbaixo a rua, cobrindo o rosto com as mãos.

Elis Fröbom, recaiu em seu sombrio devaneio, e afinal exclamou, quando o júbilo dentro da tasca se tornou excessivamente ruidoso e frenético:

– Ah, que eu estivesse sepultado no mais profundo abismo do oceano! Não possuo ninguém mais na vida que possa trazer-me alegria!

Então uma voz profunda e áspera falou junto a ele:

– Deveis ter passado por uma grande desgraça, jovem, para festejar a morte, agora que a vida deveria abrir-se largamente para vós.

Elis olhou em derredor, e avistou um velho mineiro, encostado à parede de tábuas da taberna, de braços cruzados, a fitá-lo com olhar sério e penetrante.

Elis se pôs a observar o velho e, à medida que o fazia, teve a impressão de que, na profunda e atroz solidão em que se julgara perdido, um vulto conhecido se aproximava para consolá-lo. Animou-se e contou que seu pai, um bravo timoneiro, morrera numa tempestade, em que ele, Elis, fora salvo de modo maravilhoso. Seus dois irmãos haviam sido soldados, e morreram em combate, e ele sozinho sustentara sua pobre mãe ao abandono, com o rico soldo que recebia após as viagens às Índias Orientais. Fora obrigado a continuar marujo, porque desde a mais tenra infância o haviam destinado a essa profissão, e grande lhe parecia a sorte quando foi contratado pela companhia das Índias Orientais. Desta vez o lucro fora maior do que nunca, e cada marinheiro, além do soldo, recebera ainda uma boa quantia de ouro, de modo que ele, com o bolso cheio de ducados, correra exultante à casinha em que sua mãe morara. Mas rostos estranhos o espiaram da janela, e uma mulher jovem, que lhe veio afinal abrir a porta e à qual

as minas de falun 225

ele se deu a conhecer, anunciou-lhe num tom de voz frio e áspero que sua mãe falecera há três meses e que ele poderia ir buscar no palácio municipal os poucos trapos que haviam sobrado conforme o relatório das despesas do enterro. E ele disse que a morte de sua mãe lhe despedaçava o coração, que se sentia abandonado pelo mundo todo, solitário como alguém arrastado a um recife deserto, desamparado, miserável. Toda a sua vida no mar lhe parecia sem sentido e sem finalidade, e quando ele se lembrava que a mãe, talvez tratada com descaso por pessoas estranhas, morrera sem nenhum consolo, achava uma coisa ímpia e abominável o fato de ter-se dedicado à vida do mar em vez de ter ficado em casa, cuidando e tratando de sua pobre mãe. Seus companheiros o tinham arrastado à força à *hönsning*, e ele próprio também julgara que o júbilo em seu redor, e também a bebida forte, atordoariam sua dor, mas, em vez disso, dentro em breve se sentia como se as veias de seu peito rebentassem e ele estivesse a esvair-se em sangue.

– Ai – falou o velho mineiro –, ai, estarás logo metido na vida do mar, Elis, e tua dor passará dentro em pouco. As pessoas idosas têm de morrer, não pode ser de outra forma, e tua mãe, conforme tu mesmo confessaste, abandonou uma vida de miséria e de trabalhos.

– Ah! – replicou Elis –, ninguém acredita na minha dor, e o fato de todos me acharem parvo e insensato é que me faz abandonar o mundo. Não quero mais ir para o mar, a vida me enoja. Antigamente meu coração exultava, quando o navio, abrindo as velas como para um imponente voo, singrava o oceano, e as ondas, numa música animada, murmuravam e zuniam, enquanto o vento assobiava por entre o crepitante cordame. Então eu me divertia alegremente com os companheiros, sobre a coberta, e depois quando ficava de sentinela, no silêncio e na escuridão da meia-noite, eu pensava no retorno ao lar e em minha boa e velha mãe, quanto se ia alegrar de novo com a volta do Elis! Oh! Então eu me divertia a valer na *hönsning*, após haver espalhado os ducados no colo de minha mãezinha, quando lhe levava lindos chales e outros objetos raros do país longínquo. E quando seus olhos cintilavam de alegria, e ela cruzava e descruzava repetidamente as mãos, cheia de prazer e contentamento e, com seus passinhos miúdos, andava de um lado para outro, muito ocupada, e ia buscar a melhor cerveja, que guardava para o Elis. E depois, eu me sentava à noite ao lado do velho e lhe contava da estranha gente que eu conhecera, de seus usos e costumes, das coisas maravilhosas que vira em minha longa viagem. Ela se alegrava imensamente, e contava-me por sua vez as maravilhosas viagens por mar de meu pai, no extremo Norte, e narrava-me lendas de marujos, de arrepiar, que eu já ouvira centenas de vezes, mas que não me fartava de ouvir! Ah! Quem me pode trazer de novo essa alegria? Não, não irei mais para o mar. Que faria entre os meus companheiros, que só iriam zombar de mim? E onde encontraria incentivo para o trabalho, que me pareceria então apenas um esforço inútil e sem finalidade?

– Eu vos estou ouvindo – falou o velho quando Elis se calou –, eu vos ouço com prazer, jovem, e vos estive observando antes, sem que o percebêsseis, alegrando-me com o modo de vos comportardes. Tudo que fizestes, tudo o que falastes, prova que possuís sentimentos profundos e íntimos, uma alma devota e adolescente, e dádiva maior do que essa não vos poderia o céu ter concedido. Mas para marinheiro nunca, em toda a vossa vida, tivestes o mínimo talento. De que maneira um Neriker, como vós, gente calada e inclinada à melancolia (percebo pelos traços de vossa fisionomia e pelos vossos modos que sois um Neriker) de que maneira poderíeis apreciar a vida selvagem e incerta do mar? Fareis bem de abandonar para sempre essa vida. Mas não desejais ficar de braços cruzados, não é certo? Segui meu conselho, Elis Fröbom! Ide a Falun, tornai-vos mineiro. Sois jovem e robusto, e vos tornareis certamente em breve um valente aprendiz de mineiro; mais tarde sereis um mineiro, depois capataz de minas, subindo sempre de posto. Tendes bastantes ducados no bolso, empregai-os, ganhai mais ainda e chegareis a possuir uma parte na mina, e possuireis vossas próprias quotas. Segui meu conselho, Elis Fröbom, tornai-vos aprendiz de mineiro.

Elis Fröbom quase se assustou com as palavras do velho.

– Como? – exclamou –, que conselho me dais? Devo abandonar a superfície da terra, formosa e livre, o céu sereno e luminoso que me rodeia, enchendo-me de enlevo e de felicidade, para meter-me em pavorosas e infernais profundezas e, como uma toupeira, escavar, escavar, à procura de minérios e metais na esperança de um lucro vil?

as minas de falun 227

– É assim – exclamou o velho, irritado –, é assim o povo, despreza aquilo que não pode conhecer. Lucro vil! Como se todo o cruel tormento provocado na superfície da terra pelo comércio fosse mais nobre do que o trabalho do mineiro, a cuja ciência, a cujo trabalho infatigável a natureza revela seus mais ocultos tesouros. Falas de lucro vil, Elis Fröbom! Ai, trata-se neste caso de coisa mais elevada. Se a toupeira cega escava a terra num cego instinto, talvez se verifique que, nas maiores profundidades, ao fraco clarão das lanternas de mineiro, os olhos do homem se tornem clarividentes e, finalmente, à medida que ele vai adquirindo forças cada vez maiores, chega a reconhecer na rocha maravilhosa, o reflexo daquilo que se oculta acima das nuvens. Não sabes nada a respeito de minas, Elis Fröbom, vou falar-te delas.

Dizendo isso, o velho sentou-se no banco ao lado de Elis e principiou a narrar com todas as minúcias o que acontece nas minas, esforçando-se para apresentar aos olhos do ignorante jovem uma imagem cheia de vida e colorido. Falou das minas de Falun, em que ele, conforme disse, trabalhara desde os primeiros anos da juventude, e descreveu a enorme abertura de entrada com as paredes de um negro pardacento que ali se encontra, e falou sobre a desmedida riqueza que a mina possui nas mais belas rochas. Suas palavras adquiriam cada vez mais vida, seu olhar era cada vez mais ardente. Perambulava por entre os poços de minério como se fossem veredas de um jardim encantado. A rocha adquiria vida, os fósseis moviam-se, a maravilhosa almandina e o piroxênio fulguravam aos reflexos das lanternas da mina, os cristais de rocha brilhavam e cintilavam em um jogo faiscante de luzes.

Elis ouvia fascinado; a maneira estranha do velho falar das maravilhas subterrâneas, como se nesse instante se encontrasse entre elas, empolgou todo o seu ser. Sentia seu peito comprimir-se, tinha a impressão de já ter descido com o velho aos abismos, era como se um poderoso encanto o mantivesse preso ali embaixo, de modo que nunca mais veria a amável luz do dia. No entanto, por outro lado, era como se o velho lhe tivesse revelado um novo e desconhecido mundo, a que ele pertencia, e todo o encanto desse mundo já lhe fosse conhecido em pressentimentos estranhos e misteriosos desde a mais tenra infância.

– Eu vos descrevi – falou finalmente o velho –, eu vos descrevi, Elis Fröbom, todo o esplendor de uma profissão para a qual a natureza parece vos ter certamente destinado. Aconselhai-vos somente convosco, e fazei em seguida o que vosso espírito vos inspira!

Dizendo isso o velho se levantou rapidamente do banco e se afastou dali sem dirigir nenhum cumprimento a Elis, sem o fitar sequer. Em breve, desapareceu da sua vista.

Nesse ínterim, fizera-se silêncio na tasca. Vencera o poder da cerveja forte e da aguardente. Vários tripulantes do navio haviam se afastado furtivamente com suas raparigas, outros roncavam, estendidos pelos cantos da tasca. Elis, que não podia mais voltar ao lar costumeiro, recebeu, a seu pedido, um quarto minúsculo para dormir.

Mal se havia estendido na cama, cansado e exausto como estava, e o sonho já movia suas asas sobre ele. Parecia-lhe estar a vogar num belo navio, a toda vela, sobre o mar reluzente como num espelho, e que acima dele se erguesse a abóbada escura e enublada do firmamento. Mas ao baixar o olhar às ondas, percebeu que aquilo que tomara por mar, era uma massa compacta, transparente e fulgurante, em cujo clarão o navio se diluía maravilhosamente, de modo que ele se encontrou num solo de cristal, vendo acima de si uma abóbada de rocha negra e cintilante. Era rocha o que ele tomara primeiramente por céu enublado. Impulsionado por uma força desconhecida, foi caminhando para a frente, mas no mesmo instante tudo começou a movimentar-se em seu redor e, como crespas ondas, ergueram-se do solo flores e plantas maravilhosas, de reluzente metal, que iam trepando dos mais profundos abismos, com suas flores e folhas, entrelaçando-se umas às outras do mais gracioso modo. O solo era tão claro que Elis pôde reconhecer perfeitamente as raízes das plantas, mas em breve, ao passo que seu olhar penetrava em profundidades maiores, enxergou bem lá abaixo – incontáveis e suaves formas virginais, enleadas umas às outras com seus braços claros e resplandecentes; de seus corações brotavam as raízes, as flores e as folhas, e quando as donzelas sorriam, um doce acorde perpassava pela vasta abóbada, e as maravilhosas flores de metal cresciam cada vez com maior alegria, a maiores alturas. Um sentimento indescritível de dor e voluptuosidade se apossou do mancebo, um universo de amor, de anseios, de cálidos desejos, elevou-se em seu íntimo.

as minas de falun   229

– Já vou – já vou lá abaixo, onde estais – exclamou, atirando-se de braços abertos ao solo de cristal.

Mas o solo cedeu debaixo dele, e Elis ficou a vogar, como se pairasse em um éter cintilante.

– Então, Elis Fröbom, estás satisfeito de te encontrares em meio a estas maravilhas? – exclamou uma voz forte.

Elis avistou ao seu lado o velho mineiro, mas enquanto Elis o fitava, o velho se foi transformando numa figura gigantesca, vasada em minério candente. Antes que Elis tivesse tempo de aterrorizar-se, o abismo pareceu iluminar-se de súbito com um brusco relâmpago, e a face grave de uma majestosa mulher se tornou visível. Elis sentiu que o entusiasmo dentro de seu peito ia crescendo, até se transformar em angústia opressiva. O velho segurara-o, e exclamou:

– Toma cuidado, Elis Fröbom, é a rainha, ainda tens tempo, ainda podes olhar para cima.

Involuntariamente, Elis virou a cabeça e percebeu que o brilho das estrelas no céu noturno surgia através de uma fenda da abóbada. Uma voz suave chamava pelo seu nome, num tom de dor inconsolável. Era a voz de sua mãe. Ele julgou avistar seu vulto lá em cima, na fenda. Mas era uma linda jovem, que introduziu a mão na abóbada, lá de cima, e chamou pelo seu nome.

– Leva-me para cima – exclamou, dirigindo-se ao velho –, eu pertenço ao mundo lá de cima, e ao seu aprazível céu.

– Toma cuidado – falou o velho em tom abafado –, toma cuidado, Fröbom! – Sê fiel à rainha, à qual te entregaste.

Mas assim que o mancebo baixou de novo os olhos, fitando a face imóvel da majestosa mulher, sentiu que todo o seu ser se diluía na resplandecente rocha. Deu um grito agudo, sentindo indizível pavor, e despertou daquele sonho fantástico, cujas delícias e horrores ecoaram profundamente em seu íntimo.

– Não podia ser de outro modo – falou Elis a si próprio, quando a custo conseguiu concentrar-se –, não podia ser de outro modo, eu tinha mesmo que sonhar essas coisas estranhas. O velho mineiro contou-me tanta coisa sobre a beleza do mundo subterrâneo, que minha cabeça ficou repleta dessas fantasias; em toda a minha vida nunca senti o que estou sentindo agora. Talvez esteja ainda a sonhar. Não,

não, devo somente estar doente, preciso de ar livre, a brisa fresca do mar irá curar-me!

Cobrou ânimo e correu ao cais de Klippa, onde o júbilo da *hönsning* se erguia de novo. Mas em breve percebeu que o prazer apenas deslizava por ele, e ele não conseguia reter nenhum pensamento na alma; pressentimentos e desejos que não conseguia exprimir cruzavam seu íntimo. – Lembrou-se com profunda saudade de sua falecida mãe, depois teve a impressão de que desejava somente encontrar-se mais uma vez com a rapariga que falara com ele no dia anterior, de modo tão amável. Ao mesmo tempo, porém, teve receio de que, caso a rapariga se aproximasse dele, chegando por esse ou por aquele beco, não poderia deixar de ser o velho mineiro, de quem deveria sentir pavor, sem saber porquê. E no entanto, muito teria gostado que o velho lhe narrasse de novo mais maravilhas sobre os encantos das minas.

Com a mente atormentada por tantos pensamentos contraditórios, ficou a olhar para a água. Então, pareceu-lhe que as ondas prateadas se imobilizavam, transformadas em malacacheta cintilante em que se dissolviam belos e enormes navios e teve a impressão de que as escuras nuvens, que estavam nesse momento a passar pelo céu sereno, fossem baixar, consolidando-se em pétrea abóbada. Estava a sonhar de novo, tornou a avistar a face séria da majestosa mulher, e a angústia perturbadora daquele veemente desejo apossou-se dele mais uma vez.

Seus companheiros o sacudiram, arrancando-o de seu devaneio, e ele foi obrigado a seguí-los. Mas agora parecia-lhe ouvir uma voz desconhecida, que lhe sussurrava incessantemente ao ouvido: "Que queres ainda aqui? Anda! Anda! Nas minas de Falun é a tua pátria. Ali existem todas as maravilhas com que sonhaste. Anda, vai para Falun!"

Durante três dias Elis Fröbom perambulou pelas ruas de Gotemburgo, continuamente perseguido pelos vultos maravilhosos de seu sonho, continuamente aconselhado pela voz desconhecida.

No quarto dia, Elis encontrava-se na porta de onde parte o caminho para Gefle. Ali, um homem alto atravessou-lhe o caminho. Elis julgou ter reconhecido o velho mineiro e apressou-se a seguí-lo, levado por um impulso irresistível, sem conseguir alcançá-lo.

E assim continuou a caminhar, infatigável.

as minas de falun   231

Elis tinha a consciência de se encontrar a caminho de Falun, e isso o acalmava de modo singular porque tinha a certeza de que fora a voz do destino que lhe falara por intermédio do velho mineiro, e agora o conduzia à meta que pretendia atingir.

De fato, por várias vezes, especialmente quando ficava incerto a respeito do caminho a tomar, avistou o velho, ora saindo de um precipício, ora de uma moita espessa do arvoredo, ora da rocha escura; surgia de súbito, atravessando-lhe o caminho, sem olhar para lado nenhum, e depois desaparecia subitamente.

Afinal, após inúmeros e cansativos dias de viagem, Elis avistou ao longe dois enormes lagos, por entre os quais subia espesso vapor. Enquanto ia subindo a colina a oeste, distinguiu entre a fumaça algumas torres e uns telhados negros. O velho apresentou-se ante ele como um vulto gigantesco, com o braço estendido, apontando em direção ao vapor; depois desapareceu de novo na rocha.

– Lá está Falun! – exclamou Elis –, lá está Falun, o alvo da minha viagem! Tinha razão; umas pessoas que vinham andando atrás dele confirmaram que ali, entre os lagos Runn e Warpann, ficava a cidade de Falun, e que ele se encontrava justamente a subir a montanha de Guffris, onde está a enorme "Pinge" ou abertura de entrada da mina.

Elis Fröbom caminhou animosamente para a frente, mas quando se viu diante do monstruoso e infernal abismo, o sangue se lhe gelou nas veias, e ele sentiu-se estarrecer em face daquela visão pavorosa de destruição.

Como é sabido, a grande abertura da mina de Falun mede mil e duzentos pés de comprimento, seiscentos pés de largura e cento e oitenta pés de profundidade. As paredes laterais, de um negro pardacento, no princípio descem geralmente a prumo; depois vão ficando planas ao aproximar-se da profundidade média, cheias de entulho e montões gigantescos de escórias de minerais. Nesses montões e nas paredes laterais espiam às vezes vigamentos de antigos poços, construídos com fortes troncos de árvores bem unidos uns aos outros e com as extremidades encaixadas, como nas edificações rústicas de madeira. Nenhuma árvore, nenhuma vergôntea viceja por entre as pedras nuas e desmoronadas; em formações maravilhosas às vezes semelhantes a gigantescos animais petrificados ou então a colossais figuras humanas, erguem-se as massas ziguezagueantes da rocha em derredor. No abismo jazem, numa desordem vandálica, pedras, ganga, minério consumido pelo fogo; e o vapor de enxofre, provocando permanente atordoamento, sobe do fundo como se estivessem a cozer lá embaixo o caldo do inferno, e essa fumaça envenena todo o verde encanto da natureza. Poder-se-ia acreditar que neste sítio Dante desceu às profundezas e teve a visão do Inferno com todos os seus aflitivos tormentos, com todos os seus horrores[4].

Quando Elis Fröbom olhou para baixo e fitou aquele gigantesco despenhadeiro, recordou-se do que lhe contara há muito tempo o velho timoneiro do seu navio. Certa vez, em que ele adoecera com febre alta, teve de súbito a impressão de que as ondas do mar se afastavam e sob elas o abismo imensurável se houvesse aberto, de modo que pôde avistar os repelentes monstros das profundidades, que em feios entrelaçamentos com milhares de esquisitas conchas e arbustos de coral, por entre estranhíssimas rochas, rolaram de um para outro lado até que estarreceram na morte com as guelras escancaradas. Uma tal visão, dizia o velho marujo, significava morte em breve nas ondas, e realmente, logo depois ele despencou inadvertidamente da coberta do navio, caindo no mar, e desapareceu, não sendo possível salvá-lo. Elis pôs-se a pensar nisso, porque o abismo parecia-lhe o fundo daquele mar abandonado pelas ondas, e a rocha negra, a ganga azulada e vermelha do minério, eram quais repelentes monstros, a estender para ele seus feios braços de pólipos. Sucedeu que nesse instante alguns mineradores saíam do abismo; com a roupa escura da mina, com seus rostos queimados de negro, tinham realmente a aparência de feios duendes que saíam da terra e arrastar-se penosamente querendo abrir caminho para a superfície.

Elis sentiu-se estremecer, tomado do mais profundo horror e, coisa que nunca acontecera ao marujo, sentiu vertigens; tinha a impressão de que mãos invisíveis o arrastavam para o abismo.

Fechando os olhos, deu alguns passos a correr e só quando se encontrou longe da cratera, descendo a montanha de Guffri, e lançou um olhar ao céu sereno, iluminado pelo sol, o abandonou todo

---

4   Ver a descrição da grande "Boca" de Falun na viagem de Hausmann pela Escandinávia, parte v, p. 96. (N. do A.)

as minas de falun 233

o pavor daquela medonha visão. Respirou novamente com alívio e exclamou com toda a alma: "Ó, Senhor da minha vida, que são os horrores do mar em comparação com o pavor que habita naquele desolado báratro de pedra! Pode uivar a tempestade, podem as negras nuvens mergulhar nas ondas e bramir; em breve, porém, vence novamente o belo e majestoso sol, e diante de sua face benigna cala-se o alarido selvagem, porém seu olhar nunca penetra naquelas grutas negras e jamais a brisa fresca da primavera desaltera lá embaixo o peito humano. Não, não desejo juntar-me a vós, ó vermes negros da terra, nunca poderia acostumar-me à vossa vida sombria!"

Elis pensou em passar a noite em Falun e ao romper da madrugada tomar o caminho de volta para Gotemburgo.

Quando chegou à praça do mercado, chamada Helsingtorget, avistou uma enorme multidão.

Um enorme desfile de mineiros com trajes de gala e lâmpadas mineiras nas mãos, precedidos por tocadores de instrumentos, acabava de parar diante de uma casa imponente. Um homem alto e esbelto, de meia idade, saiu dela e lançou em redor um olhar benévolo. Pelas maneiras desenvoltas, pela testa larga, pelos olhos luminosos, azul--escuros, reconhecia-se nele o verdadeiro patrão dos mineiros. Estas o rodearam, e ele apertou-lhes a mão, um por um, dirigindo a cada um uma palavra amável.

Em resposta às suas perguntas, Elis Fröbom ficou sabendo que esse homem era Pehrson Dahlsjö, patrão e proprietário de uma bela *Bergsfrälse* em Stora-Ropparberg. Na Suécia chamam-se *Bergsfrälse* extensões de terra concedidas para as minas de cobre e de prata. Os proprietários dessas *Frälsen* possuem quotas das minas, cuja exploração fica a seu cargo.

Contaram ainda a Elis que nesse dia havia terminado o *Bergsthing* (dia de julgamento), e por isso os mineiros iam visitar o mestre das minas, o chefe da fundição e os decanos e, onde quer que fossem, eram recebidos hospitaleiramente.

Quando Elis se pôs a observar essa gente bonita e imponente, aquelas fisionomias francas e amáveis, não conseguiu mais recordar--se daqueles vermes da terra, na grande boca da mina. A alegria que se manifestaram quando Pehrson Dahlsjö apareceu à porta, e que ressurgia agora no círculo dos mineiros, era bem diferente do júbilo selvagem e ruidoso dos marujos, na *hönsning*.

A maneira de alegrar-se desses mineiros falou profundamente ao coração de Elis, e ao seu temperamento silencioso e sério. Ficou indizivelmente comovido, e mal pôde conter as lágrimas de emoção quando alguns dos mineiradores mais jovens cantaram uma antiga canção que, com uma melodia que falava de um modo simples à alma e ao sentimento, exaltava o trabalho abençoado das minas.

Quando terminaram de cantar, Pehrson Dahlsjö abriu as portas de sua casa e todos os mineiros, um após outro, foram entrando. Elis seguiu-os inadvertidamente e ficou parado à soleira, de modo que podia enxergar o amplo vestíbulo onde os mineiros assentaram-se em bancos. Sobre uma mesa estava posta uma farta refeição.

Então abriu-se diante de Elis a porta dos fundos, e uma linda donzela com trajes de festa entrou no vestíbulo. Era alta e delgada, as tranças de seus cabelos enrolavam-se no alto da cabeça, e usava um bonito corpete com ricas presilhas; caminhava com a infinita graça da juventude em todo o seu esplendor. Os mineiros levantaram-se, e um murmúrio de alegria percorreu as fileiras dos mineiros:

– Ulla Dahlsjö! Ulla Dahlsjö! Deus abençoou o nosso honrado decano, agraciando-o com uma criatura celestial, bela e virtuosa!

Até mesmo os mais idosos mineiros ficavam de olhos cintilantes quando Ulla lhes estendia a mão, cumprimentando-os amavelmente, como a todos os outros. Depois ela trouxe lindos púcaros de prata, servindo a excelente cerveja, à moda de Falun, e ao oferecê-la aos prazeirosos hóspedes, sua meiga face brilhava com o encanto da mais inocente ingenuidade.

Mal Elis Fröbom avistou a donzela, sentiu um relâmpago perpassar em seu íntimo, fazendo inflamar-se dentro dele todo o gozo celestial, todo o martírio de amor, todo o ardor que se encerrava nele. Fora Ulla Dahlsjö que lhe estendera a mão salvadora, naquele sonho premonitório; julgou adivinhar agora seu profundo sentido e, esquecendo-se do velho mineiro, abençoou o destino que o fizera vir até Falun.

Mas em seguida, parado ali à soleira da porta, sentiu-se um estranho, despercebido de todos, miserável e abandonado, e desejou ter morrido antes de avistar Ulla Dahlsjö, porque agora iria finar-se nos

as minas de falun

tormentos do amor e do desejo. Não conseguia afastar os olhos da linda donzela e, quando ela passou junto a ele, pronunciou com voz fraca e trêmula o seu nome. Ulla olhou em derredor e avistou o pobre Elis que, com o rosto a arder, de olhos baixos, parecia ter-se paralisado – incapaz de pronunciar uma só palavra.

Ulla aproximou-se dele, e falou com doce sorriso:

– Ah, sois certamente um estranho, meu amigo! Percebo-o pelo vosso traje de marujo! Então! Por que razão estais assim à soleira? Entrai e alegrai-vos conosco! – Dizendo isso, tomou-o pela mão, fê-lo entrar no vestíbulo e ofereceu-lhe um púcaro cheio de cerveja! – Bebei – falou ela –, bebei, meu caro amigo, pelas vossas boas-vindas!

Elis tinha a impressão de encontrar-se em meio às delícias paradisíacas de um sonho maravilhoso, do qual teria de despertar em breve, para sentir-se então indescritivelmente infeliz. Mecanicamente esvaziou o púcaro. Neste instante Pehrson Dahlsjö aproximou-se dele e indagou, após apertar-lhe a mão, numa saudação amistosa, de onde vinha e o que o trouxera a Falun.

Elis sentiu a força abrasadora da nobre bebida correr-lhe nas veias. Fitando o honrado Pehrson nos olhos, sentiu-se alegre e animoso. Contou que, sendo filho de um marujo, desde a infância estivera sempre no mar e, ao voltar das Índias Orientais, não encontrara mais com vida sua mãe, que sustentara e tratara com seu soldo; sentia-se então completamente ao abandono no mundo, e desgostoso. Só com a vida selvagem do mar, tinha sido levado por uma inclinação da sua alma a procurar as minas, e agora, em Falun, ia procurar ocupação como aprendiz de mineiro. Suas últimas palavras, que estavam em contradição com o que ele havia decidido há poucos instantes, foram ditas sem a participação da sua vontade; ele tinha a impressão de não lhe ser possível exprimir-se de outra maneira ao falar com o decano, como se realmente tivesse exteriorizado seu mais íntimo desejo, em que até agora ele próprio não acreditara.

Pehrson Dahlsjö fitou o jovem com olhar muito sério, como se quisesse penetrar em sua alma, e depois falou:

– Não posso crer, Elis Fröbom, que é apenas um desejo leviano que vos leva a abandonar vossa antiga profissão, ou que já não tenhais refletido maduramente sobre os penosos trabalhos, as fadigas da vida nas minas, antes de tomar a decisão de vos dedicar à mineração. É uma velha crença entre nós que os poderosos elementos em que o mineiro reina impávido o destruirão caso ele não se esforce com todo o seu ser para conservar o domínio sobre eles, ou caso se entregue a outros pensamentos que diminuam a força que ele deve empregar somente no trabalho com a terra e o fogo, sem dividí-la com qualquer outro pensamento ou ocupação. Mas se haveis escolhido a profissão para a qual tendes vocação, após maduras reflexões, chegais em boa hora. No meu lote faltam obreiros. Se quiserdes, podeis ficar desde já em minha casa, e amanhã cedo seguireis com o capataz, que vos mostrará o trabalho.

Elis ficou muito sensibilizado ao ouvir as palavras de Pehrson Dahlsjö. Deixou de pensar nos pavores do assustador abismo que avistara. O fato de poder ver todos os dias a meiga Ulla, de viver com ela sob o mesmo teto, enchia-o de prazer e de encantamento; as mais doces esperanças se apossaram dele.

Pehrson Dahlsjö participou aos mineiros que um jovem aprendiz viera oferecer-se para trabalhar na mina e apresentou-lhes Elis Fröbom.

Todos fitaram com agrado o vigoroso mancebo e acharam que, com seu corpo esbelto e robusto, ele parecia ter nascido para mineiro, e não poderia deixar de ser trabalhador e virtuoso.

Um dos mineiros, já entrado em anos, aproximou-se e apertou-lhe cordialmente a mão, dizendo ser o chefe dos mineiros, na mina de Pehrson Dahlsjö; iria esforçar-se o mais possível para ensinar-lhe tudo o que ele necessitava saber. Elis teve que sentar-se ao seu lado, e imediatamente o velho, ao passo que esvaziavam o púcaro de cerveja, pôs-se a falar por extenso sobre as primeiras tarefas dos aprendizes.

Elis lembrou-se do velho mineiro de Gotemburgo, e repetiu com grande vivacidade quase tudo que ele lhe dissera.

– Ai – exclamou o chefe dos mineiros –, Elis Fröbom, como soubestes de todas essas lindas coisas? Ora pois, não podereis deixar de ser, dentro de pouco tempo, o melhor aprendiz da mina!

A meiga Ulla, andando por entre os hóspedes a serví-los, acenou várias vezes com a cabeça ao Elis, animando-o a alegrar-se.

– Agora – falou ela –, ele não era mais um estranho, já fazia parte da família, e não pertencia mais ao enganoso mar! Falun, com suas ricas montanhas de minério, era a sua pátria.

as minas de falun 237

O céu, cheio de delícias e ventura, se abriu para o rapaz, ao ouvir as palavras de Ulla. Percebia-se com toda a evidência que Ulla gostava de demorar-se ao lado dele, e Pehrson Dahlsjö também observava a atitude silenciosa e séria de Elis com visível agrado.

Porém o coração de Elis pôs-se a bater com violência, quando ele se encontrou de novo diante do abismo fumegante, metido em trajes de mineiro, com os pesados sapatos ferrados e desceu com o capataz ao profundo poço. Ora os vapores quentes que pousavam em seu peito pareciam ir sufocá-lo, ora as luzes dos mineiros oscilavam à correnteza de ar de um frio cortante, que circulava pelos despenhadeiros. O caminho descia a profundidades cada vez maiores, e finalmente chegaram a escadas de ferro com um pé de largura no máximo, e Elis Fröbom notou que a agilidade para trepar que adquirira quando marujo de pouco proveito lhe servia ali.

Finalmente chegaram à profundidade máxima, e o capataz explicou a Elis a tarefa que devia executar ali.

Elis lembrou-se da meiga Ulla, e avistou seu vulto pairando sobre ele como um anjo luminoso; esqueceu então todos os horrores do abismo, as fadigas do cansativo trabalho. Dentro de sua alma cresceu a certeza de que somente se ele se dedicasse ao trabalho da mina com a máxima energia que um corpo pode suportar, talvez se realizassem suas mais doces esperanças; e assim, num espaço de tempo incrivelmente curto, conseguiu trabalhar tanto quanto o mais hábil mineiro.

Cada dia que passava, crescia a amizade do honrado Pehrson Dahlsjö pelo esforçado e virtuoso mancebo, e costumava dizer-lhe sinceramente que encontrara nele não só um ótimo aprendiz de mineiro, como também um filho querido. A inclinação de Ulla por Elis também se manifestava cada vez com maior clareza. Muitas vezes, quando Elis ia para o trabalho e se tratava de alguma tarefa perigosa, ela lhe implorava, com lágrimas nos olhos, que se guardasse de qualquer perigo. E quando ele retornava, ela corria ao seu encontro, sempre com a melhor cerveja ou um bom petisco para oferecer-lhe.

O coração de Elis estremeceu de alegria em seu peito quando Pehrson Dahlsjö lhe falou certo dia que, sem contar com a boa moeda de ouro que trouxera, futuramente ele chegaria sem dúvida alguma, com seu trabalho esforçado, a possuir uma *Berghemmans* ou mesmo uma mina de sua propriedade; então, nenhum proprietário de minas de Falun lhe recusaria, caso ele lhe pedisse, a mão de sua filha. Elis poderia ter declarado logo o amor indizível que sentia por Ulla, dizendo que todas as esperanças de sua vida se resumiam na posse de Ulla. Porém, uma timidez invencível, e mais ainda a dúvida medrosa de que Ulla, como por vezes lhe parecia, não o amasse realmente, fecharam-lhe a boca.

Sucedeu que Elis Fröbom, certa vez, trabalhava na mais profunda mina, envolto num vapor espesso de enxofre, de maneira que a sua luz brilhava apenas com um fraco bruxuleio, e ele mal percebia as galerias na rocha. Então ouviu batidas que pareciam vir de um poço ainda mais profundo, como se estivessem a bater um pilão. Elis sabia que um tal trabalho não era possível na mina, e como nesse dia não tivesse descido ninguém mais além dele, porque o capataz tinha posto todo o pessoal no trabalho do poço central, aquelas batidas e marteladas provocaram-lhe uma sensação inquietante. Descansou no solo o malho e a cunha de aço, e pôs-se a escutar as batidas surdas, que pareciam vir se aproximando. De repente percebeu bem junto a si uma sombra escura, e como uma correnteza cortante de ar soprasse para longe o vapor de enxofre, reconheceu o velho mineiro de Gotemburgo, ao seu lado.

– Boa sorte! – exclamou o velho – Boa sorte, Elis Fröbom, cá embaixo na rocha! Então, estás gostando desta vida, companheiro?

Elis quis perguntar de que modo maravilhoso o velho chegara ao poço; mas o velho bateu com o martelo na rocha com tal força, que fagulhas de fogo se espalharam em derredor, e o som ecoou no poço como um longínquo trovão. Depois exclamou com medonha voz:

– Eis aqui um ótimo filão-mor, mas tu, camarada indigno e vil, só vês uma veia miserável, mal capaz de abrigar um cálamo. Aqui embaixo és uma toupeira cega, à qual o Rei dos Minérios será eternamente adverso, e lá em cima também nada conseguirás, e é inútil procurares fortuna. Eh! Pretendes casar-te com Ulla, filha de Pehrson Dahlsjö e para isso trabalhas aqui, sem amor e sem concentração. Toma cuidado, falso rapaz, para que o Príncipe dos Minérios, de quem zombas, não te agarre e te atire às profundezas, e teu corpo se esmigalhe na rocha dura. E nunca Ulla chegará a ser tua mulher, digo-te eu!

Elis encheu-se de cólera ao ouvir as expressões de desprezo do velho.

as minas de falun 239

– Que fazes aqui – exclamou –, que fazes no poço do meu patrão, o sr. Pehrson Dahlsjö, onde eu trabalho com todas as minhas forças, conforme requer a minha profissão? Trata de safar-te do mesmo modo que vieste, ou veremos quem de nós dois arrebenta primeiro o crânio do outro.

Dizendo isso, Elis Fröbom postou-se ameaçadoramente diante do velho, e vibrou nos ares a malha com que trabalhava. O velho deu uma risada de zombaria e Elis, horrorizado, viu-o saltar com agilidade de esquilo, subindo pelos estreitos degraus da escada, e desaparecer por entre os negros rochedos.

Elis sentiu-se paralisado, não conseguia mover-se, o trabalho não ia para a frente, e ele subiu para a superfície. Quando o velho chefe das minas, que acabava de sair do poço central, o avistou, exclamou:

– Pelo amor de Cristo, que te aconteceu, Elis? Estás pálido e desfigurado como a morte! Não é? Foi o vapor do enxofre, a que não estás habituado, que te fez mal! Vamos, bebe, meu bom rapaz, isso te fará bem.

Elis bebeu um grande trago de aguardente, da garrafa que o chefe das minas lhe ofereceu, e depois de restaurar as forças, contou tudo o que acontecera na jazida e de que modo travara conhecimento em Gotemburgo, com o velho e sinistro mineiro.

O chefe das minas ouviu tudo com calma, depois sacudiu a cabeça, cismando, e falou:

– Elis Fröbom, foi o velho Torbern que te apareceu, e bem vejo que o que contamos aqui a respeito dele é mais do que uma lenda. Há mais de cem anos viveu aqui em Falun um mineiro chamado Torbern. Parece ter sido um dos primeiros que contribuiu para o progresso das minas de Falun, e naquela época a produção era bem maior do que agora. Ninguém, então, entendia tanto de minas quanto o Torbern que, possuindo a mais profunda sabedoria, dirigia todas as minas de Falun. Como se fosse dotado de alguma força superior especial, descobria os mais ricos veios; acrescentava-se a isso o fato de ele ter sido um homem sombrio e melancólico, sem mulher nem filho, sem possuir propriamente um lar em Falun, e de quase nunca se mostrar à luz do dia, mas ficar escavando continuamente nas profundidades. Tudo isso fez com que em breve corresse a lenda de que ele tinha feito um pacto com o poder oculto que domina no seio da terra e coze os metais. Não se importando com as severas advertências do Torbern, que profetizava sem cessar uma desgraça, sempre que não era o verdadeiro amor pelas rochas e os metais maravilhosos que levava o mineiro ao trabalho, puseram-se a abrir cada vez mais as minas, na cobiça pelo lucro crescente, até que, afinal, no dia de S. João do ano de 1687, se deu o terrível desmoronamento que abriu a nossa monstruosa cratera, destruindo de tal modo toda a construção da mina, que só após muito trabalho e muito engenho se pôde reconstruir alguns poços. Não se ouviu nem se viu mais o Torbern; conforme as aparências, devia estar trabalhando na mina e ficara soterrado sob os escombros. Logo após, quando o trabalho já ia de novo se desenvolvendo com sucesso, os mineiros afirmavam terem visto no poço o velho Torbern, que lhes dera toda a sorte de bons conselhos e lhes mostrara as mais belas galerias. Outros haviam visto o velho lá acima, na entrada da mina, vagueando nos arredores, ora se lamentando penosamente, ora em acessos de ira. Outros mancebos chegaram até aqui do mesmo modo que tu, pretendendo que um velho mineiro os tinha aconselhado a trabalhar nas minas e enviado para cá. Isso acontecia sempre que faltavam obreiros, e era decerto essa uma das maneiras de o velho Torbern cuidar das minas. Se foi realmente o velho Torbern com quem discutiste no poço, e se ele falou de um magnífico filão--mor, é que existe ali certamente um rico veio de minério de ferro, que amanhã iremos procurar. Tu não deves ter-te esquecido de que chamamos aqui de filão-mor os veios de minério de ferro da rocha, ao passo que a veia-mirim é do tipo que se subdivide, dispersando-se por todos os lados.

Quando Elis Fröbom, atormentado pelos mais contraditórios pensamentos, entrou na casa de Pehrson Dahlsjö, Ulla não veio ao seu encontro amavelmente, como de costume. De olhos baixos, e conforme pareceu a Elis, com a expressão de que chorara, Ulla estava sentada ao lado de um jovem de boa aparência, que segurava sua mão e procurava dizer-lhe coisas amáveis e engraçadas, a que Ulla não prestava muita atenção. Pehrson Dahlsjö conduziu Elis que, cheio de maus pressentimentos, fixara os olhos no par, ao outro aposento e principiou assim:

as minas de falun 241

– Agora, Elis Fröbom, poderás em breve provar tua amizade e tua fidelidade; sempre te tratei como meu filho, e agora o será realmente. O homem que vês em minha casa, é o rico negociante Eric Olawsen de Gotemburgo. Pediu-me a filha em casamento e eu lha concedi; ele parte para Gotemburgo com ela e tu ficas comigo, Elis, meu único arrimo na velhice. Então, Elis, não dizes nada? Empalideces, não posso crer que te desagrada a minha decisão, e que agora, quando minha filha vai deixar-me, tu também queiras partir! Mas ouço o sr. Olawsen chamar pelo meu nome, preciso ir lá dentro!

Dizendo isso, Pehrson tornou a entrar no aposento.

Elis sentia sua alma dilacerada por mil punhais em brasa. Não tinha palavras nem tinha lágrimas. Num desespero selvagem, saiu de casa correndo e a correr foi até a grande boca da mina. O imenso abismo já de dia apresentava um aspecto assustador; muito mais agora ao cair da noite, quando o disco da lua principiava a mostrar-se no crepúsculo. Lá embaixo na rocha adusta pareciam revolver-se e bailar turbas de inumeráveis e horrorosos monstros repulsivos, abortos infernais, em promiscuidade no solo fumegante, a olhar para cima com olhos flamejantes, estendendo as gigantescas garras em direção dos pobres seres humanos.

– Torbern! Torbern! – gritou Elis com voz medonha, que ecoou nos abismos desertos. – Torbern, eis-me aqui! Tinhas razão, eu fui um vil camarada, entregando-me a tolas esperanças de vida na superfície da terra! Lá embaixo está o meu tesouro, a minha vida, meu tudo! Desce comigo, mostra-me as mais ricas galerias de minério, onde quero revolver, perfurar e trabalhar sem nunca mais desejar ver a luz do dia! Torbern! Torbern! Desce comigo!

Elis tirou o aço e a pedra do bolso, acendeu sua lanterna e desceu ao poço em que estivera no dia anterior, mas o velho não se mostrou. Como se sentiu ele quando viu, com toda a clareza, na mais profunda mina, o veio-mor de modo a lhe reconhecer o ondular dos contornos.

Porém, ao fixar cada vez com maior atenção o maravilhoso veio da rocha, teve a impressão de que uma luz deslumbrante iluminava todo o poço, e suas paredes tornaram-se transparentes como o mais límpido cristal. Aquele sonho fatal que ele sonhara em Gotemburgo retornou. Ele avistou as regiões paradisíacas das magníficas árvores e plantas de metal de que pendiam, quais frutos, folhagens e flores, pedrarias a despedir faíscas cintilantes. Viu as donzelas, avistou a face excelsa da poderosa rainha. Ela o segurou, arrastou-o para baixo, apertou-o ao peito; então, um raio fulgurante perpassou em seu íntimo, e sua consciência era apenas o sentimento de que estava a vogar nas ondas de uma névoa azul, transparente e luminosa.

– Elis Fröbom, Elis Fröbom! – exclamou uma voz forte, lá em cima, enquanto o reflexo de tochas caía no poço. Era Pehrson Dahlsjö em pessoa, que vinha com o capataz à procura do mancebo que havia visto correr como louco em direção da mina.

Encontraram-no de pé; parecia paralisado, com o rosto unido à rocha fria.

– Que fazes – exclamou Pehrson –, que fazes aqui embaixo a estas horas da noite, jovem insensato? Procura reunir tuas forças e sobe conosco, quem sabe se terás boas novas lá em cima!

Em profundo silêncio Elis subiu, em profundo silêncio seguiu Pehrson Dahlsjö, que não cessava de repreendê-lo severamente por ter se exposto àquele perigo.

A manhã já clareara quando eles entraram em casa. Ulla, soltando aguda exclamação, atirou-se ao peito de Elis, dando-lhe os mais doces nomes. Mas Pehrson Dahlsjö falou a Elis:

– Bobo que és! Pensas que eu já não sabia há muito tempo que amavas Ulla e que só por causa dela trabalhavas com tanta aplicação e entusiasmo na mina? Então eu já não havia percebido há muito tempo que Ulla também te amava com o mais profundo amor? Poderia eu desejar um genro melhor do que um mineiro capaz, trabalhador e virtuoso como tu, meu valente Elis? Mas o fato de teres mentido calado me aborrecia, me ofendia.

– Sabíamos – disse Ulla, interrompendo o pai –, sabíamos nós mesmos que nos amávamos de um modo indizível assim?

– Seja como for – continuou Pehrson Dahlsjö –, em suma, eu me aborreci pelo fato de Elis não ter falado aberta e lealmente comigo sobre o seu amor, e por isso e também porque queria por à prova teu coração, inventei ontem aquela história com o sr. Eric Olawsen, por cuja causa tu quase ias morrendo. Homem insensato! O sr. Eric Olawsen é casado há muito tempo, e a ti, valente Elis Fröbom, *as minas de falun*

dou-te minha filha por mulher, porque, repito, não poderia desejar um genro melhor.

Lágrimas de prazer e alegria corriam pelas faces de Elis. A felicidade da vida o atingira inesperadamente e quase chegava a imaginar que se encontrava de novo em meio a um doce sonho!

Por ordem de Pehrson Dahlsjö, os mineiros se reuniram ao meio dia para uma alegre refeição.

Ulla vestira seus mais belos trajes e estava mais graciosa do que nunca, de modo que todos exclamavam sem cessar:

– Ai, que noiva maravilhosa recebeu o nosso valente Elis Fröbom! Então! Que o céu abençoe a ambos, em sua devoção e virtude!

Na pálida face de Elis Fröbom permanecia ainda estampado o horror daquela noite, e com frequência quedava-se a olhar, absorto, parecendo alhear-se de tudo que o rodeava.

– Que se passa contigo, meu Elis? – perguntou Ulla.

Elis apertou-a de encontro ao peito e falou:

– Sim, sim! És realmente minha e está tudo bem agora!

Em meio a essas delícias, às vezes Elis tinha a impressão de que uma mão gelada penetrava em seu íntimo, e uma voz lúgubre falava: "Será mesmo o teu ideal, receberes Ulla por noiva? Pobre louco! Não fitaste a face da rainha?"

Elis sentia-se quase dominado por um medo indescritível, e atormentava-se com o pensamento de que subitamente um dos mineiros se erguesse ante ele num vulto gigantesco, em que ele reconhecesse apavorado o Torbern, que viera recordar-lhe de modo assustador o reino subterrâneo das rochas e dos metais a que ele se entregara!

No entanto, por outro lado, Elis ignorava por completo por que razão o velho fantasmagórico havia de ser seu inimigo e o que tinha que ver seu ofício de mineiro com o seu amor.

Pehrson bem que notou a perturbação de Elis Fröbom e relacionou-a com o sofrimento passado, com a excursão noturna à jazida. O mesmo não se dava com Ulla que, tomada de um pressentimento oculto, insistiu com seu amado para que lhe dissesse o que lhe estava acontecendo de horrível, para afastá-lo desse modo? Elis teve a impressão de que seu peito ia rebentar. Em vão esforçou-se por descrever à sua amada a visão maravilhosa que se lhe revelara na mina. Parecia-lhe que uma força desconhecida lhe fechava a boca, que de seu íntimo se elevava a apavorante face da rainha; e se ele pronunciasse seu nome, tudo que o rodeava, como ante a visão da terrificante cabeça da Medusa, se petrificaria, num sombrio e negro abismo! Toda a magnificência, que na mina o enchera do mais elevado gozo parecia-lhe agora um inferno repleto de martírios sem esperança, cheio de belezas enganosas, na mais perversa das tentações!

Pehrson Dahlsjö ordenou que Elis Fröbom permanecesse alguns dias em casa para restaurar-se por completo da enfermidade de que parecia atacado. Nesses dias o amor de Ulla, que transbordava claro e luminoso do coração infantil e devoto (dovoto) da donzela, expulsou a recordação da fatal aventura no poço. Elis vivia em plena delícia e alegria e acreditava na sua ventura, convencido de que nenhum poder maléfico poderia mais vir perturbá-la.

Quando desceu de novo ao poço, tudo na mina se lhe mostrou sob um aspecto diferente do usual. Magníficas galerias se lhe abriam ante os olhos, ele se pôs a trabalhar com dobrada energia, esquecendo-se de tudo e, quando subia à superfície, precisava concentrar seus pensamentos, para lembrar-se de Pehrson Dahlsjö e até mesmo da sua Ulla; sentia-se dividido em dois; tinha a impressão de que seu ego melhor, seu próprio ego, descia ao centro do globo terrestre, repousando entre os braços da rainha, enquanto procurava em Falun seu leito sombrio.

Se acaso Ulla lhe falava do seu amor e de quão felizes viveriam em companhia um do outro, ele se punha a falar do esplendor da mina, dos poços riquíssimos que ali se ocultavam; referia-se a coisas tão estranhas e incompreensíveis que a pobre criança se enchia de medo e de angústia, e não podia compreender como Elis, de repente, se transformara de maneira tão completa. – Ao capataz e ao próprio Pehrson Dahlsjö, Elis contava incessantemente, transbordante de alegria, que tinha descoberto os veios mais ricos de minério, as mais esplendentes galerias e, quando os outros não encontravam nada mais do que rocha comum, ria-se com escárnio, dizendo que naturalmente era ele o único que compreendia os sinais ocultos, as palavras cheias de significado que a mão da própria rainha gravara no abismo rochoso; e acrescentava que era suficiente compreender os sinais mesmo sem explorar as riquezas que anunciavam.

as minas de falun 245

Com tristeza, o velho capataz fitava o mancebo que, com olhar selvagem e cintilante, falava do paraíso, cheio de esplendor que fulgurava no seio profundo da terra.

– Ah, senhor – murmurou o velho ao ouvido de Pehrson Dahlsjö –, ah, senhor! O malvado Torbern enfeitiçou o pobre rapaz!

– Não deis crédito – replicou Pehrson Dahlsjö –, não deis crédito a essas lendas de mineiros, velho! O amor virou a cabeça desse moço ensimesmado, é isso e nada mais. Deixai passar o dia do casamento e terão fim as galerias de minério, os poços e todo o paraíso subterrâneo!

Chegou finalmente o dia marcado por Pehrson Dahlsjö para o casamento. Alguns dias antes, já Fröbom se tornara mais calmo, mais sério, mais reservado do que nunca, mas jamais se entregara de modo tão completo ao amor da meiga Ulla, como por essa época. Não queria separar-se dela por um só instante e por isso não ia à mina; parecia não pensar mais no seu trabalho inquietante de mineiro; porque nenhuma palavra sobre o reino subterrâneo lhe vinha aos lábios. Ulla sentia-se completamente feliz; desaparecera todo o receio de que talvez os poderes ameaçadores do abismo subterrâneo, dos quais tantas vezes ouvira os velhos mineiros falarem, atraísse o seu Elis para a perdição. Pehrson Dahlsjö também falou sorrindo ao velho chefe da mina:

– Estais vendo, Elis Fröbom ficou com a cabeça transtornada só por amor da minha Ulla!

Bem cedo no dia das núpcias – era o dia de S. João –, Elis bateu à porta do quarto da noiva. Ela abriu e deu um passo para trás, assustada ao ver Elis, já com o traje de núpcias, mortalmente pálido, com um fulgor sombrio a cintilar nos olhos.

– Quero apenas – falou ele com a voz trêmula –, quero apenas dizer-te, minha amada Ulla, que estamos próximos da maior felicidade reservada aos seres humanos nesta vida terrena. Esta noite tudo me foi revelado. Lá no fundo da mina está a cintilante Almandina cor de cereja, encerrada em cloreto e mica, e nela se encontra gravada a tábua da nossa vida; tal joia receberás como meu presente de núpcias. É mais bela do que o mais maravilhoso carbúnculo cor de sangue e se nós, unidos em fiel amor, fitarmos sua luz radiosa, poderemos ver claramente como as nossas almas se estendem, entrelaçadas às maravilhosas ramagens que brotam do coração da rainha, no centro da terra. Mas é necessário que eu traga para a luz do dia essa pedra, o que vou fazer agora. Desejo que passes bem até que eu volte, minha amada Ulla! Em breve estarei de volta.

Ulla implorou ao amado, com ardentes lágrimas, que desistisse de ir após esse sonho, porque pressentia uma grande desgraça; mas Elis Fröbom assegurou que sem aquela pedra nunca teria uma só hora de calma, e que não se devia nem de leve pensar em qualquer perigo iminente. Apertou ao peito a noiva, com carinho fervoroso, e partiu.

Os convidados já estavam reunidos para acompanhar os noivos à igreja da montanha de Koppar, onde o casamento se iria realizar, após o serviço religioso. Uma grande comitiva de donzelas, graciosamente trajadas, que conforme os costumes da terra deviam preceder a noiva como suas damas de honra, ria e gracejava ao redor de Ulla. Os músicos afinavam seus instrumentos e experimentavam uma alegre marcha nupcial. Já era quase meio-dia e Elis Fröbom ainda não havia aparecido. Então acorreram de súbito uns mineiros, com expressão de terror e espanto nos rostos pálidos, e contaram que uma pavorosa derrocada abalara a montanha de minério, soterrando toda a mina em que ficavam os poços de Dahlsjö.

– Elis, meu Elis, tu está lá, perdido! – exclamou Ulla em alta voz, e tombou como morta.

Só então Pehrson Dahlsjö ficou sabendo pelo chefe da mina que Elis se dirigira de madrugada para a grande boca da mina, descendo à profundeza. Além dele não havia mais ninguém trabalhando no poço porque os aprendizes e capatazes tinham sido convidados para o casamento. Pehrson Dahlsjö e todos os mineiros saíram a correr, mas todas as buscas, mesmo realizadas com perigo de vida, foram inúteis. Elis Fröbom não foi encontrado. O desabamento de terra sepultara o infeliz na rocha; e assim caiu a desgraça e a dor sobre a casa do honrado Pehrson Dahlsjö, no momento preciso em que ele pensava estar preparando dias de calma e de paz para a sua velhice.

Há muito morrera o honrado mestre e decano Pehrson Dahlsjö, há muito desaparecera sua filha Ulla, ninguém mais em Falun sabia coisa alguma sobre eles porque desde o triste dia do casamento de Fröbom já se haviam passado cinquenta anos. Então sucedeu que os mineiros, ao procurarem uma passagem entre dois poços, encontraram numa

as minas de falun　　　　　　　　　　　　　　　　　247

mina de trezentas braças, imerso em água vitriólica, o cadáver de um jovem mineiro, que parecia petrificado quando o levaram para fora. O mancebo aparentava estar profundamente adormecido, de tal modo os traços de seu rosto se conservavam frescos, seu gracioso traje de mineiro sem nenhum sinal de podridão, assim como as flores do seu peito. Todo o povo dos arredores se reuniu para ver o mancebo, que haviam trazido à boca da mina, mas ninguém reconheceu os traços do cadáver, e nenhum dos mineiros conseguiu lembrar-se de qualquer companheiro que tivesse ficado soterrado. Já se preparavam para levar o cadáver a Falun; à distância, veio se aproximando de muletas, ofegante, uma mulherzinha velhíssima, completamente encanecida.

– Lá vem vindo a mãezinha S. João! – exclamaram alguns dos mineiros. Esse era o nome que eles haviam dado à velha, pois há muito tempo notaram que todos os anos, no dia de S. João, ela aparecia e ficava olhando para o fundo da mina, a torcer as mãos, suspirando e se lamentando com as mais desesperadas expressões de dor, a arrastar-se à beira da mina, e que depois desaparecia de novo.

Mal a velha avistara o mancebo inteiriçado, deixou cair as muletas, ergueu os braços ao céu e com a expressão da mais profunda mágoa, num tom de cortar o coração, exclamou:

– Ó Elis Fröbom, ó meu Elis, meu meigo noivo!

E dizendo isso, ajoelhou-se no solo ao lado do cadáver, tomou de suas mãos rígidas e apertou-as de encontro ao peito que a velhice enregelara, mas onde, como um fogo sagrado de nafta sob a camada de gelo, ainda palpitava um coração cheio do mais ardente amor.

Ah – falou então, olhando para o povo em redor dela –, nenhum de vós, ninguém conhece mais a pobre Ulla Dahlsjö, noiva venturosa deste mancebo há cinquenta anos atrás! Quando eu, na aflição e na desgraça, mudei-me para Ornaes, o velho Torbern consolou-me, dizendo que eu ainda veria aqui na terra o meu Elis, que a rocha sepultou no dia de núpcias. Então, ano após ano, eu vinha até aqui e olhava para o fundo da mina, cheia de saudade e de amor fiel. E hoje me foi concedida a ventura de vê-lo de novo. Ó meu Elis meu amado noivo!

Novamente ela abraçou com seus braços ressecados o mancebo, como se não o quisesse mais abandonar, e todos em derredor ficaram profundamente comovidos.

Cada vez mais fracos se foram tornando os suspiros e os soluços da velha, cada vez mais abafados, até que se extinguiram.

Os mineiros se aproximaram e quiseram levantar do solo a pobre Ulla, mas ela havia exalado o último suspiro sobre o cadáver inteiriçado do noivo. Repararam então que o corpo do infeliz, que erradamente haviam pensado estar petrificado, começava a desfazer-se em pó.

Na igreja da montanha Koppar, onde há cinquenta anos os noivos deviam se ter casado, foram colocadas as cinzas do mancebo, e com elas o cadáver da noiva, fiel até à morte amarga.

O Diabo em Berlim

No ano de 1551, aparecia vez ou outra ao crepúsculo e à noite, nos becos de Berlim, um homem de porte distinto e imponente. Vestia um gibão com debrum de zibelina, largas pantalonas e sapatos bipartidos; na cabeça, porém, trazia um barrete redondo de veludo, com uma pena vermelha. Seus gestos eram elegantes e comedidos, cumprimentava a todos cortesmente, especialmente as senhoras e senhoritas, e costumava dirigir-se a elas com palavras obsequiosas e escolhidas e gentis maneiras.

– *Donna*, vosso humilde servidor está às vossas ordens. Se abrigais no coração algum desejo, expressai-o, para que ele possa satisfazê-lo, na medida em que o permitirem suas fracas forças!

Assim falava com as damas distintas. E às donzelas:

– Queira o céu que encontreis um ótimo marido, que saiba apreciar devidamente vossa beleza e virtude!

Com os homens também se comportava do mesmo modo, e por isso não era de admirar que todos ficassem gostando do forasteiro e o auxiliassem de boa vontade, quando ele se encontrava diante de algum fosso largo, sem saber de que modo transpô-lo. Porque, não obstante ele ser de estatura elevada e elegante, era coxo de um pé, necessitando apoiar-se a uma bengala, encastoada como muleta. Se uma pessoa lhe estendia a mão, saltava com ela, dando um pulo de umas seis varas de altura, atingindo o outro lado do fosso a doze passos de distância. Esse fato surpreendia um tanto as pessoas que o auxiliavam, e muitas delas torciam vez por outra a perna, mas o forasteiro se desculpava dizendo que, quando seu pé ainda não era coxo, ele tinha sido primeiro-bailarino na corte do rei da Hungria e, por essa razão, bastava que o auxiliassem a pular e imediatamente o antigo prazer o transformava, fazendo que, contra sua vontade, ele subisse pelos ares como se estivesse a dançar. Isso acalmava as pessoas, e afinal acabaram por achar graça quando um conselheiro, um padre ou qualquer outra pessoa respeitável saltava com o forasteiro. Apesar de aparentar alegria e bom humor, às vezes seu comportamento se modificava, e era então extremamente esquisito. Pois sucedia-lhe sair a perambular de noite pelos becos, batendo nas portas. E se os moradores abriam, ele surgia em sua frente metido numa mortalha branca, e se punha a fazer medonha algazarra e gritaria, o que os enchia de pavor. No dia seguinte ele se desculpava, assegurando ser forçado a isso, para recordar a si próprio e aos bons burgueses, o corpo mortal e a alma imortal, de cuja salvação eles deviam cuidar. Ao dizer isso costumava choramingar um pouco, o que comovia imensamente as pessoas. Em todos os enterros o forasteiro aparecia, seguindo o cadáver com atitude respeitosa e aparentando grande tristeza. Lamentava-se e soluçava em alta voz, de modo que não conseguia cantar com os outros as canções religiosas. Assim como ele se abandonava à compaixão e à dor nessas ocasiões, mostrava-se muito satisfeito e alegre nos esponsórios dos burgueses, que naquela época se realizavam pomposamente no palácio municipal. Então cantava, com voz sonora e agradável, as mais variadas canções, tocava cítara, dançava horas seguidas com a noiva e as donzelas, com a perna sã, ao mesmo tempo que encolhia com jeito a manca, comportando-se com grande respeito e decoro. Mas o melhor de tudo, a razão pela qual os noivos viam com tanto prazer o forasteiro era que, em cada esponsal que se realizava, ele honrava o novo casal com belos presentes, correntes e adereços de ouro e outros objetos valiosos. Era impossível que a religiosidade, a virtude, a generosidade e a moralidade do forasteiro não se tornassem conhecidas em toda a cidade de

o diabo em berlim 251

Berlim e não chegassem aos ouvidos do príncipe-eleitor. Este era de opinião de que um homem respeitável como o forasteiro faria ótima figura em sua corte e lhe mandou perguntar se ele não quereria aceitar o cargo de oficial na corte. O forasteiro, porém, escreveu com letras cor de vermelhão, numa folha de pergaminho de uma e meia de largura e outro tanto de altura, agradecendo humildemente a honra que lhe ofereciam, mas pedindo à sua Alteza Sereníssima que lhe permitisse gozar, em paz e calma, vida de burguês, que convinha perfeitamente ao seu modo de sentir. Escolhera Berlim por moradia, de preferência a muitas outras cidades, porque em nenhum outro sítio encontrara pessoas tão agradáveis, tanta fidelidade e sinceridade, e um sentido tão agudo para hábitos de distinção e delicadeza, completamente de acordo com seu próprio caráter e maneiras. O Eleitor, conjuntamente com a corte, admirou em extremo a linda prosa em que o pergaminho do forasteiro estava vasado, e deu-lhe o consentimento pedido.

Sucedeu que por essa época a esposa do conselheiro Walter Luetkens engravidou pela primeira vez. A velha parteira Barbara Roloffin profetizou que a bela e saudável mulher ia certamente ter a ventura de dar à luz um gentil menino, de modo que o conselheiro se encheu de alegria e esperança.

O forasteiro, que havia estado nos esponsais do sr. Letkens, costumava ir visitá-lo de quando em vez, e sucedeu que certa vez, ao cair da tarde, ele entrou inadvertidamente quando Barbara Roloffin lá se encontrava.

Assim que a velha Barbara avistou o forasteiro, disparou a soltar exclamações e brados de alegria. As profundas rugas de seu rosto pareceram alisar-se; era como se os lábios e as faces rosados, em resumo, a juventude e a beleza, às quais há muito tempo ela dissera adeus, dessem a impressão de querer retornar.

– Ah, ah, sr. Fidalgo, será verdade que vos estou vendo aqui? Ai! Aceitai meus cumprimentos! – exclamou Barbara Roloffin, e quase se deixou cair no solo, aos pés do forasteiro.

Este, porém, a afastou de si com palavras coléricas, os olhos a expelir chamas. Mas ninguém compreendeu o que ele falou com a velha que, pálida e engelhada como antes, se afastou para um canto, lamentando-se baixinho.

– Querido sr. Luetkens – falou então o estrangeiro ao conselheiro –, estejai atento para que não aconteça alguma desgraça em vossa casa, e mormente que na ocasião do parto de vossa prezada consorte tudo corra bem. A velha Barbara Roloffin não é tão competente no exercício do seu mister como podeis imaginar. Eu a conheço há longo tempo e sei muito bem que ela, por várias vezes, se descuidou da parturiente e da criança.

Ambos, o sr. Luetkens e sua consorte, ficaram muito amedrontados e preocupados e, ao refletirem sobre a transformação esquisita de Barbara Roloffin na presença do forasteiro, tiveram não poucas suspeitas de que ela se ocupasse de feitiçaria. Por essa razão, proibiram-na de atravessar novamente a soleira de sua casa e procuraram outra parteira.

Esse fato provocou a cólera da velha Barbara Roloffin, e ela exclamou: "O sr. Luetkens e sua consorte haviam de arrepender-se da injustiça que lhe estavam fazendo."

Toda a alegria e esperança do sr. Luetkens se transformou em acerbo pesar e profundo desgosto quando sua consorte, em lugar de dar à luz o gentil menino que Barbara Roloffin profetizara, teve um aleijão repulsivo. Era uma coisa parda, com chifres, enormes olhos esbugalhados, sem nariz, com uma enorme bocarra, e a língua branca, às avessas. Não tinha pescoço, a cabeça era unida aos ombros, o corpo engelhado e balofo; os braços pendiam-lhe dos lombos, tinha pernas longas e finas.

O sr. Luetkens muito se lamentou.

– Ó justos céus! – exclamou – Que será dele! Poderá algum dia o meu filho seguir o exemplo honrado de seu pai? Existiu jamais um conselheiro pardo, com chifres na cabeça?

O forasteiro consolou o pobre sr. Luetkens o melhor que pôde.

"Uma boa educação – opinou ele – podia conseguir muito. Pondo de lado o que se referia à forma e à figura, no que o menino se afigurava assaz cismático, ele era de opinião que, com seus olhos esbugalhados, lançava um olhar inteligente por todos os lados, e na testa, por entre os cornos, havia lugar bastante para uma grande sabedoria. Mesmo que não se tornasse conselheiro, o menino poderia chegar a ser um grande erudito, a quem muitas vezes orna uma particular feiura que o torna objeto de mais profundo respeito."

o diabo em berlim

As coisas não podiam ser de outra maneira, e o sr. Luetkens, no íntimo, culpou Barbara Roloffin da sua desgraça, sobretudo quando ficou sabendo que, durante o parto de sua consorte, ela ficara sentada na soleira de sua casa, ante a porta. E a sra. Luetkens assegurou, por entre lágrimas, que durante as dores do parto, teve diante dos olhos o feio rosto da velha Barbara, e não conseguiu livrar-se dele.

Não obstante a suspeita do sr. Luetkens não ter chegado às barras do tribunal, quis o céu que, logo a seguir, as ações infames da velha Barbara Roloffin se tornassem conhecidas.

Sucedeu que, após algum tempo, se ergueu ao meio-dia um temporal medonho e uma fortíssima ventania. E as pessoas que se encontravam nas ruas viram Barbara Roloffin, que estava a caminho da casa de uma parturiente, ser levada com enorme bramido pelo espaço, acima dos telhados e das torres, e em seguida pousar ilesa num prado diante de Berlim.

Então não houve mais dúvidas quanto às artes infernais da velha Barbara Roloffin; o sr. Luetkens apresentou queixa contra ela ao tribunal e a velha foi conduzida à prisão.

Ela tudo negou, obstinadamente, até que a submeteram à tortura. Então, não podendo suportar as dores, confessou que, de parceria com Satanás, há longo tempo vinha praticando toda espécie de ímpias feitiçarias. Tinha de fato enfeitiçado a pobre sra. Luetkens, substituindo-lhe o filho por aquele aborto repulsivo; além disso, com duas outras bruxas de Blumberg, às quais o diabólico galã torcera o pescoço há pouco tempo, havia matado e cozido muitas crianças cristãs para provocar carestia no país.

Daí a algum tempo, após o pronunciamento da sentença, a velha bruxa deveria ser queimada viva no Neumarkt[1].

Quando chegou o dia da execução a velha Barbara, seguida por enorme multidão, foi levada ao Neumarkt e conduzida ao cadafalso que ali haviam armado. Ordenaram-lhe que tirasse a linda peliça que trajava, mas ela negou-se a fazê-lo, insistindo para que os oficiais do verdugo a amarrassem ao poste vestida como estava, o que lhe concederam.

---

1   *Neumarkt* significa "feira nova"; em geral, como aqui, designa a praça do mercado.

A fogueira já estava acesa, lançando chamas aos quatro ventos, quando avistaram o forasteiro, que surgiu gigantesco por entre o povo, fixando a velha com olhar chamejante.

As negras nuvens de fumaça se enovelaram em espirais e as chamas, a crepitar, lamberam os trajes da mulher, que gritou com voz estridente e apavorante:

– Satanás! Satanás! É assim que manténs o pacto que firmaste comigo? Socorro, Satanás, socorro! Ainda não chegou a minha hora!

E, de súbito, o forasteiro desapareceu, e no lugar em que ele havia estado surgiu, com estridor, um enorme morcego negro; meteu-se por entre as chamas, elevou-se aos ares piando, com a peliça da velha, e a fogueira desmoronou estrepitosamente e se apagou.

O povo foi tomado de pânico e horror. Todos perceberam agora que o imponente forasteiro não era outro senão o próprio diabo, que levara no bico os bons berlinenses, apresentando-se durante tanto tempo como pessoa piedosa e amável e enganando, com astúcia infernal, o conselheiro Walter Luetkens e muitos outros homens sábios e mulheres sensatas.

Tão grande é o poder do diabo, de cuja astúcia o céu nos queira proteger.

FIM

A Mulher-Vampiro

O conde Hyppolit retornara de prolongadas e extensas viagens, a fim de tomar posse da enorme herança do pai, falecido há pouco tempo. Seu castelo hereditário estava situado em bela e aprazível região, e a renda de suas propriedades era suficiente para os mais dispendiosos embelezamentos. Tudo o que o conde vira em suas viagens, principalmente na Inglaterra, e que o encantara pela sua beleza, pelo bom gosto e magnificência, deveria ressurgir agora mais uma vez perante seus olhos. Os artifícios e artistas necessários para essa obra, a seu pedido se apresentaram, e em breve principiou a reforma do castelo e a construção de um extenso parque, num estilo grandioso; mesmo a igreja, o cemitério e a casa paroquial ficariam dentro do parque, dando a impressão de fazerem parte do futuro bosque. O conde dirigia em pessoa os trabalhos, pois possuía os necessários conhecimentos para isso, e entregou-se a essas ocupações de corpo e alma; assim se passou um ano sem que lhe ocorresse seguir o conselho de um velho tio, que lhe dissera para ir à capital mostrar-se às donzelas e receber por esposa a mais bela, a melhor e a mais nobre delas. Certa manhã, quando se encontrava à mesa de desenho para fazer a planta de uma nova construção, uma velha baronesa, parente afastada de seu pai, fez-se anunciar. Hyppolit recordou-se imediatamente, ao ouvir o nome da baronesa, de que seu pai costumava referir-se a essa velha senhora com a mais profunda indignação, com repulsa até, chegando a prevenir várias pessoas dispostas a travar conhecimento com ela que se conservassem afastadas. Nunca, porém, quis revelar em que residia o perigo dessa aproximação, e quando lhe perguntavam mais detalhes sobre o assunto costumava dizer que há certas coisas a respeito das quais é melhor calar. Uma coisa era certa: na capital corriam vagos boatos de um estranho e singular processo criminal em que a baronesa estivera envolvida. Em consequência, o esposo separara dela; ela fora expulsa do lugar afastado em que residia e somente graças ao príncipe se abafara o processo. Hyppolit, mesmo desconhecendo os motivos da repulsa de seu pai, sentiu forte desagrado com a aproximação de uma pessoa que seu pai detestara. Mas os deveres da hospitalidade, que se observam principalmente no campo, obrigaram-no a receber a desagradável visita. Não se podia dizer que a baronesa fosse propriamente feia, mas jamais o conde sentira tão intensa sensação de repulsa como a que sentiu por ela. Ao entrar, seus olhos pareciam lançar centelhas ao fitar o conde, como a querer atravessá-lo de lado a lado. Depois baixou os olhos e desculpou-se da visita, expressando-se quase com humildade. Queixou-se do pai do conde, dizendo que inimigos dela haviam feito chegar maldosamente aos seus ouvidos certas ideias falsas a seu respeito, o que o fizera odiá-la até a morte. Nunca lhe prestara o menor auxílio, apesar de pouco ter faltado para ela morrer, em consequência da mais amarga miséria, que a colocara na situação de envergonhar-se de seu nome e da sua posição social. Tendo recebido inesperadamente uma pequena quantia, pudera ao fim abandonar a capital, para viver retirada numa cidadezinha do interior. Nesta viagem não conseguira refrear o desejo de ver o filho de um homem por quem ela sempre sentira veneração, não obstante o ódio injusto e implacável que lhe nutria. A baronesa falava com o acento tocante da verdade. O conde comoveu-se, não tanto pelo que ela dizia, como porque, desviando o olhar da face repulsiva da velha, fitava enlevado a encantadora e graciosa criatura que a acompanhava. A baronesa calou-se; o conde nem pareceu notá-lo e guardou silêncio. Então a baronesa pediu-lhe que a desculpasse:

a mulher-vampiro

sentia-se inibida por se encontrar ali e, ao chegar, se esquecera de apresentar ao conde sua filha Aurelie. Só então o conde readquiriu a fala e suplicou, corando vivamente, confuso como um rapazinho apaixonado, que a baronesa lhe permitisse reparar o mal que seu pai, por um mal-entendido, lhe havia feito. Ele teria muito prazer em tê-las por hóspedes no seu castelo. Tomou da mão da baronesa para assegurar-lhe que eram bem-vindas, mas perdeu a fala e o fôlego, sentindo calafrios de horror: os dedos da baronesa, que pareciam ter-se paralisado no frio da morte, eram como garras a apertar-lhe a mão, e ela o fitava com um olhar parado e fixo, que parecia desprovido de visão. O vulto alto e ossudo, com um vestido de cores berrantes, deu-lhe a impressão de um cadáver arrebicado.

– Meu Deus, que desgraça acontecer uma coisa assim justamente agora! – exclamou Aurelie.

Depois, com voz terna e comovente, queixou-se de que sua pobre mãe era às vezes atacada subitamente de uma espécie de ataque cataléptico, mas em geral essas crises costumavam passar de pronto, sem o auxílio de nenhum medicamento. O conde, muito a custo, soltou-se da mão da baronesa. E sentiu novamente o ardente e suave entusiasmo que o amor provoca, quando tomou da mão de Aurelie e a levou aos lábios. Quase chegado à idade madura, o conde sentia pela primeira vez todo o poder da paixão, o que lhe tornava mais difícil ainda ocultar seus sentimentos, e a maneira pela qual Aurelie recebeu suas demonstrações, com expressão infantil e excelsa amabilidade, despertou nele as mais doces esperanças. Passaram-se alguns minutos até que a baronesa voltasse a si do ataque, de que não conservou a mínima consciência. Assegurou então ao conde que considerava uma honra o convite para passar algum tempo no castelo; isso lhe fazia esquecer de vez as injustiças que o pai do conde lhe fizera. Assim se transformou repentinamente a vida na casa do conde. Parecia-lhe que um favor especial do destino conduzira até ele a única mulher, em todo o globo terrestre, que lhe poderia proporcionar a mais elevada ventura, na qualidade de esposa ardentemente amada. A atitude da velha baronesa não se modificou, ela se conservou silenciosa, séria, até mesmo reservada, demonstrando, se a ocasião o requeria, um temperamento calmo e um coração aberto a alegrias inocentes. O conde se habituara ao rosto engelhado e mortalmente pálido da velha, assim como à sua aparência de espectro. Atribuía tudo isso à doença, assim como à sua propensão, a mórbidos devaneios. Conforme ficou sabendo pelos empregados, quando nesse estado, ela costumava fazer passeios noturnos, atravessando o parque para ir ao cemitério. Envergonhou-se de se ter deixado influenciar pela prevenção do pai e as mais insistentes advertências do velho tio, para que dominasse o sentimento que o assaltara, e abandonasse essas relações de amizade, que mais cedo ou mais tarde causariam inevitavelmente a ruína da sua vida, não exerceram sobre ele o menor efeito. Tendo a viva certeza do profundo amor que Aurelie lhe devotava, pediu sua mão, e pode-se avaliar com que alegria a baronesa, vendo-se já libertada da miséria e repousando em um mar de venturas, aceitou o pedido. A palidez de Aureli, a expressão de estranha, de profunda e invencível melancolia, desaparecera de seu rosto, seus olhos irradiavam a felicidade do amor, a ventura amorosa brilhava no róseo tom de suas faces. Na manhã do dia das bodas, um grave acidente impossibilitou a realização dos desejos do conde. Encontraram a baronesa no parque, não muito longe do cemitério, estendida sem vida, de borco no chão, e a trouxeram para o castelo no instante em que o conde se levantava, exultante de alegria, pensando na felicidade que o esperava. Julgou que a baronesa tivesse tido um de seus habituais ataques cataléticos. Mas falharam todos os meios empregados para fazê-la voltar à vida: a baronesa estava morta. Aurelie não se abandonou a explosões violentas de dor; conservou-se calada e sem lágrimas, apesar do golpe que a atingira. Parecia paralisada interiormente. O conde receou pela saúde de sua adorada noiva. Fez-lhe ver com brandura e carinho que agora que ela estava órfã e só no mundo, as circunstâncias exigiam que esquecesse o conveniente para realizar o mais conveniente, apressando o enlace apesar do falecimento da mãe. Então Aurelie abraçou-se ao conde, com os olhos transbordantes de lágrimas, e exclamou em tom lancinante:

– Sim! Sim! Façamos isso, por todos os santos dos céus, pela minha felicidade!

O conde atribuiu essa explosão emocional ao amargo pensamento de que agora, sozinha e sem lar, ela não sabia para onde ir, enquanto

a mulher-vampiro 259

as regras do decoro proibiam sua permanência no castelo. Tratou de arranjar uma velha e respeitosa matrona para dama de companhia de Aurelie, até o dia das bodas poucas semanas depois que, desta feita, não foi interrompido por nenhum incidente, coroando a felicidade de Hyppolit e Aurelie. Aurelie, enquanto não se realizou o casamento, parecia presa de enorme excitação. Não era a dor pela perda da mãe, era um medo sem nome, mortal, que parecia persegui-la com fúria. Certo dia, em meio aos mais doces transportes de amor, ela se levantou; parecia presa de enorme pavor e, com a palidez da morte estampada no rosto, abraçou-se ao conde com os olhos marejados de lágrimas, como querendo conservar-se presa em seus braços, para que uma força inimiga invisível não a arrastasse à desgraça, e exclamou:

– Não! Nunca! Nunca!

Só agora, depois de casada, esse estado de excitação parecia ter desaparecido e o sentimento de medo tê-la abandonado. O conde imaginou que algum grave segredo perturbava a consciência de Aurelie, mas, com razão, achou pouco delicado fazer-lhe perguntas, enquanto durasse seu estado de excitação e enquanto ela conservasse silêncio a esse respeito. Só após o casamento ele fez leves insinuações a respeito do motivo de sua estranha disposição de espírito. E Aurelie afirmou que era um alívio para ela poder abrir agora a seu adorado esposo o seu coração. O conde, com não pequeno espanto, ficou sabendo que fora o procedimento infame de sua mãe que provocara em Aurelie aquela melancolia que lhe perturbava a alma.

– Existe coisa mais terrível – exclamou Aurelie –, existe coisa mais terrível do que ser obrigada a odiar a própria mãe, a detestá-la?

Isso era uma prova de que o pai e o tio não se tinham deixado influenciar por ideias falsas e preconcebidas, e que a baronesa, com premeditada hipocrisia, havia enganado o conde. O conde não podia deixar de considerar uma felicidade, para o seu sossego, o fato de essa mãe perversa ter morrido no dia do seu casamento com Aurelie. Não fez mistério disso à mulher. Mas Aurelie lhe disse que quando se dera a morte de sua mãe, ela sentira-se assaltada pelos mais sombrios e terríveis pressentimentos e não conseguia libertar-se do medo atroz de que a falecida se levantasse do túmulo para arrancá-la dos braços de seu adorado e atirá-la aos abismos. Aurelie recordava-se vagamente, conforme disse, de que nos primeiros anos de sua infância despertara certa manhã com medonho tumulto em sua casa. Portas se abriam e fechavam com estrondo, ouviam-se exclamações excitadas, soltadas por vozes desconhecidas. Finalmente, quando se fez silêncio, a ama tomou Aurelie pelo braço e levou-a a um enorme aposento, onde havia muita gente reunida, e onde, no centro de uma mesa comprida, estava estendido o homem que tantas vezes brincara com Aurelie, que a enchia de balas e que ela chamava de papai. Ela estendeu para ele as mãozinhas e quis beijá-lo. Mas os lábios tão cálidos outrora estavam agora gelados, e Aurelie, sem saber porquê, caiu em desabalado pranto. A ama levou-a para uma casa estranha, onde ela ficou durante muito tempo, até que apareceu finalmente uma mulher e a levou consigo em uma caleche. Era sua mãe, que logo após viajou com Aurelie para a capital. Aurelie devia ter uns dezesseis anos, quando se apresentou um homem em casa da baronesa. Sua mãe o recebeu com alegria e intimidade, como a um velho e prezado conhecimento. Ele aparecia cada vez com maior frequência e, em breve, o modo de viver da baronesa modificou-se visivelmente. Em vez de morar como até então num quartinho na água-furtada e de conformar-se com roupas miseráveis e má alimentação, habitava agora numa bonita casa, no melhor bairro da cidade, comprava vestidos luxuosos, comia e bebia faustosamente com o desconhecido, que era seu conviva quotidiano; frequentava também os divertimentos públicos que a capital oferecia. Somente sobre Aurelie essa melhoria de vida da mãe, que ela devia aparentemente ao desconhecido, não exercera nenhuma influência. Ela permanecia encerrada em seu quarto, enquanto a baronesa corria às diversões com o desconhecido, e continuava a vestir-se tão pobremente como de costume. O desconhecido, não obstante já ter seus quarenta anos, aparentava menos idade, era de belo e elevado porte, e suas feições eram bonitas, de uma beleza viril. Não obstante, Aurelie sentia repulsa por ele porque, apesar de ele esforçar-se por parecer uma pessoa distinta, seus modos frequentemente se tornavam tacanhos, ordinários e plebeus. Porém, os olhares que ele principiou a lançar a Aurelie encheram-na de misterioso pavor, de horror mesmo, sem que ela soubesse explicar a si própria a razão desse sentimento.

a mulher-vampiro   261

Até então a baronesa não se dignara falar a Aurelie uma palavra sequer a respeito do desconhecido. Agora revelou a Aurelie o seu nome, acrescentando que esse barão, homem fabulosamente rico, era um afastado parente seu. Elogiou sua beleza física, suas qualidades de caráter, e acabou perguntando se ele agradava a Aurelie. Esta não calou o horror que sentia pelo desconhecido; a baronesa, entretanto, lançou-lhe um olhar que a encheu de pavor, chamando-a de tola e ingênua. Nos dias que se seguiram a baronesa mostrou-se amável com Aurelie, tratando-a com um carinho que nunca demonstrara até então. Aurelie ganhou lindos vestidos, adereços valiosos e modernos de toda a espécie, e permitiram-lhe frequentar também os divertimentos públicos. O desconhecido esforçou-se então por ganhar os favores de Aurelie, de um modo que o fez parecer aos olhos da jovem cada vez mais repulsivo. Mas sua alma delicada de donzela sentiu-se mortalmente ferida, quando um acaso fatal fê-la ser testemunha oculta de um ato infame e revoltante do desconhecido e da mãe pervertida. Quando, alguns dias depois, o desconhecido, meio ébrio, encheu-se de coragem, abraçando-a de um modo que não lhe deixou a mínima dúvida sobre seus temerários propósitos, o desespero deu-lhe forças de homem e ela empurrou o desconhecido de tal modo que caiu de costas; em seguida Aurelie fugiu e encerrou-se em seu quarto. A baronesa disse a Aurelie, num tom frio e resoluto, que o desconhecido pagava todas as despesas da casa; como não tinha o menor desejo de voltar à antiga penúria, era inútil e aborrecido ela estar com tolos melindres; Aurelie deveria curvar-se aos desejos do desconhecido, caso contrário ele ameaçara abandoná-la. Em lugar de comover-se com os doloridos lamentos de Aurelie e com suas lágrimas ardentes, a velha principiou a dar gargalhadas e a exprimir-se de maneira grosseira e cínica a respeito de certas relações que abririam a Aurelie as portas de todos os prazeres da vida. Usou expressões que ofendiam todos os sentimentos de decência e da moral da moça aterrorizada. Ela viu-se perdida, e a fuga pareceu-lhe ser o único meio de salvar-se. Tinha arranjado para si uma chave da casa, juntou alguns poucos e indispensáveis objetos de seu uso e, depois da meia-noite, quando julgou que a mãe estivesse profundamente adormecida, esgueirou-se para a ante-câmara, fracamente iluminada. Já se estava preparando para sair muito de mansinho quando a porta da casa se abriu com estrondo e se ouviu ruído de passos, subindo precipitadamente a escada. Na ante-câmara, aos pés de Aurelie, caiu a baronesa, vestida com uma camisola suja, de tecido grosseiro, deixando ver o peito e os braços nús, com os cabelos grisalhos a esvoaçar pelos ombros. Atrás dela vinha o desconhecido, que lhe disse aos gritos:

– Espera, satanás, bruxa do inferno, eu te farei engolir teu banquete de bodas!

Agarrou-a pelos cabelos, arrastando-a até o meio do aposento, e se pôs a espancá-la cruelmente com um grosso bordão que trazia consigo. A baronesa soltava pavorosos gritos, e Aurelie, quase desfalecida, correu à janela aberta e gritou por socorro. Nesse instante passava por ali uma patrulha policial. Os policiais entraram imediatamente.

– Agarrai-o – exclamou a baronesa aos policiais, contorcendo-se de raiva e de dor –, agarrai-o, prendei-o! Descobri suas costas e olhai! Esse homem é…

Mal a baronesa pronunciou seu nome, o sargento que chefiava a patrulha bradou:

– Olá! Encontramos-te afinal, Urian[1]!

E dizendo isso o agarraram, arrastando-o dali, apesar de todos os seus esforços para desvencilhar-se. Não obstante tudo o que se passara, a baronesa percebera a intenção de Aurelie. Contentou-se em agarrá-la com violência pelo braço e atirá-la ao quarto, que trancou, sem dizer uma palavra. Na manhã seguinte a baronesa saiu, voltando a horas adiantadas da noite. Aurelie, encerrada no quarto como uma prisioneira, não viu nem ouviu ninguém, passando o dia inteiro sem comer nem beber nada. Vários dias decorreram da mesma maneira. Às vezes a baronesa fitava Aurelie com um olhar fulgurante de ódio, parecendo debater-se em dúvidas, até que certa noite encontrou umas cartas cujo conteúdo pareceu causar-lhe prazer.

– Criatura insensata, tu tens a culpa de tudo, mas não importa. Só desejo que não recaia sobre ti o medonho castigo que o espírito do mal te havia preparado.

Assim falou a baronesa a Aurelie, e logo passou a mostrar-se amável. Depois que aquele sujeito repulsivo se afastara, Aurelie não pensou

---

1   Urian, nome para um indivíduo importuno e, principalmente, para o diabo.

a mulher-vampiro 263

mais na fuga, de modo que gozava de um pouco mais de liberdade. Passou-se algum tempo, e certo dia em que Aurelie estava sentada sozinha em seu quarto, ergueu-se na rua grande alarido. A criada de quarto entrou precipitadamente e contou que vinham trazendo o filho do carrasco de... que fora marcado ali com ferrete, por crime de assassinato, e há algum tempo, quando o conduziam à prisão, conseguira escapar aos guardas do transporte de presos. Aurelie, tomada de sinistro pressentimento, foi cambaleando até à janela; não se enganara, era o desconhecido. Rodeado por grande número de guardas, ele passava de carro de presos, fortemente atado. Traziam-no de volta para cumprir sua pena. Quase desfalecida, Aurelie voltou à sua poltrona, e nesse instante a encontrou o sinistro e enfurecido olhar do indivíduo que, erguendo o punho cerrado em direção da janela, fez um gesto de ameaça. A baronesa continuou com suas saídas, deixando Aurelie em casa; a jovem, refletindo sobre seu destino, sobre o triste futuro que a esperava, talvez alguma súbita desgraça, levava uma vida sombria e triste. Pela criada de quarto, que entrara para o serviço somente após o escândalo noturno e que parecia ter sido informada só recentemente das relações de intimidade entre a baronesa e o celerado, ela soube que na capital estavam muito penalizados com a situação da sra. Baronesa, que fora enganada de modo tão estúpido por um reles criminoso. Aurelie sabia muito bem que os fatos se tinham passado de modo bem diferente, e achava impossível que os policiais que haviam prendido o homem em casa da baronesa ignorassem tudo. Naquela ocasião a baronesa pronunciara o nome do celerado e aludira às suas costas marcadas com ferrete, prova do crime que ele cometera. Esses soldados deviam estar ao par das relações da baronesa com o filho do carrasco. A criada de quarto às vezes contava de maneira ambígua o que se pensava a esse respeito; dizia-se que a justiça havia realizado severa sindicância, e parecia até que a sra. Baronesa tinha sido ameaçada com pena de prisão, porque o filho do carrasco revelara dela coisas bem estranhas. – Aurelie certificou-se de novo da abjeção de sua mãe, que não deveria ter a ousadia de permanecer na capital por um minuto que fosse, após aquele terrível acontecimento. Finalmente, a baronesa viu-se obrigada a abandonar a cidade em que se sentia perseguida por suspeitas infamantes, aliás bem fundadas, e a fugir para um lugar afastado. Durante essa viagem ela passou pelo castelo do conde, e sucedeu tudo o que já foi narrado. Aurelie sentiu-se então sumamente venturosa, livre de preocupações; mas quão horrorizada ficou, quando, no auge da ventura, falando com a mãe sobre a graça que haviam recebido do céu, esta, com o fogo do inferno no olhar, exclamou com voz estridente:

– És a minha desgraça, criatura abjeta e infame, mas em meio à felicidade com que sonhas, serás atingida pela vingança, se uma morte repentina me levar. A malícia de satanás fará com que os ataques cataléticos que devo ao teu nascimento... – Aqui Aurelie se calou, abraçando-se ao conde, implorando-lhe que não lhe pedisse repetir as últimas palavras que a baronesa pronunciara ainda em seu furor insano. Sentia-se esfacelada interiormente ao lembrar-se da ameaça da mãe, mulher dominada pelas forças do mal, ameaça que ultrapassava todos os horrores imagináveis. O conde consolou a esposa o melhor que pôde, apesar de sentir-se também percorrido por arrepios gelados de um pavor mortal. Depois que se acalmou um pouco, teve de confessar a si próprio que a maldade da baronesa, apesar de estar já morto aquele monstro, lançava ainda uma sombra negra sobre a sua vida, cujo futuro ele julgara luminoso e promissor.

Passou-se algum tempo, e Aurelie começou a transformar-se sensivelmente. A palidez mortal do rosto, o olhar extinto, pareciam indicar alguma moléstia, ao passo que seu comportamento confuso, instável e tímido, parecia encobrir algum novo mistério que a perturbava. Até do esposo ela fugia, ora encerrando-se no quarto, ora procurando o sítio mais solitário do parque. Quando aparecia de novo, os olhos inchados de chorar, o rosto desfigurado, evidenciavam algum pavoroso martírio. Em vão o conde procurou descobrir a causa do estado da esposa, e um completo abatimento se apossou dele. Foi para ele um alívio quando um médico afamado aventou a hipótese de que, considerando a excitabilidade exagerada da condessa, todas essas graves manifestações nada mais seriam que a consequência de um estado que podia indicar alegres esperanças para a ventura do casal. Este mesmo médico fez certa vez, enquanto almoçavam, várias alusões ao suposto estado da condessa. A condessa não parecia se interessar pelo que o médico dizia, mas de súbito ficou atenta quando ele se

a mulher-vampiro 265

referiu aos estranhos desejos que costumam sentir muitas senhoras nesse estado, desejos que não deviam ser contrariados, sem prejuízo para a saúde da mãe, e sem que a criança sofresse também as piores consequências. A condessa encheu o médico de perguntas e este, incansavelmente, contou-lhe vários casos burlescos, passados com ele, na prática da sua profissão.

– Pois é – falou ele –, há também exemplos de desejos desregrados, que levaram certas mulheres a praticarem as mais hediondas ações. A mulher de um ferreiro, por exemplo, sentia violento desejo de saborear a carne de seu marido. Não sossegou, e um dia em que ele chegou embriagado em casa, de súbito ela atirou-se sobre ele com um facão, dilacerando-lhe as carnes de modo atroz. Horas depois ele expirou.

Mal o médico terminou de pronunciar essas palavras, a condessa tombou desfalecida na poltrona, e com dificuldade conseguiram salvá-la dos acessos nervosos que se seguiram. O médico percebeu então que agira com leviandade ao mencionar àquele fato em presença duma senhora de nervos tão fracos.

Essa crise, porém, parecia ter tido salutar influência sobre o estado da condessa, porque ela se acalmou um pouco, apesar de transformar-se num ser estranho e sem vida, com um fogo sombrio a arder-lhe no olhar. A palidez mortal, sempre crescente, que seu rosto apresentava, fez o conde cair de novo numa dúvida atroz sobre o seu estado. O que parecia mais inexplicável era ela não tomar alimento nenhum, manifestando repugnância invencível por todas as iguarias, especialmente pela carne, o que a obrigava a afastar-se da mesa com os mais evidentes sinais de nojo. A ciência do médico fracassou por completo; nem as súplicas insistentes e carinhosas do conde, nem outras razões, conseguiram fazer a condessa tomar uma só gota de medicamento. Como se haviam passado semanas e meses sem que a condessa ingerisse nenhum alimento, era um mistério inexplicável que ela conseguisse viver. O médico opinou que se tratava de alguma coisa fora dos domínios do saber e da ciência humanos. Ao fim, retirou-se do castelo sob um pretexto qualquer. Mas o conde pôde perceber que o médico, que possuía uma longa prática, achava o estado de sua esposa enigmático e grave demais, e não queria permanecer ali como testemunha passiva de uma moléstia de causa desconhecida, sem nada poder fazer.

266 *parte ii*

Imagine-se a disposição de espírito do conde! Mas não bastou essa desgraça. Por essa época, um velho e fiel servidor do conde aproveitou a oportunidade de encontrá-lo sozinho para revelar-lhe que a condessa saía todas as noites do castelo, voltando só ao romper da aurora. O conde ficou gelado. Só então se recordou de que de uns tempos para essa parte, por volta da meia noite, ele caía em uma sonolência anormal. Atribuía agora esse sono a algum narcótico que a condessa lhe ministrava para poder se afastar inadvertidamente do aposento, onde, em desacordo com os hábitos aristocráticos, ela dormia em companhia do esposo. Os mais negros pressentimentos se apossaram de sua alma; lembrou-se da mãe diabólica, cuja disposição de caráter talvez só agora despertasse na filha, pensou em qualquer ligação adúltera repulsiva, lembrou-se do celerado, o abominável auxiliar de carrasco. Na noite seguinte, o mistério hediondo, causa única do inexplicável estado de sua esposa, ia revelar-se ao conde. A condessa costumava preparar ela mesma o chá que oferecia ao conde à noite, retirando-se em seguida. Desta vez não tomou uma só gota, e quando, conforme seu hábito, lia deitado no leito, não sentiu sono nenhum à meia-noite, como sempre acontecia. Não obstante, reclinou-se nos travesseiros e fingiu que estava dormindo. Muito de mansinho, a condessa saiu do seu leito, chegou perto da cama do conde, aproximou a luz do rosto do marido, e retirou-se do quarto. O conde estremeceu de horror, seu coração batia desatinadamente. Levantou-se, atirou uma capa aos ombros e seguiu a esposa. Era uma noite clara de luar, de modo que ele pôde avistar Aurelie, envolta numa camisola branca, apesar de ela já se ter adiantado consideravelmente. Pelo parque, em direção ao cemitério, o conde a foi seguindo, até que ela desapareceu na sombra do muro. O conde seguiu-a apressadamente e entrou pelo portão do cemitério, que encontrou aberto. Viu então ao clarão do luar, nas proximidades do sítio em que ele se achava, alguns vultos assustadores de seres espectrais. Velhas quase nuas, com os cabelos ao vento, se haviam acocorado em círculo; no centro do círculo estava o cadáver de um homem, que elas devoravam como lobos vorazes. Aurelie estava no meio delas! O conde saiu correndo desabaladamente, apavorado, em carreira desatinada, perseguido por mortal pavor, por todos os horrores do inferno. Foi seguindo ao acaso as veredas do parque

a mulher-vampiro 267

e quando a manhã já ia clara, viu que se encontrava, banhado em suor, diante da porta do castelo. Sem refletir, sem conseguir formar nenhuma ideia clara, subiu precipitadamente as escadas, atravessou correndo vários aposentos até chegar ao dormitório. Ali encontrou a condessa, dando a aparência de estar imersa em suave e doce sono. O conde quis convencer-se de que tudo não passara de um sonho apavorante. Como se lembrava da corrida noturna, de que era prova sua capa umedecida pelo orvalho da madrugada, quis crer que tudo não passasse de uma ilusão dos seus sentidos, que lhe causara mortal susto. Sem esperar que a condessa despertasse, saiu do aposento, vestiu-se e montou a cavalo. A cavalgada pela linda manhã, por entre o perfumado arvoredo, de onde o saudava o canto alegre dos passarinhos que despertavam, afastou as apavorantes imagens noturnas; mais calmo e serenado, voltou ao castelo. Mas quando o conde e a condessa sentaram-se à mesa, e a condessa, ao trazerem a carne assada, quis abandonar a sala, com sinais evidentes do mais profundo nojo, a verdade do que vira à noite se evidenciou de modo atroz à alma do conde. Cheio de cólera, levantou-se e bradou com medonha voz:

– Monstro infernal, eu sei a causa da tua aversão pelo alimento dos homens: é nos túmulos que devoras teu pasto, mulher diabólica!

Mal o conde terminou de bradar essas palavras, a condessa, rugindo, se atirou sobre ele, mordendo-o no peito com a fúria de uma hiena. O conde afastou-a brutalmente de si e ela tombou, expirando por entre medonhas contorções. O conde enlouqueceu.

O Espectro

Sabeis que há certo tempo, pouco antes da última campanha, eu me encontrava na propriedade do coronel P. O coronel era um homem animado e jovial, a personificação da calma e da singeleza, assim como sua esposa.

O filho, quando estive lá, servia no exército, de modo que a família além do casal, se compunha apenas de mais suas filhas e de uma francesa idosa, que se esforçava por representar o papel de governanta, não obstante as meninas darem a aparência de haverem passado da época de serem governadas. A mais velha era uma pequena alegre, de uma vivacidade quase exagerada, e não deixava de ter espírito, mas não podia dar cinco passos sem executar pelo menos três *entrechats* e, tanto na conversa como em tudo o que fazia, saltava incessantemente de um assunto e de uma coisa para outra. Eu a vi, em menos de dez minutos, bordar, ler, desenhar, cantar, dançar e ao mesmo tempo que chorava pelo pobre primo, morto em combate, e lágrimas amargas lhe tombavam ainda dos olhos, disparou a dar estridentes gargalhadas, porque a francesa, distraidamente, espalhara sobre o pobre doguezinho o rapé da sua tabaqueira; o cachorro começou a espirrar de um modo terrível, e a velha se pôs a choramingar: *Ah, che fatalità, ah, carino, poverino...* É que ela tinha o costume de se dirigir ao dito doguezinho só em língua italiana, porque ele havia nascido em Pádua. No entanto, essa senhorita era a loura mais graciosa que se possa imaginar, cheia de elegância e de amabilidade em seus estranhos *capriccios*, de modo que em toda a parte exercia uma irresistível magia, sem o querer.

A irmã mais nova, chama Adelgunde, era justamente o contrário. Em vão eu me esforço por encontrar *palavras* que possam descrever-vos a impressão particularíssima e extraordinária que essa menina me causou quando a vi pela primeira vez. Imaginai o mais belo porte, o mais maravilhoso rosto. Mas uma palidez mortal cobre-lhe os lábios e as faces, e seu corpo movimenta-se silenciosamente, devagar, a passos lentos, e se acaso uma palavra surda sai dos lábios entreabertos e o som se extingue na vasta sala, um arrepio de horror espectral nos faz estremecer interiormente. É verdade que logo venci esse horror e, quando consegui fazer falar essa menina reservada, tive que confessar a mim mesmo que sua esquisitice, e a impressão mal-assombrada que ela dava, residia apenas no exterior e não provinha, em absoluto, do seu íntimo. Nas poucas palavras que a menina dizia, revelava-se uma delicada percepção feminina, uma inteligência clara, um sentimento afável. Não se notava o mínimo sinal de excitação, não obstante sorriso doloroso e os olhos rasos d'água nos fazerem presumir um estado físico patológico, que devia ter uma influência perniciosa sobre o sentimento da delicada criança. Pareceu-me muito esquisito que a família toda, sem excetuar ninguém, nem mesmo a velha francesa, parecia receosa ao se falar com a menina, tentando interromper a conversa, cortando-a muitas vezes de maneira um tanto brusca. Mas o mais estranho era que, mal batiam as oito da noite, Adelgunde era aconselhada, primeiramente pela francesa, depois pela mãe, pela irmã e pelo pai, a retirar-se ao seu aposento, assim como se manda para a cama uma criança pequena, para que não se canse demasiado, e possa dormir bem. A francesa a acompanhava e, desse modo, ambos nunca podiam esperar a ceia, que era servida às nove horas. A esposa do coronel, percebendo meu espanto, para se esquivar a qualquer pergunta, aludiu ao fato de Adelgunde adoecer com frequência e costumar ter acessos de febre justamente às nove horas da

o espectro

noite; por essa razão, o médico aconselhara que a mandassem deitar a essa hora, impreterivelmente. Tive a sensação de que devia haver um motivo bem diverso, mas não consegui chegar a nenhuma ideia clara. Somente hoje fiquei sabendo do verdadeiro e terrível motivo e do acontecimento que veio perturbar de modo horrível esse pequeno e feliz círculo de família.

Aldelgunde fora sempre a criança mais saudável e viva que se possa imaginar.

Quando ela completou catorze anos, festejaram seu natalício e convidaram muitas companheiras suas de folguedos. As meninas sentam-se em círculo no lindo bosquezinho do parque do castelo, a brincar e a rir, sem se incomodar com a escuridão cada vez maior da tarde, porque a brisa cálida de julho sopra agradavelmente e só agora elas estão se divertindo a valer. No crepúsculo mágico elas se põem a dançar toda a espécie de danças estranhas, procurando imitar os elfos e outros espíritos ligeiros.

– Ouvi – exclama Adelgunde, quando escureceu por completo no bosquezinho –, ouvi, meninas, agora eu vou me mostrar a vós como a mulher branca, de que o nosso velho jardineiro, já falecido, costumava falar. Mas deveis acompanhar-me até o fim do parque, lá onde fica o velho paredão.

Dizendo isso, ela se envolve em seu xale branco e voa com os leves pezinhos através da ramagem; as meninas vão correndo após ela, a gracejar e a rir. Porém, mal Adelgunde chega à velha construção abobadada meio em ruínas, para, estarrecida, fica imobilizada, seus membros se paralisam. O relógio do castelo bate nove horas.

– Não estais vendo nada? – exclama Adelgunde num tom abafado e cavo do mais profundo horror. – Não estais vendo nada? Esse vulto bem perto de mim, Jesus! Estende a mão para mim, não o estais vendo?

As crianças nada veem, mas ficam arrepiadas de medo e espanto. Fogem todas com exceção de uma que, mais animosa, cria coragem, corre para Adelgunde e a quer segurar entre os braços. Mas nesse instante Adelgunde desmaia e tomba no solo como morta. Aos gritos agudos de medo da menina, acorrem todos os moradores do castelo. Levam Adelgunde para dentro. Finalmente ela volta a si da vertigem e, a temer, conta que mal se aproximara da abóbada, surgira bem perto dela de forma aérea, parecendo envolta em névoa, e estendera para ela a mão. Nada mais natural que julgassem essa aparição uma ilusão fantástica da luz crepuscular. Adelgunde, na mesma noite, se refez completamente do susto que levara, e ninguém teve receio das consequências más que poderiam advir daí, e julgaram que tudo terminara. Mas as coisas se passaram de modo bem diverso!... Na noite seguinte, mal batem as nove horas, Adelgunde, de um salto, horrorizada, levanta-se no meio das pessoas que a rodeiam, e exclama:

– Ali está ele, ali está ele, não o estais vendo? Bem perto de mim! – Em suma, desde aquela noite nefasta, mal soavam as nove, Adelgunde assegurava que o vulto surgia perto dela, permanecendo alguns segundos, sem que ninguém, além dela, pudesse perceber absolutamente nada, nem pressentir, por meio de qualquer sensação psíquica, a proximidade de um princípio espiritual desconhecido. Então a pobre Adelgunde foi considerada louca, e a família se envergonhava, na confusão em que encontrava, do estado da filha e irmã. Essa é a razão do estranho tratamento a que aludi. Não faltaram médicos e remédios para curar a pobre criança da ideia fixa, como gostavam de chamar a aparição que ela afirmava ver, mas foi tudo em vão, e ela pediu, banhada em lágrimas, que a deixassem em paz, porque o vulto, com seus traços vagos e irreconhecíveis, não lhe provocava mais nenhum pavor, apesar de ela ter a impressão, após cada aparição, de que seu interior, com todos os seus pensamentos, com o que se exteriorizara, pairando incorpóreo em seu redor, era o que a fazia sentir-se doente e fatigada. Finalmente o coronel travou conhecimento com um médico célebre, que tinha a fama de curar os loucos de um modo engenhosíssimo. Quando o coronel lhe contou o que se passava com a pobre Adelgunde, ele riu-se e garantiu que não havia loucura mais fácil de curar do que essa, cuja causa residia apenas em uma imaginação exaltada. A ideia da aparição do espectro estava ligada de tal modo ao bater das nove da noite, que a força interior da mente não conseguia separar mais os dois fatos; tratava-se apenas de provocar exteriormente essa separação. Isso, por sua vez, era facílimo, fazendo-se com que Adelgunde se enganasse com as noras, e as nove passassem sem que ela o percebesse. Se o espectro *o espectro* 273

não aparecesse, então ela própria reconheceria sua loucura, e com alguns fortificantes e outros meios físicos, a cura se completaria com felicidade. O infeliz conselho foi seguido! Certa noite, atrasaram de uma hora todos os relógios do castelo, e até mesmo o relógio da aldeia, cujas pancadas surdas subiam até lá acima, de maneira que Adelgunde, ao despertar pela manhã, se enganasse em uma hora sobre o tempo. A noite chegou. O pequeno círculo de família, como de costume, estava reunido num aposento lateral arranjado com muito gosto, e não havia lá nenhum estranho. A coronela esforçava-se por narrar toda a espécie de coisas divertidas, e o coronel começou, conforme seu costume quando estava muito bem-humorado, a troçar levemente da velha francesa, no que era auxiliado por Auguste (a menina mais velha). Todos riam e sentiam-se mais alegres do que nunca. Então o relógio de parede bate às oito (eram, portanto, nove horas), e Adelgunde, mortalmente pálida, tomba para trás na cadeira de braços a costura lhe escorrega das mãos! Em seguida se ergue, com expressão de horror na fisionomia, estaca no meio do aposento e murmura em voz surda e cava:

– O quê? Uma hora adiantado? Ah, vós o estais vendo? Estais vendo? Ali está ele, bem perto de mim. Bem perto de mim.

Todos acorrem, cheios de susto, mas como ninguém percebe nada, o coronel exclama:

– Adelgunde, domina-te! Não é nada, é uma fantasia do teu cérebro, uma brincadeira da tua imaginação, que está a enganar-te; nós nada vemos, absolutamente nada, e se aparecesse realmente perto de ti um vulto, não o perceberíamos do mesmo modo que tu? Domina-te! Domina-te, Adelgunde!

– Meu Deus… Meu Deus… – geme Adelgunde –, querem então fazer-me enlouquecer? Vede, ele está a estender para mim o braço branco, muito longo, faz um aceno.

E, como um autômato, com o olhar parado e fixo, Adelgunde leva as mãos para trás, agarra um pratinho que está casualmente na mesa, ergue-o no ar, solta-o e o prato, como se uma invisível mão o segurasse, vai circulando lentamente pelos ares defronte dos presentes, e depois desliza e se detém silenciosamente sobre a mesa. A esposa do coronel e Auguste haviam desmaiado, desmaio esse a que se seguiu uma ardente febre nervosa. O coronel fez enorme esforço para dominar-se, mas notava-se no seu aspecto desnorteado o profundo e maléfico efeito daquele fenômeno inexplicável.

A velha francesa caíra de joelhos a rezar silenciosamente, com o rosto curvado sobre a terra, e não sofreu consequência nenhuma, tampouco Adelgunde. Em pouco tempo, a esposa do coronel foi levada pela morte. Auguste se curou da enfermidade, mas antes a morte do que o seu estado atual. Ela, que fora a personificação da alegria exuberante de viver, como a descrevi no começo, foi tomada de uma loucura, que a mim pelo menos parece mais terrível e apavorante do que qualquer espécie de qualquer insânia com ideia fixa. Imagina ser ela mesma aquele invisível e incorpóreo espectro de Adelgunde, e por isso foge de todos ou, quando se acha presente algum estranho, evita, ao menos, falar ou movimentar-se. Mal tem a coragem de respirar, porque julga que, de qualquer modo que revele sua presença, fará com que todos fiquem tomados de pavor mortal. Abrem-lhe as portas, põem a comida diante dela, depois ela se esgueira furtivamente para dentro e para fora de casa, come também as escondidas etc. É possível existir sofrimento maior?

O coronel, cheio de tristeza e desespero, seguiu com o regimento para a nova campanha militar. Foi morto na vitoriosa batalha de W. – Estranho, estranhíssimo mesmo, é que Adelgunde, desde aquela noite fatídica, livrou-se do espectro. Trata com carinho da irmã doente, no que é auxiliada pela velha francesa. Conforme o Sylvester me disse hoje, o tio das pobres crianças se encontra aqui para realizar uma conferência com o nosso excelente R. sobre o método de tratamento que poderia ser empregado no caso de Auguste. Queira o céu que, apesar de haver poucas probabilidades de cura, ela volte ao estado normal.

FIM

Haimatochare

Prefácio

As cartas que seguem, dando notícia do infeliz destino de dois naturalistas, me foram notificadas por meu amigo Adelbert von Chamisso[1], ao voltar da sua estranha viagem, em que deu a volta ao mundo uma vez e meia. Elas parecem dignas de serem dadas à publicidade. Com tristeza, com horror mesmo, verificamos que às vezes um acontecimento aparentemente insignificante, pode partir com violência os mais estreitos laços de amizade, chegando a causar males fatais, em circunstâncias em que se julgava, com razão, poder esperar os melhores e mais salutares resultados.

E.T.A. Hoffmann.

---

1   Adelbert von Chamisso (1781-1838), poeta e naturalista, nascido na Alemanha, de família de origem francesa, foi autor de *Peter Schlemihl*, famosa história de um homem que vende sua sombra.

i. A Sua Excelência o Capitão General e Governador de Nova Gales do Sul

Port Jackson, 21 de junho de 18**.

V. Excelência dignou-se ordenar que meu amigo, o sr. Brougthon, siga com a expedição que se prepara para ir a O-Wahu, participando dela como naturalista.

Há longo tempo o meu mais íntimo desejo é visitar mais uma vez O-Wahu, pois a brevidade da minha última estadia ali não me permitiu chegar a certos resultados de altíssimo interesse em observações de história natural. Com entusiasmo redobrado se renova agora aquele desejo, dado que nós, eu e o sr. Brougthon, pela ciência e pelas pesquisas no mesmo campo, estamos em íntimo contacto e também habituados há logo tempo a efetuar nossas experiências em conjunto, auxiliando-nos mutuamente e expondo nossas observações no próprio instante em que as realizamos. Peço decorrentemente a V. Excelência, me conceda a permissão de acompanhar meu amigo Brougthom na expedição a O-Wahu.

Com profundo respeito etc.

J. Menzies

p.s.: Ao pedido e ao desejo expresso pelo meu amigo Menzies quero juntar os meus, para que V. Excelência se digne permitir-lhe ir a O-Wahu. Somente com ele, somente se ele participar dos meus esforços, com seu habitual carinho, conseguirei os resultados que de mim esperam.

A. Brougthon

haimatochare

ii. Resposta do Governador

Com íntimo prazer noto que a ciência, meus Senhores, os uniu em tão íntima amizade, que dessa bela união, desses esforços reunidos, só se pode esperar decorram os mais perfeitos e magníficos resultados. Por essa razão quero também, não obstante a tripulação do Diskovery estar completa, e o navio dispor de pouco espaço, permitir que o sr. Menzies acompanhe a expedição a O-Wahu, e para isso transmito neste momento ao Capitão Bligh as necessárias ordens.
(Ass.) O Governador

iii. J. Menzies a E. Johnstone em Londres

A bordo do Diskovery, 2 de julho de 18**.

Tens razão, meu querido amigo, da última vez que te escrevi, eu havia tido realmente alguns acessos de "spleen". A vida em Port Jackson me aborrecia enormemente, e com saudades intensas eu me lembrava do meu maravilhoso paraíso, da sedutora O-Wahu, que há pouco tempo deixara. Meu amigo Brougthon, um sábio e ao mesmo tempo um homem de sensibilidade, foi a única pessoa que conseguiu dar-me ânimo e conservar-me receptivo para a ciência, mas ele também desejava, como eu, partir de Port Jackson, que pouco alimento oferecia à nossa ânsia de pesquisas. Se não me engano, já te escrevi que prometeram ao rei de O-Wahu, chamado Teimotu, um belo navio, que deveria ser construído e equipado com Port Jackson. A promessa foi cumprida, o capitão Bligh recebeu ordem de conduzir o navio a O-Wahu e demorar-se ali por algum tempo, para atar mais fortemente os laços de amizade com Teimotu. Meu coração palpitou de alegria, porque julguei que também viajaria, sem dúvida nenhuma; como um raio em uma atmosfera serena, chegou-me a notícia da decisão do Governador, de que Brougthon embarcasse. O Diskovery, destinado à expedição a O-Wahu, é um navio de meio calado, que não pode levar ninguém, a não ser a tripulação necessária; tanto menos esperança tinha eu de ver realizado meu desejo de acompanhar Brougthon. Porém, esse homem de sentimentos nobres, dedicado a mim de alma e coração, reiterou o meu pedido com tal empenho que o Governador concordou. Pelo cabeçalho da carta podes ver que eu e Brougthon já nos encontramos em viagem.

Oh! Que vida maravilhosa me espera! Meu peito enche-se de esperança e de ansiosos desejos, quando penso que diariamente, de hora em hora até, a natureza abrirá diante de mim seus mais esplendentes tesouros, a fim de que eu possa tomar posse de alguma joia nunca dantes observada, chamar meu algum milagre nunca visto!

Vejo-te a rir ironicamente do meu entusiasmo, ouço-te falar: "Pois sim, ele voltará com um Swammerdam[2] novo em folha no bolso; mas se eu lhe perguntar a respeito das preferências, dos usos e costumes, do modo de vida dos povos estranhos que ele viu, se eu quiser conhecer detalhes importantes, que não se encontram em nenhuma descrição de viagem, que só podem ser transmitidos oralmente, ele me mostrará alguns mantos, um par de colares de coral, e não saberá dizer grande coisa. De tanto interesse pelos seus ácaros, seus besouros e suas borboletas, ele se esquece dos homens!"

Sei que achas estranho eu me ter inclinado precisamente ao reino dos insetos, e nada te posso responder a isso, a não ser dizendo que foi o Eterno Poder que entreteceu no íntimo do meu ser este pendor, de modo que minha individualidade só se pode realizar plenamente se eu me entregar à dita inclinação. Mas não me deves acusar de que, por causa dessa paixão que te parece estranha, eu não faça caso dos seres humanos ou me esqueça até mesmo dos parentes e amigos. Nunca chegarei ao ponto de fazer o mesmo que aquele velho tenente-coronel holandês, que... mas para tirar-te a possibilidade de comparar-me àquele velho, passo a contar-te pormenorizadamente essa estranha história que me veio agora à lembrança. O velho tenente-coronel (conheci-o em Koenlgsberg) era, com relação aos insetos,

---

2 Jan Swammerdam (1637-1680), naturalista holandês, fez uso pioneiro do microscópio e, com seu trabalho com insetos, demonstrou que ovo, larva, pupa etc., são distintas fases de crescimento do mesmo animal, além de descobrir a existência dos glóbulos vermelhos do sangue. Insetos muitas vezes foram utilizados por Hoffmann.

haimatochare 279

o mais entusiasta e incansável dos naturalistas que já tenha existido. O resto do mundo era morto para ele, e a única coisa pela qual sua presença era notada na sociedade humana, era uma sovinice insuportável, ridícula, e a ideia fixa de que um belo dia ele seria envenenado por meio de pão branco. Se não me engano, esse pão branco chama-se, em alemão, "Semmel". Todas as manhãs ele mesmo assava ao forno esse pão e, caso fosse convidado para alguma refeição, levava-o consigo, e ninguém conseguia fazê-lo comer um outro pão. Como prova da sua louca sovinice, basta dizer-te que ele sendo ainda, apesar da idade, um homem robusto, caminhava pelas ruas passo a passo, com os braços bem afastados do corpo para que o velho uniforme não se esgarçasse, conservando-se em bom estado! Mas vamos aos fatos! O velho não tinha parente nenhum sobre toda a terra, a não ser um irmão mais moço, que morava em Amsterdã. Há trinta anos os dois irmãos não se viam; então o de Amsterdã, levado pelo impulso de ver ainda uma vez o irmão, se pôs a caminho de Koenlgsberg. Entra na casa do velho. Este, sentado à mesa com a cabeça curvada sobre ela, observa através de uma lente um pontinho preto sobre uma folha branca de papel. O irmão desata em exclamações de alegria, quer atirar-se nos braços do velho, mas este, sem desviar os olhos do pontinho, faz-lhe um gesto com a mão para que se afaste e manda-o guardar silêncio, com um repetido:

– Psiu... psiu... psiu...

– Mano – exclama o de Amsterdã –, mano, que significa isso? Georg está aqui, teu irmão está aqui, veio de Amsterdã para te ver mais uma vez na vida, a ti, que ele não via há trinta anos!

Mas o velho continua impassível e sussurra:

– Psiu... psiu... psiu... o bichinho está morrendo!

Só então o irmão de Amsterdã repara que o ponto negro é um vermezinho, que se encolhe e contorce nas convulsões da morte. Respeitando a paixão do irmão, senta-se em silêncio ao seu lado. Mas após passar-se uma hora sem que o velho se importe com o irmão, nem se digne lançar-lhe um único olhar, este levanta-se impaciente, abandona o quarto com um grosseiro palavrão holandês, arruma suas coisas e volta imediatamente para Amsterdã, sem que o velho dê a mínima notícia do que se passou! Pergunta a ti mesmo, Eduard, se eu, caso entrasses de súbito em meu camarote, e me encontrasses aprofundado na observação de qualquer inseto estranho, se eu continuaria imóvel a fitar o inseto ou correria a atirar-me em teus braços?

Meu querido amigo, deves lembrar-te, não obstante, de que o reino dos insetos é o reino mais maravilhoso e misterioso da natureza. Se meu amigo Brougthon se ocupa das plantas e do reino animal mais elevado, eu estou em casa no mundo dos seres estranhos e muitas vezes indevassáveis que formam a passagem, a ligação entre ambos. Bem! Vou parar para não fatigar-te, e acrescento apenas, para acalmar-te de todo, assim como ao teu sentimento poético, que um brilhante poeta alemão chama os insetos, com seu lindo e variado colorido, de flores libertadas. Delicia-te com essa bela imagem.

E, aliás, por que estou a falar tanto, querendo justificar minha inclinação? Não será somente para iludir-me de que é apenas o natural impulso do pesquisador que me atrai irresistivelmente a O-Wahu, e não um pressentimento estranho de estar a caminho de algum acontecimento inaudito? Sim, Eduard, neste momento esse pressentimento me assalta com tal força, que não consigo continuar a cscrever! Vais tomar-me por um sonhador maluco, mas é como estou dizendo; vejo claramente dentro de minha alma, que em O-Wahu me espera a mais doce ventura, ou uma desgraça inevitável!

Teu amigo fiel etc.

iv. O Mesmo ao Mesmo

Hanaruru, O-Wahu, 12 de dezembro de 18**.

Não! Não sou um sonhador, mas há pressentimentos, pressentimentos que não enganam! Eduard, sou o mais feliz dos homens debaixo do sol, encontro-me no mais alto cume da existência. Mas como hei de contar-te tudo para que possas sentir também o meu prazer, o meu indizível encantamento? Vou conter-me, vou ver se sou capaz de descrever-te com calma tudo o que se passou.

haimatochare

Não longe de Hanaruru, residência do rei Teimotu, onde ele nos recebeu amavelmente, estende-se uma bela mata. Para lá me dirigi ontem, quando o sol já principiava a cair no horizonte. Pretendia, se possível, apanhar uma borboleta rara (o nome não te há de interessar) que inicia seu voo tonto após o pôr-do-sol. A atmosfera estava abafada, cheia de voluptuosos aromas de ervas cheirosas. Quando entrei na floresta, senti um estranho e doce temor e estremeci, com misteriosos arrepios que se desfaziam em suspiros ansiosos. A mariposa empós a qual eu tinha ido, esvoaçou bem junto a mim, mas meus braços pendiam sem forças e, como se eu estivesse atacado de catalepsia, não consegui mover-me do lugar para acompanhar a mariposa, que se desvaneceu na floresta. Então, como se mãos invisíveis me arrastassem, fui atraído a uma moita que com seu cicio e murmurejo me falava ao coração com carinhosas palavras de amor. Apenas penetrei no arvoredo, avisto – ó céus! – sobre colorido tapete de cintilantes azas de pomba repousa a mais graciosa, a mais linda e encantadora insular que já vi na minha vida! Não, apenas os contornos exteriores demonstravam que o meigo ser pertencia à família das insulares daqui. A cor, o porte, o aspecto, tudo era diverso. Fiquei sem folego, deliciosamente assustado. Cuidadosamente aproximei-me da pequena. Ela parecia dormir; segurei-a e levei-a comigo; a mais maravilhosa joia da ilha era minha! Dei-lhe o nome de Haimatochare, forrei com lindo papel dourado o seu minúsculo quartinho, e arrumei-lhe um leito com as mesmas penas de pomba de cores variadas e cintilantes em que a encontrara. Ela parece compreender-me, pressentir o que representa para mim! Desculpa-me, Eduard, tenho de despedir-me de ti, preciso ir ver como vai minha encantadora criatura, minha Haimatochare, abro seu pequeno aposento, ela repousa em seu leito, a brincar com as peninhas coloridas. Ó Haimatochare! Adeus, Eduard!

Teu amigo fiel etc.

282   *parte ii*

Brougthon ao Governador de Nova Gales do Sul

Hanaruru, 20 de dezembro de 18**.

O capitão Bligh já enviou a V. Excelência um relatório minucioso
a respeito da nossa feliz viagem, e certamente não deixou de louvar
a maneira amável com que nosso amigo Teimotu nos recebeu. Teimotu está encantado com o rico presente de V. Excelência, e repete
de contínuo que devemos considerar como nossa propriedade tudo
o que O-Wahu produz em coisas úteis e de valor para nós. O manto
vermelho bordado em ouro causou profunda impressão à rainha Kahumanu, fazendo com que ela abandonasse sua despreocupada alegria
anterior, tomada de fanática exaltação. Ela se dirige de madrugada para
o sítio mais espesso da mata e fica a experimentar o manto, atirando-o
aos ombros ora deste, ora daquele modo, com as atitudes e a mímica
adequadas para apresentar-se à noite ante a corte reunida. Ao mesmo
tempo, vem sendo acometida de estranha tristeza, o que tem preocupado bastante o bom Teimotu. Porém, eu já consegui de quando em
vez alegrar a desconsolada rainha, com um almoço de peixes grelhados,
que ela muito aprecia, acompanhados de um bom copo de gin ou de
rum, o que abranda sensivelmente seus doloridos anseios. É estranho
que Kahumanu esteja sempre a seguir o nosso Menzies por rodeios e
atalhos, e quando crê que não está sendo notada, abraça-o, dando-lhes
os mais doces nomes. Eu quase acreditaria que ela ama ocultamente.

Além disso, sinto muito ter de participar a V. Excelência que Menzies, em quem eu depositava as maiores esperanças, mais me atrapalha
nas pesquisas do que propriamente me auxilia. Parece não querer retri-
buir o amor de Hahumanu, mas em compensação tomou-se de uma
outra paixão, insensata e mesmo criminosa, que o levou a aplicar-me
um golpe de mau gosto, que será a causa da ruptura de nossas relações, caso Menzies não desistir da sua loucura. Arrependo-me de ter
pedido a V. Excelência que lhe permitisse acompanhar a expedição
a O-Wahu, mas eu não poderia crer que um homem que durante
tantos anos se comportou exemplarmente pudesse se transformar de
súbito, atacado de tão estranha cegueira. Peço licença para enviar a

haimatochare

V. Excelência um minucioso relatório sobre esse acidente, que me magoou profundamente, e caso Menzies não reconsidere o seu ato, peço a V. Excelência que me ofereça proteção contra um homem que se permite comportar-se com hostilidade, onde foi recebido com a mais franca amizade. Com profundo respeito etc.

v. Menzies a Brougthon

Não, não posso suportar isto por mais tempo! Tu te afastas de mim, tu me lanças olhares em que percebo a cólera e o desprezo, falas de infidelidade, de traição de tal modo que tenho de relacioná-lo comigo! E, no entanto, procuro em vão, no vasto reino das conjeturas, uma causa que possa justificar de qualquer forma o teu comportamento para com teu mais fiel amigo. Que te fiz eu, que atos pratiquei que pudessem ofender-te? Certamente, é apenas um mal-entendido que te faz duvidar por um momento de minha amizade, de minha fidelidade! Peço-te, Brougthon, revela esse triste mistério, volta a ser meu amigo, como eras.

Davis, que te entrega esta carta, tem ordem para pedir-te que respondas imediatamente. Minha impaciência transforma-se em torturante sofrimento para mim.

vi. Brougthon a Menzies

Perguntas ainda por que razão tu me ofendeste? De fato, essa ingenuidade fica bem a uma pessoa que pecou de maneira revoltante contra a amizade e contra o direito comum, vigente na sociedade burguesa! Não queres compreender-me? Pois bem, eu gritarei para que o mundo todo ouça e se horrorize com o teu ato infame; sim, gritarei ao teu ouvido o nome que revela o teu crime! Haimatochare! Sim, tu deste o nome de Haimatochare àquela que me roubaste, que conservas oculta do mundo todo, que era minha sim, que eu, com doce orgulho, queria chamar minha em anais perenes. Mas não, ainda não quero desesperar da tua virtude, quero crer ainda que teu coração fiel dominará a infeliz paixão que te arrastou a um delírio súbito. Menzies, entrega-me Haimatochare, e eu te apertarei ao peito como meu mais fiel amigo, como meu irmão querido! Então estará esquecida a dor do golpe que me deste com o teu... com o teu ato irrefletido. Sim, quero chamar o roubo de Haimatochare apenas de ato irrefletido, e não de uma infidelidade, de um crime. Entrega-me Haimatochare!

vii. Menzies a Brougthon

Amigo! Que estranha loucura te atacou! De ti... de ti eu teria roubado Haimatochare? Haimatochare, com quem nada tens a ver, nem com ela, nem com a sua família! Haimatochare, que eu encontrei em liberdade, em meio à natureza (natureça), adormecida sobre o mais belo dos tapetes, a quem dei, por primeiro, um nome e uma situação! Na verdade, se me chamas de infiel, devo acoimar-te de louco, já que cego por um ciúme indigno, queres apropriar-te do que é meu, e o será para sempre. Haimatochare é minha, e há de ser minha naqueles anais em que tu pensas vangloriar-te com a propriedade alheia. Nunca me separarei da minha querida Haimatochare, e tudo, até mesmo a própria vida, que só por ela adquire um valor permanente, darei com alegria por Haimatochare!

viii. Brougthon a Menzies

Ladrão sem vergonha! Eu não tenho nada que ver com Haimatochare? Ela estava em liberdade quando a encontraste? Mentiroso!

haimatochare 285

O tapete em que Haimatochare dormia não era propriedade minha? Não é isso razão suficiente para reconheceres que Haimatochare só pertence a mim – a mim somente? Entrega-me Haimatochare, ou eu anunciarei ao mundo o teu crime. Não sou eu, és tu, somente tu, que está cego pelo mais indigno ciúme, tu queres brilhar com a propriedade alheia, mas não o conseguirás. Entrega-me Haimatochare, ou eu tenho de considerar-te o mais refinado tratante!

ix. Menzies a Brougthon

Três vezes tratante és tu! Só com minha própria vida abandonarei Haimatochare!

x. Brougthon a Menzies

Só com tua própria vida abandonarás Haimatochare, tratante? Bem, então amanhã, às seis horas da tarde, no local deserto diante de Hanaruru, não muito longe do vulcão, as armas decidirão a quem pertence Haimatochare, e espero que tuas pistolas estejam em bom estado.

xi. Menzies a Brougthon

Encontrar-me-ei na hora determinada, no local determinado. Haimatochare será testemunha da luta pela sua posse.

XII. Capitão Bligh ao Governador de Nova Gales do Sul

Hanaruru, O-Wahu, 26 de dezembro de 18**.

Cumpro o penoso dever de participar a V. Excelência o horrível acontecimento que nos roubou dois homens estimadíssimos. Há muito eu vinha notando que os srs. Menzies e Brougthon, ligados por profunda amizade, aparentando possuírem um só coração e uma só alma, e que nunca se separavam, tinham tido uma desavença, sem que eu pudesse nem de longe adivinhar qual a sua causa. Nos últimos tempos acabaram por evitar cuidadosamente qualquer encontro, e correspondiam-se, sendo o nosso piloto Davis quem levava as cartas, ora a um ora a outro. Davis contou-me que ambos, ao receberem as cartas, ficavam sempre tomados da maior excitação, e que principalmente Brougthon, nos últimos dias, estava com o ânimo extremamente inflamado. Ontem, Davis notara que Brougthon carregou suas pistolas, saiu apressadamente de Hanaruru. Não me encontrou logo. No momento em que ele me comunicou finalmente sua suspeita de que Menzies e Brougthon estavam a pensar num duelo, dirigi-me com o tenente Collnet e o cirurgião do navio, sr. Whydby, ao local deserto, não longe do vulcão diante de Hanaruru. Pois ali, caso se tratasse realmente de um duelo, me parecia o sítio mais adequado. Não me enganei. Antes ainda de termos chegado ao local, ouvimos um disparo, e logo a seguir o segundo. Apressamos os passos o mais que pudemos, mas chegamos tarde demais. Encontramos Menzies e Brougthon banhados em seu próprio sangue, caídos por terra, este mortalmente atingido na cabeça, aquele no coração, ambos sem o menor sinal de vida. Tinham-se postado a menos de dez passos de distância um do outro, e entre eles estava o infeliz objeto, que os papéis de Menzies alegam ser a causa que provocara o ódio e o ciúme de Brougthon. Numa caixinha forrada com lindo papel dourado encontrei, sob cintilantes penas, um pequeno inseto de formas estranhas e lindas cores, que Davis, entendido em história natural, pretendia que fosse um piolhinho mas que, principalmente no que concerne

haimatochare 287

à cor e à forma peculiaríssima do abdômen e das patinhas, diverge de maneira notável de todos os bichinhos dessa espécie encontrados até agora. Sobre a tampa estava o nome: Haimatochare.

Menzies encontrara esse bichinho estranho, até agora completamente desconhecido, nas costas de uma linda pomba, que Brougthon matara com um tiro, e considerando-se seu primeiro descobridor, queria apresentá-lo ao mundo das ciências naturais, sob o nome singular de Haimatochare. Brougthon assegurava, por seu lado, que ele fora o primeiro descobridor, porque o inseto estava pousado no corpo da pomba que ele matara, e queria apossar-se da Haimatochare. Essa foi a causa da briga fatídica dos dois distintos cavalheiros, que os conduziu à morte.

De passagem, chamo a atenção para o fato de que o sr. Menzies considera o bichinho uma espécie completamente nova, e o coloca entre:

Pediculus pubescenz, thorace trapezoideo, abdomine ovali posterius emerginato ab latere undulato etc. Habitans in homine, Hottentottis, Groenlandisque escam dilectam praebens, e entre:

Nirmus crassicornis, capite ovato oblongo, scutello thorace majore, abdomine lineari lanceolato, habitans in anate, ansere e boschade.

Por essas indicações do sr. Menzies, V. Excelência já se terá dignado de verificar que esse bichinho é único na sua espécie e eu, apesar de não ser propriamente um naturalista, tomo a liberdade de acrescentar que o inseto, observado através da lente, tem algo de infinitamente sedutor, que se deve atribuir principalmente aos olhos claros, ao dorso de um lindo colorido, e a uma certa leveza graciosíssima de movimentos, nada comum em tais bichinhos.

Espero as ordens de V. Excelência para decidir se devo enviar o infeliz bichinho bem acondicionado para o museu ou, por ele ter sido a causa da morte de duas ótimas pessoas, se deverei atirá-lo às profundezas do oceano.

Enquanto não chegar a superior decisão de V. Excelência, Davis conservará a Haimatochare em seu boné de algodão. Eu o declarei responsável pela sua vida e pela sua saúde.

V. Excelência queira aceitar os protestos etc.

XIII. Resposta do Governador

Port Jackson, 1º de maio de 18**.

Encheu-me da mais profunda dor, Capitão, seu relatório sobre a fatídica morte de nossos dois honrados naturalistas. Será possível que o entusiasmo pela ciência possa levar uma pessoa a esquecer todos os seus deveres de amizade e o respeito pelos costumes da sociedade burguesa? Espero que os srs. Menzies e Brougthon tenham sido sepultados da mais digna maneira.

Quanto à Haimatochare, Capitão, queira atirá-la às profundezas do oceano, com as cerimônias de estilo, para honrar a memória dos dois infelizes naturalistas. Aqui fico etc. etc.

XIV. Capitão Bligh ao Governador de Nova Gales do Sul

A bordo do Diskovery, 5 de outubro de 18**.

As ordens de V. Excelência a respeito da Haimatochare foram executadas. Em presença da tripulação em traje de gala, assim como do rei Teimotu e da rainha Kahumanu, que subiram a bordo acompanhados de muitos grandes do reino, ontem à tarde, às seis horas em ponto, Haimatochare foi retirada do boné de algodão de Davis pelo tenente Collnet, e colocada na caixa forrada de papel dourado que antes fora sua moradia e agora ia ser seu esquife; essa caixa foi atada a uma grande pedra e, sob três salvas de artilharia, atirada por mim próprio ao oceano. Em seguida a rainha Kahumanu se pôs a cantar, acompanhada por todos os o-wauenses, uma melodia ancinante, conforme o requeria a sublime solenidade do momento. Em seguida foram soltas mais três salvas de artilharia, e distribuiu-se carne e rum para a tripulação. A Teimotu, Kahumanu, e todos os outros o-wauenses, foi

haimatochare

servido grogue e outros refrigerantes. A boa rainha não se pode, por hora, conformar com a morte do seu querido Menzie. Para honrar a memória do homem amado, ela fincou um dente de tubarão no trazeiro e ainda sente dores atrozes no ferimento.

Devo ainda aludir ao fato de Davis, o tratador fiel da Haimatochare, ter pronunciado um comovente discurso onde, após descrever brevemente o *curriculum vitae* de Haimatochare, passou a tratar da transitoriedade das coisas terrenas. Os mais empedernidos marinheiros não conseguiram conter as lágrimas, e como Davis, em cada pausa que fazia, soltava lamentos adequados às circunstâncias, isso fez com que os o-wauenses também se pusessem a soltar atrozes uivos, o que aumentou grandemente a elevação e a solenidade da cerimônia.

V. Excelência queira aceitar etc.

E.T.A. Hoffmann, *autorretrato.*

APÊNDICE

O Perturbador

SIGMUND FREUD[1]

I.

Apenas muito raramente o psicanalista se sente motivado a empreender investigações estéticas, ainda que a estética não se reduza à doutrina do belo, caracterizando-a, outrossim, como doutrina das qualidades de nosso sentir. Ele opera em outros estratos da vida psíquica e tem pouco a ver com disposições sentimentais obstaculizadas, abafadas, dependentes de tantas outras constelações coincidentes que constituem, em geral, a matéria da estética. Vez ou outra, porém, é possível que ele se sinta compelido a voltar seu interesse a alguma área específica da estética, sendo que, quando isso se dá, trata-se habitualmente de uma área periférica, preterida pela literatura estética especializada.

---

[1] Ver Sigmund Freud, Das Unheimliche (1919), em Alexander Mitscherlich; Angela Richards; James Strachey (Hrsg.), *Psychologische Schriften (Studienausgabe)*, Frankfurt: Fischer Taschenbuch, 2000, v. IV, p. 241-274. Tradução de Fernando R. de Moraes Barros.

O "perturbador" é, pois, uma dessas instâncias. Faz parte, sem dúvida, do que é assombroso, que provoca medo e horror, e é igualmente certo que tal palavra nem sempre é empregada num sentido muito preciso em termos de sua determinação, de sorte que, em geral, termina por coincidir com o que suscita medo. É de se esperar, porém, que haja um núcleo particular apto a justificar o emprego de um termo conceitual singular. Seria desejável saber qual é esse núcleo comum, que por ventura permita discriminar, no interior daquilo que é amedrontador, um "perturbador".

Mas não é possível encontrar quase nada a esse propósito nas exposições pormenorizadas sobre estética, as quais preferem tratar de tipos belos, grandiosos e atraentes de sentimento, quer dizer, positivos, ocupando-se, antes do mais, de suas condições e dos objetos que os despertam, em vez de versar sobre aqueles antagônicos, repugnantes e pungentes. Do lado da literatura médico-psicológica, conheço apenas a dissertação de E. Jentsch[2], que é rica de conteúdo, mas está longe de esgotar o tema. No entanto, como se poderia facilmente adivinhar a partir de razões ínsitas ao período atual[3], devo confessar que as referências bibliográficas à base desse pequeno ensaio e, em especial, no que tange à literatura estrangeira a respeito do tema, não foram por mim pesquisadas a fundo, motivo pelo qual o texto se oferece aos leitores, pois, sem qualquer exigência de prioridade.

A título de uma dificuldade no estudo do perturbador, Jentsch ressalta, com plena razão, que a capacidade sensitiva para representar essa qualidade de sentimento pode diferir muitíssimo entre pessoas diferentes. E, de fato, o autor deste novo empreendimento reflexivo deve imputar a si mesmo uma particular inépcia para tratar desse assunto, com o qual uma grande e delicada sensibilidade seria mais condizente. Há muito que ele não vivencia ou se relaciona com algo que lhe causasse a impressão do perturbador, vendo-se obrigado, primeiro, a se deslocar para o interior desse sentimento, de modo a despertar em si sua própria possibilidade. Todavia, dificuldades dessa espécie também se impõem fortemente em muitos outros âmbitos da estética; por isso, não se deve renunciar à esperança de destacar

---

2 *Zur Psychologie des Unheimlichen* (Sobre a Psicologia do Perturbador), 1906.
3 Uma alusão à recém-encerrada Primeira Guerra Mundial. (N. da E. Al.)

o perturbador 295

casos nos quais o traço distintivo em questão será reconhecido, sem contradição, pela maior parte dos leitores.

Pode-se, de saída, percorrer dois caminhos: investigar qual significado o desenvolvimento linguístico acabou por depositar no termo "perturbador" ou, então, agrupar tudo o que, nas pessoas e coisas, impressões sensíveis, vivências e situações, seria capaz de despertar, em nós, o sentimento do perturbador, deduzindo, a ser assim, a característica velada deste último a partir daquilo que se mostrar comum a todos os casos. Revelo, já de antemão, que os dois caminhos conduzem à mesma conclusão, a saber, que o perturbador é aquele tipo de coisa assombrosa, mas que remete ao que nos é conhecido e, desde há muito, intimamente familiar. Como isso é possível e sob quais condições o intimamente familiar pode vir a se tornar algo perturbador, assombroso, eis o que se tornará visível à luz do que se segue. Observo ainda que esta investigação, em realidade, tomou o caminho formado por um conjunto de casos individuais e somente mais tarde, por meio de expressões de uso corrente na linguagem, acabou por encontrar sua confirmação. Nesta exposição, porém, hei de seguir o viés contrário.

O termo alemão *unheimlich* significa, claro, o contrário de *heimlich, heimisch, vertraut*[4], e a conclusão mais evidente é, pois, a de que algo se mostra assustador, precisamente porque não é conhecido e intimamente familiar. É óbvio, porém, que nem tudo que é novo e não familiar é, por isso, assustador; a relação não é revertível. Pode-se somente dizer que algo novo vem a ser, com facilidade, assustador e perturbador; certas coisas novas são amedrontadoras, mas de maneira nenhuma todas as coisas. Para se tornar perturbador, aquilo que é novo e não intimamente familiar precisa ainda se investir de algo a mais.

Em linhas gerais, Jentsch deteve-se aí, não indo além dessa relação do perturbador com o novo, o intimamente não familiar. Detecta, porém, a condição essencial para o advento do sentimento do perturbador na incerteza intelectual. O perturbador sempre seria, em realidade, algo junto ao qual nos sentimos desnorteados, por assim dizer. Quanto mais bem orientada uma pessoa se acha em seu

---

4 Íntimo, nativo e familiar.

entorno, tanto menor será a chance de obter a impressão do perturbador nos acontecimentos e nas coisas que o rodeiam.

Sem muita dificuldade, concluímos que essa caracterização está longe de esgotar o sentido do termo, e tentamos, pois, ultrapassar a equação perturbador = intimamente não familiar. De saída, voltamos nossa atenção a outras línguas. Todavia, os dicionários que folheamos não nos dizem nada de novo, talvez tão somente porque nós mesmos falamos uma língua estrangeira. Ficamos inclusive com a impressão de que falta, a diversas línguas, uma palavra adequada para essa nuance singular daquilo que é amedrontador[5].

Latim (conforme K.E. Georges, *Kl. Deutschlatein*, *Wörterbuch*, 1898): um lugar suspeito – *locus suspectus*; numa hora funesta da noite – *intempesta nocte*.

Grego (dicionários de Rost e Schenkl): ξένος – ou seja, estrangeiro, desconhecido.

Inglês (retirado dos dicionários de Lucas, Bellow, Flügel, Muret-Sanders): *uncomfortable, uneasy, gloomy, dismal, uncanny, ghastly* (desconfortável, inquieto, sombrio, lúgubre, sinistro, espantoso); acerca de uma casa: *haunted* (mal-assombrada); sobre um indivíduo: *a repulsive fellow* (sujeito repulsivo).

Francês (Sachs-Villatte): *inquiétant, sinistre, lugubre, mal à son aise* (inquietante, sinistro, lúgubre, desconfortável).

Espanhol (Tollhausen, 1889): *sospechoso, del mal agüero, lugubre, siniestro* (suspeito, de mau auspício, lúgubre, sinistro).

O italiano e português parecem se conformar com vocábulos que caracterizaríamos como paráfrases. Em árabe e hebraico, perturbador coincide com demoníaco e arrepiante.

Voltemos, por isso, à língua alemã.

No *Dicionário da Língua Alemã* (*Wörterbuch der Deutschen Sprache*), 1860, de Daniel Sanders, acham-se as seguintes indicações para o termo *heimlich*, que transcrevo aqui integralmente e das quais tenciono sublinhar uma ou outra passagem (v. 1, p. 729)[6]:

---

5 Devo encarecidamente ao dr. Theodor Reik as entradas que se seguem.
6 No extrato que se segue, alguns erros insignificantes de impressão, mantidos nas edições até agora publicas dos trabalhos de Freud, foram corrigidos. (N. da E. Al.)

o perturbador 297

Heimlich, a. (*keit*, f. *–en*): 1. Também *Heimelich, heimlig*, pertencente à casa, que não é estranho, familiar, manso, íntimo e amistoso, confortável etc. (*a*) (ant.) pertencente à casa, à família ou, então: considerado como se pertencesse, ver lat. *familiaris*, familiar; *Die Heimlichen*, os integrantes da casa; *Der heimliche Rath*. 1. Gên. 41, 45; 2. *Sam*. 23, 23. 2. *Crôn*. 12, 25. *Prov*. 8, 4., substituído pelo mais recorrente agora: *Geheimer* (s. *d* 1.) *Rath* (conselheiro privado), ver *Heimlicher* – (*b*) diz-se de animais: mansos, que se acercam aconchegantemente do ser humano. Antônimo de selvagem, como por exemplo: animais que não são selvagens nem *heimlich* etc. Eppendorf. 88; animais selvagens [...] treinados de sorte a se adaptar e conviver *h*. entre as pessoas. 92. Quando esses bichinhos são criados desde a infância em meio aos seres humanos, eles se tornam totalmente *h*., amistosos etc. Stumpf 608a etc. E ainda: (o cordeiro) é assaz *h*. e alimenta-se na minha mão. Hölty; a cegonha ainda é, apesar de tudo, um pássaro belo, *heimlicher* (ver *c*). Linck. Schl. 146. Ver *Häuslich* (doméstico) 1. etc. – (*c*) familiar, intimidade aconchegante; o bem-estar da satisfação serena etc., tranquilidade confortável e resguardo seguro, como aquele suscitado pela casa bem protegida e habitada (ver *Geheuer* [seguro]): tu ainda se sentes *h*. no país, onde os estrangeiros desmatam tuas florestas? Alexis H. 1, 1, 289; ela não se sentiu demasiadamente *h*. com ele. Brentano Wehm. 92; numa trilha elevada, *h*. e assombreada [...] à margem do riacho da floresta, murmurejante, borbotante e sussurrante. Forster B. 1, 417. Destruir a *H keit* da pátria. Gervinus Lit. 5, 375 Um lugarzinho assim tão reservado e *h*. não me foi nada fácil de encontrar. G[oethe], 14, 14; imaginávamo-nos tão aprazíveis, amáveis, confortáveis e *h*. 15, 9; numa serena *H-keit*, circundado por tapumes estreitos. Haller; a uma atenciosa dona de casa que, com o mínimo de coisas, é capaz de criar uma prazerosa *H-keit* (*Häuslichkeit* [clima caseiro]). Hartmann Unst. 1, 188; tanto mais *h*. se lhe parecia, agora, aquele homem que, há pouquíssimo tempo, ainda lhe era alguém tão estranho. Kerner 540; os proprietários protestantes não se sentem [...] *h*. em meio a seus subordinados católicos. Kohl. Irl. 1, 172; quando tudo fica *h*. e silencioso/a quietude noturna se coloca à escuta apenas em sua cela. Tiedge 2, 39; calmo, amoroso e *h*., tal e qual o lugar para um descanso/que apenas lhes seria dado desejar. W[ieland], 11, 144; ele não se sentiu nem um pouco *h.* ali presente 27. 170 etc. – Também: O lugar era tão quieto, tão isolado, tão sombreadamente *h.* Scherr Pilg. 1, 170; as ondas da maré, num vaivém, enchiam e vazavam, oníricas, qual uma *h.* canção de ninar. Körner, Sch. III, 320 etc. Ver sobretudo *Un-h.* É comum encontrar, em especial, nos escritores suábios e suíços, a forma trissilábica: Quão *"heimelich"* Ivo novamente se sentiu, quando permaneceu deitado em sua casa. Auerbach, D. 1, 249; tudo se me pareceu tão *heimelig* dentro da casa. 4. 307; o gabinete aquecido, o *heimelige* entardecer. Gotthelf, Sch. 127, 148; eis quando se dá a conhecer o verdadeiro *Heimelig*, no momento em que o ser humano sente, de coração, quão insignificante ele é e quão grande é o Senhor. 147; aos poucos, foram sentindo-se realmente confortáveis e *heimelig* uns em relação aos outros. U. 1, 297; a amistosa *Heimeligkeit.* 380, 2, 86; em nenhum outro local me sentirei tão *heimelich* quanto aqui. 327; Pestalozzi 4, 240; quem vem de longe […] decerto não vive plenamente *heimelig* (em seu país natal, entre bons vizinhos) junto às pessoas. 325; a cabana na qual outrora / tão *heimelig*, tão feliz / ele frequentemente se sentava junto aos seus. Reithard 20; A corneta do vigia ressoa tão *heimelig* da torre / sua voz parece um convite acolhedor. 49; Ali se adormece suave e aquecidamente / tão maravilhosamente *heimelig.* 23 etc. *Essa maneira de empregar o termo mereceria ser generalizada, para impedir a obsolescência dessa boa acepção da palavra em virtude de sua espontânea confusão com 2. Ver "Os Zeck são todos h. (2)" H….? O que entendeis por h…? –* "Ora… *eles se me parecem como uma fonte enterrada ou um alagadiço seco. Não é possível passar por eles sem nunca imaginar, ao mesmo tempo, que ali a água poderia vir à tona uma vez mais."* Denominamos isso un-h; *vós, de vosso lado, h. De onde tirais a ideia de que essa família tem algo de escondido e não confiável?* etc. Gutzkow R. 2, 617 – (*d*) (ver *c*) sobretudo na Silésia: contente, sereno, também usado para descrever condição climática, ver Adelung e Weinhold.

2. escondido, mantido encoberto, de sorte a não deixar que os outros saibam qualquer coisa a propósito, querer ocultar algo de alguém, ver *Geheim* (secreto) (2.), termo do qual nem sempre se distingue com precisão no novo alto-alemão e, em especial, na língua mais antiga,

---

7   Aqui e também no que se segue os grifos são dos autores referidos. (N. da E. Al.)

o perturbador

como p. ex., na *Bíblia*, em *Jó* 11, 6; 15, 8; *Prov.* 2, 22; 1. *Cor.* 2, 7 etc.,
e assim também *H-keit* em vez de *Geheimnis* (segredo). *Mt.* 13, 35
etc.; maquinar, fazer algo *h.* (pelas costas de alguém); retirar-se *h.*
[às escondidas, de fininho]; reuniões, compromissos *h-e*; olhar a desgraça alheia com *h-er* felicidade; suspirar, chorar *h.*; agir de modo
h., como se quiséssemos esconder algo de outrem; namorico, amor,
pecado *h.*; lugares *h-e* (que a elegância pede para esconder). 1. Sam.
5, 6; a câmara *h-e* (lavabo). 2. Reis 10, 27; W[ieland], 5, 256 etc., e também: o assento h-e. Zinkgräf 1, 249; lançar em covas, em *H-keiten*. 3,
75; Rollenhagen Fr. 83 etc. – Exibiu as éguas *h.* / perante Laomedon.
B [ürger], 161 b etc. Igualmente camuflado, *h.*, traiçoeiro e maligno
para com os senhores desumanos [...] como franco, livre, prestativo
e atencioso para com o sofrido amigo. Burmeister gB 2, 157; tu ainda
hás de saber o que há de mais *h.* e sagrado em mim. Chamisso 4, 56;
a arte *h.* (a magia). 3, 224; lá, onde a ventilação pública precisa acabar, tem início a *h-e* maquinação. Forster, Br. 2, 135; Liberdade é a
divisa cochichada dos *h.* conspiradores, o estridente grito de guerra
dos revolucionários assumidos. G[oethe], 4, 222; um agir santo, *h.* 15;
tenho raízes / estas são assaz *h.*, / sob profundo solo / acho-me fun-
dado. 2, 109; minha *h-e* insídia (ver *Heimtücke* [perfídia]). 30, 344; se
ele não acolhe isso de uma maneira franca e conscienciosa, então
pode compreendê-lo de uma forma *h.* e sem quaisquer escrúpulos.
39, 33; fez fabricar, *h.* e secretamente, lunetas acromáticas. 375; de
agora em diante, espero que não haja mais nada de *H-es* entre nós
Sch[iller], 369 b. – descobrir, revelar, delatar as *H-keiten* de alguém;
tramar *H-keiten* por trás das minhas costas. Alexis. H. 2, 3, 168; na
minha época, dedicávamo-nos diligentemente à *H-keit*. Hagedorn 3,
92; a *H-keit* e a tramoia feita às escondidas. Immermann, M. 3, 289;
apenas a mão do discernimento pode dissolver o feitiço impotente
da *H-keit* (do ouro escondido). Novalis. 1, 69; / Fala onde a esconde
[...] em que local de recuada *H.* Sch[iller], 495 b; vós, abelhas, que
modelam o lacre das *H-keiten* (cera para selar). Tieck, Cymb., 3, 2;
experimentado em *H-keiten* incomuns (artes mágicas). Schlegel Sh.
6, 102 etc., ver Geheimnis [segredo] L[essing], 10: 29s.

Para termos compostos, ver 1 *c*, e também, em especial, o antônimo
Un-: que suscita um horror medonho e incômodo; quase lhe pareceu

un-h., fantasmagórico. Chamisso 3, 238; as horas apavorantes, *un-h.* da noite. 4, 148; há que se me parecia *un-h.*, inclusive horripilante. 242; ora, agora começa a se me tornar *un-h.* G[oethe], 6, 330; [...] tem a sensação de um horror *u-es.* Heine, Verm. 1, 51; *Un-h* e tétrico qual uma imagem de pedra. Reis, 1 10: A neblina *u-en* chamada de *Haarrauch* (fumaça de cabelo). Immermann M., 3, 299; esses pálidos jovens são *un-h.* e só Deus sabe o que eles estão a tramar de ruindade. Laube, v. 1, 119; *Denomina-se un-h tudo o que deveria ficar em segredo, escondido [...] mas que terminou por vir à luz.* Schelling, 2, 2, 649 etc. – Mascarar o divino, circundando-o com uma certa *Un-keit* 658 etc. – Inusitado como antôn. de (2), tal como alega Campe, sem comprovação.

O que mais nos interessa, nessa longa citação, é o fato de que a palavrinha *heimlich*, dentre as variegadas nuances de seu significado, também aponta para um matiz que conflui em direção ao seu contrário *unheimlich*. O *Heimliche* converte-se, então, no *Unheimlichen*; ver o exemplo de Gutzkow: "Denominamos isso *un-h*; vós, de vosso lado, *h.*" Somos sobretudo advertidos de que o termo *heimlich* não é unívoco, senão que pertence a duas esferas de representação, as quais, sem serem opostas entre si, são porém estranhas uma em relação a outra, a saber, aquela que, por um lado, designa o familiar e o confortável e, por outro, aquela do escondido e mantido às escondidas. *Unheimlich* seria utilizado como antônimo apenas na primeira significação da palavra, mas não no segundo sentido. Se é ou não possível supor uma relação genética entre essas duas significações, eis algo sobre o qual Sanders nada nos fala. Em contrapartida, chama nossa atenção uma observação de Schelling, a qual tem algo completamente novo a nos dizer acerca do conteúdo do conceito de *unheimlich*, algo que decerto não esperávamos descobrir. *Unheimlich* seria tudo aquilo que deveria ficar em segredo, escondido, mas que terminou por vir à luz.

Uma parte das dúvidas assim geradas é esclarecida por meio das indicações contidas no *Dicionário Alemão* (*Deutsches Wörterbuch*), de Jacob e Wilhelm Grimm (Leipzig, 1877, v. IV, parte 2, p. 873s.):

Heimlich; adj. e adv. *vernaculus, occultus*; meio alto-alemão *heimelîch, heimlîch*.

o *perturbador*

P. 874; num sentido um pouco diferente: "sinto-me *heimlich*, à vontade, sem temor" [...].

[3] *b) heimlich* também se diz do lugar sem coisas fantasmagóricas [...].

P. 875: *β)* familiar; amigável, fiável.

4. *com base em* heimatlich [pátrio], häuslich [caseiro] *desenvolve-se ainda o conceito de algo que fora retirado da mira de olhos estranhos, escondido, secreto, deixando-se formar precisamente em múltiplas relações* [...].

P. 876:
"No lago, à esquerda
Há uma campina *heimlich* em meio à mata"
Schiller, *Tell* 1, 4.

[...] de forma livre e não habitual para o uso linguístico moderno [...] *heimlich* apetrecha um verbo que designa a ação de esconder: ele me esconde *heimlich* em sua tenda. *Salmos*, 27, 5. ([...] partes *heimliche* do corpo humano, pudenda [...] aquelas pessoas que não morriam, essas eram golpeadas em lugares *heimlichen*. 1 *Samuel* 5, 12 [...])

c) Funcionários públicos que, em coisas do Estado, emitem pareceres importantes e que devem ser mantidos em segredo são denominados conselheiros privados (*heimliche*), sendo que, conforme o uso hodierno da língua, o adjetivo foi substituído por *geheim* (secreto) (ver d.): [...] (Faraó) declara-o (a José) o conselheiro privado. 1. *Gên.* 41, 45;

P. 878; 6. *heimlich* para o conhecimento, místico, alegórico; significado *heimliche, mysticus, divinus, occultus, figuratus.*

P. 878: na sequência, *heimlich* significa outra coisa, despojado de conhecimento, inconsciente; [...]

Mas, aí então, *heimlich* também pode significar fechado, impenetrável no que se refere à investigação [...]

"Não notas? Eles não confiam em nós;
Temem a face *heimlich* de Friedländer"
Wallensteins lager (cena 2).

9. *o sentido de escondido, perigoso, que aparece no número anterior, desdobra-se ainda mais, de sorte que heimlich acaba por apreender o sentido que unheimlich costumava ter* (formado aos moldes de *heimlich*, 3b, sp. 874): "Vez ou outra, sinto-me como um homem que

302 apêndice

perambula noite adentro e acredita em assombrações, cada esquina se lhe parece *heimlich* e arrepiante." Klinger, teatro, 3, 298.

A ser assim, *heimlich* é um termo que desenvolve sua significação rumo a uma ambivalência[8], até convergir, ao fim e ao cabo, com seu contrário. *Unheimlich* é, de alguma maneira, um tipo de *heimlich*. Retenhamos esse resultado, ainda não muito bem explicado, junto com a definição de *unheimlich* elaborada por Schelling. Com a investigação particular de alguns casos do *unheimlich*, tais menções se nos tornarão inteligíveis.

II.

Se agora ingressamos no exame atento das pessoas e coisas, impressões, incidentes e situações capazes de despertar em nós, com peculiar força e distinção, o sentimento do perturbador, a exigência mais imediata é, evidentemente, a escolha de um bom exemplo inicial. Como caso ímpar, Jentsch destacou a "dúvida sobre a real vitalidade de um ser que apenas à primeira vista parece animado e, de modo inverso, de que um objeto sem vida talvez fosse, de fato, uma criatura animada", remetendo-nos, com isso, à impressão gerada por figuras de cera, bonecos mecânicos e autômatos. A isso acrescenta ainda o aspecto perturbador dos ataques epiléticos e dos sintomas de loucura, porque, por meio deles, são provocados no espectador pressentimentos de que certos processos automáticos e mecânicos talvez pudessem estar ocultos por trás da imagem habitual da criatura animada. Mesmo sem estarmos completamente convictos do acerto dessa explicação do autor, tencionamos atrelar nossa própria investigação a dele, porque ele nos faz lembrar, no que se segue, de um escritor que logrou criar, mais e melhor do que qualquer outro, efeitos perturbadores.

"Um dos expedientes mais seguros para provocar efeitos perturbadores através dos contos", escreve Jentsch, "consiste em deixar o leitor

8 No original *Ambivalenz*.

o perturbador 303

na incerteza em saber se, tratando-se de uma determinada figura, o que ele tem diante de si é uma pessoa ou um autômato, e isso de tal forma que essa incerteza não se torne o foco direto de sua atenção, de sorte a não ser motivado a investigar de imediato o assunto, elucidando-o, haja vista que, com isso, como foi dito, o particular efeito exercido pelo sentimento se extinguiria prontamente. Com êxito, E.T.A. Hoffmann aplicou essa manobra psicológica reiteradamente em suas peças fantásticas."

Essa observação, aliás, muitíssimo acertada, tem em mira sobretudo o conto *O Homem de Areia*, contido em *Peças Noturnas* (*Nachtstücken*) (terceiro volume da edição *Grisebachschen* das obras completas de Hoffmann), da qual deriva a figura da boneca Olímpia, do primeiro ato da ópera, de Offenbach, intitulada *Contos de Hoffmann*. Cumpre-me, porém, dizer – e creio que a maioria dos leitores da história irá concordar comigo – que o motivo da boneca aparentemente avivada, Olímpia, não é de modo algum o único ao qual se deve imputar o efeito incomparavelmente perturbador do aludido conto, e nem mesmo o tema mais importante ao qual se deveria, em primeiro lugar, atribuir tal efeito. Tampouco concorre para o sucesso de tal efeito o fato de o episódio de Olímpia sofrer, por intenção do próprio autor, uma rápida inflexão rumo ao satírico, por ele utilizado no intuito de expor ao ridículo a supervalorização do amor por parte do rapaz. Outro é o momento que ocupa a posição central do conto, o qual inclusive lhe dá o título e que sempre volta a intervir nas passagens determinantes· o tema do *homem-areia*, que extirpa os olhos das crianças.

O estudante Nathaniel[9], com cujas lembranças da infância tem início o conto fantástico, simplesmente não consegue, a despeito da felicidade que vive no presente, exorcizar as recordações que o vinculam à morte enigmaticamente assustadora de seu querido pai. Em determinadas noites, a mãe costumava mandar as crianças prontamente para a cama, mas com a seguinte repreensão: "o homem-areia vai chegar!"; e, de fato, toda vez o menino escutava o arrastar pesado dos passos de um visitante, com quem meu pai se atarefava amiúde em tais noites. Questionada acerca do tal homem-areia, a mãe denegou, no entanto, que ele pudesse existir para além de uma figura de

---

9   A personagem original do conto de Hoffmann chama-se, na verdade, Nathanael.

304   *apêndice*

linguagem, mas uma babá pôde finalmente lhe dar informações mais palpáveis a esse respeito: "Trata-se de um homem malvado que visita as crianças quando estas não querem ir para a cama, jogando-lhes um punhado de areia nos olhos, os quais saltam para fora ensanguentados; ele então os coloca numa sacola e os leva consigo para a lua crescente, como alimento para suas criancinhas; estas ficam lá, sentadas num ninho, e possuem bicos curvados tal como as corujas, com os quais picam os olhos das crianças travessas."

Ainda que o pequeno Nathaniel fosse maduro o bastante e tivesse suficiente discernimento para rechaçar essas propriedades relativas à figura o homem-areia, o medo que este lhe causava acabou, mesmo assim, aferrando-se à sua alma. Resolveu descobrir qual era a aparência do tal homem-areia e, certa noite, quando este era aguardado uma vez mais, escondeu-se no escritório de seu pai. Foi então que reconheceu, no visitante, o advogado Coppelius, uma personalidade repulsiva da qual as crianças costumavam ter pavor, quando, eventualmente, era convidado para almoçar, sendo que ele terminou por identificar esse tal de Coppelius com o temido homem-areia. Com vistas ao desdobramento ulterior dessa cena, o escritor já faz intervir uma dúvida, pois não sabemos se estamos lidando com um delírio inicial do jovem tomado pelo medo ou, então, se tem algo a ver com uma descrição que deve ser reputada real no mundo de encenação do conto. Junto a um forno com brasas flamejantes, o pai e o convidado empenham-se em fazer algo. O pequeno bisbilhoteiro ouve Coppelius bradar: "Olhos! Preciso de olhos aqui!"; e eis que, não conseguindo conter seu grito de espanto, denuncia-se e logo é agarrado pelo Coppelius, o qual deseja esparramar em seus olhos brasas incandescentes retiradas das chamas para, com isso, lançá-los ao forno. O pai implora para que os olhos do filho sejam poupados. O evento então se conclui com um desmaio profundo e uma longa enfermidade[10]. Quem opta por uma interpretação racionalista do

---

10 Pouco antes disso, porém, o jovem tem suas articulações completamente distendidas e retorcidas pelo sombrio advogado – sessão de tortura à qual Freud irá referir-se apenas mais adiante, em nota de rodapé: "Logo em seguida, pôs a me segurar brutalmente, e isso a ponto de fazer minhas articulações estalarem, torcendo-me as mãos e os pés, deslocando-os e reajustando-os de lá para cá." (Ver E.T.A Hoffmann, Der Sandmann, *Nachtstücke*, p. 13).

o perturbador

homem-areia não poderá deixar de admitir, nessa fantasia do menino, a influência contínua exercida pela historieta contada pela babá. No lugar de grãos de areia, são grãos de brasa flamejante que devem ser espalhados nos olhos da criança para que, assim, tanto num caso como noutro, os olhos saltem para fora. Quando de uma outra visita do homem-areia, um ano depois, o pai do garoto é morto por conta de uma explosão dentro do escritório; sem deixar qualquer vestígio, o advogado Coppelius desaparece do local.

Mas eis que Nathaniel, agora já estudante, acredita identificar essa imagem assustadora de sua infância com um óptico italiano viajante, Giuseppe Coppola, o qual então lhe se aparece, na cidade universitária em que reside, para vender barômetros e que, tendo sua oferta rejeitada, complementa: "*Ma non!* Barômetro *no!* Barômetro *no!* Tenho também belos 'zóios'! Belos 'zóios'!" O assombro do estudante é apaziguado quando os olhos a ele ofertados emergem como simples óculos inofensivos; ele então compra, de Coppola, uma luneta de bolso e, com o auxílio desta, passa a espiar o apartamento do professor Spalanzani, que fica defronte ao seu e onde lhe é dado entrever a filha do professor, Olímpia, bela, porém enigmaticamente tétrica e taciturna. De imediato se apaixona por ela, mas com tamanho ímpeto que acaba por se esquecer de sua perspicaz e sensata noiva. Olímpia, no entanto, é uma autômata, cujo mecanismo fora montado por Spalanzani e cujos olhos foram encaixados por Coppola – o homem-areia. O estudante participa então do momento em que os dois mestres brigam por conta de sua obra; o óptico carrega nas costas a boneca de madeira sem olhos, enquanto o mecânico, Spalanzani, lança em direção ao peito de Nathaniel os olhos ensanguentados de Olímpia, os quais estavam no chão e que, segundo ele, Coppola havia roubado do próprio Nathaniel. Este então é acometido por um novo arroubo de loucura, em cujo delírio a reminiscência da morte do pai se junta a essa outra impressão mais recente: "Uhu! Uhu! Uhu! *Círculo de fogo! Círculo de fogo!* Rodopia! Divertido, divertido! Boneca de madeira! Uhu, linda boneca de madeira! Gira!" Com isso, ele se joga em cima do professor, o suposto pai de Olímpia, e procura esganá-lo.

Despertado de uma longa e dura doença, Nathaniel parece finalmente curado. Pensa em se casar com sua noiva, agora reencontrada.

Num dado dia, ambos cruzam a cidade, sobre cujo mercado público a elevada torre da prefeitura derramava sua gigantesca sombra. A moça sugere a seu noivo subirem pela torre, enquanto seu próprio irmão, que então acompanhava o casal, fica lá embaixo. Lá de cima, a aparição estranha de algo, que parece mover-se na rua, chama a atenção de Clara. Nathaniel observa essa mesma coisa através da luneta de Coppola, que encontrara em seu bolso, e é novamente acometido por um arroubo de loucura, dizendo: "Boneca de madeira! Gira!", no que tenta, em seguida, arremessar a boneca rumo às profundezas. O irmão, atraído de longe por causa dos berros, salva-a e, correndo, carrega-a para baixo. No alto da torre, o louco em fúria corre de lá para cá aos gritos: "Círculo de fogo!", enunciado cuja procedência já é de nosso conhecimento. Entre as pessoas que se aglomeram embaixo, ganha destaque o advogado Coppelius, o qual, de repente, volta a aparecer. Devemos supor que foi a visão de sua aproximação que desencadeou a loucura de Nathaniel. As pessoas tencionam subir a torre para se apoderar do furioso ensandecido, mas Coppelius, aos risos, diz: "Aha! Aguardai! Ele decerto descerá por conta própria." De súbito, Nathaniel detém-se e, avistando Coppelius, atira-se por cima do parapeito, com um grito estridente: "Ah! Belos 'zóios'! Belos 'zóios'." Enquanto permanecia estatelado, com a cabeça estilhaçada no calçamento de pedra, Coppelius sumiu em meio à multidão.

Essa sucinta reprodução da narrativa não deixará dúvida alguma de que aqui o sentimento do perturbador se adere diretamente à imagem do homem-areia, quer dizer, à ideia mesma de ter os olhos furtados, e de que uma incerteza intelectual, no sentido atribuído por Jentsch, não tem absolutamente nada a ver com esse efeito. A dúvida acerca da animação vital à qual tivemos de dar margem no caso da boneca Olímpia não é absolutamente levada em consideração nesse exemplo mais pregnante do perturbador. É bem verdade que o escritor engendra, em nós, logo de saída, uma espécie de insegurança, com a qual ele, decerto propositadamente, não nos deixa adivinhar se irá nos inserir num mundo real ou em algum mundo fantástico, à sua escolha. Como se sabe, ele tem todo direito de fazer uma coisa ou outra e, quando escolhe, por exemplo, como palco para suas encenações, um mundo no qual atuam espíritos, demônios e fantasmas, tal e qual

o perturbador 307

Shakespeare em *Hamlet* ou *Macbeth* ou, noutro sentido, em *A Tempestade* e *Sonho de Uma Noite de Verão*, então devemos ceder a seus apelos e tratar como uma realidade esse seu mundo pré-condicionado, ao menos durante o tempo em que nos entregamos a ele. Todavia, no decorrer do conto hoffmanniano, essa dúvida desaparece, e reparamos que o escritor espera fazer com que nós próprios miremos através dos óculos ou da luneta do óptico demoníaco; e que talvez ele mesmo, em carne e osso, tenha espiado através de tal instrumento. O encerramento do conto torna claro, pois, que o óptico Coppola de fato é o advogado Coppelius[11] e que, portanto, é também o homem-areia.

Já não está em questão, aqui, uma "incerteza intelectual": agora sabemos que não serão as imagens fantasiosas de um insano que nos deverão ser apresentadas, por trás das quais nos é dado, com primazia racionalista, reconhecer o austero estado das coisas – e até porque a impressão do perturbador não diminuiu em nada mediante tal elucidação. Uma incerteza intelectual não nos auxilia em nada, portanto, na compreensão desse efeito perturbador.

Em contrapartida, a experiência psicanalítica nos faz lembrar que ferir ou perder os olhos constitui um terrível medo infantil. Esse pavor continua a assediar muitos adultos, e não há ferimento de algum órgão que lhes seja mais temeroso do que o ferimento dos olhos. Aliás, também se costuma dizer que zelamos por algo, porque nos "custa os olhos da cara"[12]. O estudo dos sonhos, das fantasias e dos mitos nos ensinou, pois, que o medo relativamente aos olhos, o temor de perder a visão é, com bastante recorrência, um substituto para o medo da castração. O auto cegamento do mítico criminoso Édipo é, também ele, tão somente uma amenização do castigo pela castração, o qual, de acordo com a lei de Talião, seria o único condizente com seu delito. Pode-se tentar recusar, à luz de uma mentalidade racionalista, a tentativa de deduzir o medo da perda dos olhos do medo da castração; é afinal compreensível que um órgão tão precioso quanto o olho

---

11 Sobre a derivação do nome: *Coppella* = cadinho (operações químicas ao longo das quais o pai sofre o acidente); *coppo* = cavidade ocular (conforme uma observação da dra. Rank). Em todas as edições, à exceção da primeira, de 1919, essa nota foi, de forma explícita, equivocadamente adicionada à segunda menção do nome Coppelius no parágrafo anterior. (N. da E. Al.)

12 No original, *wie seinen Augapfel* (como seu globo ocular).

308 *apêndice*

seja protegido por um medo equivalentemente grande, sendo possível inclusive ir adiante e afirmar que, por detrás do medo da castração, não se esconde nenhum segredo mais profundo ou alguma outra significação relevante. Mas, com isso, não se faz jus à relação de substituição entre o olho e o membro masculino, que se dá a conhecer no sonho, na fantasia e no mito, e tampouco se pode, por esse trilho, contradizer a impressão de que um sentimento sombrio e assaz intenso surge justamente quando da ameaça de perder o membro sexual, e de que somente esse sentimento concede um efeito reverberante à ideia da perda de outros órgãos. Qualquer dúvida ulterior se extingue quando, a partir das análises de neuróticos, tomamos conhecimento dos detalhes do "complexo de castração" e nos cientificamos, assim, sobre o grandioso papel que ele desempenha em suas vidas psíquicas.

Também não recomendaria a qualquer adversário da compreensão psicanalítica evocar precisamente o conto hoffmanniano "O Homem de Areia" para endossar a asserção de que o medo da perda dos olhos é algo independente do complexo de castração. Pois, por que razão o medo da perda dos olhos é, aqui, intimamente relacionado à morte do pai? Por que motivo o homem-areia sempre entra em cena como alguém que estorva o amor? Ele separa o infeliz estudante de sua noiva e do irmão desta, o qual é seu melhor amigo; ele aniquila seu segundo objeto de amor, a bela boneca Olímpia, impelindo-o a cometer suicídio, e isso justamente quando está prestes a consumar a feliz união com sua Clara, a qual acabara de recuperar. Esses, bem como tantos outros traços do conto, parecem arbitrários e insignificantes se deixamos de lado a relação que se estabelece entre o medo da perda dos olhos e a castração, mas se tornam profundamente significativos, tão logo substituímos o homem-areia pela figura amedrontadora do pai, do qual se espera a castração[13].

13 De fato, a transformação fantasiosa operada pelo escritor não revirou os elementos do material de modo tão radical, que nos pudesse impedir de refazer seu arranjo original. Quando a história se desenrola na infância, o pai e Coppelius representam a imagem paterna (*vater-imago*), mas cindida, pela ambivalência, em dois contrários; um ameaça com a cegueira (castração) e, o outro, o bom pai, pede para poupar os olhos do menino. A parte do complexo mais fortemente impregnada pela repressão, o desejo de morte canalizado contra o maligno pai, encontra sua encenação na morte do pai bom, a qual é imputada a Coppelius. A esse par paterno correspondem, na história de vida posterior do estudante, o professor Spalanzani e o óptico Coppola; em si mesmo, o professor ▶

o perturbador 309

Ousaríamos remeter, portanto, o aspecto perturbador do homem-
-areia ao medo do complexo infantil da castração. Mas, assim que
surge a ideia de nos valermos de tal elemento infantil como ponto
de origem do sentimento perturbador, somos levados à tentativa de
acatar a mesma derivação para os demais casos do perturbador. Há
também, no homem-areia, o tema da boneca que aparenta estar viva,
tal como foi destacado por Jentsch. Segundo esse autor, trata-se de
uma condição especialmente favorável ao surgimento de sentimentos perturbadores, quando é suscitada uma insegurança intelectual
por não se saber se algo está vivo ou inerte, e quando o inanimado se
assemelha por demais ao vivente. Mas é claro que, aqui, justamente
por se tratar de bonecas, não estamos longe de um contexto infantil. Lembramo-nos que, tão logo atinge a idade de brincar, a criança
não consegue diferenciar, com clareza, o vivo do inanimado, e é com

> já constitui uma figura de ordem paterna e Coppola, por seu turno, termina por ser
identificado ao advogado Coppelius. Assim com outrora trabalharam juntos no forno
secreto, assim também, juntos, ambos montaram a boneca Olímpia; o professor também
é denominado pai de Olímpia. Por meio dessa dupla afinidade, eles se desvelam como
cisões da imagem paterna, isto é, tanto o mecânico como óptico são o pai de Olímpia
e igualmente de Nathaniel. Na assombrosa cena transcorrida na infância, Coppelius,
tendo desistido de cegar o menino, torceu e retorceu seus braços e pernas, a título de
experimento, quer dizer, como se nele mexesse tal como um mecânico opera com um
boneco. Esse traço insólito, que surge num contexto completamente estranho à ideia
do homem-areia, traz à baila um novo equivalente da castração, mas também alude
à identidade interior de Coppelius com seu posterior adversário, o mecânico Spalanzani, e nos prepara para a interpretação de Olímpia. Essa boneca automática não pode
representar outra coisa senão que a materialização da atitude feminina de Nathaniel
em relação a seu pai na primeira infância. Seus pais – Spalanzani e Coppola – são,
pois, apenas novas edições, reencarnações do par paterno de Nathaniel; a menção de
Sapalanzani que, de outra maneira, seria ininteligível, segundo a qual o óptico havia
roubado o olhos de Nathaniel (ver trecho acima), para inseri-los no manequim, ganha,
com isso, sua significação como prova da identidade entre Olímpia e Nathaniel. Olímpia é, por assim dizer, um complexo que se desvencilhou de Nathaniel e que o confronta como uma pessoa; o domínio por meio desse complexo encontra sua expressão
no amor irracionalmente compulsivo para com Olímpia. Poderíamos chamar a esse
amor, com todo direito, de amor narcisista, e também compreender que aquele que por
ele foi vitimado se afastou do real objeto de amor. Quão psicologicamente acertado é
dizer que o jovem fixado ao pai mediante o complexo de castração torna-se incapaz de
amar mulheres, eis o que revelam inúmeras análises de doentes, cujo conteúdo é de
fato menos fantástico, mas não menos triste do que a história do estudante Nathaniel.
E.T.A. Hoffmann foi uma criança nascida de um casamento malogrado. Quando tinha
três anos de idade, seu pai se separou de sua pequena família e nunca mais voltou a
viver junto a ela. Segundo alguns registros, que E. Grisebach dá a conhecer na introdução biográfica às obras de Hoffmann, a relação com o pai sempre ocupou um dos
lugares mais dolorosos na vida emocional do escritor. (N. do A.)

310 *apêndice*

prazer que trata sua boneca como se esta fosse um ser vivo. Ouviu-se, inclusive, um dia destes, da boca de uma paciente, que aos oito anos de idade ela ainda estava plenamente convencida de que, se olhasse para suas de uma determinada maneira, da forma mais penetrante possível, elas iriam necessariamente criar vida. O elemento infantil é, pois, também aqui, fácil de ser comprovado; porém, curiosamente, no caso do homem-areia, trata-se do despertar de um antigo medo infantil, sendo que, no que se refere à boneca animada, não é o medo que está em jogo; a criança não sentia medo diante da animação vital de suas bonecas, senão que, talvez, até ansiava por isso. A fonte do sentimento do perturbador seria aqui, portanto, não um medo infantil, mas um desejo infantil ou, quando não, apenas uma crença infantil. Isso se assemelha a uma contradição; mas, possivelmente, trata-se tão só de uma multiplicidade de fatores, a qual, mais adiante, poderá tornar-se proveitosa à nossa compreensão sobre o assunto.

Na arte da escrita, E.T.A. Hoffmann é o mestre insuperável do perturbador. Sua novela *O Elixir do Diabo* apresenta uma gama inteira de temas aos quais poderíamos atribuir o efeito perturbador da história ali narrada. O conteúdo da novela é demasiadamente rico e entrelaçado para que ousássemos, aqui, condensá-la sob a forma de uma sinopse. Ao final do livro, quando os pressupostos do enredo, até então omitidos ao leitor, são trazidos à luz, o resultado que se segue não é a elucidação do leitor, senão que sua completa desorientação. Ocorre que o escritor reuniu demasiados elementos semelhantes; a impressão do todo não é, com isso, prejudicada, mas sua compreensão sim. Temos de nos contentar em destacar os motivos que mais se destacam dentre os temas que atuam de modo perturbador para, aí então, investigar se é igualmente admissível lhes atribuir uma derivação a partir de fontes infantis. Tais motivos são, por exemplo, o fenômeno do "duplo"[14] em todos os seus níveis e configurações, quer dizer, o aparecimento de pessoas que, por conta de sua aparência pariforme, devem ser reputadas idênticas entre si; a acentuação dessa relação mediante saltos de processos psíquicos de uma pessoa para outra – aquilo que denominaríamos telepatia –, de sorte que um indivíduo passa a comungar dos conhecimentos, sentimentos

14 No original, *das Doppelgängertum*.

o perturbador   311

e vivências do outro; a identificação de uma pessoa com outra, de maneira a se enganar a respeito de seu próprio "eu" ou, então, posicionar o "eu" alheio no lugar de si mesmo, ou seja, a duplicação do "eu", sua divisão e comutação – e, por fim, o seu contínuo retorno[15], a repetição dos mesmos traços da face, caracteres, fatalidades, ações criminosas e, inclusive, dos mesmos nomes, por gerações e gerações. O tema do "duplo" foi apreciado, em seus detalhes, num trabalho homônimo de O. Rank[16]. Nele, são investigadas as relações do duplo com o reflexo no espelho e sua imagem na sombra, com o anjo da guarda, a doutrina da alma e o medo da morte, mas ali também é trazida à plena luz a impressionante história de desenvolvimento de tal motivo. Pois, originalmente, o duplo era uma salvaguarda contra o perecimento do "eu", uma "enérgica denegação do poder da morte" (O. Rank) e, possivelmente, a alma "imortal" constituiu o primeiro duplo do corpo. A criação de uma tal reduplicação como defesa contra a própria destruição tem seu contrapeso numa exposição da linguagem dos sonhos, que adora expressar a castração mediante a duplicação ou reprodução do símbolo genital; na cultura dos antigos egípcios, ela se converte num estímulo à arte de formar a imagem do morto a partir de um material durável. Mas essas representações nasceram do solo do irrestrito amor de si, do narcisismo primário, que comanda a vida psíquica da criança, assim como a dos primitivos, sendo que, com a superação dessa fase, o prenúncio do duplo termina por se alterar; de uma salvaguarda da vida além-túmulo, ele se transforma num perturbador arauto da morte.

A representação do duplo não precisa soçobrar junto com esse narcisismo primitivo inicial, pois pode ganhar um novo conteúdo a partir dos níveis ulteriores de desenvolvimento do "eu". Neste último, aos poucos, forma-se uma instância particular, que pode colocar-se contra o "eu" remanescente, que dá amparo à autoanálise e à autocrítica, empreende o trabalho da censura psíquica e se dá a conhecer, à nossa consciência, como "consciência moral"[17]. No caso patológico do delírio persecutório, essa esfera é isolada, cindida do "eu", tornando-se

---

15 Essa impressão ecoa a filosofia de Nietzsche (por exemplo, a última parte de *Assim Falava Zaratustra*). (N. da E. Al.)
16 O. Rank, *Der Doppelgänger*, 1914.
17 No original, *Gewissen*.

perceptível ao médico. O fato de existir tal instância, que pode lidar com o "eu" remanescente como se fosse um objeto, quer dizer, de o ser humano ser capaz de autoanalisar-se, torna possível preencher a antiga ideia do duplo com um novo conteúdo e lhe conferir elementos diversos, sobretudo aquilo que parece, à autocrítica, como algo pertencente ao antigo e superado narcisismo dos tempos primordiais[18].

Mas o "duplo" não se deixa incorporar apenas por esse conteúdo, repulsivo à crítica do "eu", senão também por todas as outras possibilidades não concretizadas de arranjo do destino, às quais a fantasia ainda deseja se prender, e todos os esforços do "eu" que não se consolidaram em virtude de alguma situação extremamente desfavorável, bem como todas as decisões reprimidas da vontade que resultaram na ilusão da vontade livre[19].

Mas, depois de termos levado em conta, assim, a patente motivação da personagem do "duplo", cumpre-nos dizer: nada disso nos faz compreender o elevadíssimo grau de sentimento perturbador que se lhe adere, e nosso conhecimento, formado a partir dos processos psíquicos patológicos, permite-nos ainda afirmar que nada desse conteúdo poderia esclarecer o ímpeto de defesa que o projeta para além do "eu" como se fosse algo estranho. O traço distintivo do perturbador só pode resultar, aqui, do fato de o "duplo" constituir uma formação pertencente a períodos psíquicos primordiais e superados, mas os quais, à época de seu surgimento, possuíam um sentido amistoso. O "duplo" se converteu numa imagem assustadora, assim como os deuses se tornaram demônios depois da queda de sua religião (Heine, *Os Deuses no Exílio*).

18 Creio que, quando os escritores se lamentam do fato de duas almas habitarem o coração do ser humano, e quando os psicólogos populares falam da cisão do "eu" no interior do indivíduo, estão imaginando, pois, essa desunião, ínsita à psicologia "eu", entre a instância crítica e o "resto-do-eu", e não a contrariedade, descerrada pela psicanálise, entre o "eu" e o reprimido inconsciente. Entretanto, a distinção se desvanece, haja vista que, dentre as coisas repelidas pela crítica do "eu", encontram-se, de saída, os derivados do reprimido. Freud já havia discutido detalhadamente essa instância crítica na seção III de seu trabalho sobre o narcisismo (1914); posteriormente, ele terminará por desenvolver mais esse conceito: primeiro, sob a forma de "ideal-do-eu", no capítulo XI de sua *Psicologia das Massas* (1921) e, depois, como "além-do-eu", no capítulo III de *O Eu e o Id* (1923). (N. da E. Al.)

19 No poema *O Estudante de Praga*, de H. Ewersschen, do qual parte o estudo de Rank sobre o "duplo", o herói prometera à sua amada não matar seu oponente em duelo. A caminho do lugar onde este último iria ocorrer, porém, ele acaba deparando-se com seu duplo, tratando já de liquidar o rival.

o perturbador

À luz do modelo fornecido pelo tema do "duplo", é fácil ajuizar os outros transtornos do "eu" utilizados por Hoffmann. Neles, trata-se da retomada de fases particulares do desenvolvimento da história do sentimento do "eu", de uma regressão a épocas nas quais o "eu" não havia ainda se delimitado com clareza do mundo exterior e dos demais. Acredito que esses motivos são corresponsáveis pela impressão do perturbador, embora não seja fácil captar e medir isoladamente sua participação em tal impressão.

Talvez nem todos concordem em considerar o elemento relativo à repetição do mesmo como fonte do sentimento do perturbador. De acordo com minhas observações, sob certas condições e em combinação com determinadas circunstâncias, não há dúvida que ele causa tal sentimento, que nos faz lembrar, ademais, da desorientação própria a algumas situações oníricas. Certa vez, numa quente noite de verão, quando cruzava as ruas vazias, e a mim desconhecidas, de uma pequena cidade italiana, fui parar num lugar de cujas características específicas não podia duvidar. Via-se apenas mulheres maquiadas nas janelas das casinhas, e me apressei para deixar aquela estreita rua, virando na próxima esquina. Mas, depois de ter perambulado durante um certo tempo sem qualquer direção, achei-me, de súbito, novamente na mesma rua, na qual eu já começava a atrair o olhar alheio, e meu apressado distanciamento fez apenas com que eu caísse, por desvios diferentes, no mesmo lugar pela terceira vez. Mas eis então que fui tomado por um sentimento que só podia caracterizar como sendo perturbador e fiquei feliz quando, após ter abdicado de novas incursões aventureiras, consegui reencontrar a praça que, há pouco, havia deixado. Outras situações, que partilham com essa que acabamos de descrever do retorno não intencional e que dela se diferenciam fundamentalmente noutros pontos, têm, ainda assim, como consequência, o mesmo sentimento de desorientação e perturbação. Quando alguém, por exemplo, surpreendido pela neblina, perde-se floresta adentro e, a despeito de todos os esforços para encontrar um caminho conhecido ou sinalizado, termina sempre voltando ao mesmo local indicado por alguma formação determinada, ou então, quando alguém, perambulando num quarto desconhecido e escuro, procura pela porta e pelo interruptor de luz, mas, ao fazê-lo, acaba

314 *apêndice*

topando, pela enegésima vez, na mesma mobília, uma situação que Mark Twain soube, ainda que mediante um grotesco exagero, converter num episódio de humor irresistível[20].

Numa outra série de experiências, também nos é dado reconhecer, facilmente, que somente o elemento da repetição não intencional faz parecer perturbador aquilo que, do contrário, ser-nos-ia inofensivo, e nos infunde a ideia de algo fatídico, inescapável, quando, noutro caso, falaríamos apenas de "acaso". Constitui, por exemplo, uma vivência completamente indiferente, se alguém, ao deixar uma peça de roupa no guarda-volume, receber, em troca uma ficha com um determinado número – digamos, 62 – ou, então, se um viajante descobre que a cabine que lhe foi atribuída no navio tem esse mesmo número. Mas essa impressão se altera quando ambos os acontecimentos, em si indiferentes, desdobram-se um após o outro, a ponto de o número 62 aparecer a alguém diversas vezes no mesmo dia, ou se alguém é levado a observar que tudo o que traz consigo um numeral – endereços, quartos de hotel, vagões de trem etc. – sempre repete o mesmo número, ao menos como componente dele. Achamos isso "perturbador" e, quem não for firme e implacavelmente contra as tentações da superstição, estará inclinado a conferir, a esse teimoso retorno do mesmo número, uma significação secreta, enxergando aqui, por exemplo, uma espécie de alusão à idade específica que se possui[21]. Ou então quando alguém se ocupa justamente com a análise dos textos do grande fisiólogo E. Hering e recebe, dias depois, cartas de duas pessoas com esse mesmo nome de países diferentes, mas sem que houvesse tido, até então, qualquer contato com pessoas que tivessem esse nome. Há pouco, um brilhante naturalista empreendeu a tentativa de conferir, a eventos tais como esses, determinadas leis, o que deveria suspender a impressão do perturbador. Não ouso deliberar, aqui, se ele obteve êxito em tal empreitada[22].

Como o caráter perturbador do retorno do mesmo é derivado da vida psíquica infantil, eis algo que aqui só posso indicar, vendo-me obrigado a me referir, para tanto, a uma exposição pormenorizada e

20 Mark Twain, *A Tramp Abroad*. (N. da E. Al.)
21 O próprio Freud tinha completado, um ano antes, em 1918, 62 anos de idade. (N. da E. Al.)
22 Paul Kammerer, *Das Gesetz der Serie*, 1919.

o perturbador   315

já desenvolvida noutro contexto[23]. No inconsciente psíquico, pode-se entrever, pois, o domínio de uma compulsão à repetição haurida dos movimentos pulsionais, a qual depende, provavelmente, da natureza mais íntima dos próprios impulsos e que é suficientemente forte para se colocar além do princípio de prazer, emprestando a certas facetas da vida psíquica uma característica demoníaca; compulsão que ainda se manifesta de maneira bastante clara nos ânimos da criança pequena e domina uma parte do processo da psicanálise do neurótico. Por meio de todas as discussões anteriores, estamos preparados para afirmar que há de ser sentido como perturbador tudo aquilo que for capaz de ecoar essa compulsão interna à repetição.

Penso, contudo, que é hora de deixarmos de lado essas relações difíceis de apreciar, de qualquer forma, e procurar casos indubitáveis do perturbador, de cuja análise devemos esperar uma decisão conclusiva sobre a validade de nossa suposição.

Em *Anel de Polícrates*[24] o convidado se afastada apavorado, porque nota que todo desejo do amigo é imediatamente atendido, cada uma de suas preocupações é prontamente suspendida pelo destino. O anfitrião se lhe tornou "perturbador". O esclarecimento que ele mesmo dá a esse respeito, de que uma pessoa feliz ao extremo deveria temer a inveja dos deuses, ainda nos parece nebuloso, haja vista que seu sentido permanece mitologicamente oculto. Tomemos, portanto, um outro exemplo a partir de relações bem mais triviais; quando da anamnese de um neurótico compulsivo[25], contei que tal doente, certa vez, havia passado um breve período numa estância hidrotermal, da qual obtivera uma grande melhora. Ele foi esperto o bastante, porém, para atribuir o êxito, não ao poder curador da água, senão que à posição de seu quarto, o qual se achava diretamente ao lado do cômodo de uma amável cuidadora. Quando então voltou àquele estabelecimento pela segunda vez, solicitou novamente o mesmo quarto, mas foi obrigado a ouvir que este já estava ocupado por um velho senhor, e expressou sua insatisfação a esse propósito com as seguintes palavras: "Que então ele

---

23 Essa exposição, intitulada *Para Além do Princípio do Prazer* (1920), veio a lume um ano depois. As manifestações acima mencionadas do "impulso à repetição" são detalhadamente descritas nos capítulos II e III de tal obra. (N. da E. Al.)
24 Schiller retirou o material temático para esse poema da história de Heródoto. (N. da E. Al.)
25 *Bemerkungen über einen Fall von Zwangsneurose*, 1909, *Studienausgabe*, v. VII, p. 92.

tenha, por isso, um enfarte." Catorze dias depois, o velho senhor sofreu verdadeiramente um ataque de coração. Para o meu paciente, essa foi uma vivência "perturbadora". A impressão do perturbador teria sido ainda mais intensa se o tempo entre aquela declaração e o acidente tivesse sido bem menor ou, então, se o paciente tivesse conseguido relatar inúmeras vivências semelhantes. De fato, não lhe foi custoso obter comprovações disso, mas não apenas ele, senão que todos os neuróticos compulsivos que eu estudei tinham algo análogo para contar sobre si mesmos. Não ficavam nem um pouco surpresos por encontrar, com regularidade, a pessoa em que haviam acabado de pensar – talvez, após um longo período; costumavam receber amiúde, pela manhã, uma carta de um amigo, quando, na noite anterior, haviam dito: "há tempos que não se escuta nada dele"; e, em particular, casos de acidente ou morte dificilmente transcorriam sem que, pouco tempo antes, já não lhe tivessem ocorrido em pensamento. Estavam habituados a expressar esse estado de coisas da forma mais humilde possível, afirmando ter "presságios" que, na "maioria" das vezes, revelavam-se acertados.

Uma das formas mais perturbadoras e disseminadas de crendice é o medo do "mau olhado", tema que foi tratado, em profundidade, pelo médico oculista S. Seligmann, de Hamburgo[26]. A fonte de onde nasce esse medo parece nunca ter sido desconhecida. Afinal de contas, quem possui algo valioso e, no entanto, perecível, teme a inveja de outrem, na medida em que projeta sobre si, a inveja que experimentaria se o caso fosse contrário. Essas emoções prestam testemunho de si através do olhar, mesmo quando se lhes denega a expressão por meio de palavras, e quando alguém desperta atenção das demais pessoas por meio de características chamativas, de espécie particularmente indesejada, acredita-se que sua inveja é capaz de alcançar uma força assaz considerável, exercendo, assim, um efeito ativo. Desconfia-se, pois, de um intuito secreto de prejudicar e, a partir de certas indicações, supõe-se que esse intuito também tenha uma força efetiva à sua disposição.

Os últimos exemplos mencionados do perturbador dependem do princípio que eu, seguindo a sugestão de um paciente[27], denominei

---

26 *Der böse Blick und Verwandtes* (O Mau Olhado e Coisas a Ele Aparentadas), 1910 e 1911.

27 Trata-se do recém-citado neurótico compulsivo (Homem dos Ratos), em *Studienausgabe*, v. VII, 1909. (N. da E. Al.)

o perturbador

"onipotência dos pensamentos". Já não podemos, a essa altura, desconhecer o terreno em que nos encontramos. A análise de casos do perturbador nos reconduziu à antiga visão *animista* de mundo, que se destacava pelo preenchimento do mundo com espíritos humanos, pela supervalorização narcisista dos próprios processos psíquicos, a onipotência dos pensamentos e a técnica da magia, sobre ela erigida, a atribuição de forças mágicas, cuidadosamente niveladas, a pessoas e coisas estranhas (*Mana*), assim como mediante todas as criações com as quais o narcisismo irrestrito próprio àquele período de desenvolvimento se defendia contra a inconfundível contestação da realidade. Parece que, em nosso desenvolvimento individual, nós todos atravessamos uma fase condizente com esse animismo dos primitivos, que em nenhum de nós se desenrolou sem deixar restos e resquícios ainda aptos a se materializar, e que tudo aquilo que hoje se nos afigura "perturbador" satisfaz a condição de roçar esses restos de atividade psíquica animista, ensejando sua exteriorização[28].

Eis aqui o local oportuno para fazer duas observações, nas quais gostaria de depositar o conteúdo essencial de nossa pequena investigação. Primeiramente, se a teoria psicanalítica estiver correta em sua afirmação de que todo afeto à base de uma disposição emocional, independentemente de que tipo, transmuda-se em medo por meio da repressão, então deve haver, dentre os casos do medo, um grupo no qual se deixa entrever que esse medo é algo reprimido, mas que retorna. Esse tipo de medo seria justamente o perturbador, e nisso deve ser indiferente se ele mesmo era, originalmente, amedrontador ou trazido por algum outro afeto. Em segundo lugar, se a natureza secreta do perturbador consistir de fato nisso, então entendemos que o uso da linguagem faz com que o *heimlich* se transforme em seu contrário, o mesmo é dizer, em *unheimlich*, pois esse elemento perturbador não é, na verdade, nada de novo nem de desconhecido, senão que algo intimamente familiar à vida psíquica desde há muito tempo, que se lhe tornou algo estranho por meio do processo de repressão.

---

28 Ver aqui a seção III "Animismo, magia e onipotência do pensamento" de nosso livro *Totem e Tabu* (1912-1913). E lá, ver também a nota: "Parece que emprestamos o traço distintivo do 'perturbador' àquelas impressões que tencionam confirmar a onipotência do pensamento e o modo animista de pensar, quando, no juízo, deles já nos afastamos." (ver *Studienausgabe*, v. IX, p. 374n3).

318   *apêndice*

A relação com a repressão também nos esclarece, agora, a definição schellinguiana de que o perturbador seria aquilo que deveria ter ficado encoberto, mas que acabou por vir à tona.

Resta-nos tão somente testar a compreensão que obtivemos na explicação de alguns outros casos do perturbador.

Tudo aquilo que se relaciona com a morte, com cadáveres e retorno dos mortos, assim como o que tem a ver com espíritos e fantasmas parece representar, a muitas pessoas, o grau mais elevado do efeito perturbador. Já foi dito, inclusive, que algumas línguas modernas não conseguem verter nossa expressão "uma casa perturbadora" a não ser mediante o seguinte redimensionamento: "uma casa de mal-assombrada por dentro". Poderíamos, em verdade, ter iniciado nossa investigação com esse ou, quando não, com outros exemplos ainda mais fortes do caráter perturbador, mas não o fizemos porque, aqui, o perturbador acha-se demasiadamente misturado ao apavorante e é, em parte, por ele encoberto. Mas em nenhuma outra instância nosso sentir e pensar permaneceram tão inalterados desde tempos primordiais, em nenhuma outra esfera o antigo se manteve tão bem conservado sob tão sutil cobertura, como em nossa relação com a morte. Dois elementos podem dar uma boa explicação para esse estado inativo: a força de nossas reações emocionais primordiais e a insegurança de nosso conhecimento científico. Nossa biologia ainda não conseguiu se decidir se a morte é a destinação necessária de todo ser vivo ou apenas um acaso contínuo, e talvez evitável, no interior da vida[29]. A sentença "todos os seres humanos são mortais" desfila nos livros de lógica como modelo de uma afirmação universal, mas ninguém a entende com clareza, e nosso inconsciente possui, hoje, tão pouco espaço quanto outrora para a representação de sua própria mortalidade[30]. As religiões ainda contestam a importância do fato inegável da morte individual e continuam situando a existência para além do fim desta vida; os poderes civis reputam impossível conservar a ordenação moral entre os viventes, se tivermos de renunciar à correção

---

29 Esse é um tema central do escrito *Para Além do Princípio do Prazer* (1920), no qual Freud também trabalha, ao escrever o presente texto. (N. da E. Al.)

30 Freud discute mais detalhadamente a postura do ser humano em relação à morte na segunda parte de seu trabalho Zeitgemäßes über Krieg und Tod ("Considerações Tempestivas Sobre Guerra e Morte", 1915), *Studienausgabe*, v. IX, p. 49s. (N. da E. Al.)

o *perturbador*

da vida terrena mediante algum além-túmulo melhor; nos postes de propaganda de nossas metrópoles são divulgadas palestras, cujos ensinamentos contam mostrar como podemos entrar em contato com as almas dos mortos, e é inegável que algumas das mentes mais perspicazes e alguns dos mais argutos pensadores dentre os homens de ciência julgaram, sobretudo quando se aproximaram do final da própria vida, que tal contato era plenamente possível. Já que quase todos dentre nós ainda pensam, quanto a esse ponto, tal como os selvagens, também não é de se admirar que o medo primitivo frente à morte ainda seja tão forte entre nós e esteja sempre preparado a se exteriorizar tão logo algo o provoque. Ele ainda tem, provavelmente, o antigo sentido de que o morto se converteu num inimigo daquele que sobrevive e visa a levá-lo junto consigo, como um parceiro de sua nova existência. Poder-se-ia perguntar, ante do mais, no que tange à inalterabilidade consoante à compreensão da morte, pelo paradeiro da condição da repressão, requerida para que o primitivo possa ressurgir como algo perturbador. Todavia, ela ainda existe; oficialmente, os assim chamados eruditos não mais acreditam que os mortos possam se fazer visíveis como almas, vinculando a aparição destas últimas a condições longínquas e de insólita realização; e a atitude emocional em relação à morte, algo que originalmente era assaz questionável e ambivalente, terminou por se enfraquecer para as camadas mais elevadas da vida psíquica, convertendo-se na inequívoca postura de piedade[31].

Agora, cumpre-nos fazer apenas alguns complementos, haja vista que, com o animismo, a magia e a feitiçaria, a onipotência dos pensamentos, a relação para com a morte, a repetição não proposital e o complexo de castração, quase esgotamos a extensão dos elementos que fazem do apavorante algo perturbador.

Também chamamos a um ser humano vivo de perturbador, e isso sobretudo quando lhe conferimos más intenções. Mas isso só não basta, pois ainda devemos acrescentar a ideia de que tais intenções hão de nos prejudicar, concretizando-se com a ajuda de forças particulares. O *Gettatore*[32] é um bom exemplo dessa forma perturbadora

---

31 Ver "O Tabu e a Ambivalência", *Totem e Tabu*.
32 Literalmente, o "lançador" (de mau olhado, sinônimo de desastre), título da novela de Schaeffer publicada em 1918. (N. da E. Al.)

320 *apêndice*

de crendice latina, a qual Albrecht Schaeffer, com intuição poética e profunda compreensão psicanalítica, soube recriar no livro *Josef Montfort*, sob a forma de uma simpática figura. Mas, com essas forças secretas, voltamos a nos colocar no terreno do animismo. É justamente o pressentimento de tais forças secretas que torna Mefisto algo tão perturbador à clemente Gretchen:

> *Ela sente que sou, por certo, um gênio*
> *Quiçá o próprio diabo, inclusive.*[33]

O que há de perturbador na epilepsia e na loucura possui a mesma origem. O leigo vê, aqui, diante de si, a manifestação de forças que ele não supunha existir em seus próximos, mas cujo movimento ele pode perceber, de modo obscuro, nos rincões escondidos de sua própria personalidade. Com coerência lógica e, em termos psicológicos, com bastante acerto, a Idade Média imputou todas essas manifestações patológicas ao efeito de demônios. E não me espantaria se muitas pessoas dissessem que, precisamente por se ocupar em trazer à luz essas forças secretas, a psicanálise se lhes tornou algo perturbador. Num caso em que me foi dado obter êxito – ainda que não muito depressa – na recuperação de uma jovem há muito debilitada, escutei isso de sua própria mãe, muitos anos depois de ter sido curada.

Membros arrancados, uma cabeça decepada, uma mão retirada do braço, tal como num conto de Hauff,[34] pés que dançam sozinhos, tal como no aludido livro de Schaeffer, trazem algo excepcionalmente perturbador consigo, sobretudo quando lhes conferimos, tal como no último exemplo, uma atividade autossuficiente. Sabemos já que esse caráter perturbador advém de sua convergência com o complexo de castração. Algumas pessoas veem, na ideia de ser equivocadamente enterrado vivo, o coroamento do sentimento do perturbador. A psicanálise nos ensinou, porém, que essa assustadora fantasia é tão somente a mutação de uma outra, que originalmente não era em nada assustadora, senão que, ao contrário, fiava-se numa certa libidinagem, a saber, a fantasia de viver dentro do corpo da mãe.

---

33 *Fausto*, primeira parte, cena 16. (N. da E. Al.)
34 *Die Geschichte von der abgehauenen Hand* (A História da Mão Decepada). (N. da E. Al.)

o perturbador 321

Acrescentemos ainda uma observação geral que, estritamente falando, já está contida nas afirmações que até agora fizemos sobre o animismo e os modos superados de trabalho do aparato psíquico, mas que parece merecer um destaque particular. Ou seja: que o perturbador é levado fácil e frequentemente a efeito quando o limite entre a fantasia e a realidade efetiva é eliminado, quando algo que reputávamos fantástico se nos insurge como sendo real, quando um símbolo assume para si o papel e o inteiro significado daquilo que é simbolizado, e assim consecutivamente. Aqui reside também uma boa porção do caráter perturbador ínsito às práticas mágicas. O elemento infantil aí contido, que também domina a vida psíquica dos neuróticos, é a demasiada ênfase concedida à realidade psíquica em comparação à realidade material, um traço que se liga à onipotência do pensamento. Em meio à barreira criada pela Guerra Mundial, chegou-me às mãos um fascículo da revista inglesa *Strand*, no qual, dentre outras tantas produções superficiais, pude ler um conto acerca de um jovem casal que se muda para um apartamento mobiliado, contendo uma mesa estranhamente construída e apetrechada com crocodilos marchetados em madeira. Ao cair da noite, um fedor insuportável e peculiar trata de se alastrar pelo apartamento, tropeça-se em algo na escuridão, acredita-se ver algo indefinível se arrastando escada acima, em suma, podia-se inferir que, em decorrência da presença da tal mesa, crocodilos fantasmas assombravam o interior da casa ou, então, que os monstros de madeira ganhavam vida no escuro, ou algo semelhante. Era uma história bastante simplória, mas seu efeito perturbador se tornara atuante de forma magnífica.

Como conclusão dessa coleção de exemplos, decerto ainda incompleta, cumpre mencionar uma experiência haurida do trabalho psicanalítico, a qual, se não se fia numa coincidência acidental, traz consigo a mais bela comprovação de nossa concepção acerca do perturbador. Ocorre amiúde de homens neuróticos manifestarem que o genital feminino lhes seria algo perturbador. Esse elemento perturbador é, porém, tão só a entrada que dá acesso ao antigo lar da criatura humana, à localidade em que cada um de nós, antes de tudo, já residiu. "Amor é saudade de casa (*Liebe ist Heimweh*)", reza um chistoso dito popular e quando alguém, ao sonhar, pensa numa localidade ou paisagem e presume: "isso me é conhecido, estive aqui antes", então a interpretação pode fazer intervir, em substituição a tal local, o genital ou o corpo da mãe. O perturbador é, pois, também nesse caso, aquilo que outrora já foi intimamente caseiro, há muito familiar. O prefixo *"un"*, em *unheimlich*, é a marca da repressão[35].

III.

Já ao longo da leitura das discussões anteriores devem ter surgido ao leitor determinadas dúvidas, às quais se concede, agora, a possibilidade de serem agrupadas e explicitadas.

Pode ser pertinente afirmar que o perturbador é o secreto-íntimo[36] que sofreu uma repressão, mas, aí então, desta regressou, e que todo sentimento perturbador satisfaz essa condição. Mas, com o material até aqui escolhido, o enigma do perturbador não parece solucionado. Nosso princípio não permite, é claro, uma inversão. Nem tudo aquilo que faz ecoar desejos reprimidos e modos superados de pensar próprios à pré-história individual e aos primórdios dos povos é, em virtude disso, perturbador.

Tampouco contamos passar ao largo do fato de que, para quase cada um dos exemplos que deveria validar nossa proposição, é possível encontrar um exemplo análogo apto a refutá-lo. Na fábula hauffiana *A História da Mão Decepada*, por exemplo, a mão mutilada exerce um efeito decerto perturbador, o qual nós remetemos ao complexo de castração. Mas, já no conto de Heródoto sobre o tesouro de Rhampsenit, o mestre-ladrão acaba deixando à princesa, que conta agarrar a sua mão, a mão que fora arrancada de seu irmão, sendo que outras pessoas, tal como eu, provavelmente hão de considerar que esse traço não suscita qualquer efeito perturbador. A realização imediata dos desejos, presente no *Anel de Polícrates*, decerto age sobre nós de forma tão perturbadora quanto sobre o próprio Rei do Egito. Todavia, em

35 Ver o trabalho de Freud, *Die Verneinung* (A Negação), 1925. (N. da E. Al.)
36 No original, *das Heimliche-Heimische*.

o perturbador

nossos contos de fada, fervilham casos de desejos que são prontamente satisfeitos, e o perturbador permanece de fora neles. Na fábula dos três desejos, uma mulher, embalada pelo aroma apetitoso de uma salsicha grelhada, é levada a dizer que também gostaria de comer uma salsicha tal e qual aquela. E eis que, de pronto, esta aparece à sua frente, sobre o prato. Irado, o marido então deseja que a salsicha fique dependurada no nariz da intrometida esposa. Nesse momento, como que num piscar de olhos, a salsicha começa a balançar de seu nariz. Isso é assaz impressionante, mas nem de longe perturbador. A fábula parte, declaradamente, do ponto de vista animista próprio à onipotência do pensamento e aos desejos, e não me seria facultado nomear uma única fábula legítima em que algo de perturbador viesse a ocorrer. Falou-se, anteriormente, que o perturbador exerce um efeito elevadíssimo quando coisas inanimadas, imagens e bonecos passam a ganhar vida, mas, nas fábulas de Andersen, os apetrechos domésticos, as mobílias e o soldado de chumbo possuem vida, e nada há de mais distante, aqui, do que o perturbador. Tampouco alguém sentiria como perturbadora a revitalização da bela estátua de Pigmalião.

Constatamos que a morte aparente e a vivificação dos mortos são ideias bastante perturbadoras. Mas coisas desse tipo são, igualmente, muito comuns nas fábulas; quem ousaria chamar de perturbador, por exemplo, o fato de a Branca de Neve voltar a abrir seus olhos para a vida? O despertar dos mortos contido em histórias milagrosas, como, por exemplo, no *Novo Testamento*, também suscita sentimentos que não têm absolutamente nada a ver com o perturbador. O retorno não proposital do mesmo, que nos gerou efeitos indubitavelmente perturbadores, também é capaz de proporcionar, numa série de casos, outros efeitos assaz distintos. Já travamos conhecimento com um caso no qual ele foi utilizado como expediente para gerar um sentimento cômico, sendo que poderíamos elencar inúmeros exemplos dessa espécie. Noutras vezes, ele age como um elemento intensificador etc. Ademais, perguntar-se-ia: de onde resulta o efeito perturbador do silêncio, da solitude e da escuridão? Não aludem esses elementos, também eles, ao papel desempenhado pelo perigo no surgimento do perturbador, ainda que sejam as mesmas condições sob as quais vemos as crianças, com maior frequência, externar seu medo? E poderíamos realmente negligenciar por completo o elemento da incerteza intelectual, depois de termos assumido sua relevância para o aspecto perturbador da morte?

Precisamos, assim, estar preparados para admitir que, além daquelas por nós indicadas, ainda outras condições atinentes ao material temático são determinantes para o advento do sentimento perturbador. Poder-se-ia dizer que, com essas verificações iniciais, o interesse psicanalítico sobre o problema do perturbador teria, pois, se esgotado, sendo que o restante exigiria, provavelmente, uma investigação estética. Com isso, todavia, daríamos margem à dúvida sobre o valor que poderia reclamar para si nossa compreensão da procedência do perturbador, derivado do intimamente familiar reprimido.

Uma observação pode nos indicar o caminho rumo à solução dessas dubiedades. Praticamente todos os exemplos que se opõem às nossas expectativas foram recolhidos da esfera da ficção, da literatura artística. Isso nos enseja a operar uma distinção entre o perturbador vivenciado por alguém e o perturbador que é tão somente imaginado ou, então, sobre o qual se conhece apenas por meio da leitura.

O perturbador próprio a uma vivência possui condições incomparavelmente mais simples, mas engloba um número bem menor de casos. Acredito que ele se adapta sem nenhuma exceção à nossa tentativa de solução, fazendo sempre uma remissão a alguma coisa reprimida, mas que já nos foi, há muito, algo intimamente familiar. Mas também aqui cumpre realizar uma importante e, em termos psicológicos, relevante divisão do material, que reconheceremos mais e melhor a partir de exemplos adequados.

Tomemos em linha de conta o perturbador consoante à onipotência dos pensamentos, aos desejos prontamente realizados, às secretas forças nocivas e ao regresso dos mortos. Aqui, a condição sob as quais surge o sentimento do perturbador é evidente. Remotamente, em algum momento, nós – ou nossos antepassados primitivos – consideramos essa possibilidade como algo efetivamente real, convictos que estávamos da realidade de tais acontecimentos. Hoje já não acreditamos neles, haja vista que superamos tais modos de pensar, mas não estamos completamente seguros dessas novas convicções, de sorte que as antigas ainda continuam vivendo em nós, sondando

o perturbador

suas confirmações. Tão logo sucede algo em nossa vida que parece oferecer alguma confirmação a essas antigas e abjuradas convicções, somos acometidos pelo sentimento do perturbador, ao qual se poderia acrescentar o seguinte juízo: "É, pois, realmente verdade que se pode assassinar uma outra pessoa mediante o mero e simples desejo de fazê-lo, que os mortos podem continuar vivendo, fazendo-se visíveis lá, onde costumavam levar a cabo suas atividades anteriores etc." Mas àquele que, ao contrário, suplantou em si a fundo e em definitivo essas convicções animistas, escapa um sentimento perturbador desse tipo. A mais curiosa convergência entre o desejo e sua realização, a mais enigmática repetição de vivências semelhantes no mesmo lugar ou na mesma data, as mais enganosas percepções faciais e os mais suspeitos barulhos, enfim, nada disso irá confundi-lo e tampouco irá despertar, nele, algum medo que pudéssemos descrever como medo do "perturbador". Tratar-se aqui, pois, pura e simplesmente, de um assunto atinente à prova da realidade, de uma questão que diz respeito à realidade material[37].

Outra é a situação que se verifica com o perturbador decorrente dos complexos reprimidos infantis, do complexo de castração, da fantasia do corpo materno etc., mas as vivências reais que suscitam essa espécie de elemento perturbador não podem ser muito rotineiras. O perturbador próprio à vivência pertence, na maioria das vezes, ao

[37] Já que o sentimento perturbador relativo ao "duplo" também é dessa espécie, será interessante experimentar o efeito causado pelo súbito e inesperado aparecimento da imagem de nossa própria personalidade. Ernst Mach relata duas observações desse tipo em sua *Analyse der Empfindungen* (Análise das Sensações; 1900), p. 3. Ele muito se assombrou, certa vez, ao se dar conta de que o rosto que vislumbrara era o seu próprio, mas, noutra circunstância, ocorreu-lhe fazer uma apreciação assaz inconveniente acerca de uma pessoa, aparentemente estranha, que adentrar no ônibus em que estava: "Mas que mestre-escola tão maltrapilho é esse que está entrando!" Posso narrar uma aventura parecida com essa. Sentava-me sozinho, na cabine de um vagão-leito, quando, por ocasião de um brusco solavanco no movimento do trem, a porta que levava ao toalete adjacente se abriu e um senhor idoso, trajando um pijama e uma touca de viagem, então se me apareceu. Suspeitei que, ao sair da cabine localizada entre os dois compartimentos, ele havia tomado a direção errada, indo parar, equivocadamente, no meu compartimento; assim foi que, no intuito de lhe esclarecer isso, levantei-me num só pulo, mas, com assombro, logo reconheci que o desconhecido intruso era, de fato, a minha própria imagem, refletida pelo espelho na porta de passagem. Recordo-me ainda que aquela aparição me causara um profundo desprazer. Assim, em vez de nos assombrarmos com o "duplo", ambos – Mach e eu – simplesmente não o havíamos identificado (*agnosziert*). Mas não seria então esse desprazer um resíduo daquela reação arcaica que sente o "duplo" como algo perturbador? (N. do A.)

326   *apêndice*

grupo anterior (do qual falamos no parágrafo precedente), mas, para a teoria, a distinção entre ambos é algo bastante relevante. No que se refere ao perturbador procedente dos complexos infantis, a questão acerca da realidade material não é, nem de longe, levada em consideração, cedendo seu lugar à realidade psíquica. O que está em jogo é a repressão factual de um dado conteúdo, assim como do retorno do reprimido, e não da suspensão[38] da crença na realidade de tal conteúdo. Poder-se-ia dizer que, num caso, reprime-se um determinado conteúdo da representação ao passo que, no outro, é reprimida a crença em sua realidade (material). Todavia, o último modo de expressão provavelmente estende a utilização do termo "repressão" para além de seus limites aceitáveis. Seria mais acertado, no caso, fazer jus a uma diferença psicológica aqui perceptível e descrever o estado em que se encontram as convicções animistas do homem civilizado como um estar-superado – de modo mais ou menos completo. O resultado a que chegamos seria, então, o seguinte: o perturbador próprio à vivência realiza-se quando complexos infantis reprimidos são reavivados por alguma impressão ou quando convicções primitivas superadas parecem confirmadas uma vez mais. Finalmente, não devemos deixar de reconhecer, por conta de nossa predileção por uma solução descomplicada e uma exposição transparente, que as duas espécies de sentimento perturbador relativo à vivência, aqui estabelecidas, nem sempre se deixam distinguir de forma precisa. Quando se tem em mente que as ditas convicções primitivas estabelecem a mais íntima relação com os complexos infantis, e que neles deitam, em rigor, raízes profundas, essa extinção das fronteiras já não causará mais tanta surpresa.

O perturbador atinente à ficção – à fantasia, à literatura artística – requer, de fato, uma consideração especial. Possui sobretudo um conteúdo bem mais amplo do que o perturbador consoante à vivência, englobando este último em sua totalidade e ainda outros elementos, que não ocorrem sob as condições próprias ao vivenciar. A oposição entre reprimido e superado não se deixa transpor para o perturbador da literatura artística sem que se lhe faça uma modificação de fundo, pois o reino da fantasia exige, como precondição de sua validade, que seu conteúdo esteja isento da prova da realidade.

38 No original, *Aufhebung*.

o perturbador

A conclusão, à primeira vista paradoxal, é a de que, *na literatura artística, ocorrem muitas coisas que não nos parecem perturbadoras, mas que assim se nos pareceriam caso viessem a acontecer na vida efetiva, e de que também há, na literatura artística, diversas possibilidades para se alcançar efeitos perturbadores que, não obstante, faltam à vida mesma.*

Às variadas liberdades do escritor também pertence a liberdade para escolher, à vontade, seu próprio universo expositivo, de sorte que este possa convergir com a realidade que nos é familiar ou, então, de algum modo, dela se afastar. Tanto num caso quanto noutro, deixamo-nos levar por ele. O mundo da fábula, por exemplo, de saída deixou o terreno da realidade para trás e reconheceu, abertamente, a presença de convicções animistas. Satisfações de desejos, forças secretas, onipotência dos pensamentos, reanimação de seres inanimados, coisas muitíssimo habituais na fábula não podem manifestar aqui nenhum efeito perturbador, pois, para o surgimento do sentimento perturbador, tal como vimos, exige-se o conflito de um juízo acerca da real possibilidade de algo já superado e indigno de crença existir, uma questão que, por conta dos pressupostos ínsitos ao próprio mundo fabuloso, é desde logo excluída. Assim, a fábula, que nos cedeu a maior parte dos exemplos contrários à nossa solução do problema relativo ao perturbador, leva a efeito o caso por nós primeiramente mencionado, segundo o qual há, no reino da ficção, muitas coisas que não parecem perturbadoras, mas que fatalmente suscitariam um efeito perturbador caso viessem a ocorrer na vida mesma. No que tange à fábula, há ainda outros elementos que, em breve, deverão ser roçados rapidamente.

O escritor também pode criar para si um mundo que, menos fantástico do que o mundo das fábulas, ainda assim se separa do mundo real mediante a incorporação de seres espirituais mais elevados, demônios ou aparições de mortos. Tudo aquilo de perturbador que poderia aderir a tais figuras então desvanece, enquanto vigorarem os pressupostos de tal realidade poética. As almas do inferno dantesco ou as assombrações contidas em *Hamlet, Macbeth* e *Júlio Cesar*, de Shakespeare, podem até ser assaz sombrios e assustadores, mas, em rigor, são tão pouco perturbadores quanto, digamos, o sereno mundo dos deuses de Homero. Ajustamos nosso juízo às condições impostas por essa realidade simulada pelo escritor e passamos a tratar almas, espíritos e assombrações como se fossem existências plenamente legitimadas, tal como nós mesmos na realidade material. Também esse é um caso no qual o aspecto perturbador é deixado de fora.

É diferente, porém, quando o escritor se coloca, ainda que apenas em aparência, no terreno da realidade comum. Pois, aí, ele também assume todas as condições que se aplicam ao surgimento do sentimento do perturbador no âmbito da vivência, de modo que tudo aquilo que atua de forma perturbadora na vida efetiva também passa a agir, assim, na esfera da literatura artística. Nesse caso, contudo, o escritor pode igualmente intensificar e diversificar o perturbador muito além da medida possibilitada pela vivência, fazendo desdobrar aqueles acontecimentos que não ocorreriam ou, então, que apenas muito raramente seriam levados a cabo na realidade efetiva. Ele então nos revela, por assim dizer, aquelas nossas crendices que reputávamos superadas e nos ilude, prometendo-nos a efetividade comum para, logo em seguida, suplantá-la. Reagimos à suas ficções como se tivéssemos reagido às nossas próprias vivências singulares; mas, quando nos damos conta do engodo, já é muito tarde, e o escritor atingiu, sem demora, aquilo que pretendia alcançar; mas, cumpre-me afirmar que, com isso, ele não logrou todos os efeitos. Permanece, em nós, um sentimento de descontentamento, um tipo de rancor em relação à ilusão ensaiada, tal como o que senti, com particular clareza, depois da leitura de *Die Weissagung* (A Profecia), conto de Schnitzler, bem como de outras produções literárias que simpatizam com o maravilhoso. O escritor, entretanto, ainda tem à sua disposição um outro expediente por meio do qual lhe é dado se esquivar dessa nossa reclamação e, simultaneamente, aprimorar as condições para lograr seus objetivos. Tal meio consiste em não nos deixar adivinhar, ao longo de bastante tempo, quais foram os pressupostos que escolheu justamente para engendrar o mundo por ele admitido ou, então, de modo engenhoso e sagaz, em adiar até o fim de sua narrativa esse esclarecimento tão determinante. Mas, em linhas gerais, com isso se concretiza, aqui, o caso já anunciado, qual seja, que a ficção produz novas possibilidades para o sentimento perturbador, que estariam ausentes no plano da vivência.

o perturbador

Todas essas variações se referem, em rigor, apenas ao perturbador que surge a partir daquilo que se superou. O perturbador decorrente de complexos reprimidos é mais resistente, permanecendo na literatura artística – à exceção de uma condição – tão perturbador quanto no âmbito da vivência. O outro tipo de sentimento perturbador, haurido daquilo que foi superado, indica essa característica na esfera que designa a vivência, bem como na literatura artística que se coloca no plano da realidade material, mas pode vir a perder essa marca em meio às realidades fictícias criadas pelo escritor.

É óbvio que as liberdades do escritor e, com elas, os apanágios da ficção quanto à evocação e inibição do sentimento perturbador não se deixam esgotar pelas observações precedentes. Em geral, nossa atitude para com a vivência é regularmente passiva e nos submetemos, outrossim, aos efeitos daquilo que se nos oferece como material temático. Mas, ainda que de uma forma assaz particular, nós somos manipuláveis para o escritor; pelo estado de espírito ao qual transporta e pelas expectativas que em nós gera, ele pode distrair nossos processos emocionais de seu objetivo e redirecioná-los rumo a outro, podendo ainda amiúde, a partir de um mesmo material temático, lograr efeitos de tipos assaz distintos. Há muito que se conhece tudo isso e, provavelmente, o tema já foi considerado nos mínimos detalhes pelos estetas profissionais. Fomos levados a essa área de pesquisa, porém, sem que esse fosse nosso real propósito, deixando-nos sucumbir à tentação de esclarecer a contradição que certos exemplos trazem à nossa derivação do perturbador. Tencionamos, por isso, voltar aqui a alguns desses exemplos.

Perguntamos, há pouco, por que razão a mão mutilada presente no conto sobre o tesouro de Rhampsenit não exerce o mesmo efeito perturbador que possui, por exemplo, na *História da Mão Decepada*, de Hauff. Agora, a pergunta se nos parece ainda mais importante, já que reconhecemos a maior resistência do perturbador oriundo da fonte de complexos reprimidos. É fácil dar a resposta, qual seja: no primeiro conto, dirigimos nossa atenção não aos sentimentos da princesa, senão que à proeminente esperteza do "mestre-ladrão". À princesa pode até não ter faltado o sentimento do perturbador, e nos dispomos inclusive a reputar plausível que ela tenha desfalecido, mas nada de

330 *apêndice*

perturbador nos afeta, pois não nos colocamos no lugar dela, senão que no do outro. Na farsa *O Dilacerado*, de Nestroy, a impressão do perturbador nos é vedada por meio de uma outra constelação, a saber, quando o fugitivo, que se julga um assassino, vê o hipotético fantasma da pessoa assassinada se levantar pela tampa de cada alçapão por ele aberto e, em desespero, grita: "Mas eu assassinei *um só*! Qual o motivo dessa multiplicação atroz?" Conhecemos as condições prévias de tal cena, não comungamos do erro do "dilacerado" e, por isso mesmo, aquilo que para ele tem de parecer perturbador atua sobre nós com uma comicidade irresistível. Até mesmo um *fantasma* "efetivo", como, por exemplo, aquele do conto *O Fantasma de Canterville*, de O. Wilde, precisa abrir mão de todas suas pretensões de suscitar ao menos horror, quando o autor se sente à vontade para fazer troças, ironizando-o e permitindo que dele caçoem. Eis quão independente pode ser o efeito emocional da escolha do material temático, no mundo da ficção. Sentimentos de medo, bem como, portanto, sentimentos perturbadores, não devem ser incitados no mundo da fábula. Compreendemos isso e, a ser assim, passamos ao largo dos ensejos que tornariam possível algo semelhante.

A propósito da solitude, do silêncio e da escuridão, não podemos dizer outra coisa, senão que são factualmente os elementos aos quais está vinculado o medo infantil, o qual, na maior parte dos seres humanos, jamais foi completamente eliminado. A pesquisa psicanalítica debruçou-se alhures sobre esse problema[39].

---

39 Ver a discussão sobre o medo da criança em relação à escuridão na terceira das "Drei Abhandlungen zur Sexualtheorie" (Três Dissertações Sobre Uma Teoria da Sexualidade), *Studienausgabe*, v. v, p. 127. (N. da E. Al.)

POSFÁCIO

Do Secreto Sânscrito
da Natureza às
Noites do Espírito

FERNANDO R. DE MORAES BARROS[1]

Poucos foram aqueles que, de saída, consolidaram uma carreira intelectual a partir da estética musical. E há motivos bastantes para tanto. Eivado de significações abstratas e conceitos problemáticos, o discurso estético-filosófico torna-se geralmente esquivo ao músico, revelando-se assaz rarefeito àquele que, por força da própria profissão, acha-se irmanado à práxis. Prenhe de referências técnicas e diretrizes estilísticas, a análise musical mostra-se, noutro trilho, efetivamente inacessível ou, quando não, expulsiva ao filósofo, pouco familiarizado com os signos notacionais do artesanato compositivo, estruturado a partir de exercícios e princípios construtivos. Não por acaso, temeroso sobre a possível impopularidade de seu primeiro livro, *O Nascimento da Tragédia a Partir do Espírito da Música*, Nietzsche escreve ao colega Erwin Rohde: "Temo sempre que, por conta da música, os filólogos *não* o queiram ler, assim como os músicos, por causa da filologia, e tampouco os filósofos, em virtude da música e da filologia."[2] Caso ímpar na literatura ocidental, E.T.A.

---

1   Professor Associado do Departamento de Filosofia da Universidade de Brasília – UNB.
2   Carta a Erwin Rohde, 23 de novembro de 1871 (ver Friedrich Nietzsche, *Briefwechsel: Kritische Gesamtausgabe*, Berlin/New York: De Gruyter, 1979, parte II, v. 1, n. 170, p. 248).

334 *posfácio*

Hoffmann não é fatalmente assombrado por esse temor e tampouco seu itinerário é por ele vitimado. Em sua obra, ao contrário, arte dos sons e prosa fictícia misturam-se para formar o composto fértil a partir do qual nascem e crescem suas pregnantes peças lítero-musicais, verdadeiros esquetes especializados em condensar engenhosa e ironicamente as narrativas mestras ou os temas magnos da história da música. E três são, *in nuce*, os expedientes de que ele se serve para lograr tal êxito: 1. um estilo literário *sui generis*, que faz convergir, em chave de intensiva complementaridade, fantasia e vocabulário técnico-crítico; 2. um diagnóstico paródico e caricato da face cultural burguesa emergente da sociedade civil oitocentista, o qual se resume, em última análise, numa apreciação condenatória do filisteísmo artístico de sua época; e, por fim, 3. um anseio teórico por uma dramaturgia legitimamente musical, única capaz, a seu ver, de tornar operatório o trabalho conjunto entre orquestra, libreto e prescrições cênicas. Entre outros, um dos principais objetivos da coletânea de textos que ora se nos oferece à leitura é dar relevo e visibilidade a tais aspectos seminais.

Um exemplo lapidar desse afortunado empenho reflexivo pode ser entrevisto no ciclo *Kreisleriana*, cuja primeira parte, dividida em seis seções, veio à tona no primeiro volume das *Fantasiestücke in Callot's Manier: Blätter aus dem Tagebuch eines reisenden Enthusiasten* (Peças de Fantasia à Maneira de Callot: Páginas do Diário de Um Entusiasta Viajante), pouco antes da páscoa de 1814, e do qual constam, além do Prefácio de Jean Paul, as novelas *Ritter Gluck* e *Don Juan*. A segunda parte do ciclo, articulada em sete partes, veio à luz apenas em meados de 1815, no quarto e último volume das aludidas *Fantasiestücke*, junto com *Die Abenteuer der Silvester-Nacht* (As Aventuras da Noite de Ano Novo). Heteróclito em termos de sua efetividade estilística, o ciclo apresenta-se como ponto de convergência de diversas modalidades enunciativas. Nele, Hoffmann faz intervir prosa fictícia, recensões, aforismos e, sobretudo, registros epistolares. Em verdade, o leitor vê-se aqui às voltas com uma aplicação um tanto mais dirigida, porquanto regulada por objetos estético-musicais, da forma poética ideada e afirmada por Friedrich Schlegel, segundo a qual: "A poesia romântica quer e deveria unir e fundir poesia e prosa, gênio e do secreto sânscrito da natureza às noites do espírito

criticismo, poesia artística e poesia natural."[3] E é precisamente essa interface com a poesia "natural", que se debruça plástica e especulativamente sobre o âmbito que designa a imanência e a dimensão física dos sons, que permitirá o autor das *Kreisleriana* partilhar os artigos de fé do romantismo musical sem arrastar consigo, entretanto, a crença na inefabilidade suprassensível dos construtos musicais. Com Tieck, ele decerto se colocaria de acordo com a ideia de que, por mais valiosa que a música vocal venha a ser, "o mais belo louvor dos instrumentos são as sinfonias"[4]. Mas nem por isso espera legitimar tal credencial única e puramente num céu inteligível, para além de todo conhecimento relacional. Tendo por objeto o infinito, a música é, segundo Hoffmann, "a mais romântica de todas as artes"[5], mas ele tratará de apetrechar tal arte, esse "secreto sânscrito da natureza transposto em sons"[6], com propriedades supervenientes e consolidadas no fluxo polimorfo da natureza atuante, razão pela qual nos seria facultado, pela música, "compreender a esplêndida canção das árvores, flores, animais, pedras e águas!"[7]

Não é, pois, para entronizar uma subjetividade abstrata e sem objeto que a música nos estimula; ao contrário, é para reinseri-la na natureza, a contrapelo de sua antropomorfização e ao encontro de suas narrativas acústicas, ecoando, ao seu modo, "o suspirar do vento, o bruxulear das fontes e assim por diante"[8], como escreve Hoffmann. É bem verdade que um amálgama de sons não constitui necessariamente – ou melhor dizendo, não constitui ainda uma instanciação de determinados acordes e melodias, haja vista que estes, frutos de um sistema culturalmente humano de concatenação harmônica e convenções melódico-lineares, são criações do espírito e se deixam explicar, a ser assim, por repertório de sons historicamente forjado. "O som habita todas as coisas", dir-se-á a esse propósito, "mas as notas musicais, quer dizer, as melodias que falam a linguagem mais elevada

---

3   F. Schlegel, *Kritische Schriften*, Hrsg. Wolfdietrich Rasch, München: Carl Hanser, 1958, p. 37-38.
4   Ludwig Tieck; Wilhelm Heinrich Wackenroder, Symphonien, *Phantasien über die Kunst*, Stuttgart: Reclam, 2005, p. 110.
5   E.T.A. Hoffmann, *Kreisleriana*, Stuttgart: Reclam, 2000, p. 23.
6   Ibidem.
7   Ibidem.
8   Ibidem, p. 123.

336 *posfácio*

da esfera anímica repousam apenas no peito do ser humano"9. Mas cumpre não esquecer que essa espécie de segunda natureza cruza e participa, por isso mesmo, de uma totalidade concreta mais englobante. Afinal, permanecendo a música "uma linguagem universal da natureza"10, cabe ao músico, na medida do possível, não transformá-la, em nome de sua vaidade, na porta-voz de uma ipseidade idealizada ou de uma subjetividade sem objetividade, de sorte que, consideradas as devidas diferenças, vale para a relação entre músico e natureza aquilo que vigora entre intérprete e compositor, no caso, Beethoven: "O legítimo artista vive apenas na obra que compreendeu conforme o sentido ideado pelo mestre, e assim a executa. Considera aviltante quando, de alguma maneira, faz valer sua própria personalidade."11

É bem provável que a base acústico-somática das linguagens articuladas e o fundo sonoro intensivamente sensitivo, comum a todas as línguas, bem como a procedência daquilo que habitualmente denominamos música, só se deixe explicar, como dirá Bernie Krause, músico e naturalista contemporâneo, pela "harmonia acústica da natureza selvagem"12, afinal de contas, houve "uma época em que não existia nenhuma fonte de inspiração acústica"13. E o próprio Hoffmann nos lembra que a notação musical é "o produto da formação musical técnica"14, sendo que a presença sensível da música, "falando conosco através de ressonâncias fantásticas"15, não se dá verdadeiramente por meio de sistema significante, resultando inútil querer conjurá-la apenas "mediante sinais, já que aquele ordenamento artificial de hieróglifos nos conserva tão somente uma indicação daquilo que ouvimos"16. Exprimindo as sensações intensivas, a música operaria com representações não figurativas, passando a preterir, como um acréscimo secundário, o próprio significado à base das palavras. Se nestas os ditos significantes permanecem atarraxados a determinados significados,

9 Ibidem, p. 122.
10 Ibidem, p. 124.
11 Ibidem, p. 37.
12 Bernie Krause, *A Grande Orquestra da Natureza*, trad. Ivan W. Kuck, Rio de Janeiro: Zahar, 2013, p. 15.
13 Ibidem, p. 15.
14 E.T.A. Hoffmann, op. cit., p. 124.
15 Ibidem.
16 Ibidem.

do secreto sânscrito da natureza às noites do espírito

a crua teia de relações sonoras percebida pelo ouvinte musical formaria, anteriormente às imagens acústicas usadas para formação do signo linguístico, um campo liberto de toda significação específica. O que tornaria a música tão especial seria o fato de ela articular aquilo que não é dado à linguagem discursiva afirmar, de sorte que tal inacessibilidade não deixa de apontar, ironicamente, para os limites do próprio discurso sobre a música, cuja trama conceitual é urdida, afinal de contas, pela linguagem discursiva. E vários foram aqueles que se viram, aqui, por assim dizer, de mãos atadas. Sobre sua própria explanação metafísica acerca da música, Schopenhauer, não por acaso, dirá: "minha explicação apresenta a música como cópia de um modelo que, ele mesmo, nunca pode ser trazido à representação"[17]. Também Hoffmann, em complemento à inegável vertente romântica de seu pensamento, acredita que o reconhecimento e a apreensão da música "secreta da natureza" ocorrem sem a tutela da racionalidade discursiva ou, como ele mesmo enfatizará, "sem precisar das palavras"[18]. Igualmente atento, porém, à importância da arte do canto, "onde a poesia interpreta afetos definidos mediante palavras, à força"[19], não deixa de confiar, ainda que como um mal necessário, no sentido e no alcance da linguagem individualizada, na qual impera, a seu ver, "uma ligação tão íntima entre som e palavra que nenhum pensamento é capaz de atuar em nós sem a presença de seu hieróglifo (letras da escrita)"[20].

O problema estaria na interpretação exclusivamente essencialista de tais arcanos da sonoridade circundante, que insiste em conduzir os princípios artístico-musicais a paragens metafísicas pré-críticas, onde sons revelam, "numa linguagem enigmática, o que há de mais enigmático"[21], mas não de forma edificante, senão de modo ofuscante. Pretendendo ultrapassar as diferenciações produzidas pela razão, a estética musical teórico-especulativa acabou por substituir a verdade apofântica dos enunciados pela verdade enquanto uma espécie de automanifestação miraculosa, de sorte que, como vetor de uma epifania

---

17 Arthur Schopenhauer, *Metafísica do Belo*, trad. Jair Barbosa, São Paulo: Unesp, 2003, p. 229.
18 E.T.A. Hoffmann, op. cit., p. 123.
19 Ibidem, p. 27.
20 Ibidem, p. 124.
21 L. Tieck; W.H. Wackenroder, op. cit., p. 111.

338 *posfácio*

de cunho esotérico, a arte dos sons terminaria por reproduzir e recrudescer, ainda que às avessas, o dualismo espírito-matéria. Pouco dado ao pensamento dicotômico, Hoffmann prefere fazer desfilar, em prol de uma metafísica mais poética, imagens musicais sensíveis, aludindo, por exemplo, a uma casaca de coloração "dó sustenido menor", com "colarinho da cor mi maior"[22]. E se engana quem pensa que tais imagens, a título de ornamentos ou próteses estilísticas, serviriam apenas para tipificar ou instanciar imageticamente significados inexponíveis. "Não se trata de uma imagem vazia e tampouco de uma mera alegoria", lê-se nas *Kreisleriana*, "quando o músico diz que cores, odores e raios de luz se lhe aparecem como sons"[23]. Ecoando, na literatura, a noção schellinguiana de símbolo, Hoffmann espera reeditar, à sua maneira, o encontro filosoficamente pródigo entre esquematismo e exposição alegórica, momento em que a concretude do som se funde à universalidade das imagens poéticas[24]. E, também como Schelling, para quem a "*música* nada mais é que o ritmo prototípico da própria natureza"[25] e a sonoridade "é = magnetismo"[26], Hoffmann evita reduzi-la a uma arte dos sentimentos ou validar, através dela, o triunfo da subjetividade, preferindo, antes do mais, remetê-la às explicações de Johann Wilhelm Ritter[27], "espirituoso físico" segundo o qual "ouvir é um ver a partir de dentro"[28]. Enxergando pelos ouvidos e auscultando as vibrações da matéria circundante, o músico vê-se então impelido, desde logo, a escutar o livro da natureza, e não só a emulá-lo, centrifugamente, por meio da visão.

22 E.T.A. Hoffmann, op. cit., p. 73.
23 Ibidem, p. 123.
24 Ver, a esse respeito, o fino e célebre comentário de Rubens Rodrigues Torres Filho: "O símbolo, encontro das duas metades da medalha, anulação da 'ausência' pressuposta pela *Bedeutung*, não é, pois, apenas o oposto da alegoria, como para Goethe, ou o sucedâneo do esquema, como em Kant: "está em nível superior e contém a ambos. É isso que, traduzindo com muita felicidade a palavra 'símbolo', o termo alemão *sinnbild* (imagem-sentido) põe em evidência". Rubens Rodrigues Torres Filho, O Simbólico em Schelling, *Ensaios de Filosofia Ilustrada*, São Paulo: Iluminuras, 2004, p. 114.
25 Friedrich Wilhelm Joseph Schelling, *Filosofia da Arte*, trad. e notas de Márcio Susuki, São Paulo: Edusp, 2001, p. 31.
26 Ibidem, p. 148.
27 Johann Wilhelm Ritter (1776-1810), amigo de Novalis, autor dos *Fragmente aus dem Nachlasse eines jungen Physikers. Ein Taschenbuch für Freunde der Natur* e considerado o fundador da teoria eletroquímica, tornou-se atuante, sobretudo, por conta de seus achados em radiação ultravioleta.
28 E.T.A. Hoffmann, op. cit., p. 123.

do secreto sânscrito da natureza às noites do espírito

Mas não são exatamente os sons de insetos e gorilas que irão formar o hieróglifo visado pelo autor das *Kreisleriana*. A biofonia[29] é sônica para nós não somente em virtude da faixa de frequências fisicamente acessíveis a nossa membrana timpânica, como elo direto e produto imediato da natureza, senão também pela maneira como constituímos, ativamente, nossa experiência auditiva, remetendo a nossa capacidade de soletrar marcas sonoras de acordo com o modo em que somos afetados por eventos sonantes inventivos, os quais, muitas vezes, suplantam nossa sensorialidade habitual e rotinizada. Reconhecendo-se em modulações acústicas que, muitas vezes, passam desapercebidas em nosso dia a dia, o efetivo músico, em tal patamar perceptivo, identifica-se com fontes sonoras multidirecionais e pouco comuns, assumindo a perspectiva de uma existência antissocial ou de pouca receptividade junto ao *status quo*. À escuta de um mundo diverso, ele mesmo se faz distinto, tipificando, como diria Goethe, aquelas "naturezas problemáticas que não estão preparadas para nenhuma situação em que se encontram e as quais nenhuma situação satisfaz"[30]. Não é à toa que o tema da loucura serve como baixo contínuo nas *Kreisleriana*. O ciclo de peças constituiu o espólio de Johannes Kreisler, um mestre-de-capela tido como insano, a dançar e pular, com ares estapafúrdicos, aqui e acolá, mas que, antes de desaparecer, havia deixado para trás apontamentos e anotações feitas no verso de algumas partituras. Incomum entre seus pares, os amigos "alegavam que, ao organizá-lo, a natureza experimentara uma nova receita"[31]. Atópico em seu próprio meio, não encontra paz criativa em lugar nenhum, de sorte que, "em vão, parecia procurar o porto que finalmente deveria dar-lhe a calma e jovialidade sem as quais o artista é incapaz de criar qualquer coisa que seja"[32]. Que a segunda peça da segunda parte das *Kreisleriana*, a "Carta do Mestre-de-Capela Kreisler ao Barão Wallborn", termine por ser assinada

---

29 Termo cunhado pelo próprio Bernie Krause: "Quando estava à procura de um termo único e fácil que definisse os sons animais dos espaços selvagens, todas as expressões me pareciam acadêmicas ou obscuras [...] Foi então que, por acidente, deparei com um prefixo e um sufixo gregos que eram exatamente o que eu estava procurando [...] *Biofonia*, a sonoridade dos organismos vivos." (B. Krause, op. cit., p. 67).

30 Johann Wolfgang von Goethe, Maximen und Reflexionen, *Goethes Werke*, München: Beck, 1994, v. XII, p. 540.

31 E.T.A. Hoffmann, op. cit., p. 3.

32 Ibidem, p. 4.

340   posfácio

por um "mestre-de-capela e músico louco *par excellence*", eis algo que
se anunciava já, quando o ciclo ainda era um projeto em construção.
Assim é que a Julius Eduard Hitzig, em Berlim, Hoffmann comenta:
"Ocupo-me de um curioso trabalho musical [...] trata-se de ensaios
escritos por um músico louco em seus intervalos de lucidez."[33] E não
é sem razão que a loucura ronda perigosamente os afazeres de tal
músico. Como diz Safranski, em sua biografia, "Kreisler é o *dublê* de
Hoffmann para tarefas perigosas"[34], vivendo e suportando diariamente
estados corrosivos de tensão, situações que o levam a conflitar abertamente com um público ouvinte canhestro e patronos arrogantes, de
sorte que, adquirindo autovaloração por meio da excentricidade, acaba
identificando-se com a própria insensatez. No repertório romântico
de sons, não por acaso, foi Schumann quem sobretudo se sentiu intimamente aparentado com esse tipo cultural de artista, dedicando-lhe
um inteiro ciclo para piano – *Kreisleriana: Fantasien fuer das Pianoforte*, op. 16 (1838) – e, como bem lembra Peter Rummenhoeller a
respeito, "pode decerto ser mais do que apenas um acidente trágico
o fato de Schumann, tal como Kreisler, acabar sendo acometido por
um colapso psíquico"[35].

Tal afastamento dos modos padronizados de agir e pensar não se
enquadra, todavia, tão facilmente nas hostes das patologias diferen-
ciadas pelas abordagens positivistas da saúde mental. Isso porque os
nexos de relação que Kreisler estabelece, por mais inverossímeis que
possam ser, aludem a dados perceptivos concretos e apenas por desa-
tenção ou prejuízo moral poderiam ser caracterizados, de antemão,
como devaneios alucinatórios incoerentes. Mais imaginativo do que
disruptivo, seu desvario não deixa de indicar uma completa inerência
entre as qualidades sensíveis e as sensações estético-disposicionais que
lhes são concomitantes, catalisadas por sua portentosa excitabilidade.
Em realidade, paradoxalmente, a deficiência social do protagonista
das *Kreisleriana* e *alter ego* de Hoffmann decorre de um excesso perceptivo e, nesse sentido, apresenta-se como efígie de um transtorno

---

33 E.T.A. Hoffmann, *E.T.A. Hoffmanns Briefwechsel*, Hrsg. Friedrich Schnapp, München:
    Winkler, 1967-1968, v. 1, p. 334.
34 Rüdiger Safranski, *E.T.A. Hoffmann, Das Leben eines skeptischen Phantasten*, Frank-
    furt: Fischer, 2005, p. 229.
35 P. Rummenhoeller, *Romantik in der Musik*, Baerenreiter: Basel, 1989, p. 57.

do secreto sânscrito da natureza às noites do espírito 341

delirante em virtude do qual, como dirá Karl Jaspers, todos "os sons são escutados com maior intensidade e todas as cores são vistas com maior luminosidade; o telhado vermelho parece uma chama, o fechamento de uma porta ribomba como canhões, um estalo na madeira converte-se num estrondo e o vento numa tempestade"[36]. Essa tempestuosidade flamejante é, porém, sublimada artisticamente por Kreisler, motivo pelo qual, longe de se deixar levar por um cego desenfreio irracional, ele a utiliza a seu favor, como fermento a seu inconformismo. Se sua natureza atormentada lhe custou, entre outras coisas, o posto de diretor de teatro, forçando-o a trabalhar como professor particular de música, nem por isso soterrou sua proficiência técnica e seu ímpeto contestador. É o que se torna patente, por exemplo, na primeira peça do ciclo, isto é, em *Sofrimentos Musicais do Mestre-de-Capela Johannes Kreisler*, texto originalmente publicado em 26 de setembro de 1810, na *Allgemeine Musikalische Zeitung*[37]. Logo de saída, na contracorrente da regressão auditiva estimulada pelos ouvintes economicamente mais emergentes, que se comprazem na identificação alienante entre diversão e tempo livre, Kreisler faz questão de interceder com sonoridades complexas, de difícil de compreensão e que requerem, como precondição de fruição, uma atenção subjetivamente mais dirigida e recuada. Assim é que, num dos elegantes *dinés* oferecidos pelo rico Conselheiro Privado Röderlein, regados pelos "melhores vinhos e os mais finos pratos"[38] e abrilhantados por suas belíssimas filhas, que "falam francês como os anjos"[39], ele marca acintosamente seu não pertencimento a tal mundo por meio de um bem cultural que lhe é incomparavelmente mais caro, a saber, seu "exemplar das variações para piano de Johann Sebastian Bach, publicadas por Nägeli, em Zurique"[40].

36 K. Jaspers, *Allgemeine Psychopathologie*, Berlin/Heidelber: Springer, 1948, p. 52.
37 *Allgemeine Musikalische Zeitung*, v. XII, p. 825-833; periódico doravante abreviado como AMZ.
38 E.T.A. Hoffmann, *Kreisleriana*, p. 7.
39 Ibidem, p. 6.
40 Ibidem. Trata-se das trinta famosas *Variações Goldberg*, publicadas originalmente em 1741 (sob o título *Aria mit verschiedenen Veraenderungen vors Clavicimbal*). Dedicadas a Johann Gottlieb Goldberg (1727-1756), cravista e compositor alemão do barroco tardio, eram consideradas um dos mais árduos exercícios para prática do teclado. Professor e compositor suíço, Hans-Georg Nägeli começou a publicar as peças de J.S. Bach em 1792, editando, a partir de 1803, um periódico especializado em composições para *pianoforte: Répertoire des clavecinistes*.

Seguindo um trilho formado por vivências musicais singulares, a segunda peça do ciclo, *Ombra adorata!* – em referência à ária de Girolamo Crescentini em *Giulietta e Romeo, drama per musica in ter atti*, de Zingarelli –, introduz e afirma o apreço de Hoffmann pelo alcance daquilo que julga ser o legítimo poder do canto, a saber, investir-se de melodias simples e fluidas, "sem modulação espalhafatosa e figura artificiosa"[41], para, mediante um instinto nostalgicamente pueril, atuar "irresistivelmente sobre todo ânimo sensível"[42]. Como fica mais claro nas passagens em que se refere a Gluck, nas *Kreisleriana*, ou então em contos como, por exemplo, *A Fermata* – que também consta da presente coletânea –, Hoffmann esposa uma noção peculiar do canto. De teor monológico, as ditas árias de personagem geralmente se colocam como momentos operísticos em que o cantor solista, não raro, sozinho, espera fazer jus às marcas de distinção do protagonista a ser interpretado, reproduzindo, em chave representacional, os sentimentos expostos no recitativo. Hoffmann, que não endossa a subordinação da melodia ao texto prescrito aos cantores e cantatrizes, mas tampouco é partidário da diminuição da expressividade dramática em prol do virtuosismo e das funções harmônicas estruturantes, visa a uma forma de canto tecnicamente bem experimentado e, ao mesmo tempo, aberto aos impulsos miméticos. Daí, a seu ver, o positivo ensejo dado por *Ombra adorata*: "Como tudo se perfila natural e espontaneamente nessa simples composição! Os movimentos transcorrem apenas entre a tônica e a dominante [...] o canto flui qual um rio de águas prateadas a correr por entre flores luzentes."[43]

Na sequência, o leitor se depara com os *Pensamentos Sobre o Elevado Valor da Música*, publicados pela primeira vez em 29 de julho de 1812[44]. Mediante uma dissimulada e sarcástica defesa da música como passatempo utilitário, a peça se oferece como uma versão estrategicamente antipódica da primeira seção da primeira parte dos já aludidos *Sofrimentos Musicais do Mestre-de-Capela Johannes Kreisler*, com sua elegia e defesa de uma prática musical mais atenta. Isso

---

41 Ibidem, p. 16.
42 Ibidem.
43 Ibidem.
44 AMZ, v. XIV, p. 503-509.

do secreto sânscrito da natureza às noites do espírito   343

ganha pleno lastro, por exemplo, com a afirmação de que a finalidade da arte não é outra "senão que proporcionar ao ser humano um agradável entretenimento", bem como através da recomendação, ironicamente anti-iluminista, para afastar crianças talentosas do convívio com a dita música séria:

> Se uma abastada família de alto padrão tivesse a infelicidade de gerar uma criança que fosse particularmente dada à arte [...] então um bom educador colocaria facilmente o jovem extraviado no caminho certo, recomendando-lhe uma prudente dieta intelectual, que prevê, por exemplo, a inteira eliminação de todo alimento fantástico, exagerado (tais como poesias e as chamadas composições vigorosas de Mozart, Beethoven etc.).[45]

Em franco contraste com esse cenário eivado de filisteísmo cultural, o ciclo traz a lume, então, aquele que pode ser legitimamente considerado o escrito estético-musical de Hoffmann mais reeditado e citado dentre todos: *Música Instrumental de Beethoven*. Publicada pela primeira vez no início de dezembro de 1813, em Leipzig, na *Zeitung für elegante Welt* (doravante abreviada como *zew*), a peça tem como base as recensões *Sinfonia em Dó Menor*, de Beethoven, op. 67[46] e *Dois Trios*, do mesmo autor, op. 70[47]. Adquire substância, aqui, a célebre frase de Hoffmann, convertida em divisa da estética musical romântica, que resume e explicita os supostos poderes elementais da música puramente instrumental, definida como "a mais romântica de todas as artes, a única legitimamente romântica, poder-se-ia quase dizer, já que somente a infinitude lhe diz respeito"[48].

Se Goethe tem razão ao afirmar que toda exposição sumária é "um membro de uma corrente maior e produtivamente ascendente"[49] a seção subsequente, "Pensamentos Extremamente Dispersos – publicados originalmente em *zew*, no início de janeiro de 1814 –, faz decerto jus a tal definição. Divididos em aforismos que indicam uma articulação livre e ventilada, tais reflexões acumulam temas estéticos

---

45 Ibidem, p. 25.
46 AMZ, 4 e 11 de julho de 1810, v. XII, p. 630-642; 652-659.
47 AMZ, 3 de março de 1813, v. XV, p. 141-154.
48 Ibidem, p. 26.
49 J.W. von Goethe, Maximen und Reflexionen, op. cit., p. 414.

344 *posfácio*

diversos e provocam consequências que serão mais explicitadas apenas mais adiante, quando da segunda parte das *Kreisleriana*. A incompletude proposital de tais fragmentos serve, entre outras coisas, para introduzir criticamente temas magnos da estética musical, mas sem que Hoffmann tenha, por necessidade de sistema, de fornecer um juízo conclusivo acerca dos problemas por eles levantados. Ganham terreno, por exemplo, ponderações acerca de apreciações musicais regionais e querelas de teor acentuadamente "nacionalista": "Muito se discute, hoje, acerca de nosso Sebastian Bach e sobre os antigos italianos."[50] Atento ao pendor naturalmente multiculturalista da música, Hoffmann sabe que as características básicas do material compositivo na Alemanha decerto se deixaram influenciar pelas tradições, afinal de contas, imperiosas, da sinfonia orquestral italiana e ópera cômica francesa. Mas está igualmente ciente de que, à medida que foram apropriadas, tais vertentes terminaram por ser recuperadas por uma expressão germânica autônoma, marcada pelo emprego, cada vez mais próprio, de técnicas motívicas interdependentes e recursos dinâmicos de estruturação contrapontística, tendência consolidada, sobretudo, pelas resoluções ornamentais sistematizadas por J.S. Bach. É esse tipo de consciência histórica antropológico-cultural, que não se deixa imantar em fachadas artísticas estigmatizadas, que permitirá a Hoffmann imaginar e pintar cenas jocosas, tais como, por exemplo, o diálogo entabulado por Piccinni e Gluck numa festividade noturna, na qual este último, "feliz ao ver encerrada a diabólica querela (entre piccinnistas e gluckistas) e embalado pelo bom humor ensejado pelo vinho, revelou ao italiano seu inteiro mecanismo compositivo, seu segredo para elevar e comover os seres humanos"[51].

E é também nesse mesmo registro de jocosidade gratificante que se procura desestabilizar a ideia, cara ao romantismo extremo, de que a criatividade genial não se deixa explicar senão que por uma centelha milagrosa, seja como talento enigmaticamente inato, seja como intervenção sobrenatural das Musas. Remetendo a atividade criadora a elementos bem mais "mundanos", Hoffmann escreve: "sob a favorável constelação que se forma, quando o espírito passa da *incubação* para

50 E.T.A. Hoffmann, *Kreisleriana*, p. 39.
51 Ibidem, p. 46.

do secreto sânscrito da natureza às noites do espírito   345

o ato mesmo da *criação*, a bebida alcoólica promove uma troca mais intensiva de ideias. Não se trata de uma imagem muito nobre, mas agora me ocorre fantasiar uma roda-d'água que funciona mais rápido à medida que a corrente flui com mais intensidade"[52]. E, desde logo, sob o influxo de um raciocínio analógico pouco ortodoxo, a distintas modalidades compositivas hão de corresponder diferentes estímulos didático-etílicos. À música antiga aconselha-se, por exemplo, vinho do Reno e da França; à ópera séria, um fino Borgonha; à ópera cômica, champanhe; para as *canzonettas*, um bom vinho italiano e assim por diante. Mas é na última peça da primeira parte, intitulada *O Maquinista Perfeito*, que a sátira de Hoffmann parece atingir o ápice de sua dramaticidade, haja vista que ele reedita, aqui num timbre flagrantemente escarninho, suas experiências como compositor e assistente de direção no Teatro de Bamberg, entre 1810 e 1812. Atualmente pouco utilizado, o termo "maquinista" possui uma pródiga definição lexical. Do ponto de vista técnico, ele também é "chamado chefe do movimento ou carpinteiro chefe, que é o encarregado da montagem dos cenários com todos os seus detalhes, também responsável pela afinação dos panos, pelas mutações, pelo bom funcionamento de alçapões, calhas e tramoias"[53]. Lidando com as partes fixas, mas também móveis do palco, assegurando efeitos visuais, mas também acústicos, a atividade em questão toma sobre o dorso a tarefa de gerar a ilusão temporal e espacial requerida pela "realidade" ideada, de sorte que dela depende, em máxima medida, o êxito da assim chamada suspensão da descrença ou, mais propriamente, da "quarta parede" entre o público e o drama. E aqui cumpre fazer uma breve glosa.

Em Hoffmann, a palavra dramaturgia é usada, em rigor, em sua acepção anglo-saxônica, a qual suplanta a ideia de obra teatral de um dado autor, deixando-se traduzir, mais e melhor, por "dramaturgista". Isso porque, como bem lembra Mário Vieira de Carvalho, trata-se aqui não só de um "colaborador da direção do Teatro, no que respeita à definição da estratégia de intervenção sociocultural, à seleção do repertório, à sua programação no quadro de um conjunto de atividades

---

52 Ibidem, p. 47.
53 Geir Campos, *Glossário de Termos Técnicos do Espetáculo*, Rio de Janeiro: Ediouro, [s.d.], p. 66.

complementares"[54], como de alguém que trabalha, junto com os atores e encenadores, "na preparação de cada espetáculo"[55]. Assim, sem perder de vista o ponto de convergência entre música, drama e encenação, o dramartugista apropria-se interpretativamente do texto dramático visando à integração tais elementos, os quais, causando um efeito totalizante, colocar-se-iam a serviço de uma concepção artística orgânica. Na impossibilidade de levar a cabo esta última, resta ao maquinista, como protesto estético de indignação, sublevar-se contra aqueles que, encapsulados em seus *métiers*, obstaculizam o trabalho conjunto das artes. Donde a exortação: "O primeiro princípio do qual deveis partir sem poupar esforços é: guerra ao poeta e ao músico!"[56] E, desde já, em parodoxística inversão da suspensão de descrença, cabe ao maquinista eliminar a passividade do público, trazendo-o de volta, por assim dizer, ao chão da criticidade. Para tanto, vale quase tudo. Cortinas caídas e tropeços sobre o palco, pouco importa. E Hoffmann, de seu lado, como bom conhecedor das prescrições cênicas e dos movimentos no palco, não hesitará em escrever:

> Aniquilai seu maligno intento de cercar o espectador com imagens ilusórias e impeli-lo para fora do mundo efetivo. Disso se segue que, quando tais pessoas se valerem de toda sorte de expediente para fazer o espectador esquecer-se de que está num teatro, vós deveis, em contrapartida e num grau proporcionalmente inverso, lembrá-lo continuamente do local em que ele se encontra, utilizando, para tanto, a ordenação apropriada de decorações e maquinarias.[57]

Anunciando o registro epistolar que irá cruzar e caracterizar uma boa parcela da segunda parte das *Kreisleriana*, a "Carta do Barão Wallborn ao Mestre-de-Capela Kreisler" e a "Carta do Mestre-de-Capela Kreisler ao Barão Wallborn" remontam ao trabalho conjunto de Hoffmann com o colega barão Friedrich Heinrich Carl de la Mote Fouqué e ocasionam uma inflexão no ciclo, convertendo-o numa espécie curiosa de autobiografia musical. E há motivos para tanto. Ainda

---

54 Mário Vieira de Carvalho, *Por lo Imposible Andamos: A Ópera Como Teatro (de Gil Vicente a Stockhausen)*, Porto: Âmbar, 2005, p. 15.
55 Ibidem.
56 E.T.A. Hoffmann, *Kreisleriana*, 2000, p. 54.
57 Ibidem, p. 54.

do secreto sânscrito da natureza às noites do espírito 347

que as cartas se prestem a propósitos distintos, poder-se-ia dizer que nenhuma correspondência deixa de representar, em certa medida, um diálogo de seu autor consigo mesmo. Guardando semelhanças com as narrativas pessoais veiculadas por agendas e diários, a escrita epistolar pressupõe a presença de uma ausência, um interlocutor com o qual se compartilha, à distância, certas disposições, cuja procedência sempre remete, no fundo, a vivências singulares. Não por acaso, tal registro é o mais condizente com as relações de amizade. E é Goethe, uma vez mais, que nos ilumina esse ponto: "Com efeito, uma correspondência conserva melhor os níveis de progressão que constitui uma amizade; cada momento de seu crescimento é fixado e, quando sua consumação nos dá a impressão de estabilidade, basta um instrutivo olhar retrospectivo sobre o seu vir-a-ser para nos fazer acreditar, ao mesmo tempo, num futuro e incessante progredir."[58] Que doravante se trata, nas *Kreisleriana*, de marcar e conservar níveis de progressão da amizade de Hoffmann com seu *alter ego* e, pelo mesmo movimento, consigo próprio, salta aos olhos de quem lê, logo no proêmio da segunda parte, a seguinte passagem: "Na mesma noite em que partiu para sempre, ele encaminhou a Hoffmann, seu íntimo amigo, uma carta cuidadosamente selada."[59]

Situado nesse patamar onde autoria e fantasia se confundem, o leitor é então confrontado com uma peça insólita, provavelmente a mais entusiasmada dentre todas em termos de sua potencialidade fantástico-musical, a saber, o "Clube Poético-Musical de Kreisler". Aqui, encontramos este último ao piano, animado por um caprichoso devaneio criativo e em meio a uma roda de amigos – o amigo fiel, o cauteloso, o insatisfeito, o jovial e o indiferente. Executando uma série de acordes a partir de diferentes indicações dinâmicas, ele trata de comentar certos traços anímicos e sinestéticos que, a seu ver, seriam ínsitos a cada um dos respectivos conjuntos harmônicos. Considerada em suas circunscrições tonais, a sequência por ele efetuada parece caminhar randomicamente para uma espécie de "sem fim" harmônico – embora a progressão, situada dilatadamente em lá bemol, se encerre em dó menor (tônica antirrelativa)

---

58 J.W. von Goethe, *Werke. Hamburger Ausgabe*, München: DTV, 2000, v. XII, p. 40.
59 E.T.A. Hoffmann, *Kreisleriana*, p. 64.

348   posfácio

por insistência rítmica. Mas o que está em jogo, aqui, não é exatamente a lógica que comanda as progressões harmônicas no plano
do princípio da tonalidade. A Hoffmann interessa explorar o temperamento musical, enquanto intervalo entre uma nota e outra, à luz
do "temperamento" em sua acepção psicológica, como compleição
somática ou aspecto emocional basilar, tais como, por exemplo,
estados fleumáticos e melancólicos. No entanto, mais do que uma
teoria sobre qualidades expressivas das tonalidades musicais – algo já
empreendido, no mínimo, desde o século XVI, pela "Camerata florentina"[60] –, ou então, uma tentativa de estabelecer analogias entre
o processo de constituição da matéria e os intervalos musicais – tal
como, por exemplo, em Schopenhauer[61] –, o desafio consiste, aqui,
em reconhecer os efeitos práticos de acordes específicos a partir de
sua efetiva reverberação. Com abafadores levantados, Kreisler então
toca o acorde de lá bemol maior (*pianíssimo*), despertando um éter
aromático e flamejante; lá bemol menor (*mezzo forte*), provocando
uma eterna nostalgia; mi maior com sexta (*ancora più forte*), provocando um tórrido raio nos recônditos da alma; mi maior com terça

60 Dando cumprimento ao plano de transmitir aos ouvintes os efeitos da música, tal círculo
    musical tornou-se atuante, sob os auspícios de Giovani Bardi e Vincenzo Galilei, pelo
    redimensionamento engenhoso da antiga monodia acompanhada. Com o advento da
    Camerata Florentina, a ideia de expressar o conteúdo do texto mediante determinadas
    sonoridades, de sorte a estimular as emoções do ouvinte, terminou por conduzir à elaboração de recursos musicais absorvíveis pelas próprias regras retóricas, convertendo a
    arte dos sons numa espécie de *ars dicendi*. Desenvolvimentos cromáticos ascendentes
    ou descendentes, associados a determinadas harmonias, passam então a personificar o
    sofrimento de personagens escriturísticas, na medida em que engendram, no ouvinte,
    um estado interno de tensão de cunho "dolorido". Como, por exemplo, o *passus duriusculus* posteriormente utilizado por Bach, na Paixão segundo São João, para "musicar"
    o lamento inconsolável de Pedro após renegar o Cristo por três vezes (*Mateus* 26, 75
    e *Jó* 19, 1-42). Ver, a esse respeito, o artigo de Helena Jank intitulado Figuras Retórico-
    -Musicais e a Expressão de Extremo Pesar, na Johannes-Passion de J.S.Bach (*Anais do
    XVII Congresso da Anppom*, São Paulo: Instituto de Artes da Unesp, 2007, v. 1, p. 11-14).
61 Analogia que Schopenhauer procura estabelecer, num primeiro momento, a partir de
    um paralelismo entre a música e a manifestação adequada da Vontade no mundo dos
    fenômenos. Assim é que nos tons mais graves da harmonia serão reconhecidos "os graus
    mais inferiores da objetivação da Vontade, a natureza inorgânica" (A. Schopenhauer,
    Die Welt als Wille und Vorstellung I, Sämtliche Werke, Frankfurt: Suhrkamp, 1986, §
    52, p. 360). O principal procedimento consiste, aqui, em afirmar uma correlação entre
    o conjunto das vozes que produzem a harmonia – do baixo até a voz condutora – e a
    série gradual das manifestações fenomenicamente ideais em que a Vontade se objetiva –
    da matéria inorgânica ao mundo animal. Daí, pois, a outra afirmação de que as vozes
    "mais elevadas representam, para mim, o mundo vegetal e animal" (Ibidem, p. 361).

(forte), gerando uma aflição que clama por poder e coragem, força e confiança; lá menor (*harpeggiando-dolce*), o qual, a punhaladas, incute o peito uma dor latejante; fá maior, suscitando uma espécie de abraço apaixonado; si maior (*acentuado*), evocando uma vida primaveril nos campos e nas matas; si maior com sétima menor (*smanioso*), insuflando um vento morno e secreto, o qual, vindo do oeste, atravessa surdamente a floresta; mi bemol maior (*forte*), revestindo a imagem sonora com uma roupa verde; ré com terça, quarta e sexta (*piano*), mimetizando o jogo enervante da vida; dó maior com terça (*fortissimo*), provocando uma dança desenfreadamente desejante; e, por fim, repetidas vezes, o acorde de dó menor (*fortissimo*), determinando o *non plus ultra* das energias pulsionais do protagonista: "Kreisler, Kreisler! Recomponha-se! Vês como está à espreita, o pálido fantasma com faiscantes olhos vermelhos?"[62]

A peça seguinte, *Relato de Um Jovem Culto* (primeiramente publicado em AZM, em 16 de março de 1814, v. XVI, p. 178-187), remete o leitor, uma vez mais, ao registro epistolar, baseando-se numa correspondência fictícia: *Carta de Milo, Um Macaco Culto, à Sua Namorada Pipi, na América do Norte*. A presença do Conselheiro R. (Röderlein), bem como a crítica mordaz à ilimitada vaidade artística, termina por ecoar, ainda em chave obíqua e noutro estágio reflexivo, a ambiência dos *Sofrimentos Musicais do Mestre-de-Capela Johannes Kreisler*, seção que inaugura a primeira parte do ciclo. Milo pode ser visto, sob tal ótica, como o reverso de Kreisler. O desprezo do erudito símio pelo ideal formativo clássico, movido por esperanças sócio-linguísticas emancipatórias e dedicado à autopromoção de um tipo refinado de artista dá, pois, a medida de tal inversão:

> Tu decerto hás de acreditar, meu docinho, que me custou um esforço infinito chegar a esse elevado nível cultural; mas, muito pelo contrário, asseguro-te que nada neste mundo poderia ter sido tão fácil quanto isso […] Algumas leves leituras podem vos ser bastante úteis e, além disso, convém tomar notas de certas frases agradáveis, que decerto podem ser empregadas aqui e acolá, servindo, aliás, como refrão.[63]

---

62 E.T.A. Hoffmann, *Kreisleriana*, p. 79.
63 Ibidem, p. 87.

350 *posfácio*

Com ironia igualmente elevada, a subsequente peça, *O Inimigo da Música* (publicado em AMZ, a 1 de junho de 1814, v. XVI, p. 365-73), exibe uma indisfarçável congruência temática, ainda que por contraste, com as experiências descritas por Milo. Enquanto este último encontrara uma imagem de aprovação junto à sociedade ao seu redor, e isso justamente porque dá mostras de um virtuosismo mecânico e desalmado, a personagem d'*O Inimigo da Música* é invalidada, precisamente por não demonstrar o proeminente grau de tecnicidade requerido pelos mais árduos treinamentos mecânicos. Como em outros momentos do ciclo em que a figura de Kreisler se cola à pessoa do próprio Hoffmann, vigora aqui a defesa de uma concepção de música notadamente romântica, mas sobretudo porque, tal como a originalidade criativa, uma escuta mais livre e gratuita não deveria ser estorvada pela prática cega e automatizada. Donde o desabafo da personagem central da seção:

> Quase sempre, por ocasião da apresentação de algum renomado virtuose, quando todos eram tomados por jubilosa admiração, sentia apenas tédio, aversão e fastio; além disso, como não conseguia deixar de dar minha opinião ou, antes ainda, de externar claramente meu sentimento profundo, era exposto ao ridículo pelo seleto grupo de pessoas de bom gosto e ânimo musical."[64]

Sobre um Dito de Sacchini e o Assim Chamado Efeito na Música (publicado em AzM, em 20 de julho de 1814, v. XVI, p. 477-85) recupera, então, como penúltima peça do inteiro ciclo, uma problemática especificamente estético-musical, intensificando a concepção operística esposada por Hoffmann. O núcleo temático da seção é retirado de um dito de Antonio Sacchini, compositor italiano de óperas e música sacra, que fora chamado à capital francesa, em 1781, como parte do acalentado empenho da Ópera de Paris para renovar seu repertório. Conforme a suposta declaração do compositor italiano, a modulação na música sacra faria pleno sentido, porque, não sendo esta última interrompida pelos atrativos cênicos, "a concentração pode, nesse caso, acompanhar com mais facilidade as mudanças tonais artisticamente

64 Ibidem, p. 100.

do secreto sânscrito da natureza às noites do espírito 351

interligadas; no teatro, porém, cumpre ser claro e simples; é preciso tocar o coração, e não chocá-lo"[65]. Delineado, assim, o horizonte hermenêutico a ser descerrado texto adentro, o leitor se dá conta, aos poucos, que o tal dito serve apenas para introduzir uma ideia reguladora muito mais cara a Hoffmann, que diz respeito à ópera como teatro, e não como música dramática, a saber, o redimensionamento "de fundo" operado pela obra de Christoph Willibald Ritter von Gluck (1714-1787). Defensor do *dramma per musica*, isto é, da música a serviço da poesia dramática, o compositor alemão enfatizava a simplicidade dos enredos, evitando ao máximo a ornamentação do *bel canto*; seja por exigir um acompanhamento proporcional à dimensão dos recitativos, seja por diminuir a fragmentação dos episódios, o compositor alemão terminou por operar uma abreviação dos princípios compositivos operísticos, eliminando a ária *da capo* e integrando o bailado à ação dramática. As óperas que produziu em Paris, de 1774 a 1779, causaram, não por acaso, uma verdadeira comoção, incitando respostas enérgicas por parte dos arautos da música barroca. Mas Hoffmann, de seu lado, tem seus próprios planos e espera, sob o influxo de Gluck, avançar a concepção segundo qual a ópera deveria nascer e crescer a partir de um compósito totalizante, formado pela união entre palavra, ação e música – junção, a seu ver, possível e até mesmo desejável[66] –, o que também serve para mostrar, entre outras coisas, que Hoffmann não deveria ser considerado, sem mais nem menos, *o paladino avant la lettre* da chamada "musica absoluta"[67]. Pois, embora a música ins-

---

65 Ibidem, p. 105.
66 Hoffmann, como bem dirá Mark Evan Bonds, noutro contexto, "deixa em aberto a possibilidade de que a música vocal pudesse alcançar o exaltado âmbito da música instrumental, caso o poeta conseguisse elevar-se a si mesmo ao nível do compositor, fazendo jus à música." (*Music as Thought: Listening the Symphony in the Age of Beethoven*, Oxford: Princeton University Press, 2006, p. 27). Afinal de contas, embora a música instrumental tenha sempre a precedência, ela também deve, como escreverá o próprio Hoffmann, "adentrar na vida como um todo, servindo-se de suas aparências e, embelezando acontecimentos e palavras, falar de determinadas ações e paixões." (Der Dichter und der Komponist, *Sämtliche Werke*, Frankfurt: Deutscher Klassiker, 1993, v. IV, p. 103).
67 Como nos lembra Carl Dahlhaus, "a expressão 'música absoluta' não deriva, como sempre foi reafirmado, de Eduard Hanslick, senão de Richard Wagner" (*Die Idee der absoluten Musik*, Basel: Bärenreiter, 1994, p. 24). Seu sentido, em tal contexto, refere-se a uma obra específica, a saber, à *Nona Sinfonia* de Beethoven. Discorrendo sobre o famoso recitativo contido no quarto movimento da obra, Wagner assevera que "quase abandonando as limitações da música absoluta, ele [o recitativo] faz frente aos ►

352 *posfácio*

trumental, a seu ver, não deva ser condicionada pela pantomima e tampouco pelos poderes explicativos do recitativo, resta que ela ainda precisa, por assim dizer, fazer as pazes com a totalidade dramática da qual, afinal de contas, ela participa, coadunando-se expressivamente com um "efeito total" mais englobante, que o romantismo extremo, por vezes, em nome de seus próprios excessos, insistia em proscrever. O que se tornaria patente, por exemplo, pelo próprio emprego dramático das modulações, as quais, afinadas com os mais variegados estados de espírito, agem sobre o ânimo do ouvinte, porque são, elas próprias, efeitos de determinados estímulos, motivo pelo qual precisam seguir a mesma direção do drama:

> No que diz respeito às modulações, apenas os momentos dramáticos podem dar o ensejo para realizá-las; elas devem decorrer dos diferentes estímulos do ânimo agitado e, já que tais estimulações podem ser suaves, intensas e violentas, bem como surgir aos poucos ou assaltar-nos de súbito, o compositor irá, de modo semelhante, mover-se ora em direção a tonalidades conhecidas, ora rumo a tonalidades distantes, transpondo os sons quer de modo previsível, quer de maneira inesperada."[68]

A última peça do ciclo, *Certificado de Aprendizado de Johannes Kreisler*, reafirma, a seu modo, o registro epistolar, haja vista que, como *Lehrbrief*, o certificado de Kreisler não deixa de ser, literalmente, uma "carta didática". À primeira vista, tratar-se-ia de um relato feito por uma alma gêmea:

> Ah, meu caro Johannes, quem te conhece melhor do que eu? Quem já contemplou sua alma, inclusive a partir dela mesma, mais do que eu? Creio que também por isso tu me conheces perfeitamente bem, razão pela qual nossa relação sempre foi conveniente, ainda que tivéssemos opiniões bem distintas acerca de cada um de nós."[69]

Mas, em realidade, será o próprio Kreisler a assinar a carta – "e, assim, subscrevo-me, tanto eu como tu, Johannes Kreisler *ci-devant*

▷ demais instrumentos mediante sua eloquência vigorosa e sentimental, forçando a uma tomada de decisão e transformando-se, ele mesmo, num tema vocal" (Richard Wagner, *Gesammelte Schriften und Dichtungen*, edição organizada por Wolfgang Golther, Berlim/Leipzig: Deutsches Verlaghaus Bing, v. II, [s.d.], p. 61).

68 E.T.A. Hoffmann, *Kreisleriana*, p. 113.

69 Ibidem, p. 116.

do secreto sânscrito da natureza às noites do espírito 353

mestre-de-capela"[70] –, revelando que as aludidas opiniões distintas acerca "de cada um de nós" não passavam de ecos de uma alteridade interna ou um lugar de fala conflitante no interior do próprio Kreisler o qual, tendo superado seus conflitos teóricos e existenciais, termina superando-se a si mesmo. Se anteriormente (*ci-devant*) se apresentava como mestre-de-capela, ele agora sequer é mestre de si mesmo. E, ao fim e ao cabo, somos levados a concordar com aquilo que nos diz David Charlton, tradutor inglês das *Kreisleriana*, segundo o qual o ciclo possui, no fundo, a "forma de um *Bildungsroman* (romance de formação) interior"[71].

Como ilustração ulterior de alguns conteúdos expostos nas *Kreisleriana*, mais dois contos seminais de Hoffmann se nos oferecem à leitura na presente coletânea: "O Sanctus" e "A Fermata". Levando a cabo a estratégia de inserir um "conto dentro do conto", ambas as peças literárias exploram as vicissitudes sócio-culturais vivenciadas por cantoras fictícias. O primeiro deles, "O Sanctus" (1817), integra o ciclo *Peças Noturnas* (no original, *Nachtstücke*)[72] e tem como ponto de partida um diálogo entabulado por três personagens: o doutor, o mestre-de-capela e o entusiasta viajante. Eles discutem a condição de Bettina, jovem cantora e tema principal da conversa, a qual parece sofrer de um mal inusitado. De origem psicossomática, a mazela da moça dá muito a pensar sem que, entretanto, qualquer um dos três consiga defini-la logo de saída. O entusiasta, porém, pressente que talvez possa ter contribuído para tal infortúnio e acredita poder esclarecer o caso. Para tanto, remonta ao dia em que, deslumbrado com a voz da jovem numa festividade eclesiástica local, questionou o fato de ela se ausentar precisamente no momento do *Sanctus*. Hino constitutivo da missa, este último conclui o prefácio da oração eucarística e, em rigor, não deveria ser apenas rezado nem substituído por algum outro canto. Em verdade, a omissão de Bettina traria consigo um inafugentável mal augúrio:

> 'Não sabeis', disse eu, 'que é pecado e não fica sem punição aquele que abandona a igreja no decorrer do *Sanctus*? De pronto, não cantareis mais

---

70 Ibidem, p. 125.
71 David Charlton, *Introduction to Kreisleriana*, em E.T.A. Hoffmann, *E.T.A. Hoffmann's Musical Writings*, trad. David Charlton, Cambridge: Cambridge University Press, 1989, p. 28.
72 Ver E.T.A. Hoffmann, *Nachtstücke*, Stuttgart: Reclam, 2010.

354 *posfácio*

na igreja!' Deveria ter sido uma brincadeira, mas, sem saber muito bem como isso se deu, minhas palavras soaram imediatamente cerimoniosas. Bettina empalideceu e, em silêncio, deixou a igreja. Desde aquele momento, perdeu a voz."[73]

Introduzindo então uma narrativa no interior de sua própria narrativa, o entusiasta passa a descrever situações insólitas da guerra dos espanhóis contra os mouros, aludindo, em especial, ao cerco de Granada empreendido por Isabella e Ferdinando de Aragão. É então trazida à baila a figura da moura Zulema – "luz do canto de Granada"[74] –, captiva de guerra rebatizada como Julia e que reproduz, noutro contexto, a auto-demissão musical de Bettina no momento mesmo do *Sanctus*: "No coro, as irmãs entoaram o *sanctus* e, justamente quando Julia, com voz poderosa, como de hábito, deveria cantar [...] ouviu-se um ruidoso som de cítara através do coro; Julia fechou a partitura e quis deixar o coral. 'O que estás prestes a fazer?' [...] 'Pecadora! [...] Voe já daqui! A força do canto se despedaçou em ti!"[75] Depois de diversos reveses e reviravoltas, incluindo desaparecimentos e incêndios, o conto do entusiasta se encerra e o doutor, arauto do racionalismo, intercede em tom de protesto, opondo-se a explicações místicas ou imponderáveis. Ironicamente, porém, Bettina – que, da sala ao lado, escutou tudo de surdina – termina sendo "curada" não pela medicina, mas precisamente pelos efeitos tonificantes do conto fantástico, revivendo, em imaginação, os sofrimentos vividos por Zulema (Julia). E o mestre-de-capela, que a tudo escutava com aparente fleuma, acaba por revelar que o episódio lhe inspirara "acordes de sonoridade curiosa"[76]. Com isso, o resultado geral a que o conto nos conduz seria, no fundo, de ordem fisiopsicológica. Orgânica ou psiquicamente, a música sempre há de debelar e rechaçar os males que aflige a si mesma.

História "pitoresco-jovial sobre o fracasso da perfeição"[77], "A Fermata" foi elaborada em fevereiro de 1815, mas veio derradeiramente a

73 Ibidem, p. 143.
74 Ibidem, p. 147.
75 Ibidem, p. 149-150.
76 Ibidem, p. 156.
77 R. Safranski, op. cit., p. 400.

do secreto sânscrito da natureza às noites do espírito   355

lume em 1819. À semelhança do que se passa nas *Kreisleriana*, ganha relevo aqui um processo de formação artístico-musical que conduz, em última análise, a uma espécie conhecimento de si. Theodor, compositor experimentado, passa em revista seus anos de aprendizado na companhia do colega Eduard, o qual o arrastara, por assim dizer, à Sala Tarone, histórico "empório" ítalo-berlinense (então situado à avenida Unter den Linden 32, na esquina da Charlottenstraße). Amparado por uma convidativa garrafa de vinho, o músico trata, então, de refazer os passos de um itinerário que tem como pivô narrativo e motivo condutor uma pintura homônima Johann Erdmann Hummel – "A Fermata" –, obra que os dois amigos haviam recentemente contemplado numa exposição de arte. Sobre a cena nela retratada, lê-se: "Um exuberante caramanchão, uma mesa cheia de frutas e vinho, junto à qual duas mulheres italianas sentam-se frente a frente; uma delas canta, enquanto a outra toca guitarra, sendo que, por detrás, em pé entre ambas, acha-se um abade, fazendo as vezes de diretor musical."[78] É nítido, porém, que Theodor se vê acometido ou dominado por uma profunda identificação simpática, evidenciando que, muito mais do que um espectador centrifugamente passivo, ele possui um vínculo existencial efetivo com as personagens ali figuradas. E isso a ponto de se referir nominalmente às cantoras efigiadas: Lauretta e Teresina. Reproduzindo a estratégia contida em "O Sanctus", Hoffmann insere uma narrativa no interior da narrativa e faz desfilar, mediante a retrospectiva descrita por Theodor, representações estético-musicais multifacetadas, sendo que todas elas concorrem para a agudização dos conflitos gerados trama adentro. Assim é que o então jovem compositor, nascido num vilarejo mal servido de música e farto de escutar sempre as mesmas fastidiosas fugas, vê-se desafiado pela visita de duas belíssimas cantoras italianas. Pouco versado em coisas do canto, Theodor logo é cooptado pela impostação encantadoramente flamejante de Lauretta, a qual passa a tipificar a figura da cantatriz ideal, capaz de tomar sobre si as incumbências técnicas requeridas pelos solos mais exigentes, de maior dificuldade e apetrechados com intrincados trinados. Mas a idealização é açodadamente

---

78 *Die Fermate*, em E.T.A. Hoffmann, *Die Serapions-Brüder*, Hrsg. Wulf Segebrecht, Frankfurt: Deutscher Klassiker Verlag im Taschenbuch, 2008, p. 71.

rompida quando o jovem, à frente de um concerto palaciano, suspende inadvertidamente a execução de uma fermata, suprimindo, para o completo desassossego de Lauretta, o instante mesmo no qual ela pretendia executar um longo e impactante trilo. Mas o mal-estar causado por Theodor também lhe serve, em contrapartida, como lente de aumento, ampliando substancialmente sua visão global acerca do canto. E tão logo se apercebe que fora explorado e tomado por um mero caipira alemão, o neófito compositor põe-se em fuga e sai em busca de seu próprio idioma sonoro, voltando a encontrar acidentalmente as duas cantoras apenas catorze anos depois, e isso justamente no pátio de uma hospedaria nos arrabaldes de Roma. Lá, sem saber ao certo o que lhe aguardava, ele flagra Lauretta em polvorosa. Mais uma vez, esta última fora interrompida imediatamente antes de uma fermata, momento em que, para a sua glória, deveria cantar um poderoso trilo. Essa seria justamente a circunstância eternizada pelo quadro de Hummel:

Johann Erdmann Hummel (1769-1852), Die Fermate (c. 1814).

do secreto sânscrito da natureza às noites do espírito

Ora, como figura que indica a sustentação indeterminada de um signo sonoro, a fermata também pode ser entendida como uma auto--reflexão *ad liberum*, instante em que o sujeito se permite pensar livremente sobre si mesmo, criando para si uma pausa gratificante em meio à sinfonia da vida. Movida pela vaidade, a cantora caricaturada preferiu, no entanto, conceber a fermata somente como mais uma oportunidade para, sob os auspícios da tecnicidade superficial, granjear e auferir louvores artísticos. Mas, anos depois, musical e pessoalmente mais experimentado, Theodor mostra-se cético e mais cuidadoso diante das duas irmãs cantoras. Até porque Lauretta e Teresina já não podem convencê-lo pela atraente beleza e suas vozes tampouco continuam encantadoras como outrora. Mas algo lhe parece certo. O primordial impulso à música, assim como o primeiro amor, não pode ser esquecido. E talvez aí resida, mais propriamente, o romantismo de Hoffmann. Não por ele tentar recriar e degustar, nostalgicamente, algum mel irrecuperável que provara na infância. Mas por revisitar tórridas e apaixonantes melodias como fontes efetivas de inspiração, a serviço e em vista da própria prática musical. O segredo do músico legitimamente romântico consistiria, sob tal óptica, não em se deixar comandar pela força de tenebrosas pulsões desgarradas, sem lastro nem norte, mas em descerrar, à distância, o imenso universo de perspectivas edificantes que a infinitude instrumental da música lhe proporciona. Daí a sublimação sugerida ao final da "Fermata":

> Feliz é o compositor que, em sua vida terrena, nunca mais tem de olhar àquela que, com misteriosa força, soube inflamar sua música interior. Deixai o jovem se comover virulentamente com os martírios do amor e do desespero, conquanto a amável feiticeira dele se afaste e sua forma se torne um som majestosamente celestial; este último há de continuar a viver na eterna plenitude da juventude e na beleza, sendo que, dele, hão de nascer as melodias que são, e continuarão sendo, aquela própria feiticeira."[79]

Vetor de uma narrativa prenhe de intensiva dramaticidade e nuanças inquietantes, "O Conselheiro Krespel" é outro conto que consta

---

79 Ibidem, p. 94.

358 *posfácio*

da presente coletânea[80]. Publicado originalmente em 1818, sob o título "Uma Carta de Hoffmann ao Sr. Barão de La Motte Fouqué", o conto terminou por integrar a primeira seção do volume I da coletânea *Os Irmãos Serapião*, acumulando e exibindo, em grande medida, as marcas distintivas dos textos lítero-musicais até agora comentados. Nele, Hoffmann faz intervir situações e temas recorrentes em seu itinerário de criação: loucura, disfunções artístico-fisiológicas, profusão variegada de elementos perturbadores e extravagantes, conflitos e vivências irreconciliáveis consigo mesmas, apontamentos sobre a arte do canto e, é claro, a morte. Desta feita, porém, tais elementos acham-se explicitamente regulados pelo assim chamado princípio serapiôntico, virtualmente atuante, por certo, no errático fio condutor que urdia, já, a fabulosa e imagética malha formada pelas *Kreisleriana*. Para resumir bastante, tal princípio exerce uma função interna e intuitiva de construção que consiste basicamente em submeter a escrita a figuras de forte apelo visual, bem como a construtos irredutivelmente fantásticos, resultando numa exposição cuja unidade e "objetividade" não são dadas mediante a referência a atributos de conceitos já conhecidos, mas por imagens que, embora compreensíveis em sua concretude, não possuem um correspondente na linguagem discursiva habitual. Reiterando, à sua maneira, o modo goethiano de intuição, onde "o particular representa o universal, não como sonho e sombra, mas como revelação vital"[81], tal princípio tenciona suspender, pelas tramas do fantástico, a distância abissalmente apofântica entre "sensível" e "sentido", assumindo que é de pleno direito que o particular fantasiado possui, já de si, um sentido concretamente universal.

É sobretudo por isso que a vida do protagonista Krespel não se acha apenas formal e idealmente atrelada à existência de Antonie, filha que teve com uma célebre cantora italiana; criança que "vivia no mais íntimo do seu ser, e muitas vezes lhe aparecia em sonhos"[82], mas com quem não conseguia encontrar-se porque, "assim que se lembrava da

---

80 "O Conselheiro Krespel", "O Espectro", "O Diabo em Berlim", Haimatochare", "As Minas de Fallun" e "A Mulher Vampiro" foram traduzidos por Lavinia Abranches Viotti e revisados por Anatol Rosenfeld. A tradução de todos os outros escritos de E.T.A. Hoffmann que constam desta coletânea, bem como do estudo "O Perturbador", de Freud, são de nossa autoria.

81 J.W. von Goethe, *Maximen und Reflexionen*, op. cit., p. 471.

82 Ver supra, p. 69.

do secreto sânscrito da natureza às noites do espírito 359

mulher, sentia sensações estranhas"[83], preferindo "permanecer em casa, entre seus violinos desmontados"[84]. Se o destino dos dois termina, digamos, por desaguar fatidicamente um no outro, isso não se deve apenas à necessidade, própria ao clímax das peripécias trágicas habituais, de se assegurar um inesperado e revelador desfecho final. Na verdade, eles já se achavam sensivelmente imantados um no outro, haja vista que ela se lhe aparecia como extensão do perturbador e misterioso violino que mantinha dependurado na parede, "obra notável e maravilhosa de um mestre desconhecido"[85], figurando, no limite, como música corporificada, no caso, sob a forma de um instrumento cuja estrutura interna possuía tamanha particularidade que, segundo Krespel: "se o desmontasse, me seria revelado um segredo que há muito pressinto"[86]. Não por acaso, Krespel hesita em desmontar o mencionado instrumento, à diferença das situações anteriores em sua trajetória, marcada por experimentos de auscultação e desmanches investigativos de violinos: "O Conselheiro não ficou sabendo qual a estranha força que o obrigou a conservar inteiro o violino, e a tocar nele. Mal havia tocado os primeiros sons quando Antonie exclamou com entusiasmo e alegria: – Ah! Sou eu mesma – estou a cantar de novo."[87]

O sr. Studiosus, Theodor – porta-voz, no caso, do próprio E.T.A. Hoffmann – conta que Krespel, "um dos homens mais esquisitos"[88] que conhecera, tornara-se conhecido "como jurista culto e hábil, e diplomata de grande capacidade"[89]. E tudo se passa como se Krespel, extravagante desde a raiz, quisesse apenas dar mostras de suas bizarrices. Tanto é assim que se empenha, desde logo, em deixar construir uma casa portentosa, mas sem portas nem janelas. Referindo-se à fundação de tal mônada arquitetônica, ele comenta com o mestre-de-obra: "– Aqui vai ser o alicerce da minha casa, e eu peço para erguerem as quatro paredes, até eu dizer que a altura é suficiente. – Sem janelas e portas, sem paredes transversais? – atalhou o mestre, parecendo assustar-se com a loucura de Krespel. – É como lhe estou

83 Ibidem.
84 Ibidem.
85 Ibidem, p. 59.
86 Ibidem.
87 Ibidem, p. 73.
88 Ibidem, p. 51.
89 Ibidem.

360   *posfácio*

dizendo, bom homem – replicou Krespel, muito calmo – o resto se
há de arranjar."[90] Mas a calma de Krespel não deve ser compreendida
como sintoma de uma personalidade simplesmente desconectada do
real, a pairar passiva e indiferentemente num mundo inteiramente
outro. É bem verdade que, depois, ao revelar a Theodor que Antonie
havia morrido, Krespel parece querer-se acintosamente doidivanas,
rindo e exclamando: "agora estou livre – livre – livre! Livre, ora viva!
Agora não vou construir mais violino nenhum – poder nenhum –
ora viva, violino nenhum!"[91] Mas tal arroubo não presta testemunho
de um desenfreio cego e aleatório de selváticas correntes pulsionais,
indicando que aquele que por ele é acometido desconhece por completo as causas de seu próprio sofrimento. Antonie padece um *deficit*
orgânico no peito, que "é a causa da extraordinária energia de sua
voz e do timbre raro"[92]. Mas, justamente por fazer seu timbre vibrar
acima da "esfera do canto humano"[93], suplantando as forças regula-
doras e telúricas da economia corporal comum, essa sua disposição
lhe é nociva, motivo pelo qual o médico, assaz preocupado, assevera
a Krespel: "se ela continuar a cantar, dou-lhe no máximo seis meses
de vida"[94]. Vitimada por aquilo que mais gosta e melhor sabe fazer,
a jovem morre paradoxalmente daquilo que ocasiona seu elã vital,
sua majestosa e inigualável capacidade de cantar. Seu pai tem conhecimento disso, de sorte que não é por ignorar as representações que
constituem a condição trágica e confinante de sua impotência que
ele se abisma em sentimentos perturbadores. Ciente de que, ante
a irrecusável vontade de cantar, nada pode ser feito, bem sabe que
nada pode deter o ocaso de sua menina dos olhos. E, nesse sentido,
vale para ele, *mutatis mutandis*, aquilo que o autor d'*O Nascimento
da Tragédia* diz acerca de Hamlet e do homem dionisíaco: "Não é o
refletir! Não! Senão que o conhecimento verdadeiro, o vislumbre da
horrorosa verdade que sobrecarrega qualquer motivo que nos leve a
agir, tanto em Hamlet como no homem dionisíaco."[95] Daí a morte

90 Ibidem, p. 52.
91 Ibidem, p. 65.
92 Ibidem, p. 71.
93 Ibidem.
94 Ibidem.
95 F. Nietzsche, Die Geburt der Tragödie, *Kritische Studienausgabe*, Berlin/New York:
     De Gruyter, 1999, § 7, p. 57.

do secreto sânscrito da natureza às noites do espírito 361

de Antonie não ser encenada como um anátema lançado sobre a inteira existência, senão que como uma espécie de experiência salvífico-musical, onde a arte, catalisada pela paixão daquele que quer e tem de praticá-la, redime o vivente no momento mesmo de sua morte. Donde o sentido a um só tempo romântico e sereno-jovial das últimas palavras do conto: "Ela estava deitada no sofá, de olhos cerrados, com expressão encantadora e sorridente, as mãos postas, em atitude piedosa; parecia dormir e sonhar com venturas e júbilos celestiais. Mas estava morta."[96]

Visando à introdução de um outro ciclo de temas, a segunda parte de nossa coletânea inicia-se, não sem razão, com o célebre "O Homem de Areia". Figurando certamente como um dos contos mais pregnantes e arrojados de Hoffmann, a peça, que se fia numa estrutura epistolar, engloba e exprime elementos de cunho sombrio e misterioso, demoníaco e repulsivo, cuja paroxística maestria na exploração literária da angústia emocional e da incerteza sensorial conduz o realismo fantástico a seu *non plus ultra*, atingindo, aos poucos, as raias inquietantes do delírio e as paragens perturbadoras do transhumano. Orbitando em torno de dois momentos da vida de Nathanael, personagem constantemente assediada por toda sorte de representações fantasmagóricas, a narrativa se deixa enfeixar numa linha ziguezagueante e perspectivamente caleidoscópica, que parte de um trauma infanto-juvenil e se abisma, num equilíbrio instável rumo à vida estudantil do protagonista, num drama de morte e desvario. O primeiro núcleo narrativo de desdobra em três cartas. Na primeira, que Nathanael envia a Lothar, mas que chega às mãos de Clara, irmã deste e noiva daquele, dá-se a conhecer, com cores que costumam tingir as historietas de assombração infantil, o aspecto macabro do homem-areia, que visita as crianças travessas quando estas não querem ir para a cama, jogando-lhes areia nos olhos e arrancando-os, de sorte a levá-los "consigo para a lua crescente, como alimento para suas criancinhas"[97]. É também nessa parte do conto que começa a ganhar forma e conteúdo a versão, digamos, "real" da amedrontadora figura, identificada como o advogado Coppelius,

96 Ibidem, p. 74.
97 Ibidem, p. 183.

posfácio

pivô da morte do pai de Nathanael e fonte de constante aversão: "Coppelius sempre aparecia vestindo um casacão acinzentado [...] A inteira figura era antipática e repulsiva; mas, aquilo que nos parecia sobretudo repugnante, a nós, crianças, eram seus grandes e ossudos punhos, de sorte que, tudo o que tocava, seja lá o que fosse, estragava nosso apetite."[98] Mais do que um mero catalizador ou fermento inicial, a presença odiosa do hóspede serve, sobretudo, para sensificar estrategicamente o leitor, sinalizando para um operador de intensiva importância texto adentro, a saber, os olhos, a valiosa capacidade mesma de apreensão visual e os desafios aos quais seu desempenho é submetido – Freud, aliás, como veremos mais adiante, em "O Perturbador", tratará de descerrar aqui todo um horizonte edípico de interpretação, derivando o medo em relação aos olhos do medo da castração, irmanando, substitutivamente, o temor da perda do órgão da visão à ameaça da perda do órgão sexual. Na verdade, poder-se-ia dizer, se não for falar mais do que aquilo que importa, que a espinha dorsal do conto nasce e cresce a partir do sentimento desestabilizador, traumático por excelência, que se apodera do menino Nathanael, ao ver ameaçado seu poder visual: "'Olhos! Preciso de olhos aqui!', exclamou Coppelius, com uma voz ameaçadora e abafada. Tomado violentamente por um terror brutal, gritei e, saindo do meu esconderijo, joguei-me no chão."[99]

Mais sóbria, a segunda carta, de Clara a Nathanael – embora Lothar também participe como interlocutor indireto –, apresenta-se como elemento contrastante, lançando um olhar desmistificador sobre a descrição tétrica e misteriosa contida na carta anterior, à qual se contrapõe com argumentos que parecem reverberar as esperanças racionais e emancipatórias do ideal científico de inteligibilidade. Tanto é assim que, insinuando um delírio ou, quando não, uma alucinação de Nathanael, Clara assevera:

> Mas te devo confessar algo a respeito disso tudo. Tal como vejo as coisas, a mim me parece que os terríveis e amedrontadores acontecimentos de que falas ocorreram tão somente em sua mente, de sorte que o verdadeiro

98 Ibidem, p. 186.
99 Ibidem, p. 187.

do secreto sânscrito da natureza às noites do espírito   363

e efetivo mundo exterior tem apenas uma participação ínfima em tais coisas. O velho Coppelius decerto deve ter sido assaz asqueroso, mas o fato de ele odiar crianças fez com que vocês, crianças, também desenvolvessem uma verdadeira repugnância em relação a ele.[100]

Na terceira carta, de Nathanael a Lothar, além de ressentir do conteúdo "filosófico" da missiva anterior, o remetente alude uma vez mais ao vendedor de barômetros Giuseppe Coppola – mencionado já na primeira carta –, tentando rechaçar a "tese" de Clara, segundo a qual o fatídico vendedor, assim como Coppelius, existiria apenas nos recônditos obscuros de sua distorcida alma, de modo que ambos não passariam de fantasmas de meu próprio eu, confuso e assombrado, conjectura que, ao final da história, revelar-se-á equivocada, quando o leitor, ótica e perspectivamente mais afastado das inevitáveis ambivalências do fantástico, toma ciência de que Coppola, Coppelius e o próprio homem-areia eram tão-somente faces de um só indivíduo. Mas há mais que se lhe diga. Nessa terceira carta, como que numa espécie de interlúdio empírico-fenomenológico, Hoffmann – que então, pela primeira vez, toma a palavra e assume-se como narrador – pondera sobre técnicas expositivas e, em especial, sobre como iniciar um conto, o que o leva a descartar, como inócuo e insosso, o famigerado "era uma vez", marcando seu não pertencimento ao modo tradicional de sentir e narrar: "'Era uma vez…' aí está, pois, o mais belo início de todos os contos, mas um início desprovido de toda imaginação!"[101]

Essa reflexão é motivada, porém, por um interesse mais largo. Implicando repensar a relação entre escrita e inspiração, ela traz à cena a coexistência, por vezes bastante tensa, representações de teor figurativo e intensidades sensitivas, ligadas a estados internos e não discursivos. E a questão reside justamente em como transpor, sem demasiada inconformidade, o domínio expressivo e subjetivo das "imagens interiores" para a esfera articulada e individuada das palavras. Porque estas últimas costumam ser utilizadas como traduções de imagens mentais derivadas, por apreensão reflexiva, de estímulos sensíveis externos, e não de

---

100 Ibidem, p. 191.
101 Ibidem, p. 197.

364 *posfácio*

imagens proprioceptivas interiores, decorrentes do próprio organismo vivo; o risco de desnaturação e esvaziamento expressivo é grande:

> E desejarias descrever tais imagens interiores com todas as suas radiantes cores, sombras e luzes, esforçando-te para encontrar as palavras que, de saída, simplesmente pudessem te ajudar a explicar a outrem. Mas julgarias necessário condensar, logo nas primeiras expressões, tudo aquilo que te aconteceu de maravilhoso, majestoso, terrível, engraçado e pavoroso, a fim de que isso, qual uma descarga elétrica, atingisse a todos de um só golpe. No entanto, toda palavra, tudo aquilo de que o discurso é capaz, terminaria por te parecer algo incolor, gélido e morto. Numa busca sem fim, balbuciarias e gaguejarias, e as sóbrias perguntas de teus amigos, como glaciais ventos de inverno, iriam aplacar tua chama interna, até que ela se apagasse.[102]

A fim de determinar o significado amplo desse *deficit* expressivo, fruto de incongruência entre sensações e palavras, Hoffmann ainda se reporta às transposições operadas por outros suportes sensíveis, que se prestam, pelas mãos de pintores e desenhistas, não a transcrever o que não se deixa falar, mas exibir o que se sente:

> Se, porém, qual um ousado pintor, tu tivesses inicialmente delineado o contorno de tua imagem interior com alguns traços arrojados, então, sem um grande esforço, poderias aplicar cores cada vez mais reluzentes e a mescla viva de formas variegadas iria, por fim, impactar teus amigos, os quais, como tu, enxergariam a si mesmos no centro da imagem nascida de teu próprio ânimo![103]

O problema é que, caminhando por esse trilho, o autor de "O Homem de Areia" termina por descerrar uma dificuldade ainda maior, porquanto diz respeito a uma incompatibilidade não apenas entre palavras e sensações ou, então, para ficar no caso da pintura, entre imagem e vivência interior, senão que também entre som e imagem, permanecendo vã a tentativa de efigiar ou subfigurar imageticamente, por exemplo, o brilho interior da personagem Clara, quando esta se colocava a cantar. E, na verdade, a conclusão a que o texto tenciona nos levar é a de que, em matéria de música, só participando

102 Ibidem, p. 196.
103 Ibidem.

do secreto sânscrito da natureza às noites do espírito   365

diretamente do veículo sonoro para, mediante isomorfismo, com ele se entender, como se os sons só causassem efeito sobre sons, pressupondo, é claro, que as personagens em jogo soubessem e quisessem comungar da mesma sonoridade:

> Poderíamos então enxergar tal jovem sem que se irradiassem sobre nós, a partir de seu olhar, canções maravilhosas e sonoridades celestiais, as quais, invadindo nosso coração, desperta e estimula todas as coisas? Se o nosso cantar não é verdadeiramente arguto é sobretudo porque não trazemos em nós qualquer argúcia, sendo que podemos ler isso com clareza no delicado sorriso de Clara, a pairar em seus lábios, quando nos aventuramos a lhe cantarolar algo que presumimos ser uma canção, embora na verdade sejam sons isolados, confusos e amontoados.[104]

É a partir desse registro que se inicia o segundo momento do conto, conduzindo-o, mediante uma série de reveses – duelo, incêndio e selvático ataque de fúria –, rumo ao suicídio público de Nathanael. Para aquilo que aqui nos convém, à guisa de introdução, cumpre lembrar que esse derradeiro conjunto de episódios se equilibra, num vaivém repleto de não-ditos e ambivalências, sobre um baixo-contínuo perturbador, mantido pela tétrica presença de Olímpia, suposta filha do professor e fabricante de autômatos Spalanzani. Manequim animada, a personagem tem sobretudo a função de manter as representações ínsitas à história, assim como o próprio leitor, imantadas num plano de ominosa indeterminação, inoculando-nos com a dúvida acerca dos limites entre o orgânico e o inorgânico, decorrente da perplexidade gerada por um objeto inanimado – uma boneca, no caso –, mas que parece sentir e agir como os viventes. É sob a óptica dessa suspeita – que talvez nos levasse a indagar se também nós não seríamos, afinal de contas, uma espécie de títere – que se opera uma inversão curiosa no mundo interior de Nathanael. Isso porque ele tratará de conferir, à sua querida e até então amada noiva Clara, atributos habitualmente imputados aos autômatos. Avessa ao misticismo sombrio que dava ensejo às criações do noivo, ela lhe diz: "Atira ao fogo esse insano, absurdo e tresloucado conto de fadas!"[105] Ao que Nathanael, empur-

104 Ibidem, p. 198.
105 Ibidem, p. 203.

rando Clara para longe de si, responde: "Tu, maldito autômato sem vida!"[106] O jovem já não pensava em mais nada senão em Olímpia, convertida em sua "mais elevada e majestosa estrela de amor"[107]. Pouco lhe importavam as curvaturas insólitas de silhueta, a finura extrema de seu torso de vespa e rigidez extrema em sua maneira de andar. O que lhe atraía era o fato de ela lhe consagrar dedicação exclusiva, colocando-se plenamente à escuta, estática qual uma estátua surda e muda: "Não bordava nem tricotava, e tampouco ficava olhando pela janela; não alimentava nenhum pássaro nem brincava com seu cachorrinho ou gatinho de estimação, e tampouco ficava dobrando tiras de papel ou mexendo em algo com as mãos; não era impelida a esconder um bocejo mediante uma suave tosse forçada."[108] É bem verdade que, para muitos, tal comportamento mecânico estava longe ser razoável ou, quando não, admissível. Tanto é assim que Siegmund, seu irmão e colega, pergunta-lhe indignado: "Faça-me o favor e me diga como te foi possível, a ti, um jovem tão sensato, apaixonar-se perdidamente e por aquela face de cera, aquela boneca de madeira?"[109] Ironicamente, o desfecho do conto nos revela — e aqui seria o caso de ponderar sobre as possíveis variantes críticas de tal revelação — que foi justamente Clara, tida como pessoa teimosa e gélida, pedante e intelectualizada, a assumir a perspectiva de uma existência jovial e intimamente familiar:

> Depois de muitos anos, Clara teria sido vista numa localidade distante, sentada à porta de uma bela casa de campo e de mãos dadas com um simpático homem, sendo que, diante deles, dois animados meninos se entretinham com brincadeiras. Poder-se-ia inferir disso que Clara terminou por encontrar, apesar de tudo, a pacífica felicidade doméstica.[110]

Pode-se dizer que todas essas dúvidas que assediam, com maior ou menor filigrana, o desenvolvimento geral da narrativa e não nos deixam convencidos de estarmos diante de fatos efetivamente ocorridos na infância de Nathanael, ou então, de ficções nutridas *a posteriori*, sob a

---

106 Ibidem, p. 203.
107 Ibidem, p. 208.
108 Ibidem, p. 213.
109 Ibidem, p. 211.
110 Ibidem, p. 220.

do secreto sânscrito da natureza às noites do espírito 367

forma de reminiscências ou sentimentos longamente abafados – e que agora, fora de lugar e de modo enviesado, querem-se atuantes no presente – não passam de uma aplicação daquilo que distingue e orienta o já mencionado princípio serapiôntico, a saber: o mútuo condicionamento e a copertinência entre mundo exterior e mundo interior, "realidade" e "faz-de-conta". Síntese de aspectos que, para a reflexão e o pensar analítico, permanecem separados, o bifrontismo interativo que regula tal princípio vem embaralhar a dita estrutura objetiva do real com os monogramas plasticamente inventivos da imaginação, de sorte que adotá-lo como operador equivale a colocar-se na contracorrente das formas literárias que concebem o pensamento e a fantasia como duas instâncias impermeáveis entre si, segundo as quais a cumplicidade ou acessibilidade entre tais esferas comporta, *ab ovo*, o risco da perdição moral ou o perigo da loucura. Sob a ótica serapiôntica, no entanto, esta última adviria justamente da tentativa de isolar o plano do imaginário, fazendo-o divergir de uma suposta presença transparente das coisas e fomentando, assim, via um desequilíbrio, o monopólio da consciência sobre as componentes mais obscuras da alma humana. É precisamente essa falta de regulagem e disparidade que cruza e anima "As Minas de Falun", conto no qual o mineiro Elis, entranhando-se no mundo indistintamente cavernoso e sedutoramente absorvente dos mais bárbaros desejos arcaicos – representados, figurativamente, pelas minas de Falun –, abandona por completo sua noiva Ulla e as representações que a constituem, vendo-se obrigado a pagar com a própria vida pela suspensão do princípio de realidade.

Mas, é bem provável que, no caso no jovem mineiro, tal desequilíbrio fosse inevitável, pois, a julgar pelas injunções imediatas a que fora submetido na infância e na juventude, comandadas pelo árduo trabalho e pesadas responsabilidades, sua resistência ao mundo imaginário e ao prazer dele decorrente só poderia exigir, como contrapeso reativo, um salto no telúrico e abissal universo de sua própria animalidade. Ocorre que, destinado a se tornar arrimo de família, lançou-se desde cedo nas águas caudalosas da maturidade precoce:

> seu pai, um bravo timoneiro, morrera numa tempestade, em que ele, Elis, fora salvo de modo maravilhoso. Seus dois irmãos haviam sido soldados, e morreram em combate, e ele sozinho sustentara sua pobre mãe

368 *posfácio*

ao abandono [...] Fora obrigado a continuar marujo, porque desde a mais tenra infância o haviam destinado a essa profissão [...] E ele disse que a morte de sua mãe lhe despedaçava o coração, que se sentia abandonado pelo mundo todo, solitário como alguém arrastado a um recife deserto, desamparado, miserável. Toda a sua vida no mar lhe parecia sem sentido e sem finalidade[111].

É bem verdade que, por mais que se lhe pudesse representar um acúmulo potencial de riquezas e a promessa de uma vida futura tranquila, livre da ação predatória do trabalho mecânico e sem sentido, a busca por minérios valiosos nos recônditos da terra pareceu-lhe, de saída, um empreendimento assaz temerário e aventureiro. Tanto é assim que, em resposta à sugestão dada pelo seu idoso interlocutor, Elis fala: "– Como? – exclamou – que conselho me dais? Devo abandonar a superfície da terra, formosa e livre, e o céu sereno e luminoso que me rodeiam, enchendo-me de enlevo e de felicidade, para meter-me em pavorosas e infernais profundezas e, como uma toupeira, escavar, escavar, à procura de minérios e metais."[112] E há motivos bastantes para tanto. Afinal de contas, a julgar pela descrição do texto, uma perambulação no interior da mina se assemelharia muito mais a uma infernal incursão dantesca do que a alguma espécie de retorno seguro e aconchegante ao ventre materno:

Como é sabido, a grande abertura da mina de Falun mede mil e duzentos pés de comprimento, seiscentos pés de largura e cento e oitenta pés de profundidade [...] Nenhuma árvore, nenhuma vergôntea viceja por entre as pedras nuas e desmoronadas [...] No abismo jazem, numa desordem vandálica, pedras, ganga, minério consumido pelo fogo; e o vapor de enxofre, provocando permanente atordoamento, sobe do fundo, como se estivessem a cozer lá embaixo o caldo do inferno, e essa fumaça envenena todo o verde encanto da natureza.[113]

Em princípio, o fato de poder ver sua noiva dia após dia e a expectativa de conseguir viver a seu lado dava-lhe um certo alento, atenuando os pavores do terrível abismo que vislumbrara na mina. Até porque, não

111 Ibidem, p. 225.
112 Ibidem, p. 226.
113 Ibidem, p. 231-232.

do secreto sânscrito da natureza às noites do espírito 369

raro, ela mesma tomava sobre si esse papel, prestando-se a tanto: "Muitas vezes, quando Elis ia para o trabalho, e se tratava de alguma tarefa perigosa, ela lhe implorava, com lágrimas nos olhos, que se guardasse de qualquer perigo. E quando ele retornava, ela corria ao seu encontro, sempre com a melhor cerveja ou um bom petisco para oferecer-lhe."[114]

O que se percebe, porém, daí em diante, é que nem a melhor cerveja ou o melhor petisco seria páreo para o assombro, paradoxalmente sedutor, que dormitava no interior da terra. Afinal: "Elis poderia ter declarado logo o amor indizível que sentia por Ulla, dizendo que todas as esperanças de sua vida se resumiam na posse de Ulla. Porém, uma timidez invencível e, mais ainda, a dúvida medrosa de que Ulla, como por vezes lhe parecia, não o amasse realmente, fecharam-lhe a boca."[115] É interessante notar que, em complemento à insegurança sobre os limites entre real e imaginário, ganha força a incerteza em relação ao próprio *eu*, como se Elis carregasse consigo uma alteridade exigente e animosa; uma espécie de voz sombria e impertinente que, desobstruída por algum mórbido poder, agora ecoava a partir de remotas noites de seu espírito perturbado, atraindo-o mais e mais para os confins da mina e, ao mesmo tempo, colocando em questão sua união com Ulla. Assim é que, sob o influxo desse poderoso afeto coercitivo, ele se punha a

> trabalhar com dobrada energia, esquecendo-se de tudo e, quando subia à superfície, precisava concentrar seus pensamentos, para lembrar-se de Pehrson Dahlsjö e até mesmo da sua Ulla; sentia-se dividido em dois; tinha a impressão de que seu ego melhor, seu próprio ego, descia ao centro do globo terrestre, repousando entre os braços da rainha, enquanto procurava em Falun seu leito sombrio.[116]

Mas era tarde demais para ensaiar qualquer reação. Como uma espécie de enxurrada de desejos tempestuosos, o esplendor da mina já havia inundado a superfície da consciência do rapaz, de sorte que ele só conseguia pensar e falar sobre os possíveis poços de riqueza que se ocultavam na mina aludindo a coisas estranhas e incompreensíveis, que se deixavam condensar sob a forma de um mineral, uma

114 Ibidem, p. 237.
115 Ibidem, p. 238.
116 Ibidem, p. 244.

granada almandina de rubro brilho cristalino que lhe deveria servir como presente de núpcias, simbolizando a união do casal:

> É mais bela do que o mais maravilhoso carbúnculo cor de sangue, e se nós, unidos em fiel amor, fitarmos sua luz radiosa, poderemos ver claramente como as nossas almas se estendem, entrelaçadas às maravilhosas ramagens que brotam do coração da rainha, no centro da terra. Mas é necessário que eu traga para a luz do dia essa pedra, o que vou fazer agora. Desejo que passes bem até que eu volte, minha amada Ulla! – Em breve estarei de volta.[117]

Foi em vão que Ulla, aos prantos, tentou dissuadi-lo. Elis fora soterrado por um deslizamento de terra na mina e o casamento, evidentemente, não chegou a se consumar. Eis então que, cinquenta anos depois, sucedeu que os mineiros, ao procurarem uma passagem entre dois poços, "encontraram numa mina de trezentas braças, imerso em água vitriólica, o cadáver de um jovem mineiro, que parecia petrificado quando o levaram para fora"[118]. O corpo petrificado era de Elis e a imagem é assaz reveladora do ideal que regula os textos de Hoffmann, porque uma característica peculiar do ácido sulfúrico (da mencionada água vitriólica) é sua paradoxal variação "comportamental", por assim dizer, a depender do grau de sua concentração. Quando diluído, assume um feitio de ácido forte; se muito concentrado, deixa de ter poderes altamente corrosivos, convertendo-se num desidratante. A substância, nesse sentido, pode ser tomada como emblema do princípio serapiôntico, haja vista que se presta, simultaneamente, a efeitos opostos, iluminando lá, onde parecia ocultar, e obscurecendo aqui, onde parecia iluminar. E nós leitores, tal como os mineiros que se aproximaram do cadáver inteiriço do jovem, somos surpreendidos com algum acontecimento inescrutável, mas tão só para, logo em seguida, perceber que o mistério desaparece no momento mesmo em que se nos parece desabrochar, reparando que "o corpo do infeliz, que erradamente haviam pensado estar petrificado, começava a desfazer-se em pó"[119].

117 Ibidem, p. 245-246.
118 Ibidem, p. 247.
119 Ibidem, p. 248.

do secreto sânscrito da natureza às noites do espírito 371

Como uma elaboração que suspende e repõe, num inesperado vai-vém, a nossa crença na realidade, a leitura se converte, assim, num contínuo exercício de teste, colocando sempre à prova nossas vivências mais singulares; mas isso não a partir das condições que reputamos condizentes com nossa vida comum, senão que a partir do mundo – em geral perturbador – que o escritor pressupôs para sua própria trama fantástica, a qual, suplantado e sobrepondo-se à nossa situação de leitura, multiplica e introduz furtivamente o maravilhoso em nosso entorno, apetrechando a mente e a sala de leitura com possibilidades imprevistas. Walter Benjamin que, durante a infância, só podia ler Hoffmann às escondidas – censura que, como se sabe, apenas fortalece o interesse pelo "proibido"– comenta, não por acaso, o efeito multiplicador exercido pela leitura solitária de "As Minas de Falun":

> Isto foi na Carmerstrasse, não se ouvia um ruído em toda a casa e, enquanto eu lia "As Minas de Falun", seres pavorosos como peixes de boca torta iam surgindo dos cantos da mesa, na escuridão à minha volta, de forma que meus olhos se fixavam às páginas do livro como a uma tábua de salvação, exatamente as páginas de onde vinham todos aqueles seres.[120]

A rua mencionada por Benjamin nos importa, porque pertence à cidade onde irá ambientar-se outro instigante conto, "O Diabo em Berlim". A capital alemã, como *locus* hoffmanniano por excelência – "Hoffmann poderia ser considerado o pai do romance berlinense"[121] – serve de palco, aqui, para uma intriga carregada de ironia, por meio da qual Hoffmann, sempre impiedoso quando se tratava de expor sutilmente ao vexame os valores rotinizados pelos salões da sociedade civil burguesa – mormente compostos, a seu ver, por parasitas sociais autocomplacentes com o próprio filisteísmo – reedita, retrospectiva-mente, no século XVI, as impressões causadas por um *gentleman* – seria o próprio Hoffmann? – forasteiro e enigmático:

> No ano de mil quinhentos e cinquenta e um, aparecia vez ou outra ao crepúsculo e à noite, nos becos de Berlim, um homem de porte distinto e imponente. Vestia um gibão com debrum de zibelina, largas pantalonas

120 Walter Benjamin, *A Hora das Crianças: Narrativas Radiofônicas de Walter Benjamin*, trad. Aldo Medeiros, Rio de Janeiro: Nau, 2015, p. 41.
121 Ibidem, p. 43.

e sapatos bipartidos; na cabeça, porém, trazia um barrete redondo de veludo, com uma pena vermelha. Seus gestos eram elegantes e comedidos, cumprimentava a todos cortesmente, especialmente as senhoras e senhoritas, e costumava dirigir-se a elas com palavras obsequiosas e escolhidas e gentis maneiras.[122]

É, pois, o polimento do espírito que parece dar o tom dos desdobramentos impendentes da história. Afinal, a distinta figura escolhera Berlim por moradia, porque em nenhum outro lugar encontrara um sentido "tão agudo para hábitos de distinção e delicadeza"[123]. À medida que o conto se desdobra, no entanto, é tudo menos a presença da delicadeza que se verifica. Indicando que é mais fácil ser gentil com a humanidade como um todo, em abstrato, do que com indivíduos em carne e osso, sempre capazes cometer ingerências que as convenções cristalizadas gostariam de suspender, o acalentado clima de tranquilidade se converte num violento cenário de condenação tão logo recai, sobre a personagem da sra. Barbara, a suspeita de praticar feitiçaria, após ter sido "seduzida" pelo diabo. É bem verdade que esta última, depois de ter sido conduzida à prisão, negou obstinadamente a acusação. Mas até que foi submetida à tortura: "Então, não podendo suportar as dores, confessou que, de parceria com Satanás, há longo tempo vinha praticando toda a espécie de ímpias feitiçarias."[124] E assim é que, à luz de um espetáculo que em muito se assemelha aos episódios de tortura previstos pelo *Malleus maleficarum* e outros manuais de caça às bruxas, a sra. Barbara, agora transformada simplesmente numa "velha bruxa", viu-se na iminência de ser queimada viva. Seguida por enorme multidão rumo ao cadafalso, foi então amarrada a um poste, sendo que, justamente quando a fogueira já estava acesa, avistaram o forasteiro e as chamas então "lamberam os trajes da mulher, que gritou com voz estridente e apavorante: – Satanás! Satanás! É assim que manténs o pacto que firmaste comigo? Socorro, Satanás, socorro!"[125] Tomado de assalto e assombro, o povo logo se deu conta que o altivo forasteiro não era

---

122 Ver supra, p. 249
123 Ibidem, p. 251.
124 Ibidem, p. 253.
125 Ibidem, p. 254.

do secreto sânscrito da natureza às noites do espírito

outro senão que o próprio diabo, que "levara no bico os bons berlinenses, apresentando-se durante tanto tempo como pessoa piedosa e amável e enganando"[126]. Mas é preciso considerar esse "levar no bico" *cum grano salis*, pois a astúcia diabólica – outro tema recorrente nos escritos de Hoffmann – não é aqui somente um corolário da apreciação condenatória, tradicionalmente albergada pelos cânones da cristandade, segundo a qual a esperteza do diabo é sinônimo de queda da alma, malícia animalesca de um ser malvado com cabeça de bode ou algo semelhante. O conto diabólico serve, entre outras coisas, para mostrar que a segurança acalentada pelos bons e justos é ilusória, e que o diabo não é necessariamente – ou quase nunca é – um monstro de chifres coberto por pelos, senão que um burguês muitíssimo asseado e muito bem adaptado às normas da vida elegante.

As figuras do diabo e da feiticeira não são as únicas que, em geral, são tomadas como bode expiatório, alvo sobre o qual os cidadãos de bem, apartando-o do rebanho, transferem os elementos recalcados de suas pulsões mais impenetráveis. Há ainda outras formas de representar forças indeterminadas que inspiram nosso cuidado e nos incutem medo, lançando-nos com ímpeto, mas por outro viés, rumo a distintas modalidades do ambivalente. Seria o caso de "A Mulher-Vampiro" que, além dos já aludidos traços heréticos, acumula ainda a marca do vampírico. Defunto que se levanta do caixão para vir morder e sorver o sangue dos viventes, o vampiro encarna a dúvida do morto-vivo, limiar entre o animado e o inanimado, reverberando, em outras paragens, a indeterminação ínsita à boneca Olímpia. Suas vítimas não são apenas feridas ou assassinadas, mas também vampirizadas, contaminadas, inoculadas pelo mal que lhe acomete e, ao fim, neste transformadas. Ficam loucos, na verdade, se nos fosse facultado conceber a loucura como algo transmissível. E é justamente esse o inexorável destino que a história reserva ao conde Hyppolit:

> – Monstro infernal, eu sei a causa da tua aversão pelo alimento dos homens: é nos túmulos que devoras teu pasto, mulher diabólica! Mal o conde terminou de bradar essas palavras, a condessa, rugindo, se atirou

---

126 Ibidem.

sobre ele, mordendo-o no peito com a fúria de uma hiena. O conde afastou-a brutalmente de si e ela tombou, expirando por entre medonhas contorções. O conde enlouqueceu.[127]

E também o vampirismo pode assumir outras formas. Talvez ainda mais insidiosas, porquanto sua realização pode dar-se via extirpação abafada e socialmente cristalizada. Quando, por exemplo, mediante expedientes abusivos, acontecimentos tidos como perturbadores são acintosamente distorcidos e invalidados, no intuito de fazer com que a vítima coloque em dúvida a própria sanidade mental, de sorte que, nesse caso, teríamos nossa personalidade sugada e exaurida, assumindo contornos espectrais e extramundanos aos olhos dos demais seres "saudáveis". É o que ocorre com a pálida Adelgunde, em "O Espectro", a qual, diariamente, antes das nove horas da noite, era aconselhada por toda a família a se retirar ao seu aposento, pois, do contrário, seria assediada por um vulto, princípio espiritual desconhecido e imperceptível aos demais, razão pela qual "foi considerada louca, e a família se envergonhava, na confusão em que encontrava, do estado da filha e irmã"[128]. Interpretado como um mero devaneio ou simples brincadeira de uma imaginação exaltada, o espectro figurava como uma sensação quimérica sem objeto correspondente adequado; uma alucinação internalizada que, enquanto tal, independia das demais representações familiares e circundantes; um gênio maligno e embusteiro que, diziam, empenhava-se em enganar a jovem. Nesse sentido, alegavam: "nós nada vemos, absolutamente nada, e se aparecesse realmente perto de ti um vulto, não o perceberíamos do mesmo modo que tu? Domina-te! Domina-te, Adelgunde!"[129] Embalado por uma visão fisiologista e mecânica do psiquismo humano, o pai da jovem, sob o influxo de um médico "que tinha a fama de curar os loucos de um modo engenhosíssimo"[130], recorre então a um estratagema comportamental, fiando-se na ideia de estímulo-resposta. A propósito, dir-se-á: "A ideia da aparição do espectro estava ligada de tal modo ao bater das nove da noite, que a força interior da mente não conseguia separar mais os dois fatos; tratava-se apenas de

127 Ibidem, p. 267.
128 Ibidem, p. 272.
129 Ibidem, p. 273.
130 Ibidem, p. 272.

do secreto sânscrito da natureza às noites do espírito 375

provocar exteriormente essa separação."[131] Não apenas o procedimento revela-se inócuo, senão que também deságua num contra-movimento rumo ao fantástico, pelo qual Adelgunde, como que mediante mãos invisíveis, ergue e movimenta um pratinho no ar, despertando um assombro cuja ação conduz ao colapso da mãe, que acaba morrendo, e da irmã, que termina por enlouquecer. Mais do que a afirmação extravagante de algum imponderável além metafísico, o miraculoso passe de mágica serve sobretudo para indicar, com estridente ironia, que a cura tão almejada pela compreensão positivista – e pavloviana – de saúde foi lograda, no caso, através de um fenômeno que lhe é completamente antipódico, inexplicável para uma visão que concebe a loucura como doença orgânica reversível por meios físicos: "Estranho, estranhíssimo mesmo, é que Adelgunde, desde aquela noite fatídica, livrou-se do espectro."[132]

Não só a medicina tradicional, sempre a favor e ao lado do cientista-doutor, que é colocada em questão pelo texto de Hoffmann, senão que a neutralidade supra-individual do ideal cientificista como um todo. Isso se faz, em primeiro lugar, mostrando que a pretensa objetividade à base das ditas ciências naturais e experimentais, cujos métodos, não raro, pretendem valer como caminhos certeiros assegurados pela racionalidade em si, não estariam livres de condicionamentos psicológicos e tampouco seriam impermeáveis aos mais estreitos interesses pessoais. É o que se procura tornar patente em "Haimatochare", texto que também está incluído em nossa coletânea. Composta por quinze missivas, a narrativa em que se desdobra o infeliz destino vivido pelos naturalistas J. Menzies e A. Brougthon varia, em termos do registro epistolar, de acordo com a intensidade da querela travada entre ambos, movendo-se da linguagem institucional dos gabinetes públicos até trechos telegráficos ofensivos, eivados de animosidade. Prefaciadas nominalmente pelo próprio Hoffmann, os relatos descrevem uma expedição científica rumo a O-Wahu[133], amparada pelo Governador de Nova Gales do Sul, o qual, não pressupondo inicialmente o que viria a acontecer, diz em glorificação da amizade idealmente chancelada pela ciência: "Com íntimo prazer noto que a ciência, meus Senhores, os uniu em

131 Ibidem.
132 Ibidem, p. 274.
133 Ilha importante do arquipélago havaiano onde se localizam as praias de Honolulu e Waikiki.

tão íntima amizade, que dessa bela união, desses esforços reunidos, só se pode esperar decorram os mais perfeitos e magníficos resultados."[134]

Um acontecimento aparentemente insignificante é o que basta, no entanto, para desestabilizar e fulminar, por fim, com violência, o ideado laço de amizade. Trata-se da descoberta de um raro e pequeno inseto, cujas formas estranhas e cores peculiaríssimas tornavam-no, de maneira incrível, diferente de todas as espécies até então catalogadas. A respeito do episódio, Menzies relata: "Apenas penetrei no arvoredo, avisto – ó céus! – sobre colorido tapete de cintilantes azas de pomba repousa a mais graciosa, a mais linda e encantadora insular que já vi na minha vida! [...] Fiquei sem fôlego, deliciosamente assustado [...] segurei-a e levei-a comigo; a mais maravilhosa joia da ilha era minha! Dei-lhe o nome de Haimatochare."[135] Que o móbil da incursão científica e o caráter gratuito do achado não eram assim tão desinteressados, eis o que ficara claro já a partir de uma observação prévia feita pelo próprio Menzies: "Oh! Que vida maravilhosa me espera! – Meu peito enche-se de esperança e de ansiosos desejos quando penso que, diariamente, de hora em hora até, a natureza abrirá diante de mim seus mais esplendentes tesouros, a fim de que eu possa tomar posse de alguma joia nunca dantes observada, chamar meu algum milagre nunca visto!"[136] E o que se segue é uma vaidosa e indomável disputa pela "posse" da descoberta. Brougthon a Menzies: "Ladrão sem vergonha! Eu não tenho nada que ver com Haimatochare? Ela estava em liberdade quando a encontraste? Mentiroso! [...] Entrega-me Haimatochare, ou eu tenho de considerar-te o mais refinado tratante!"[137] Menzies a Brougthon: "Três vezes tratante és tu! Só com minha própria vida abandonarei Haimatochare!"[138] Duelo fatídico em virtude do qual, sob os auspícios da ciência, Menzies e Brougthon terminam banhados no próprio sangue, "este mortalmente atingido na cabeça, aquele no coração"[139].

Não se detém nos textos de Hoffmann, porém, nossa antologia. Como indício da riqueza contida nas sendas por ele exploradas, ao

134 Ver supra, p. 277.
135 Ibidem, p. 281.
136 Ibidem, p. 278.
137 Ibidem, p. 284-285.
138 Ibidem, p. 285.
139 Ibidem, p. 286.

do secreto sânscrito da natureza às noites do espírito 377

longo de suas caleidoscópicas e vertiginosas perambulações pelos mais recônditos confins do imaginário, apresentamos, a título de inestimável e instrutivo excurso, o famoso ensaio de Freud, "O Perturbador". Mais do que um comentário especializado ou estudo qualificado sobre o maravilhoso ou a literatura fantástica, a peça do célebre fundador da psicanálise quer-se especial no interior do próprio âmbito estético. Ponderação atenta e inovadora sobre um âmbito pouco investigado do conhecimento, o escrito freudiano jacta-se em se considerar um experimento de pensamento à parte e à margem da tradição crítico-literária. Não-pertencimento, aliás, que ele mesmo, logo na embocadura do trabalho, faz questão de frisar:

> Apenas muito raramente o psicanalista se sente motivado a empreender investigações estéticas, ainda que a estética não se reduza à doutrina do belo, caracterizando-a, outrossim, como doutrina das qualidades de nosso sentir [...] Vez ou outra, porém, é possível que ele se sinta compelido a voltar seu interesse a alguma área específica da estética, sendo que, quando isso se dá, trata-se habitualmente de uma área periférica, preterida pela literatura estética especializada.[140]

Que a estética não se reduz, como bem nos lembra Freud, à doutrina do belo e que à teoria da arte pertencem objetos que pouco ou nada têm a ver com beleza, eis algo que salta aos olhos de quem entra em contato com a própria história da arte. Nem todos os construtos artísticos são belos e a graciosidade nem de longe constitui uma propriedade estética necessária ao longo da marcha humana sobre o planeta. Ao contrário, inclusive. Se a estética se viu regulada pela noção de belo durante períodos seminais de seu processo de constituição – como no século XVIII, por exemplo –, a beleza, adverte-nos Arthur Danto, "desapareceu quase por completo da realidade artística no século XX, como se a atratividade fosse, de algum modo, um estigma, com suas implicações comerciais grosseiras"[141]. Mas o problema a ser enfrentado por Freud é de outra ordem, não se limitando a questões relativas à estética enquanto disciplina filosófica.

140 Ibidem, p. 293.
141 Arthur Coleman Danto, *O Abuso da Beleza: A Estética e o Conceito de Arte*, trad. Pedro Süssekind, São Paulo: Martins Fontes, 2015, p. 8.

378 *posfácio*

Os sentimentos sobre os quais ele conta direcionar seus holofotes para, aí então, dissecá-los, mediante afiado escalpelo psicanalítico, pertencem a outros estratos da vida psíquica. Remontando a dimensões arcaicas da sensibilidade e a complexos infantis reprimidos, tributários de um longo processo civilizatório de seleção e modelagem pulsional, o conteúdo que o autor de "O Perturbador" espera investigar traz consigo as marcas de um trabalho de conformação de forças instintivas problemáticas, que talvez pudessem ser consideradas, inclusive, como matéria-prima sobre qual a própria estética, à laia de área moderna de conhecimento, terminará por se consolidar.

É bem verdade que, para além dos atributos estéticos puros, tais como, por exemplo, os tradicionais "belo" e "feio", o discurso filosófico prevê uma gama bastante ampla de outras qualidades – e cujo inacabamento é decerto inevitável – para designar propriedades sentimentais, comportamentais, evocativas, representacionais e históricas, designações mais recorrentes, por conta da acepção predominantemente reflexiva, no âmbito da literatura: triste, alegre, irado, melancólico, audaz, fleumático, inconstante, entediante, calmante, excitante, comovente, realista, idealista, sublime, vivificante, intensivo, original, inovador, conservador e assim por diante[142]. Tais apreciações estéticas, assim como toda sorte de valores, decorrem, em termos de sua efetividade genealógica, de avaliações que suplantam a dimensão teórico-especulativa do conhecimento, apontando para horizontes não discursivos e infra-conscientes. Mas, a questão é que o núcleo afetivo a ser explorado por Freud permanece enigmático mesmo concedida sua parte ao enigma que cruza e constitui os conteúdos psíquicos distantes da superfície da consciência, sejam eles patogênicos ou não. O próprio adjetivo *unheimlich*, em torno do qual orbitam todas as observações do texto freudiano, tal como finas e delicadas limalhas atraídas por um magneto poderoso, mas quase indelineável, comporta sentidos assaz heteróclitos. Suspeito, estranho, sombrio, aterrorizante, repulsivo, demoníaco, inquietante, lúgubre, sinistro ou fantasmagórico... *Unheimlich* seria tudo isso junto e mais um pouco. E talvez não exista uma palavra em nossa língua apta a captar todos os aspectos do termo.

---

142 Ver Maria E. Reicher, *Einführung in die philosophische Ästhetik*, Darmstadt: Wissenschaftliche Buchgesellschaft, 2005, p. 58.

do secreto sânscrito da natureza às noites do espírito 379

Isso, aliás, é o próprio Freud que nos diz: "O italiano e o português parecem se conformar com vocábulos que caracterizaríamos como paráfrases."[143] Assim, se escolhemos vertê-la por "perturbador", isso não se deve a nenhuma razão extratextual e tampouco haveria, na escolha, algum diferencial que pudesse torná-la mais acertada. E, nesse caso, uma vez mais, o melhor mesmo é ceder a palavra ao autor da obra:

> O "perturbador" é, pois, uma dessas instâncias. Faz parte, sem dúvida, do que é assombroso, que provoca medo e horror, e é igualmente certo que tal palavra nem sempre é empregada num sentido muito preciso em termos de sua determinação, de sorte que, em geral, termina por coincidir com o que suscita medo. É de se esperar, porém, que haja um núcleo particular apto a justificar o emprego de um termo conceitual singular.[144]

Por isso mesmo, Freud procede, nesse texto, de modo distinto daquele que costuma proceder alhures, optando metodologicamente por uma exposição dividida em momentos que indicam uma articulação dedutiva, e não uma estratégia pautada pela indução, como se lhe costuma ser mais usual. Nesse último caso, a escrita segue o sentido ligado a um processo reconstrutivo pelo qual – em parte raciocinando, em parte "adivinhando" – procura-se remontar a fatos mais ou menos prováveis, mas nunca determinados de uma vez por todas, que se deixam entrever ao longo de passos associativos pontuais, e não a partir de hipóteses gerais de interpretação. Deslocando-se do particular ao geral, o procedimento indutivo envolve uma alteração contínua e uma participação assídua da observação, a qual se prolonga, por assim dizer, junto a uma linha descrita pela análise de cada caso, e não pelo mero poder do pensamento. Postura, aliás, que estaria em pleno acordo com o método de que se vale o próprio psicanalista, que se coloca à escuta, antes de falar, detendo-se nas pistas deixadas pela livre-associação de ideias, e não por evidências derivadas, por introspecção, de um conteúdo prévio. Sob tal ótica, como dirá Renato Mezan a esse propósito, as "semelhanças entre Sherlock Holmes e Freud são maiores do que poderia parecer à primeira vista […] Os casos clínicos narrados por Freud têm a estrutura de contos

143 Ver supra, p. 296..
144 Ibidem, p. 294

380 posfácio

policiais, por vezes até nos nomes dos capítulos (por exemplo, em O Homem dos Ratos, 'O complexo Paterno e a Solução da Idéia [sic] dos Ratos'"[145]. Mas, como dissemos, não é esse o trajeto que se verifica em "O Perturbador". Por conta da natureza no material e da dificuldade de determinar o léxico mais condizente com o tema, Freud é levado agir às avessas. Como ele dirá no início do seu estudo: "Observo ainda que esta investigação, em realidade, tomou o caminho formado por um conjunto de casos individuais e somente mais tarde, por meio de expressões de uso corrente na linguagem, acabou por encontrar sua confirmação. Nesta exposição, porém, hei de seguir o viés contrário."[146]

Na primeira parte de seu trabalho, de teor mais técnico, valendo-se de referências lexicais que constam de alguns dicionários – e, em especial, do *Dicionário da Língua Alemã* (*Wörterbuch der Deutschen Sprache*), 1860, de Daniel Sanders, e do *Dicionário Alemão* (*Deutsches Wörterbuch*), de Jacob e Wilhelm Grimm –, Freud transcreve e comenta as variegadas significações e nuances que, ao longo do tempo, coloram-se diacronicamente ao termo *unheimlich*. E todas concorrendo para intensificar a falta de univocidade da palavra, mas também, por outro lado, para afirmar – e é isso que nos importa – que o termo é constitutivamente bifronte, deixando fluir dois movimentos de ideais que, embora contrapostas no uso comum da linguagem, exibem uma proximidade genética nuclear. Isso porque aquilo que se nos oferece como sendo *heimlich*, familiar e íntimo – e, portanto, antônimo de perturbador – teria uma proximidade de berço justamente com aquilo que, designando estranheza e perigo, confere sentido ao que se nos mantém oculto e sombrio, razão pela segundo Freud – que aqui segue um fio de prumo schellinguiano – tratará de enfatizar, na contracorrente do vernáculo e a contrapelo da acepção comumente adquirida, as marcas esquecidas ou dissimuladas do *unheimlich*: "Em contrapartida, chama nossa atenção uma observação de Schelling, a qual tem algo completamente novo a nos dizer acerca do conteúdo do conceito de *unheimlich*, algo que decerto não esperávamos descobrir. *Unheimlich* seria tudo aquilo que deveria ficar em segredo, escondido, mas que terminou por vir à luz."[147]

145 Renato Mezan, *Sigmund Freud: A Conquista do Proibido*, São Paulo: Ateliê, 2003, p. 82-83.
146 Ver supra, p. 295.
147 Ibidem, p. 300.

do secreto sânscrito da natureza às noites do espírito 381

Se o perturbador é, assim, um tipo especial de sentimento que, partindo de algo amedrontador e sombrio, nos conduz ao que já nos foi, desde há muito, assaz íntimo e familiar, cabe àquele que conta estudá-lo mostrar como e sob quais circunstâncias tal redimensionamento se consumou, afastando-nos, mais e mais, do caráter velado e proscrito do termo. Mas isso não apenas à luz da evolução linguística, senão que, sobretudo, sob o influxo das vivências pessoais e dos desempenhos perceptivos de indivíduos efetivamente volitivos, de sorte a compor um quadro de conteúdos que convergem, a título de reveladoras indicações pulsionais, rumo a exemplos localizáveis. É à realização dessa tarefa que Freud dedica a segunda parte de seu ensaio e é também aqui que ganha relevo e primazia a leitura de Hoffmann, autor que, para a exibição do sentimento do perturbador, seria realmente exemplar. "Na arte da escrita, E.T.A. Hoffmann é o mestre insuperável do perturbador", lê-se ali. Para garimpar e reunir valiosas indicações com vistas à elucidação do perturbador, Freud se demora, em especial, na análise do conto "O Homem de Areia", embora também se utilize, de um modo mais resumido, na novela *O Elixir do Diabo*, para explorar, no caso, o tema do "duplo". O resultado a que a análise sutil e ousada espera nos levar é a de que o sentimento do perturbador, examinado a partir de uma constelação formada por traumas infantis e um emaranhado de relações edípicas, deriva do medo de castração. A isso seríamos guiados, segundo Freud, a partir do temor vivido e encarnado pela personagem Nathanael, de "O Homem de Areia", que tem seu órgão de visão – ou, sob a perspectiva freudiana, seu membro sexual – ameaçado pela figura repulsiva do advogado Coppelius que, no fundo, tal como o óptico Coppola, exercerá o papel de um temido e abusivo pai narrativa adentro, "do qual se espera a castração"[148]. Freud estabelece ainda outras relações para além do par cegueira/castração e homem-areia/imago-paterna como, por exemplo, a elaboração operada por uma insuspeita identidade entre Nathanael e a boneca Olímpia, cuja condição a um só tempo animada e inanimada importaria menos, aqui, do que o fato de a manequim constituir um complexo desgarrado do próprio jovem, que o confronta como uma pessoa. Sobre os traços narcísicos aí contidos, Freud comentará: "o domínio por meio desse complexo encontra

148 Ibidem, p. 308.

posfácio

sua expressão no amor irracionalmente compulsivo para com Olímpia. Poderíamos chamar a esse amor, com todo direito, de amor narcisista"[149].

Esse conjunto de elementos deve ser visado, porém, como parte de uma portentosa e detalhada coleta de material para elucidar os agentes responsáveis por transformar algo que, originalmente, nas primícias do psiquismo humano, era assaz familiar, mas que, *a posteriori*, com o advento de forças e resistências ligadas aos processos civilizatórios de repressão e cultivo da consciência de si, tornaram-se apavorantes. Não por acaso, dir-se-á de forma lapidar: "O prefixo '*un*', em *unheimlich*, é a marca da repressão."[150] E, sob esse ângulo mais amplo, as fontes do perturbador aludidas por Freud são inúmeras e tendem a englobar fenômenos heteróclitos: animismo, magia, epilepsia, mau-olhado, onipotência dos pensamentos, repetição contínua não intencional, decapitação, amputação, sepultamento por engano e assim por diante. O perturbador seria, *in nuce*, o temor por trás de todos esses fatores que, após uma longa experimentação de repressão – cuja função seria mantê-lo justamente às escondidas – retorna, não obstante a ocultação, como uma espécie de segredo "familiar". Analista arguto, Freud sabe, porém, que a relação oculto-familiar é uma relação unilateral. A trama de "O Homem de Areia" traz à tona, mediante a relação substitutiva entre o olho e membro sexual, um sentimento perturbador derivado do medo atinente ao complexo infantil de castração, o qual, em verdade, consolida tal sentimento. Disso não se segue, todavia, que tudo que evoca a perda do membro sexual, e foi por isso reprimido, seja perturbador no sentido ensejado pelo conto de Hoffmann. A relação condicional entre oculto e familiar é, pois, no caso do perturbador, uma relação que possui apenas um sentido. A esse respeito, diz Freud: "Nosso princípio não permite, é claro, uma inversão. Nem tudo aquilo que faz ecoar desejos reprimidos e modos superados de pensar próprios à pré-história individual e aos primórdios dos povos é, em virtude disso, perturbador."[151]

No fundo, para o surgimento do perturbador, torna-se necessário um conflito específico ou, melhor dizendo, uma dúvida acerca

149 Ibidem, p. 309n13.
150 Ibidem, p. 322.
151 Ibidem, p. 322.

do secreto sânscrito da natureza às noites do espírito

da real possibilidade de algo já superado e indigno de crença existir, motivo pelo qual, na terceira e última parte de seu ensaio, Freud torne operatória uma distinção entre o perturbador relativo às vivências, "quando complexos infantis *reprimidos* são reavivados por alguma impressão"[152], e o perturbador próprio à literatura fantástica, o qual engloba o perturbador das vivências, mas o suplanta, haja vista que a precondição de compreensibilidade do fantástico é, precisamente, o fato de ele não ter de prestar contas ao assim chamado "real", indo à caça de seu próprio mundo para desencadear seus efeitos perturbadores. Circulando pelo mundo das vivências e, ao mesmo tempo, por aquele que cria para si, o escritor brinca, por assim dizer, de fazer e desfazer as possibilidades de que dispõe e, por esse trilho, nos ilude. Reagimos a suas invencionices como se tivéssemos reagido às nossas próprias vivências, mas não nos damos conta do embuste a tempo, ou então, simplesmente, consentimos em ser ludibriados, sobretudo quando o autor, tal como Hoffmann, é um mestre genial na arte de não nos deixar adivinhar, ao longo da leitura, quais foram os pressupostos que ele próprio escolheu e admitiu para fantasiar o mundo que nos é oferecido. E aqui, à guisa de conclusão, o mais indicado é devolver a palavra ao autor de "O Homem de Areia", o qual, num refinado e honesto movimento de autocompreensão, pondera sobre a espécie curiosa de identificação simpática que provoca em seus leitores:

> Se, porém, qual um ousado pintor, tu tivesses inicialmente delineado o contorno de tua imagem interior com alguns traços arrojados, então, sem um grande esforço, poderias aplicar cores cada vez mais reluzentes e a mescla viva de formas variegadas iria, por fim, impactar teus amigos, os quais, como tu, enxergariam a si mesmos no centro da imagem nascida de teu próprio ânimo! [...] tu bem sabes, porém, que pertenço àquela estranha raça de autores que, trazendo consigo o tipo de imagem que há pouco descrevi, ficam na expectativa de que aqueles que deles se aproximam, bem como o inteiro mundo que os circunda, acabem por lhes perguntar: "O que se passa? Contai-nos, caríssimo!"[153]

152 Ibidem, p. 326.
153 Ibidem, p. 196.

Este livro foi impresso em São Bernardo do Campo,
nas oficinas da Paym Gráfica e Editora, em agosto de 2021,
para a Editora Perspectiva